U0898766

炮痕

这是一位亲历抗战的耄耋老人用心血锻造的一部炮兵文学

这是再现革命战争年代人民炮兵人文精神成长的回光缩影

这是将革命战争年代思想政治工作实例再现于世的宝贵财富

这是在艰苦卓绝战争中踏着征尘洗练革命人生观的真实写照

孙汉华◎著

白山出版社

图书在版编目(CIP)数据

炮痕/孙汉华著.—沈阳:白山出版社,2004.7
ISBN 7-80687-189-6

Ⅰ.炮… Ⅱ.孙… Ⅲ.长篇小说-中国-当代 Ⅳ.I247.5

中国版本图书馆 CIP 数据核字(2004)第 063364 号

出版发行:白山出版社
地　　址:沈阳市沈河区二纬路 23 号
邮　　编:110013
电　　话:024-28865938
电子信箱:baishan867@163.com
责任编辑:李一平　林向阳
装帧设计:战　旗
责任校对:李国宽
封面题字:高　昆
印　　刷:沈阳市第二市政建设工程公司印刷厂
成品尺寸:170×240
印　　张:28.25
字　　数:450 千字
版　　次:2014 年 1 月第一版
印　　次:2014 年 1 月第一次印刷
书　　号:ISBN 7-80687-189-6/I·40
定　　价:68.00 元

序言

桑榆非晚　霞彩弥天

——读孙汉华长篇小说《炮痕》散记（代序）

姚　莹

千里有缘来相会。

我与孙汉华先生本不相熟。是由我那古道热肠的诗友、文友林东圃先生引荐，我们才得以相识的。这正中了中国古已有之的“以文会友”美好传统之规之矩。我将结识孙先生视作一种缘分并将其珍藏心底。

此后又经过多次倾心交谈，加之拜读过其鸿篇巨制，使我对其人其作越发深入了解。现将我之所知所识略记于斯，权充为序。

A

今年盛夏某日，友人林东圃陪同孙汉华先生到我位于沈阳少帅府的办公室造访，我的两眼不禁为之一亮：只见孙先生满头浓发、满面红光、满口白牙；体态修长壮健，走路两脚生风，说话语速很快。他思维敏捷，谈锋甚健，还不时开怀大笑。从其外貌到谈吐举止，无不延续着他青年时的朝气、锐气与热情，使人绝然想不到他已是儿孙绕膝的76岁的老人！我不禁为孙先生年值耄耋仍葆有如此壮健的体魄而羡慕着、祝福着。

言归正传，原来二人商定找我为孙先生即将由白山出版社出版的长篇小说《炮痕》写序——这不禁使我惶恐莫名：近些年来，虽说我为诗朋文友写过五六十篇所谓序言，体裁关涉散文、随笔及新、旧体诗歌，可从未沾过小说的边儿。“闻道有先后，术业有专攻。”我于小说一道，毕竟生疏。若说创作，只不过60年代初我读高一时编入吉林人民出版社出版的《中学生作文选》的一篇作文类如小小说，再就是80年代中为儿子参加全国中、小学生故事大王调演所写的故事，曾在《儿童文学》作为小说发表过。舍此再无其他。而这两篇东西纯属雕虫小技，微不足道。但读小说却是我的一大业余爱好。举凡全国获各类奖项的短、中、长篇小说，我还是多有过目的。孔夫子是因了“述而不作”而成为儒家开山鼻祖，后世尊为“大成至圣先师”；我这区区一介草民则是“睹而不著”，充当“小说票友”怕都不够其格。由我来为先生45万字的长篇小说《炮痕》执序，那可真是越俎代庖，洗脸盆里扎猛子——不知深浅了。

B

“人品决定文品、诗品”——这是古往今来我国文学艺术界之共识。在具体剖析长篇小说《炮痕》之前，首先了解一下作者其人。

孙汉华，江苏省如皋人，1929年3月，出生于一个中农家庭；抗日战争中，连任村、乡儿童团团长4年；1945年加入中国共产党，党龄已近60年。他16岁参加新四军，是名副其实的“红小鬼”“抗战干部”。在抗日战争中，参加过游击战；在刀光血影的解放战争中，参加过运动战、攻坚战，参加过淮海战役、渡江战役，直到随军南下，解放福州、厦门。就这样，孙汉华先生在枪林弹雨中摸爬滚打，几次与死神擦肩而过。正是因其不怕牺牲、英勇善战，其职位也得到连续提升，16岁排职，19岁连职，22岁营职，27岁任海军某鱼雷快艇基地副政委（副团）、党委书记、师党委委员，1969年任海军某基地政治部秘书处处长。

我想，按照这样的政治势头，应当顺理成章走进将军行列。天有不测风云。“反右派”因领导不力而受批评，“反右倾”因不愿接受这个批评而受到大会批判，因刘华清司令员和一些同志的保护，才免受纪律处分。在政治学院，因对这个批判不满，结业鉴定一稿未能通过。“文化大革命”中，被定为“站错队”而被审查，粉碎林彪反党集团，上级一度考虑过对其提拔重用。粉碎“四人帮”，因反映意见被视为“闹地震”免去秘书处处长职务，随后转业到地方。就这样，孙先生在团职岗位上原地踏步近30年，未及花甲，离休回家，但孙先生对党的信念坚定始终不移，时刻关心国家大事；离休后奋力笔耕，写下了《炮痕》这部著作，把党的光荣传统留给后人。

回首戎马倥偬的战争生活与34年的军旅生涯，孙先生倍感自豪。他曾有过众所瞩目、艳羡不已的辉煌，也曾有过迭遭打击的无奈。但先生性情开朗豁达，无悔无怨。他坚信自己一步一个脚印走过的路是经得起历史检验的。因此他一直都活得自信、活得潇洒、活得充实、活得乐观，已然走进“宠辱不惊，任人间花开花落；去留无意，看天上云卷云舒”之境。

C

先生自幼酷爱文学，尤以小说创作为乐。关于创作《炮痕》这部长篇的缘起，须上溯到1957年中央军委发起的建军30年征文。彼时，先生血气方刚、激情澎湃，发愤应征写一部以我中国人民解放军炮兵部队创建发展为背景，描写炮兵战士思想改造、健康成长，借以表现解放军炮兵这一革命大熔炉为主题的长篇小说。1962年，书稿完成，出版本书。后经十年动乱，先生无心动笔；转业到地方工作后，又无暇援笔以偿夙愿。直到先生离休后，“自此光阴归我有”，方得以偿还那份未了的心愿。于是，先生宵衣旰食，不舍昼夜，全副身心地投入到《炮痕》的创作中来。1994年写成《炮痕》初稿，披阅十载，增删多次，炼就当下出版成果。这是先生50多年呕心沥血的结晶，这是先生50年辛勤笔耕的硕果。拜读沉甸甸的45万字的长篇手稿，我为先生的执着、勤奋、坚毅感动得泪水涟涟！别说对于一个76岁的老人倾情创作一部45万字的长篇，就是让一个正值青春年少的16岁的年轻人抄写45万字的书稿，怕是也难于做到善始善终，而创作45万字的长篇，那需要怎样的智力、才力、笔力与毅力啊！这怎能不教我对先生油然而生敬意！

我在精心阅读先生的长篇小说后，不禁要说：“先生，祝贺您，你成功了！”尽管当下小说的创作走向、评判标准也同新诗一样，有不小的变化，但我想，既然是小说，总还是要讲主题立意、故事情节、人物塑造和结构语言。《炮痕》是以我军炮兵生活为题材的一部长篇小说，反映炮兵部队的创建、发展、壮大和炮兵的成长，强调炮兵在未来战争中举足轻重、无可替代的重要作用。在当下现代化的战争中，人们越来越迷信于导弹、核弹和氢弹，但结束战争还得靠人、靠步兵和炮兵。对此，小说给人们形象的警示与告诫。小说取材于我军炮兵发展史，表现加强政治思想工作的重要，这完全符合习近平主席“听党指挥、能打胜仗、作风优良”这个党在新形势下的强军目标。反映出先生虽年届耄耋而思想不僵化、不老化，与党紧密保持一致，这是非常难能可贵的。

先生长达34年的军旅生涯为其长篇小说《炮痕》的创作提供了极为丰厚的选材库存。生活是创作的唯一源泉。生活积累的丰厚使其编织起故事情节来得心应手，甚至可以把生活中的生动故事直接录入到小说中来，成为小说中水乳交融的一部分。不是热爱生活、深入生活、占有生活的作者是很难做到的。可以想象，先生为了实现自己创作这部长篇的愿望，早已有目的地对生活实施占有、梳理、消化，故而在具体创作中，故事情节编织设计得合情入理、生动抓人、波澜起伏、跌宕有致、引人入胜。我惊叹先生这位高高大大、貌似粗犷的老兵如此粗中有细、多情有意!

《炮痕》塑造了3个主要人物：龚绍华、龚绍祥和顾民富。他们出身不同，各自在不同的阶级地位中生活，其思想自然打上阶级的烙印，成长道路各不相同。这几个人物塑造得血肉丰满、个性鲜明，绝不脸谱化、概念化，是当今小说林里的形象的“这一个”，而绝不与他人塑造的人物雷同，这是先生独具匠心的个性化创作，这是足以令人称道的。对一般初涉小说的新手，细心的读者都不难从其作品的总体构思、情节设计、结构安排、人物塑造甚至语言运用等诸多方面发现某种模仿甚至因袭的蛛丝马迹。先生平生第一部长篇小说，就能做到如此不同凡俗，着实令我尊敬、服膺有加。

尤其值得称道的是小说中纯净的爱情描写：爱情是无处不在、无时不有的。凡有人群的地方，就会有爱情。故此，长篇小说中都少不了爱情描写。但当下小说中的爱情描写过多过滥，甚至不惜笔墨大写“床上戏”“性体验”“性感受”。这些赤裸裸的性描写已超出爱情描写的范畴，而有的作家与出版社竞乐此不疲地以此为卖点招徕读者，用以满足某些读者感观、心理刺激来增加发行量，求得经济效益，这无疑是小说的堕落。有比较才有鉴别，先生的长篇小说《炮痕》就显得内容健康，格调高雅。

小说特别是长篇小说，不能一味地叙述故事情节，跑完情节就拉倒。古语云：“文武之道，有张有弛。”不但要有“金戈铁马”的大场面，也要有“小桥流水”的小画面；既要有铁板铜琶高奏“大江东去”，也要有丝竹弦管巧弄“晓风残月”。阳刚之气加上阴柔之美，才能使小说多姿多彩。先生这部长篇《炮痕》在人物心理描写、景物描写与细节设计等方面显得薄弱了些。粗犷有余，细腻不足，在某种程度上削弱了这部长篇小说的艺术性与文学色彩。不知先生意下如何?

D

孙先生长篇小说《炮痕》并非艺术一流并有经济效益的抢手货，相反，还有这样那样的不足。白山出版社看重的是社会效益，宁肯用气力、下功夫予以出版。由此，我似乎看到了出入人颗颗体恤下情、善解人意的灼灼爱心的跳动。我想说，你们圆了一个革命老战士50年的创作美梦!你们做了一件功德无量的大好事! 有了你们的爱心、热心、耐心，白山出版社出版事业一定会从今天的灿烂走向明天更大的辉煌!

E

“莫道桑榆晚，为霞尚满天。”我为孙汉华先生的大著出版由衷喝彩!

“悲莫悲兮生别离，乐莫乐兮新相知。”最后，我想向我尊敬的朋友孙汉华先生送上我美好的心愿：快乐每一天，开心每一刻!

(2004年9月16日深夜于沈阳)

(作者姚莹系中国作家协会会员、中华诗词学会常务理事、辽宁省作协理事、辽宁省诗词学会常务副会长兼秘书长专家，享受国务院特殊津贴)

目　录

第一章

灵 苗

第一节 三角地带

一二三，开中饭，中饭到，开大炮；
大炮响，到南京，南京有个“和平军”；
“和平军”，狗养的，汉奸头子汪精卫；
汪精卫，日本狗，大鱼大肉吃不够。
吃不够，吃不了，杀人放火又绑票，
又绑票，人人恨，我们要和他拼命。
你开枪，我开炮，要把日本汉奸都打倒。

这里东临黄海、南靠长江，物产丰富，地势险要。可谓长江黄海三角地带。这里有一个偏僻的小村，不知从哪里传来这段童谣，小伢们把它背得滚瓜烂熟。上私塾的小孩背得比《三字经》《百家姓》都熟。有的小孩还要了滑稽表演，乡亲们越看越感到新鲜有趣，越看越感到是自己心上的事，前来围观的人也越来越多。过去有钱人请戏班子演戏，也没有这段童谣吸引人。“不愿当亡国奴”是大家共同的心愿。他们多期望有一支炮兵部队，把那些日本鬼子和汉奸统统炸死。

这个小村地处三县交界处，交通不便，是发展各种势力的空间，又是小三角，自从日本鬼子占领南京起，这里一片混乱。有的人投降日本鬼子当汉奸，有的逃跑到这一带避难。有道是“乱世出英雄”，有土匪出身的人打着抗日旗号，拉起一帮队伍就自称司令。想利用统治势力薄弱的地区发展自己的势力，霸占一方地盘，他们走到哪里就敲诈到哪里，弄得民不聊生。

这里地处苏北冲积平原。南靠长江，盛产水稻和一些水产品。每到夏秋季节，稻香满园，鱼游鸟飞，一片秀丽风光。由此往北，是一片沙土地，很适合种高粱、玉米及各种杂粮。虽比不上江南的风光，但也称得上鱼米之乡。这里的村庄，都各有特色。龚王庄的人都会讲生意经，算起账来头头是道。靠近东边的是苏家屯，念书的人比较多。有学孔儒的，也有念洋学的，不少人都是以教书为生，有书乡之称。靠北边许家屯，素有武乡之称。这些人大部分都很正直，但也有的被坏人利用，干丧尽天良的勾当。

这里的小孩都喜欢打仗玩耍。有的成群结伙打群架、打怨架，他们从家里偷来一根竹棍或木板，做成长矛大刀，也有的拿来半根毛竹，用两个轮子架起来“大炮”，以此来威胁对方。一到冬闲时节，他们就像军事演习似的，连家长们也都管不住。随着抗日民谣的传播，他们把一部分人装成日本人，说他们都是坏蛋，一部分人装成好人。结果都是“坏人”被打败，好人得胜。

在龚王庄有一户小康之家。勤劳简朴治家营生，偶遇太平年间，粗茶淡饭，尚可自给有余，在兵荒马乱年间，每年尚缺几个月的粮柴。这家家长龚得福，会做点买卖。家里贫富，都看年成、运气好坏。可是龚得福倒有个一心发财的念头，想出人头地、做一个人上之人。

在他家阴沟洞里，有一条青蛇，已养活数年。龚得福视若神灵。明明看到它在阴沟洞门口吃癞蛤蟆，很好抓拿，全家人也不敢去动一动。说这是家里的地龙。等到它爬到堂屋正梁时，家里就会有龙子龙孙，将来就可以有享不尽的荣华富贵、吃不完的山珍海味。

龚得福曾有 4 个子女。长女因得伤寒，4 岁时夭折。二女儿聪敏过人，偷着看账本，识字过千。因为女儿终究要嫁人，其父不肯下本钱供女儿念书，在家干点家务。在 10 岁那年，鼻子上长了小酒杯般大小一个疮，疼得在床上直打滚，喊爹叫娘，弄得家里人不知所措。恰逢一个郎中从家门口经过，夸说包治百病。这个才跟人家学过半年医的半吊子，看诊后说是疔疮，非破肤放脓不能根治。拿起剪刀铰去了一块肉，疼得二女儿直叫直蹦，只是不见出脓。他接着又来一刀，结果酿成脑脓肿，不到两天便撒手人寰。在生三女儿前，龚得福妻子得了一场病，3 个月没有吃盐，又生下一瘫儿，养了两年也不会走路。龚得福的妻子也感到负担太重，她跪到祖宗牌位前说：“老祖宗，我的命怎么这么不好，你们把他带去吧！行个好，积个阴德。”因为营养不良，平时也很少照顾，3岁时就断了阳气。

两年后，龚得福终得一健康儿子。这可是全家的宝贝。龚得福和妻子，为了要个儿子，到处求仙拜神、算命卜卦。为求神灵保佑，定为每月初一、十五吃素念经，在1928年生下这个男孩。夫妇二人喜出望外。正值龙年，小名便取龙儿。龚得福以为在龙儿身上，能有好运气，总想把他培养成为一个有用之才，荣宗耀祖、发财发福，成为龚家栋梁。1929年，当地闹红军，一个红军战士抱着龙儿说：“将来也当红军吧！”得福夫妇没有理睬。为了养子成龙，龙儿6岁就被父亲送到私塾读书。读了4年，连《论语》《孟子》都没有读完。老师是个清朝的秀才，他要求学生从启蒙教育就要熟背四书五经，然后才能开讲。因为没有理解，背起来特别费劲，龙儿对这种学习法不感兴趣。为了有个学名，请了好多有文化的人，想起一个比较合适的名字。一个念过几年书的中年人说：“现在起名不能土里土气的了。这伢儿将来可能很有出息，就用个华字吧！排辈他是‘绍’字辈，就叫绍华吧！”从上私塾那天起，龚绍华这个响亮的名字就赫然书写在《三字经》的封面上。

龚绍华从小就很老实，见人三分笑。他长了一对双眼皮和两个小酒窝，笑起来又增加了三分美色，因为身体瘦弱，个子高，脖子显得长一些，走起路来脚尖先着地，又有点像个小姑娘。他不善打架，但是唱歌和耍小聪明，却能出头露面。庄里人都给他起了很多外号。有的叫他“丈丈鬼”，有的叫“儿童菩萨”，还有的叫他“洋鬼子”。随着年龄和知识的增长，鬼点子越发多起来。家庭和社会将来会给他打上什么烙印，尚不能断定。

这两年，私塾里经常闹风潮。一个半寸厚、一寸二分宽、一尺半长用檀香木做的戒尺，不知到哪里去了。先生气得肚子直鼓，把学生骂了一顿，可是谁也不说这戒尺哪儿去了。先生有一个称心的夜壶，每天早晨都要学生把其中的尿倒掉，并且要刷得干干净净，放在原来的地方。可是在一个冬天的半夜，先生夜便淌到床被子上湿透了被褥。不知是哪个调皮的学生，在先生的夜壶底下打了一个洞，先生夜便时，尿全流到床上了，大半夜也没有睡成觉。夏天，有个学生抓了一只麻雀，绑在先生的蚊帐里，先生进去睡觉，麻雀在蚊帐里扑棱棱地飞起来，把先生吓了一跳。诸如此类之事，龚绍华一般都不掺和。有一天，先生不在，私塾里闹了个小风潮，有的说：“耍一会儿吧！反正先生不在。”龚绍华一听，心里也痒了起来，可是又怕挨打，还是装着在一个八仙桌子旁念书。

“你装什么洋蒜啊！耍一会儿，先生还能把你吃了?”顾民富一面说便把龚绍华的书夺了过来。

“耍耍吧！再不耍先生回来，就耍不成了!”一些学生叫唤起来。

“别念那个死书了，我们也要像学堂那样，做点游戏呀!”

私塾里顿时活跃起来，坐在桌子上的“老实”学生也都站了起来。

“我们来做和尚念经吧!”

“不！要玩就玩八仙过海。”

“这不好，还是打擂台。”

大家七嘴八舌之际。顾民富往桌子上一跳。“还是听我的，我们来做个孙悟空大闹天宫。”说着便装孙悟空的样子，哄笑中，大家都表示赞同，同学们把三张八仙桌搭了起来，最上面还放了一张太师椅子。顾民富让一个胖胖的学生坐在太师椅子上，头顶一个硬书皮，书皮一端拉了几根二寸长的麻绳，再把书皮绑到脑袋上，装作玉皇大帝。在准备就绪后，顾民富两步三蹬就爬到最高层，手拿一个竹棍当金箍棒，对着“玉帝”说：“玉帝老儿，你成天欺压百姓，吃喝嫖赌，今天老孙要打死你也。”那胖学生一听，觉得当玉帝是上等人，怎么当起儿子来了呢？马上从太师椅子上跳了下来，便说：“悟空小儿，你敢打死我，我要操你祖宗八代!”说着两人便在三层桌子上打了起来。于是你一拳、他一棒，顾民富因为是演戏，只是把棒在胖学生面前比画比画，没曾想胖子学生当真了，一拳头就往顾民富脸上打去，顾民富用棒一挡，震得胖学生直叫，那胖学生连踢带打，顾民富边挡边躲，那桌子哪能经得起两个人在上面蹦蹦跳跳，第三层桌子有一张掉腿儿，歪歪斜斜从半空中倒了下来。在场的学生大惊失色，幸亏有两个胆大的学生，接住了从上面倒下来的人，才免受重伤。

大家闹得非常紧张时，放哨的回来报告：“先生回来了。”大家就搬桌子的搬桌子、放凳子的放凳子、拿书包的拿书包，忙得不可开交。一张缺腿的桌子，本来是放在靠门那边的，现在又把它放在靠墙一边，还没有等到整理好，先生就进了房门，一看房里乱七八糟，桌子也改了地方，顾民富和胖学生脸上还有点擦伤，虽然学生们还在装着念书，但已知学生淘气不浅。先生两眼环顾四周，气愤地说：“你们在家里造反了，没有出息的东西，我才走了一会儿，就把书房弄得乌烟瘴气，是哪个做的，快讲出来。”先生声色俱厉吓得学生连呼吸都变得急促起来。龚绍华的心直打鼓，心想：“我不过在下面当了个小猴子。”本来顾民富让他当玉皇大帝，因为害怕没干，所以才当了个跑龙套的。如果和大家一起挨打，真有点冤枉！可是大家都是说好了的，谁如果向先生告密，谁就是奸细，于是他便做好了与大家一起挨打的准备，就是打重了点，也不能伤和气。

先生沉静了一会儿，脸上又露出了一点阴险的笑容。转过脸来对大家说：“好哇，你们不是想要吗，今天就叫你们要个够，你们每个人都给我抓两个青蛙来，我教你们怎么个耍法。”

学生们听说抓青蛙，马上又活跃了起来。立即三五成群地去抓青蛙。不一会儿，每人抓了两只要交给先生，先生把门一关，手里拿着新做的戒尺，像雷公爷爷似的，粗大嗓门喊道：“都给我跪下！”令大家把青蛙放在膝盖下面。不准跪死，又不能让青蛙跑掉。学生们哪个敢反抗呢？因为先生和学生家长都订了个规矩，学生不听话便可体罚。学生如果不听先生的管教，就要告诉家长，回家还要挨打。所以只能按先生的旨意，两手支地，膝盖悬空，贴在田鸡身上。一直跪了半个时辰，才得起来。虽然有的青蛙被跪死，但也跪得腰酸腿痛，这才使先生出了口气。

私塾先生50岁上下。青少年历经13年寒窗之苦，18岁才考了个秀才，改名朱家儒。自称儒人，精通儒书。他从小是个官迷，认为秀才是个预备官，渴望有朝一日，能选他当个七品芝麻官。从民国以后，废除了科举制，他受打击不小，总留恋大清那个世道，有时还练习三叩五拜，为了有碗饭吃，不得不寄人篱下，找了个教书的职业。在农村，一些有家产的人，还是相信孔夫子，他还能受到一些人的尊敬。他在给学生讲《四书》时，最喜欢讲“仁”字。他篡改孔孟原意，用封建色彩剥削有理的文言向学生解释说：“仁者，乃为人之本也。自盘古以来，人皆有贵贱之分。富贵者食人，贫贱者食于人。富贵食人，理也，是人之常情，无不仁之说。贫贱者，食于人乃仁也。贵贱不分，未之有也。”他用这个观点教育学生，教学生安分守己，富贵做人，不要闹事。并告诉学生，如果闹事就可能有遭到杀头的危险。他和东家们谈古说今时，一谈到太平天国，就摇头皱眉、咧嘴唇。一谈到红军，他就说：“这是红头造反。”他总想把学生培养成像子路、子思般孔子七十二弟子式的贤人。他希望在10年后，跪拜在面前的都是七品官以上的人物。在教学思想上，主张对学生不能手软。他常说："铁不打不成钢，苗不修不壮。打是为了将来好。只有吃得苦中苦，才有将来甜中甜。"他这样思想也受到有些人的赞同，那真是：

三角地带，兵荒马乱成了灾。
三角地带，小伢儿念书像书呆。
三角地带，敢和腐儒唱反调。

第二节　三好友

龚绍华有两个好朋友。顾民富便是其中之一。龚绍华因为经常背不下书，被先生打过不少戒尺。先生说他是个"蠢货"。顾民富家中贫穷，平常也没有什么礼物送给先生，先生就说他是个"贱种"。这一来，两人就经常讲先生的怪话，一放学他们就不约而同地走到一起，又说又笑，只要有人敢欺负龚绍华，顾民富就打抱不平。龚绍华看到顾民富穷得可怜，有时从家里拿点馍头干给他吃，渐渐两人形影不离，相互关心。

龚绍华不知从哪里捡来一个七九步枪子弹壳。因为从小就爱玩炮，就想用这个子弹壳，做个打鸟枪。他找了一个破碗，用破碗片的棱角在子弹壳的后部锉了一个小孔，子弹壳里装上火药和碎石子，小孔内安上一个导火线，并绑在一个像小木枪的木把上，准备在遇到鸟群时，开枪打鸟。

一个秋天的早晨，东方的云霞鱼鳞般布满了半个天空。麻雀成群，到处觅食。龚绍华觉得这是打鸟的绝好机会，一抬头看到顾民富正在割草。

"顾——民——富！"

"龚绍华"，顾民富看到龚绍华在兴高采烈地召唤自己，大声地回应。

"你过来，我和你说个事。"龚绍华显得很神秘。

顾民富立即把手上的一把草放在草堆上，飞快地向龚绍华跑来。

龚绍华用手指一指自己的腰部说："你摸摸我这里有什么东西。"

顾民富一摸，笑着说："这不是你过去做的木头手枪吗？"

"不！这是真的。"

"你瞎说，你从哪儿弄到真家伙来的！"

"我不骗你！我骗你我就是小狗。"立即从腰里把装有带子弹壳的

"手枪"掏出来给顾民富看，顾民富看后，用羡慕的口吻说："龚绍华，你真行啊！要是有坏人来欺负你，你也能吓他一下子呢!"

"你会用吗?"龚绍华虽然能做，但不敢点火，怕弹壳炸伤了自己。

"这怕什么？我给你放。"说着就从家里拿来了打火石、一块铁片和火石磨擦，点燃了火种，由顾民富拿在手里，龚绍华把手伸得很长，哆哆嗦嗦地把火苗对着导火线。

"嘭!"子弹壳终于点响了。这个子弹壳是在私塾外边的一个墙脚下放的。正在吃早点的先生吓了一跳，一碗鸡蛋汤洒得满地，心里想："是不是土匪要来抢东西了!"他不顾收拾桌子，蹑手蹑脚地走到大门口，探着脑袋往外看。一看是龚绍华在玩枪，箭步冲到龚绍华身边，用手揪住龚绍华的耳朵。"你这个畜牲，你玩什么东西不好，怎么还放起枪来了啊!"

随即将龚绍华揪到私塾屋里，命他跪在孔子像面前，要龚绍华招供是谁和他一起干的。龚绍华哪肯招认自己最知心的好友。先生怎么追问，龚绍华也没有说出一个字来。先生无奈，责令他背了几段书，又讲了一通中庸之道。

顾民富到私塾，得知龚绍华被先生揪到私塾的情况，对龚绍华无限感激，认为确实是够朋友。从此以后，两人无话不说，有难共同承担，像结拜兄弟一样。

龚绍华另一名好友叫龚绍祥，是他的远房堂兄，在池桥小学上学。龚绍华每次都以极其神往的眼神注视着龚绍祥，总觉得他要比自己轻松、愉快和神气，他通常一边走一边哼哼着《放学歌》，偶尔也唱《奋斗歌》。一天傍晚，龚绍华趁父亲不在家，请哥哥到家里来玩玩。在龚绍华经常读书的地方，一盏花生油灯，照得他们两个小脸通红。龚绍祥在脸上还显出点傲慢色彩，龚绍华对堂哥的神采感到羡慕。

"绍祥哥，你上的那个学堂，先生不打人吗?"龚绍华拿了一块馒头干给龚绍祥吃，目光完全盯在堂哥的脸上。

龚绍祥嘴一撇："老师怎么不打人呢？也打，不过他们不用戒尺打，是用米达尺打。"说着小眼睛一翻，拿着一块馒头干咬了一口，像山羊吃回口草似的嚼着。表示出似乎挨打的程度比私塾里还好些。龚绍华想：什么时候才能逃过学生被先生打的年代呢？俗话说："树有皮，人有脸。"被人打总是不光彩的。难道先生不打学生，学生就不能好好念书吗？越想越感到伤心。

龚绍华好奇地问龚绍祥：“绍祥哥，先生说，学堂里的学生都不好好念书，成天蹦蹦跳跳地像个二流子似的。这话是真的吗？”

龚绍祥听后，一阵冷笑。似乎认为说这话的人都是无知。他说：“我们学校里学习的科目可多呢！有国文、算术、地理、历史、自然、常识，还上体育课。体育就练练身子，强筋、壮骨。还要做游戏，大家很开心呢。”然后把嘴一抿、头一扭。“反正比你们私塾要强多了，成天就在那里念孔老夫子的书，我看孔夫子的学问还不如我呢！”说着用手捂着嘴“咯咯”一笑。笑声过后，龚绍华又问：“那个算术是不是和打算盘一样？”

“不！算术的道理可多着呢！现在学的是加减乘除、大小括号、分数小数点。上中学后就学代数、几何，三角的、八角的，天上的、地上的、水里的、火里的，亮的、暗的，叫的、不叫的，转的、滚的，用这种方法，什么都能算得出来。”龚绍祥像铁锅崩豆子一样，咔吧咔吧地说了一大串，一口气说出了几十个新词，令龚绍华越听越出神。

“绍祥哥！你能教我一点吗？”

“能！现在我就来教你学阿拉伯数字。”

龚绍华不知道“阿拉伯”数字是个什么东西。当龚绍祥写完给龚绍华看，这才弄清楚是父亲做生意时曾用过的洋字码子。为了会用，龚绍祥就经常给龚绍华讲算术。

沉静的夜晚，鸟雀入巢，牛羊回圈，平安无事的景象。昼隐夜现的蝙蝠从墙缝里钻了出来，到处找吃的东西。青蛙在“哇哇”地叫着，老调重弹。猫头鹰睁大了眼睛，监视着老鼠的活动。人们也和一切生物一样，都在为生存忙碌。但人类与其他生物不同的是，他们有自己的理想和追求，有自己的世界观和使用工具的手段。这几年来，龚绍华的父亲，为做一笔好生意疲于奔命。每天大都在二更天回家。

龚绍华对学习算术已开始入门。十多天工夫，学会了简单的加减乘除小数点。龚绍祥只顾猛灌，就像一口就要吞个大馒头似的，恨不得几天工夫，就能学成自己水平。但龚绍华对一减二为什么得负、小数点为什么越乘越小、八五折为什么叫零点八五等道理不甚理解。想换个口味。

“绍华，我今天教你学点自然科学吧！”龚绍祥说。

龚绍华心里想：“怎么自然还有科学呢？自然就是想怎么样就怎么样。科学了它，那还能听你的吗？”他眨了眨眼睛对龚绍祥说：“我在私塾里，先生也不能让我们自然啊！科学起来，离开书本，先生不就管不住了吗？”龚绍祥一听“扑哧”一笑道：“你呀！念死书都把你念呆了。”随即从自己腰里，掏出来一个书本，掀开第八页，上面有一个外国人，大披肩头发，鼻子有点高。龚绍祥用手指着画像说：“今天我就给你讲瓦特发明蒸汽机的故事。这个是英国科学家瓦特。他有一次坐在水炉旁，看到烧开的水蒸气，把壶盖都顶起来了。瓦特想，用这个原理做成机器，那会让人省多少劲啊！所以他经过几年的研究，终于研究成功蒸汽机。以后人们用这种机器开轮船、开火车，几百个人干不了的活，它一下就干完了。”龚绍华越听越入神。

“绍祥哥，要是天下人都用机器来做活，那该多自在呀！”

“是啊！你我两个人还能有这个本事？”

龚绍华低着头，手里拿着一个纸条在捻着，还嘟囔着说：“没有本事，试一试也可以嘛！”随手在桌子上扒拉了一下，把父亲的水烟台碰倒了。这是父亲叫他在家里擦一下，以便回来好用才放在这儿的。龚绍华一边擦，一边想着蒸汽机的事，然后像出奇似的：“有了。”

“什么有了没了的？”龚绍祥不以为然。

“这水烟台不是也可以烧水吗？”

“水烟台烧水有什么用？”

“要是把水烧开，把烟台嘴对着齿轮上，蒸汽不是也能把齿轮吹起来吗？”

龚绍祥一想，也对。用拳向龚绍华胸前一击。“你真会想点子，瓦特怎么没有请你去当徒弟呢？”

说着两人用木头做了一个齿轮，用一根筷子从中间穿上，用花生油做燃料，八根灯草点成小酒杯大的火炬，就开始烧起来。还没有把水烧开，大门“咔嚓”一响，龚绍华一听马上惊慌起来：“不好了，我父亲回来了！”

“快！把它收拾起来。”

两人立即把点燃的火炬吹灭，并把这些用具藏在桌子底下。龚绍华装成念书的样子，等父亲到来好叫他看不出痕迹来。

“子曰，学而时习之，不亦说乎。”屋里一片读书声。

龚得福一听很高兴。龚绍祥装着出去小便，过一会儿把水烟台擦得干干净净，交给了龚绍华父亲。“大伯，绍华说您要叫他擦水烟台，他没有工夫，我帮他擦了。你老人家用吧！保证里面没有什么坏味道。”龚绍华父亲一听，感到在最近都碰到些顺心的事，可能会有吉利。所以把他们二人的好事都说了一番。从此，龚绍祥总是在龚得福面前说龚绍华的好话。从此，两人渐渐成为挚友。

顾民富和龚绍祥，都是 1927 年生的。生在虎年。顾民富的小名叫虎儿。1927 年蒋介石实行大屠杀，顾民富的父亲在上海看到许多善良的人们被杀害，许多能真心为人民做事的人被枪决。他憎恨这个不平等的世道。为给穷人长个志气，所以给儿子起名叫虎儿。到快上学时，顾民富的父亲要给儿子起个学名，他看到那些穿国民党服装的人，都是张牙舞爪的，老百姓叫他们虎狼。顾民富父亲一想，虎是要吃人的，他对邻居说："我家伢儿，可不能去害人，将来要为大家办好事，所以在上学那天，就起名叫顾民富，意思就是叫大家都富。顾民富从小就没有过什么好日子，但吃什么都不挑。无论是粗糠野菜，或是稀粥馊饭，他都能大口大口地吃。吃完后，喝一口凉水，就去蹦跳，从小就没生过什么病。3 岁时，才 25 岁的妈妈去世，他不得不在家里承担点家务。随着年龄增长，无论是割草挑水，还是打铁背纤，都是一把好手。所以胳膊长得像棒槌，大腿像铁柱，人都叫他"铁疙瘩"。

顾民富的父亲顾望泉，当过铁匠。三百六十行，人人都说铁匠是个苦差使。人们编了一个谚语："要算苦，行船、打铁、磨豆腐。"顾望泉本来是没有钱给儿子念书的。因为自己不识字，吃了很多苦头。所以下狠心一定要让儿子识几个字。上学堂离家远，费用也高。私塾离家才两百步远，早晚和中间都可以回家干活。每年把养的两口猪卖了，都供儿子上私塾。所以顾民富才在私塾念了两年书。

听龚绍祥的养父说，龚绍祥本来不姓龚。是许家岱一个姓许的家里的儿子。小名叫苟儿，是狗的谐音，意思就是狗会看家，忠于主人。苟儿生下两年，听说他父亲是被国民党抽壮丁抓走的，3 年没有音信。又传说苟儿的父亲被打死了，又听说他母亲已改了嫁。可是一个改嫁的媳妇到处受人歧视，有人叫是二茬子货，苟儿也被人家说是"杂种"。这样，母子分离，从未见过面。

龚绍华的叔父龚得会，18 岁时娶了个媳妇，性格非常温和，针线活样样精通。夫妇二人，婚后 10 年，从来没有红过脸。可是龚得会的妻子不能生男育女，心里难过，又怕对妻子有个不是，对不起妻子的一片好心。龚得会的妻子龚许氏，和苟儿的母亲拜过姐妹。他看到苟儿怪可怜的，所以就把苟儿抱回来做儿子。为了讨个吉利，改名叫龚绍祥。这一来又讨得了自己丈夫的特别疼爱。在 7 岁以后，就把龚绍祥送到学校读书，好为将来传宗接代。

顾民富和龚绍祥虽然都是少儿，但都有3天3夜也说不完的苦难遭遇，有时就想把这些遭遇说给龚绍华听。可是已经有温饱生活的龚绍华，哪能理解别人家那么多痛苦。他哪能知道社会上有那么多不平等的事。哪能想到未来的社会是什么景象。更不能理解社会上还存在着压迫和剥削。每当他们二人向龚绍华谈家庭苦难史时，总是把手一摆，头也不抬："算了算了，谈那些干什么，念好书将来不叫人家欺负就行了!"

顾民富、龚绍祥都压住了自己心头上一口怨气，为了友好相处，都暂时不谈这些。但对当前一些问题的看法上，都能做到志同道合。他们把这些感情用事的友情，看成是任何人也拆不散的，是永恒的、不变的。可是未来会发展到什么程度，谁也不会猜想到。

龚绍华、顾民富、龚绍祥都有自己的遭遇，也有各自的幸运，按照说书人谈《三国》的说法，由龚绍祥提议决定结拜成把兄弟。

一个秋夜，月光冷照，他们聚集在一个白杨树下，面对空中群星，点燃3炷高香，插在黄土地上，共同发誓："目前天下大乱，我等3人结为兄弟，决心终身有福同享，有祸同当，如有违者，则遭天打雷轰，粉尸碎骨。"在跪拜之后，龚绍华称自己是刘备，称顾民富为关公，龚绍祥当张飞。

第三节 禾苗怎么枯黄了呢?

在苏北的田野上，种了不少使人喜爱的庄稼。大部分庄稼，都是因为缺肥使苗儿不壮。可是龚得福有一小块庄稼，苗儿很好。但因为施肥过多，反而也使苗枯黄。龚得福虽也知道拔苗助长的故事，但他总希望这块苗儿在几天工夫，就能长得像大树一样，只要在树底下摇一摇，粮果就像下雨似的往下掉。可是苗儿越长越枯，差一点死去，不是邻居帮他挽救，有可能到秋天是颗粒无收。

龚绍华在最近倒也像他父亲种的那一小块庄稼一样，脑袋总是耷拉着，走起路来也没有精神。那细长的瘦个子，又显得更加高挑，脸上颧骨有点突出，原来红扑扑的脸蛋有点发黄，上眼皮有点下陷，双眼皮也不是过去那时明显。有时他走到一个墙脚下，流几滴眼泪，叹一口气，"何时能逃脱了私塾牢狱那样的生活呢?"越想越感到伤心。他害怕自己像姐姐一样死去，又担心自己学而无所为，将来只能做一个庄稼老汉，在家人面前丢脸。他总是向往龚绍祥那种学校生活。可是又感到望尘莫及。父亲总是不同意读那个洋书，认为祖传都是读古书过来的，读点洋书又不会有什么出息，那种还是认为古书好的脑筋总是转不过来。龚绍华看到父亲就像老鼠见猫一样，所以他看到父亲总是绕道走。父亲说话他不敢吭声，父亲渴了他倒茶，父亲抽烟他点火，父亲洗脚他端水，父亲吃饭他盛饭。他父亲总是以一家之长之威，一定要在家里说了算。如果不服就严加训斥，动手就打，以显示出家规家法来。

龚绍华的母亲龚杨氏，看到自己儿子最近有点消瘦，心里有点难受。她知道儿子为了念书的事，挨了先生和父亲不少打，她为孩子被打这事，心里总是不舒服。想在丈夫面前干预一下，可是一般人家的家规，都是男人定的，一个妇道人家随便插手家规，这也不是妇人之道。所以在丈夫打骂孩子时，都不敢吭声，有时还帮点腔，以示随夫。可是过后又用围裙擦擦自己的眼泪，围裙上的那块泪斑也越擦越大。

这几天她的心像被铰刀铰一样，特别感到难受。有时她就跪在祖宗牌的面前哭诉。

“我的祖宗啊！我的命怎么这样不好啊？我17岁过门到龚家，粗茶淡饭我不嫌差，杨家有个婚丧事，不孝杨家孝龚家。我嫁鸡随鸡、嫁狗随狗，想跟个好丈夫有福享，我生是龚家人，死是龚家鬼，养了儿子好孝顺，有个养老的好儿郎，我生了4个儿女，才保住了这一个钱疙瘩，我的祖宗啊！绍华这几天身子又不好，你可要保住他长命百岁，好延续龚家后代呀！”哭诉后，点了3炷香，烧了几张纸钱，又跑到自己房间里哭了起来。

一天傍晚，龚绍华从私塾回家，无精打采地走到妈妈面前。

“妈呀！我这两天有点不舒服，明天我不能上私塾了！”

“我的乖乖呀！你这几天又是怎么啦！饭也不好好地吃，觉也不好好睡，你现在比以前瘦了，我的儿啊！”说着还是照样用她那围裙擦了擦眼泪。

龚绍华低着头也不吱声。

“乖乖儿啊，是不是我这两天没给你好东西吃，我现在去给你煮几个蛋”。

“我不吃”。龚绍华说了声。

“那我给你炖只鸡”。

“不吃”。

“我给你烧点红烧肉吃吃，补补身子。”

“不吃。”

“我的乖骨肉啊，你可不能有个三长两短啊！你要是有个什么事，叫你这个妈妈将来的日子怎么过呀！”边说边呜呜地哭了起来。

“我的妈呀！”龚绍华起身都扑在妈妈的怀里，他也顾不得少年时的那种害羞，他像吃奶时那样搂着妈妈的腰，号啕大哭起来。哭声使人感到特别悲伤。一边哭一边还诉说着。

“妈呀！长辈中就是你还疼我，你说我以后还能有出息吗?”

“我的乖乖儿啊！我知道你最近有什么心思，你有事怎么不跟妈妈说啊!”

“妈呀，我不上那个私塾了。”接着呜呜地哭了起来。

龚杨氏一听，擦干眼泪马上批斥道：“你这个伢儿怎么不听话呢?你爸爸就是念私塾长大的，以后还要叫你学生意呢，你敢说不念私塾，就不怕你爸爸打吗?”

龚绍华一听无望，又大声哭起来：“啊……妈呀，你不给我做主，我就不活了，今天晚上我就找个绳子上吊。”拉着长声又大声哭起来。

龚绍华的父亲在前屋算账。账上有5块钱的差错，他心里想，用这些钱不知可以买多少豆腐、不知可以买几盒洋火，用这些钱来买盐不知可吃多长时间，不知在自己水烟台上，能点燃多久。正在想得天花乱坠的时候，忽然听到后屋有哭声，开始认为：家里孩子哭、老婆闹，这是常事，所以没有理睬。可是越哭越厉害起来。他很不耐烦地放下账本，到后屋看看，走到后屋一看，母子俩都在抱头大哭。

“怎么回事?”

龚得福的声音好像是还没有使他们母子俩听到似的。

“怎么回事?”龚得福放大了喉咙，像霹雷似的叫得连房子似乎都在颤动。给他们母子俩吓了一跳，龚绍华从指头缝里看了看父亲一眼。父亲的脸孔像“阎王爷”审案子似的，十分害怕。立即停止了哭声，可是还在打咳，哭声后的打咳声，想止也没有止住。

“你们到底是怎么回事啊！好日子不想过了，成天哭哭啼啼，哪还像个什么家呀!”

龚杨氏把眼泪擦了擦，身子又往前伸了一伸，用恳求的语言对龚得福说：“龙儿他爸！绍华他想上学堂，不念那个私塾了。”

“什么!”把眼盯住了妻子。“这是你说的，伢儿不好，就是你惯的，你知道我用多少心血才算把儿子训得服帖一些，现在你这么一来，家里还有家规了吗?”

“龙儿他爸，伢儿也不是不讲理，人家都说上学堂好，你就让他上呗!”

“去你妈的!”顺手把龚杨氏一推，使龚杨氏跌了一跤。小脚搬弄了半天也没有爬起来，龚得福揪住了龚绍华的领子，拉到祖宗牌位前面。

“给我跪下。”用手按住龚绍华的头，一只脚往龚绍华腿上踢，还一面说，“我早就想和你算账，你在私塾不好好念书，先生向我告了几次状，你还感到冤屈?供你吃穿，把你养成个废物，我的冤还无处诉呢!”说着在龚绍华后面走了两圈。

“你向祖宗说一说，你在私塾里淘什么气了?”

龚绍华一言不语。

“你哑巴了！你和顾民富、龚绍祥干了些什么事情?”

龚绍华还是不吭声。

“你说说你有几次背书没有背下来?”

龚绍华又是不吭声。

“好哇！你不说。”拿起个竹棍子在龚绍华身上抽打，打得龚绍华叫妈，龚绍华感到实在支持不住，又哭得在地下打滚，闹得祖宗牌位面前极不安宁。

龚杨氏在屋里已经感到实在忍受不了，她挣扎地从地上爬了起来，也顾不及妇道的尊严，也顾不及身上的疼痛，朝着龚得福冲来。

“你这个老东西，你不想要儿子了！你不知道龙儿身上还发烧吗?你没有看到龙儿手上还被先生打出血来了?你就这样狠心吗?你不要儿子我还要呢!”她拉着丈夫的衣角，一只手还要去夺那个竹棒，嘴里在念着“你这个老东西，你不要儿子我还要呢！我也不想活了，今天要和你拼啦！看你能不能把我吃下去。”

龚得福一听，心立即软了下来。

“好了！好了！别说了，你早说伢儿有病，我不就不打了嘛!”说着把竹棍往旁边一扔，自己到一旁也滴了几滴眼泪。

龚得福近来对儿子的学业特别操心，总觉得孩子异常，一出门就像飞鸟出笼，一回家就像傻子。背起书来脑子像个木瓜。耍起小聪明来，谁也比不上他那样灵巧。他总是找不出孩子的毛病，到底出在什么地方。可是他还像培育自己庄稼地里那一小块禾苗一样，进行除草加肥，肥料把根都烧坏了，他还以为是施肥不足。他为孩子的成长，舍得花大本钱。可是这些钱花在什么地方得法，他也没有找出个好门路来。他走路也想，睡觉也思，总是把思路钻在自己过去上私塾的那个牛角尖里。

有一天，龚得福穿上他那最心爱的青蓝色的长袍大褂，戴上他那缎子里、红顶瓜皮帽子，换上了圆头白底的新布鞋，手里拿着一本古书，迈着文人的步子，走到私塾。一进门咳嗽一声，先生一看是东家来了，连忙让座倒茶。

“龚老板，孔夫子说，‘有朋自远方来，不亦乐乎！’你虽然没有千里，可是一日不见如隔三秋，今天到书房来，事先不知，有失远迎，有失远迎啊！”

“子曰：‘学而时习之，不亦说乎。’我儿子的学业，全靠你的栽培。学好了，我不是也很快乐吗？”

龚得福把长袍往后一撩，往靠背椅上坐下，大腿翘在二腿上，说话也斯文起来。先生和龚得福平坐，并向龚得福敬烟敬茶。龚得福接过先生的水烟台，抽了一口，先生还向龚得福陪笑了一下。

“孟子见梁惠王，王曰：‘叟不远千里而来，亦将有利我国乎？’”先生在龚得福吐出一口烟后陪笑地说。

“‘有子曰，其为人也孝弟，而好犯上者，鲜矣；不好犯上，而好作乱者，未之有也。’绍华由于我管教不严，在这里和先生淘气，有害先生尊严。今天，我是特来赔礼道歉的。”龚得福对先生引用的孟子格言，明知先生是要钱的，可是他在回答中不谈“钱”字，而谈“礼”字。心里想：如果教得好，钱多点；教不好，钱少点。接着用《三字经》中的话说：“先生，‘子不学，父之过，教不严，师之惰。’我儿子绍华就交给你了。他不好，你就可以打呀！”龚得福把打字还加重了些。

先生听后，觉得话中有话，不提钱而往“礼”上拉，是不是对学生要求太严，也用《三字经》语言说：“是啊！‘玉不琢，不成器，少不学，老何为’，不打不成人哪！”

师东们的对话，使他们感到津津有味，他们把孔孟的谚语，按各自的理解用得那么自如。他们觉得唯有孔孟之道才是至高无上的学问。只有学会孔孟，那才有被人驳不倒的言词。他们都想不厌其烦地把这些说得头头是道。一讲起来，就是摇头摆尾。这时，有些学生可沉不住气了。

"'人之初，性本善'，有什么师父带什么徒弟。有什么先生就教出什么学生。"一个学生也用《三字经》格言插了一嘴，表示对先生打人不满。

"少废话。"先生把戒尺往桌子上一拍。"大人说话，你插什么嘴？这样不守规矩，还成什么体统？"

龚得福笑着说："先生严加管教，深感钦佩，深感钦佩呀！"马上又把脸转向学生一面，"你们这些伢儿啊，先生说话都是为你们好，先生的肺腑之言比千金还重，要是不听话，将来是要吃亏的！"龚得福又看了看先生的眼色，以惋惜的口吻说："哎！这些伢儿真不懂事，有点学问都是自己的，怎么有些伢儿就不愿用功夫呢？"

先生表现得欣欣然，在场的学生有的在背书、有的在写仿，顾民富在写生字。唯独龚绍华低着头，既不背书，也不写字，在那里默默地像在想什么，忽然从耳朵里震了一个什么声音。

"绍华！你把大仿拿来给我看看。"龚绍华父亲用长辈语言雷鸣般地对龚绍华说。

龚绍华连忙从书包里抽出大楷仿，用两手捧着，恭恭敬敬地交给了父亲。

龚得福翻开第一、二、三页，大楷写得工工整整，使人一看是一笔很好的柳公权体。特别是"人"字的一捺就像一把锋利的大刀。"性"的竖心旁，像一把锐利的长矛。龚绍华父亲一看，脸上露出了轻微的笑容。再往下看，练习的是草体。草体倒不是他练习的课程，但有些字却别有风味。"飞"字写得真像龙飞凤舞，笔法特别活，可是再往下看，就有点不像样子。发现有不少是由于粗心而写的错别字。例如"家"字的宝盖上少个点。王字的一竖，出了头，把"了"字写了阿拉伯数字的3字。龚绍华父亲皱着眉头，越看越感到心烦。忍耐了一下，又往下看，翻到第八页，上面是画的一门大炮。虽然不能像画家画得那样真实，可是画的轮廓完全是以简略的笔法，把大炮炮口画得特别威武。龚得福看后气得直喘，手都哆嗦了起来。

"你这个畜牲，画龙画虎，你画这个鬼东西，你想不要命了！"接着又说："这个朝代兵荒马乱，你倒往兵上想。你是想做强盗去吗？"他还是继续往下讲，"人家都说好铁不打钉、好男不当兵。你不想学点做生意的事，或是学医、教书，你倒学起这个行当来了；你说该死不该死！"

先生听到后，也感到十分惊奇，连忙接过大仿，感到很难为情。

“龚老板，你这个伢儿，做什么事都避着我，我实在看不住啊，回去时要好好管教啊！”

“先生！我这个伢儿就算交给你了，你看怎么办吧！”龚得福看了看即将日落的太阳光，“今天家里还有人和我谈生意，我要早点回去，先生，告辞了！”

龚绍华父亲回去后，先生又把学生训斥了一顿，私塾里又闹了一场风波。

龚得福回去途中，路过自己的庄稼地，他抚摸着自己那块施肥过多的庄稼，感到非常惊讶：“啊呀！禾苗怎么枯黄了呢？”

第四节 山鸡顾头不顾身

在苏北沿江的平原上，没有高山，也少有丘陵，多是绿色的田野，常有山鸡在这里活动，通常都叫它野鸡。它有时吃虫，但也糟蹋点庄稼。它有时昂头啼叫，显得特别威风、傲慢和自如，但又怕别的动物来捕捉。当发现有什么动静时，立即把头藏在草堆里，它似乎认为只要它看不见别的任何东西，世界上任何事物也就不存在了。它岂知还有山鹰在捕捉！它哪知猎人向它捕打！它不知猎犬要扑向它，它不明白要成为他人的美味佳肴！世世代代送了不少命，可是从未吸取过教训。

龚得福近来做了几笔好生意。这一年当地花生丰收。又听说日本人要用花生油做什么原料，上海的生油提价，龚得福乘此机会，倒卖了几笔，使自己的生活比较富裕起来。他不顾自己疲劳，四处奔跑。他不惜本钱，向农民收购花生油。他为了赚钱，有时在花生油里加点棉籽油，来糊弄洋鬼子。为了打出招牌，他联合不少人积集资本，本来是一个小门市，现在改成大门号，宝号叫“龚益泰”。这一来使龚得福高兴得喜气洋洋，走起路来扬眉吐气，谈起话来拉着长声。看人要看钱和势，教学要教上等人，已成为他的做人之道。

这一年的春节，龚绍华的家庭比往年都要热闹。门庭装饰一新，大门的对联写的是：

生意兴隆通四海

财源茂盛达三江

横批上写的是“招财进宝。”

钱柜上写的是：“黄金万两”。

柱子上写的是：“捷报新年生意兴隆万事如意大发财。”

为了别出心裁，龚得福还自己编了几副对联，贴在自家的房间里：

养子成龙能在云中走

求财为富敢赴深山行

横批是：“智财两旺。”

在猪圈上写了：“求猪神年内成元宝。”

在牛棚上写着：“拜牛仙秋后变麒麟。”

龚得福从庙会买来的两根山鸡尾巴毛，他特别喜爱，并将它视若神灵。他感到如果把它插在头冠上，就显得威风凛凛；把它插在房门上，就像征着吉祥如意；把它插在书架上，标志着世代书家；把它插在柜台上，就表示生意兴隆。可是龚得福却没有把它插在这些地方，而是插在财神爷两侧。笑眯眯的财神爷，配置着两根山鸡尾巴毛，就好像是今年一定发大财。它把山鸡当着图腾一样经常烧香求拜，谁也不准动其中一丝一毫。

龚绍华好像盼星星盼月亮似的，盼望着新年的到来。因为在新年前后，他就可以不上私塾了，可以有时间去放风筝，可以和顾民富、龚绍祥打钱蹬耍子，也可以打麻雀，还可以在浅水沟里滑冰，或和伢儿们打雪仗耍子。吃的也比平常丰富。他把新年看成是一年最快乐的时光，他希望永远像过年那样欢乐无穷。他对家里的发财，倒也关心。可是最关心的莫过于放鞭放炮。他把放鞭炮的乐趣，胜过念书百倍。他偷偷地把父亲敬财神用的鞭炮用去了一半，使他父亲气得跺脚直骂。可是新年打儿子又怕弄得个不吉利，只是把这口气暂时咽了下去。龚得福怕儿子说不吉利的话，又在墙上增加了一个条幅，写着：“姜太公在此，百无禁忌。”表示要以姜子牙的肚量，求神保佑，不要忌讳孩子们的胡言乱语和所作所为，就在这个新年期间，使他们家又喜又畏：喜的是发财的吉兆已临家门，畏的是不知将来会有什么天灾人祸。

靠近龚王庄二十多里，有个年轻人，叫苏权凯。过去养过山鹰，原有的山鹰是抓兔子的。可是有的兔子有对付山鹰的办法，兔子在地上吃草，发现一只山鹰在空中盘旋，它立即往草丛里逃跑，具有千里眼的山鹰，哪肯放得这顿美食，它紧急地往兔子身边滑翔。兔子一见不好，马上逃跑。兔子在地上走，鹰在天上飞，兔子哪能跑得过山鹰呢？兔子马上就停在一个空地上，四腿朝天，并紧紧抱住了自己的胸部，似乎就在等着山鹰来吃。那山鹰像个饿鬼似的，立即扑向那弱小的兔子，还没等山鹰的爪子抓到兔子时，兔子四腿一蹦，把山鹰的肚皮撕开一半，而兔子则逃之夭夭，山鹰丧命。苏权凯从死去这个山鹰后，又养了一只训练专门抓山鸡。说也怪，山鸡家鸡都让它抓了不少，使苏权凯得意洋洋，就想以自己山鹰在那里称王称霸。

苏权凯在少年时，也念过几年书，可就不喜欢干个正经的。16 岁时就学会嫖女人，他认为：一个男子汉大丈夫，不嫖几桌女人，就不算有本事。他也像被人家驯养的山鹰一样，软的欺，硬的怕。有一次他到一家饭店喝酒。玻璃瓶装的烧酒，一般只有东洋人能喝得起。可是苏权凯就喝了一瓶，他喝得醉醺醺的，临走时把酒瓶也带走。他把酒瓶放在袖子里，走出 10 里路外，忽然看到一个穿大褂子的人，他看到四周无人，就向那穿大褂子的人靠近。当走到身旁时，把袖口的酒瓶往那人身上捅。

“不许动！你一动我这手榴弹就在你身上爆炸。”

那人吓得魂不附体。哆哆嗦嗦地说：“先生……生，我是好人，你可不能伤害我呀!”

“老子今天想向你借点酒钱。”说着酒味马上从嘴里喷了出来，“如果你给，今天就保你这条狗命，不给我们就同归于尽。”

“先生，我是穷人啦！哪里有钱给你老人家呢？”

“放你妈的狗屁！你这个打扮是穷人吗？”说着又用藏着的酒瓶，在他脊梁骨上捅了一下。

那穿大褂的无奈，只得从藏在裤腰带袍间掏出仅有的 5 块大洋给了苏权凯，那人总认为可逃了一条命，回头就走。

“你给我站住”。苏权凯厉声对着那人。

“先生，我实在没有钱了!”

“把大褂子脱下来，借我用用!”

那人又把自己十分喜爱的大褂子脱下来给了苏权凯。

苏权凯不放鹰了，他开始在韩德勤部下当了个排长。拍拍马屁后，当了个小小连副。“七七”事变后，他自己拉出一个排的人，来到三汊河边，说是要坚决“抗日”。有些人就听了他的话，马上补充了一百多人，他自称团长。自从南京成立了伪国民政府，他又成了汪精卫的部下，做了日本的走狗，改名叫“和平救国军”，他感到非常得势。现在有大日本帝国做后台，以汪精卫做榜样，所以他又神气起来，决心要为日本鬼子卖力，并获得日本一个少尉官三本次郎的特别赞赏。

炮　痕
PAOHEN

龚王庄做油生意的事，被传到苏权凯的耳朵里。他垂涎三尺，心想一定要发这个财。他纠集了一些同伙，在一个晚上，奔袭二十里，把龚王庄包围了起来，不让任何人出村。要把这个村的有钱人都抓起来带到伪军据点“审讯”。龚王庄在那天晚上特别平静，北风吹来，身上感到寒冷，但暖暖的被窝从头到脚都捂得严严实实又使人感到舒适安宁。到了三更天，庄上吼叫出了狗叫声。声音越来越大，这时忽然有人在龚得福家敲门。

“老板，请你开开门吧！”

屋里没有声音。

“老板！请你开门吧！我们是路过这里的，想借个宿，明天赶路。”

屋里还是没有声音。

“老板！可怜可怜我们吧，我们在外边都快冻死了！让我们暖和暖和，明天天亮就走。”

龚绍华母亲一听，感到心疼，觉得一生能给人做点好事，将来死了投胎也能投到富贵人家，她推着丈夫说：“龙儿他爸，开门吧，让人家进来暖和一会儿。”

“别开门，谁知道他们是坏人还是好人？”龚得福捅了下妻子，让妻子听听清楚。

“老板啊！你们这些有儿有女的，都有个暖和地方，我无儿无女的连个站脚的地方都没有，你们行行好，将来菩萨也能保佑你们。”一边说还一边哭了起来。

“哎！来！”龚杨氏立即从床上起来披上棉衣去开大门，大门开了半扇。

“不许动，老板在哪里，快叫他出来，跟我们走一走。”几个带着黑面纱，只留两个眼睛的军人，用枪对着龚杨氏，另外两个人，几个箭步就往房门里面跑。龚得福一听声音不对头，马上就往房顶上爬，两手才抓到房顶上盖，就听到有人在叫。

“不许动，给我下来。”两个军人举着枪，对着龚得福，龚得福只得举起手来，立即被五花大绑带出去，龚杨氏陪嫁的金银首饰，给龚绍华做的棉衣，钱柜里的钱，都被一扫而空。插在财神爷两旁的山鸡毛也被踩成几段。财神爷的脑袋也被摔破。

这一夜晚，龚王庄被抓走三十多人。当抓到顾民富的父亲时，有一个熟悉情况的人说："要带他干什么，房子财产都卖掉，也不值10块大洋。"另一个人说："带走有用。石头里还想炸出油水来呀!"所以也是五花大绑带走了。

天亮了，龚王庄被抓走人的人家个个都在哭，人人都骂和平军这些丧尽天良的"狗杂种"。大家这才明白，是和平军的经济绑票，并从据点里传来，要各家各户送钱来，才能把抓去的人赎回来。

石港镇是个只有1000户左右人家的小镇。这里的街心是用残缺不全的石板铺起来的，高低不平的路面，使人走路尤为小心。街上布店、帽子店、鞋庄，也有卖洋瓷盘、洋火、洋油的商店，这些商店都冷冷清清的。但香火纸蜡店倒是经常有人来来往往，花几个铜板，买几炷香，几个纸钱求神仙保佑平安。有时粮店门口就像人山人海，买粮的人挤得水泄不通。苏权凯的团部就设在这里。一个戒备森严的军营，四面四个碉堡，竹篱笆有一人多高，扎得结结实实，门口有两面旗：一面是日本膏药旗，一面是国民党党旗。里面有3个日本人。据点守军共有100人。龚王庄被抓去的一些人，都被关在这据点的一个小角落里，一个破旧的房子，房顶上到处漏风，但墙壁非常结实。没有铁镐和铁钻，从这里是钻不出去的。屋里铺了一寸厚的稻草，没有被褥和草帘，几十人挤在两丈见方的黄土地上。为了防寒，只得一个个挤在一起，蜷着身子，像牲口一样关在一起。对有几个有钱人来说，从来没有过过这样的生活。

第二天，苏团长开始了对被抓去人的"审讯"。第三名就是叫的龚得福。他被带到苏团长审讯台的前面，龚得福向苏团长鞠了个躬。

"龚老板。"

龚得福听到团长叫老板二字，苦笑了一声连忙又鞠了个躬，答应了一声。

"哎!"

"为了救国，我们和平救国军要向你们借点钱用用。"苏权凯用手做了个姿势，表示要钱。

"苏团长，你要花钱，我龚某不是那样小气人，只要说一声，我能把钱送来。你老人家把我们带到这里，叫我们担心受怕的，家里人还不知道怎么回事呢。"

苏权凯听到这话觉得龚得福很不满意。但听到龚得福松口给钱，立即往桌子上轻轻地拍了一下。"好！好！你是个开明老板，爱国人士，"

接着挥挥手，“我们和平救国军，救国和别人不一样，是曲线救国。我们中国人太没有本事了！干什么事情都没有人家日本人聪明。人家国家虽小，洋枪洋炮，什么都会造。东洋货到处都吃香。人家吃香的、喝辣的，吃的是白面大米、鱼肉海产。我们连大麦粥都吃不饱。现在日本人要建立大东亚共荣圈，帮我们建设国家，我们也要拿点钱，答谢人家啊！”苏权凯说得摇头摆尾，像演讲一样，向龚得福灌输了一通。

龚得福明知是敲诈，心里有说不出的苦处，可只能是笑着答应。

“是是是！应该应该！”

“来人啊！”苏权凯用手一摆。

一个军官从里面出来。

“你看龚老板家里要出多少钱啊！”苏权凯用询问的口吻问那军官。

“报告团长，龚老板家有房屋 8 间，良田 16 亩，家里做生意，有 10 担油的本钱，还有牛一头，肥猪 6 口，生活过得不错，算是个大户人家。”顺手那军官把一张纸条递给了苏团长。

“好吧！那就给个 20 担油钱吧！”苏全凯站了起来，像是要走。

龚得福听说 20 担油钱，吓得脸上铁青，立即跪了下来，跪步向团长身边移动。

“团长啊！我可拿不起这些钱啊！”

苏全凯不理睬。

“团长啊！你是要我的命啊！这一来我倾家荡产也拿不起这些钱啊！”立即抱住了团长的大腿求饶。

苏全凯用脚一蹬：“他妈的，敬酒不吃吃罚酒，给我带下去。”

两个士兵把龚得福夹走。在出门后带到另一个屋子，看到顾望泉被吊到梁上被抽打，打得浑身是伤。那两个士兵有意叫他在那里站了一会儿，龚得福吓得用双手捂着脸，担心自己也会遭到那种瘆人的遭遇。

龚杨氏这几天在家里，哭得死去活来。丈夫在家时，她是百依百顺。丈夫被抓走后，她度日如年。“丈夫丈夫，不能离家三步”，每当龚得福出门做生意时，她都惦念着。丈夫回家，她做四小盘、一碗汤。把剩下的好菜给儿子吃。而自己躲到厨房里吃点咸菜。她觉得只有丈夫才是家里的顶梁柱。家里没有男人，这个家就支撑不起来。她越哭越感到伤心，只是指望菩萨能把坏人都杀尽杀绝，把丈夫救回来。她点了三炷高香，往东南方走了 30 步，对着苏权凯曾用山鹰抓山鸡的地方进行咒骂。

一咒苏权凯没好死，叫你头上吃枪子。

二咒苏权凯没好活，身上的浓疮像蜂窝。

三咒苏权凯绝子孙，死了没有人做坟。

四咒苏权凯该杀头，切成八块下油锅。

五咒苏权凯投猪胎，长个肉猪叫人宰。

六咒苏权凯坏心肠，割下喂狗狗不尝。

七咒苏权凯下地牢，十八层地狱把你招。

八咒苏权凯该万死，捣成肉酱当狗屎。

龚杨氏不断地咒骂着，她还拍打着地下的泥土，有时还拿着佛珠在数着，他希望观音菩萨马上显灵，把苏权凯杀得狗血喷头，使丈夫平平安安回来。

正当龚杨氏在哭诉咒骂时，顾民富拿着打狗棒和要饭碗从这里经过，顾望泉被抓去时家里一粒粮食也没有，可是一个小孩子哪有本事弄吃的呢？所以只有暂时要饭。

“大婶，你现在哭有什么用，人都被抓走了，该想点办法给绍华安置安置！”

龚杨氏头一抬见是顾民富站在一旁，她望着民富的可怜相说：“民富啊，你父亲被抓走，你就不难过吗？”

“我怎么不难过呢？我的大婶啊！”边说自己也呜呜地哭了起来，他停了会儿又抬起头来擦了擦自己眼泪，以仇恨的眼光，脸对着阳光气愤地说：“不！我父亲对我说过，坏人欺负好人，我们就要和他拼。”

“你这个伢儿瞎说！人家有枪有炮的你能打得过人家吗？”龚杨氏立即惊讶地停止了哭声。

“哼！下次再来我要用铡刀砍死他几个。”顾民富紧握着手里的打狗棒又接着说，“你看吧，大婶，有一天我总要到石港镇干掉他几个。”顾民富咬牙切齿，把脸震得通红。

过了一会儿，龚绍祥从这里经过。看到龚杨氏她默默地像在想什么，她长时间的哭诉像是个呆子。他走到龚杨氏的身边。

“大妈！你老人家回去吧！这里多冷啊！你冻坏了，绍华怎么办啦！”

“绍祥啊！你家里前世做的好事多，和平军来了，你父亲躲得快，没有被抓去。”

“大妈呀！你怎么还是说神说鬼的呢？还是人有用啊！你念经念了一

辈子，你到底看到鬼神在哪里呀!"

"我这个妇道人家，没有个男人，谁给我做主啊，所以只能求菩萨。"

"大妈呀！大伯不在家就是你做主啊！现在你要拿出个主意才行啊!"

龚绍祥说完后，从家里背了一斗粮食，并拿了一盘糕送到龚绍华家里。

龚绍华这几天像掉魂似的，他对暂时失去那唯一可以依靠的父亲，感到痛心。他更心疼自己亲爱的妈妈，所以妈妈哭，他也跟着哭。妈妈走到哪里，他也跟到哪里。他饭也吃不下，觉也睡不好。饿得实在没有办法时，用元麦面做一锅粥，一锅清水才下了不到半碗元麦面，喝粥时都能从粥里照到自己的脸。往外走几步跨过一个门槛，肚子里的食就消去一大半。他一边喝着粥，眼泪也流到碗里，他悲伤地把筷子一甩，就去找顾民富和龚绍祥。

在万物复苏的春天即将到来的时候，三好友聚集在一棵大树底下，顾民富背靠着大树，然后又伸着身子对两人说："喂！你们知道吗?共产党要来了!"

龚绍华听到共产党三个字，心里一跳，低着声对顾民富说："不要胡说了，先生说过：'共产党是红眼睛，绿鼻子，青面獠牙，是吃人不吐骨头的'，你说出来就不怕杀头吗?"

"嘿！你怎么知道呀，是一个戴草帽的告诉我的，那个人心可好呢!"他用手遮住半个嘴，"这次来他们是要打小日本的。"顾民富又咬着牙："苏权凯，这个狗杂种，我要和共产党一起把他们都宰了!"

龚绍祥立即兴奋起来，插嘴说："孙中山说过，'其目的在于求中国之自由平等，日本人打过来了，我们哪里有自由、哪里有平等？我们要呼吁，要争取一个平等的世界!"他熟记《总理遗嘱》，边说还举起右手，挥动着拳头。

龚绍华听到的完全是新词。可是这种情况，哪有工夫去推敲呢？他又想说，又不想说，最后从牙缝里挤出了一句来："好！你们干，我也跟着你们一起干!"说这话时脸都涨得通红。

朱家儒这几天特别忙碌。有时他也当着众人面前擦擦眼泪，说是要为龚王庄被抓去的人说情。引起有些人对他好感，称赞他还是念过古书的人懂人情。他被龚杨氏请了去，请他设法把自己的丈夫赎回来。

“先生！我儿的学问都是你老人家用心血栽培的。我叫他终身也不能忘记！”又照例用围裙擦了擦眼泪，用恳求的语调：“你送菩萨要送上西天啊，我男人赎回来，就靠你了！”

“龚大婶！我们也不是外人，做点事不也是应该的嘛！”

“先生！你要到团长那里说点好话呀！别看做点油生意，其实也是个穷人啊！”

“苏团长这个人的脾气，我可是知道的呀，他是说一不二，给少了恐怕还不行呢!”

“苏团长能要多少呢？”

朱家儒先用两个指头，然后又伸出了一个手指，做了个表示。他怕龚杨氏不懂，又加重语气说：“21 担花生油。”从中他要得到 1 担油的回扣。

“什么？”她吓了一跳。立即“扑通”坐到土地上，“我的娘啊！我不就冲家了吗！我们以后还能活下去吗？我的命真苦啊！”又大声地哭了起来。

“龚大婶啊！你可不能把丈夫害了，救人要紧啊！如果有个三长两短，你这妇道人家不是更不好过了吗？”

“先生，你说的也是啊！我男人不在家，你倒给我做主啊！”

朱家儒一听，心里高兴，他又想把主意打在丈夫不在家的一个女人身上。

这时龚绍华从外边走来。他不顾先生的尊严，也不顾母亲的求饶，他立即举着拳头大声疾呼：“我们要打倒日本帝国主义！”

龚绍华不知从哪里学来的这句口号，把先生吓了一跳。

“你这个死畜牲，还不给我滚出去，我和先生说话，你来做什么？”龚杨氏也没有听清这段口号的含义，把儿子骂了出去，又谈起怎样把丈夫赎回来的事。

龚绍华家积集了全部做生意的资本。卖掉 8 亩良田，一头耕牛，6 头猪，可是还不够。又想卖房子，可是穷人没有钱，有钱的说：“龚得福家里风水不好。住了这房子会倒霉，白送也不能要。”房子也没有卖出去，无奈只好借钱，到年终成倍偿还。另外还请有关的人吃了两桌酒席，这才把龚绍华的父亲赎了回来。

龚得福在据点里，被关了七七四十九天。那些当兵的要打就打、要骂就骂。他感到受不了，就请人捎个信，从家里捎几个钱来，把那些小官和当兵的，买通买通，让他们少打几下。所以受罪比起别人都要稍轻点。他感到非常幸运，总算放出来了，但财产也空了。他有时悲伤地哭了起来，哭得眼睛白内障增大，越来越看不清东西。头发过了耳朵边。胡子长出半寸多长，可也明白了不少东西。他明白了这次被绑票，不仅是苏权凯一个人的事。是日本帝国主义打进中国，帮助那一帮坏人干坏事。他想起了插在财神爷两旁子山鸡尾巴。他大喝一声：“哎！我只顾自己发财，不顾国家兴亡，那真是山鸡顾头不顾身，我和山鸡好有一比。这就算是吃一堑长一智啊！”

从阴沟里传来一则奇闻。说老蒋还要消灭共产党。可是在阳光下，又传来一首动人的歌谣。

秋风起，树叶黄。
弟兄们杀敌在战场！
我们都是一家人，
祖宗三代同一庄。
日出东山一块儿把牛放，
日寇打来一齐把兵当。
当兵要为保家乡，
决不能自己互杀伤。
是日寇烧了你的家乡，
是日寇杀了你的爹娘。
相互残杀敌人笑，
热血同胞痛心肠。
大仇不报愧为男儿汉，
握紧枪杆齐向敌胸膛。
我们要团结，
我们要抗战。
谁要分裂谁要投降，
谁就是自取灭亡。
我们要团结，
我们要抗战。
谁要分裂谁要投降，
谁就是自取灭亡。

第五节 四老爷来了

黄黄烧饼黄又黄，
黄桥烧饼慰劳忙。
烧饼要靠热火烤，
军队要靠百姓帮。

一首《黄桥烧饼》的歌曲，传遍了苏中大地。虽然是一个秋天，但又像春风一样，吹醒了越冬的动物，吹暖家家户户，吹化了冰冻雪霜；又像鱼儿得水、鸟儿展翅、马儿奔腾、婴儿哺乳一样，到处是一片欢腾。人们都举着四个手指，走东家串西家，奔走相告，异口同声地传说着："四老爷来了！四老爷来了！"这是老百姓对新四军的尊称。

就这样，新四军的名字，被传遍了华中的各个战场。她的名字，已铭刻在人们的心上。她像一个巨人出现在亚洲的山河平原上！

啊！他是人民的雄鹰，他要消灭野兽豺狼！

美好的山河呀！人民有了自己的好儿子，你的大地就要换上富丽的新装！

在黄桥决战的前夕，新四军有一个小部队路过龚王庄，这是一个黎明的早晨，一切都像安然无事。庄户人家准备到自己的田园里收获庄稼。正是炊烟袅袅，腾空飞起，镰刀轻声地叮嘣响。忽然从龚绍华家的墙脚下面，传出来一声怪响。

"和平军来啦!"

龚得福听到这个声音，脸被吓得雪白，镰刀往凳子上还没有放稳，立即从上面掉了下来，当啷当啷地在砖地上响了两下。龚杨氏吓得像个瘫子，挣扎了半天才算爬了起来。龚绍华在睡梦中被惊醒。

"快……"龚得福一个长声，连气都感到喘不过来。"快走！"龚得福急促的声音，弄得全家像无头苍蝇。

"快逃命去!"说着又呜呜地哭了起来。

龚绍华从门缝里往外看。见有人拿着行李在走动。一群一群地往西北跑。他立即断定是逃难的。又猫着腰走到父亲的身边。"爸爸，人家都走了！我们怎么还不走呢?"龚绍华贴着父亲耳边小声地催促。

炮　痕

PAOHEN

“快！快开大门，我们和他们一起走。”

龚绍华听从父亲的吩咐，立即把大门打开，回来又搀扶着母亲随着人群，离开家有半里多路。

“你们别跑了！”

“你们都回来！”

逃难的人听到是顾望泉的声音，就像一块几十斤重的石头从心窝里掉了下来。

“顾大哥，你怎么不跑啊！”在人群里一个中年人在询问着。

“你们别怕，这是新四军。他们是打日本的，也是打苏权凯这些狗养的！”

这时逃难的人，一个个都停了下来。那些胆子大的人带头往林里走，这才一个个地回到自己安乐的家庭。

新四军恐怕惊吓了老百姓，他们是住在庄东南角的一个柏树林里，树园地是他们挡风的温床，一支步枪做枕头，二斤重薄被盖身上。一些好奇的想去看看，慢慢地走到新四军的宿营地。他们穿的是灰色服装，戴的是平顶带帽檐的夹布帽，两个纽扣缝在前，说这是朱德军帽。在左臂上，戴上一个黑白臂章，上面印有“A4Z”的英文字母和阿拉伯文4字，标志着是新四军的符号。脚穿布绳打的草鞋，每人还有个用竹篾和桐油纸做的斗笠。看了半天，也没有看出谁是当官的。看的人猜测，可能背盒子炮的一定是个大官。他们看到老乡都是和和气气的，看到中年男人叫老板，看到中年妇女叫老板娘，看到大姑娘叫大姐，看到媳妇叫大嫂，看到老头叫老爹，看到老太太叫老奶奶。他们就像看亲戚一样说起话来像小绵羊，对敌人却那样凶狠。

黄桥这一仗，给国民党顽固派打了一记响亮的耳光，他们不抗日，还要阻止新四军抗日，有些人还在做与蒋敌伪合流的勾当。在忍无可忍的情况下，打了个“黄桥决战”，给新四军推进苏中，团结抗日，打开了新的局面。人们非常振奋，他们编写着歌曲，到处进行歌唱。

打个胜仗笑哈哈，张家老头笑掉两颗牙，昨天一仗打得真漂亮，呵呵嗨嗨哈哈哈哈哈

打个胜仗哈哈哈，王家老奶奶张开瘪嘴巴。她说同志们都是英雄汉，呵呵嗨嗨哈哈哈哈哈

打个胜仗哈哈哈，小媳妇忙得像热锅上蚂蚁爬，做饭做鞋慰劳新四

军，呵呵嗨嗨哈哈哈哈哈

打个胜仗哈哈哈，小伢儿乐得拍手打巴掌，前呼后拥跟着马儿跳，呵呵嗨嗨哈哈哈哈哈呵呵，这儿打胜仗。嗨嗨，这儿笑哈哈，到处都在打胜仗，到处都在笑哈哈，到处都在呵呵嗨嗨哈哈哈哈哈

黄桥决战胜利后，老百姓从四面八方都送来许多慰问品。东庄送来了绿豆粥，西庄送来王猫糕；南庄送来大米饭，北庄送来了油摊大烧饼。送来的慰问品，新四军都付了大洋。尤其是黄桥大烧饼，吃得又香又甜。热腾腾吃在嘴里，暖在心里。新四军就用《黄桥烧饼》这首歌曲，来表达军民之间的感情。

在黄桥决战以后，有些人对新四军在黄桥缴获的两门山炮传说很多。有的说，这种炮一响能轰掉半条街。有的说，这种炮弹一炸能炸掉半个村庄。还有的说，一炮就可以打口水井。又说这是新四军用连环计得来的。龚绍华对这种炮，到底有多大威力，也弄不清楚。所以人云亦云，人言我语，越听越夸大，越听越出奇。有一天晚间，龚绍华把顾民富和他父亲拉到自己家里要谈谈这种炮的威力。顾望泉在黄桥支前，亲眼目击这两门炮，所以把他们父子俩一起请来。

顾民富父子俩，到了龚绍华家，龚绍华父亲也在家，两位老人见面后，都以兄弟相称，因为是患难之交，都谈起被伪军绑票的事。

“爸爸！绍华把你请来，是叫你讲讲黄桥那两门大炮的事，你怎么谈起家常了呢?”顾民富焦急地挡住了两位老人的谈话。

“唔！你不说我还忘了呢!”顾望泉被儿子一提醒又转了话茬儿。

“我看到的那个炮啊，是两个轮子，一个管子，走大路两头驴子拉，走小路两头驴子驮。上面还有一个千里镜。你看不到他，他就能看到你，针头大的东西看得比牛还大，我听别人说，这个炮的脾气可大呢！有一年打了一炮，震倒了120间大瓦房，震死了200头大水牛，震开了一条大城河，震聋了几百个年轻人。”顾望泉扑哧一笑，因为连他自己没有弄清楚多大威力，他接着说，“现在日本人和和平军的炮楼我们就不怕了！有了这个家伙，一炮就叫他完蛋。”说到这里，大家都笑了起来。

龚得福听到后，倒不感到奇怪，在大家欢笑时，他只是微笑了一下。他把手一挥，也谈起自己的见识来。

“你们听说过江阴炮台吧!”

龚绍华、顾民富一听，都把出奇的眼光转到龚得福那里来。

“江阴炮台有一门炮光是炮管子就有一里长。有一年往长江打一发炮弹，几十丈的江水打得它江底朝天。”龚得福停了一会儿，龚绍华和顾民富眼睛瞪得像田螺似的，等待再说下去。

“有一年年三十，当官的都回家过年去了，就留下几个打更的在看炮。这些人也有点想家，可又不敢离开炮去耍子，他们4人搬了一张八仙桌子，在炮管里打了一晚的麻将。在里面一没有风，二没有雪，暖暖和和地过了一个年三十。”龚得福装得很正经的样子，连笑也没有笑，只是两眼扫了一下大家，看看别人脸上的表情。

龚绍华、顾民富听到这里，都把嘴咧了一下，“我的乖乖，这个炮不是能打几百里吗!”

“龚老板，我怎么没有见到啊!”顾望泉惊奇地问。

“嗨嗨！这些我也是听人家说的。”

龚绍华、顾民富对这些传说，都感到似信非信，可是对大炮的印象，又比以往加深了一步。都期望在未来能当一名威风凛凛的炮兵军官。

有一天，龚得福亲眼看到苏权凯被新四军抓住，新四军那明晃晃的刺刀，照得苏权凯七窍流血，龚得福见到苏权凯被抓，身子飘飘然，立即腾空而起，他展开两只胳膊，嗖嗖地飞到新四军一旁。

“四老爷，他绑了我的票，抢了我的东西，我现在要把钱和东西都要回来。”一个五十龄的长者在二十多岁的年轻战士面前，叫起老爷来了。

那位新四军战士，像金刚神似的直立在那里，并监视着苏权凯。看到龚得福后，对他微微一笑。

“四老爷，你们可不能把他放了，他是个坏人，他是个坏人啦!”

那位有一丈二尺高的新四军弯着腰像大人哄小孩子似的。“老板，苏权凯是人民的公敌，我们要交给人民审判。”

龚得福听到的就像雷声一样，可又不觉得在自己身上雷击，听完后禁不住又发出一个吼叫声。

“不行！我要亲自把他杀掉，我要把他杀掉。”龚得福又壮大了胆。

“呜哇……”

一个险恶的怪声响在龚得福的身边。回头一看，原来是苏权凯在挣扎鬼叫。新四军那明亮的刺刀，对准了苏权凯。刺刀的亮光，把苏权凯的五脏六腑照得一清二楚。心像石头做的，肝像铁做的，肠子像盘踞在肚子里的毒蛇。龚得福越看越感到害怕，立即腾空而起，又飞到一个草堆旁。

“乡亲们！反动派是不可怕的。你怕他他就欺你，你和他干，他就怕你。我们要团结起来，要把反动派消灭掉！”

一个响亮的声音，又传到龚得福耳朵里。龚得福完全消除了顾虑，他展开双臂，又飞到新四军一旁。他扬着手，呼唤自己的儿子。

“绍华，给我拿刀来！”

龚得福的叫声，并没有人理睬。

“绍华给我拿刀来！”

这时从空中飞来一把菜刀，虽然刀背有些生锈，刀口还算好用。龚得福拿着刀，“嗖”的一下飞到了苏权凯一旁。苏权凯张着大嘴，对着龚得福说：“你杀了我，老子18年后还是英雄好汉！”

龚得福带着仇恨，不顾苏权凯威胁，对着苏权凯的脖子使劲地砍去，随即苏权凯的头被提在龚得福的手里。刀还没有放下，苏权凯又长起一个头来，龚得福被吓得全身发抖。手里的头“扑通”一声掉在地上。龚得福被这一惊吓，立即在睡梦中被惊醒过来，原来这一切都是做的梦。

在一个晴朗的夜晚，天空布满了星星。半圆形的月亮斜挂在空中，星星像一只只明亮的眼睛，在观赏着大地一切行动。龚得福坐在自己家门口的打谷场上，默默地在想着天下一切变化。他对昨天的梦，认为是神仙的显灵。预兆在不久就会使苏权凯在自己手上被剁成肉酱。也想到新四军可能带来幸福和光明。正在想得出神的时候，私塾先生朱家儒站到他的身旁。他立即又从家里拿来一张小板凳，请朱家儒在一起随便谈谈。

“先生，现在世道又要变了！”龚得福叹了一口气。这口气既表示高兴，又表示担心。

“是啊！世道是多变啊！”朱家儒也在想这个世道怎么变法。

“昨天我做了一个梦。被惊醒以后，我到外边看了看。看到天上有一颗大星，‘唰’的一下，好像掉在西北边的一个大庙里。像这样大的星，我一生才看过两次。换中华民国那年是一次。这次又是一次。”

“照你这么说，朱毛还能当皇帝？”朱家儒问。

“那可就很难说啊！凡是玉皇大帝封的，你不叫他当也不行啊！”

朱家儒听后一笑：“那也不一定吧！”

龚得福拉着朱家儒的袖子，好像有很深的感触："那你不能这么说呀！现在大家都在信新四军呢！他们走到哪里，人人都竖起大拇指来说他们好。"

"龚老板，有许多事情你还是不知道啊！"

龚得福一听，感到很惊奇。总认为做生意人要比坐书房的人知道事多些，他嘻嘻一笑，"我还不知道呢！我做生意，江河湖海哪里都走过，那还有我不知道的事吗？"

"就这事你不知道。"朱家儒沉着地回答。

"好吧！那你就说给我听听，看谁说得对。"

朱家儒的手往嘴上摸了摸。便一五一十地谈起来："现在世上各有各的手法。中国人最讲究吃饭。拿吃饭来说，日本人是打着吃，和平军是抢着吃，国民党是捐着吃，新四军是骗着吃。"

龚得福完全不理解这四个"吃"是什么意思。他又问道："先生说的这四个'吃'是怎么解释呢？"

"日本人可厉害得很啦！你不能惹他。惹了他他就打你。他打到哪里，哪里就是他的地盘，就要吃到哪里。所以我们只能让，不能打，打就亡，让了还可以保条活命！"

龚得福没等朱家儒往下讲，自己就抢着说起来："和平军抢着吃我知道。他妈的，这些狗养的，绑了我的票，抢收了我的东西。"

"是啊！抢也是个手段啊！不抢他们吃什么啊？不过老蒋有个高招，他有乡保长、有税务所。只要手一伸，什么土地捐、房捐、人头捐、职业捐，还有生孩子捐，连挑大粪也要捐，你不给就去坐班房，你说这个手法多好吧！"

"说到新四军，他们是个穷光蛋。吃得也不好，穿得也不好，和日本老蒋比，洋枪洋炮都没有他们好。他们不骗人，怎么能活得下去呢？"

龚得福听得目瞪口呆，对这些道理，不知是对是非。就这样糊糊涂涂地听下去，恍然地对着朱家儒说："先生，我家绍华不懂事，下次我还要把他送到你那里念书！你要好好好好地教训教训他呀！"

"当然，当然，你家绍华好好念书，还是很有出息的。"

两人谈到深夜，从山南谈到海北，从天时谈到地理，似乎谈得津津有味。

龚绍华得了百日咳病。喉咙里像拉风箱似的，呼啦呼啦直响。一会儿像连珠炮似的一声接着一声咳嗽。鼻涕眼泪一起下，并带有呜呜吼声叹长气，脸上发青发紫，使他食不能咽，觉不能眠，感到特别吓人。龚杨氏急得像热锅上的蚂蚁一样，急得她团团转。她带孩子请了个小推车，到东北方向的一个庙里求仙方，她摇个中上签，感到有些希望，她又埋怨菩萨没有给个上上签。她烧了三炷高香，求菩萨保佑，又向钱箱里投了几文铜钱，取了一包香灰，回去冲给儿子喝。她一边叫儿子喝着，又一边念观音新经。从傍晚念到深夜，可儿子还在呼哧呼哧地喘气，仍不见好。龚杨氏忍不住又哭了起来。

龚得福见儿子病成这样子，心里像火烧。他怕再请那样的郎中，又会送儿子的命。他也急得团团转，一上火自己也病倒在床上。龚杨氏给儿子在头上捂上湿毛巾，还是念叨着菩萨保佑。正在着急的时候，新四军的后方医院，搬到龚王庄来，一个个伤病员被安排到各家各户，一箱一箱的医疗设备也放置在比较合适的地方。正准备把院部安置在龚绍华家时，忽听到房里有人啼哭，新四军的大夫问清了缘由，初步进行了诊断，立即采取了隔离措施，在龚绍华住的地方消了毒。

“老板娘！你家这个孩子是得的百日咳啊，要赶快治疗，不治疗就要成诱发性肺炎，再发展下去，就没法治了。”一个新四军的大夫对龚杨氏诉述。

“你们能把我儿子治好，你就是我的活菩萨啊！”

那位新四军的大夫一笑：“老板娘，这是迷信啊！菩萨怎么能治病呢？”立即提笔，开了处方，写的是麻黄、杏仁、茅根、南星、川贝、橘红、天冬、甘草、炙百部、川莲、桑皮、前胡、清半夏、蒌仁、葶蘼、石膏、黄芩17味中草药。这个开处方的医生是东北人。他是按东北的传统治法开方的。但这些草药能从哪里找全呢？正在着急，被科主任看见，科主任立即修改成麻黄、百部、白芨、芦根4味中草药。那位科主任还交代如果不见好的话，还可以再吃4个鸡苦胆，同时又看了龚得福的病，诊断有高血压，并给了几包西药。

龚绍华吃了一个星期的中药，果然见好。3天后，呼吸就不困难。6天就消炎化痰。第七天就大口大口地吃起饭来。这一来把龚绍华一家高兴得不知如何是好！龚杨氏从家里拿了一筐鸡蛋，送给新四军吃。龚得福送了两方水烟，给新四军抽。龚绍华在病好后，积极地给伤病员倒尿倒屎、打饭打菜。洗绷带扶伤员，忙得他团团转。干满一天也不感到疲劳。龚杨氏忙把伤员的衣服洗，给伤病员缝衣服，也是忙得不可开交。

龚得福也在为转运伤病员抬担架、做后勤，又是忙得不亦乐乎。

一把扇子七寸四，实行民主新乡制。
二把扇子长又圆，好人都有公民权。
三把扇子舞一舞，没有公民权真正苦。
四把扇子扇一扇，投降日本是汉奸。
五把扇子围成圈，抗日都有发言权。
六把扇子画个画，抗日救国靠大家。
七把扇子摇一摇，抗日要靠共产党领导。
八把扇子弯了弯，丰衣足食靠生产。
九把扇子扇得勤，做事要有带头人。
十把扇子扬一扬，选个好人当村长。

这是一首用苏北民歌《杨柳青》调配曲的《十把扇子》歌。从编写出世那天起，人人都爱唱，都感到特别亲切顺口、好记，使老太太唱得腰一扭，老头儿唱得腰一弯，小伙子唱了头一扬，小媳妇唱了带表演，病人唱了病去一半。这首歌像流水般地传遍了苏中抗日根据地，它表示了民主选举乡长村长的条件已经成熟，它标志着抗日民主根据地“三三制”的民主政权正在建立，它像潮水般的势不可当，它鼓舞人们奋起抗战的热忱。龚王庄就在这首歌鼓舞下，民主选举村长。

顾望泉一家，从新四军东进后，高兴得不知如何是好。虽然新四军没有给他家治病送药，也没有给他家送去一文一毫，但是他们父子俩，对新四军的感情胜过了自己的亲爹亲娘，他经常给新四军送粮送草、带路打更，村上要出民工他带头，要出担架他报名。新四军住到庄上，他把家里好地方给新四军住，他住在破草棚里。伤员住在他家里，他专门夹了新草棚，严严实实，睡里面一点儿也不冷。他有好东西舍不得吃，留几个鸡蛋都往伤员那里送。他像照顾自己亲人一样，凡是能想到的他都是无微不至，像干旱了的田野得到泉水的灌概，他的名字，实现了自己的愿望。

顾望泉对别人的关心也是无微不至。别人有病他请大夫，家无年轻人他挑水，劳力不够他帮工，婚丧喜事他操劳。因而博得了全村人的信任，村里无人不夸，都说他是一个好庄稼人。

选举村长的活动开始了，村里人全都选举顾望泉当村长。顾望泉再三推辞，但没有一个人同意。顾望泉说："我家里祖祖辈辈也没当过官，叫我领导全村人我干不了。"可是村里人说："顾老大，你就干吧！我们都听你的！出了事我们给你撑腰，哪个调皮捣蛋，我们就不放过他。"就这样，顾望泉这个村长就走马上任了。村公所给他刻了个印章，上面刻着"顾望泉印"四个字。就像皇帝的宝玺一样，盖上去全村人都听他的。有他的印章，到乡政府都放行通过。他是全村人民权力的象征，也代表了全村人民的利益。

那真是鸟无头不飞，从选举村长后，各项工作都展开轰轰烈烈，接着农抗会、青抗会、妇抗会、民兵都组织起来。这些组织都围绕抗日救国的要求订出了自己的规矩，每个组织都经常向村长汇报。龚王庄抗日自救的生产运动，也开展得热火朝天。龚得福除了种地以外，仍做一点小买卖。朱家儒还在教书，政府要求他私塾改良，可以学习些孔、孟的有益格言，继续和发扬中国古代文化的优良传统，并聘请学校老师来教数学和自然常识等，工作做得有条不紊。在一个不发达的山村里，显示出兴旺发达的迹象。

第六节 雨露滋润禾苗壮

春季里来万物青，家家户户忙春耕。指望庄稼收成好，缴足公粮去劳军。龚王庄的禾苗比哪年都壮，经过人民政府的治理，吃喝嫖赌的人没有了，二流子也被改造了。像锄过杂草的庄稼，施过肥的麦苗，一棵棵都是绿油油的。虽然遭受到风雨的袭击，但人工又把它培植起来，那真是庄稼不怕有心人，幸福不忘共产党。

风摧柳枝蕊出梢，
柳在溪边微微笑；
插根柳枝润土中，
又是一株好树苗。

春天是百花盛开的季节，苏中地区的花一个接着一个。杏花开完桃花开，桃花开完石榴花开。正在百花盛开的季节，龚绍华被送到怒江乡池桥小学读书。他的心像一朵美丽的鲜花，奔放在他那温暖的心窝之中。他看到的像换了一个世界。对他来说，什么都感到新鲜。

龚绍华从上学第一天起，由过去穿的长袍大褂，改穿了学生短装。原来是剃的光头，在中间留个小桃子形状的头发，现在推了个小平头。

使他高兴得手舞足蹈，似乎他已完全变成了另一个人。在上学的第一天，他整理了荷包式的小书包，又整理了他心爱的新装，一跳一蹦地走到学校去。母亲望着他，直到背影消失，才回家做活。父亲偷偷地望了望，但又不愿失去长辈的尊严。当龚绍华一进学校大门，就看到顾民富、龚绍祥在做游戏。他一把就抓住了顾民富，用拳头往他身上轻轻一打。

"好家伙，你上学也不等一下。"

顾民富也轻轻回了一拳："你这个家伙，真讲究，我走到你家门口时，你还在打扮呢!"

"你胡说，我打扮什么啦，我不就穿了这一身吗？"

"我看你像个小少爷似的！"又捂着嘴一笑。

"你胡说!"又是一拳。

"你就是小少爷!"也回了一拳。

两个人你打我、我打你，其实一点也不疼。这时被正在扫地的学校徐老师看见，误认为是学生打架，立即赶来。

"勿要打！"徐老师举着扫帚。

"勿要打，勿要打！"徐老师举着扫帚跑步走来劝阻。

徐老师是苏南人。龚绍华只听到一个"打"字，看到徐老师赶来使他吓了一跳。他心里想，我在私塾老师用戒尺打。听龚绍祥说，学校用米达尺打。现在新四军来了是不是要用扫帚打呢？用扫帚打人，不也是很疼吗？他立即放开顾民富，拔腿就跑。顾民富不知龚绍华为什么跑了。龚绍祥知道龚绍华误会了，立即大声唤叫："绍华！绍华！你回来。"

龚绍华还是不停脚地跑。

"你回来，现在老师不打人了。"

龚绍华停住了脚，转过头来，往回看，看到龚绍祥、顾民富、徐老师都在笑。他才消除了顾虑，慢慢地往回走来。当徐老师把情况说清楚以后，龚绍华害羞得面红耳赤。

龚绍华上学被插在小学五年级。他开始虽然感到有些不适应。但肯用功夫，一心争口气把学习成绩跟上去。他的作文用文言，还可以写点东西，用白话文有点费劲。他交给老师第一篇白话文作文日记是：

"我早晨起来，吃的是烧饼稀粥，吃完后就背上书包上学。到学校看到老师和同学。老师上课我就听，听了一天课，晚上放学回家。"

他像记流水账般，把一天他的事叙述了一下，毫无思想内容。徐老师看后，耐心地指出写日记的缺陷。讲述语文的构思，叫他重写。龚绍华虽有点不好意思，但又觉得这个老师比私塾先生不知强多少倍。也听了老师的指教，回家重写。他交给老师第二篇作文题目是《我爱学校》，它的第一段写的是：

我像从牢房里走出来似的，我呼吸的空气都是新鲜的，学校给我的阳光是温暖的，我得到的果实是丰富的，我把学校看成我吃甜杏一样，感到可口。我把老师的讲课，比作是吃水蜜桃，感到特别香甜。我盼望着我的未来，像石榴成熟的时候，都是果实累累。学校就是培育我的父母，我爱我的学校。

这篇作文，把风景和自己的思想感情融合在一起，比起“流水账”又进了一大步。龚绍华满意地把作文交给老师，老师微微一笑。给他批了 80 分。龚绍华高兴得真像吃了甜蜜的水果一样，又是连跳带蹦地笑了起来。

龚绍华对算术感到特别吃力。因为到高小五年级，已不像学两位的加减乘除那样简单。现在要学整数四则、小数点和分数。有的老师还出点难题，要算鸡兔同笼。因为过去没有基础，突然出这样深的算术题使他蒙头转向，脑子就像木头疙瘩似的，什么也进不去。他像对待在私塾读死书一样，又放松了钻研。结果算术的成绩一直上不去。期中考试，榜上公布是 18 分。这时龚绍华的小脸不知往哪里放才好。他“呜”的一声，就趴到课桌上哭了起来。同学们都望着他，有的调皮学生讥笑说：“喂！你们来看啊！龚绍华拉起猫尿来了！”龚绍华对别人的讽刺，感到更受不了，哭声又大了起来。手上的墨水也没有洗，擦得脸上蓝一块、红一块的。使全班同学都哈哈大笑起来。在班级里又闹得一场笑人的风波。可是徐老师经常把龚绍华找到自己办公室，手把手地教，不到一个月的工夫，使他赶上了大家的进度，期末考试得了 85 分。

龚绍华很专心听老师讲历史课。当老师讲到中国是一个半封建、半殖民地社会时，他对被人歪曲的“封建”二字，特别反感。他想起在 6 年以前，苏权凯带着山鹰去龚王庄抓山鸡的事，有一天苏权凯在路上遇见一个长得比较漂亮的妇女，他立即招手叫唤那位妇女，“喂！我们俩一起玩一玩吧！”那妇女没有理睬，苏权凯追到那妇女身边动手就拉，那妇女像没命似的逃走，苏权凯笑着。“唷！唷！你还‘封建’呢？现在都民国了，不能再‘封建’了！”说着两个箭步，把那妇女拉着就要抱在怀里。“你跑什么？我们恋爱恋爱嘛！”那妇女“啪”的一下打了苏权凯一个嘴巴。苏权凯觉得给女人打失去大丈夫的身份，立即抓住了那妇女的头发，往地下一摔。“你这个臭婊子，老子是叫你学着点，你倒不识抬举，你知道封建是什么意思吗？封建就是要把女人封在家里，不让你们出来，现在我们要革它的命，从老蒋当民国的委员长，就要你们这些女人，愿和哪个男人玩就和哪个男人玩。你不会，我教你，你他妈的还打我一下。”说着又抓住那妇女的领口。“你他妈的起来，今天你不和我玩，我还要和你玩呢！”就这样在一个没有人群的地方，把那个妇女奸污了，当时只有龚绍华一人看见。但又不敢呼喊，过了几天，那妇女感到受人侮辱，对不起丈夫，就投河自杀了。

龚绍华想到这里，流下了眼泪，使在场讲课的老师感到奇怪。课后老师把龚绍华找到办公室，了解到以上情况，并知道龚绍华在婴儿时母亲缺奶，是这位妇女找来的藕粉喂养龚绍华的。龚绍华母亲经常念叨这位妇女。

龚绍华学到了一些知识。就感到自己特别神气，他走起路来超过了龚绍祥过去的姿势。摇头摆尾，有一次他背着书包回家，刚放下书包，就和妈妈白话起来。

“妈！老师说，人是猴子变的！”

“你瞎说，你这么说，不是你老祖宗也是猴子吗？”

“这是老师说的。”龚绍华感到难为地回答。

“老师说的，老师说的！从你上学堂以后，老师放个屁也是香的，家里人说话你都听不进去。”说着龚杨氏又拿着针线做活。

“那你说是什么变的呢？”龚绍华表示不理会也没有完全理解，道理解释不清，所以没有辩论，又想听妈妈的说法。

“是如来菩萨显灵变的。菩萨的本事可大呢！要变什么就能变什么。”龚杨氏像什么都知道似的，给儿子讲述。

“嗨嗨……”龚绍华闷头笑起来。

“你笑什么？这个死东西，妈妈长了这么大的年纪，还不比你懂得多啊！”

“你说话不科学。”龚绍华眯着眼看妈妈。

“什么科学不科学的，从古以来，那也变，这也变，变来变去也没有超出如来菩萨的手心。”手里还是在做那个粗布褂子。接着又合掌念了声“阿弥陀佛”！

“妈呀！你不懂得这些新道理。人是通过劳动变化得来的。有些猴子会劳动，才进化成人的。”龚绍华很着急，但又不忍心和妈妈争吵。

“你这个该死的畜牲，等你父亲回来，我把这事告诉他，看他打你不打你！”

“妈呀！你光相信菩萨，我生病那年，不是新四军治好的吗！如果光吃那个香灰，我的命不知到哪里去了呢！”

龚绍华这句话，可讲到妈妈的心眼里去了，龚杨氏回忆起过去，因为相信菩萨，害了几个子女，马上又流下了眼泪。

“我的儿啊！我们家祖祖辈辈，都是相信菩萨，我怎么不信呢?”

“那你就不要相信那个迷信了嘛!”龚绍华趁热打铁，大胆地说了下去。

“儿啊！我就信你一次，你家祖宗是猴子变的。”她又想了想，“绍华呀！你要好好念书啊!”她又扑哧一笑。“你要是不好好念书，也许还会变成猴子呢!”母子俩谈得十分投机。

为了配合二五减租，学校里在高年级学生中开展了关于“是穷人养活地主，还是地主养活穷人”的大讨论。有一个胖胖的学生起来，首先发言。

“我认为是地主养活穷人。用地主的田养活穷人，这是天经地义的道理。穷人不种他的田，就活不了。”

“我不同意这个意见。”一个又粗又黑的学生站起来发言，“地主的田是穷人给种的。如果穷人不给他种地，他一天也活不了”。

“地主的田是应该有的，他愿给谁种就给谁种，你不租就拉倒!”

“地主的地是从娘肚子里带来的吗？他这些土地来路不正!”

“你说是从哪里来的?”那个胖学生又问。

“是剥削来的。”一个学生斩钉截铁地回答。

有时会场上都争论了起来。你一言他一语，大家都争论不休，唯独龚绍华在那里一言不发。

“龚绍华！你说这些道理，到底哪个对?”顾民富拉着龚绍华的袖子，要他表明看法。

“我觉得公说公有理，婆说婆有理，大家的道理都对！”龚绍华没精打采地回答了一下。

“哎！你真糊涂，老师不是讲过吗？从有阶级的社会产生以后，就是人吃人、人压迫人的社会。地主剥削穷人，不就是要穷人养活他们吗？”顾民富着急地解释。

“老师是这样讲过啊！可也没有讲我们如江县的地主啊！”龚绍华为难地说。

“天下乌鸦一般黑，说到全国、全世界不也包括我们如江县吗？”

“绍华！你真是书呆子了！老师讲课，能够一个县一个县地讲吗？全国两千多个县，那不把老师讲累死了！”龚绍祥听了好笑，从中又插了一嘴。

“那新四军就叫穷人不给地主种地就行了呗！”龚绍华还是没有完全搞清。

“现在抗日要实行二五减租，既要对地主有利，也要叫穷人得到好处。这不就是要大家共同来好好抗日吗？”

龚绍华这一听，又觉得从书呆子里解放了出来。他悔恨自己只是一孔之见。他也觉得学习必须加深理解，不能光记一词一句，要通过课文，加以充分发挥。

徐老师是苏南人。念过10年书，取得了高中师范毕业文凭。毕业后，也对教学非常热忱，一心要改变中国文化落后面貌。他教人孜孜不倦。可是老蒋提出“礼义廉耻”4个大字，又兴重读复古文章，这样读私塾的人又多起来。日本人来了，又把他那学校变成军营。徐老师只能失业，他到处寻找出路，几经挫折，他决心要和这个社会决裂。最后选择了抗日根据地，参加了抗日军政大学。徐老师那奔放的奋斗精神，像走到一个汪洋大海一样，使他有用不完的劲、做不完的工作。

经过半年的学习，徐老师被分配到怒江乡池桥小学当校长。他虽任校长职务，但又兼任班级课程，学生们都习惯地称他老师。他掌握的党的理论、方针、政策像手里拿着的甘露柳枝一样，柳枝上像有滴不完的雨点和洒不完的露水。禾苗喝着甘露雨水，在阳光照射下，争相成长。徐老师是带着党的雨露，他耐心地把雨露洒在禾苗上。少年们美好的前景，就像在雨露阳光下成长。

徐老师听说有的群众对二五减租有顾虑。白天减下来的租子，晚上又偷偷送回去。说是老蒋来了，还要加倍偿还。有的胆小的人，宁愿自己吃糠菜，也按老规矩把租子交齐，免得将来遭灾祸。针对这些思想，徐老师组织学生，自编自演了些节目，到农村去宣传演出。他对节目的编导提出了指导思想、目的要求、纲目和情节，并一一做了指导。经过一个星期对农村各家各户的采访，终于编写成功一部。该剧以敌后根据地区为背景，写的是一个地主抗拒二五减租的歌剧。

演员人物表

地主——龚绍华

贫农——顾民富

日本兵——龚绍祥

新四军战士——若干人

群众——若干人

大幕拉开：

地主身穿长袍短褂，短褂上印有铜钱模样。手持文明棍，头戴瓜皮帽，走起路来摇摇摆摆。

地主：（白）

我叫王仁财，外号猪八戒；
家有良田一千亩，祖宗传下来；
你要种田我出租，缴租给我理应该；
二五减租我不干，简直是胡来；
什么抗日不抗日，我只要发财；
共产党、新四军，早晚要失败。

贫农身穿粗布蓝衣服，头戴斗笠，手持镰刀，走路刚健。

贫农：（唱）

叫声王仁财，你实在不应该；
二五减租你对抗，穷人吃糠菜；
家里粮食吃不完，隐瞒公粮藏起来；
穷人坚持要抗战，没有吃的精神哪里来；
你的良心哪里去，不打鬼子你对穷人倒厉害。

地主：（唱）

租地好比周瑜打黄盖，愿打愿骂自己挨；
他要不种我的地，他的吃穿哪里来。

贫农：（唱）
张老三，遭了灾，借了你家一斗麦，
你利上滚利利滚利，年终你把他家三亩土地夺过来。

地主：（唱）
你胡说，你胡讲，利上加利理应当；
他不借我一斗粮，饿他几天见阎王。

贫农：（白）
你不讲理你还骂人，老三逼债还不起，
你逼死他家三口人。

地主：（白）
他的命不好，我是好命运，
命运好坏菩萨定，他家没有好祖坟。

贫农：（白）
家家祖坟都长草，你家祖坟怎么这么灵，
你明明是在搞迷信，要叫穷人翻不了身。

地主：（白）
你信你的新四军，我信我的活财神，
二五减租我不干，老蒋是我一家人。

贫农：（唱）
王仁财，你太猖狂，现在时代不一样，
穷人一定要做主，二五减租理应当。

地主：（白）
穷小子，有啥本事，老老实实交租子，
今天不交来年算，一斗要变两斗四。

贫农：（白）

王仁财，你真狠，你是不要穷人来活命，
只顾你去发横财，你就不爱中国人，
我要报告乡政府，要把道理来讲清。

贫农下，日本兵手持三八步枪，朝着地主。
日本兵：你的大鱼大肉的，给我咪西咪西的有。
地主：有——有——有，皇军功劳大大的，我的慰劳慰劳的。
日本兵：顶好的顶好的，你是良民大大的。
地主：皇军夸奖夸奖，我王仁财是小小的、是小小的。
日本兵：你家花姑娘的有。
地主：摇头。
日本兵：你大大的坏，死啦死啦的（举起刺刀对准地主）。
地主：皇军、皇军，我家的大姑娘出嫁了的。
日本兵：八格牙路（一脚踢倒地主）。

新四军和群众持枪而上
新四军：不许动，缴枪不杀。
日本兵（企图顽抗后台枪声效果，日本兵倒地）
地主向新四军叩头，后台唱起歌声

众：大家一条心啊，都来打鬼子兵呀，
不分男女和老少呀，要拧成一股劲呀，
有力的出力，嗨唷!
有钱的出钱，花叉
只要都是中国人呀，都要齐心打日本呀!

节目在热烈的掌声中闭幕。

这个节目被乡政府推荐，到处演出。看戏的人山人海。除此之外，还演《小放牛》《小白菜》《打城隍》，以及舞蹈等十多个节目。他们一共演了十多个村庄，跑遍了一个区。他们像盛开的鲜花一样，是雨露使他们长得特别美观。人人称赞：这些学生比过去的学生成长快得不知快多少倍。

龚得福看到自己儿子演出那样成功，对别人说："这个畜牲，学什么像什么，还是新四军的办法多，长大了我能享福啊！"

龚杨氏在妇女解放运动中，胆子也大了起来。她指责丈夫说："享福，享福，你只顾你个人享福，你就像那个地主一样！"龚得福笑了笑，对妻子的批评，感到不好意思，似乎从来也没有在妻子面前低过头，而这次就是头一次。

第七节　跌倒了再爬起来

农村对新生婴儿的成长编了一段谚语，叫做："7个月坐，8个月爬，9个月学会叫妈妈。"可是，龚绍华出生后，是8个月坐，9个月爬，7个月就会叫妈妈。有人说这孩子脑子聪明，体力差，从出生后第8个月就会看人脸色，人笑他也笑，别人脸不好，他就哭，所以，妈妈经常用笑脸对他，一开口就是"宝贝，好宝贝，我的好宝贝"地叫，叫得孩子咯咯地笑，但妈妈也有心情不舒畅的时候，脸上显不出笑容，他就哭。有时要哭个通夜。龚得福总是把养孩子的事完全交给妻子，见到孩子哭就特别心烦，有时还用手指在孩子身上掐两下，孩子被掐疼了便哭得更厉害了。无奈，他裁了几张黄纸条，在纸条上面写了个"敕"字，表示是"符"，下面写着："天煌煌，地煌煌，我家有个小儿郎，走路君子念三篇，一觉睡到大天亮。"并把这些纸条贴在路边最醒目的地方。他想借助神灵使儿子能安睡不闹。可是，这孩子一遇到家人不痛快，还是照常啼哭。

龚绍华长到一年零一个月才学会走路，他走路跌倒了就不愿爬起来，等大人去扶他，大人不扶，他就在地上连滚带哭，向大人要娇，妈妈看到心疼，跌倒后总是把他扶起来。

在对付敌伪军扫荡中，村长顾望泉计划要把儿童团组织起来，以配合反扫荡斗争，他通知各家各户，凡愿意参加儿童团的儿童，在指定的时间和地点开会，将选举村儿童团团长，不少人建议由他的儿子顾民富担任，被顾望泉否决了。他对自己儿子的要求是：多做点扎扎实实的事情，从小就应当学着夹着尾巴做人，不要居于众人之上。

在一个晴朗的夜晚，星星像一个个明亮的眼睛，在观察着大地的动向，经过日晒的庄稼幼苗都在争相成长；竹园里的竹笋发出咯吧咯吧的响声，将要生长出嫩枝绿叶。全村儿童们都带着小凳，就像打垅的庄稼苗，整整齐齐地排列在一个打麦场上，并且礼貌地向村长大叔问好。“小朋友们，你们好。”已经在打麦场等候的村长——顾望泉查点人数后向大家讲话。“村——长——大叔——好！”在儿童队伍中出现了很不整齐的应声，在人听来是没有训练的声音。“现在日本鬼子又要进行大扫荡了，他们要对我们实行杀光、烧光、抢光，你们恨不恨呀？”村长弯着腰，像抚摸小孩似的温和地向大家问道。在队伍中又出现了整齐不一的声音：“恨……”“那么怎么办呢？”村长又问。“组织儿童和大人一起打鬼子。”儿童们三三两两地回答。“既然要打鬼子，我们就要有组织，要选举一名团长，你们说谁当团长好啊？”顾望泉本来心里就有点底，但还是要和大家商量一下。这时，突然有一个儿童站起来：“我同意顾民富。”这时，全场骚动起来，几乎马上就要举手通过。村长立即摇摇手说：“不行，不行！我们家全是当官的了，老子和儿子在一起当官，这成何体统？”可是会场上还继续提议顾民富当团长。村长见此不妙，立即严肃起来，“你们选我儿子当团长，我村长就不批。”这就是顾望泉当村长以来，第一次在大家面前实行“专制独裁”。

“我同意龚绍华当团长。”顾民富从后面站了起来，这时顾望泉没有理睬他，接着龚绍祥也站了起来，“我也同意龚绍华当团长。”这时顾望泉面露笑容。

“我也同意。”村长举起了手，两人的票数各是一半，龚绍华多了村长的一票，就这样龚绍华就担任了龚王庄第一任儿童团团长。

龚绍华当上了儿童团团长，父母亲知道后十分高兴，总觉得儿子的名字在村里又响起来了，也不像过去对待儿子那样，家长的架子也有点放下，邻居们也纷纷前来庆贺，龚绍华在这次选举中也受到了一次教育，他满以为能有百分之八十以上的人能投他的票，如果没有村长做工作和投的一票，他将会落选。他深知自己的威望不如顾民富高，他也感到自己的表现有点浮漂。所以，就还能虚心听取别人意见，有事能和大家商量，一开头获得了村民的好评。

一开始儿童团的秧歌队办得特别出色，对宣传抗日，活跃农村文化生活起到了很大的推动作用。秧歌队的排练和指挥都是由龚绍华一手操办的。在秧歌队的队形上有“二龙吐须”“全家团圆”“十字穿花”“五星闪光”“葵花向阳”“指路明灯”“欣欣向荣”等等，五花八门，想变什么队形就变什么队形，还一面表演一面唱，有化装成老头子、老太太、年轻人、少年人和工、农、学、商、兵等各种不同人物，在这些队形的变换中，龚绍华总是排在最前面，表现最为突出，观众都把领队看成是秧歌队的主角。说是“七分指挥、三分表演”。而龚绍华那种滑稽而又优美的动作受到了观众赞美，秧歌队员们又为自己能有一个好领队而感到自豪，就这样，龚王庄的秧歌在全乡成了首屈一指。

龚绍华特别擅长演讲，在几百人面前讲话面无惧色，一讲起来，像流水般地把抗日道理讲得头头是道，讲话长了，在内容和逻辑上就要出点差错，但又能很快巧言改变，所以，他的口才曾受到不少人的称赞。有一次，全区要召开各乡儿童团大会，以此来检阅儿童团的威力和作用，怒江乡指派龚绍华作为全乡代表，在全区儿童团大会上演讲，当大会安排到龚绍华上台演讲时，他以一个宣传鼓励家的姿态走上了主席台，首先，向大家行了一个九十度的鞠躬礼，然后用自己的目光向数千人的与会老少扫视了一下，随后，以洪亮的童音向大家演说：

“各位父老、兄弟、姐妹们，儿童团员同志们……”他那尖而细又将接近成年人的童音几乎传出了二里地，他基本以普通话作为演讲的基调，但还带一点家乡土音，使人听了不俗，又不感到是外地人，第一句话刚刚落音，就获得了全场的热烈鼓掌。“我代表怒江乡的全体儿童团员同志们向大家致以抗日战争的最高敬礼！”全场又是热烈鼓掌。接着，他从国际形势讲到国内形势，从国内形势讲到怒江乡的形势，又从形势大好讲到暂时的困难。足足讲了半个小时，他讲得非常兴奋，讲完后他又在热烈的掌声中走下主席台，他像得胜回朝似的，受到自己队伍中不少人的称赞，他又像婴儿出世、鸟儿出壳一样，第一个叫声就叫别人特别喜欢。

龚绍华的这篇演讲稿是老师起草的，在内容上既有理论，又有实际；既有世界和全国情况，又有家乡情况，使人听了十分感动。为能演讲成功，龚绍华对着镜子练了3天，他的苦心终究没有白费，他的名字在全区儿童中留下了深刻的印象。可是，他又把老师和同学们的帮助看成是自己的聪明才华。

龚绍华的威望提高了，他的父亲龚得福外出做生意都不需要带路条，只要提起是龚团长的父亲就可以放行无阻。他逢人就讲：“我这个伢儿真有出息了，将来我还能享他的福呢！”老师也为他写的这篇讲稿而被龚绍华演讲成功感到高兴，很希望他将来成为会讲、会写而且会办实事的人。村长顾望泉为自己村的儿童团长能有这样好的演讲而感到光彩，他对后继有人又增加了信心。很多人见到龚绍华都是眉开眼笑，龚绍华也像婴儿看大人脸一样，内心有说不出的喜悦。可是，他开始有点不认人，他认为顾民富没有当儿童团小队长的气派，土里土气的也不像个当干部的样子。他主张对那些不守纪律的要处分几个，他埋怨村长对儿童团支持不够也不拨点经费，把儿童团装备一下。他说徐老师是一个官僚主义者，已经好几天没有深入到儿童团中来收集点成绩，宣扬儿童团的业绩。他想在儿童团内一个人说了算，有事也不和两名小队长商量，凡是说他好话的，他都认为是好团员，凡不能说他好话的，都被认为是落后分子。他的步子已越来越不稳重了，不知有一天会碰到石头上，将会把他摔倒地在，碰得头破血流。

龚绍华又将要开始他新的演讲，这次演讲将要决定一些“重大问题”，他想通过他那动人的演讲能达到他预想的目的：使龚王庄儿童团的声誉扬名天下，企图能在苏中抗日根据地树立一个典范。在一个多云的夜晚，群星已不像是亲密的伴友，明亮的星星被一片云彩遮盖，只有龚绍华提着一盏忽暗忽明的油灯，站在一个板凳高的土墩上，装出个大人的样子，由一名值日小队长向他报告了人数，他两眼向大家扫视了一下，又开始了他那动人的演讲。

“革命的儿童团员同志们!”他用右手向大家招了一下，装出一个大人物演讲的姿态。“现在，国际国内形势一派大好，苏联红军开始反攻了！法西斯的命运已经不长了。”龚绍华最近的演讲一开头都是用这句话。“现在抗日根据地的八路军、新四军到处都在打胜仗，我们的队伍现在可神气了！”讲到这里，像忘掉了一个什么词儿，这个……忽然又像想起来什么，“你们看到新四军的老二团吗？他们连长有盒子枪，排里有机关枪、团里还有迫击炮……现在小日本对他们都害怕，我们儿童团也不能落后，也要像主力部队一样，好好装备起来。”龚绍华两手又掐着腰，“我们龚王庄的儿童团已经不像过去了！现在，我们像雨后春尹发展起来了！”大家一听，只知道有个“雨后春笋”，没听说过“雨后春尹”，凡是念过几年书的人，都知道这又是一位大白字先生，“笋”字的脑袋也丢了，会场上出现了笑声，龚绍华看到会场有点动静，他立即批评道：“你们太不像我们龚王庄儿童团的样子了，给我好好地坐下。”这时又平静一会儿，“我现在决定：每一个儿童团员都要做一支木头步枪，一队要做一门大炮，二队每排要做一挺机关枪，队长要挂盒子枪，现在你们都回去找木头、找竹棍，找车轮子，如果没有现成的，就向你们爸爸要、向你们妈妈要，谁家不出谁家就是顽固派，我限你们3天完成，谁不完成就处分谁。”这时会场上有人要提意见，龚绍华根本不理睬。“我现在既然是全村儿童团长，我就要说了算数。”这时会场有很多人举手，包括顾民富、龚绍祥也举手，要求发言，龚绍华完全打断他们的发言。“大家不要吵了，现在就这样决定了，宣布散会。”龚绍华就这样一抬屁股走了。

3天过去了，龚绍华把自己和同伙做的一门假大炮拉到会场，这门假大炮虽比不上真大炮那样威武雄壮，但对它的样式还感到比较满意，他自豪地认为在儿童团建设上，他起到了带头模范作用，他以为能在儿童团中轰动起来，他满以为将可能使他的威望大幅度提高，可是一到会场，除了几名同伴外，大部分儿童团员都没有到，他观察了周围，只是孤零零地几个人站在假大炮的一边，顷刻间像一发炮弹打在他脑海中，心血在胡乱地翻腾，脑浆像一碗糨糊，站在那里很长时间也说不出话来。

“团长，他们也太欺负人了，这不是要把我们儿童团搞垮吗？我们要和他们斗争。”一个儿童团员在给出主意。龚绍华觉得这倒也是保住儿童团威望的一条出路。他叫在身边的几名儿童团员一家一户地把儿童们都找来。那真是7点开会8点到，9点才开始作报告，找了好长时间才好容易找了二十多名团员。他还是两手掐着腰，气呼呼地对大家说：“我们龚王庄现在有一股顽固势力，他们不愿抗日，想叫我们儿童团垮台，正当我们儿童团势力强大的时候，就想阻碍我们儿童团的发展。决心抗日的儿童团员同志们，为了抗日救国，我们必须和他们作坚决斗争。”龚绍华越想越感到由自己亲手栽培的儿童团会垮台！他问了问大家有哪几个人是经常不来的。有一个经常随附龚绍华的儿童低声对龚绍华说：“我看就是那个龚得全经常不来。”龚绍华一听，原来就是在私塾念书时装玉皇大帝的那个胖学生。龚得全和龚绍华的父亲是平辈，应当叫小叔。龚绍华觉得要在全村抓个典型，让全村人都看看由他领导的儿童团的厉害。他把到会的二十几名儿童团员组织起来，打着一面红旗，唱着《义勇军进行曲》，还高呼打倒日本帝国主义、打倒顽固派、打倒儿童团破坏分子，并迈着整齐的步伐走到龚得全家门口。

“龚得全，你给我滚出来。”龚绍华在大门外喊一声。大门被龚得全家关上。

“龚得全，你这个小顽固派，你为什么不参加儿童团。”龚得全没有理睬。

“你哑巴了？有种的给我出来。”屋里还是一声不吭。

“给我敲门。”几个儿童团员上前敲门。

“打倒顽固派！”龚绍华带头呼口号。有两个儿童团员还在敲门，这时，龚得全的父亲也实在感到忍不住了，他冲到大门口，手里拿着一根棍子，立即把门打开，对着儿童团员们要打，一批儿童团员们吓得往后直退。龚得全父亲还骂着：“你们这帮小杂种，你们今天要木头做枪，明天要车轮子做炮，我家的锄头把子也给你们偷走了，我们庄稼人还干活不干活了？”说着又举起棍子要打，这些小孩一看感到事情不好，立即拔腿就跑，最后只剩下龚绍华一人，他见到棍子将要打他的时候，转身就走，两个小腿像飞似的，猛跑到其他小孩前面，他们像打了败仗的败军似的，大张旗鼓而来，灰溜溜地逃跑而去。

龚得福对儿子在外面闯的这一场祸，感到恼火，特别是得罪了长辈，认为这是大逆不道。第二天他把儿子叫到一旁：“绍华，昨天晚上你是不是欺负你小叔了？”

“他不抗日，想做亡国奴，我们就是要和他作斗争。”龚绍华还扬着头，好像很不在乎似的。

“你这个畜牲，我看你是屁股上夹扫帚——掸（胆）子还不小呢！敢爬到你长辈头上来了，这还有一个家谱没有？”龚得福用手指着儿子，又是以家长的气派对着他。

“儿童团是我拉起来的，他们看到眼红，就想搞破坏。”龚绍华很不服父亲的批评。

“你小子还觉得自己了不起，你这个儿童团长，我就可以把你撤了，给我滚到房里好好念书。”

“哼！你没有那个资格。”

“好啊，我没有资格撤你，我有资格打你。”说着，就拿起洗衣服的棒槌，往龚绍华的屁股上打，龚绍华觉得往外跑，无脸见人，只好躲到房里，父亲把房门一锁，龚绍华被关在房门里。

“龚得福，你这个老顽固派，赶快给我放出来，耽误了办儿童团，你能担得起责任吗？”龚得福在外面搓绳子，也不理睬他。

“你知道你的成分吗？你做生意买的油是卖给日本人的，你还是汉奸呢！”

龚得福见儿子在房里不断叫号，他感到实在忍不住了，他又拿起棒槌，打开房门往儿子身上猛打，龚绍华本想回手，但力气又比不上父亲，他只好在房间里大哭，可这两天，妈妈上舅舅家里去了，也没有人搭救，所以，也只好软了下来，他立即跑在父亲的面前。

“爸呀！我的好爸爸，我以后再也不和你老人家顶嘴了，今后我一定听你的。”龚得福见儿子如此，心也软下来了，就这样，一场打骂才暂时停住。

龚绍华爬起来走的第一步，就是如何处理好和父亲的关系。第二天，他想到父亲那里道歉。父亲在算生意账，龚绍华想去又不敢去，他前进了三步，又后退了五步，他害怕父亲还没有消气，弄不好会惹得父亲上火，但又觉得终究是父子关系，也不见得就会这样认真。龚得福也知道自己儿子在身旁不远，还是装着一本正经的样子，可是，算盘老不听使唤，一拨就错。龚绍华还是鼓着勇气，几步又走到父亲的身边。

“爸，我错了。”龚得福没有抬起头，但心里又觉得暖乎乎的，他又怕失去做父亲的尊严，第一句话就没有理他。

“爸，我错了，我不该叫您老人家生气。”龚绍华用恳切的语气，向父亲道歉。

“你翅膀硬了！倒教训起老子来了。”龚得福把算盘往前一推，“我做生意还能成为一个罪人吗？”龚得福把脸朝着自己的儿子。

“你才当了几天儿童团团长，就觉得自己了不起，连父亲也不认了，还把大帽子往我头上戴，我做生意能分出哪个是卖给日本人、哪个是卖给中国人的吗？”龚绍华低着头不敢吱声。

“我把你养了这么大，总希望你能出人头地，新四军来了，你好像有点出息，刚刚才出了点头，你就得罪了那么多人，你能对得起家乡父老、能对起新四军对你的教育吗？”龚绍华还是没有吱声，老老实实地在听父亲训话。

“你老子过去也认为自己了不起，做了几笔油生意，就想发大财，结果弄得倾家荡产，这一点你还不知道吗？”龚得福连续讲了有半个小时，才暂时停了一下。

龚绍华听到父亲这些讲话，觉得自己也太骄傲了，他责怪自己不该那么狂妄自大，他感慨地说：“爸，我对不起你，我办儿童团，都是顾大叔、徐老师、顾民富、绍祥哥和其他儿童的帮助才办起来的。是他们帮助办好儿童团，我把儿童团搞垮，这是我思想上的顽固派。”龚得福笑了笑说：“你去吧，到学校听老师话。”这样，龚绍华又背着书包上学去了。

龚绍华到了学校，已经上完第一节课。徐老师便把龚绍华找到办公室。

“怎么啦？你是不是又摔跤了？”徐老师用贬义词询问龚绍华。

“徐老师，我把儿童团搞垮了。”龚绍华苦苦地回答。

“那总结点教训嘛！”

“我可能再也没脸见人了。”

“那没有关系嘛，跌倒了还可以再爬起来嘛！”徐老师的话停了停。“在哪里摔倒的就在哪里爬起来。”龚绍华流了几滴眼泪，表示对徐老师的感激，他本想提出辞职的要求，但被徐老师这样一讲，又不敢开这个口。他只好点点头，表示同意，接着，徐老师讲了一个红军坚持井冈山的故事。这是他在抗大学习时一个老红军给他讲的：

说是在红军坚持井冈山斗争时，有一个村的几名儿童，他们认为当儿童团不够味，不如到主力部队去干，可是，人还没有枪高，长途行军还要人照顾。村长就没有批，就这样，他们儿童团也不参加了。有一天，白狗子来了，村里没有儿童放哨，几个白狗子就很容易地闯进村里，抓走了几个人，烧了一些房子，这几名儿童很后悔，恨自己不该闹情绪，更恨自己太贪心，在大家帮助下，又把儿童团组织起来，从此，村里的放哨和送信都被儿童团包下来了，白狗子再没有机会往村里钻了。

徐老师讲完这个故事后，又指出了龚绍华的主要弱点，指出他不该爱出风头，而是要扎扎实实工作。龚绍华听了这个故事，也感到自己太软弱了。才碰到一点困难，就不想干了，他接着表示：一定要鼓起勇气，把儿童团重新办起来。

龚绍华放学回家，在村土地庙旁看见了村长——顾望泉。

“大叔！”龚绍华老远就向村长打招呼。

“啊！是绍华呀！”村长觉得龚绍华叫得那么亲切，两人对面走着，当龚绍华走到村长身边时，龚绍华首先说：“大叔，我又错了。”

“你的事我知道了，还是‘嘴上无毛，办事不牢’。”村长深思了一下。“你呀，就是喜欢办点花花绿绿的事，你怎么可以把儿童团和主力部队相比呢？这不是小鬼和龙王比宝吗？”村长笑了笑，使龚绍华感到很不好意思。村长抬头一看：对面就是一座土地庙，土地爷爷和娘娘的塑像在一人高的土屋里坐着。这座庙比谁家的房子都小，村长指着土地庙对龚绍华说：“我现在给你讲一个神话故事吧！”

“嘿嘿，大叔还讲迷信呢！”龚绍华哪能理解其中含意。他只能孤立地看问题。从当儿童团长后，只要有人提起鬼神的词，他都说这是迷信。

“这是个比喻嘛！”村长微笑地说。

“那我就听吧！”

传说在很久很久以前，土地庙要比现在大，土地神还不满足，就到玉皇大帝那里告状，他对玉帝说：“我是一村之主，我的庙要比全村所有房子都高。”玉帝看出了他的心思，就是想在全村人面前摆阔气。玉帝对土地神说：“我给你一张弓、一支箭，你能往天上射多高，我就给你盖多高的庙。”土地神一听十分高兴。他的心里想：凭我这样大的力气也能射几十丈高，到那时比你玉帝的房子还威风。他拿着弓，把好箭，使劲地拉，由于野心太大、用力过猛，那把弓被拉断了，箭还在自己手上。玉帝一看便说：“你的箭只有一人高，你的庙也只能盖这么高，你就回去老老实实地在村里保平安吧！”土地神无言可答。几千年来，土地神只能住这样大的房子。村长讲完这个故事，又对龚绍华说：“你看还是不能贪心吧，贪心就会摔跤。”龚绍华很不好意思地低下头。

龚绍华回村后，立即到龚得全家赔礼道歉，还在儿童团员中作了检讨，从此，也就考虑如何从做实事开始，他想起了在村南头有一家抗日烈属，需要有人帮助，龚绍华首先从优待烈属做起。

村南头有一位叫“九三”爷爷的烈属。有一年，他看到有家失火，火势迅猛，谁也不敢接近，他听到房里有一个婴儿正在啼哭，他不顾燃烧着的大火，冲进了正在燃烧着的房子里，把一个小孩救了出来，他自己也受了伤，那天正是9月3日，人们也不知道9月3日将会有个什么喜庆的日子，就自然而然地叫起他“九三”爷爷来了。

“九三”爷爷有3个儿子，老伴早已去世，大儿子被国民党抓去当兵，10年没有音信；二儿子到上海跑单帮，整年也不回家；唯独三儿子顾三留在自己身边，因为“九三”爷爷经常有病，三儿子就成了全家的顶梁柱。新四军来了，要动员一批青年参军，“九三”爷爷把儿子送去当兵，从此，家里一些事情都靠邻居和村干部们照顾。

顾三参军后，吃苦在前，作战勇敢，一直受领导和同志们好评。在刘桥战斗中，敌人有一个碉堡封锁一片开阔地，几次冲锋都没有冲上去，有两名送炸药包的同志也牺牲了，顾三想办法制造了一个土坦克，即用一张桌子，桌上盖湿被子，被子上加土，使子弹无法穿过，顾三和几名战友顶着这张桌子，走在最前面，被鬼子机枪打中了他的腰部，顾三倒下来了，后面的同志继续往前冲，并把炸药送到碉堡下面，碉堡被炸毁了，后续部队立即冲了上去，消灭了这股敌人，刘桥解放了，顾三献出了自己的生命。

龚绍华主动照顾那位“九三”爷爷，他早起五更、晚睡二更，原来是大炮耳边响也叫不醒的瞌睡虫，现在又成为不叫自醒的机灵鸟。看到水缸没有水他去挑，地上脏了他就扫，衣服脏了他来洗，肚子饿了就送饭，下地走路他来扶，冷了送火炉，热了扇扇子，处处都照顾得无微不至，村里人都称赞，还是新四军教育得好。

第八节 用假大炮缴了一支盒子炮

真不真，假不假；假不假，真不真；不真不假，不假不真；真真假假，假假真真；真中有假，假中存真；真假分明，掌握乾坤。

龚绍华对什么是真、什么是假，还处在朦胧之中，从记事那天起，大人说什么是真的，他就认为这一切都是真的，当他哭闹时，大人说，老虎妈子来了，他连忙藏到妈妈的怀抱，连头也不敢抬，后来，真的老虎妈子没有来，这才认为是假的。他背着书包上学，满以为能成为人上人，但背书的本领不如人。他又认为父亲和老师的教诲是假的，他一度过着温饱生活，满以为会天下太平，但在乱世中又带来极不太平，为了出人头地，他要求儿童团员们装备威武雄壮的假枪假炮，但脱离了实际摔了一个大跤。出于对人民的一点爱心和对日伪军的憎恨，他开始懂得对自己的人必须真心诚意，对敌人就要以假乱真，在一个偶然的机遇中，他利用假大炮缴了一支真正的盒子炮，给他的历史留下了一个亮点。这仅仅是他的开始，他弄懂了一个人做一件好事并不难，难的是做一辈子好事。在每个人的历史长河中，由于各种思想的熏染和认识上的局限性，真朋友可能变成假朋友，真心可能变假心，假货可能充真货，真理走过了头可能成为非真理。

龚绍华照顾抗日烈属的事传遍了全村，龚王庄的儿童团又有了新的生机。在儿童团垮台后，龚绍华一时抬不起头来，提出把儿童团长的职务推给顾民富，他听了老师和村长的话做了几件扎实工作，儿童团又搞了起来，连他自己也不敢想。他满以为个人带头就能拯救儿童团的局面，但只能是个人的小小成绩，不能在儿童团普及，经过大人的指点，他把儿童团员组织起来，两个包一户，三个包一家，全村十多户军烈属的优待工作都被包了下来，在分配儿童团员的任务中，有的重，有的多，有的工作人少，有的工作人多，争不到好差事的有意见，说是龚团长分配任务不公平，正在这时，新四军的后方医院住到龚王庄，龚绍华又把护理伤员的任务分给一部分儿童团员，这个矛盾才算得到解决。

假枪假炮被看成是形式主义的产物，又想照搬别村做红缨枪经验来武装儿童团，一时间，又掀起做红缨枪的高潮，并专找做红缨枪的材料，但有人提出，在假枪头前面加上把尖刀，假枪也可以当真枪用，龚绍华采纳了这个意见。

龚绍华又在研制作枪，他这次不用子弹壳做，而是用子弹头做，子弹头的质量是外铜内锡，在锡上钻个坑，只用一两根火柴头的火药坐在坑里，用铁钉往上一锤，就是一声清脆的枪声，可以用这个响声迷住敌人，他找来好几个子弹头，让大家来做。

日伪军将要进行新的大扫荡，龚王庄的民兵、农抗会、妇抗会都组织起来，民兵们制造了很多土枪土炮，准备在敌人进村时，以假主力扮演新四军真主力，农抗会把粮食都藏起来，让敌人真的看不见，假的到处有，妇女们做了些假目标，使敌人远看是真，近看是假，他们和儿童互相配合，将可能进行一场新的战斗。

龚绍华对儿童团的假大炮还是恋恋不舍。一门已经被拆得零碎的假炮，已经没有人爱，龚绍华去看一看，又觉得在假炮上摔过跤，就没有去管，可是对炮他又想得入迷，便重新把那门假炮组装起来，开始还不敢给别人看，偷偷地放在草堆里。他白天上学，晚上优属，睡觉前还要去摸一摸。不少人也看到他组装那门假炮，不知到底有什么用处，龚绍华到底安的什么心，也没有叫人猜透。

有个大白天，龚绍华也不上学，和几个人在村头放风筝。这些风筝有各种各样，有老头点灯，有仙女散花、有百脚蜈蚣、还有大嘴长龙，他们把放风筝的时间、地点都作了规定，这时被父亲发现了。

“绍华！你回来！”

龚绍华精力集中没有听见，还在放风筝。

“绍华！你给我滚回来。”叫声像打雷似的。

龚绍华听见了，但又不放松风筝线。

“你不好好念书，你又要子起来了，我看你的老毛病又犯了。”说着就跑到龚绍华的一边，准备揪住耳朵回来“算账”。

正当龚得福接近龚绍华时，顾民富赶来，“大伯！你怎么又要打龚绍华了！这是公事，不是耍子！”

“你还为绍华说理，我告诉你父亲！”

“你不明白，今天轮到他放哨。”

“你瞎说！我没听说，放风筝放哨吗！”

“哎！你不知道啊！这是我们和民兵配合的联络号，看见鬼子来了我们就把线拉断，风筝在天上飞，说明鬼子还没有来。大家可以安心生产。”

龚得福一听，感到很难为情。

“你们怎么不早点说呢？我把真的当假的了。”

日本山本次郎少尉，和苏权凯正在策划新的清乡扫荡，从新四军来后，这里既是前方，又是新四军的后方。苏权凯认为，如果把龚王庄及其周围的村庄镇服了，他可以讨个“忠于日本天皇”的名誉，又可以使他安安稳稳地在据点里过点太平日子。他又觉得：从他绑票以后，龚王庄的人对他恨之入骨。说是被抓住后，龚王庄的人要抽他的筋，剥他的皮。他走路也好，睡觉也好，总是提心吊胆，他是依靠日本人当的团长，不能不为日本人卖命。

苏权凯又在为据点里缺粮缺草烦恼。据点四周五里之外都是新四军活动范围。有支新四军和一支游击队，还在碉堡下面住过一个小时，临走时给苏权凯留个条子。哨兵把条子给苏权凯看，他看过后脸色苍白。新四军一强大，一些人有的就不想干了，经常发生开小差的。为了鼓舞士气，他召集一部分官兵进行训话。

“弟兄们！我平常对你们好不好？”

部下一听，怎么敢说团长不好呢？就三三两两地说：“团长好，团长好。”

“我们在龚王庄抓来的那一部分人，你们都得到好处了吧！”

这些官兵，在对龚王庄绑票上，都捞到不少油水。苏权凯问了后大家说：“好，好。”还有的说：“这是团长对弟兄们的关照。”

“龚王庄这帮小子们，把我们的名字都记下来了，他们的后台就是新四军。要是我们被他们抓走，那可是要剥皮抽筋啊！”

这时官兵们的脸，都有点惧色。

苏权凯把手往桌子上一拍。“他妈的！我们就来个一不做二不休。

就乘日本人扫荡的机会，把他们抓起来，都杀了。看他们还想报什么仇。今天山本次郎少尉，一定要我们到龚王庄抓几个新四军来。我们是吃的人家的饭，这事我们还能不干吗？”

官兵们听了这番讲话，真是麻秆打狼两头害怕。干下去打不过新四军，被龚王庄人抓去，一定要死。如果不干，已经做了坏事，被人抓去也是死。给日本人干是死，不干也是死。所以有一部分亡命之徒，决心要跟苏权凯干到底。他们认为，有日本人做后台，也许将来还能发财。

村长顾望泉，总感到最近气色不对，庄里来了两个生人，儿童团要查他们的路条。他们就钻到草窝里一转弯就逃走了。村长立即进行了布置，把四门土炮布置在村的四角。庄中间部署一门土炮。民兵分四处集中睡觉。白天看风筝，晚间听枪声和锣响。这些还没有来得及训练，也不懂得战术的庄稼汉，就是有个打日本、打和平军的急切心情，也来不及请人指导。就这样仓促地做了准备。

龚绍华听到这些消息，又把草堆里那门假大炮搬出来，放在一个路口的草堆里。他又把它装备了一下，假炮可以活动，炮管里还可以装点火药。只要一响，炮管里还可以冒出点火星来。原来是当玩具玩用的，现在又要叫它假中有真，他和顾民富研究，如果有事，他们就守住这一门“大炮”来显一显“炮兵”的威风。他又准备了些用子弹壳做的土枪、和用子弹头做的假枪，以达到“步炮配合”的目的。

不到3天工夫，有两个日本人督促由苏权凯带人，真的到龚王庄来扫荡。他们计划是能绑票就绑，不能绑票就杀。决心把龚王庄杀个鸡犬不留，杀个一干二净。他们还搞了半夜集合，用一个多小时时间，奔袭龚王庄。这群人跑得呼哧呼哧的，一进庄，突然听到一阵锣响，立即枪声四起。伪军一看不好，认为已经中埋伏，马上就要撤。他们白天打仗还可以看到四周围有什么东西，可是在夜间心里一点没有底。他们就慌慌张张四处逃跑。没有经过训练的伪军，也不听指挥，他们各打各的，苏权凯把队伍又拉出了龚王庄，等到将来有机会在白天再干。有一个被打得蒙头转向的伪军官，背着盒子枪，到处去找他的队伍，突然跑到龚绍华的假大炮不远的地方。

“不许动！你动一动，我们就开炮了。”

一个剧烈的声音响在那个军官的耳旁。但一听，又是小孩声音，又继续逃跑。

“快回来！不回来我们就开炮了！”一根火柴，把大炮照得明光锃亮。

那军官一看，吓得魂不附体。他害怕被炮轰死，连个尸体都没有了，他连忙跪在地上：“小四老爷饶命饶命。”这时顾民富两个箭步，把那军官的驳壳枪夺来，龚绍华还趴在大炮上打哆嗦。当看到顾民富手拿驳壳枪，押着俘虏时，他立即站了起来，把驳壳枪背在自己的身上。

天亮了，日伪军在龚王庄已无影无踪。龚王庄民兵缴了两支枪，还抓了两个俘虏，反扫荡的事已传遍全乡、全县。

假大炮缴了盒子炮，这个消息也传开了，各村儿童团也在总结经验。要赶上前去，把反扫荡的任务，完成得比龚王庄更加出色。

阳光普照着大地，大地的幼苗在接受着阳光雨露茁壮成长。乌云遮盖太阳，企图把幼苗闷死，微风吹着乌云，使乌云凝结水珠又洒在大地上。

头脑中的乌云啊，你，永远遮不住人们勇往直前的情感。一阵大风一层云，在烟消云散之时，将是丰收在望。

第二章

选 择

第一节 迷 路

龚王庄地处偏僻平原，道路比较杂乱。往西走，是一条二十来丈宽的大河，行人来往只靠一条船，过河要付渡船钱。往南走，也是一条河，有座没有修好的木桥，其实，只不过是一根碗口粗的木头横接在断桥的两头，行人只能从这根木头上通过，这就是人们成年累月必走的独木桥。往北走，道路不平，每当通过龙王墩，上坡如登梯，下坡如滑雪，稍不小心，往前倒，嘴啃泥；往后倒，四肢朝天，那真是：向西和北南，走路真发难，要是迷了路，如进鬼门关。

向东走，倒是有一条阳关大道，每当旭日东升，道路上反射出耀眼的光芒，绿叶显得更加嫩绿和光亮，虽然不是汽车大道，但路面平坦，牛车和独轮车从这里通过，发出“嘎嘎”的响声，如同悦耳的琴声。每当劳动之余，在这一带休息，就感到十分舒畅，读书人也以这条路为题，写了一些歌颂的文章。

曾经有一段时间，在这条路旁经常闹鬼，每当日落黄昏，夜深人静时，在路旁的一座坟场经常有小孩啼哭，有时哭得特别伤心，随即就是一些火星窜来窜去，有腿肚高的小影子带着火光来回走动，从此，黑夜里就没有人敢从这里通过。有一个大胆的青年要和别人打赌，说是他敢到那里捉鬼。当他走进坟场，立足未稳之时，突然钻出一个小东西，在脚下“呼哧”一声，脚背上像被无数根针刺了一下，那青年被吓得全身发麻，他使劲儿地往家跑，一路上摔了好几跤，跌得他头破血流，结果生了一场大病，3 个月后才能下床。这一来，龚王庄闹鬼的事传遍了周围几十个村庄，不少人都到这里来烧香求仙，祈求神仙保佑太平，很多人都把太平寄托在神仙的身上。

新四军东进以后，有一支部队到这里驻防，老乡们都把闹鬼的事讲给新四军听，连队指导员为了破除迷信，弄清情况，对坟场周围加岗加哨，观察动静。

第一晚，在坟场中间放的是单哨，黄昏时，周围还算是平静，只听到有青蛙和蟋蟀的叫声，哨兵还觉得很悦耳。还不到二更天，忽然，这位哨兵觉得有什么东西在头顶上打了一下，他仔细一看，是一根树枝，“可这时又没有风，树枝怎么会掉下来呢？”哨兵开始警觉起来。忽然间，有一个小动物从他脚下走过，把他的脚背刺了一下。哨兵马上叫人，然而，等人来时，那个小动物却不见了。

第二晚，连队在坟场放了双哨，开始时也是平静，不到三更，有几个影子从哨兵身前穿过，身上还带着火光，头顶上好像还戴着帽子，哨兵立即追捕，那几个影子又不见了。

第三晚，连队在坟场放班哨，一个班的武装战士，布置在坟场周围，这夜晚倒是很平静，只看见坟上有碎纸烂片在飞动，第二天早晨一看，在坟场周围发现有很多碎纸瓦片。

经过三晚的观察，毫无结果，村里人又议论起来了，说是新四军也斗不过鬼，从此，信鬼信神的人越来越多，不少人把前途和幸福都寄托在鬼神身上。新四军宣传抗日的道理也不那么灵了。

连队新来了一位见习副指导员，他从抗日军政大学毕业。他个头不高，精明强干；语言不多，话有分量；力气不大，窍门不少；饭量不大，肚量不小；派头不大，胆子不小。以前，他曾在上海教书，其间，有个洋老板请他当账房先生，别说是三请，五请也没去，因为他看不惯那些肮脏的东西，因而，他自愿报名到抗日军政大学学习，向往在救国救民的道路上做出自己应有的贡献。

他曾反复阅读过毛泽东的《矛盾论》《实践论》等著作，“信神”“信鬼”的概念在他的脑海中根本不存在，可是，自从到了龚王庄后，本来很坚定的思想有些动摇了，对于“坟场现象”使他特别费解。他心里想：马克思怎么就没有把这种情况阐明清楚呢？他一时感到纳闷，经常苦思冥想。有一首歌曲打开了他的思路，当他唱到《国际歌》中一段词：“从来就没有什么救世主，也不靠神仙皇帝，全靠我们自己……”他想起了党有关群众路线的教导，所以，他决心到群众中做一番调查。

有一位年龄较大的新四军战士，叫汪命富，他一直认为自己的贫穷是命里注定的，他希望神仙保佑，使他的生活走上富裕。他身上带着一尊黄铜铸的如来佛像，平日放在胸前一个口袋里，并用红绸布包得严严实实的。有时，在没有人的地方，他恭恭敬敬把佛像请出来，安放在清洁而又幽静的地方，他跪在佛像面前，反复念着“阿弥陀佛”，祈求佛祖保佑活着不受苦，死后上天堂；在世不做牛和马，来世发财有钱花。靠命运翻身致富已在他脑中扎根。

坟场中每天发生的事情，汪命富都要到那里看一看，回来后有时笑一笑，有时心情非常沉重。他明知闹鬼的就是一些奇怪的小动物，但又把这些小动物崇拜如图腾，他认为：这些小动物一定不是凡物，一定是天上派下来的神仙，副指导员注意观察了他的表情，认为他一定能知道其中内情，所以，就首先找他谈心。

“汪命富！”副指导员喊。“到！”汪命富马上一个立正。

副指导员微笑着请汪命富坐下，并亲切地询问道：“你好像在闹鬼的地方看出了什么。”

“没有，没有……”汪命富慌忙答道。

“你不说，我也知道。”副指导员逗趣道，使汪命富心中无底。

“我昨天晚上做了一个梦。”副指导员继续说，“我梦见你已经得罪了神仙，天机已经被你泄露了。”副指导员深知，要马上用破除迷信的道理正面阐述是不能马上收到效果的，所以，因势利导，用迷信的语言来破除他的迷信。只有这样，才能促使他说出真情。汪命富似乎以为领导已经知道了，他就吞吞吐吐地说：“副指导员，我不敢说呀，我说了是有罪的！”

副指导员感到心中有底，至少有八成他能知道内情，他又继续因势利导：“知道的事也不能不说，说了谎，到阴曹地府会要割舌头的。”

“那……如果是佛祖派下来的神仙，我说出了，到阴曹地府是会下油锅的。”汪命富哆哆嗦嗦地说着，接着又念了一声：“阿弥陀佛！”

副指导员接着说：“那好，你不说，我就去挖坟，我们一面挖就一面说，这是汪命富叫我们来挖的，看你将来怎么和佛祖交代。”

“不……不……不！我想办法请它们出来，不过你们可不要伤害它们呀！”

“好！老汪！”副指导员拍了下汪命富的肩，“今天就看你的了！先把这个罪记在我的身上，我愿到阎王爷那里替你服罪！”

汪命富回到营地，好像是准备了什么，他手里拿着一个水壶，到便池里不知装了什么，带着3炷香和3粒黄豆，他把3粒黄豆放在坟场的一个洞口，点好香，跪在洞前拜了3拜，嘴里还念叨着：“大仙，大仙，不是我要你们出来，是大伙要你出来，以后再不要在这里吓人。”随后，把水瓶里装的什么东西倒进洞内。不一会儿，立即从洞内钻出来几个小动物，逃了出来。战士们围在一起，进行捕抓，抓起一看，原来是藏在洞里的老刺猬。

刺猬通常在夜晚活动。老刺猬还有模仿人的技能。由于它处在低阴潮湿的地方，夜晚可以看到它身上带的磷火，有时它头顶干牛粪，好像是戴的一顶帽子。有时直立走路，好像是小孩，当它要捕捉食物时，就“呼哧”一声，吓唬对方。汪命富带的那3粒黄豆和3炷香具有迷信色彩，他水瓶里装的东西是一泡人尿。因为刺猬最怕黄鼠狼放屁，人尿中也有类似这种成分，刺猬闻到这种气味，就感到全身难受而出洞逃跑。

龚王庄闹鬼的事被揭露后，像东方的大道又露出了鲜红的太阳。党的政治工作者用科学的道理教育了汪命富，对群众也进行了一次破除迷信的教育，这位破除迷信的副指导员是谁呢？就是被留下来当小学校长的徐老师，数年来夜间不敢走人的阳光大道，被新四军开辟了。

已经过去数年，动荡不定的龚绍华已经17周岁，在童年时一切由父母抚养，生活上没有负担，不用自己操心。而现在将要承担家务劳动，或要做到生活自立，他一心一意地想到社会上做一番大事业，做一个出类拔萃的人物，他往往和村庄周围的道路联系起来，是走阳光大道；是走独木桥；是渡向幸福彼岸，还是走羊肠小道。他经常乘没有人的时候，在屋里来回踱步，屋里被他来回踩过千百次，也没有走出门槛外面一步，他走得也感到疲乏了，就坐在一张凳子上想起母亲给他讲的一段故事。

说是在很早以前，玉皇大帝派了一个种菜的老头下凡到人间来管理天下大事，当时天下四分五裂，老头子忠厚老实，不会处理人间的钩心斗角，因而越治越乱。他下凡40年，娶了一个贤惠妻子，比他还大10岁，成婚4年接连生了4个儿子。又过去20年，老头子要归天种菜，他把4个儿子都叫到身边。他对大儿子说：你向我叩3个头，你到西京当皇帝。又对二儿子说，你给我叩3个头，你到东京当皇帝，再对三儿子说，你给我叩3个头，你到南京去当皇帝，还对四儿子说，你给我叩三个头，你到北京当皇帝。4个儿子都对父亲恭恭敬敬地叩了3个头，那老头就归天了，妻子也乘一块白云升天，结果这4个儿子真的都当上了皇帝，他们统一了天下，前后坐了一千多年的江山。

龚绍华想到这里，他感到人生的道路太艰难了，如果真的像这4个儿子一样，很不费劲地被请去管理天下大事，那是多好啊！他又回到自己房间里翻出两本书，一本书是《钢铁是怎样炼成的》，他把书往旁边一摔，感到当保尔太费劲。他又翻了一本《封神榜》，他觉得：如自己能成为神仙，那就可以为所欲为，只要手指一动，就可以按照自己的意志，把人间改造成有条有理。

在一个晴朗的夜晚，龚绍华坐在一个阴沟旁边，两眼望着星空，他曾听说：地上有一个人，天上就有一颗星。他看小说《封神榜》，姜子牙封的神，都是天上的明星，他越想越感到无限美好，他心里想，如果我是一只小鸟，我将可以在天空自由飞翔；如果我是一片云，我将可以在天空自由飘浮。他幻想自己将成为空中最明亮的星星，将成为月宫中美男子，将是银河中群星王，但还没有敢把自己比成是天上的北斗。他想着想着，如果真的有一条上天的路，那该是多么美好啊！正当想得非常出神的时候，忽然有一只癞蛤蟆从阴沟里爬了出来，并从他的门口经过，他仇视地瞪着癞蛤蟆，嘴里骂道："他妈的，就是你冲了我的运气。"

龚绍华想给自己算个命。他身上带了一个铜钱，他对着铜钱念叨着：天灵灵，地灵灵，保我有个好前程，正面朝上人上人，正面朝下人下人。念完后，在铜钱上吹一口气，在桌面上他画了三圈，又放在胸口捂了一会儿，恭恭敬敬地把铜钱立在桌面上，用两手拨了铜钱，那铜钱就像飞轮似的，在桌面上转动起来，龚绍华特别注视铜钱的动向，他希望能从铜钱中飞出神仙来，告诉他将有光辉的前程。那铜钱的惯性开始减弱，转速渐慢，铜钱歪歪斜斜地倒在桌面上。他像得到什么宝贝似的，立即兴奋起来，他兴高采烈地跳着，嘴里喊着："阿弥陀佛，我的好运气快来啦！"

两天过去了，龚绍华感到心里很闷。他在一个夜晚，独自走到村头，这时已经是牛羊入圈、鸟入巢、人入睡。唯独他一人在村头游荡，走了一会儿，他觉得有人在身后跟随，两裤腿的摩擦声，好像是阴尸鬼在身后纠缠，他抬头一看，是过去曾闹过鬼的地方，他立即害怕起来，两眼发黑，浑身发软，周围的一切，都是模模糊糊。他又一想：坏了，这真是遇到鬼了，他越想越感到惊慌，立即就想往回走。他往前走，整个身子撞到墙上。往后走又撞到一棵树上。往左走，踩在一堆粪上。住右走，踩在一泡狗屎上。不得已，他坐在地上喊救命，可使了吃奶的劲也喊不出来，他感到绝望，用手捂着脸大哭。这时，正好顾民富路过这里，听到有人呻吟，他走到那里一看，原来是龚绍华狼狈不堪，他推了推龚绍华，并把他扶了起来。龚绍华听出是顾民富的声音，感到有点清醒。他害羞地对顾民富说："民富，我遇上鬼了。"

"不！你迷路了。"顾民富立即回答。

第二节 做梦娶媳妇

龚绍华迷路之后，觉得自己非常晦气。他感到被人知道后没脸见人。他害怕再见到顾民富。

龚绍华已经是虚岁 18，他不时地增加对女人的爱慕。他有时偷偷地观察年轻妇女的外表和行动。他从女人的头发、面容、腰部直到腿脚都进行仔细的观察，不时地对女人的某些部位产生神秘感。他不时地给年轻未婚女性打分。好看的打 80 分以上，一般的打及格，不好看的打不及格。他一心要找一位头戴金丝乌发、面如洁白明月、腰如垂杨柳枝、脚如天鹅踩水的那样的女人做自己的终身伴侣，还希望能找一位有点文化，至少也是高小毕业学生水平。他决不愿意和那土里土气的乡下佬过一辈子。他虽然是一个男子汉，但有时的性格像个姑娘一样，见到女人都不知道说什么话才好，他一直把这种爱慕的心情藏在心里，但愿碰上好运。有一位称心如意的美女找上门来，他们将成为一对天生的配偶。

龚绍华自小就爱听妈讲故事，妈妈的迷信思想也曾在他脑海中有所灌输。一天放学回家，吃完晚饭，他轻轻地走到妈妈的身边，大声地一叫："妈!"

"哎唷！你这个该死的，你不好轻点叫吗？把妈都吓一跳，把魂都吓掉了。"妈妈对儿子挤了挤眼。

龚绍华又要娇地靠在妈妈的身边。"妈呀！你给我讲个故事吧，学校里的周末晚会都叫讲故事，我也没有什么讲的。"

妈妈对儿子翻了翻眼，心疼地对儿子说："儿呀！我有什么好讲的呀，全是那些老得没有牙的，讲出来，你们这些小孩们都说是迷信。"

"那好，"龚绍华拍拍手。"我们老师说，我们国家有古老的文化传统，他们编出了不少对未来的幻想，你讲出来可以帮助我们增长知识。"

这时，已经是夜晚了，月亮已升起比树头还高。俗话说：月亮是十五不圆十六圆。这正是阴历十六的夜晚，龚杨氏望了望天空，看了看洁白的月亮，她想起了自己在年轻时，听人家讲的嫦娥奔月的故事，她又做了点添枝加叶，想给儿子听得更生动些。

说是在很早很早以前，有一位非常漂亮的姑娘，她梳的头，油滑锃亮，苍蝇站在头上都要打3个滚，她织的腰带像彩霞那样飞舞。她的脸像十六的月亮，她走到哪里都发出冷光。她的腰才是小碗口那么粗，她的腿脚像蝴蝶站在花瓣上那样轻松，原来她也是天上的仙女，有人说她是仙娥变的，所以叫她嫦娥。嫦娥在地上想找一位美男子，选了3年，就看中了像你这样的小伙子，因为天神不同意，就把这事作罢。

有一个射箭英雄叫羿，他射箭的本领特别大。大到天上的太阳，小到地下的蚊虫，他都能把它射下来，一次他从天上下凡，看到天上有10颗太阳照着，把地上都晒干了，弄得庄稼颗粒不收，把人都快要晒死、饿死了，羿带着10支神箭，一心把这10颗太阳全部射掉，皇帝尧见势不好，如果天上没有太阳，人就要全部冻死，所以偷走了一支箭，这才使羿射下了9颗太阳，留下这一颗太阳就为子孙后代留下了福气。

嫦娥看到羿为老百姓做了好事，便对羿特别有好感，从此，他们在地上结下了姻缘，两人和睦相处，日子过得不错，以后嫦娥发现羿粗鲁，做事非常莽撞，没有文化，斗大的字识不到一箩，所以慢慢地就不喜欢他了。一天，乘羿不在，嫦娥偷吃了西母娘娘送给羿可以上天的仙丹，身子感到轻快的往天上浮。嫦娥是个爱干净的人，她看到月亮洁白如玉，就直奔到月亮上当了仙女。羿因为失去了仙丹，也不能上天，又失去了嫦娥，就在地上气死了。

嫦娥在月亮上栽了桂花树。这棵树有采不完的花、伐不完的木头。一个在地上犯了罪的吴刚为她伐树。白兔和她做伴，在树上挂了个饭篮子。想吃什么就来什么，有空儿就做点桂花酒，想送给自己的心中人……

妈妈讲到这里，看到儿子有点不感兴趣。

“妈妈，你说的这些都是迷信。”龚绍华抿着嘴，“老师说，地球是圆的，月亮围着太阳转，上面没有空气，没有人，根本就没有什么神仙，你这个故事我到学校没法讲。”

妈妈很不高兴地板着面孔：“你瞎说，地是圆的，那不是要掉下来了!”她又有板有眼地继续解说，“自古以来，人家都说天像个大锅，地是个毯子，天上地下，都是神仙造出来的。”接着又把儿子拉到身边说：

“绍华呀！妈妈总想给你找个好老婆，你修好心，念好书，也许将来还能找到像嫦娥那样的姑娘呢！”随后又“扑哧”一笑，“将来妈妈还要享你的福呢！”

4年过去了，龚绍华又想起了妈妈说的这个故事，在他思想进步、精神充实时，唯物论和新思想很容易被他接受。而思想落后、精神空虚时，又企图用唯心主义宿命论填补精神世界。从“迷路”以后，他希望自己摇身一变，马上成为天下美男子，可以找像嫦娥那样妇女做自己的妻子，但又害怕运气不佳，他不知不觉地哼起《王老五》这个小曲来：

王老五，真命苦，
一生没有娶到好老婆，
人家的老婆勤劳会缝又会补，
他家的老婆懒得会吃不会做。

这段小调哼完以后，在他的眼前又展现出一幕可怕的情景：他偷偷地在一个没有人的地方对天朝拜，祈求神仙保佑，将来能和一位能说会干的美女百年结发，如能如愿，将年年月月对天朝拜。

在初中时，龚绍华最喜欢看古代神奇小说，在他遇到困难时就想做小说中虚构的一些神奇人物，如果能有孙悟空、姜子牙那样的本领，就可以把天下搞个天翻地覆。他又不知从哪里翻来西方幻想家用大炮可以把人送到月亮上去的幻想推论。这本书把大炮的大小，炮弹的重量，火药的推动力，人体在炮弹中的适应能力都列成计算公式。认为人类坐在炮弹里飞到月球上是完全可能的。他越想越感到出神，他希望能在大炮的作用下做出比孙悟空、姜子牙更加伟大的业绩来。

有一天，龚绍华感到自己会飞。他站在平地上，收起了两腿，整个身子都飘了起来。他觉得自己愿飞到哪里就可以飞到哪里。忽然间他看到顾民富，他趾高气扬地说：“顾民富，你能有我这个本领吗？我要上天了。”接着，他从地上听到顾民富的口音：“你小心，别从半空中摔下来。”忽然间，又看到龚绍祥：“绍祥哥，我的本领可高了。”绍祥在地面回答：“绍华，你的本领能不能教我一下啊！”龚绍华得意洋洋地在空中说：“你不行，你没有这个命。”接着，又来了一群人。他觉得自己比任何人都高，在人群的欢呼声中，又飞向长江边去。

龚绍华认为自己已不是凡人，而是有很大本领的神仙人物，他情不自禁地在空中吟诗一首：

人说神仙好，
我在神仙境；
何必吃尽苦，
我自有前程。

龚绍华立即处在飘飘然之中，一瞬间，就到了长江边，那江水滔滔，立即展现出壮丽的景色。突然间，看到江边有一座黑乎乎的大山，大山上不长草，也没有树，而是一个大铁桶子竖在江边，龚绍华心里想：江有底，山有坡，为什么这座山就长成这个怪样子呢？他认为可能有妖怪，立即害怕起来，转身就想往回飞。"扑通"一声，掉在山脚下，他抬起脚就想往回飞，可是再也飞不起来了。他睁眼一看，山下有一座城门，城门的横额上写的是"登月门"3个大字，城门两旁写的是一副对联，上联写的是"望郎登月四千载"，下联是"接夫乘炮万年春"。龚绍华一想：这不就是父亲曾说过的江阴大炮台吗？他看到这威严而又壮观的情景，感到自己很有眼福，他在大炮下面赞叹不已。他往上看，炮身直捅云霄；他左右看，炮身压在大庙上；他往下看，宝石铺地，如同水晶。他感到特别兴奋，如同心血来潮，立即挥笔题词：

谁说上天无路走，
我要登天有炮乘；
大炮是我身上宝，
嫦娥解我心中情。

题词刚完，就像一张符咒似的，"哗啦"一声，大门被神仙打开，龚绍华往门里一看，前面有一股亮光，仔细一看，是大炮的炮栓被神仙打开，龚绍华又不知不觉地走进炮门。往上一看，是一个旋涡式的大圆桶。月色洁白光亮，月光在他的眼前发出耀眼的光泽。月宫中像出现一个女人在对他微笑。突然间，龚绍华又好像钻进一个大炮弹里，他把周围打量了一下，弹船里宽敞明亮。头顶是夜明珠，七星图，中间是太师椅、八仙桌。旁边梳妆台、整衣镜，桌上放的是糕点、鱼肉和酒菜。龚绍华尝了尝，觉得什么味也没有吃出来，但已垂涎三尺。他感到自己的一生从来也没享受过这样美好的生活，如能把这炮弹楼阁做一个洞房，将会有享不尽的清福、喝不完的美酒，正当他想得出神的时候，突然外面有人叫唤："启禀少爷，现在半夜子时已到，小的就要开炮了。"

"你们开炮干什么?"龚绍华紧张起来。

"请少爷上天。"外面那神仙又恭维地回答道。

"不行不行。"龚绍华想往外走，但又找不到门，他又大声地叫唤道："快开门，炮声一响，会把我震死的。"

外面那神仙又回答："请老爷放心，您已经吃了仙丹，可以保您不死。"

龚绍华有点放心，认为决不能失去这上天的好机会。他对外面的神仙说："那就试一试吧，要是有危险，可还要送我回来呀!"

说来也快，外面那神仙立即发出了口令："预备——放。"

"轰"。

炮弹还真的不太震耳，龚绍华像坐在一个棉花垫上，感到软软绵绵，轻轻松松，舒舒服服，愉愉快快地离开了地面。

突然间，炮弹里漆黑一团。周围的一切，什么都看不见。他在炮弹里急得跳了起来。"我要回去，我要回去!"他唤了好几声，也没有人答应，他急得哭了起来，"我的妈呀！我算是完了。"他又拍了拍自己的腿道："我叫天天不应，叫地地不灵，我可怎么办啦?"他突然又站了起来，猛烈地敲了敲弹壁。"砰！砰！砰!"连敲了3下，在炮弹的一侧敲开了一个明亮的窗户，又好像恢复了弹内的光明，他往外一看，一颗颗的星像在为他欢呼，一朵朵五彩云霞像在为他剪彩，一股股暖流像在为他做被，一大群神鸟像在为他建房。他又不断地往外看，欣赏着神仙世界的美景。

一个白胡子老头从一颗金光闪闪的星中走了出来。

"你这位长老贵姓大名呀?"龚绍华奇怪地问。

"你忘了，我是太白金星，四千年前，是玉帝把你打入人间的，那时我还为你讲情呢!"

"太白金星老爷爷，我不能出去，不能施礼啦!"

"你到哪里去?"太白金星问。

"我到月宫去。"龚绍华回答道。

太白金星"扑哧"一笑，说："噢，我想起来了，等一会儿，我去喝你们的喜酒啊!"

龚绍华坐着炮弹又继续往前飞。

“喂！龚绍华，你借了我的仙丹，现在该还我了！”又一个老头子向龚绍华接近道。

“你这位长老是谁呀？”龚绍华已没有开始那样惊慌。

“我是太上老君，你吃了我仙丹，可以上天，现在已到了天上，该还给我了！”

“对不起，老君爷爷，过几天我一定还给你。”

“你到哪里去呀？”老君问。

“是嫦娥大姐请我去的。”龚绍华回答道。

太上老君也“扑哧”一笑：“好，等一会儿我去喝你的喜酒。”

龚绍华继续往前飞。他看到的月亮，开始只有菜盆大，过一会儿，就是磨盘大，又过一会儿，房子大，再过一会儿，比村庄大……月亮的表面，到处是银光闪闪，洁白如玉。忽然间，一束寒风像吹到了他的腰部，他感到寒冷，一声叫唤：“冷死我啦！”话音刚落，一条绿带围在他的腰间，立即又使他全身温暖舒适。他心里想：天上真比人间好，怪不得嫦娥在月宫四千载却温暖如春呢！他得意地在炮弹中跳了起来，炮弹在空中倾斜了一下，他又不得不老老实实地坐在那里等待神仙的安排。

转瞬间，炮弹在明亮洁白的大地上着陆，打开炮门一看：上面是银砖铺地，绿草如茵，桂花香扑鼻，温暖如春。一个中年人在那里伐树不已。忽然间，从宫中出来一位姑娘，金丝乌发，身穿白色短袄，腰间镶蓝边围裙，脚穿绣花缎鞋，那姑娘走到龚绍华身边将要施礼，龚绍华见此，想去拥抱，口称：“嫦娥大姐，我已经想你多年了。”那姑娘“扑哧”一声道：“我未来的姑老爷，我不是嫦娥，我是玉兔。”说完后，摇身一变，便是一只白兔，匍匐在他的面前。龚绍华羞得满面通红，但又求爱心切，便对白兔说：“玉兔妹，请你禀告嫦娥大姐，便说龚绍华来也！”

嫦娥深居后宫，不吃不喝，玉兔为伴，吴刚为奴。每当十五、十六寻找情人；初八、廿三半面盖脸；月末、月初隐居天宫。近来她血脉流通，心血来潮，起身一看，从地上飞来一颗明星。她掐指一算，是自己的情人来了。她捅开窗户纸往下一看，果然还是四千年前一样，他面貌清秀，举止文雅。微笑时如同湖色春秋，脸红时如同东方朝霞，说话时如同瀑布万顷，两酒窝好似海上漩涡。她不时地增加对龚绍华的爱慕。突然，一道白光，便站在龚绍华的面前，说道：“龚郎啊！我已经在月宫等你四千多年，你把我等得好苦啊!"龚绍华一看，果然是面如洁白白银，胸如两座棉山，腰如柳枝飘摇，脚踩万朵祥云。他看得入迷，不知如何是好，他似笑非笑，既想前去拥抱，又不敢当着玉兔、吴刚面鲁莽，他冷静一会儿便说："嫦娥大姐，我今年才18，你怎么会等我四千年呢?"嫦娥说："从我和羿离开后，就已许配给你，只因霸王无道，使我们分居，我在天上四千年，你在地上投了180胎，如今，玉帝恩准，我俩今日成婚，愿白头到老，恩爱相亲。"龚绍华听了，觉得自己太伟大了，如今虽非天子，但胜过天子，又见嫦娥如此恩爱，将来前途无限，幸福无穷。他也顾不得羞耻，就要前去吻抱。嫦娥推道："不要无礼，待我们拜过天地，同床夜度，岂不乐乎?"

说来也快，天上的太白金星、太上老君和各路神仙都在参加结婚典礼，月宫中吹吹打打，灯光辉煌，一对夫妇便进了洞房。新婚之夜，就觉得神魂飞舞，全身如醉如麻，过得十分快活，那真是美哉美哉!

过了一会儿，龚绍华觉得屁股上有点疼痛，这才从梦中惊醒，醒来后，发现是父亲在他屁股上重重地打了一个巴掌。"细畜牲，太阳都晒屁股了，睡到现在还不起来。今天，不上学，还不给做点活儿。"龚父骂道。

龚绍华立即坐了起来，打消了他乘炮飞到月宫娶媳妇的这场美梦。他摸了摸自己的裤裆，一股黏液，湿了他一裤裆。

第三节 赶时髦

龚绍华自幼就有赶时髦的兴趣。幼年时，父亲叫人剃头给他留个桃子状的头发，这就标志着桃花柳绿，长命富贵。新四军来了以后，他剪了个小平头，那种半洋半土的发型，在当时农村也很时髦，加上瓜子圆脸，就显得更加配称。在当儿童团团长后，又推了个小分头，这在当时农村来说称之为洋头。他和顾民富、龚绍祥来说就显得更为突出。每走到一个地方，一些大姑娘、小媳妇以及男女老少都想多看他几眼，龚绍华也为此感到自豪。可是也有些人在说他是婊子货，表面上装得很漂亮，而肚子里装的是稻草。

为了迎接抗日大反攻，抗日根据地经常为抗日有功人员庆功授奖。一度红旗招展，引人注目。鲜红的旗帜，火红的心都联系在一起，更加激励了人们抗战的热忱。

龚绍华为表示自己是抗日战争中的“红人”，他所使用的东西都爱红色打扮。他虽没有做出男子汉着红装的打扮，但把那拆卸掉的假大炮又重新组装起来，并全部用红颜色涂上，以此来显示他在抗日战争中的“功劳”，农村中油漆非常昂贵。他用红墨水涂了一层又一层，但又经不起风吹雨打，只要被雨水淋湿，那鲜红的颜色又被褪了下来。一开始他非常欣赏，又招揽了一些过去的儿童团员来观看，他认为将来在一门红色大炮上，做出自己惊心动魄的事业来，但这种红色到底能保持多久，他没有去更多地考虑这些问题。

龚绍华总想为自己找一个火红的前途。经过抗日的风火，他极端地仇恨日本帝国主义的野蛮行径，他对国民党的不抵抗主义也非常不满，他和新四军接触中，觉得这支军队亲切和蔼，抗日救国，他选定了只有跟共产党走才是自己唯一出路，可是要使自己投入到全心全意为人民服务的洪流中去，需要付出多大的劳动代价，甚至是自己的生命，他思想上毫无准备。他左思右想：要是当农民吧，那种“锄禾日当午，汗滴禾下土”的日子可受不了。要是学做生意吧，他厌恶父亲在做生意中所遇到的那种悲惨的情景。假使跟师傅学徒，他觉得学生向土包子师傅学有点儿掉价；如果是教书，又不愿意去当小孩王。他考虑了好久，认为只有到社会上闯一闯，也许能碰到个好运气，有朝一日，将以劳心者治人的身份，只要自己嘴巴一动，就能做出一番事业来。

经过一番思考，他把自己和那门假大炮联系起来，如果在未来能成为一名威武雄壮的炮兵指挥员那该是多么来劲儿啊！他听说：炮兵行军不用走路，可以骑着大洋马跑遍全国。炮兵需要有较高的文化，不懂三角几何就当不了指挥官。炮兵打仗不用打冲锋，牺牲伤亡大部分是步兵，炮兵吃得好，生活待遇也高，现在，新四军的炮兵还少，将来炮兵大发展，前途也少不了。他越想越感觉到，当炮兵倒是他唯一的选择。

在一次放学回家的路上，顾民富、龚绍华、龚绍祥都走在一起，他们虽然有时在对前途的看法上闹点别扭，但怀着以往三好友的旧情，有些话还是愿意在一起谈谈，正当走到一个渡口，龚绍华首先阔谈对前途的看法。

“民富、绍祥，我们都快毕业了，你们没考虑将来干什么吗？”

“干什么都行啊！”顾民富很不在意地做了回答，他深思了一会儿，带着微笑说：“要是日本鬼子、国民党统治，我现在死活还不知道呢！现在我们是抗日根据地，共产党、新四军还能亏待我们吗？”

龚绍祥很想在自己毕业后，到社会上做一番事业，但对做什么工作才能发挥自己的作用也是他近来思考的问题，他听到龚绍华这么一讲，心里有点着急，想从他那里得到点儿什么消息。他靠近了龚绍华，拉了拉龚绍华的衣角说："那——你准备做什么工作呢？"

龚绍华装着神通的样子，似乎谁也没有他的鬼点子多，他眯着眼睛对着天笑了笑，好像叫人猜不透他的谜，想造成别人对他的一种神秘感，以此来显示自己。

"你说呀！有什么可神秘的，还不愿对别人讲。"龚绍祥又推了推他说。

龚绍华还是眯着眼睛昂头嘻笑，一条腿还在地下颠倒了两下。

"你这个人，现在怎么又变得阴阳怪气了呢？"把手一甩接着说："以后不同你谈了，说个话就那么费劲。"立即把脸转了过去，背靠着龚绍华。

顾民富有点生气，说："不说算了！有什么了不起的，你走你的阳关道，我走我的独木桥。"

龚绍华已沉不住气了，连忙说："好，我说，我说，"又翻了翻白眼说，"不过……"又扬着脸，"我说出来要吓死你们。"

"你说就说嘛！有什么好事，我们也不抢夺你的。"龚绍祥用劝解的口吻道。

"对嘛，对嘛，我们还可以互相研究嘛！"顾民富对这种神秘感还是没有在意。

"我告诉你们吧！"右手往腰上一拍。又瞅了二人一眼说："我的志愿是要当新四军。"

龚绍祥、顾民富一听，原来是这样一个秘密，两人使了使眼色。

"算了吧，大伯、大妈才有你这样一个小宝贝，能让你去当兵吗？"龚绍祥为他叹了一口气，"你还是我们龚家的一个贾宝玉呢，如果你牺牲了，这个后代由谁来接啊！"

顾民富笑了笑，"当新四军有什么神秘的，我14岁那年就要求当新四军，因为那年精兵简政，不要小鬼，我父亲劝我说，还是念书吧，长大了去当兵用处更大些。"说到这里停了一会儿，接着说："算了吧，我去当新四军我父亲还能同意，你去当新四军，你父母就不能同意。"

龚绍华觉得用这一招来显示自己是不行了，倒不如把自己的真正想法告诉他们，也好叫他们参谋参谋。"我要当新四军是有条件的，我不是要当那扛大枪的步兵，我要去当骑大马的大炮兵。”

“哈哈！你这个家伙鬼名堂还不少呢！”两人异口同声地说。

顾民富想了想说：“不过……你这是想入非非，还没有看到真大炮是什么样子，怎么就把当炮兵想得那样美呢？”

龚绍祥接着话茬儿说：“我看这是空想。”

3人谈笑一会儿，对岸过来的船已经驶进岸边，3人先后上船，船驶到河中心，不知谁把船晃了一下，龚绍华的脚跟没有站稳，如果不是顾民富拉他一把，险些掉到河里。

在苏北抗日根据地，共产党的基层组织还是不公开的，党组织活动，发展党员，一般都是秘密进行，为了统一战线和适应敌强我弱的形势，共产党员一般都不以公开身份出现，龚绍华对这一切都感到非常神秘。他还是一名青年解放团员，要想在社会上做一番大事业，争取当一名共产党员也许能出人头地。

在一次和顾民富同行的路上，龚绍祥好奇地问顾民富：“你说是共产党大，还是青年团大？”

顾民富笑了笑说：“你真是个大傻瓜，青年团是共产党的助手，你说哪个大？”

龚绍华又问：“你说是共产党吃香，还是国民党吃香？”

顾民富耐心地解释道：“蒋介石国民党是地主官僚、资产阶级的代表；共产党是无产阶级、劳苦大众的代表，你说哪个党吃香？”

龚绍华笑了笑说：“那当然是共产党吃香呗！”他又挤了挤眼道：“你以为我连这一点都不知道吗？我当儿童团团长时就明白了。”

龚绍华又想了想，说：“我看，要想当个共产党员需要有点资格吧，拿我们学校来说，至少是个校长或教务主任，其他人的地位都不够。”

顾民富又笑了笑，说：“你呀，我的老同学，我发现你最近只钻数理化，不注意学政治，我看你有些事情也知道得太晚了。”停了一会儿，又接着说，“做共产党员是有条件的，只要符合共产党员的条件，什么人都可以参加共产党。”

龚绍华听得很出奇，他没有听说过一个普通老百姓也可以在一个党派做党员，他以瞧不起的口吻说：“你不要吹，就凭你这个资格就当不上共产党员。”

“是啊！”顾民富表示自己还有缺点和不足。“我现在距离共产党员的标准还差得很远呢!"

"嗬！我看你的野心还不小呢！我看你还是争取当个大官吧，只有当了大干部才能当共产党员。"龚绍华指着顾民富说。

两人又说又笑，还唠了点家常话，又都各自办自己的事情去了。

过了一段时间，龚绍华听说顾民富已经参加中国共产党，他后悔自己看问题太幼稚，不该把政治幼稚的弱点暴露在他人面前，他懊悔自己没有多打听点政治消息。他看到顾民富都感到有点儿脸红，他感到自己落后于顾民富但又有些不服，可是又必须有求于他，以便帮助他解决入党问题，他决心为自己闯出一个红色的招牌，好在自己前进道路上开道。

我志愿加入中国共产党，承认党章、党纲，按期缴纳党费，服从党的组织，遵守党的纪律，保守党的秘密。在现阶段为实现中国新民主主义社会而奋斗，最终为实现共产主义社会而奋斗终身。

龚绍华不知从哪里抄来一份共产党员誓词，他用毛笔正楷工工整整地写在一张红纸上，最后签上龚绍华的名字，并在一次上学途中偷偷地放进顾民富的衣袋里。顾民富觉得自己口袋里有动静，他以为龚绍华在和他开什么玩笑，他掏出一看，是一张红纸条，打开一看，是龚绍华的入党申请书，顾民富一边看，面部显示了笑容，他觉得龚绍华最近要求进步的心情比过去更加迫切了，他怀着好友的心情，想帮助他一下，以便共同前进。

顾民富立即又想起了党的纪律，在入党时，党组织曾交代过，党员的身份未经组织同意，不能暴露，要做到上不传父母，中不传妻子丈夫，下不传儿女，谁要是暴露了党的组织，使党受到损失，就要受到党纪严肃处理。顾民富又装作若无事其事似的，把入党申请书还给了龚绍华。"龚绍华，你把这个交给我干什么？我又不是共产党员！"

"算了吧！你入党的事我听别人说了，你还想瞒我吗？"在党员半公开的情况下，有的学生把学生中的表现做了分析，认为抗日最积极的必然是共产党员，这种分析也传到了龚绍华的耳中。

"你瞎说，我才不是呢!"顾民富一口否认。

"那，有时放学回家你就被留在学校里干什么？"龚绍华问。

"那是劳动。"

"不是。"

"那你说是干什么？"

"是开会。"

“开什么会?”

“开的是党员支部会。”

顾民富急了:“龚绍华,你不要胡说八道。嘴上没有个把门的,弄不好,头掉了都不知道怎么掉的。”

“我知道。”听话听音,龚绍华觉得心里有底。“我以后听你的还不行吗?总不能你进步了不帮助我进步吧?”

顾民富故意地把话茬儿拉到其他方面,第一节上课铃响了,各人又回到自己的课桌上去。

过了几天,顾民富老远地对龚绍华打招呼,龚绍华一点儿也没有理会,因为他正在考虑中学毕业后将要干什么,顾民富快步接近,轻轻地走到龚绍华一侧,用手指捅了捅他的腰部。

“哎哨!你这是干什么呀?”龚绍华一看,原来是顾民富,一想到入党的事,他腰部的那股痒痒劲又成了一种暖流,他的心好像沸腾起来,他笑嘻嘻地说:“民富,是不是我的组织问题呀!”

顾民富没有吱声。

“我的入党问题解决了吗?”

顾民富还是没有回答,正观察着龚绍华的表情。

“噢!我可能是布尔什维克分子了。”龚绍华感到十分有把握,并且两手轻轻地合拍。

“龚绍华,我问你,你愿意接受党组织考验吗?”顾民富用严肃的语调问题。

“那当然了。”龚绍华毫不在乎地回答。“共产党、新四军已经考验我好几年了,那你还不知道吗?我的好老哥啊,你就高抬贵手吧!”

顾民富觉得他说得有点离奇,便说:“你严肃点,我今天代表党组织和你说话。”

“嗬!你到拿起架子来了,我们俩谁不了解谁呀!”

“我正式告诉你吧。”顾民富宣布了党组织的决定:“党组织已经讨论了,根据你目前表现还需要继续考验。”

“我不够?”龚绍华十分惊讶,“我哪方面还比别人差?”他心里琢磨,我当儿童团长时他才是个小队长,论资格比他强,现在倒比我高了一筹。这时,几乎要哭了起来,为了表现出自己男子汉大丈夫的风度来,他又压抑了那种脆弱的感情。“算了吧,对我进行考验,我哪一条不够?”他掰着手指,一五一十地讲起过去过五关斩六将来:“新四军来了以后，我是第一任村儿童团团长。反扫荡时缴了伪军一支枪，是我的那门炮起了作用。二五减租，我帮助算账。抗日宣传我带头扭秧歌、护理伤员。我积极组织，哪里我还够不上一个共产党员的资格？”

顾民富对这种傲慢情绪非常不满，但又极力对他做说服工作。“你冷静点好不好？共产党员是自己用实际行动考验出来的，也不是要来的呀！就把你今天这种表现向组织汇报，你就能做共产党员吗？”

龚绍华也觉得这样做有点过分，他的语言又开始软了下来。“那——我不入党，我的前途不就受影响了吗？”

“我的老同学，你怎么这么糊涂呢？当一名共产党员，不是为了对个人有什么好处，而是要吃苦在前、享受在后，为人民敢于牺牲自己，为国家愿意献出生命，为无产阶级的彻底解放要奋斗终身，你不能把入党看成是找前途、赶时髦、碰运气，这样下去，你永远也不能做共产党员的。”顾民富用惋惜而又关心的口吻说。

“不！不……”龚绍华感到自己说话走嘴了，他立即改口道：“我愿意接受党的考验，请组织指出我有哪些缺点。”他又像求饶似的对顾民富说：“民富，我求求你，时间不要太长。”

顾民富有心把龚绍华吸收到党内来，根据群众的反映和党组织考验，认为他的小资产阶级思想意识还需要彻底改造，只有这样，才能保证无产阶级先锋队的作用，所以他也同意了党组织的意见，要对龚绍华进行耐心的教育和严格考验。

“龚绍华同志。”顾民富同对待青年解放团员这样称呼：“我想把党组织对你考验的情况向你说明一下。”

“你说吧！”为了拿出一点谦虚表现，他拿出笔记本想记下来。

“党组织对你已有评价。”

龚绍华十分想多听点优点，笔记本、钢笔都做了准备。

“你有抗战热忱、有进步的要求，为抗战做了一些工作，学习上也很用功，家庭成分和社会关系也没有什么问题，只要你努力，将来还是有希望的。”

龚绍华虽没有狂欢大笑，但心里美滋滋的。

“不过……”顾民富又稳住了嗓门。“你还有几个致命的弱点。”

“你说吧！”龚绍华希望能轻描淡写地说几句。

“那我就不客气了。第一，你吃苦精神不够，总想不付出代价，就能做出成果来。革命哪有不付出代价的呢？肯吃苦，勇于牺牲个人，这才能做共产党员。

“第二，你有小资产阶级爱面子思想，只能听表扬，不能受批评。一个人哪能没有错误呢？有了错误，要敢于接受批评，坚决克服，才能做合格共产党员。

“第三，你团结群众不够全面，感情好的你就和他接近，感情不好的你就疏远。社会上有各种不同性格的人，我们只团结一部分人，而不能团结大部分人，我们怎么可以领导群众去进行革命斗争呢？”

顾民富把党组织的意见作了反映，也加了些自己的分析和看法。龚绍华很难对这些问题进行反驳，只好点点头，但心中还埋下了隐患，也许未来还将暴露。

第四节　扶上马送一程

龚绍华的入党没有被批准，他感到非常窝火，为了有求顾民富，他不好公开地和顾民富顶嘴，他把没有入党的原因又强调在客观因素上，埋怨自己的进步没有人扶植。他希望像骑马一样，有人能把他扶上马背上，可以毫不担风险地使自己奔驰在最理想的征程上。

龚绍华在幼年时就爱听马的故事，在苏中平原，由于水网地带较多，一般农民都不养马，小孩们能看到马都感到好奇，上私塾时听说：马能日行千里、夜行八百，快走时犹如腾飞，在图画中看到的马更为出奇，似乎眼如铜铃、耳如奇峰，从此，他对骑马产生了兴趣，他找来一根五尺长的竹竿，一头抓在手上当马鬃，一头拖在地下当马腿，他骑在竹竿上，一面走一面唱：

马儿跑，马儿跳，
我的马儿不吃草。
马儿跑，马儿跳，
骑着马儿天下跑。
马儿跑，马儿跳，
牵着马儿拉大炮。

新四军挺进苏中，有一个迫击炮连驻在龚王庄，一匹驮炮的马就拴在龚绍华家不远的一棵大树下。龚绍华好奇地往马身边走，想能够骑一下，也害怕马咬，偷偷地从马屁股后面接近，他哪知马有尥蹶子的本领，刚接近那匹马，被马踢了一脚，龚绍华的腿被踢得又红又肿，哭着马上叫人，被一位新四军战士救了出来。从此，龚绍华再也不敢骑马了。他见马生畏，即使有人扶他一把，他也不敢向马接近一步。

顾民富也爱好骑马，他从马的前部接近，用手拍拍马的头，给马挠痒，手里还拿了几根草，那马便顺溜溜地听他摆弄，只要有人扶他一把，他将骑着马儿奔驰在战斗的疆场上。

为了迎接抗日大反攻，在抗日根据地又掀起了报名参军的高潮。

小白菜呀，青又青呀，
我送亲人去当兵呀，
当兵要当新四军呀，
打鬼子呀，救百姓呀。

就在这歌谣声中，顾民富被父亲顾望泉扶上大马，身戴大红花，由乡长牵马，送他去参加新四军。和顾民富同去参军的还有几位青壮年，他们各个都骑着马，高高兴兴，喜气洋洋，像考中状元似的，一个个都被送到部队。

顾民富的参军是自己报名、经父亲同意的。在报名后的那个晚上，顾民富家那间草屋里的灯火比往常都明亮。在花生油灯的灯碗里又添了两根灯芯草。顾望泉还在不断地往灯碗里加油，灯上的火焰发出了温暖而又明亮的光泽，父子俩对着灯火在心贴心地谈着：

“民富，你去参军可不比在家里呀!”父亲的关怀，更加温暖了儿子的心，顾民富点了点头，答应了一声：“嗯。”随后看了看父亲的表情，说：“爸呀！我就担心您一人在家孤单，我离家了，也没有个亲人照顾你。”说到这里眼圈也红了。

顾望泉为了使儿子尽量不要挂念家里，他强打起精神，尽量压抑自己那种难舍难离的心情，甩了甩头，又勉强地露出点笑容。说：“我这个大活人，现在正是做事的时候，还要什么人照顾呀?”歇一会儿拨了拨灯芯，火焰在灯芯草上跳动，这颗星星之火像有燎原之势，使顾望泉看到了共产党和人民群众的力量，他抬起头，对着明亮的灯光：“我有什么孤单的呀？现在有共产党、新四军的好领导，有乡亲们的帮助，我有什么好孤单的呀？”

“爸！我参加新四军以后，你不想我吗？”儿子又用试探的口吻问道。

“我怎么不想呢？”父亲挤了挤眼道：“我就你这么一个儿子，从你妈死后，是我一口水一口饭把你养大的，我还能不想吗？”

“那……”顾民富想说又说不下去。

父亲看出了儿子的心情，他害怕儿子骑上马再摔下来，他又激动地对儿子说：“我相信共产党、相信新四军，我把儿子交给他们我放心，你到那里，好好听他们的话，比我在家教育要好得多。”他摆了摆手道，“你安心的去吧，你老子完全放心。”

顾民富看到父亲决心那么大，但还是有点不放心，他还是用试探的口吻问道：“那……如果我有个三长两短，你老人家心里就不难过吗？”

“你这孩子，怎么能说这个话呢？”顾望泉对儿子瞪了瞪眼道，“我能叫你去送死吗？如果没有共产党、新四军，我们父子俩可能还活不到现在呢！”

父子俩谈了足足有两个时辰，他们有道不完的父子间的情意，有讲不完对共产党的恩情。夜深了，父亲怕儿子疲劳过度，劝儿子早些休息，好上路。就这样，父子俩在同一个被窝里睡了一夜。

顾民富在参军前两天，把自己要参军的事告诉了龚绍华，并想争取一起参军，像各骑上匹骏马一样，奔驰在共同奋斗的道路上。

“龚绍华，我已经决定去当新四军了。”

“恭喜你，将来能当战斗英雄。”

“那你呢？”

“我不去。”

“那你不是说要当炮兵吗？”

“我父母不让。”

“那就做说服工作呗！”

“哼！”龚绍华低着头，“还说服呢！”他手上捻着一根草棍，“我父亲说，马尾巴拴不住儿子，就用女子头发把儿子拴住。”

“嗬！你要娶媳妇了！”顾民富把脸靠近龚绍华，观察他迷人的面色。“给你找一个什么样的好姑娘啊？”

“说是能识几个字的，是个初小文化。”龚绍华不好意思地回答。

顾民富“扑哧”一笑说：“那就娶呗！”

“要娶你去娶吧！反正我不要。”

顾民富又一笑道：“那才怪呢！我能娶你的老婆吗？我不是要犯法吗？”

“你别气我了，你知道那女人有什么毛病吗？”

“那一定是门当户对呗！”顾民富用取笑的口吻和他逗乐。

龚绍华听到这话，十分着急，他的脚往地下跺了两下。“啊呀！你别拿人开心了，那女人有腋臭，就是个臭子，你懂吗？”

“臭就臭呗，她也是个人啊！只要感情好，臭点有什么关系呀！”

龚绍华觉得自己的痛苦得不到别人体谅，他心急如焚，他又开始了不友好的语言：“你他妈的混蛋，你说话不怕嚼了舌头，这事就没有摊到你身上，你倒幸灾乐祸。”咬着牙，指着顾民富，“你知道吗？这种病现在是治不好的，要是和她靠在一起，要臭死人了。”

顾民富暂时把话停了下来，觉得这个玩笑再开下去是会叫他伤心的，他转了转眼珠在细细地思考，又看了看龚绍华，好像是眼泪要流下来了，他又以同情的口吻问道：“那你准备怎么办呢？”

“我抗婚！”龚绍华干脆地回答。

“你能抗得了吗？”

“那……”又是一个疑难问题。

“我看好办。”顾民富不等龚绍华说话，继续说道，“我们一起去当兵，那个婚事不就办不成了吗？”

龚绍华一惊道：“那不行，当兵的事我还没有考虑好呢！”

“你不是早就说要当炮兵吗？”顾民富惊奇地问。

龚绍华抠着手指甲里的脏土，捻着手指，那往常不剪的指甲总有藏不完的泥垢，他嘴里嘟囔着：“我说当炮兵也不是要当现在那个炮兵，现在新四军的炮都要人扛、肩挑、人拉、手推，这样干多苦啊，我可吃不消！”他停下抠指甲的手摆出自豪的样子。“将来我要当能骑在马背上，坐在炮车上，走在大马路上，那种威风凛凛、很吃得开的正规炮兵。”他又看了看顾民富的脸色，觉得没有发火，又接着说：“再说，当步兵是很危险的，如果有个三长两短，我妈还想我呢。”说到这里，他怕在老同学面前太暴露自己了，又把话停了下来。

顾民富感到越听越不像话，他埋怨地说：“你呀，你呀！我的老同学，我怎么对你说呢，就像你现在这个胆量，别说是当炮兵骑大马，现在就是给你一匹好马，你也未必敢骑呀！”

龚绍华羞得无言对答。

说来也巧，顾民富参军才半年时间，日本帝国主义就宣布无条件投降了。他压抑不住自己愉快而又激动的心情，用刚发的江淮边币买来一挂鞭炮在距离敌据点只有 3 里的地方噼里啪啦地放了起来，像机关炮似的，使全连部分人认为是敌情，迅速紧急集合，而顾民富在那里得意洋洋，拍手称快。

“顾民富!”连长用非常严厉的语气叫了他。“你怎么搞的？”一句湖北口音，“你这是无组织无纪律的行为!”他指着顾民富新穿的军装，“你现在是军人，不是老百姓，没命令就这样随便吗？”

顾民富很不理解，他心里想：我是心里高兴，又不是干反革命，何必对我要这个态度呢？他像小马驹尥蹶子似的给连长回了一句：“鬼子都投降了，我们高兴高兴还不行吗？”说完把没有放完的鞭炮往地下一扔。

“高兴，高兴，脑袋掉了，你还能高兴吗？”连长用严厉才能爱兵的口吻回答。

“鬼子都投降了，他们还有多大的蹦头。”

“现在蒋介石、日本人、伪军都穿上了一条腿裤子，都想消灭八路军、新四军，他们就那样容易向我们缴械吗？”

顾民富参军后第一次受到这样大的批评，感到非常冤枉，但又想起父亲在自己参军临行前的话，这股火又被压了下去，这时，指导员走到这里，把顾民富叫到连部，使顾民富受到了一次最实际的新兵入伍教育。

日本帝国主义投降后，部分日伪军还在顽抗，顾民富参加了攻打如皋城的战斗，那正是阴历八月十五，月亮特别圆，增加了日伪军对家乡的思念，顾民富举着盘子大的月饼，对着在城墙上的伪军喊：“日伪军弟兄们，你们为日本帝国主义卖命，现在该向人民缴械投降了，新四军优待俘虏。顽抗到底，只有死路一条，今天是八月十五，你们家有老小，都希望合家团圆，过来吃月饼吧！我们过一个团圆节。”顾民富的喊话，清脆洪亮并富有感染力，使日伪军们都龟缩在城墙内细听。

顾民富参加了血战兴化城的战役。兴化城周围是一片开阔水网，战士们无法接近，在几次攻击中都因没有掩体而使成百上千的人牺牲和受伤，战士们的鲜血流到城墙周围的水网地，顾民富用自己水性好的优势，潜水进入兴化城墙下，把炸药安放在城墙引爆，为后续部队的冲锋打开通道。

第二章 选 择

DIERZHANG

在围攻盐城的战斗中，伪军团长赵永祥率部起义。顾民富被派到这个部队帮助做改造收归军队的工作，他把人民军队的优良传统带到这个部队，他在起义部队中树立了威望。

龚绍华本想使自己骑在马背上，比别人要高一头，可是，他当儿童团团长时受到同龄人尊敬的那种场面已经不见。他也不像过去走路时扬着头、挺着胸。他见到熟人都想绕道走，有时用草帽盖着自己的脸，不让人看见。

“绍华！”正在为难时龚绍祥打招呼，“现在抗日大反攻了，该给前线做点事了。”

龚绍华对龚绍祥的呼叫不以为然，他无精打采地回答道：“做什么事啊？”

“慰劳军烈属呗，这样也可以叫前线的同志安心打仗啊！”龚绍祥靠近一步，“这是村长叫我们干的。”

“那怎么去啊？”

“那好办，村长已给我们安排好了，叫我们敲着锣，带着慰问品，去一家一家的慰劳。”

龚绍华一想：有几名参军的都是过去在他手下的儿童团团员，见到他们怎么说话呢？特别是龚得全，过去总把他当儿童团的落后分子，他都参军了，见到他家人是多不好意思啊！马上对龚绍祥说：“我今天有事，我不去了，你去吧。”

龚绍祥看到他这种表现很生气，也愤恨地指着龚绍华：“你呀，你呀！你想个人的事太多了，参军的事，人家扶你一把你不去，现在倒弄成这个样子。叫你骑马你不敢，叫你坐轿你怕丑，叫你走路怕崴了脚，也不知你到底想干什么。”

龚绍祥本来是报名和顾民富一起参军的，因为他的养父是统战对象，暂时没有让去，村里也要留几名有文化的人，村长就把他留在身边做文书工作。

前方打仗，需要后方民工支援，在国民党统治期间，这叫拉夫子。这次又该排到龚得福家，村长顾望泉亲自到他家做说服工作。

“龚老板，这次又该你家出民工了。”

“村长，再给我免一次吧，下次我一定去。”

“不行啊，群众已经对我有意见了。”

“村长，我年老多病，我那不争气的儿子什么也不会干，叫他出民工我也不放心啊!”

“孩子大了，也该让他闯一闯了，你像捂小鸡似的，天天捂在家里，什么时候才是个头啊!”

龚得福听了村长的劝说，也感到无话可答，所以就勉强答应了。

过一会儿，龚得福把儿子叫到身边：“绍华，明天你去出民夫，你老子有点不舒服。”

龚绍华一听，头脑里“嗡”了一下，他越想越窝囊，造成了当兵不成当平民，平民不成当夫子，心里十分难受，他哭着对父亲说：“爸爸，我这样能行吗?”

“我没有这个脸和人家说了。”龚得福把村长的话又说了一遍，“我被和平军绑票，是新四军来了才给我找到出路，我要做生意，是新四军给我找的销路。现在要我出民夫，这点力气都不出，我还是个人吗?”

“那非要我去不可吗?”

“你不去，难道还叫你老子去，叫你妈去!”龚得福讲到这里，他难受得拍了拍腿。“我的天哪！我怎么养了这样一个孽种啊！养大了还是娇生惯养，本想养一个孝子，现在不是儿子孝老子，倒成了老子孝儿子。”

“我的乖骨肉儿啊，听你父亲的话，你去当民夫吧!”妻子听到丈夫的哭声，立即前来劝说道。她既疼自己的儿子，更疼自己的丈夫。她一边擦眼泪一边说：“你老子在家里可是一根顶梁柱啊！他走了，我这个妇道人家在家里怎么办啦?”

妈妈哭，儿子也哭，龚绍华总算是拉下不愿当民夫的脸，但就怕吃不了这个苦。“妈呀，我干活不行啊!”

“儿啊!”妈妈擦了擦泪，正经地对儿子说：“妈妈想关照你几件事：你在外和人说话嘴要甜一点，打起仗来要往后退一点，有重活请人家帮一点，过桥过河要小心点，遇到冷天要多穿点，遇到大热天找个阴凉地。”她的小脚往地下一跺，道，“这帮日本狗子汉奸，日本都投降了，还要做坏事!”她双手合十，说，“南无阿弥陀佛！菩萨保佑我儿子平安出去，平安回来。”

丈夫听了很不耐烦，说道：“行啦，行啦！不要高不成低不就的，将来还是跟我在家里种田吧，什么江河湖海的，哪里也不能去!”

龚绍华出于各种压力，只得口口答应，至于骑大马参军的事，已经在他头脑中暂时消失了。

第五节 奔向江海

龚绍华出民工之后，并没有感到有多大的压力，受军队的优良传统影响，民工之间的互相帮助，这使他受到了教育。他觉得：把自己捆在小家庭这个天地里没有什么出路，倒不如到广阔天地能闯出一个名堂来，他回家翻开书本，看一看有关海洋的传说。

在苏北平原的西部，有一些人没有看到过海洋，对海的传说各说不一，有些说书人把大海说得神乎其神。说是东海龙王每年都要发几次大怒，每当发怒时，海上浪起八丈高，风吹磨盘转，所以渔民们每当出海，都要到龙王庙烧香拜佛，为防不吉，规定了妇女不准上船，说是女人上船船要漏，船上吃饭不能在碗盆上搁筷子，说是搁了筷子船要搁浅。饭碗不能倒放，倒放了船要翻。他们把海上的大自然现象都说成是神仙的作用。

龚绍华没有见过真正的大海，他只是在村旁的河边、家旁的池塘玩耍，有时他把自己比成池塘内的小鱼，游来游去。也出不去房间大的地方，他希望能到大海走一趟，好看着大海的壮观美景，听了神奇传说，也有点害怕，他希望能遇到好心的神仙，把他带到大海中去，绕过巨型大浪，避开强劲大风，让自己在大海上痛痛快快地游玩一下，这又成了他梦寐以求的愿望。

在苏中地区，有所公立学校，叫“江海公学”。这是培养地方干部和抗日积极分子的学校。这个名字和大江大海联系在一起，表明这里的学生如同在大江大海中成长锻炼。这里没有固定的校舍，学校设在杨家寺庙里，是延安抗大式的学校。在过去，杨家家族在这里统得死水一潭。凡是婚丧喜事，生儿育女、房屋搬迁，都要按照过去的规矩去办，否则，就被族长严刑拷打，群众总是受几个所谓活祖宗的欺压。新四军来了，家族群众纷纷起来砸去了祠堂内的牌位，这里便成了抗日根据地的重要活动地点。

1946年夏收即将开始，大田里的麦穗已结成金黄色的果实，这是在去年播下的种子，经过施肥和人工培育，才长出了丰硕的颗粒，这将成为人们生活中不可缺少的食粮，夏收后又将播下新的种子，新的禾苗又将在园工培育下茁壮成长。“江海公学”倒也像培育庄稼一样，把培养出来的学生一批又一批地送到社会，为社会的进步输送力量。就在这个期间，龚绍祥和龚绍华被送到了“江海公学”。

龚绍华、龚绍祥被送到“江海公学”，就好像被送到一块松软湿润，阳光充足，面积广阔的土地上。他原来仅仅限在一乡一村之间的来往，而现在接触的是苏中各地的同窗好友。龚绍华在10岁时，父亲给他10斤麦子，到离家只有18里的石港镇换盐，他第一次看到石头铺的马路，街道两侧的商店、饭馆使他看得眼花缭乱。三层高的楼房，使他感到高大无比。人拉黄包车也使他看得稀奇。而现在到了“江海公学”，使他又增加了不少见识。他好像进入了一个新的生活海洋。

龚绍祥进入“江海公学”后，他心里也有说不出的高兴。一天，他和龚绍华谈起感想来。

“绍华，你说在这里好，还是在家里好？”

“那当然在这里好了。”龚绍华抿嘴一笑，“嘿嘿，现在我们真像到江海中来了。”

龚绍祥又试探地问：“你现在不想家吗，你妈还在想你呢!”并微笑地看着龚绍华。

龚绍华表现出很不高兴的样子，他拍着胸脯，生气地说：“你别小看我了，才到学校几天就想家吗？我龚绍华不是那样小人，我不革命到底，决不为人。”

“哈哈。”龚绍祥大声一笑，“我们儿童团长现在又进步了!”

龚绍华一听，觉得不是个味儿，他板着面孔，表现出很不服气的样子：“怎么啦！他顾民富参加新四军，我没有参加，你们就说三道四的，你在村里当文书，我是平民，你们就冷眼看人。这次到‘江海公学’，你报名，我也报名，现在都没有什么好说的吧？过去像是你们进步，我落后，到底是谁进步？我们就来个‘骑驴看唱本，走着瞧’。”

龚绍祥一见不妙，马上改成抱歉的口气：“我不是开玩笑的吗！你怎么当真起来呢？”

龚绍华“哼”了一声，往背后看了看：“开玩笑也不能带刺啊！就这样我可受不了。”

龚绍祥拉了拉龚绍华的衣角：“好了，好了，叫人家知道多不好看啊！全村就我们俩到江海公学，叫人家笑话。”

龚绍华本想多发点脾气，听到这么一劝说，倒觉得也是，正好前面来了几个人，龚绍华火气也暂停了下来。

第二章 选 择

DIERZHANG

龚绍华到“江海公学”，暂时比在家里舒畅多了。虽然过的是供给制生活，但每天还能吃到两餐稀饭、一餐干饭。穿的没有在家好，但还能发一套不戴军队符号的军装。没有固定教室，但迫于求学，也没有感到不习惯，虽然过的是半军事化生活，暂时没有太大反感。就是打背包、洗衣服不那么顺手。因为在家里被子是妈妈叠的、衣服是妈妈洗的。遇到这种情况他只有把背包随便捆一下，衣服脏再翻过来穿，他听说过一句格言：“不吃苦中苦，难做人上人。”

龚绍华到“江海公学”来也是经过一番思想斗争的，抗日战争虽然胜利了，但官僚资本的垄断，使龚得福的生意不好做，所以只能弃商经农，以此来维持全家人的生活，因而就把龚绍华当着家里的一个主要劳动力。

1945 年的秋天，龚得福带着儿子到田里收割高粱，已经成熟的高粱要用小铁锹从根部铲断，然后整整齐齐地放在垅上，再把高粱穗一颗颗地割下来，一会儿工夫，龚得福已经收了三垅，但儿子一垅也没有收割完，他那瘦小的高个子，一会儿就觉得腰酸腿疼，手上还起了几处血泡，龚得福非常生气，他挖苦地说：“畜牲，就会吃饭，不会干活，废物！”龚绍华很难受，晚上睡觉，用被子捂着脸，大哭了一场。

第二天，龚得福叫儿子到田里收玉米。初秋的天气，早晚还算凉爽，可是中午还非常炎热，一个人钻在玉米地里又闷又热，龚绍华的那瘦高个子，只顾着上面，不顾看下面，结果有三分之一在下面的玉米没有收下来，龚得福看到后骂道：“细畜牲，眼睛长到头顶上去了？下面那么多玉米你不收，过年你吃什么？”龚绍华只能流着泪，和父亲一起，把剩下的玉米收回来。

庄稼收完了，需要施肥播种，龚得福叫儿子挑粪，龚绍华不敢吭声，只好拿着粪桶到粪池淘粪，开始淘了一粪勺，觉得气味熏人，他忍耐着臭味，总算把粪桶淘满了，一百来斤的粪桶，压得他连气都喘不过来，走起路来像扭秧歌似的，东歪西扭，差一点把粪全部洒掉，衣服上溅了不少粪点，回去后脱下来叫妈妈洗掉。

过了两天，龚得福把儿子叫到身边，和和气气地说：“绍华，我今天累了，那块坟地我还没有撒麦种，你给我去撒了吧！”过一会儿，又不放心，向儿子交代道：“你给我撒得均匀点，不要东一把，西一把的，撒不好是要减产的。”

龚绍华从来没有撒过麦种，只是在当儿童团长时，表演过撒麦种的戏。他对父亲那种温和的态度很高兴。他感情奔放，模仿舞台动作，一面撒一面哼着歌：

秋天里来呀，秋风爽，
家家户户呀，播种忙，
盼望着呀明年的收成好，
多捐些五谷送军粮。

他一亩地撒了有半斗种子，高高兴兴地回家了。

过几天，种子出芽了，龚得福到田里看了看：那麦田里东一块，西一块，长得不成样子，急得他在田边直跺脚，他立即转回家中把儿子叫出，不分青红皂白，伸手就揪住儿子的耳朵往地里走，到田边，往地里一推，道："你看看，你看看，这就是你撒的麦种子，到明年还吃什么呀?"他坐在田边，又流下了伤心的眼泪。龚绍华觉得自己长大了，还被父亲打，感到特别丢人，他也顾不得自己的面子，坐在地下哭了起来。

冬天过去，春风又吹向大地，龚绍华仍不感到身上温暖，庄稼长出了茂盛的嫩叶，但杂草也在和庄稼争夺。龚得福又叫儿子到地里锄草，从不种庄稼的读书人，哪能把草和苗分得那么清楚，他草也锄了不少，有用的苗也被锄了不少。父亲看到以后，咬着牙骂道："这个废物，会吃不会做，我白养你了!"他骂儿子也太多了，但不见效果，他坐到地埂上，用拳打了打脑袋道："我前世作孽呀！怎么把这个畜牲投胎投到我们家里来呢?"

"江海公学"招生的事被传到龚绍华耳朵里。他心急如焚，恨不得插一双翅膀一下就飞到那里。他飞快地跑到村长那里，要求入学，村长认为这也是他锻炼的好机会，立即联系，和龚绍祥一起，保送到"江海公学"，并把他的入党申请也同时转去。可是怎样从家庭里出走，又使他经过了一番周折。

"妈呀，我要出去找工作。"

"儿啊，就怪妈不好，从小你就是娇生惯养，弄得你肩不能挑担、手不能提篮。"

"妈呀，天下大得很，我要是能挣钱回来，就养活你老人家。"

妈妈心里一怔，面部显出惧色，连忙问："怎么，你要出远门?"她拍了拍腿接着说，“你一走几十里，就像掉进大江大海里，要是有个三长两短，妈连个尸首也看不到啊！”

“妈呀，你老人家不让我出去，把我憋死了。”龚绍华苦苦地要求，“你看，我就像水塘里的鱼，就在这点小地方有什么出息啊？”

“你是妈妈心上的一块肉啊！守在身边，娶个老婆，妈妈心里也有个底啊！”

龚得福也在为儿子的前途操心，觉得年龄也不小了，先把个终身大事办一办。

“绍华他妈，我给儿子的婚事安排好了。”

妻子忙问：“是谁家的呀？”

龚得福美美一笑：“是刘家庄刘黑子家的那个三姑娘，虽然长得不太好看，但干活是一把好手，我看，让她嫁给绍华，家里就有人种田了！”

刚说完，龚绍华走进来要说上“江海公学”的事，不等儿子说话，父亲首先搭话：“绍华！你都长这么大了，父亲总有个心思放不下。”

“爸呀，你恨我打我，也是为我好啊！”

“俗话说，‘打是欢喜，骂是爱’，我是恨铁不成钢啊！”

“绍华呀，新四军来了，婚姻大事都自由，你是不是想自由自由啊？”

龚绍华羞羞答答地一声不吭！

“你不会自由，我来帮你自由。”

“不！”龚绍华急忙道，“我不想找老婆，我要找工作！”

“不行！”龚得福已猜到儿子要远走高飞，又像雷公爷一样吼了起来，“古人言：‘不孝有三，无后为大。’你给我留下个孙子，你愿意到哪里去就到哪里去。”

龚绍华无法辩论，只好在半夜偷偷地从家里出走。

在“江海公学”开学后，学校里首先开展了政治讨论。

龚绍祥不知从哪里借来一本《哲学丛书》，他像获得一件珍宝似的，他的心很久不能平静，为了给自己准备发言提纲，他把有关段落看了又看，还摘了几句哲学用语，在讨论会上，他抢先第一个发言，他首先说了几句客气话，接着摆了摆手。

“在人的生活领域里。”他咳嗽了一声，两眼望了望大家，“有两个世界。”

龚绍华一听，感到出奇，世界只有一个，怎么出来两个呢？他根本没有把龚绍祥放在眼里，立即更正道："不对，世界只有一个。"

龚绍祥没有理会，他很有把握地说："在人们生活中有一个客观世界，这是客观存在的；还有一个主观世界，就是我们的世界观。"

龚绍华问："主观世界在哪里？"

"就在你的脑子里……"他用手指着每个人，"你也有，你也有，你也有……无产阶级有无产阶级的世界观，资产阶级有资产阶级的世界观。"

龚绍华无话可答，他害羞地低下头，他深感，在人生观的讨论上，龚绍祥比他高了一筹。

大海在咆哮，长江在怒吼。1946 年 7 月，蒋介石向根据地发动了大规模的进攻，叫嚣要在 3 个月内消灭共产党。一股逆风，企图逆转巨浪，使江海成为魔鬼的乐园。解放区的军民像江海的波涛，对蒋介石的进攻，奋起自卫反击，反对独裁统治，要求民主，成为不可阻挡的浪潮。

愤怒的浪潮也激励了苏中"江海公学"，学员们以无比愤恨的激情声讨蒋介石发动内战的罪行，纷纷报名参军，要求到前线去，打击进犯者。就在龚绍华准备报名期间，收到家中一封来信，信的内容是这样的：

绍华吾儿知悉：

目前天下大乱，国军已向如皋、太兴等地进发，共军虽有得胜，但失去城镇多处，国共两党都各有神妙，胜败如何，未成定局，忆民国十八九年之际，红军在此打土豪、分田地，使人心所向，但红军力薄，国军强大，未能取胜，凡共产党人和有牵连的人被杀害者无数。正当战局未定，望吾儿退学回家，归田为业，做一个良民百姓，善恶不为，在万危之下，谅能脱矣！

此嘱

父仲字

古历六月

龚绍华看完信，走到一个没有人看见的地方流了几滴泪。他特别怀念自己的母亲，但又觉得父亲在拖他的后腿。他既想回家躲避这可怕的战争，又害怕回家后失去自己寻求前途的机会，在充满矛盾的失望中，走到自己地铺一边，拿起胡琴，拉奏起胡琴曲《病中吟》，琴声悲伤消沉，大江大海的浪花在他耳边似乎有点消失。过一会儿，龚绍华又沉静下来，他回忆了自己受到的人生观教育，他的热血又像浪花般的波动起来，接着又拉了抒情琴曲《梅花三弄》，他又思索了一会儿，回忆了从新四军来了以后的进步，又下定决心，一定要在共产党领导下寻找出路，他立即又拉起了广东音乐《步步高》，浪花在他耳朵又呼啸起来，他又拿笔，给家中写了一封信：

父母亲大人膝下敬禀者：

关于回家之事，实不能为，因为革命并非茶馆酒店，愿进则进，愿出则出，此乃为人之笑话也。论革命形势，万人皆有必胜之心，儿岂能不信，待革命成功之后，儿加倍孝敬二老。

儿：绍华

七月

龚绍华的表现，在学校领导和师生中取得了好感，没有几天，他的入党问题被批准了，龚绍祥带着这个消息，走到龚绍华身边，贴着他的耳朵小声说："你的入党问题解决了。"

"是吗！"龚绍华惊讶地叫了一声，虽然声音不大，但就像在耳边冲击的一个浪花，使他的心不能平静下来。

龚绍华已经5次申请入党，但因为小资产阶级思想意识没有得到克服，都没有被批准，在内战战火熊熊燃烧时，有人认为，为了扩大党的力量，有的人可以入党后再培养，就这样，龚绍华被突击发展入党。

在一个夜晚，龚绍华听到距自己50米一个男人的哭声。农历初八，半月还没有升起，漆黑的夜晚，看不清那人是谁，他壮着胆子往前走，原来是从靖江县来的一位同学，他家乡被国民党占领，他把家乡被残杀的情况告诉了龚绍华。

在一个星期前，国民党有一个快速部队占领了他家所在的那个村，部队把村庄团团围困。地主和还乡团到处搜查，他们对贫雇农分到他们的土地非常仇恨，把共产党员、干部、贫雇农全部绑了起来，有的吊在树上，有的泡在水里，有的站在烧红的铁板上，那位同学的父亲是共产党员，是土改积极分子，被绑在学校的一根旗杆上，用刀从身上割肉，挖去了眼睛，破开胸肚，掏出心肝，爆炒下酒，然后再大卸八块，当场示众。

龚绍华听到这里，这种可怕的情景又给他身上笼罩着一层阴云，特别是共产党员在革命斗争中的风险使他难以承受，他恨自己不该积极要求入党。做一个党外人士，也许能更舒服些，也随手在自己的日记本上写下了题为《血》的诗：

热血奔江海，凉血闻战灾。
红血染党旗，白血思未来。
滴血去从戎，取血把帽戴。
鲜血夺山河，借血榜上写。
献血为革命，汗血值几卖。

龚绍华把革命写得壮观，又想在革命中追求名利，就像大海中的一个孤帆。

在经过一段学习以后，龚绍祥在人生观问题上明白了很多道理，在他克服了一些个人打算以后，他那奔放的革命感情像大海般的宽广，他要使自己的革命意志像大江东流般的坚定，他决心做一名名副其实的共产党员，在他入伍报名以前，写下了自己的誓言：

江海有魂
独木无魂
教我真魂
给我灵魂
耳闻恶魂
心激怒魂
从我军魂
消灭魔魂
心归党魂
身为众魂
解放民魂
愿献忠魂
借尸还魂
魂不值文

第六节 雷声大 雨点小

龚绍华、龚绍祥在报名参军前都写了自己对人生的看法，各自都在思考前途和未来。尽管他们都表达了从事革命事业的决心，在生死和苦乐面前，一个是在雷雨交加中愿将魂身献革命，一个表现雷声大、雨点小。

在苏中，响起了一阵雷鸣般的歌声：

华中战场打胜仗，
七战七捷威名扬；
粟裕将军总指挥，
野战兵团世无双。
浪格浪，浪格浪。
浪格浪格浪格浪。

这是一首C调，二分之一拍，音乐高低起伏，并带有地方乡土色彩的浪漫歌曲，音色和腔调老少皆宜，独唱、合唱、轮唱都可适用，是为苏中七战七捷而作的献礼歌。

从1946年7月开始到秋季，华中野战军以运动战的形式，粉碎了国民党军队对苏北解放区的大举进攻。在苏中的太兴、如皋、姜堰、大小白米、李堡等地打了7个胜仗，取得了7次胜利，这就是震惊中外的苏中七战七捷。乌云暂时被驱散，像魔鬼嚎叫般的怪声显得有气无力，胜利的歌声像雷鸣般地传遍华中大地。

在七战七捷期间，解放军押送一批被俘的国民党官兵从“江海公学”门前经过，他们中，有的歪戴帽，有的斜穿衣，有的拄拐棍，有的扎绷带。过去那种武装整齐、张牙舞爪的神气劲已经荡然无存。龚绍华带着好奇的心情前去观看，这一胜利的事实都牢记在他的心中。

被押送的国民党俘虏，暂时停留在“江海公学”附近休息。“江海公学”的师生们都带着欢呼的心情前去观看。龚绍华觉得当一名解放军战士太威武了。也觉得好像毫不费劲地打败了国民党的进攻。他走到一些被俘虏军官一旁。

“喂！国民党军官先生们，你们今天怎么不神气了？”龚绍华对手无寸铁的国民党官兵毫不胆怯，他用讽刺的口吻讥笑了那些俘虏。

一个被俘的少校军官很不服气地说：“胜败乃兵家常事，今天你们胜了，明天你们可能就败了。”

“你们有那么好的枪炮，怎么就吃了大败仗呢？我看你们是常吃败仗吧，哈哈……”龚绍华笑道。在那儿围观的人也笑了起来。

那俘虏被笑得面红耳赤，结结巴巴地回击道：“你们的打法不算本事，偷偷摸摸地把我们包围起来，断我们的后路，卡我们的脖子，三个打我们一个，没有这个打法。”那俘虏停了一会儿，接着说，“要打我们去摆开阵势，枪对枪，炮对炮，保证你们打不过我们。”

龚绍华也不懂得毛主席的战略战术，他被说得暂时回答不出。站在一旁的一位学员说：“傻瓜，人民解放军听你们调动吗？我们是按毛主席的战略战术打的，你们用不上。”

那被俘的军官半句话也回答不出来，只是连连点头说：“佩服，佩服，我们早就听说毛泽东神机妙算，和毛泽东打仗是打不过的。”

龚绍华对这种回答暂时填补了他的哑语，在俘虏面前十分自豪，他觉得：如果能当一名人民解放军战士太威风了。

龚绍华压抑不住自己兴奋而又自豪的激情，他回到自己的住所写了两封信：

敬爱的老同学顾民富同志：

东风吹，战鼓响，反动派的命不长，英雄男儿上战场，为人民求解放，我为你能成为人民解放军战士自豪，为你在战场上取得光辉胜利而骄傲，我决心加入到人民解放军的队伍中去，将和你一起，擂起战鼓，以雷声震耳，势如破竹之势，消灭反动派，我们将以胜利者的光荣姿态，站在中华民族的土地上。

同学：龚绍华
七月

接着，又给父亲写了一封信，为了表现在外面的见识，他写了一段顺口溜：

父母亲大人膝下敬禀者：

家信一封，寄给家中，本盼回家，纪律不容。就怕脚踩两只船，弄得两头落空。目前捷报如雷贯耳，日日记在儿的心中。解放军各个威武雄壮，都是当代英雄，国民党连吃改仗，活像一帮狗熊，为了光明前途，决心报名从戎，待日胜利归来，孝敬二老百年终。

儿：绍华

七月

在炎热的夏天，有时一会儿雨一会儿晴，在干旱不到3日、一场雷雨天气又将在“江海公学”天空出现。“江海公学”报名参军的热潮像潮水般地狂涌，而每个人的“晴雨表”又在各自脑海中变化不测。

龚绍华企图用雷鸣般的举动震撼“江海公学”教职员工，他忍受着自己的痛苦，用细绳勒在手的中指，用一根针刺破中指，鲜血从手指上挤出来几滴，在一张白纸的标题处写下了3个大字：

从军去

然后又写了四言短诗：

从军从军
为我人民
光辉业绩
归我军人

他这份血书在全校引起了很大反响，从而使龚绍华的名字在全校又广为传播。

风云过后，雷雨停止，雷雨刚淋湿了一点地皮，龚绍华为了抒发自己的感情，便独自一人到村外散步，他一边走还一边唱着小调，他很想在一瞬间奔向一个伟大的场面。他敞开自己的胸怀，摇摇摆摆，有时还迈着四方步子向村头走去。他认为那份血书一定能得到同学们的喝彩，也认为一定能得到校领导的好评。他在参军报名册上签字时一定能轰动全校，他的名字也将在学校和群众中流传，他好像脚踩浮云，又觉得飘飘然起来。

正当他想得兴高采烈的时候，忽然从远处听到哭声，他顺着哭声寻找，在右侧的一片松树下停着几副担架和棺材，龚绍华壮着胆子，往那里走，有一部分干部和群众在掩埋战场牺牲的几位烈士，这些牺牲烈士的遗体，有的被敌炮弹炸掉了半个脑袋，有的被炸掉双腿，有的被多发子弹穿透胸部，有的被全身烧焦。烈士们有的那仇视的双眼未闭，有的还握着愤恨的双拳，有的咬着牙，有的还是挣扎姿势。有一名群众指着一名烈士说："听说这是一名独生子呢！要是让他父母知道了还不知道怎么难过呢！"说着又呜呜地哭了起来，立即在埋葬烈士中响起了一阵哭声。

龚绍华从小就没有看到过死人，即便偶尔看到一家停尸，也是远远地看一下，晚上就能做一场噩梦，这次他是带着好奇的心情，壮着胆子，装成即将成为人民武装战士的样子前去观看，他挤到人群中间，一股人体腐烂的味道使他要吐，他才观察了两位烈士的遗体，就给他带来十分可怕的情景，他无法再看下去，立即从人群中挤了出来，他用双手捂着脸，闷着头，赶快往自己驻地跑，他突然踩在一个砖头上，扑通一下，摔了一跤，他立即爬起来，又觉得后面有人追赶，他拼命地跑，又撞到一棵树上，好容易走到自己宿舍，他立即躺在自己的地铺上，小声地"呜呜"哭了起来。大家都到集合点吃饭，他连晚饭也没有吃。

"绍华呀，我就你这么一个儿子，你可不能死啊，你死了，你妈靠谁养啊！"妈妈的声音好像在他耳边响起，他想起了母亲的慈爱，不忍心叫母亲伤心。

"留得青山在，不怕没柴烧。"人死了还有什么前途？龚绍华对父亲的感情虽没有对母亲那样深，但父亲的人生哲学也使他受到一些感染。

他在一夜之间也没有合上一眼。牺牲烈士的遗体总是在他头脑中来回旋转，开阔的视野又像钻进一个小河沟里，在他的心灵上又布下了迷雾，雷声也没有了，雨点也消失了，面前能见度也不超过两米，他总认为自己太倒霉了，又把自己的前途看在命运好坏上。他闷着想：人不走运喝凉水也塞牙。对于热心参军的事，又是一落千丈。

第二天，学校正式报名参军，自愿参军的人都在报名簿上签上自己的名字，一份份入伍申请书送交给校党委。保证书、决心书、挑应战书贴满了学校墙报栏，参军的热潮又在"江海公学"如同雷鸣般地响起，就在这个雷声中，第一个在墙报上张贴血书的龚绍华倒无声无息，他有时藏到便所里，蹲下就是一个多小时，就害怕参军的雷声震耳。也有时藏到一个隐蔽的地方，他希望看不到自己永远不愿看到的客观世界，他希望与现实世界脱离，找一个世外桃源；龚绍华也没有找到其他路好走，只能在学校周围藏来藏去。

龚绍华的暂时不见，急坏了龚绍祥，他满以为堂弟的参军一定能和他在一起共同奋斗，可是在报名簿上、墙报栏上也没有他的名字，他作为学员队中的临时班长也感到责任重大。他受领导的委托，四处寻找，结果看到在一个臭水沟一边，蹲着一人，这里一般是没有人去的地方，是苍蝇蚊子繁殖的场所，孑孓和蛆在臭水中蠕动，他也不感到臭味熏鼻和难受，他只是在那里流下自己伤心的眼泪。

“绍华，你怎么搞的？”龚绍祥终于把龚绍华找到，他恨不得一拳打醒他的晕头晕脑，但又不忍下手，而是用手推着道，“人家都报名参军了，你怎么还不报呀？”

龚绍华吓了一跳，一句话也没有说出来。两眼还是望着那又脏又臭的塘水。

“你呀，你呀，你这个人就是一会儿左、一会儿右，什么事又把你的魂儿叼走了？你昨天决心那么大，今天连个人影儿都见不到，你还叫我怎么说你呢？”

龚绍华还是不语，在过去只要抓住一点理就能夸夸其谈，而现在倒哑口无言了。

“你说呀！”龚绍祥着急地说。

龚绍华看了看龚绍祥，他想在自己认为看不起的人中搞点强词夺理，也许能掩盖一下自己的过错。

“参军和在地方工作都是一样做革命工作嘛，为什么强迫我去当兵呢？”

“你昨天说得好好的，今天为什么要变卦呢？”龚绍祥不解地问。

“你们在前方打仗消灭敌人，我在后方支援前线，这不都是一样为人民服务吗？”龚绍华解释道。

龚绍祥着急地说：“你说得好听，现在前方正需要我们这些年轻人，我们不去，叫谁去？”

龚绍华很不耐烦地回答：“全国年轻人千千万万，难道就差我这一个吗？”

“如果全国年轻人都是你这个想法，那不是没有人参军，那反动派还能打倒吗？”

“参军不参军是我个人自由，你管不着！”

“反动派打来了，还能叫你自由吗？”

“那……”龚绍华无话好答，他想用不理睬的办法来避开，“算了算了，我不和你说了。”说完后，想再找一个角落藏起来。

“你别走！”龚绍祥十分严肃，他想把自己堂弟引到革命到底的道路上来，他拉着龚绍华的衣服，“你想跑呀，那可不好！”

龚绍华害怕吵闹起来，引得大家都来围观，而使自己的脸面更不好看，只能停下忍着性子听龚绍祥有什么话说。

龚绍祥把龚绍华领到一个清水河边，向龚绍华介绍了一件往事：

我们不是生来就喜欢当兵。在过去，大家都说，“好铁不打钉，好男不当兵。”把当兵都看成下流人干的事，我见到兵就怕，看到兵就躲，从懂事后就讨厌当兵的，也不愿意做当兵下流人。我的养父被抓去当国民党兵后，我过着吃不饱、穿不暖的生活，人家也看不起我这个当兵的儿子，从此，我对当兵从来也没有产生好印象。

我养父——龚得会曾念过几年洋学堂，孙中山的三民主义对他有影响，三大政策他也很拥护，在民国十四五年，卖掉了一些家产，从上海买来了一台机器，开了一家机器油坊，因为机器省力，产量高，招来四面八方油客，一时间生意兴隆。蒋介石叛变革命，对共产党人实行大屠杀，有的共产党员在这里领导农民起义，成立了工农红军，在这一带地方打土豪、分田地。由于“左”的影响，把这家机器油坊也分了，机器被拆得五零四散，工厂也不能生产，龚得会逃到江南，对共产党非常恐惧，把红军也看成抢劫烧杀的部队，对当兵的也没好感。

龚得会逃到江南后，看到的到处都是国民党的贪官污吏，做了一点生意，不久把老本都赔光。上海事变后，日本人占领南京，对南京居民实行大屠杀，他好容易从死人堆里逃了出来，我被我的养母抱到他家，他回到家里，感到有点安慰，把我当着亲生儿子抚养，也不想我在成人后当兵。

新四军来了，他听说是共产党的部队，心里有点害怕，但看到当兵的都是和和气气的，是他生来没有看到过的部队，新四军宣传抗日的主张使他感到头头是道，他深感钦佩。抗日民主政府成立以后，他被推荐为开明人士，参加了“三三制”政权，我养父对共产党的信念增强了，对我参加的一切抗日活动，他都没有干预并愿意把我的培养交给共产党，这次报名到江海公学也是得到养父支持的，我参军的事也征得了他的同意。

龚绍华听到这里，感到有点羞愧，他心里想：像这样家庭的人也勇于献身，为何自己光考虑个人呢？他默默不语，对自己的出尔反尔很难为情，他终于流下了痛恨自己的眼泪。

在大家的帮助下，龚绍华终于报名参军了，他从衣袋里掏出用于求学找前途的一支新民牌14K金笔，右手抖抖索索地在报名簿上写上了自己的名字，为了克制自己不愉快的表现，他表面还装着微笑的样子，他虽然被一阵报名的雷雨声卷了进去，但在他那小小心灵中，尚有还未吹散的乌云。

第七节　龚郎探母

龚绍华报名参军以后，独自一人坐到小河边，河水清澈透明，顺着河水的流向，将在距离几十里路的地方就进入大江。在河水中间，偶尔能看到几条小鱼在这里游来游去，可就不敢冲过前面小小浪花，他望着游鱼，情不自禁地唱起一段《四郎探母》曲词来：

我好比，笼中马，有翅难飞。
我好比，瓮中鳖，有水难游。

唱完后，流下了几滴眼泪，泪水滴在河水中，击起了小小的波纹，他那哭丧着的脸印在水中，像吊死鬼那样难看，他用两手捂着自己的脸，小声地哭了几声。他对自己在报名簿上签字感到有些后悔，他恨自己，千不该，万不该，听信别人的劝说，他责怪自己的一念之差而把自己绑在不可预测的生死簿上，他觉得自己太不自由了，他只能把自己比成笼中鸟、瓮中鳖。

龚绍华近来思念母亲尤为心切，母亲的慈容已经在他脑海中显示，虽然是成年人了，生活不是像少年时对父母那样依赖，但对那吃饭有人做、衣服有人洗的生活还有些留恋。从懂事以后，父母经常给儿子讲个“孝”字，在上私塾时，接受过孔子说的“父母在，不远游，游必有方”的教育。他盼望在家乡当官光宗耀祖。如今，将要到前线参加作战，生死未卜，前途渺茫。怀念母亲的心情像潮水般地向他涌去。

妈呀，妈呀！你生我养我，儿不能靠在您的身边。
妈呀，妈呀！你疼我爱我，儿不能孝敬您百年。
妈呀，妈呀！你想我盼我，您不知道儿的生死和前程。
妈呀，妈呀！你教我育我，儿不能在您面前展示鸿图。

龚绍华在自己的日本记本上偷偷地记下了思念母亲的一页，他害怕别人发现，用一页纸覆盖上，并用稀饭的黏液粘上，如有不测，在别人翻开他日记本时，将可以证明，在孝母的心绪上他是无罪的。

龚绍祥也有思母之心，他总是在思念中寻找答案，为什么生母对自己不能抚养，为什么养母不能给自己增加才华，为什么不少人家抱儿弃女，为什么那么多人家不能团圆，他从社会发展史中找到一些答案，是旧的剥削制度给人类造成悲惨生活，所以，在他的日记本上写下了自己的铭言：

生母生我身，
养母养我人，
共产党教育我健康成长，
党是我第三个母亲。
没有党的光辉指引，
哪有我的光明前程。

龚绍祥这篇铭言，被张贴在学校的墙报栏里，引来了不少人的观看，但龚绍华认为：这是老一套的大道理，他哪能理解正直人心情。

苏中七战七捷以后，国民党重点向山东解放区进攻。为了大量消灭敌人有生力量，人民解放军遵照毛主席“大踏步前进，大踏步后退”的战略方针，大部分主力部队转战山东。苏中解放区一部分地方被国民党占领，就在龚绍华思想斗争十分激烈时，交通员又给龚绍华捎来一封家信，信中写着：

绍华吾儿知悉：

你母近日身体十分不佳，连日上吐下泻，头晕目眩，咳嗽不已，吃中药数剂，皆无济于事，目前生命垂危，日夜念叨儿的名字，只念见儿一面，据医所嘱，此乃思儿心切所致，如若归来一见，你母望可救矣。

父字

×月×日

龚绍华看完信，顷刻间，眼泪如流水般滴在信纸上，握在信纸两端的手，几乎要把信纸撕破。他叠起信，装进口袋，又习惯地用双手捂着脸，几乎要哭出声来，他怕被人听见，给别人造成不好印象，他又把“忍”作为座右铭，在众人面前，力求控制自己。

龚绍华想找领导请个假，他走到校部门口，学校领导正和两名学员做思想工作，从全国形势讲到华东、苏中的形势，把敌人的进攻比成洪水猛兽，列举了我国古代“夏禹治水”三过其门而不入的故事。这两名学员的思想工作被做通了，高高兴兴地离开了校部。龚绍华见此，又从校部门口退了出来，把这份心思压在肚子里，正在考虑下步如何处理。

龚绍华在幼年时曾跟母亲念过几段佛经，他想起《木莲救母》这段佛经来：

昔日，有个木莲僧，救母亲，南山狱门，借问酒家有多远，有十万八千，有余零，南无阿弥陀佛。

这段佛经的意思是：

从前有一个和尚叫木莲，他的母亲被压在南山的地狱里，听说到南山山高路远，行走艰难，那和尚打听了一位江湖勇士，那勇士说，有十万八千里还加个零头，木莲感谢了勇士，日夜奔程，终于到达南山，推倒了压在母亲身上的大山，把母亲救了出来，实现了母子团圆。

龚绍华回忆了这段佛经，他心里想：木莲奔程十万八千里救了母亲，我距家才几十里路为何不能救母呢？他想一夜之间就奔程回家，第二天再回来，也不算开小差，顶多是个无组织无纪律行为，回来后作个检讨也就完了，他从自己的日记本上撕下一张白纸，在上面写着：

家书一封，老母病重，
探母心切，星夜奔程。
本想告假，唯恐不中，
今晚告别，明晚重逢。

写完后，连同自己的家信压在枕头下面。

已经是夜间9点半钟，值班员吹起了就寝的哨音。“江海公学”的学员都打开了自己的背包，钻到自己被窝。龚绍华以演员般的技巧，表现出轻松愉快，似乎没有任何思想包袱，可是，心里像悬着一块没有落地的石头，总是在寻找偷着回家的机会。他选择了一个靠近门口的地方，说是要为全班人守门，就寝哨刚落音，他第一个钻进被窝，他从来没有打过呼噜，而这次却打起呼噜来。过一会儿，他掀开被头，看一看有没有什么动静，靠中间的一名学员翻了一个身，使他吓了一跳，他立即把被头蒙住头，听到有人在嘟囔什么：“妈呀，你放心，将来一定能孝敬你老人家。”龚绍华仔细一听，原来是一名同学在说梦话。他轻轻地坐起来，忽然听到外面有人说话：“喂！怎么还不睡觉啊，明天还要走路呢！”龚绍华立即又躺了下来。外面说话的人走远了，他把头探到门外观察，觉得什么动静也没有，他穿上了上衣往外走，如果有人发现，假装是要上便所。刚到门口，一只小猫从他脚下经过，吓得他两腿打哆嗦，那猫“咪咪”叫了一声，才使他安定下来，他喘了一口气，“我的妈呀，可吓死我了！”他本来想服装整齐，他慌得也顾不上了，急急忙忙穿上一条便裤，使人一看，就十足像个开小差的。

夜茫茫，农历廿三的半月还没有从地平线升起，白天还是晴天日照，夜里又刮起小风，由于风向不定，小风把尘土刮起了旋涡，不知风的方向。往常晴空还可以靠北斗星指方向，而这晚有一层雾迷住了眼睛，大约在10点多钟，龚绍华从宿舍走了出来，为了不使人发现，他匍匐在地往村外爬行，他企图躲过哨岗，就可以大胆地用小跑速度往家里赶路。

“什么人？”哨兵喝问道。拉起了枪栓，注意着一个有动静的地方。龚绍华趴在地上一动也不敢动，连呼吸也被严格控制住。

“咪儿！”龚绍华学着猫叫来迷惑哨兵，那哨兵是一个刚报名参军的学生，他第一次放哨，没有经验，他听到是猫，就收起枪，对那边动静也不加理睬。

龚绍华继续往前爬，他哪顾得上前面有狗屎牛粪，也顾不上刺槐刺身。拼命地继续往村头爬，忽然“吧嚓”一下掉进了水塘，幸好水塘不深，只湿了半个身子，为了节省时间，他涉水过水塘，过了水塘往上爬前面徒坡，他使劲地爬坡，那坡上有一层沙土，他爬了一多半，又从徒坡上滑了下来，他拍了拍身上的泥土，想绕过小树林，他一脚踢到一个骷髅，“我的妈呀，我怎么遇到死人了！”他从小树林穿过，好容易走到村头，这才使他松了一口气。

为了巩固部队，减少部队不必要的减员，地方政府和民兵积极动员开小差的战士返回部队。武工队和民兵在执行打击敌人的任务中，如发现有开小差的，先做思想工作，然后再派人送回，在执行巡逻的人员中，有的能对逃兵做细致的思想政治工作，也有的方法简单，这一切都没有在龚绍华的预料之中。

龚绍华离开学校驻地后，只顾远离，顾不上识别方向，他一口气走了十多里路，总算是过了一道险关，但迷失了方向，他急急忙忙地往一个村庄走去。

“老板，这里往龚王庄怎么走啊？”龚绍华往一个有一个有人影的地方走去，打听一下道路。

“你是干什么的？”那人警觉地问道。

“我是走亲戚的。”龚绍华回答。

“走亲戚怎么这么晚才走？”

“我姨娘病了，我看一看就回来了。”

那人上下打量了一下，看龚绍华衣冠不整，神色慌张，严肃地指着龚绍华的脸，“你不是走亲戚的，你是开小差的！”

龚绍华被这一问，心脏像敲鼓似的跳个不停，他一句话也说不出来，过了一会儿，他结结巴巴地说：“我……我……”

“什么我不我的，老实说，你是哪个部队的？”

“我……”

“你不老实，跟我走一趟！”

龚绍华一面走，一面向那人请求：“同志，我是‘江海公学’的学生，刚报名参军，是请假回家的。”

“呵！这才是个新兵蛋子！”那人很瞧不起他。

“同志，我确实不是开小差的，是请假回家的。”

“你的请假条呢？”

“没有请假条，是领导口头同意的。”

“那不行，我认公文不认人！”

“那你要把我带到哪里去呀？”

“先关押起来，明天等区长回来后再处理。”

龚绍华听说要被关押起来，那些被关押的人中，有破坏治安的流氓，有欺负百姓的地痞，他觉得自己是一个堂堂的战士，和他们在一起不就成了敌人了吗？他用蔑视的眼光看了那人，说道：“你们有什么了不起的，老子是主力部队的，有种到主力部队去，不要在这里欺压老百姓。”龚绍华认为用“软”的不行，该用硬的来吓他们。

那人听到这话，立即火冒三丈，他原来是积极要求到主力部队去的，因地方也要点骨干，没有被批准，他听到这里，忍受不了这种讽刺挖苦，气得眼珠像要暴出来似的：“什么！你说我们是欺压老百姓，你他妈开小差还有理了？”

“啊呀，啊呀！我真冤枉，我不是开小差的，我明天还要回部队呢！”

“好小子，现在你的嘴怎么不硬了？快说，你是怎么开小差的？”

“我已经告诉你们多少遍了，我不是开小差的，是偷着回家看看。”

第二天早晨，区长来看望巡逻民兵，那位民兵班长把昨晚发生的情况向区长做了汇报，区长觉得有些做法不妥，立即到关押地点亲自察看，认出了那“开小差”的就是在抗日战争中龚王庄的儿童团团长。龚绍华一见，抱头大哭，那区长对民兵班长进行了严肃批评，表示要严肃处理，并当场向龚绍华赔礼道歉。区长请龚绍华吃了早饭，亲自开了一张通行证，要求他速去速回，龚绍华也顾不上和那个民兵班长说理，就急急忙忙，拿着通行证往回赶路。

我主力部队北上以后，还乡团和地痞流氓倚仗着国民党军队的一点势力，又开始活跃起来，因为我还有相当数量的地方武装，他们还不敢太猖狂，只能在白天偷偷地出来活动。他们除反攻倒算，杀害乡村干部和党团员外，还要抓些人扩大队伍，有时也化装成解放军地方武装，鱼目混珠搞破坏。

龚绍华走路又迷失了方向，看来似乎是一条笔直的大路，但实际上是斜路，有的村庄居民住房的大门全都偏东南方向，而走路人都认为门朝正南，龚绍华闷着头只顾往一个方向走，也不向群众询路问道。他害怕询问后会再找出麻烦，他走到靠据点才3里路的地方，看见有个背着枪，穿便衣的中年人在来回走动，龚绍华心里想：我有路条就不怕你们说开小差的了，他还是大胆地往前走，走到靠近那几个人才几百步远的地方。

“什么人？”那几个人看到一个穿着半身解放军衣服的人有点害怕，他们立即端起枪，对准了龚绍华。

“怎么啦？我们是主力部队的，今天从这里经过。”龚绍华把通行证看成是护身符，他傲慢地作了回答。

那几个人往后退了几步，找了个墙角做隐蔽，探着脑袋望着龚绍华。

“你们有几个人？”

“就我一个人。”

“你干什么去？”

“我是请假回家看母亲的。”

那几个人从墙角下大摇大摆地走了出来。“好小子，今天可到了我们手里了。”

“你们想干什么？”龚绍华着急地问。

“干什么？”那人用手一摊，“跟我们走一趟！”

“我身上有通行证，你们不能随便扣人。”

“什么通行证？”那人疑虑地问。

“是新四军的通行证？”这种提法，一直到全国解放后十多年来，当地老百姓把人民政府和解放军都叫新四军。

“是谁给你开的？”

“是区长亲自给我开的。”说着，立即从口袋里掏出通行证。

“区长开的，哈哈，老子和新四军就是死对头，苏权凯是我们的头头。”

龚绍华的脑子立即“嗡”了一下，像个突如其来的棍棒打在他的脑袋上，当他听到苏权凯这个名字，他又特别气愤，他镇静了一下，用仇视的眼光对他们说：“反动派，狗养的反动派，你们欺压人民，早晚要和你们算账！把我放走，将来饶你们的狗命。“

“嘿嘿”，那人笑了笑，“新四军完蛋了！靠他们没有用，还是靠我们吧！”

“你们别猖狂，共产党是完不了的，将来完蛋的是你们。”

“我看这小子灌了点共产党的迷魂汤。来呀！给我绑起来，请这小子清醒清醒。”

几个还乡团员立即上来，打的打，踢的踢，龚绍华被打得鼻青脸肿，使他躲也躲不了，逃也逃不掉，打得他在地上打滚。他从小就是被娇养的人，哪能受得了这样的苦，在他实在受不了时，开始求饶，请求不要再打。

那人说：“你还硬不硬？”

“不敢了，不敢了。”

“那就给我们办事。”

“求求你们，让我回家吧！我这次回家种田，谁家也不干了！”

“没有那么便宜，绑起来，给我带走！”

“叭叭！”从不远的地方传来枪声。

“不好了，新四军来了。”那几个人也顾不上带龚绍华，他们拔腿就往据点跑。

龚绍华被绑在一棵树上，他迷迷糊糊，也弄不清这枪声是从哪里打来，他既无力反抗，也想不到会有人救，只是在那里啼哭，他认为这条命就算完了，只能在那里等死。

那打枪人迅速追来，枪声是为解脱被抓走的人。“喂，你怎么又走错路了？”

龚绍华一看，就是把他当开小差的那个民兵班长。他被解开后，抱着那民兵班长号啕大哭，感谢他是救命恩人。那民兵班长在龚绍华走后，怕他走错路，赶来保护他的，民兵班长安慰了龚绍华并护送了十多里路，龚绍华继续往家奔走。

经过几次折腾，到达龚王庄已经是第二个夜晚，两天才吃了半餐饭，肚皮饿得像个瘪茄子。他在村头河边，用手捧了几口水喝，被捆绑的两手和胳膊还有点疼痛，他用河水拍了拍脑门儿，似乎清醒了点。他走到村里，村庄还是依然如故。已经是晚秋，秋风吹在身上有点儿发凉，他叹了一口气，已经不是当儿童团团长时那样神气了，可是已经长了百年的青松好像在向他挥动。土地庙还是那样矮小，平坦的道路有点坑坑洼洼，他打起精神，走到自己家门口。

“啪啪！”龚绍华敲了敲大门的铁环，可是里面没有应声，只有轻微的叽叽喳喳说话声。

“妈呀！”一种苦中有乐的声音。屋里有一点小小动静。

“我是绍华呀！”

像一声霹雷似的在老人脑子里轰了一下。“哎！我的乖乖呀，你可回来了！”两只小脚一拐一拐地赶快打开门闩。“儿啊，你怎么一走就不想家呀，妈妈想你想死了！”

“妈呀，我也想你呀！”说着也哭了起来。

“怎么半夜才回来呢？妈还以为是还乡团来了呢！”妈妈看看儿子被撕破的衣服，心如刀绞，“你看，在外面衣服破了都没有人补。”

龚得福把儿子上上下下地打量了一下，心中有说不出的喜悦，可是还要摆出长辈大丈夫样子，没有在儿子身上抚摩，他面带笑容对儿子说：“绍华，我写的信你收到了吧？”

“对了，妈，你不是病了吗？”龚绍华立即想起信的内容来。

“妈有点小病，就是想你的，所以，叫你爸写封信叫你回来。”

龚绍华转问爸爸：“爸呀，你老人家为我费了不少心！”

龚得福听这话十分高兴。

“爸呀！”龚绍华又忍不住对父亲的责怪，“你怎么在信上说假话呢？”

“这有什么，我过去做生意时就经常说假话，不说假话赚不了钱。”

“那怎么行啊？共产党只兴说真话，不准说假话。”

“我就只说这一次行了呗！”

“啊呀！我把这封信当作是真的呢！”

父亲微笑不语。

“我是溜回来的呀！”立即双手拍着大腿，“你们知道我回来这条路上吃了多大苦啊，差一点命都送掉了！”

龚得福哪知儿子在路上的遭遇，他还是稳当地说：“回来就好嘛！已经到家了，我们不就放心了吗？”

“我回来时间长了，人家要把我当开小差来看待的呀！”

“开小差就开小差，人家能开，你就不能开吗？”

“那不行，我留了张纸条，告诉他们第二天就回去。”

妈听说儿子还要走，立即盘膝坐地，两手拍打着地面。“我的天啦！我怎么这么命苦啊！我不能没有儿子啊！”她坐在地上又向前挪了几步，拉着儿子的衣角，“儿啊，你不能走啊！妈就你这么一个儿子，你走了，妈的日子怎么过啊？”

龚绍华见母亲如此悲伤，父亲一再劝阻，心中有对不起父母的养育之恩，同时又想念着党组织对他的教育培养，同志间的亲密无间，使他的内心十分矛盾，他既不敢答应父母留下不走，又不好说自己已报名参军，他只好和母亲一起哭了起来，母子的哭声汇集在一起，使这家又闹起了一场不可见人的丑剧。

“你们哭什么呀？家里也没有死人！倒像个吊丧似的。”龚得福心里也非常难过，但还是要摆出大丈夫的样子来，他又把脸转向儿子，“绍华，我只要你说一句，你到底走不走？”

龚绍华不言不语。

“你要是要走，我就是白养了你这么大。你要是不走，你要什么条件，我都可以答应你。”

龚绍华还是不语。

“你说呀，我的小祖宗。”龚得福恨不得一手就把儿子的嘴撕开，逼出他说出不走的话来。

龚绍华看了看父亲的脸，又低下了头。

“好哇！你的翅膀硬了，老子的话也不听了，你还能对得起老子老娘吗？”接着把自己怎么培育，费了多少心、花了多少钱，吃了多少饭，穿了多少衣服，一笔一笔地都诉说了一遍，讲了有半个时辰。

龚绍华也感到不耐烦了，但又不好对父亲不尊重，他的思想已经有点动摇。天快亮了，怕别人知道不好看，便对父母说：“爸爸妈妈，让我再想一想。”

“那好，这两天就在家里，哪里也不能去！”龚得福就希望儿子在这两天能回心转意。

母亲对儿子的苦苦哀求，父亲对儿子的引诱威胁，龚绍华的心像火烧似的，为了不被外人知道，龚绍华被关在一间厢房里，门上还用一把铁锁反锁上。

第二天早晨，龚绍华母亲从鸡窝里抓出一只下蛋鸡，准备给儿子补补身子，父亲用菜刀从鸡脖子上割开一个口子，鲜血从动脉血管往碗里直流，一只毫无抵抗能力的活鸡就这样结束了生命。鸡被煺毛洗净，正准备下锅清炖时，忽然外面有人叫唤，还乡团来了！

“绍华妈，绍华还在家里吗？”龚得福急促的声音叫着自己的妻子。

龚绍华母亲哪能经得起这么多打击，她立即晕倒，不知不觉地坐在锅台下面。

“啊呀！你还坐在那里干什么呀，这次还乡团是要抓人的呀！”

“啊……”妻子吓得什么话也说不出来。

“你快点啊！赶快把绍华藏到那年躲和平军的地方啊！”

龚绍华的母亲好像什么也没有听见，瞪着眼睛在那里发呆。

龚得福也顾不上妻子，立即把厢房门打开，为了龚绍华不被还乡团抓去，把儿子拉到墙脚下的一个猫耳洞房。

这个猫耳洞已经多少年不用了，曾在里面存放过牛粪人便，龚得福使劲地把儿子往洞里一推，在洞口架了一块木板，木板上又铺了砖，砖地上放了两头小猪。村里的人跑的跑、躲的躲，龚得福还守在家里，害怕儿子会出万一。

龚得福把家里收拾了一番，妻子也好像清醒了一点，这时从门外闯进来几个人，前面的两个人端着枪，对准龚得福夫妇，后面走来的就是自己的大仇人——苏权凯。

“龚老板，没想到吧？”苏权凯戴着墨镜，进门时，把眼镜摘下，带着皮笑肉不笑的样子，向龚得福走近。

“你们想怎么样吧？想绑票我没有钱，要命有我们两条。”龚得福见仇人丝毫没有恭维的表情，已准备老命不要。

“不！不！不！这次来不是这个意思。过去是弟兄们向我要钱花，逼得我没有办法。”

“这次你想怎么办吧？”

“就想请你帮我们办一点事。”

“我能帮得了你们什么忙啊？”

“那我就直说吧！”苏权凯手一指，“听说你儿子从江海公学回来了，叫你儿子写个自首书，在我那个地方干个差事。”

“我儿子上江海公学是从家里逃走的，我知道他上哪里去了！”

“好吧，那给我搜！”

一群还乡团员到处搜查，什么也没有搜出来，他们害怕解放军来，又匆匆地走了。

龚绍华就这样偎缩在一个小洞里，潮湿、恶臭、腿曲、弓腰，他什么也顾不上。还乡团走了以后，晚上他就坐在天井小院内透透空气，白天还要钻到小洞，黑暗总是笼罩着他的周围。

第八节 某君好炮

龚绍华被父母关在家里。外有还乡团的抓捕，内有父母的压力，整天也出不了大门，他认为：自己的前途一切都完了，他想了一夜，如果当还乡团，将来不会有好下场，如果当农民就等于“苦读十年书，不如狗尿粪”。如果不从事革命活动，村里人看不起，又怕耽误了时间，“江海公学”会当着开小差开除。现在，家门如牢门，想走暂时也走不了。他躲在洞里又大哭了一场，可是有谁能理解他的心情，又有谁能为他搭救。晚间，他又从洞里爬出来，新鲜空气使他感到有点舒服，精神还是被囚在一个小洞里。他望着星空，希望能飞来一个神仙能把他带到自由的境界，可是星星还是在天空稳坐不动。他摸着地，那僵硬的土地还是那样无情，这时院外扔进一个砖头，他捡起那块砖头，砖头上贴着一块白纸，取下那张白纸，他仔细一看有几行字，上面写着：

龚绍华同志：

生命最可贵，绝对不能错过良好的机会，现在该是你选择道路的时候了，除了参加革命以外，其他没有道路可走，和我们一起到前线去吧，让我们的生命为人民解放事业而奋斗。

顾民富

这是顾民富得知龚绍华离开学校，紧紧托人把这张纸条送来的，来人见大门关严，听到天井院里有哭声，立即绑在砖头上扔到天井院里的。

龚绍华的头脑又稍微清醒了点，他对着纸条，面部显示出一点羞色。他觉得自己太软弱了，他恨自己，不该对党组织出尔反尔，也不该从学校不告而别，他下决心，一定要逃脱这个家庭，到前线去，也许还能有个出人头地的日子。

第二天傍晚，龚绍华收拾了那张纸条，把妈妈做好的新衣服穿在身上，还从家里偷点零花钱，走到守卫在门口的妈妈身边。他摸到妈妈的脾气：只要说几句软话就会心软，用以假乱真的方法，也许能把妈妈骗住。

“妈呀，现在世道这么乱，我不去江海公学了，就在家孝敬您老人家。”

妈妈听到这话，马上流下了欢喜的热泪。“我的儿啊！你可说出这话来了，你老子正等你这话呢！”

“妈呀！我已经长这么大了，也没伺候过二位老人家，我决定哪里也不去了。”

“那当然好了！我的乖乖，有你在身边，妈的心里有底。”

“妈呀，我在家一定听二位老人的话，要我种田就种田，要我做生意就学生意。打点粮食、赚点钱，孝敬你们老人家。”

“儿啊！儿啊！你真是我的好儿子，妈妈没有白养你！”

妈妈的心终于被说软了，他相信儿子一定能实现自己的诺言，他看守儿子的心也就放松了。

龚绍华又向妈妈身边走近了点，他还像童年时要撒娇那样：“妈呀，我成天关在家里，又藏到那个洞里，真把我憋死了。”

“妈也心疼啊！也许过几天就好了。”

“妈呀，我倒有个办法。”

“你还有什么办法？”

“我想到舅舅家躲几天，太平一点再回来。”

“那不行，”妈妈心里一惊，感到一个妇道人家做不了主，“你不能离开我一步，离开了我不放心，你老子还不让呢！”

“那时间长了，人家还有不知道的？早晚要被还乡团抓走，你就不心疼吗？”

“你老子说，他能想办法。”

“他有什么办法呀？还不是叫我钻洞。”马上又哭了起来，“我倒不如死了的好！”

母亲听说儿子要死，心如刀绞，他看了儿子的脸色，已经瘦了不少，瘦条的体形就像根火柴棍一样，他想了半天，难过得也没有说出一句话来。过了一会儿，她哭着对儿子说：“我的儿啊，你可是妈妈心头上的一块肉啊！今天妈就让你这一次，你可不能一去不回呀！”

“妈，我听你的。”

妈妈还是不放心，“不行！我送你去。”

“妈呀，你都这么大岁数了，小脚也不好走，还能叫你老人家陪着我吗？”

“那你可要早点回来呀！”

“嗯！”

龚绍华出门以后，连夜赶到学校，再也没有回来。

龚绍华终于被分配到中国人民解放军某野战军山炮连工作。这个炮连有两门日本九四式山炮和一门日本四一式山炮，还有一门九二步兵炮，为了迎接新同志的到来，4门炮架在只有篮球场大的一个打麦场上。龚绍华一看，立即对大炮产生了神秘感。炮口像张着大嘴的巨龙，炮座稳如泰山，炮架像力大无比的大力士。他发出了内心的喜悦，认为当炮兵的理想终于实现了，他用西方文学的笔法写下了一道抒情诗：

炮——我未来最亲密的朋友，
我白天走路在想着你，
我夜间睡觉在梦着你；
你几乎吸引了我的全部灵魂；
你像在为我美化生命；
炮弹霹雳一声响，
你将会把我的名字
带到天涯海角。

前进吧！

我的前途将永远寄托在您的身上！

在龚绍华、龚绍祥还没有被补充到山炮连之前，顾民富就听说江海公学有一批学员将要被分配到这里来。在即将到来的那天，顾民富走到离驻地3里以外去迎接，他最希望能有自己老同学，也希望从家乡来人好和自己做伴，更希望家乡的同伙能为革命多做贡献，以便把老解放区的光荣传统发扬光大，他像盼星星盼月亮似的，总是朝着一个方向观察，他老远地发现前面走来一队人，他跑步往前赶，看到有一个瘦瘦的大个子青年，走起路来一摇一摆地，他认定这一定是龚绍华。

“龚绍华！”他用最大的嗓门儿呼唤着同窗好友。

龚绍华、龚绍祥听到远处有呼唤声，他们仔细一看，从声音的方向走来一位英姿飒爽、服装整齐的青年，他一眼就认出这就是顾民富。

“顾——民——富。”龚绍华、龚绍祥两人异口同声地呼喊。

他们都像百米赛跑似的靠近，当他们靠在一起时，3个人抱成一团，激动得不知道用什么语言来表达。

山炮连干部听说要从江海公学分配几名学员到这里来当炮兵。连长、指导员知道后又忧又喜，喜的是炮兵连正需要文化人才，有了他们将可以推动知识化建设，忧的是害怕知识分子不好领导，喜欢找毛病。在学员没有到来之前，他们都在商量对他们如何分配，又怎样加强对他们领导的问题。

“老林啊！我们现在可了不起了！土包子领导起知识分子来了。”袁连长幽默地对指导员说。

在过去，一个连队有一个高小生，战士们都当知识分子看待，什么写信、读报纸、写宣传标语都少不了他们，一度把他们当成宝贝。

林指导员算是念过几天书的人，他对此毫不在乎。“这几个中学生还算多吗？将来革命成功了，全都要知识分子。”

“咱们大老粗吃不开了。”连长摇摇头。

“大老粗是旧社会造成的，你当兵以后，学了点文化，不也成了大老细了吗？知识分子和工农同志互相取长补短，这个力量才大呢！”

袁连长往指导员身上打了一拳说：“你真是我们的好指导员，多重的担子在你身上也不在乎！”接着又把话题转到对江海公学学员的分配上来。“我说老林啊，我们连里干部都安排满了，对他们怎么安排呢？”

“我刚从团部开会回来，政委告诉我，对知识分子要讲究政策，要团结他们。”

“我就怕他们中间有的人大事干不了，小事又不愿干，这我就对付不了他们。”

“这就要告诉他们，不干小事就干不了大事，大事是从许多小事积累起来的。现在，让他们在实践中锻炼，将来才能成为我们的栋梁。”

“那你说怎么办呢？”袁连长疑虑地问。

“基本上都安排在班里当战士，有的可以任副职，为了团结他们，对高中以上文化的，可以享受排级干部待遇，将来再从优选择。”

袁连长越听越感到兴奋，他没有嫉妒这些人将来会超过他，他右手竖起大拇指，“我完全拥护团党委的决定，党委指示，坚决执行！”

就这样，连长、指导员顺利地完成了对江海公学学员的分配。

龚绍华被分配在炮四班当副班长，和顾民富在一起，分别担任正副班长。因为顾民富已经是老同志，龚绍华表示一定要很好地向班长学习，使四班成为全连最好的班。

傍晚，龚绍华独自到炮上去看一看，他左看右看，想从中找出点什么秘密来。他认为，凭自己的文化，看一看也许能学点什么，他对炮口感到很神秘，为什么在炮筒里还长出许多牙齿来，他直接用手去摸，那整整齐齐、坑坑洼洼的铸铁体感到很凉，他又把手伸到炮管里，像一根根钢条围在炮管里面，正当他摸得很出神的时候，在不远处有人叫喊：“喂！你在摸什么呀？”那个自称老兵的战士走了过来。

“怎么啦？”龚绍华把手缩了回来问道。

那老兵走到炮旁，装着对大炮非常在行的样子，他看了看炮口部分，立即惊慌地说：“糟了！”

“什么事？”龚绍华惊慌地问。

“膛线掉了两根。”

“膛线？”龚绍华被吓得有点冒汗。

“膛线也是来复线。只能看，不能摸，手上有汗，一摸就掉。”

“那是干什么用的呢？”

“是掌握炮弹方向的，没有它，炮弹就打不出去。”他又摆了摆手，“完了，这门炮不能用了，这可怎么办呢？”

“老同志，帮帮忙吧！”龚绍华转而向这位老兵求饶。

那老兵一看有门，他摸了摸头，道：“办法我倒有一点，就是要花点钱。”

“要多少钱？”龚绍华问。

“不多，不多。有两盒烟钱，我请人到铁匠铺里打两根就是了。”

龚绍华巴不得把这件事“大事化小，小事化无”。他立即从身上掏出20元苏中币，交给了那个老兵。

“喂！我们副班长请客啦！”那老兵举起了钱，召唤在周围的人。周围的人听到叫声，都走来看热闹，那老兵把刚才的玩笑和大家讲了一遍。

龚绍华哪知道膛线是固定在炮管里面的，它和炮管是同一个铸钢铁，别说是手摸，就是用火烧也掉不下来。龚绍华被这场哄堂大笑弄得面红耳赤，他感到参军第二天就丢了这个大脸。

四班副，真活跃，文艺活动他会搞。
四班副，真会唱，喉咙不唱就发痒。
四班副，真会演，演起戏来十八变。
四班副，真会编，死人说成活神仙。

这是龚绍华刚到炮连的第三天，战士们给他编的顺口溜。每当他心情舒畅时，他就感情奔放。在连队组织的欢迎会上，他就出人头地，他最喜欢在大场合下出头露面。他代表江海公学的学生出了好几个节目，每个节目都受到大家的欢迎，这一来，给全连干部、战士留下了很深刻的印象。排长们都希望把他分配在自己的排里，而连长、指导员为了把四班培养成一个好典型，而是把他放在四班当副班长。

正当战士在说顺口溜时，有一位女同志从这里经过。

“喂！你们四班副是谁呀？”这位女同志身穿一套整齐的灰色军装，军帽略往后倾，帽檐下露出一丝乌黑的秀发，身高有一米六五左右，用手工做的粗布军装，对女人来说，有些肥大，但用一寸宽的皮带扎在腰中，又呈现出一个年轻妇女的线条和美姿。像这样的打扮，在一般人来说都很平常，但他的姿态倒吸引了龚绍华。

“你这位同志是干什么的？”一个战士很礼貌地问。

“我是从文工团来的，要到你们这里来体验生活。”

“欢迎，欢迎！”有好几个战士鼓掌欢迎。

“听说你们这里有一位叫龚绍华的，他很有文艺天才，我想来拜访拜访。”

“那就是我们副班长呗！”

龚绍华低着头，表现出一个青年男子初次和女人说话时感到害羞的样子，一声不吭。

“嗬！”有一个战士竖着大拇指道：“你可不知道我们副班长的历史啊，他过去当过儿童团团长，我们班长还在他领导之下呢！”那战士又逗趣地说，“5年前，我们副班长就是团级干部，还是正团级呢，”这一说又引起大家大笑。那战士又眯着眼打趣道，“你们别笑，团长当副班长这是降级使用，团级干部当副班长，也许我们这个班还是团级单位呢！”

这时，弄得龚绍华有点哭笑不得，他红着脸，躲也躲不了，藏也藏不住，只能听战士们的一些疙瘩话，也不知道说什么才好。

“张智高，你开玩笑也有点太过分了，你少说几句好不好！”顾民富感到这样开玩笑有点伤害自尊心，立即予以制止。

“班长，不说不笑，不成老少，我们副班长是有修养的人，他是不会计较的。”

“副班长刚来，你开这个玩笑，太不讲分寸了！”

“是！我向班长检讨，请副班长原谅。”

伤害自尊心的玩笑被制止了，龚绍华对这种酸甜苦辣的话感到十分难受，特别是有外人在场，他更感到害羞。他看了看张智高想回敬他几句，但又不知道说什么，本来他有滔滔不绝的口才，在这种场合，脸红得连一句话也说不出来，文工团的那位女同志在旁，使他更不自在。

“同志，你找我们副班长有什么事吗？”

顾民富拉开了话茬儿。

“我想找四班副谈谈。”

“副班长……”顾民富用军人职务称呼。“上级机关来人找你谈谈，要很好地把你的文艺天才发挥出来。”

那女同志微笑地望着龚绍华有什么表示。

“喂！”顾民富接着又说：“你不是对炮兵很有感情吗？我看你就写个有关炮兵的文艺作品，好把我们的生活反映出来。”

龚绍华以服从的口吻慢慢地站了起来。他拍了拍屁股上的泥土，走到一棵树下谈起文艺作品来。

“我姓李，叫李健。”那文工团员自我介绍道。“我老家在江西，父亲，早年参加红军，红军长征北上，我父亲留在老苏区打游击，我母亲被白狗杀害了，留下我一人到处流浪，听说红军改编新四军，我找到了父亲在抗日根据地上了学，小学毕业后参了军。”李健同志把自己介绍了一番，目的是把自己的经历让人知道，好在文艺作品中增加生活细节。

“李健同志，你想叫我干什么呢？”

“我想请你写点炮兵成长的文艺作品。”

龚绍华摇摇头，道：“哎！炮兵我了解得太少了，没有生活底子，很难写出什么好作品来。”

“听说你在欢迎会上有几个作品很不错嘛！”

“那是我一时感情冲动。”又摇摇头说：“现在不同了，我对炮兵了解得太少了。”

李健看了看龚绍华，她以自卑感的语言说：“我就恨我是个女的，如果炮兵连要女同志，我还愿意当炮兵呢！”

“算了算了，你可别当炮兵了。”

李健笑了笑：“你可能是不愿意拿作品来吧？现在对我推脱！”

“不！不！我是说当炮兵在基层很难发挥我的才能，如果把我调到机关，我可能还有用武之地。”

“基层是最能锻炼人的地方，经过实践锻炼，才能充分发挥你的作用呢！“

龚绍华觉得和李健辩论也没有什么必要，他又把话题转了过来。恳求地说道：“李健同志，你叫我写作品也可以，不过也请你帮一个忙。”

“什么事？”李健问。

“看样子，你父亲可能在机关工作过，我到那里当个参谋、干事的，什么都能干。”

李健笑了笑，道：“那怎么行？你的工作是组织安排的，我怎么可以给你找关系呢？”

“那有什么呢？只要你能在上面说一句话，这事准能办成。”

“不行，不行，既然如此，你的作品我也不要了。”说完后，站起来就走了。

龚绍华独自一人坐在树下，一阵凉风像一盆凉水似的，让人从头顶到脚底都感到发凉。他长长地叹了一口气：“哎！好炮好炮，万没想到，当个班尾，职位最小，想调机关，门子难找，我的前途，何处寻找？”

第三章

炮兵在艰苦建设中

第一节　又一个婴儿降生

在人民解放军某纵队又成立了一支炮兵部队，它像婴儿降生一样，很快成长起来，投入了和老大哥一起的战斗。在小米加步枪的年代里，步兵老大哥在游击战争中发挥了重要作用，而在大兵团作战中，需要多兵种配合，因而，在不少部队中，炮兵又成了新生婴儿，在炮兵摇篮里，在党的慈母般的关怀下，新生婴儿又得到了健康的成长。

“张团长，交给你一个特殊任务。”

“司令员，你有什么要我做的事就尽管下命令吧！”张团长以为是交代什么战斗任务，他显得毫不在乎。

纵队司令员看了看张团长的脸色，为打消他盲目乐观情绪，用郑重的语言说：“这可不是叫你去打仗，是有个特殊任务要你去完成。”

张团长有点纳闷，他挠了挠头，笑着说：“首长是了解我的，我能干什么，你还不知道吗?”

“好吧！我就告诉你。”司令员喜欢表现他那直来直去的个性，他直截了当地说：“要你组建一个山炮连。”

张团长一听，他乐了。他心里想：有了这个玩意儿，打运动战我就更有把握了，立即从座位上立起，以军人姿态表示：“是!”

忽然间，好像是什么事从他脑门儿闪电般地闪过，随后像雷鸣般地在脑子里“轰”了一下。又立即转口说：“司令员，炮兵是要有文化的，我这个大老粗能干得了吗?”

炮　痕
PAOHEN

司令员以坚定的决心对张团长说："你这个团，是纵队特务团，不是叫你去当特务，而是要你们执行特殊任务，例如炮兵、侦察兵、工兵、警卫等，把这几个专业都交给你，你就是多兵种团长。"

张团长见司令员已下定决心，觉得没有讨价还价的余地，表示要把这项任务接下来。

司令员又继续交代："在抗日战争中，我们缴获了几门山炮，因为主要是打游击战，暂时打了埋伏，现在拿出来，就是为了适应形势的需要，将来，我们还要组建炮兵营、炮兵团，这个山炮连就暂时归你部建制。"

司令员看到张团长似笑非笑，又安慰地说："不要怕困难嘛，无非就是要多动点脑子、多学一点兵种知识，不要当门外汉。"

司令员又思索了一下，对张团长说："你组织这个炮兵连，要首先选好一名好的政治指导员。政治建军原则，是毛主席早在古田会议就确定下来的，部队没有政治思想工作，就等于没有灵魂，这些问题，你去和政委多商量商量。"

某野战军的一支炮兵部队诞生了。

婴儿出生后第一声啼哭，就开始了人体的新陈代谢，山炮连的组建，也在克服成长中的思想障碍。

顾民富的生母因参加过红军，失败后就义，龚绍祥的生母被流氓抢去，他们都是在生下不久就失去生身的母爱。从入伍以后，他们又像投入了生母的怀抱。

为了加强炮兵建设，需要从步兵选一部分骨干到山炮连工作，顾民富被领导选中。

"顾民富同志，现在需要让你到山炮连工作。"一名组织干事在找顾民富谈话。

"调我到山炮连去？"顾民富感到很高兴，他觉得这是党组织对他的信任，又把党对他的培养看成是母爱，面部显出婴儿般的微笑。

他思索了一会儿，又皱起了眉头，像在母亲面前撒娇似的，马上做了一个干脆的回答："我不去！"

"那为什么？"组织干事问。

"听说调到山炮连的人都胆小，我不愿担这个名。"

组织干事听了后笑着说："你为什么像个小孩一样呢？看问题这么

幼稚。”

“那还不是吗？打起仗来，步兵在前面，炮兵在后面，既不能打冲锋，又不能上刺刀，还不算什么英雄。”

组织干事一语点破：“我没有听说，打起仗来敌人专门打步兵，就不打炮兵，当炮兵的人就不能当英雄。”

顾民富瘪着嘴：“那——也没有当步兵那么痛快。”

“同志！”组织干事又以亲切和蔼的口吻说：“组建炮兵部队，这是我们纵队的新兵种，组建后，可能要遇到很多困难，吃起苦来要比步兵多，打起仗来也要比步兵多，我们能把你们这些共产党员都调到怕死的地方去吗！”

顾民富无言可答，他觉得理亏，又点了点头，表示坚决服从组织分配，按职务，组织干事的官到不算大，但他是带着党的意图，他又像得到母亲的教训，受到了一次加强组织观念的教育。

在分配江海公学学生时，连长拿花名册点名，每叫一个名字，就叫他出列，告诉他分配到哪个班排和单位，连叫了5名，也没有叫到龚绍祥的名字，他有点着急，在队列中，既不像立正，也不像稍息，两手在腹前摩擦，两脚也不时地动着，他总想能分配个最理想的工作。

“龚绍祥！”最后点了龚绍祥的名字。

“到！”龚绍祥还像在学校一样，举起右手，表示答应。他发现自己的动作不符合军人姿态，伸出了舌头一笑，在出列时，由于他心情激动，他出腿和甩臂都是一顺方向，引起在场人的嘻笑，他也顾不上别人笑什么，索性走到连长的身边，拉着连长的衣角，贴着耳朵边问：“连长！你叫我干什么？”

连长对未经训练的士兵没有责备，而是和蔼地说：“叫你到连部当文书。”

龚绍祥听后倒也乐意，可是他又一想，当文书也不过就是抄抄写写，没有什么意思，他用手捅了捅连长：“连长，我不去。”

“为什么？”连长很惊奇。

龚绍祥看了连长的脸色，又看了看周围的同志，想说又不想说，可是又觉得在党的面前又不能说假话，还是把心里话说出来，“不能直接参加班里的锻炼，人家会说我是臭知识分子。”

指导员走到龚绍祥身边微笑地说：“同志，知识分子怎么能臭呢？它是我们党和军队的宝贵财富，没有知识分子，社会就不能进步，革命就不能胜利。”指导员又进一步阐明道，“臭知识分子，是我们一部分工农同志对少数光说不做，光要求别人、不要求自己，光摆架子、不联系实际的人来说的。只要知识分子和工农结合起来，就能产生无穷无尽的力量，你经常向班里同志学习，不也是一样锻炼吗？”

龚绍祥听后，感到害臊，他觉得自己的文化在全连也不是最高的，讲自己是知识分子，好像在抬举自己，他瘪着嘴，小声地说：“那我就去吧，不过——我的工作能力很差，还要请首长多多帮助。”

在江海公学学生调到连队第二天，部队就开始了军事训练，连长在操场上下了好几个口令，他想通过严格训练，能使部队迅速投入战斗，可以在紧急情况下迅速转移。

“炮分解！”各炮手把山炮的各大部件分解开，并整整齐齐地放在自己的身旁。

“炮结合！”各炮手把山炮的各部件组装起来，使山炮保持战斗发射状态。

“哎唷！”龚绍华不慎，炮身落到了他的脚背上。

顾民富立即把炮身抬起，把龚绍华的脚从炮身下拉出来，这时，有不少战士前来围观。

“报告连长：副班长的脚被砸坏了。”顾民富立正，半面向右转致军礼，报告了情况。

“怎么搞的？”连长批评。

顾民富一声不吭，接受连长批评。

连长责问顾民富：“分解炮身是一、二炮手的动作，副班长还没有经过训练，怎么就叫他分解炮身呢？”

“我有责任，副班长要求直接参加二炮手的动作，我没有制止。”顾民富立即检讨。

龚绍华有一个念头，他听人说过：“不吃苦中苦，难为人上人”，他一心通过个人奋斗，在几天内就能成为熟练的炮手，在模仿熟练炮手动作时，一失手，炮身正好落在他的脚背上，他立即惊慌失措，大声地叫唤起来，他心里想：这只脚算完了，如果弄个残废，那一切都完了，他的眼泪立即从眼角下掉了下来。

指导员发现后，立即赶到现场，他扶起了龚绍华，命令围观的战士都回到自己的炮位上，他和卫生员一起，把龚绍华扶到宿舍，一面帮助做按摩，又用军用水壶灌热水给做热敷，经检查，龚绍华的脚没有造成骨折，筋部有点受伤，造成脚背血肿。

这个炮兵连有4门火炮，都是在抗日游击战争中缴获后重新启用的，一门九二步兵炮是1942年苏中车桥战斗中从日军手中缴来的，炮口被打了个缺口，三门山炮都是从顽固派手中缴来的，全没有完整的观测仪器，由于天长日久，磨损过多，火炮的孔径太大，准确率极低。

山炮连虽然建立起来了，但如何能跟从大部队行动又成了一大难题，在偏僻的农村，没有大道，火炮不能在平地牵引，按教范规定：一个正规化山炮连至少需要30匹骡马，而山炮连仅有5匹牲口，一匹大黄骡子是全连唯一最好的牲口，拖、拉、驮、牵都是主力，其余的4匹牲口都有不同的缺陷，一匹四川马已经是8口牙，连吃草都困难。一匹大青骡子力气很大，但野性未改，在它身上放一点东西都能把它尥掉，还有两匹牲口，只能拉套，不能架辕，如果靠人力，扛也扛不动，挑也挑不走，抬也抬不了，背也背不上，这就给炮兵的行动带来很多困难。

龚绍华见此情景，本以为当炮兵可以骑大马、坐炮车，摆威风，没想到条件这么差，就写了个报告。

报　告

由于在炮兵训练中脚部受伤，日夜疼痛，已不适应炮兵工作，请求调动做地方工作。

战士：龚绍华

×月×日

连长、指导员看了看报告，相互看了看对方的表情，袁连长把报告朝桌子上一扔，叹了一口长气：“哎！我对这些小资产阶级知识分子算是服啦！”

指导员像在思索什么，也指着这份报告说：“嗨！这就叫站在这山望那山高，到了那山又没柴烧！”接着，他又讲起了自己的一段经历：

“我从抗大分校毕业以后，被分配到连队当文化教员，我才是个高小毕业生，总认为我的文化比别人高，职务又很低，应当到机关当个参谋、干事什么的，因为没有达到目的，我到处讲机关怪话，说机关都是些胡参谋、烂干事，有一度，工作没有安下心来，要求调动工作。过了一段时间，上级为了让我多见点世面，把我调到机关当干事，因为我工作不认真，下面的情况反映不上来，上级的精神领会不了，又贯彻不下去，人家又讽刺我‘参谋不带长，放屁也不响’。从此，我认为连队好干，似乎只要一号召，全连一百多号人就能围着自己团团转，过了一段时间，上级又把我调到连队当副指导员，因为基层工作包罗万象，俗话说：‘千条大河归大海，各项工作都落实到连队来’，因为我的工作只顾走过场，不讲实效，什么工作都经不起检查。经过几次折腾，才使我从实践中认识到：人不能妄想，妄想就要失败。”

连长听完指导员的自身经历，在某种程度上也有同感，但如何解决现实问题还缺少办法，他有疑虑地问道：“老林，像龚绍华的问题应怎么解决呢？”

“这还需要等待嘛，谁都不能完美无缺，有时遇到寒风还可能要叫几声呢，龚绍华可能是遇到困难有点受不了。”

“那现在怎么办呢？”袁连长问。

“人无头不走，鸟无头不飞，在全连，我们领导班子就大伙的头儿，只要我们思想一致，就能把全连带动起来。”

“那好！”袁连长拿起报告，“我们两人一起去找龚绍华谈谈。”

“不！”林指导员一摆手，“你主要抓好军事和行政工作，我主要抓好思想政治工作，军政协调，这些缺陷能克服。还是我先去找他谈谈。”

“那我们怎么算协调呢？”连长问。

指导员郑重地说：“我和小知识分子打交道有个体会，少数没有彻底改造好的人，最容易从领导找空子，当他们找到我们的工作弱点时，不是协助，就是各取所需，加以扩大，造成真假难分，是非不明，本来是感冒，硬说是肠炎，在治理军队上有句俗话，叫做‘领导各吹各的号，各唱各的调，百句不当一句用，到时思想就乱套’。”

连长一听，非常兴奋，他一拳打在指导员的胸，一时感到他胸内无限宽广，“老林啊！我们真是好搭档。”随手一拍大腿，“今后政治工作我听你的。”

指导员一笑：“不过你不能心急噢，思想还可能会有反复呢！”

“那没有问题，”连长拍了拍自己的胸，“难怪有人说我们是穿的一条裤子、尿的一个壶、坐的一条板凳呢！”

指导员往连长身上一推，“老袁，你的疙瘩话还不少呢？不过我们才像是个刚出身的婴儿，今后处事的日子还长呢！”

两人又说又笑，接着又研究如何对部队进行管理。

连长、指导员都曾改过自己的名字，连长的小名叫石头，大名叫袁进。为使自己名字和时代相适应，所以改名叫“袁培新”，谐音就是愿培养新的一代。指导员的原名叫林木，抗大毕业后，他从事政治工作，他要用党的光辉培养一大批英雄豪杰，所以要把单木改为大林木，经组织批准，改名叫林杰，他表示：要按自己的名字，来实现自己的愿望。

功夫不负有心人，在部队改革中，连队响起了船夫号子，一领一合，很有鼓动力，是由文化教员根据指导员意图编写出来的：

领：我们的同志们呀！
齐：嗳！
领：真是急死人啊！
齐：唉！
领：大炮缺少骡马驮呀？
齐：行军打仗怎么办啦？
领：有智慧的出智呀！
齐：嗄嗄！
领：有力的出力呀！
齐：嗨唷！
领：只要大家一条心啦！
齐：千斤大炮不费劲呀！

在船夫号子声中，全连开展了一次有组织、有领导的军事民主活动，它像一列火车，由一个车头牵引，把一节节车厢都带动了起来。

“同志们！我们的山炮不能走，应当怎么办啦！”指导员在军事民主会上向大家出了一个题目，并对如何讨论做了中心发言，他像在火车头点了一把火，“机器”开始发动了起来。

“老林，我们到班里走一趟，看他们讨论得怎么样。”他们像在检查各车厢的运输能力，看看各班讨论的分量。

二人路过四班，四班正在热烈讨论。

“连长，把山炮拆下来用小车推吧！”刘智高第一个向连长出谋。

“对呀!”连长拍了拍脑袋，他过去一直受操典的束缚，可没有想到使用苏北平原最好的交通工具——独轮小推车。

“对!”马争田受到启发，“推小车是我给地主当长工的老把式，绝对能干。”

“我种了一辈子田，不是挑担就是推车，干这玩意儿，我在行。”牛大力情绪高涨，保证承担这项任务。

“连长，我当过木匠，做小推车，我会。”刘阿敏要求承担制作小推车的任务。

“好哇!你们都有任务，我干什么呢?”一句山东籍战士发言，“这样吧!我从小就给地主养牲口，这几匹牲口包在我身上。”

“四班副，你能出什么办法呢?”指导员和和气气地问龚绍华，“现在正需要知识的时候，你总该也出点主意吧!”

龚绍华被这个浪潮也带动起来，调动工作的事也暂时不提，他高兴地说：“那我就计算计算需要多少材料吧!”

经过讨论，连长综合了大家的意见，向上级申请了经费和材料，它像落地不久的婴儿，在一个贫苦的家庭得到了精心的护理。

第二节 学本领

生长在摇篮中的婴儿，总是在学大人的动作，妈妈叫他摇一摇，他的小手就像小蒲扇似的摇几下；妈妈叫他挠一挠，他的小手就像抓蚊子似的挠几下；妈妈叫他恨一恨，他的两个小手攥得像个小榔头，使出全身的狠劲。父亲从内心发出迷人的喜悦，他抱着婴儿在阳光下，让阳光照射他成长，他抱着婴儿奔跑在雪地上，增强婴儿对灾害的抵抗能力；他一会儿把婴儿托在手掌上，如同掌上明珠；一会让婴儿骑在自己脖子上，如同麒麟送子；他有时教婴儿学打拳的动作，有时叫婴儿学打枪姿势，就这样，经过日晒风吹，婴儿身体显得格外健壮。父母都为孩子的未来能有文武双全的本领在做周密安排，婴儿未来前途如何，当然还要看“父母”的教育和培养。

几天来，山炮连一直在进行着紧张的军事训练，连长忙得汗流浃背，班排长忙得围着火炮团团转，按实战要求：从炮分解、炮结合，到瞄准射击、装弹、观察测量、驭炮都要做到准确无误、动作迅速。但是经过几天的训练，总觉得没有达到预想的效果，连长认为：这种急于求成的训练方式必须改进，他立即命令值日排长吹哨休息，召集班排长研究训练方法。

部队刚刚休息，战士刘智高打起竹板，说起快书来。

喂！喂，同志们听我说，
我把指导员表一表。
昨天晚上没睡觉，
帮助我们来放哨；
看到我们在操炮，
挑担开水来慰劳；
经常和我们来谈心，
我们的思想开了窍。
除了人民解放军，
哪有这样的好领导。
同志们，你们说，
我们应不应当好好来操炮？

这时，操场立即活跃起来，有的拉胡琴，有的吹笛子，指导员把一碗碗开水送到每个战士的面前。更吸引人的是：文化教员拿了一张用废报纸裱糊起来的墙报，上面有表扬大力士马争田，经过几天训练一人扛了二百多斤的炮身步行百米；表扬炮一班团结协作，火炮分解结合动作快；表扬刘阿敏几十次瞄准，准确无误。正在热烈欢呼的时候，刘智高又站起来。

"同志们！我们请指导员来一个节目好不好？"

"好！"欢呼声响出数里之外。

指导员也没有预料到有这样的"突然袭击"，他抿着嘴，想了一想，突然灵机一动，也编出来一个快板词来，他叫刘智高打竹板，自已说道：

同志们，你们好，人民对你们希望高。
对我没有啥好表，因为有党来领导，
我们好比出生儿，学习本领跟党跑。
大家操炮很疲劳，喝点开水情绪高，

只要本领学得高，多流汗才流血少。
个个练成硬铁汉，战场一定立功劳。
有了一手硬功夫，反动派的寿命长不了。

操场休息十多分钟，操练又是紧张热情，大家都露出一个笑脸。

“只要功夫深，铁杵磨成针。”龚绍华像大人教育小孩一样，以领导者的身份来教育全班同志，为了有足够的说服力，他编了一段新编《西游记》故事。

话说唐僧到西天去取经，需行程十万八千里，他一出山门，就遇到山高路险，妖怪阻挡，才走了330里，就动摇了到西天取经的决心，他想半途而废，返回长安，过舒适而又甜蜜的生活，正准备往回走时，看到有一位八十多岁的老太太，她拿了一根盆口粗，8丈高的大铁棒在一块大石头上研磨，唐僧一看，非常出奇，便问道：“老菩萨，你拿着那一根那么粗、那么长的铁棒在石头上磨什么？”那老太太说：“师父，我家有一个女儿，今年四十多岁了，到现在还没有找到婆家，有一家公子看中了她，但要看一看我家姑娘的绣花本领，我老妪在周围跑了33333里，也没有买到一根绣花针，我一气之下，想起了在我家房后有盘古开天用的顶天柱，天慢慢地长高了。成了上天九重九，下地18层，这根铁杵也没有用了，我只好拿它来磨一根绣花针。”唐僧一听，非常惊奇，他伸着尺长的大舌头又连忙地问道：“老菩萨，这么大的铁杵你能磨到何年何日啊？”那老太太说：“只要功夫深，铁杵磨成针。”说完后，一道白光，那老太太就不见了。后来，她和她的女儿，用磨成只有头发丝那样粗的针，天上绣彩云，地下绣绿装，海底绣龙宫，为人间留下了美好的景色。唐僧便下定了决心，一定要到西天取经，无论遇到多少艰难困苦，无论有多少金钱美女的引诱，无论有多少妖怪的阻挡，都没有动摇他到西天取经的决心，他鞋穿坏了3.3万双，遇到妖怪3300次，皮肤脱了330层，头发掉了33斤，结果取回了真经，成了天下非凡的人物，是释加牟尼的十八罗汉之一。

龚绍华把这个故事讲完之后，他自己非常得意，他认为：炮兵训练是需要有知识和智慧的，凭他的接受能力，不能输给别人，他一边讲，一边把目光对准那些文化较低的战士，虽然故事的逻辑性有些矛盾，但不少人还感到非常惊奇。

战士刘智高伸着舌头惊奇地说："副班长，人家都说你能把死人说成活神仙，你这个故事可编到神仙的老祖宗那里去了。"

龚绍华感到很自豪，他哼了一下，得意地说："这就是艺术嘛！"他又挤着眼接着说，"我们很多人都用马列的词来教育别人，我这就是用唐僧的意志和他取经的决心来武装我们的头脑，这不也就是在鼓舞我们的军事训练吗？"

马争田在旁边一笑："副班长，你讲的故事也太不实际啦。"

龚绍华哪能瞧得起大老粗，他用蔑视的语言说："马争田，你太不懂得艺术，这不是叫虚构吗！"他一笑，"哈哈，你懂什么呀！"

马争田哈哈一笑："我马争田身强力壮，扛炮身才能跑100米，那老太太能拿动比炮重几百倍的铁杵，那不是吹得没边了吗？"

龚绍华拉长了脸，"你不懂得创作知识，你就不要发言。"他咽了一下唾沫，"我不是讲的神仙吗？"

马争田也不示弱，他站起来，"那我们就去靠神仙，不靠自己好了。"

龚绍华对马争田感到非常不满，使他哑口无言，他不得已，转身就跑，他一边跑还一边说："我看你是目中无人，是一个既不懂文、又不懂武的大笨人。"

袁连长整天在为部队的训练奔忙，他的训练指导思想是：从严出发，从简开始，实战要求，急用先练。按国民党军队的操典，需要3年才能完成炮兵训练的教范教程，而现在随时都有可能到前线作战，他只能根据现有的装备、现有的测量仪器、现有的文化水平、现有的军事素质对部队进行训练。

"立正！"为了培养部队军事素养，纠正游击习气，袁连长首先抓队列训练，他站在队列前的正中央教大家练立正、稍息的动作："我现在把立正姿势和要领再讲一遍。胸部挺出，小腹收进，两眼看平直，两臂自然下垂，中指插裤缝，两脚跟靠拢，两脚尖打开35度。"

袁连长用流利的军事术语，讲解了立正、稍息的动作，并喊了几个原地左右转的口令，讲完后，又以自己正规的队列动作给大家作示范，随后，又以准确的军人动作走到队列一侧，对不正确的姿势进行纠正，接着，又回到自己的位置上。经过一小时训练，在认为基本符合要求之后，用10分钟时间讲评。

"今天的训练有进步，"他从队列的第一名到最后一名都扫了一眼，"我现在从连部开始讲起……"

训练要进行新的科目——瞄准射击。

山炮射击对袁连长可是一个新课题，步枪射击，三点成一线他可以讲得头头是道，他在迫击炮干过几年，曲射炮的垂求法，也可以讲得有条有理，他曾创造过用迫击炮打平射，把炮弹直接命中敌火力点，而膛线炮射程远，弧形大，弹道偏，完全不同于曲射炮和步枪的射击，所以，他又在积极寻师拜友，想找个山炮射击的内行来指导训练。

有一位新调来的解放战士，叫郭景华，连长听说他在国民党部队当过5年炮兵，还担任过瞄准手。在他得知之后，像三请诸葛似的到班里亲自求教。当连长到达班里时，全班同志起立敬军人礼，郭景华在那里直立不动，完全以职业军人的姿态注目望着连长，连长请他坐下，并和他促膝谈心，他还没有坐稳，连长便说道："郭景华，你的军人姿态不错嘛!"

"是长官的栽培。"又一个立正，两脚跟靠拢还发出了"啪嚓"的声音，连长笑了笑，又请他坐下，他深知：在国民党军队里，士兵对长官在表面上是绝对服从，但在内心存在着不可调和的矛盾，连长以亲切和蔼的口吻又说："我们解放军不称长官，而称同志。"

郭景华也没有理解到"同志"是什么意思，他立即回答道："是！我得铜子，老百姓吃泥巴，当官的得银子，司令官得金子。"这一来，惹得班里同志都笑了起来，郭景华不知道大家笑什么，也跟着大家一起笑。

"同志，就是我们有共同的理想、共同的志愿。"连长解释同志这个词。

"连长！我们当兵的只能听当官的，哪能一样啊?"

"解放军为劳苦大众打天下，你愿意不愿意?"

"那怎么不愿意呢?"

"解放军要解放被压迫的人，也包括你在内，你想不想啊!"

"那——敢情好了!"

"解放军官兵平等，都是为了一个共同的目标，我们是不是同志?"

郭景华和连长的谈话自然了，他猛地一笑："嘿嘿，连长真能逗，看来我们还真的是同志呢!"

袁连长把话拉到正题上，他直截了当地问道：“郭景华！你在国民党当过炮兵吧！”

郭景华紧张起来，“不敢，不敢，因为家中贫穷，是为了混碗饭吃。”他立即脸色惊慌，“连长，我打炮可是往天上打的呀，我没有对解放军打呀！”

“你不要紧张嘛，打共产党、打解放军，这是当官的逼着你们干的，现在你当了解放军，我们不就是同志了嘛！”

袁连长觉得这个场合谈有关训练情况很不方便，他暂时回到连部，考虑如何跟郭景华研究研究训练问题。

郭景华得知：可能要让他在训练中教大家学瞄准技术，他思想有些保留：第一，在国民党部队中流传过这样一个警语：“南京到北京，没有看到兵管兵。”如果把当官的教会了，将来一脚踢开，这个账划不来。第二，关键的技术保留下来，到关键时能用上，也许还能得点赏钱。

袁连长回到连部后，首先做了点调查，随后叫通信员请郭景华到连部来谈谈，不一会儿，连部门口传来洪亮的报告声，连长把郭景华请到屋内，搬了一张最好的凳子，亲自倒水，和蔼地对郭景华说：“郭景华同志，在军事训练中，有些技术问题还想请你教一教我们呢！”

郭景华已有预料，他立即站了起来：“报告连长，我是当兵的，没有什么技术。”

连长请郭景华坐下，又和气地说：“你不要瞒我了，一些解放战士说，你当过几年瞄准手，现在需要请你当我们的老师。”

“不敢，不敢，自古以来，只有当官的教当兵的，当兵的教当官的，雷神菩萨打头。”

按过去的脾气，连长早就暴跳如雷，而今，到像个小绵羊似的，表现了一种政治风度来，“我们人民解放军有一个好传统，叫做‘官教兵，兵教官，兵教兵，谁有什么长处，谁就是我们的老师’。”

郭景华为难地说：“连长，我能是那个材料吗？”

连长笑着说：“今天我拜你为师。”

郭景华对连长的肺腑之言有点感动，他含糊地说：“连长，我愿为您效劳。”

“不！应当是为人民服务，我为人民服务，你也为人民服务。”连长纠正了他那雇佣兵观点，接着又说：“我知道，你是替一家地主儿子去当兵的。那年，国民党抓壮丁，地主的一个儿子被抽上了，你家交不起租子，逼着你顶替了地主儿子的名额，地主答应：可以免去你全家的债务，可是当兵后，那地主说话不算，还是逼债要租，你说是不是啊？"

郭景华点了点头，眼泪像流水般地从眼角淌了下来，他从来没有感到有人知道他的痛苦，他一边哭一边说："连长啊！我是个混蛋啊，我不能对亲人怀有戒心啊！"接着他一连串的表示，一定要把自己所有的技术都献出来。

第二天，连长拿训练方案找郭景华，连长虽比不上三请诸葛，但也算是为民求贤，他把方案一一做了说明，郭景华越看越钦佩解放军领导干部的组织才能，他对瞄准训练器的使用、瞄准训练的程序做了补充，袁连长任命郭景华为瞄准训练的技术指导。就这样，新的训练高潮又开始了。

瞄准训练的第一个课目是直接瞄准，需要的工具是：一个炮弹壳和一个套在炮口上的十字交叉线，从炮弹壳底火部人工钻成的小孔，瞄准十字交叉线，再瞄准目标点，这就是直瞄火炮上用的三点成一线的射击原理。

"只要功夫深，铁杵磨成针。"龚绍华把瞄准训练看成比削水果还容易，连长把在炮弹壳后面钻一个小孔的任务交给龚绍华，"铁杵磨针"说起来到很容易，可是在炮弹壳后面钻一个小眼儿就不那么容易。

一个金属体的钻、车、刨、旋都是要用机床才能完成，可是这个荒地野外到哪里去找机床呢？他想用牙咬也咬不了，用指甲抠也抠不动，他不知从哪里找来一把纳鞋底的锥子，可是，锥子只能在布鞋上锥，一个软金属体在一个硬金属体上锥就不行，还没有锥几下，锥子便弯了，他灰心丧气，又不好意思向别人请教，只好撂挑子不干了。

马争田从老乡家里借来一把木匠用的手钻，虽比不上机床上的钻，但比锥子要坚硬些，他和班里同志一起，找准了中心，扶稳了钻，经过几分钟的时间，钻成了一个小孔，龚绍华虽然也学过一些物理知识，但不能和大家一起共同研究，结果以失败而告终。

龚绍华对军事训练开始灰心了，他觉得倒不如往政治工作方向发展，他心里想：如果能有政治干部的那种高度原则性、有政治干部的那种修养、有政治干部受人尊敬的风度，也许有朝一日能被上级选上。从此，他又大讲起马列主义的名词，什么阶级观点、辩证唯物主义的观点、生产力与生产关系的观点、价值观点，他把在江海公学学习的那些名词到处讲演，因为这些名词都没有通俗化，大部分人都不知道他讲的些什么，有时连长也被他唬住，他对此感到得意，也觉得凭他这个水平也够别人学几年的。

瞄准训练搞得热火朝天，这一训练是由郭景华指挥的，龚绍华非常反感，他觉得连长一点阶级观点也没有，把训练的指挥权交给了一个俘虏兵，将来会把这个部队带到何方，为了划清界限，他决心不参加这种军事训练。

“四班长，你们副班长为什么不来参加训练啊？”连长走到四班检查询问顾民富。

“报告连长，副班长说，他不同意这种训练方式。”顾民富用准确的军人姿势向连长报告。

“那为什么？”连长怕影响训练，把顾民富找到操场一角询问。

两人走到操场一角，处于谈心状态，他们像兄弟一样，谈话方式毫无拘束，顾民富首先说：“连长，你犯了原则性的大错误。”

连长一愣，他看了看顾民富，马上心领神会，他推了推顾民富“我说顾民富啊！你在逗我啊！”

顾民富也不得不直说：“我们副班长说，你竟叫一个俘虏兵来指挥训练，这关系到中国革命应当由谁来领导的问题。”

“啊！有这么严重吗？”

顾民富又说：“我还和他辩论呢，他说我阶级观点不强。”

“那你怎么说呢？”

“我对他说，你这是开的纸糊帽子店，戴上去，叫人家一捅就破。他又说‘这是无产阶级革命的原则性问题’，我考虑到，批判他的错误不是一句两句就能说通，在非紧急情况下，我还是等待了他一下。”

“怪不得嘛！”连长拍拍头，“有一次，他和我讲辩证法，变来变去，把我也变糊涂了，以后我一想：他的那个辩证法是带手电筒的，光照别人，不照自己，因为他光想找别人的毛病，就不看自己有什么缺点，好的理论，也叫他弄糟了。”连长又摇了摇头，“说实在的，他的思想工作我是想完全交给指导员，可是我一想：我是一名共产党员，宣传共产主义的道理是我的义务，要让指导员抽点时间多考虑点大政方针问题，这才能把连队搞好，你说对不对？”

顾民富十分钦佩他们军政之间的相互协调，他立即保证道：“我们副班长的思想工作我一定把他做好。”

连长又提醒顾民富，“你去告诉龚绍华，在政治上我们坚持马列主义，在技术上应当谁有本事就向谁学。”

顾民富五体投地般地佩服连长，他立即称赞道：“连长，我算服了你了！你这个水平也够我学好几年了！”

“你别胡诌，许多政治理论问题我是从指导员那里学来的，你去找指导员吧！”

“连长！人家都说你是粗中有细，这个评价说得太准了！”顾民富竖起大拇指。

“你别扯那个鸡巴蛋。”一句粗鲁语言不知不觉地吐出了口，“你别给我糖豆吃，以后要给我多提缺点。”

“我讲的也是事实嘛！”

“喂！”连长又叫住了顾民富，“你要好好地瞄准他的思想。”

袁连长望了望顾民富的去影，他觉得自己的大腿好像粗了些，他拍了拍腿，又长叹了一口气，“哎！如果我的正副班长都像顾民富那样，我就可以睡大觉了。”他望了望操场，又警觉起来，“不！我怎么可以躺着睡大觉呢，学本领刚开始，我还没有完全学会呢！”他立即站起来，跑步走到训练场地。

部队将要进行测量距离的训练，龚绍华在大家帮助下思想有些转变，连长任命他为观察班长，龚绍华内心有说不出的高兴，他怕暴露自己在名利地位上的表现欲望，但又抑制不住自己喜悦的心情，他偷偷地躲在墙脚下微笑，他心里想，入伍才不到两个月，就由副班长提为班长，再过两个月，也许能当排长，如此下去，不到一年，也许能混上一个连级干部，他用几何积数的计算公式为自己推算，他为自己绘制一幅青云直上的升官图。就在这几天，只要连首长交代什么任务，他就俯首表示服从。他又注意发挥自己的文艺特长，只要部队集合唱歌，他都首当其冲地担任歌咏指挥。一个好的歌曲能否唱好，就在于七分指挥，三分歌唱，他那滑稽而又活泼的指挥才能，调动了歌唱者的音律和热情，他发音时，声音不高不低，歌唱起来，高音不躁，低音不微，远听如海浪咆哮，近听如战鼓雷鸣，抒情时如高山流水，激情时如万马奔腾，受到全连的好评。

测量距离的训练，应当使用炮兵测量仪器，可是，连队测量仪器少得可怜，最好的就是一架炮队镜，方向盘的水平珠被打坏，无法保持仪器的平衡，面对这种情况，袁连长觉得，只能用土办法来代替，根据他过去的经验，主要有两种方法：

第一种：目测跳眼法——即伸直一个手臂竖起一个手指，看准一个目标，从左眼跳到右眼，跳眼后，目标的宽度，就是距离长度的10倍。

第二种：音速测距法——音速每秒为331.5米，光速每秒为30万公里，看目标的闪光，听目标的声音，根据光速和音速的差距，计算出目标的距离。

袁连长把这个方案部署后，决定由龚绍华实践。

袁连长在迫击炮连时，战士们送他一个外号，叫“米达尺”，他对曲射炮的垂求法比较熟练，在膛线炮上虽不能全面使用，但在测量距离上还有一定用处，他调到山炮连后，猛攻山炮技术，他深刻理解：作为一个指挥员，虽不能对部属的武器样样精通，但要做到样样明白，有的也要精通，他决定亲自指挥这一训练，他把一些原理向观察班讲完后，就开始实际演练。

“观察班长！”连长以洪亮的声音向龚绍华发布命令。

“有！”龚绍华以洪亮的声音回答

“目标，正前方，独立家屋，发现敌人碉堡，向我步兵射击，需要炮火摧毁，这个目标距离是多少？”

龚少华用手指比划了一下：“大概……是500米吧！”

“什么大概，打起仗来能大概吗？”

“连长，你说多少米呢？”

“我直接告诉你，还要你搞什么训练？”

“那……”

“那就把你估计数测量一下，看差距多少。”

“刘智高，你去测量一下。”龚绍华转身命令战士测量。

“不，你亲自去，你不实践，还能有体会吗？”

龚绍华愣了一下，他一想，自己才刚刚提升班长，这个命令不服从，就会失去机遇，他强打精神，立即应声道：“是！”

龚绍华以为：只要依靠一些计算公式，就能把距离测量得准确无误。他没有想到，还要付出重大的体力劳动，他要在炮位和目标之间来回测量，又要对目标的大小、长短、高低、平洼都要一米一米地测量，对每一座房屋、每一棵树木、每一个陡坡、每一条河流都要有一个正确的数据，他虽然不像带着负重行走，但一天走的路程，远远超过了行军路程。

他走得腰也酸、腿也疼，他想坐下来休息一会儿，又怕掉在战士的后面，他走得太累了，只要有一个绊脚小砖，就能把他绊倒在地，当他被摔倒后，好像再也爬不起来，当战士把他扶起来时，他大叹一口气，“我的妈呀！能让我睡一个好觉，那就算革命成功了。”经过两天的训练，他每走一个小时，就像度过了一个漫长的岁月，他觉得当官也太不容易了，他向连长请求：还是到四班当副班长。经过刻苦训练，已经取得了一定的成果，他像过关似的，又渡过了一个难关，对跑到目标间的距离也取得初步数据，但思想上还有多大差距，现在还很难预测。

林指导员一直在为军事训练中的思想政治保障工作繁忙，他调查研究，进行动员，开展鼓动，解思想疙瘩，个别谈心，抓党员的模范带头作用，开展思想互动，成天忙个不停，在一瞬间，他觉得做思想工作太难了，做军事工作，做完一件，就能马上看出成果，思想工作做好了，一个晚上又出现反复，学完一个课目可能几天就完成，改造一个人的思想需要一个漫长的时间，他一心想学点军事技术，将来可以改行做军事工作。

晚间，林指导员向连长交心：“老袁，你教我学点军事技术吧！我一定在你手下当个好兵。”

连长感到突然，他挠了挠头：“我说老林啊！你是不是思想上长毛啦，是不是不想做政治工作了？”

林指导员被连长那直爽的性格一捅，立即警觉起来，他很不好意思地说：“老袁啊！你这一炮打得真准啊！我的思想刚露头，你这一炮正打我的心病上。”

“我哪有你老林能耐呀！”连长笑了笑说：“有些人的魂被小鬼叼去了，你还能把它找回来呢！”

“那说明，我们改造别人的人，首先必须要改造好自己！”指导员深有感切地说。

“说实在的，”连长的手往指导员肩上一推，“我们如果没有政治工作，简直就没有咒儿念。”

“说真的，”指导员拉着连长的手，“我把军事工作也看得太简单了。”

“老林啊！咱们两人的关系是没有说的了。”

“那不一定，”指导员摇摇头，“也许我们还会吵架呢！”

"对！"连长一笑，"今后，我们谁犯主观主义、个人主义，我们就跟谁吵架。"

"好！"指导员马上答应，"我们吵个面红耳赤，但不记仇，也不准翻脸，要做阶级好兄弟。"

从此，连长以主要精力抓军事和行政工作，指导员以主要精力抓思想政治工作，训练搞得热火朝天，战士们唱起了由指导员用《刺刀歌》的曲调谱写的《学本领》歌曲。

炮口儿亮，炮座儿稳，
练兵场上学本领，
你测量，我瞄准，
动作协调技术才过硬，
发扬长，纠正短，
结合实际才能打得准。
（领）预备——放，
（齐）轰！！！
打得敌人碎骨又粉身。

炮口儿亮，炮座儿稳。
练兵场上学本领，
上操场，进课堂，
军事政治不能分，
讲政治，练技术，
文武双全才是好军人，
（领）预备——放，
（齐）轰！！！
我们将战无不胜。

炮口儿亮，炮座儿稳，
练兵场上学本领，
你开枪，我打炮，
车马炮卒齐上阵，
步兵攻，炮兵轰，

克敌制胜有保证，
(领) 预备——放，
(齐) 轰!!!
步炮协同朝着现代化迈进。

第三节 前门打虎，后门打狼

山炮连的军事训练在解放区的大后方搞得轰轰烈烈，一套适合近战夜战的战术和技术正在被山炮连指战员所掌握。

在苏中的前线，以步兵为主体的人民解放军指战员，正在同向解放区进攻的国民党军队进行英勇作战，他们以武松打虎的英勇顽强精神，消灭了一批又一批国民党有生力量，部分解放区，根据中共中央1946年5月4日指示精神——由减租减息改为没收地主土地分配给农民，更加调动了贫苦农民的积极性，他们在共产党领导下，砸碎了千年枷锁，享受人间平等生活，他们无不感谢共产党，感谢解放军，一个支援前线的高潮又在迅速掀起。

在部分解放区的土地分配也出现了偏差。有的人提出要“挖墩”“填塘”“中间不动，两头拉平”，就是不分高低，一律拉平，绝对平均分配，这样，就侵犯了富裕中农的利益，也影响了中农，被反动阶级钻了空子，类似地主武装暴乱，在苏中的曲塘，大白米等镇，也曾有发生。

龚绍华对部分地区的地主骚乱曾产生过一点疑虑，他怀疑：“泥腿子能不能坐天下”的问题，他认为：不论是地主分子或其他阶级分子，只要有才能，就能做领导干部，他欣赏孔子说的“劳心者治人，劳力者治于人”。以工农为骨干的干部队伍他认为没有必要。他又认为：凭自己的工作能力和组织才能，完全能把别人指挥得围着自己团团转，如今才当了个大兵，真是“英雄无用武之地”，他对一些人提出撤换一些工农干部表示赞同。

苏北盐城地区，在当时可算是解放区的大后方，是皖南事变后重建新四军军部的地方，抗日战争胜利后，盐城镇又重新回到人民的手中，这里的解放区连成一片，蒋介石发动内战，在苏北的南部战火弥漫，而在盐城不见战火硝烟，农民安居乐业，庄稼一片丰收景象，为了保卫胜利果实，农民纷纷支援前线。有的农村只留下老弱残疾人员，不少强壮劳动力都奔赴前方抬担架、运送物资，有些没有改造好的地主分子被留在后方改造。这一来，后方的实际力量相对削弱，一批被打倒的地主分子认为时机已到，便到处造谣言：说是共产党已经吃不消啦，共产党打了大败仗，将来的天下还是老蒋的，等等。

有一个外号叫小狼子的地主分子，自小游手好闲，是一个肩不能挑担，手不能提篮，饭来张口，衣来伸手的花花公子，土地分配时，贫穷农民把他扫地出门，过后，政府还分配给他和中农相等的土地和房屋，让他过自食其力的生活，他哪肯失去剥削生活的天堂，在一个傍晚，他纠集了几个地主分子和地痞流氓，出谋要在后方搞起一个所谓要民主的地主武装暴动，他们的计划是：召开对乡村干部的批斗会，杀掉留在后方的乡村干部，强迫农民武装示威游行，占领后方重镇“大中集”，沿着公路线，“挥师”南下，和扬州的国民党军队会师。他们的口号是：打倒共产党，欢迎中央军，共产党的土地改革搞糟了。一起恶狼步入农家后院的恐怖景象即将出现，乌云将暂时遮住晴空。

在距离山炮连几十里路的一个村庄，农民刚吃完晚饭，有几个暴徒，手持从民兵手中抢来的枪支，抓起留在后方的乡村干部，召集村民开会，编造了很多谣言，在这样一个比较闭塞的农村，为了忙于前线，交通和信息暂时不灵，所以挑头的乡村干部已被杀害，地主分子的宣传，使村民们也弄不清是真是假，一部分人害怕国民党打来时再算账，倒不如委屈一下，跟他们去，将来不会遇到什么了麻烦，少数在土地分配被侵犯利益的人也加入了他们的队伍。

地主武装的暴徒们，从一个村庄向另一个村庄发展，每到一个村庄，抓走乡村干部，召开村民大会，强迫农民带上刀、叉、锄、镰等作武器，进行武装示威。他们每到一个村庄，就杀掉一批干部，烧掉一批房子，一连走了十多个村庄，扩大到有一千多人，气焰十分嚣张，下一步正准备对准正在后方训练的山炮连。

刚刚组建的山炮连，驻扎在距盐城镇二十多里路远的地方，留在村里的两名干部热情地接待了这支炮兵部队，村民看到解放军大炮进村，无不感到欢欣鼓舞，他们左也看、右也看，给大炮带来了神奇的色彩，才 4 门山炮，因为是分解状态进村的，农民把每一部件都说成是一门大炮。把炮身说成是打圆炮弹的，助退器说成是打方炮弹的，摇架是打平炮弹的，闭锁机是打骨碌炮弹的，把 4 门炮说成是十多门炮，村里的妇幼老少，谁看到都感到是一次大饱眼福，有的村民认为：大后方，已经太平了。

夜沉沉，一时，从阴暗处吹来一股寒风，虚弱的人也许能得一场感冒，睡在摇篮的婴儿，还是照样安详，妈妈总是在嘱咐自己的孩子：狼，终究是狼，狼是要吃人的，狼的本性不能改变。随着气流的变化，婴儿似乎有点警觉，他本能地四处张望，好像要做出进攻的姿态。

林杰、袁培新同志，始终致力于这支新生炮兵婴儿的成长，他们像受母亲的委托，在远离机关的情况下，把这个连队建设好，他们担心：会不会在极端艰苦复杂的情况下被夭折，能不能经受外部环境的考验，从进驻这个村庄，就着手进行社会调查，忽然间，看到在一个隐蔽墙下贴了一张“打倒共产党”的反动标语，立即引起他们的警觉，并决定：立即观察地形，在营地加岗加哨，并准备在第二天，协同地方干部，宣传党的政策，讲清当前形势，以应付突然情况。

袁连长带着排长们在驻地周围观察地形，他对每一个交通要口、每一块高地洼地、每一座房屋、每一块草地，都观察得一清二楚。他从那里走进去，任道路曲折，或伸手不见五指的黑夜，都能从原路不走样地走回来，也观察了好几个圈子，把跟着观察的排长们也转糊涂了，也不知道自己在什么位置上。

“连长！我们往哪里走啊？”一个排长问。

“我们往回走啊！”连长不在意地回答。

“往回去的路我怎么不知道啊！”

“呐！”连长指着一棵被自己弯曲的草，“这不是我们刚刚走过的地方吗？”

一排长对连长观察得那么细心，感到十分惊奇，他还是感到不解地问道：“连长，我们连现在处在什么方向啊？”

“在西北方向。”

“西北是什么方向呢？”

“你不好看北斗星吗？”

“我已经走糊涂了。”

连长笑着说：“思想可不能糊涂啊！大后方可能还有狼呢！”

跟着连长视察地形的人，不但在军事上得到提高，在政治上也得到提高。

顾民富从就寝后一直没有睡好觉，他总是在考虑如何防止地主武装袭击，地主武装暴徒可能是要抢枪的，他把枪放在自己的枕头下面，地主武装可能是要砸炮的，他把火炮一件一件地整理好，放在比较隐蔽的地方，做随时行动的准备，他把火炮在转移中每人要负的责任都做了明确分工，部队住在偏僻的村庄，没有可供拉炮的大车道，行动时，主要靠人抬，肩挑。千斤重的大炮，每人需要负重一百多斤，在大家睡下后，他起来把各上部件又掂量掂量，看看各个绳结有没有绑紧、抬炮的扛子是否牢靠，在反复检查以后，又轮到他带班放哨。

龚绍华到达营地感到疲乏，几天的行军，使他腰酸腿疼肩膀痛，他很想在一个地方睡个 3 天 3 夜，如今已经到了大后方，他认为可以安下心来睡个好觉，他懒洋洋地坐在背包上说："北方人有个俗语'好吃不如饺子，舒服不如倒着'，今天虽然不能吃饺子，我们可以舒舒服服地睡大觉了。"

战士们一听，认为副班长的词还不少呢，大家都哈哈大笑起来，可是马争田不然，他立即说，："副班长，你说得可不对呀，指导员还对我们说要'前门打虎，后门打狼'呢，我们这里还要防止地主武装暴乱呢!"

"什么暴乱不暴乱的?"龚绍华斜眼看了看马争田，"这不是群众对干部有意见嘛，帮助帮助也是可以的嘛!"

"你这是什么话?"马争田听了这话伤了他的心，他着急地对龚绍华说："地主是我们的敌人，干部是我们的同志，你这不是站在地主阶级立场吗?"

"你这是给我扣帽子。"龚绍华觉得伤着了他的自尊，也站起来指着马争田，"我告诉你，马争田，你没有什么了不起。"

就这样，副班长和战士吵了起来，有的劝，有的说，有的也不吭声。这时，顾民富从连部开会回来，把连部开会的情况告诉了龚绍华，批评了副班长和战士吵架，龚绍华害怕再受批评，承认了自己的不对，这场争吵又暂时停息了下来。

这天晚上，山炮连营地加岗加哨，由战士放哨，正副班长带班，干部查铺查哨，半夜 12 点，轮到顾民富带正班、龚绍华带副班，交班的刚到门口，顾民富就坐了起来，并穿好了衣服，准备接班，可是龚绍华还在安安稳稳地睡觉，疲劳的身躯，使他睡得格外香甜，至于放哨的事，早就被他忘在脑后。

“副班长，接班了!”顾民富用手推了推。

龚绍华翻了翻身子，很不高兴地说道：“干什么呀?”

“接班了!”

“有什么了不起的情况，还要带正副班。”动了动身子，又转过去睡。

“连长、指导员还没有睡呢，已经发现东北边有几处火光。”交班的三班长催着。

龚绍华勉强坐了起来，伸了伸懒腰背着步枪，无精打采地和班长一起带班。

半小时过后，火光越来越近，并听到有锣鼓和吵吵嚷嚷的声音，顾民富一听，这绝不是扭秧歌，也不是娶媳妇，这个锣声就像国民党统治时由保丁敲锣催各家开会的景况。他立即说，“副班长，这锣好像不对呀!”

“没有事，这可能是打更的。”龚绍华毫不在乎地回答。

“不对，有敌情。”

“有什么敌情?”

“这就是地主武装暴动?”

“地主武装暴动?”龚绍华惊慌起来，他根本没有想到在大后方会有这种景象。

“你看，”顾民富指着点火方向，“他们好像是向我们这个方向来了。”

“那怎么办呢?”龚绍华端起枪，准备鸣枪。

“不能开枪!”顾民富按住龚绍华那支枪立即说：“赶快向连部报告。”

“我们俩一起去报告!”龚绍华有些胆怯。

“不行，这里不能没有人，那就我去。”

“我一个人在这里也害怕。”

在这种情况下，已没有商量的余地，顾民富已完全打消了老同学、老乡亲的情面，他严正地警告：“龚绍华，我命令你，战场不执行命令，要军法处置。”

龚绍华已意识到顾民富这话的分量，他惊慌地回答：“我……我去。”

正在情况紧急时，指导员走到顾民富身旁，为防暴露自己，他轻轻地问道：“四班长，情况怎么样?”

"报告指导员，"顾民富听出了指导员的声音，心中有底。他指着前面的火光，"前面的锣声和火光绝不是群众活动，一定是敌情。"

"对，是敌情。"指导员肯定回答。

"他们想干什么？"顾民富问。

指导员郑重地把敌情做了交代，"刚才接到地方政府的通知，一股地主武装，纠集了一股暴徒，欺骗了一部分群众，强迫了一些村民，要和共产党作对，扬言要消灭后方的共产党，他们已经走过了好几个村，杀害了不少乡村干部，现在已把目标指向我们连，目前在后方的只有一个军区教导队，地方政府要我们配合，把这股敌人消灭掉。"

顾民富咬着牙，"狗崽子，也不掂量掂量自己有多大的分量，"接着向指导员请战："指导员，你要我干什么吧？"

"不过……"指导员提醒顾民富，"这里大部分是不明真相的群众，我们可不能伤害他们。"

"你吩咐吧，我一定照你的命令执行。"

"连长正在组织连队监视，如果他们对我们动手，我们就进行武装镇压。"

"那我到连长那里报到吧！"顾民富积极要求到最需要的地方。

"不行，"指导员立即否定。"你和我就在这里，和他们进行政治对话。"

指导员看了周围，不见龚绍华，他立即问道，"你们副班长呢？"

"到连部报告情况去了。"顾民富答道。

在一旁刚接到的哨兵说："他没有到连部，他说是要去大便。"

"真糟糕，"顾民富一跺脚，"怎么早不大便、晚不大便，就在这个时候大便呢。"

指导员在这种情况下，无法做过多的追问，他立即命令道："赶快叫他到连长那里接受任务，把四班带好。"

龚绍华被找回来了，他很不高兴地回到班里。

地主武装暴动的人群越来越近，暴徒们像一群饿狼，企图摸向摇篮中的炮兵婴儿，但最狡猾的豺狼也逃脱不了精明的猎手。

"喂，你们是干什么的？"顾民富从隐蔽地走了出来，向他们大喝一声。

暴徒们被吓了一跳，锣声和呼口号声暂时停息，不一会儿，有一个人走了过来，"你们负责人在哪里，我要和他们谈话。"

“四班长，你去，”指导员低声地叫顾民富前去交谈。

“我就是负责人，你们有什么事跟我说。”

顾民富挺着胸，迈着革命军人的稳健步伐，准备和他们进行一场舌战。

这时，上来几个人，有的拿着铁叉子，有的举着锄，还有的两支生了锈的步枪，有一个穿着短衫的人用一个步枪对着顾民富：“你们是山炮连吗？”

顾民富昂着头，立即回答：“这是军事秘密，你们没有知道的必要。”

“那我告诉你们：我们是农民自卫军，已经有几万人，你们被包围啦！”

“什么自卫军？”顾民富立即揭穿他们，“你们不就是地主武装暴动吗？”

“你们那个土地改革不得人心，弄得人家家破人亡。”又一个暴徒号叫起来。

“孙中山先生说过，‘耕者有其田’，地主剥削贫苦农民，这叫得人心吗？”

“他妈的，穷人给富人种田，这是天经地义的。”一个拿着步枪的暴徒对着顾民富。

顾民富指着那个暴徒：“狼崽子，封建地主的压迫剥削制度我们一定要废除。”

“不！不！今天我们是谈合作，地主和穷人都是一家人。”又一个暴徒装着和气走出来。

“你们是黄鼠狼给鸡拜年，没有安好心。”

顾民富的讲话，使暴徒们非常着急，他们怕共产党的宣传会冲了他们的队伍，有几个暴徒叫了起来：“弟兄们，你们不要听他们的宣传，他们没有多少人，那几门炮我们把它砸了，他们就完蛋了！”

“农民朋友们，解放军在前线打了很多胜仗，支援前线的乡亲都很好，他们是骗你们的。”

有几个暴徒在嚎叫：“解放军不敢打群众！打死他们活该！把这小子绑起来，开他的斗争会。”

一些不明真相的人要对顾民富动手，为了揭露敌人，顾民富做到打不还手，骂不还口，感动了一些群众。

“不许动!”从十多米的地方传来一个声音，指导员从一个隐蔽地走了出来，暴徒们摸不清出来一个什么样的人物，暂时平静了一会儿。

“父老乡亲们,”指导员向群众宣传，“今天一部分地主组织的武装暴动，就是要把你们分到的土地再夺回去，再给地主当佃户，再给地主当牛马，你们还愿再过那受苦受难的日子吗?”这时，在人群中嚷嚷起来。指导员接着说：“解放军主力部队在前线打了很多胜仗，他们造谣说‘共产党不行了’这都是谎言。”

“别听他的宣传，我们亲眼看到共产党吃了很多败仗。”一批暴徒吵吵嚷嚷，企图阻止指导员的讲话。

“现在我向你们报告目前形势,”指导员选择了一个高地，“国民党开始向我们进攻的时候，说是要在3个月内消灭共产党，现在3个月刚过去，我们已消灭国民党正规军队二十多万，缴获了大批美国造的武器。”

“不让他宣传,”一个暴徒又叫了起来。

“同志啊，我们是被强迫来的呀，我们不来，他们就要杀我们的头，烧我们的房子啊!”有一名群众从人群中走了出来。

“他妈的，叛徒!”一个暴徒向那人身上刺了一刀，那人哇的一声倒了下来。

“同志们哪，快救救我们吧！我们的村长、农会主席、妇女主任都被他们杀了。”一个老年人又走了出来。

“他妈的，老不死的。”一个带驳壳枪的向老人开了一枪。

经过几分钟的对话，暴徒们才看到有两名解放军，他们认为：可能人数不多，为了壮壮他们的胆子，一个暴徒叫唤：“弟兄们，他们没有几个人，给我往上冲啊，把这两个小子打死。”

这时，人群中乱了起来，有的往村里冲，有的站在一旁观望，在暴徒冲进距离火炮才30米远的时候，“嘣！嘣！嘣!”袁连长指挥部队朝天打了几梭子枪弹，子弹从空中飞过，发出呼呼的响声，枪声震耳，群众感到有解放军主力部队，人群中乱了起来，山炮连的干部战士随即冲了上来，四面戒严，封锁周围通道，通过村干部，对好人和坏人进行甄别。

一场小小的战斗，终于被打狼人平息下来，在炮兵连的包围圈里，有的人举起了手，手持驳壳枪的暴徒企图顽抗，被连长一枪撂倒，被强迫和被欺骗的群众，纷纷揭发这伙暴徒，甄别工作非常繁忙，黎明前，虽有些暗淡，黎明过后，阳光又普照大地，一个新生的炮兵婴儿，又经受了一场阶级斗争的考验。

第四节　摇篮曲

一场打狼的战斗结束，摇篮中的婴儿，按照妈妈的嘱咐，安然无恙，一批参加暴动的地主分子被揭露出来，在苏北的大后方，又恢复了以往的肃静，一些上当受骗的群众，受到一次坚信共产党领导的教育。在国民党不断向解放区进攻的情况下，解放区的后方，又将成为人民解放战争的前方，以自卫战争，粉碎蒋介石的进攻，又成为解放区军民的神圣使命。

老蒋啊，老蒋呀，
当了个大大的委员长，
不替老百姓来着想，
一心要独裁做魔王，
勾结美帝打内战，
一心消灭共产党。

这一首歌谣揭露了蒋介石发动内战的真相，一些想中央、望中央，希望蒋介石和平建国的梦幻已完全破灭。

苏中七战七捷，打败了蒋介石对解放区的猖狂进攻，在华东战场上，转为向山东解放区的重点进攻，大部分在苏中作战的人民武装主力部队转战山东，留在苏北的野战军，实行军民合作，继续打击蒋介石的进攻，保田、保国、保家乡的歌声又在苏北解放区响起。

你看那白云飘呀飘呀飘，
你看那柳枝摇呀摇呀摇，
你看那秋风扫落叶，
你看那人民在挖战壕，
嗨唷呵，
你看那人民在挖战壕，
这一个山上又一堆，

那一个巅上又一群，
也有许多是大兵，
军民合作挖战壕呀，
挖好了战壕保家乡。
嗨唷呵呵，
挖好了战壕保家乡。

1946年底，国民党军队将从苏中的东台向盐城进攻，企图打通由苏中到山东的公路交通。

北风吹，天气渐冷，大地一时刮起一股凉风，有些胆小的人担心，“完了，又不知道要往哪里退了！”

“怕什么，天塌下来，我们顶着。”一些有胆识的人，不怕寒风袭击。

在摇篮中的婴儿，还是睡得那样安详。寒风从摇篮边吹过，红扑扑的小脸，显得更加健美，不少人都想以自己的意愿，为婴儿谱写出一首最理想的《摇篮曲》。

龚绍华又想起母亲唱过的那个老调：

宝宝疲倦了，
眼睛小，眼睛小，
要睡觉，妈妈坐在摇篮边，
把摇篮摇。
我——我的小宝宝，
来，来，来，来来睡觉，
今天睡得好，
明天起来早，
花园里去采蜜桃。

当唱到“采蜜桃”时，从口角边流出了口水，他擦了擦嘴边的唾沫，微笑地回忆了幼年时的甜蜜生活。

1946年底，国民党军队从东台向盐城方向发动进攻，他们以几倍的兵力，一时来势凶猛，山炮、野炮、榴弹炮向人民武装力量猛烈开火，人民解放军依靠军民共筑的战壕和掩体还击，给进攻的敌人以大量的伤亡，并边打边退，牵制敌人的进攻速度。

“我的天啊，我们还想往哪里退呀！”龚绍华像被寒风吹凉一样，一听说后退，他身上就哆嗦一下。他看到古书上说给“胜者为王，败者为寇”，如果真的吃了败仗，自己将是个什么样的下场，他暗暗地讲起怪话来：“自卫战，自卫战，不知退到哪一天，城市丢了一大片。”

“他妈的，咱炮兵不当了，到步兵去，用步枪、刺刀、手榴弹和敌人拼了。”

“国民党的炮才多呢！我们这几门炮，才是人家的零头。”

“听说美国的原子弹可厉害呢，在日本投了两颗，一下子死了几万人。”

部队的议论越来越多，对形势都有不同看法，有急躁情绪，也有畏惧情绪，不愿当炮兵的人也出现了，部队训练成绩在开始下降，连长正在为这些发愁。

“指导员，部队有不少反映啊！”班长顾民富把听到的思想反映都一一向指导员做了汇报。

指导员也掌握了不少情况，为了集思广益，想多听些别人的意见，接着便问道：“你看应当怎么办呢？”

顾民富闷着头，好像有什么话要说，但又不好意思直说，他像在数指头似的，抠着手指里指甲灰。

“你怎么啦，今天就没有办法了！”指导员疑惑他一定有什么事，便紧接追问。

顾民富瘪着嘴，看了看指导员：“指导员，我说了你可不要生气呀。”

“那有什么？可能就是对我有意见嘛，再尖锐的意见我也能接受。”

顾民富怕对政工干部有刺激，他本想采取缓和的办法，但一追问，他又不得不直说，“有人说，‘孩子哭了抱给他娘’，做思想政治工作这是政治干部的事，说我做思想政治工作是‘狗咬耗子，多管闲事’。”

“这是谁说的，”在一旁听汇报的连长非常生气，他想把说这话的人追查出来。他一拍桌子，“怪不得部队这样混乱，我看，就是这些人搞的。”

指导员用婉转的方式，中断了连长的追问，“你看，连长就不同意这种看法，他是个军事干部，经常做思想工作，有许多人的思想疙瘩还是他解开的呢！”指导员点燃了用废纸卷的烟叶，使劲地抽了两大口，好像驱散了他两天两夜没有睡觉的疲劳，接着说：“孩子哭了娘要管，老子也要管，你是一班之长，你理所当然的要管，不管，就是没有尽到责任。”指导员又抽了两口烟，烟头的火，几乎烧掉他的手指，他像培育婴儿的老手一样，又谈了他的看法：“至于思想政治工作嘛，在当前，主要用三把钥匙：第一把钥匙，阶级教育；第二把钥匙，时事政策教育，第三把钥匙是革命光荣传统教育，要一把钥匙开一把锁。”指导员扔掉快要烫手的烟头，站了起来，“现在的主要问题是：不少人对形势认识不清，用形势教育，来解决当前部队思想问题，是迫切需要用的一把金钥匙。”

第二天，指导员和大家讲形势，他既没有照本宣读文件和报纸，也没有脱离总的原则，他手里拿了一张《苏中报》和一张毛笔画，值日排长集合了全连的队伍，指导员把一张毛笔画贴在墙。

“同志们，你们看，这是什么呀？”指导员指着那张画问大家。

“是老虎！”大家齐声回答。

“老虎吃人不吃人啊？”指导员又问。

队伍中叽叽喳喳。

“你们害怕不害怕呢？”

“看模样也怪吓人的。”一个战士嘀咕着。

又一个战士说：“纸老虎有什么好怕的？”

“对！这就是纸老虎。”指导员用棍子指着墙上那幅画又说，“这个纸老虎不是别的，就是国民党反动派。”指导员打开他保存的一张《苏中报》，“今年6月，毛主席和美国记者安娜·路易斯·斯特朗谈话时说：‘一切反动派都是纸老虎’，看起来，反动派的样子是可怕的，但实际上并没有什么了不起的力量。从长远的观点看问题，真正强大的力量不属于反动派，而是属于人民。”

在今天讲课中，指导员允许大家提问，他念完毛主席这段讲话后接着说：“大家有什么想不通的，可以提问，也可以讨论，谁说得对，我们就依谁的。”

课堂上暂时冷静，没有人提出问题。

“不要紧嘛，说错了也不说你是反动派。”

课堂上一片笑声，打破了一时的沉静。

“报告！”一个战士提问，在得到准许后站了起来，“指导员，国民党有几百万军队，他们的大炮也比我们多，怎么能叫他们是纸老虎呢？”

指导员问大家："现在全中国有多少人啊？"

那战士答道："早就听说有四万万五千万民众。"

指导员又问："现在全中国有90%以上的人都反对蒋介石打内战，你们说，哪个人多呀？"

"我们人多。"队伍中齐声回答。

话音刚落，又一个战士提问："既然反动派是纸老虎，为什么我们还要往后退呢？"

指导员从一个战士那里拿来一把刺刀，刺在纸老虎身上，又用红笔在刺刀下画了三滴血。

"指导员，你错了。"一个战士站起来说："纸老虎是纸做的，怎么会出血呢？"

指导员转过身来又对大家说："这就叫从长远看，他们是纸老虎，但从具体战术上，我们还要把他当真老虎打，因为他们还有一定的武装力量，还有美国给他支援，我不能和他硬碰硬！这就要求我们不在意一城一镇得失，而在大量歼灭敌人，这就是我们当前的战略战术思想。"

"理到是这个理，国民党的大炮老是向我们阵地打，我们怪着急的。"一个战士在嘀咕着，也被指导员听到。

"国民党的炮多，武器比我们好，他们也是纸老虎。"指导员斩钉截铁地回答。

战士们听后很纳闷，感到不好理解。

"毛主席说：'决定胜败的是人民，而不是一两件新式武器。'"

大家听说是毛主席的话，心里感到信服，但对这个道理还是理解不深。

指导员接着说："武器掌握在反动派手上，使用武器的士兵不知道为谁打仗，他们又不敢把真正的目的告诉士兵，再好的武器，也挽救不了反动派的灭亡。武器掌握在人民手上，人民为了自己求解放，劣势装备也能打败优势装备的敌人，你们说，国民党那么多军队和好武器，还到处吃败仗，你们说，是不是纸老虎啊？"

大家齐声应道："是纸老虎。"

"如果我们认不清形势，对炮兵的前途失去了信心，忘记了人民对我们的寄托，我们能不能打好仗呢？"

战士们的心豁然亮堂起来。

"毛主席教导我们，集中优势兵力，各个歼灭敌人，他们的炮虽多，我们把他们分散开来，集中火炮，来打他一个据点，我们的炮不就是比他们多了吗?”

大家都笑了起来。

“同志们，现在的形势对我们非常有利，已经不是过去打游击的时候了，需要和国民党打大仗，需要多兵种配合，有一句俗语：‘新媳妇不能等上轿才扎耳朵眼’，等我们的炮比国民党多的时候再建炮兵，我们就会要失去很多消灭敌人的机会，甚至不能取胜，你们说，这样做，对不对啊?”

课堂上十分活跃，过去曾讲怪话、闹情绪的人开始醒悟，一堂生动的政治课，好像一首摇篮曲，把一个啼哭的婴儿又逗得笑了起来。

盐城保卫战打了5天，步兵指战员打得特别英勇，每当敌人爬进一步，首先就是一场炮击，战士们以英勇顽强的精神阻止了敌人的进攻，爆炸的尘土覆盖着战士的身躯，他们就抖抖身上的尘土，继续和敌人战斗，炮弹炸伤了战士们的身驱，他们重伤不哭，轻伤不下火线；一个同志牺牲了，又一个同志接下他的武器继续战斗；为了有效地杀伤敌人，只有在敌人距离阵地只有十几米时，这才机枪、步枪、手榴弹一齐开火，就这样，打退了敌人不少次进攻。

正在前线打得非常激烈的时候，有一批刚从前线下来的伤员从山炮连一旁经过，山炮连战士有的在操炮、有的在擦炮、有的在整理装备，有几个人还唱着小调，有几个伤员看到山炮连战士似乎非常轻松，就一边走，一边骂了起来。

“他妈的，我们的炮兵完全是吃干饭的。”一个伤员指着山炮连战士骂，有一个头部负重伤的伤员接着又骂，“老子在前线和敌人拼，他们到在这里享起福来了。”一个拄拐棍的伤员讽刺说：“炮兵炮兵，只想保命。”一个躺在担架的伤员抬起头，看到山炮连战士纹丝不动，他开口就骂：“他妈的，我看我们炮兵是吃素的，让国民党的炮弹往我们头上打。”

一些风言风语，都被山炮连战士听得一清二楚，气得一些战士满脸通红，战士刘阿敏已经沉不住气，指着骂人的伤员说：“哎！同志，你们别骂人啊！”

“骂人！”拄拐棍的伤员走到刘阿敏面前，“骂人又怎么样?有种的到前线去尝一尝敌人炮弹的滋味呀！”

马争田听到这几句骂声，他心急如焚，他走到那拄拐棍的伤员面前："步兵有什么了不起的，老子在步兵也干过，没有像你这个样。"

拄拐棍的伤员看到马争田的态度很生硬，又走到马争田面前来，"好小子，你没勇气和国民党拼，对咱们伤员到要起威风来了。"说着，举起棍子就打，正当拐棍将要落到马争田身上时，便轻轻一推，那伤员便跌倒了，他抬起头，用傲慢的语言："好小子，你敢打伤员，老子的伤也不是狗咬的。"他又用鼓动的语言对着其他伤员呼叫，"大家来呀，现在炮兵打步兵，老子今天要和他们拼了。"

这一来，有几个伤员就要冲上来，也有的伤员在看热闹，有几个伤员在劝阻，一个带队的护理人员从后面赶上，立即制止了这场吵闹和可能发生的武斗。

经过这场风波，山炮连战士又像摇篮婴儿一样，虽然经受和抵制了外部寒风的袭击，现在又遇到了内部的冷嘲热讽，婴儿又开始啼哭起来。

"怎么回事？"林指导员在屋内正精心周密思考下一步的思想政治工作，他像在编写能动人心弦的《摇篮曲》，力求使新生的炮兵像婴儿，听着健康的曲调成长，忽然，他听到门外有吵闹声，立即走出门外，查问发生了什么事情。

"报告指导员，我要求调到步兵去，他们说我们炮兵怕死，我不干炮兵了。"马争田把擦炮布扔在地上，表示不满。

"你们炮兵打我们步兵伤员，他妈的，老子在前线打反动派，到后方被你们打。"那个拄拐棍的伤员首先向指导员告假状。

"是谁打的？"指导员问。

"就是他。"指着马争田。

"马争田没有打他，是他首先用棍子打马争田的。"一群战士围上来，为马争田说公道。

这一来，就像一家人吵架一样，公说公有理，婆说婆有理，指导员无法果断处理，但他在处理内部关系上，历来严己，他立即对顾民富说："四班长，把马争田带回去，听候处理。"立即又把现场的人集合起来，对大家说："同志们，步兵是我们的老大哥。他们在前线流血牺牲，我们怎么能对他们不礼貌呢？应当学习他们勇敢不怕牺牲的精神，和他们吵架，这就是我们的不对。"

吵架的事暂时平息下来，指导员又把为什么不能和敌人硬拼的道理讲了一番，有几个伤员批评了拄拐棍的伤员，他们又自动组织起来，向后方医院走去。

吵架的事已经平息下来，但顾民富的思想有点不通，他承认马争田闹情绪要求调步兵是不对的，但让人家说炮兵怕死心里不服，他想与马争田一起和那个步兵伤员讲理，作为自己是一班之长，害怕闹大了不好收拾，他勉强地把马争田带到班里，什么话也不说，而是坐在那里生闷气。

“马争田，你怎么搞的？”龚绍华以领导者的身份批评马争田。

马争田感到自己缺理，头也不敢抬。

“你呀，你呀，你就是个炮筒子，到处放炮，一点政治修养也没有。”

马争田还是没有吭声。

龚绍华觉得批评不算尖锐，又把批评提高到高度：“你知道吗？你这是个农民狭隘意识，就是看不到伟大的理想，这种思想对革命是极其有害的。”

马争田对副班长的批评，怎么上纲也不感到过头，就是把他说得一钱不值也不感到冤屈，但说他怕死就是不通，他想请副班长做一个公道的评价：“副班长，你是个有文化的人，你帮我评个理，我是共产党培养的，没有共产党就没有我马争田，共产党要我为劳苦大众服务，这是应分的事，我当兵好几年，出生入死，就是为了这个事，但说我怕死，我想不通。”

“你呀，你呀，”龚绍华近一步诱导，“你成天讲死啊死的，死了还有什么前途，”龚绍华讲到这里，特别激动。他认为：用这些道理最能调动人的积极性，也可以提高自己的威信。马争田背着身子，表示不愿听。

“好了，好了，”龚绍华认为自己是一片热心，这一来，又好像浇了一瓢凉水，“我好心好意和你说点心里话，你到烦起来了，”他立即转过头来对顾民富说，“班长，这个思想工作我做不了，你去做吧！”这一来，龚绍华的这把思想钥匙没有开得了马争田的思想锁，到反而惹起了一场苦恼。

盐城守卫战打得非常艰苦，敌人的飞机、大炮不断在解放军前沿阵地轰击，国民党军队一般不善于夜间作战，我们就采取白天守卫、夜间修筑工事，当敌人对我迂回包围时，我们就集中优势兵力，消灭其中一侧，在阵地将要被突破时，就主动后撤数里，当我军占据某种优势时就小规模出击，打了十多天，指战员打得特别英勇，国民党计划 3 天打通公路线，但前进的速度特别缓慢，正当战斗激烈时，传来一个好消息："皮旅来了！"

由中原突围的新四军第五师的一个旅挺进苏北，这个旅由皮定钧旅长率领，在中原战场上作战非常出色，这就是闻名华中的"皮旅"部队，正当苏北的主力部队退守到公路线的伍佑镇，"皮旅"部队正好赶到，两支劲旅协同作战，在伍佑战场上全线反击，消灭了一部分敌人，使敌人又后退数十里。

山炮连接到命令，要在阻击战中用火炮阻击敌人的进攻，早就要求参加作战的干部战士都沸腾起来，决心在战斗中为民立功。

"同志们！我们的山炮不吃素了吧！"连长高兴得边说边跳了起来。

"连长！现在不能给我们戴怕死鬼的帽子了吧！"马争田看到连长，首先说了点俏皮话。

"马争田，你和伤员吵架的事还没有处理完呢！"连长又警觉起来，他意识到，在这种情况下，不能凭个人感情冲动，马争田的俏皮话，可能滋长某种盲目乐观情绪。

经过一番准备，山炮连开到前沿阵地，为防止敌人枪击，在阵地上修筑了简单的掩护工事。

"各炮准备发射！"连长下达命令。

"预备——放！""轰"的一声，炮弹像被激怒了的骏马，闪电般地向敌人阵地飞去。

"打中了！打中了！"从前沿传来了喜讯，部分敌军认为解放军大批山东主力部队又回来了，敌军一片混乱。

在军事上有这样一个常识：叫做一方有炮炮打人，双方有炮炮打炮，山炮连第一发炮弹发射以后，敌人以几倍的火力向山炮连阵地炮击，他们企图摧毁山炮连的火炮和阵地，以保持他们独有的炮兵优势，当第一发炮弹落到山炮连阵地时，袁连长立即警觉，他命令部队马上把火炮拉到隐蔽地点，人员也进入隐蔽状态，正在隐蔽过程中，敌人又是一排排炮弹向山炮连阵地猛烈轰击，由于思想准备不足，一门炮被打成轻伤，牺牲了两名同志，这一来，山炮连又像被惊吓的婴儿，在摇篮中有些不安，也给山炮连带来了一条教训：在敌强我弱的情况下，不能用武器硬碰硬，应当避其优势，打其弱点，夺取主动。

经过22天的战斗，已经达到预期的目的。人民解放军主动撤出沿公路线的中小城镇，到沿海休整，林指导员到四班参加班务会，听取对当前形势的一些反映。

“同志们，你们看，我们这次战斗打得怎么样啊？”

在讨论中，有的战士说取得了胜利，但又说不出道理来，有的同志不吭声，有的闷闷不乐。马争田是个炮筒子，他把憋在心里的话捅了出来：“指导员，我们都到海边来了，还想往哪里退呀？”

“我们从日本人手里夺来的地方，又给国民党抢去了，让他们吃桃子，这还叫什么保田、保国、保家乡啊！”刘智高也憋不住心里话。

“土地改革刚分到的土地，现在又被他们抢去了。”吴得文在伤心流泪。

从这些反映看，部队思想又开始有点波动，急需有个答案，好像婴儿又想听到母亲的安抚声音。

第二天，全连集合，又由指导员讲政治课，他摆脱了过去那种条文式的讲课方式，而是采取形象化的教学方式，他手里拿着一张漫画，上面画的是一个光秃头老头，头上贴了膏药，手里扎了绷带，一手挂在脖子上，活像一个被打得到处是伤的残疾人，画面上老头还夹着拐棍，身上背了很多包袱，每个包袱上都写着苏北各中小城镇的名字，两个瘦骨如柴的小腿已支持不住身上那么重的负担，只靠美国造的拐棍暂时支撑一下，形成了那么多的包袱，背又背不动，丢又不想丢，表现十分被动，指导员用棍子指着那个老头便问：“同志们，这个老头儿是什么人哪？”

“是蒋该死！”战士们非常熟悉蒋介石的丑恶形象，大家都用对蒋介石仇视的语言齐声回答，像婴儿见到玩具似的，都笑了起来。

指导员又用小棍指着漫画，战士们随着那小棍的尖头目不转睛地看着：指导员念着那些城镇的名字，随后又说：“你们看，他们占了那么多城镇，得不到人民拥护，每占一个地方都要派兵把守，现在正处在丢又不想丢、守也守不了的局面，这个老头的日子好不好过呀？”

“不好过！”大家齐声回答。

“我们现在可以集中优势兵力，想打什么地方，就打什么样地方，你们说，这个买卖，谁合算啊？”

战士们都笑了笑：“我们合算。”

指导员又离开这张漫画的话题，他手上拿了两个陶瓷大碗，走到一个砖地的墙脚下，笑呵呵地对大家说："同志们！我来变个魔术你们想不想看啊？"

"想看！"战士们极有兴趣地回答。

指导员把怎样"变魔术"和大家讲了一遍："我手上有两个好碗，掉在地下就要碎，谁能用两个胳膊拐顶在墙上，我念个咒，就能把碗吸过来。"

战士们听得出奇，觉得指导员从来不讲迷信，今天怎么念咒呢？

"你们谁敢来顶这两个碗啊？"指导员想找一个配合的。

马争田认为：凭自己这么大的力气，只要把这碗顶紧了，谁也夺不走，他站起来说："指导员，看我的。"他走到墙脚下，用两个胳膊拐把碗顶得死死的，为了保住这两个碗不会掉下来，他全身都不敢动弹。

指导员像个魔术师，对马争田比画着，吸引他集中精力保碗不放，然后轻松地对大家说："同志们，马争田表演得像不像个蒋介石啊，他个人的力气虽大，但为了保护他得到城镇（两个碗），这时好打不好打呀？"

刘智高心领神会，他走上去，对马争田屁股上踢一脚，背上打一拳，脸上拍了几个嘴巴，急得马争田身上冒汗，只要他一放松，两个碗就被摔碎，马争田哪敢摔坏这两个碗啊？只能被动挨打，他用请求的口吻对指导员说："指导员，我不当蒋介石了，你这个咒真好使，把我的思想也弄通了。"

这个"戏法"逗得大家哈哈大笑。

"同志们，"指导员要求大家肃静，又接着说，"目前，在苏北战场上，仍然是敌强我弱，国民党的装备比我们好，人数也比我们多，毛主席教导我们：'不在一城一镇的得失，而在大量歼灭敌人。'只要我们集中优势兵力，各个歼灭敌人，我们丢失的城市也会夺过来，我们还要解放全中国。"

战士们好像解开了迷雾，心豁然亮堂起来。

这堂课讲了足足两个小时，讲得既生动、又活泼，课堂没有一个做小动作的，也没有一个打瞌睡的，像在摇篮边唱了一首无音符、无乐队伴奏的摇篮曲。课后，从党内到党外，从干部到战士，又开展了群众性的思想政治工作，经过一系列的工作，又树立了在艰难环境中建设炮兵的必胜信心，战士们又唱起《响应党号召》的歌曲。

同志们听，共产党在号召我们，
同志们听，号召是多么响亮，
她告诉我们，胜利就要来临，
她要求我们，鼓起一把劲，
真金不怕火来烧，
好同志更要经得起大风浪，
只要我们咬紧牙关，英勇奋战，
就不怕反动派暂时猖狂，
大踏步前进，大踏步后退，
是为了消灭敌人有生力量，
保存自己，消灭敌人，
这是我们的战略战术思想，
跟着共产党走，
反动派一定灭亡。

在苏北沿海，有一支海上力量，命名为“中国人民解放军苏北海上防卫团”，由几十只帆船组成的船队，经常出现在黄海海面，他们以渔民为掩护，时而打击一下国民党船队，有时往山东运送战争需要的物资，有时出入在上海黄浦江口，配合地下工作者，向解放区运送战争必需品，还要保护海上渔民不受海匪抢劫，是国民党军队打又打不着、找又找不着、追又追不着的海上武装力量。

在国民党打通南北公路交通线以后，企图还要消灭留在苏北的野战军部队，人民解放军根据“你想打我叫你打不到，我想打你就把你吃掉”的原则，与敌人做了短期周旋，为了提高部队的机动能力，山炮连被暂时转到海上，以保这支新生炮兵不会遭到损失。

“紧急集合!”连长发出命令。

这时，全连按操作要领，把山炮的几大部件分解开，有的驮在马背上，有的装在小车上，过10分钟后，四班的火炮还没有装载完毕，有的人看到其他各炮动作迅速，就有点着急了。

“忙什么呀，敌人能来这么快吗?”龚绍华不慌不忙，若无其事，两手还叉着腰。

“副班长，动作快点。”顾民富看到其他班都处在整装待发，而四班下半班的东西大部没有装完，他心里非常着急。

“这是演习，是做样子的。”龚绍华装得像一个沉着老练的军事干部，还是若无其事。

“不行！现在有敌情”，顾民富对全班战士说，“听我的命令，各炮手的动作要迅速。”

“下半班归我管，有什么问题我负责。”龚绍华又要起个人权威来，使下半班的同志不知听谁的好。

“四班怎么搞的。”袁连长发现四班的动作迟缓，立即用命令口吻，“我限你们在5分钟之内，一切装备都进入行军状态。”战士们立即紧张起来，龚绍华也不得不慌忙应付。

“叭叭！”从远处传来枪声。

龚绍华立即慌张起来，别人起床后，都把背包打好，他一天也没有打背包，他慌慌张张地叠起被子打捆。背包的捆绑应当是三横两竖，他打了个十字花，捆好后，又不知道鞋放在哪里，又连忙找鞋，部队开始出发，他把背包挂在一个肩上，他本来负责背炮架的，已经被班长背去，他只好低着头，跟着部队走。

经过一夜的行军，部队达到一个出海口——海防团的驻地，海防团的同志协助山炮连把装备一一装到船上，为了转移方便，把沉重的部件放在船面上，为了隐蔽，只有几名穿便衣的海防团人员留在舱面，山炮连也留几个人在舱面管理装备。在这些活动中，龚绍华表现得特别谨慎，他害怕连首长的批评，他对不起班长对他的关心，他又怕同志们讥笑。为了挽救影响，他尽量以良好的行为来表现自己，他在行军的路上，从班长身上把炮架夺回来，到目的地后，主动往船上搬东西，连首长的命令，班长的吩咐，他尽量做到一丝不苟，他虽然力气小，但他能做的事尽量去做。结果，四班在装船中数全连第一，本来顾民富想发一顿脾气，但是这个火又被暂时消散了。

山炮连的一切装备和人员登船后，几只帆船离开海口，向海面驶去，这天，海上还是三级风浪，虽有“海上无风三尺浪”之说，但对常乘船的人来说，是海上最好的气候。白天，船头上挂上渔网，以表示是渔民出海打鱼，有几名穿便衣的战士在船面活动，其余人员都进入舱内，从没有坐过船的人进舱后像钻进闷葫芦那样难受，船刚离开岸边就想吐，船驶入海面后，帆船就开始颠簸摆动，接着就有人把在岸边吃的饭都吐了出来，被吐在船舱的饭菜又酸又臭，又引起一连串的人吐了起来。

“我的妈呀！我宁可在前线吃枪子儿，也比在这里好受呀！”马争田虽然身强力壮，但晕船的滋味从来没有尝过，他觉得生来就没有这样熊，他捶了捶自己的脑门儿，打了打自己的头，捶了捶自己的胸，但还是没有被克制住，海防团的同志帮助打扫吐出来的饭菜，还送来清水让呕吐的同志漱口，并告诉大家防止晕车船的方法，虽然没有克服所有人的晕吐，但经过半天的适应，舱内又开始安静下来。

经过一天的海上漂泊，夕阳从海平面下沉，往日夕阳像一团火球，把剩余的阳光献给大地，伴随而来的是千里暗空，满天星星。而今天日光显得是那样暗淡和混浊。夜间，月光周围出现一道白圈——晖，东南方向的云团将席卷而来，预示着一场大的风浪将要从婴儿的摇篮边吹过。

“请同志们注意，大风就要来临。”海防团同志向大家发气象预报。

刚过不到两个时辰，海上突然刮起 6 级大风，因为岸边情况不清，船只不能返航，船队长命令降帆，抛锚待命，因为水深，帆船锚链哪能拉住，只能在海上随风漂泊，顷刻间，那白浪像几条巨蟒似的向帆船扑来，一会儿把船抛到几丈高的浪尖上，像坐着炮弹腾空而起，一会儿又降到几丈深的浪沟里，像从高山上掉进山谷，有时像大炮般的轰鸣，有时像雷鸣般的呼啸，时而感到天翻地覆，时而感到翻江倒海，使船上的战士站又站不住，睡又睡不着，走又走不动，坐又坐不稳，不少人饭吐完了吐酸水，水吐完了吐血，比死还难受。

“班——长——”马争田是经过班长同意，到舱面吹风，以减少晕船的痛苦，因为风大，谁也没有听到他在舱面的呼叫声。

“班——长——”马争田使劲地往舱口爬，又连叫了几声，舱内也没有人听见，他还是往舱口爬，嘴对着舱口又呼唤了一声，船舱里才微弱地听到舱外的呼叫声。

一个战士把头探出舱口，看到马争田在挣扎爬行，他回头往舱内呼叫：“班长！马争田出事了。”

顾民富、龚绍华是在水网地区生活过的人，晕船没有其他人厉害，当他们听到“出事”二字，顾民富立即从舱内跳了出来。

“你抓住绳子不要动，我来拉你。”顾民富对着马争田呼叫。

“班——长——我没有事。”

“你说什么？”刚出口的语言，又被大风顶了回去。顾民富还是呼唤

"你不要动，抓住绳子，我来救你。"

"炮——炮——炮。"

"炮怎么啦?"顾民富又向马争田接近了几步，一阵大风和帆船颠簸，又向后滑了几步。

"绑！绑！绑。"

顾民富不知道马争田说什么，他使劲地往前一扑，一跃扑在马争田的身上。

"绑炮的绳子断了！"马争田对着班长的耳朵，用手指着舱面上的炮身。

不知哪一位粗心的战士，绑炮身的那根绳结没有绑紧，船只来回颠簸，绳结越颠越松，使绑在炮身两端绳子脱落，随着波浪的颠簸，炮身已在舱面滚动，再滚几次，将有掉入海中的危险。顾民富抓住船上的一根绳索，向炮身爬去，一阵大风，又把他摔到桅杆一旁，随着船只的倾斜，炮身又滚到顾民富的脚背上，他被炮身压住了右腿，感到疼痛难忍，为了保护炮的安全，他忍着痛，把住了炮身，不让炮身随便滚动，他又大声地对马争田说："快！快！快叫他们都出来。"话未说完，舱内的人都跳了出来，海防团的同志也赶来，他们组织了海上人墙，利用船上一切可以利用的物体，推的推，绑的绑，又把炮身重新固定起来。

经过一天一夜的狂风巨浪，海上又恢复了以往的平静，可是大风后的涌浪还是一浪推一浪地滚动，船只成了有节奏的海上摆动，不少人开始逐渐适应，班长把晕船的同志安排在船的中间部位，而自己选择在摆动较大的船首，他回忆起前天所发生的一切，又给大家做了思想工作，他深知：思想政治工作给部队建设带来的强大威力，在他即将入睡时，随着波浪的摆动，不知不觉地又进入了诗歌的幻境：

摇啊，摇。
我是在炮兵摇篮里，
是党教育我们健康成长，
狂风巨浪，使我们更加坚强，
沿着党所指引的道路，
我们永远
不会
迷失

航向。

摇啊，摇。
我是在炮兵摇篮里，
别看我们年纪小，
我们是生在党的怀抱。
加快我们的建设速度，
一定要把
杀人的
魔王
除掉。

摇啊，摇，
我是在炮兵的摇篮里，
哪个婴儿能离开母亲的怀抱，
哪个战士能离开党的领导，
永远跟着共产党走，
我们的事业
将永远
胜过
海上波涛。

第五节　寄托在艰苦奋斗的后来人

经过几天的海上漂泊，山炮连奉命驻扎在一个荒滩草地上，他们刚刚离开了水的海洋，现在又进入了大茅草的海洋，微风从草地吹过，已经枯黄了的茅草像在向新来的炮兵致敬。寒风吹干了茅草的茎叶，像是哭干了眼泪，痛恨自己没有得到勤劳人的抚养，今年长的是茅草，明年长的还是茅草，有谁能为它的美好进行梳妆打扮，有谁能为提高它的身价进行精心改良，它期望有一批勤劳的园丁为它换上像花儿和珠宝一样的新装。是多么好的土地呀，有谁能在这里播下优良的苗种，使这里成为最富有的棉山和粮仓。

炮　痕

PAOHEN

在苏北的东海边，有一大片茅草荒地，南到龙王庙河口，北到连云港附近，宽几十里的海滩上，长有一人高的茅草，几十里路不见一户人家。在过去，是土匪经常集结的地方，路过行人，经常被抢劫一空，从前，哪个朝代也没有对这里进行开发和治理。民国初期，有一部分江苏海门县的财主到这里来开发，每二里半为一框，每框18节，引上淡水，使其能排能灌，但因开发面积较小，大批土地还是被没有多大使用价值的茅草覆盖着，因此，人们都称之为——“东大荒”。

部队登岸之后，山炮连住在不到10户人家的村庄里，一家一户都住在用茅草盖的小草房里，房后有几口大锅，在涨潮时，把海水引进水池里，经过点卤加工，把海水倒进锅里，用茅草将海水烧开，水被蒸发了，锅里便是盐巴，这就是人们食用的烧盐。

“老乡！你家有多少土地呀？”指导员询问一位身穿破衣烂衫的盐民。

“同志，不瞒你说呀，我家3口人，才50多亩地呢！”那盐民有气无力地回答。

“我的天哪！”马争田一伸舌头，“我给一家小地主干活，才有50多亩地呢！”他大吃一惊，就不知为什么这么多地还受穷。

那盐民连声解释：“同志！你不能这样说啊，政府才给我家划了个贫农呢！”他数着手中的草棍，“村农会说，再分给我家100亩地才能算是中农呢！”他把茅草往地下一摔，“这些土地光长草、不长粮，烧点盐巴，那才值几个钱哪！”

“这么多土地你们为什么不种粮食呢？”指导员又继续询问。

“我的老弟呀！我们哪有心思去种粮食呀，种点粮食都被土匪抢去，一些财主说这些土地是他的，收租钱比粮食钱还多，所以，我们只能烧盐，换点吃的，就这样饱一顿、饿一顿过日子。”

指导员继续说：“老乡，等打倒蒋介石，消灭了土匪，你们就可以种粮食了！”

那盐民听得又喜又愁，“这些盐碱地，光长草不长粮食，几天不下雨，苗就被旱死，有钱的人可以雇人开河引水，现在兵荒马乱的哪有那个力量去开河呀！”他又叹了一口气。“哎！这个日子什么时候才是个头呀！”

“老乡！等打完蒋介石，有共产党的领导，这里是能过好日子的呀。”

“那当然好了，总希望能有这一天。”

说到这里，指导员回忆了一件往事：

那是在1945年8月，日本帝国主义宣传无条件投降，消息传到他的耳边，他心情特别激动，他不顾部队中的严格纪律，掏出身上的驳壳枪对空鸣放了两枪，以表示庆祝，他认为：打败日本帝国主义，和平建国的愿望一定能实现，毛主席去重庆谈判，他开始有点担心，害怕蒋介石扣留毛主席，毛主席从重庆安全回到延安，好像一块大石头从心上掉了下来，国共两党签订了《会谈纪要》，他认为和平建国已不成问题，他立即把自己的心情告诉自己的好战友——团部袁参谋。

“老袁，我们马上就要脱军装了！”林杰感到兴高采烈。

“脱军装干什么？”袁参谋问。

“听人说东海边有一大片荒地，我想到那里去开荒，将来用拖拉机种田。”

“我还没有想这事呢！”袁参谋毫无理会，给林杰一句冷语。

“你呀！”林杰对袁参谋很不理解，他焦急地说：“你怎么就是个死脑筋呢？现在形势变化了！马上国共双方军队都要裁减，你还想在部队干什么？”

“你别看纸上写的那一套，到时候，蒋介石还照样不认账。”袁参谋毫不在意地回答。

“你不懂得斗争方式，”林杰用蔑视的语言说：“今后的斗争的方式主要是和平斗争，武装斗争已经不需要了。”

袁参谋反驳说：“蒋介石的历史你也不是不知道的，他一天也没有忘记消灭共产党，和平谈判好几天，老百姓生活还不安宁。你说，这个形势就变了吗？”

林杰又热心地说：“现在不是成立三人小组吗？这里面有共产党、有国民党、还有美国参加，那就不是蒋介石一个人说了算了。”

“美国人还能帮助共产党吗？”袁参谋问。

“我告诉你，美国政府已公开声明：希望中国不要打内战，已经派了马歇尔将军到中国来帮助‘调停’。”

“美国给蒋介石那么多武器，还能帮助中国搞和平？”袁参谋质疑。

“我告诉你一个最新消息，”林杰的嘴靠近袁参谋的耳边，“听说马歇尔将军到蒋介石的国防部审查了他们作战计划，一看都是针对共产党的，马歇尔把蒋介石训斥了一顿，现在他们把作战计划都改了。”

袁参谋听了，心里琢磨：这难道是上级的精神，他口里又念叨着："他娘的，蒋介石还能立地成佛？"过一会儿，又摇摇头，"算了吧，你给我丢掉幻想吧！我听到刚从延安回来的一位首长说：毛主席在延安干部大会讲，'国民党怎样？看他的过去，就可以知道他的现在，看他的过去和现在，就可以知道他的将来，'蒋介石和美国政府能讲和平，我才不信呢！"

林杰说："你不信，我信，打败日本帝国主义，我就回家当工人，或者种地。"

袁参谋说："我可不放心，只要反动派有军队，我还是要当兵。"

林杰又说："你跟不上形势是要吃亏的。"说完后，脑袋一扭就走了。

一股马上就要和平建国的热血在林杰心中沸腾起来，他走向国民党的占领地，想和他们交交朋友，刚接近不到100米，一个冷枪对他打来，正好从帽檐擦过，林杰立即找了个隐蔽地跑了回来，险些送了性命，随后，使他看到的不是一片和平景象，而是国民党到处在打内战搞摩擦，大批的美国武器装备了国民党军队，大批的国民党军队在向解放区附近调动，这才使他的心凉了下来，他特别欣赏工农干部的某些求实精神，他觉得自己的想法已经背离了党在民主革命时期的总路线、总方针。他原来给部队编写的政治教材，只讲和平斗争一手，不讲武装斗争一手，从此也修改了教材，做了两手打算，而立足点又主要放在"打"字上，他的思想政治工作总结了一条很深刻的教训，即：思想政治工作不能脱离党的总路线，总方针。在总战线、总方针指引下，一切从实际出发，这才能发挥思想政治工作的强大威力。

部队登岸以后，战士们坐在一个小溪边休息，水深不过半尺，涨潮时海水沿小溪急涌而上，落潮时，顺流而下，溪边寸草不长，在小溪的两旁，还有油泥般的黑土。马争田卷起了一支掺有黄豆叶的烟末做成烟卷，他划起一根火柴，对着卷烟大吸了一口，随后又把没有着完的火柴扔到水里，他对着河水观看，发现有一团火苗顺流而下，他好奇地叫了起来："不好了，水里着火了！"

"你胡说！"刘智高骂了一声，"水是救火的，哪能着火呢？"

"不信，你来看哪！"

说话之间，战士们都涌到溪边观看，真的有一团火苗向海洋方向飘去，不一会儿，火苗自然消失了。

“我的天啦！”刘守贵感到非常惊奇，“人家都说夜里闹鬼，这里怎么白天闹鬼呢？”他立即念了一句“阿弥陀佛”以求神仙保佑。

“刘守贵，你是个老兵了，怎么能信神信鬼的呢？”

刘守贵不服地说：“金木水火土，乃万物之本，水火不相容，自古如此，水里着火，不是鬼是什么？”

顾民富坚信，共产主义是无神论者，但对这种自然现象也说不出道理来，他只是干巴地说：“讲鬼神这是迷信，共产党不搞迷信。”

周围的战士都在围着有没有鬼神的问题展开争论，龚绍华又把母亲向他讲的佛教故事呈现在他的脑海之中，他暗地里默念着“南无阿弥陀佛”，但为照顾影响，不得不表现出自己是个无神论者，他有气无力地说：“这是迷信。”

指导员看到溪边一群人，有的吵吵嚷嚷，有的嘻嘻哈哈，他对战士的自由活动是从不干预的，可是，对战士们的议论又使他十分感兴趣，他想乘这个机会和战士们一起说说笑笑，一起谈心，一起谈山观景，以融洽上下级之间的感情。

“同志们，你们在玩什么呀，我也参加一份好不好？”指导员向人群中走来。

一群战士围了上来，都争着向指导员讲述这奇怪现象，“指导员，水里着火了。”

“谁能有这样大的本领让水也能着火呀！”

“马争田成仙了！他一根火柴，就把河水点着了。”刘智高取笑地说。

“好哇！马争田成仙，我们的炮不就成了仙炮了吗？”指导员顺水推舟，和大家开起玩笑来。

“喂！”刘智高大叫起来，“你们大家都向马争田叩头啊，马争田成了我们的炮仙人了。”

“去你的！”马争田向刘智高打了一拳，这拳打得不轻不重，好像在他身上挠了痒痒，接着说，“我要是成了仙，半夜三更，就能把蒋介石抓起来。”

“别闹了！还是听指导员讲一讲。”一个战士阻止了大家的吵吵嚷嚷，大家又平静下来。

指导员在柴油机旁度过两天两夜，当他进入小溪边就有一种特殊的感觉，他抓起一把土在鼻子上闻了闻，又看到水面上有一种油泥般的漂浮物。战士刘守贵不知指导员是在搞什么名堂。他始终以佛教观点来观察事物，他心里想：如果是看风水，他手上没有拿八卦罗盘，如果是抓鬼，鬼不能藏在黑土里，如果是观神，神仙也不能轻易被招来。正当大家迷惑不解时，指导员举着手中的土，指着河水："同志们！"全连一百多双眼睛都盯住指导员，"我看啊！"话语又停了一会儿，"这地下可能有石油。"

"石油是什么东西。"一个农村出身的战士问。

"你们知道洋油吗？我们点灯用的煤油，就是从石油中提炼出来的。"指导员踱着稳重的步子，脚踩这块有油泥的土地，边走边说，"一些资本主义国家的学者说，中国是一个贫油国家，开轮船、开机器、开汽车、开飞机，必须用他们的石油，中国人要花大价钱向他们买。半封建、半殖民地的中国腐败政府，他们专搞专制独裁，不搞经济建设，这些宝贵的财富，都没有被开采出来。"

"我的乖乖呀！将来革命胜利了，我到这里来采石油。"刘智高伸着舌头笑着说。

"将来我要到这里来开荒地。"马争田挺着胸，"将来打的粮食吃不完。"

"我听说这个土地种棉花好，我到这里来种棉花。"

大家七嘴八舌，都夸这里的美好未来。

"同志们，"指导员又接着说，"蒋介石撕毁了国共谈判协定，他们跟随美帝，决心反共反人民反到底，中国革命和建设的担子只能落在中国共产党人身上。"指导员站在一个高坎地，激动地挥着手，"同志们，未来寄托在我们身上，祖国寄托在我们身上，国家的富强寄托在我们身上，我们要打倒蒋介石，建设新中国，未来寄托在艰苦奋斗的后来人。"

指导员的这一席话，激动了在场的官兵，打倒蒋介石，建设新中国的呼声，又在这里响起。

龚绍华在踏上这块荒滩草地之后，他的心情特别激动，他以十分好奇的心情观赏了这块草地的美景，他觉得这是他入伍后的第一个幸运，他像心花怒放似的感到非常兴奋，他从这里拔几根草，他从那里选几个苗，他时而在草地上打滚，时而在草地里和大家捉迷藏，他听到指导员这番讲话之后，又使他产生了很多幻觉，他想起了吴承恩写的《西游记》，头几回就是以这一带为背景的，小说中的神奇人物孙悟空是在这一带成仙的，他希望自己能成为孙悟空那样的神奇人物，自己想变什么就变什么，在他的日记本上写下了这样的几句诗句：

我站草地上，
我的前途如同草的海洋。
我要把草地变成良田，
让全国都吃上我种的食粮。

我躺在草地上，
草地是我前途的温床。
我要把荒地都变成棉田，
让全国都穿上我做的衣裳。

我坐在小溪旁，
石油是我前途的希望。
我要把土地穿透，
让石油流进机器和工厂。

龚绍华近来又感到时运不佳，他最怕的就是艰苦生活，而艰苦的幽灵又总是在他身边站着，他原以为：当炮兵的待遇一定比步兵高，吃的主食可能是大米、白面，住的可能是大小城镇，走的是宽敞大道。可是，他所遇到的与此完全相反。

部队从海上登岸以后，所带的粮食已所剩无几，由于敌人的封锁，粮食无法运来，只能就地解决，当地居民只能把仅有的、发了霉的大麦支援部队，这里没有加工设备，仅有两个石臼，把大麦放在石臼里，用木棍捣掉一部分麦皮，用来煮饭吃，这种粮食只能当猪饲料，而现在成了炮兵连生活的主要来源。

部队已经一天没有吃饭，煮出来的霉大麦饭发出了一股酸臭味，有些人感到难闻，有的人因饥饿难忍而感到饭香，指导员把动员大家吃饭成了当前的一项政治任务，马争田这天帮厨，他尝了一口，在队列前叫了起来："指导员，这玩意儿能吃，我在地主家就吃过这个东西。"他这一叫，增加了大家吃霉大麦饭的勇气，不少人由愁眉苦脸，又在面色上露出了笑容，指导员乘此机会对大家说："同志们，敌人在封锁我们，他们想压倒我们，就是要我们饿死在这个草滩上，现在我们需要把这种饭吃下去，克服我们的暂时困难，用革命的精神去压倒我们的敌人，你们有没有这个勇气呀？”

“有！”大家齐声回答。

马争田的示范，指导员的鼓动，大家都拿着饭碗前来盛饭。

指导员当着大家带头吃了几口，便问道：“这个大麦饭我们能不能吃啊？”

“能吃！”由于干部带头，队列中又是一阵震天般的应声。

值日排长吹响开饭的哨音，全连干部战士都端起盛好的饭碗，一口一口地往嘴里扒。

龚绍华端起饭碗，也模仿连长指导员的动作，面带笑容，想大口大口地吞，当他在碗上闻了闻后，是一股酸溜溜的酒糟味，仔细一看，还不如家里的猪饲料，他一下感到恶心，想吃又吃不下去，不吃肚子又饿，他哪里想到自己还能吃不如猪饲料的饭菜。他下决心，用筷子往嘴里扒，那粗糙的大麦饭在嘴里就像毛毛刺，他想吐又不敢吐，想咽又咽不下去，他打开自己的水壶，喝一口水，咽一口饭，一碗饭吃了半个小时，才算吃了下去。到第二天，还是大麦饭盐水汤，一连吃了3天，老放屁，不拉大便，使他的肚子胀得鼓鼓的，他感到实在受不了，躺在草铺上说有病，想争取吃点病号饭。

龚绍华从没有想到在海上没有水喝，他原以为海水会不断地给人们灌地，可以给人们洗澡、做饭，但来到海上，海水又咸又苦，他想用海水洗脸，可是，漂白的毛巾，给海水洗黄了；他想用海水洗澡，洗完后，不但没有洗掉身上泥灰，反而感到身上发黏。他在家时，妈妈总给他准备好一盆洗澡水，洗完后，嫩白的皮肤显得干净，感到舒服；而现在难受得坐也不是，站也不是，躺也不是，部队所需的淡水需要到20里以外的一个淡水塘里去挑，除了自己用以外，还要给群众挑满缸。

这天轮到四班挑水，下午由龚绍华带领下半班去挑水。出发时，每人一副木制水桶，才用两个多小时，大家边说笑边走，总算是轻松地走到淡水池边，龚绍华见到淡水如获至宝，刚放下水桶，就用手捧水痛痛快快地喝了几口，虽然还有点咸味，但比几天没有喝足水的滋味好多了，他一边喝，还用领导者发出号召的口吻说：“同志们，喝呀，喝足了好打反动派。”

木桶都装满了水，往回走的路程就感到艰难，一副木桶本身就有十多斤重，装满五十斤水，就有六十多斤重，对经常参加劳动的人来说，倒不费劲！龚绍华担起这副担子就感到吃力，他走完第一里路程，总算还能坚持下去，为了表现自己，他走在最前面，走到第二里，他经常换肩，他的肩担一会儿从右肩换到左肩，一会儿又从左肩换到右肩，他又从队伍中掉到中间，走到第三里，他感到实在受不了，只好放下担子坐下休息。他哪知道，会挑担子的人把劲使在后面，他一点也不留余地，凭一股热情，把全部精力使用在开始那一段路上，再往下走，每一步都要付出千斤重的精力。

“同志们，你们先走吧！”龚绍华也顾不上自己的面子，也只能和大家说熊话，因为一个人一副水桶，除扔掉外，谁也不能代替谁，他只能走几步歇一下，在大家到达营地时，龚绍华还在8里之外，水桶的水剩下不到一半。

四班正副班长之间虽有矛盾，但是顾民富还是以关心体贴的心情来照顾龚绍华，在下半班没有到达营地前，顾民富就去迎接，当知道副班长挑水吃力，立即赶去接应，他三步并着两步走，走到龚绍华的水挑子一边，看到龚绍华躺在地下呼哧呼哧直喘气。

“副班长！”

龚绍华听到有人叫他，他坐在地上，眼巴巴地望着顾民富，“你可来了！”他像见到救命恩人似的，心慢慢平静下来。

顾民富挑起龚绍华的担子，龚绍华在一旁空手走着，两人又边走边谈了起来。

“民富啊！我这两天老是眼跳，是不是又要倒霉了！”

“你胡说什么呀，眼跳和吃苦有什么关系？”

“我实在受不了了！”

“我看啦，这都是你妈惯的。”

“哎！妈妈如果在我面前，怎么也不能让我吃这个苦啊！”

“老同学。”顾民富想以老同学的感情来指出他的缺点，“我们都是一起长大的，我对你还是了解的，想说几句，不知你愿听不愿听。”

“你说吧！我什么都认了。”在这种情况下，只要能减轻自己体力上的负担，说什么也不管了。

“你呀！从小就轻视体力劳动，把母亲对你生活上的体贴和照顾看成是应份的事，就不愿意帮母亲负担点什么，所以你能做事也不做，自己生活上的事总依靠别人帮你做，轻视体力劳动就成了你的习惯，而把别人对你的照顾看成是有福气，所以才到了今天这个地步。”

龚绍华听到这话，心里有点不舒服，但在这种情况下也不好反驳。

“我们有两个母亲，生母主要养了我们的身子，可是有些父母亲就不会教育孩子，含到嘴里怕憋死，抱在怀里怕搂死，放在床上怕冻死，坐在地下怕老鼠咬死，总是不放心让儿子搞点劳动，孩子想怎么样就怎么样，等到长大后，这样的‘孝子’倒不能儿子孝老子，而是老子孝儿子。”

龚绍华听到这里也笑了。

顾民富又说：“党也是我们的母亲，她用先进的思想来教育我们成长，在党的培育下，寄希望于我们成为革命事业的后来人，你看，多少人成为人民的英雄，多少为人民事业作出自己的贡献，多少人承担起革命重担，他们将世世代代受人民尊敬，可是，我们单纯地把参加革命看成是找个人前途，结果前途成了钱图，钱途钱图，有利就图，光图享受，不想吃苦。”

龚绍华听到这里有些刺耳，但也受到一些启示，他痛恨自己缺少劳动锻炼，他叹了一口气说：“民富，我现在不是完了吗？”

“怕什么！”顾民富又鼓起他的勇气，“我们都是年纪轻轻的，现在锻炼还来得及。”

龚绍华点点头，他又从顾民富肩上接下那副挑水担子向营地走去。

龚绍华在这几天感到身上痒痒，他挠到这里那里又痒痒，挠到那里这里又痒，由于环境紧张，山炮连一直处于战备状态，睡觉时绑腿布也不解，衣服也不脱，而挤在老乡的土炕上，更没有条件洗澡。一天早晨，马争田的绑腿在跑步中松开，也埋怨自己警惕性不高，又把绑腿打开重新绑好，打开后，他把裤腿哆嗦了几下，好像从裤腿里掉下来什么，仔细一看，他突然叫了起来。

“喂！向你们报一个好消息。”

值日排长对他的擅自离开队列不满，他立即命令道：“马争田，你干什么，赶快入列。”

“报告排长，我身上有不少活的。”

“什么！”连长警觉起来，他立即命令部队暂停操作，问一问是什么情况。

“没有什么，没有什么。”马争田逗趣地说：“不过是长了点革命的虱子。”

龚绍华听后很害怕，他吃惊地问道：“什么叫革命虱子？”

“副班长！在这种艰苦条件下，要革命就不要怕生虱子，怕生虱子就不要革命，住城市，住洋房，是打不倒蒋介石的，我们现在身上有虱子，就是为后来人不生虱子，这不叫革命还能叫什么？”他又逗趣说：“同志们啦！我脖子上的虱子还在和大腿上的虱子打电话呢！”

听了马争田这番话，大家都笑起来，又减少了对虱子的恐怖感，增加了克服困难的乐观情绪。

在休息之余，大家都把自己的绑腿打开，解开衣服，在阳光下找虱子，经过检查，从连长、指导员到每个战士，都长了这样的小生命，就像隐藏在身上的反动派一样，喝人的血，当这些虱子暴露在阳光下时，有的肚皮灌满了鲜血，有的藏在衣服的线缝里睡大觉，有的爬来爬去似乎在玩耍，有的还在生儿育女，战士们像恨反动派一样，抓一个，消灭一个，有的用两指甲一掐，鲜血崩得满手，这叫讨还血债；有的往嘴里一送，两牙一咬，这叫以牙还牙。刘智高点起一把火，把衣服放在火旁烤，一些虱子啪嚓啪嚓往火里掉，这叫火烧反动派。像这些方法，对老兵来说，已不是一次两次，他们都习惯了这些做法，在老同志的带动下，大部分同志对这种艰苦条件没有感到畏惧，而把它当成乐趣。

龚绍华发现身上虱子后，好像是吃了一口绿头苍蝇，感到恶心。在家时，自己的衣服和被子都是妈妈给洗的，童年时，看到一个小虫子都感到害怕。如今，满身都长了虱子，他感到十分难受。他听别人说：虱子的繁殖能力特别强，一昼夜能传种十八代，每一代的儿子好几千，他觉得这样下去，身上的血不是要给虱子喝光了吗？在抓虱子中，别人都是又说又笑，而他不言不语，还长叹一口气：“我的妈呀，这些虱子不是要革我的命吗？”

袁连长把搞好部队卫生看成是防止不必要的减员和加强行政管理的一项重要任务。每到一个宿营地，只要有条件，都督促战士烫脚，在查铺查哨中给战士盖被子。这次看到大家身上又长虱子，他看成是自己行政管理上的失职，他立即决定：训练停止一天，到20里外去挑淡水，把衣被都在开水中烫洗，把睡过的铺草烧掉，把周围打扫干净，还帮助老乡做了灭虱子的工作，这一来，使部队安下心来，打消了一些顾虑。

指导员的思想政治工作特别繁忙，他经常深入到班排了解情况，然后有针对性地一个一个解决。在艰苦奋斗的情况下，他紧紧地掌握思想政治工作的第二把钥匙——革命的光荣传统教育，他每到一个班，都给大家讲革命传统故事，从井冈山的朱德扁担，红军的伙食尾子，讲到二万五千里长征爬雪山、过草地，抗日战争的南泥湾大生产，每个故事都讲得特别生动活泼。这一来，想听指导员故事的人越来越多，都觉得听这样的故事比听说古书更有滋味，因为古书上不少都是弄神弄鬼的，而这些故事都是眼前的事，虽比不上古书上说得那样玄乎、说得那样装腔作势，但能把故事的背景、故事的情节都讲得十分清楚，把革命历史和当前的任务紧密地结合起来。

指导员不但自己讲故事，而且又借助外部力量来传播革命种子，他听说纵队警卫连有位副连长，是从毛主席和朱总司令身边来的，他把这位副连长请来，请他讲延安艰苦奋斗的故事。

这位副连长是在三年游击战争时期参加革命的，参军不久，被中央首长选到毛主席和朱总司令身边做警卫工作。1942 年大生产时，他获得过毛主席和朱总司令亲笔题写的两个大奖状。这两个大奖状，是由延安地区军民共同生产的大白布制成，周围画的是麦穗和各种蔬菜的图样，中间是由毛主席和朱总司令分别在两个奖状上写的“劳动模范”4 个大字，为使奖状永不掉色，用桐油在奖状的表面涂上，两个奖状虽不是金银珠宝，但这是光荣传统的历史见证，显得金光闪闪耀眼夺目。

这位副连长又从自己的挎包里拿出一包从延安带来的种子，这是苏北地区还没有人种过的西红柿，在他把这种蔬菜的营养价值做介绍时，似乎给指战员带来了价值连城的政治营养。随后，他又把这些种子撒在苏北的大地上，让它生根发芽、开花结果。

在把自己的经历做了介绍之后，又把毛主席和朱总司令艰苦奋斗的事讲了几件：

毛主席的工作特别繁忙，经常把吃饭的事都忘了。已经到了开饭的时间，炊事员把热腾腾的饭菜送到主席的面前，并顺口说：“主席，吃饭了！”主席答应：“嗯！”又继续办公，过一会儿，饭菜凉了，炊事员拿回去再热一下，又端到主席面前，“主席，我把你的饭菜又热了，你吃饭吧！”主席还是“嗯”的一声，又继续办公，就这样，经常每顿饭都要催三四次，炊事员经常为主席的吃饭发愁。

经过大生产运动，中央机关的伙食有所改善，毛主席的伙食可以做到两菜一汤或四菜一汤，炊事员经常观察毛主席的食品嗜好，除了必备的辣椒外，其他只要主席爱吃的就优先烹制。一次发现，靠近主席的那盘菜吃得最多，炊事员就经常把这盘菜为重点，过了一段时间才发现：主席有一边吃饭一边看书、批文件的习惯，哪一盘菜近就吃那盘菜，最先发现的那盘菜并不是主席最喜欢吃的菜。

在大生产期间，中央首长的菜园子都是自已种的。有一次，从前线来了一个班，向中央首长送胜利品，住在中央首长附近，那个班看到一块菜地长得非常茂密，顺手摘了这块地的茄子、辣椒、西红柿等菜，全班吃了个痛快。吃完后，有人告诉他们，这是朱总司令的菜地，吃这一顿就等于吃掉了总司令一个月的菜金，大家听了，非常难受，在朱总司令召集他们开座谈会、了解前线情况时，全班都向朱总司令道歉，朱总司令对大家说：“没得关系，没得关系，你们送胜利品慰劳中央，中央还能不慰劳你们吗!”

故事讲完，博得全体同志的欢迎，同时也给大家带来深思：党中央和中央首长给全党、全军、全国人民做出了光辉榜样，他们给我们播了优良种子，要我们发扬光大，世世代代传下去，未来将寄托在艰苦奋斗的后来人。

第六节 一家人

我们是解放军，我们是一家人，
战斗在一起，生活永不分；
同生死，共患难，大家一条心；
同生死共患难，好比是骨肉亲。

我们是解放军，我们是一家人，
不怕有缺点，大家互提醒，
你帮我，我帮你，大家都前进，
团结友爱一条心，好比是手足情。

我们是解放军，我们是一家人，
生活虽艰苦，政治讲平等；

学军事，学政治，一心为革命；
能文能武好同志，永做革命人。

这是在解放战争时期出台的独幕话剧，主题歌是《我们是一家人》。在这艰苦的岁月里，歌词和歌曲都十分感人和亲切，这首歌曲虽没有爱情色彩，但富有浓厚的抒情感，战士们越唱越感到自己处在革命大家庭里。山炮连干部战士来自全国近20个省市，各有不同的性格，在这首歌的感染下，为了一个共同的目标，更加感受到革命大家庭的温暖。

林指导员性格开朗，工作耐心，待人诚恳，说话幽默，见人三分笑。不在不得已的情况下，轻易不发脾气，表面上像个半知识分子，但他柔中有刚，一般问题不计较，原则问题不让步，使人感到和而不俗、近而不靠、敬而不崇、畏而不惧。

袁连长性格直爽，工作认真，他喜欢直来直去，不喜欢拐弯抹角，心里有事装不下，好像是个大老粗，但粗中有细，不干糊涂事，使人感到：言而信之，行而实之，管而严之，事而范之。

一天傍晚，晚霞像鱼鳞般地布满了半个天空。五颜六色的霞光组成了美丽而又壮观的景色，苏北有一段谚语：早上烧霞，仙女烧茶；晚上烧霞，龙王回家。云霞预示着明天将是个大晴天，经过风暴的婴儿将在阳光下哺育成长。

为了调节部队生活，连队将在霞光下组织一次欢乐而又愉快的野外游戏，经过一天的紧张训练和劳动，又将把炮兵健儿带到一个心情舒畅、肌肉松弛的草地上。晚霞映红了官兵的脸庞，笑盈盈的面容和晚霞的美色相媲美。伴随着官兵们的笑声和掌声，又将组成营地的草滩乐园。

这天游戏的项目是“击鼓传花”，在艰苦条件下，连队没有鼓乐，没有道具，文化教员用饭盒当鼓、树枝代槌、毛巾为花，并宣布了几条规定：第一，鼓声响开始传花，鼓声停传花停，传到谁手上，谁就要出节目；第二，不准搞小动作，谁搞小动作，谁就受处罚。坐在指导员一旁的马争田为击鼓手，他被蒙住眼睛，坐在队伍的中央。

“预备——开始。”鼓声像战鼓般地雷动，官兵们一个个地把花往下传，他们像战斗中听到冲锋号似的，谁也不敢怠慢，都希望在鼓声停止时，那花正好落在有精彩文娱节目的人手中，即使不能落在善于搞文娱节目的人手中，也要叫他出个洋相，好让大家开开心，顷刻间，又好像回到幼儿时期捉迷藏那种情景。

正当鼓声进入高潮时，鼓声突然停止，这朵花正好落在连长手中，官兵们都兴高采烈地热烈鼓掌，欢迎连长出一个精彩的节目，他像一位受家人尊敬的兄长一样，被请到队伍中央。

一向在队列里表现得非常老练的袁培新连长，现在又变得像个大姑娘似的，表情很不自如，一会儿搓搓手，一会捂着鼻子，急得他满脸通红，他喊口令时，声音是那么洪亮、清脆，但唱起歌来五音不齐，他张开了自己的大嘴，“啊啊”地叫了两声，就像母鸡下蛋打鸣一样，只是一个音调，他觉得自己实在下不了台，请求文化教员免去他那感到十分遭罪的台上表演，文化教员不但没有同意，反而发起鼓动，全场的呼唤声，鼓掌声像海啸般地在草滩上震响，袁连长又镇静了一下，像在震耳的炮声中思考如何来应付对方的挑战，他在原地走了几步，皱着的眉头又突然舒展开来，马上用手往脑袋上一拍，“好！”他扬起手：“同声们！”右手拍着胸，“我出个节目。”

全场又是一阵热烈鼓掌。

“这样吧！”连长做了个手势，“我们不是生在炮兵摇篮里吗？党是我们的母亲，我们是党的儿子，孩子哭了要找他妈，我们成长离不开党。”

大家一听，袁连长这个军事干部给大家讲起政治课来了，虽然简短儿句，体现了军政不分家。

袁连长又把手一扬，“我给大家表演一个口技，叫‘小孩子哭了找妈妈’。”向大家扫了一眼，“你们说，好不好啊？”

“好！”全场兴高采烈，热烈鼓掌，想看看连长到底会出个什么洋相。

袁连长曾学过婴儿啼哭的口技，他用一只手做成喇叭形状，嘴唇贴在虎口和拇食指之间，发音时，像吹号似的，嘴唇在虎口和两手指之间颤动，其他手指控制音量的大小和强弱，连长使劲地一吹，“哇”的一声，像婴儿落地的叫声，逗得大家哈哈大笑；随后，是婴儿睡醒寻人的叫声，哭一下，停一下，像在向母亲呼唤；过一会儿，好像是小孩要吃奶，发出大哭的叫声，连长又做出抚摸婴儿的姿势，用手拍了拍，婴儿的哭声又渐渐小了，各种哭声，都表现了婴儿的健壮、温柔和顽强的情节。这时，引起全场官兵大笑不已，有的人都笑出眼泪来。

袁连长的节目演完之后，将要进行下一轮传花，连长像在考虑什么，文化教员宣布即将开始时，被连长挡住。

“等一等!”连长要求暂时停止。

“连长，你还想再出一个精彩的节目吗?”文化教员开玩笑地对连长说。

“不对!”连长一摆手，“这里面有鬼。”

“连长!”文化教员催着，“下一个节目开始了!”

“不行!”连长装得很严肃的样子，对全场周围扫视了一遍，他像发现了什么“敌情”，大声地叫道，“我要抓鬼。”

一场热闹的场面又严肃起来，不少战士认为：连长可能要发布什么紧急命令。唯独指导员在一边捧腹大笑，袁连长看了看指导员，他越来越感到指导员在搞小动作，他走到指导员的前面，像抓赃似的：“老林，你搞什么鬼?”

“什么事，什么事?”指导员装得若无其事。

“花传到我手上时，你是不是咳嗽了!”

“没有啊!”

“有!”在一旁的一名战士揭发。

“是啊！我喉咙痒痒!”

“好哇！你早不痒痒晚不痒痒，就在这个时候痒，真邪门了!”

“是啊！就在这时痒痒又怎么样?”指导员装得不在乎。

“你给我坦白，你是不是给马争田信号了。”

转过身来对马争田说：“马争田，指导员有没有给你交代什么?”

马争田磕磕巴巴地不知说什么好，连长向马争田挤了挤眼，示意要罚指导员出节目，马争田心领神会，立即当着大家说：“我坦白，我交代，指导员是这样对我说的，‘注意点，听我的信号，这次要连长出节目’。”

这时，全场轰动，一时的严肃空气又活跃起来。

“同志们，指导员员违反规定，你们说该罚不该罚啊?”袁连长夺取了主动权，表现出像一个胜利者的样子。

指导员被突如其来的“反击”感到不知所措，立即向连长求饶：“老袁，我错了，回家做个检讨还不行吗?”

“不行!”连长抓住不放，又对大家说：“同志们，我们要先罚然后再做检讨，你们说好不好哇?”

“好!”全场响应。

指导员无奈，只能说熊话：“老袁，我就当着大家面学个狗叫，做个乌龟爬，出个洋相，让大家开开心好不好?”

“太便宜了，你一定要拿出个精彩节目来。”连长心中有底，步步紧抓不放。“今天要你自编自演的节目。”

“我的节目还没有编好呢!”

“没有编好就让大家提提意见嘛!”

指导员觉得这是个机会，他拿笔记本，把刚编好的一首诗向大家朗读一篇：

我们是人民炮兵，
是穿军装的工人和农民。
共产党是我们的母亲，
解放军是我们的大家庭。

我们是人民炮兵，
官兵上下一条心。
团结互助拧成一股劲，
千锤百炼铸成钢铁巨人。

我们是人民炮兵，
能把困难和艰苦战胜，
不把反动派打倒，
我们决不收兵。

我们是人民炮兵，
同志之间胜过兄弟感情，
有缺点互相帮助改正，
我们是和睦的一家人。

在官兵关系融洽的诗歌中，不知从哪里传来一个“消息”，龚绍华得知后，带着惊讶而又神奇的神色走到连部门口，想和龚绍祥谈些什么。自从龚绍祥被配到连部当文书之后，龚绍华总有点嫉妒，他认为：龚绍祥这两下子和自己相比差得太远了，他把能在连长、指导员身边工作的人看成是领导的亲信，是会拍马屁的人，他还认为：自己的一些缺点就是龚绍祥在领导面前汇报和扩大的，所以一度关系非常疏远，有时见面像不认识似的，连招呼也不打。可是他又认为：他们之间终究是堂兄弟之间的关系，又是同窗好友、儿童团的战友，有事还要对他关照一下，以免在关键时刻转不过弯了而失去“进步”的机会，他急急忙忙走到连部门口，看到龚绍祥正在和通信员谈些什么，他观察四周无人，便侧着半个身子，小声地呼唤：“龚——绍——祥！”

“哎！”龚绍祥听是龚绍华的声音，立即终止了和通信员的谈话，双目盯着龚绍华，他突然感到，今天的太阳怎么会从西边出来，所以用热情而又亲切的口吻迅速答应。因为，在最近一个时期，龚绍祥怀着过去的友情，总是主动对龚绍华打招呼，而龚绍华总是头一扭，转身就走，给龚绍祥吃了几次冷门羹，今天他主动找上门来，所以感到特别惊奇。

“你过来！”龚绍华招了招手。

“什么事？”龚绍祥问。

龚绍华把龚绍祥拉到一个墙边，用手捂着自己半张嘴，对着龚绍祥的耳边说：“你听到什么消息没有？”

“没有啊！”龚绍祥抓了抓脑袋，“怎么啦！是不是要到前线去打仗？”

“啊呀！你这个死脑筋，”又看了看四周，“我们连里出奇事啦！”

“出什么事！我也没有听到连长、指导员讲过啊！”龚绍祥越听越糊涂，感到迷惑不解。

“你呀！你呀！”龚绍华把他看成是缺心眼的人，“你的脑子怎么就一点不开窍呢？这样下去，你是要吃亏的。”

龚绍祥更加糊涂，他觉得龚绍华好像在和他捉迷藏，又显得不高兴起来。他了解龚绍华对人有个阴阳怪气的味道，所以有点着急，“你不说就算了，你要说的事我也猜不着。”

龚绍华又觉得：不把自己的“灵通消息”告诉别人也显示不出自己比别人聪敏，他迫不及待地拉着龚绍祥，“我告诉你吧！”他又停了一会儿，表现得很神奇，“不过，你不要说是我讲的呀，”龚绍祥点头后，龚绍华把嘴贴到龚绍祥的耳边，“根据可靠消息，连长当过日本汉奸，我们这个连的成分出了问题！”

“是吗？”龚绍祥十分惊讶，他想了想，这个消息是从哪里来的呢？接着又说：“你是听谁说的？”

“那就不用问了，反正有人亲眼看见。”说完后，立即就走了。

弄得龚绍祥又是丈二和尚——摸不着头脑。

龚绍祥听到龚绍华传来的这一消息，心中感到十分不安，从他分配到连部当文书之后，和连长的相处十分密切，连长的行动也使他非常钦佩，给他的印象是：平易近人，不摆架子，带头模范，不搞特殊，脾气虽暴，不记仇恨，有话当面说，不背后议论别人，从连长的各方面表现，根本不相信他当过汉奸，他左思右想，还是想把这一情况向指导员反映一下。

林指导员也听到一些反映，他认为：随便散布从墙脚下来的"消息"，这就是小资产阶级自由主义的表现，如不制止，将会涣散我们的队伍，破坏革命大家庭的团结，所以，就想从连部开始，进行反自由主义的教育。

"小龚"，指导员比龚绍祥大5岁，但都把他当小弟弟来看，"我看你这两天好像有点什么心思。"

刚刚同堂弟谈话不久的龚绍祥有点惊慌，他认为指导员一定是掌握了他什么情况。但又怕得罪龚绍华，他连声回答："没有，没有。"

指导员看了看他的脸色，已经猜到八成，为了减轻他的紧张心理，用试探语言说："你可能想家了吧!"

龚绍祥一听，觉得指导员没有掌握什么情况，他笑眯眯地说："指导员，我家的情况你还不知道吗？我亲生父母都没有了，部队就是我的家嘛!"

"我看你精力有点不集中。"

龚绍祥感到奇怪，他认为：领导交代的工作从来也没有打折扣，他连忙解释道："指导员，你交代我任务我都完成了!"

"你写的全连人员的花名册，有几个人的出身成分你怎么没有写上去呀!"

龚绍祥不知说什么，他捻着纸条，支支吾吾地说："我忘了。"

"不对!"指导员知道他的工作从来不粗枝大叶，"你可能对几个人有看法吧!"

龚绍祥低下了头，他怀着宁可自己受委屈，也不要得罪别人，便说："我错了。"

"我看啊！你的老毛病又犯了。"

龚绍祥看了看指导员，他忘了以往给他指的那个"老毛病"!

指导员接着说："在党的小组会上，多次提意见说你斗争性不强，这个毛病你克服了没有?”

龚绍祥一直把自己斗争性不强看成是致命的弱点，因为总想当老好人，一到关键时刻又忘了，指导员这一提醒，又给他敲了警钟，他低下头，感到羞愧，恨自己不该用家庭观点来代替革命大家庭的感情，为了表示克服自己的缺点，他不得不硬着头皮，以最大的勇敢精神将实情向指导员吐露，“指导员，我听有人说连长当过汉奸，成分不好，怎么当连长呢?”

指导员笑了笑，他没有马上追查这种说法，而且漫不经心地说：“是啊！连长是当过‘汉奸’啊!”

龚绍祥以为指导员在和他开玩笑。“指导员，我不信，你是在逗我。”

“是真的，什么事我还能骗你小龚吗?”

龚绍祥急了：“糟了，在革命的大家庭里，还能叫汉奸当连长吗?”

“小龚，你别慌啊！我还是‘汉奸’的指导员呢!”

“那不行，那是个立场问题。”

“不过，”指导员点着烟，不慌不忙地说：“这个汉奸是假的，是党组织派他去做地下工作的。”

龚绍祥松了一口气，突然猛醒，可是又觉得自己当了自由主义的俘虏，破坏了革命大家庭的团结。他脸也红了，又不好意思地说：“指导员，我又错了，你批评我吧!”

指导员觉得很奇怪，为什么有人歪曲连长做地下工作的实情而到处传播，他决心要把这事追查到底，乘龚绍祥决心改正自己缺点的机会便问道：“你是听谁说的?”

龚绍祥不吭声。

“你又怕得罪人了吧!”

“不过——你不要难为他呀!”

“看你这个样子，我们还能一家人不相信一家人，我还想难为谁呀?”

龚绍祥吞吞吐吐地说：“是四班副龚绍华对我说的。”接着，把全部情况都做了汇报。

袁连长当“汉奸”的事在全连传开，一些不明真相的人有的想起哄，连长的威信开始下降，有的人公开不服从连长的领导，都担心给自己戴上“立场不坚定”的帽子，这些风言风语，也都传到连长的耳朵里。

“老林，这是怎么搞的？”连长气冲冲地回到连部，把帽子摔在桌子上，解开了风纪扣和上衣扣，坐在一张板凳上，怒气冲冲地对指导员说：“这帮小知识分子我可领导不了，给我打个报告，我不干了。”

“别急，别急！”林杰风趣地走到袁培新身边，“我正想找教材呢，现在正好找到了活教材。”

袁培新对林杰白了白眼：莫非就是把他做什么教材。“你就看着办吧，想把我当什么典型都可以，我老袁的历史，可以任凭你们审查。”

“是要审查，就是要审查有一股邪风是从哪里吹来的，是防空洞里吹来的，还是那个阴沟角落里吹来的？”指导员边说边靠近连长，就像一块磁石在吸着一块硬铁。

袁培新知道林杰了解他的历史情况，没有纠缠在历史问题上的争论，但怨气未消，他嘟嘟囔囔地说：“这事没有发生在你身上，如果说你是‘汉奸’，你也是够受的。”

“不过……”林杰表演得像个小神仙般地用手一比画，“我对小资产阶级知识分子倒有点了解，在他们的思想还没有得到彻底改造之前，思想都非常脆弱，只要能掌握住他们的思想规律，即便是七十二变化，他们的鬼把戏一捅就破。”

“那——你还有这么大的本事。”袁培新不服，总觉得要把小资产阶级知识分子教育好，不是那么容易。

“我到有个祖传仙方”，林杰站起来踱着步子，“1942年延安整风，毛主席送给一些人一副对联：

上联是：墙上芦苇，头重脚轻根底浅；

下联是：山中竹笋，嘴尖皮厚腹中空。

不等林杰说完，袁培新接的下联，虽然他也能背下这副对联，但其中内涵没有林杰理解得那么深，林杰的提示，又给他很大启示，两人都哈哈大笑起来，他用手拍着林杰的肩，“老林啊！你真是我的老搭档，我本来火冒三丈，你这么一说，我的‘火’就没有了，脑子好像清醒了点。”他也来回走了几步，但又没有想出好办法来，便用请教的口吻说：“你说怎么办吧！我听你的。”

“那我们研究研究嘛！”指导员虽胸有成竹，但还是想先听取别人的意见。

袁培新是个急性子，“你有什么高招就直说吧！我这个人就不喜欢转弯抹角的。”

指导员知道连长的脾气，但还是慢吞吞地说：“这叫老兵碰到新问题。”两人又坐在一条板凳上，肩靠肩地说，“过去我们领导的大部分都是苦大仇深的工人和农民，他们受官僚封建的压迫最深，经过正反两个方面的比较，谁好谁坏，他们体会最深，和他们讲道理，一讲就通，而部分小资产阶级知识分子，总是自以为是，看不起别人，经常议论别人，说这也不好、那也不好，唯独他是最完美的人，有时为了个人利益，可以不顾革命队伍的团结，起到瓦解革命大家庭的作用。”

“这是什么性质的问题呢？”连长问。

“就这次来说，那就是小资产阶级自由主义大泛滥。不过，在目前还是个思想问题，在思想改造中，他们还是我们的朋友和同志，在他们思想得到彻底改造之后，把他们的智慧和才能与工农结合起来，将会发挥几倍或几十倍的作用。”

“小资产阶级自由主义？”袁培新重复了一句。在一段时间内，在革命队伍中有什么可以分心眼的呢，大家不都是为了一个共同目标吗？现在联想到：在革命队伍中，有各种不同出身和经历的人，他们都不可避免地带来各种烙印，小资产阶级自由主义，表面上为“公”，实际在为私，这种倾向不纠正，一家人就不能和睦相处，他又拍了拍林杰的肩，“老林啊，你可抓到问题的本质啦！这样吧，今天军事课暂停一天，你把小资产阶级自由主义和大家讲一讲，让有些人来对照对照，好在大家面前曝曝光。”

“不！不！”指导员说：“这堂课你来讲。”

“别开玩笑了，我这个水平能讲个啥。”

“哎！”指导员用手一挡，“你不要推嘛，理论是要以实践做基础的，你不讲实践，我光讲理论还有什么味道呀！”

“我有啥实践啊！”

“你就把在伪军做地下工作那一段实践讲一讲，那不就揭穿了谣言了吗？”

“行！”袁连长没有经过任何思索就立即答应了，“今天我先当指导员。”他以能做政治工作而感到光荣。

“我们是军政不分家嘛！”

连长笑了笑，又重复了过去的一句话。“难怪有人说我们是坐的一条凳子、穿的一条裤子、尿在一个壶里呢!”

彭培新以第三人称口吻向大家介绍了打退敌人内部输送药品的情节。那就是：1942年，日本帝国主义对抗日根据地进行大规模的扫荡，对根据地进行严密的经济封锁，使一些工业品不能进入根据地，造成了新四军的医药比较困难。当时担任侦察排长的袁培新曾跟人家学过郎中，虽没有读过书，但对医药的名字，只要从他脑边擦过，就能熟记在心，他对治疗外伤有独特的技巧。一次，他到据点侦察，挂上用白布写的招牌，化名杨大夫，“专治外伤，跌打骨折”，一名伪军连长，在扫荡中被根据地民兵打伤，逃回据点，急于找人治疗，他被招到军营，立即给伪连长敷上药，过了几天，伤口开始愈合，获得那连长的好感，两人称兄道弟，成了结拜兄弟，经过地下工作人员介绍，便成了一名中尉医官，一副两个星的军衔，一身整齐的伪军军装，经常出入据点的内外，为根据地送了不少的医药。他当伪军的事，也为周围群众所知，不少人都骂他“狗汉奸”。

袁培新完成任务之后，准备回根据地工作，他把要带走的部分药品伪装在两条“哈德门”香烟盒里，正准备往外走时，伪连长从外面闯了进来，他已吸吗啡成瘾，暂时手中无钱，他发现在桌上的两条“哈德门”香烟，这是外国烟草公司制造的，为了麻痹中国人，在烟盒的画片中存有吗啡成分，使吸吗啡成瘾的人不得不到他那里买烟，吸吗啡的人只要把画片在锡纸上面烧，吗啡就发出蒸气，用纸卷把蒸气吸到嘴里，便能起到过瘾的作用。

那伪连长两眼盯着那两条“哈德门”香烟，对着袁培新笑了笑，“杨医官，你对大哥真够意思的，我正想找吗啡吸，你给我送来了。”

“连座，这两条烟是给团座送的，你要抽，我还有‘美丽牌’香烟，那里面也有吗啡。”一边说，一边把“烟”夹在肘窝里准备往外走。

伪连长的吗啡瘾已到了片刻不能等待的时候，他一伸手就把“烟”夺了过来，当他拿到手上时，觉得沉甸甸的，他的吗啡瘾被冲去一半，他托在手上掂了几下，带着似笑非笑的面色，似乎这次报功的机会到了，如能报给皇军，至少也能赏给几钱吗啡，他那铁青色的脸朝着杨医官：“好小子，我早就对你有怀疑，你老实说，这里面装的什么东西?”

“是烟哪，你要抽，就拿去吧!”

“烟能有这么沉吗?”说着，把“烟”盒往地下一摔，“烟”盒中听到有玻璃瓶的碰撞声。

袁培新觉得已经暴露，表现得很不在乎，“不瞒你说，这里面装的是医药。”

“给谁送的。”

“是给新四军送的呀！”

伪连长气得满脸通红，他急巴巴地说：“好小子，原来你是个探子啊！”接着，就要把袁培新抓起来，袁培新没等伪连长动手，就把伪连长打倒在地，用白布塞住他的嘴，绑在一个柱子上，又回到新四军工作。

讲的这个故事几乎让全连所有人大吃一惊。

龚绍华被讲得心脏直跳，他感到有愧，面红耳赤，头也不敢抬了。

不久从兄弟部队来一位副连长，传说他曾立过数次战功，在炮兵作战上有丰富经验，龚绍祥对他十分钦佩，这位副连长老家是山东，家乡口音基本未改，有的江苏人听不懂。

有一次，副连长从各班检查内务回来，看到连部的一盆洗脚水没有倒，他告诉兼任连部班长的龚绍祥：“文书，把这盆洗脚水豁了。”因为走得很急，说话口音也重了些。龚绍祥把“豁”字听成了“喝”字，感到非常为难，他心里想，自己也没有犯什么错误，也不过是晚倒了几分钟，怎么要罚喝洗脚水呢！他也不敢反抗，只是低着头，两手像在解绳结似的，嘴里还嘟囔着：“副连长，这水我不能喝。”副连长很奇怪，便着急地问道：“你为啥不豁?”龚绍祥疑难地说：“这水太脏了，我不能喝。”副连长又不高兴地说：“我就是要你豁脏水嘛！”龚绍祥用请求的口吻：“副连长，你怎么处分我都可以，我就是不能喝脏水。”副连长有点生气，端起洗脚水，往水里看了看，边看边说：“你不豁我豁。”龚绍祥一见，认为副连长用带头喝脏水来处分自己，立即把盆夺了过来：“副连长，我喝，我喝，这事我错了。”马上用嘴对着洗脚水，准备要喝，副连长一见，知道是误解了，又夺回了洗脚盆，把水倒在门外，引起了一场哈哈大笑。

传说在100年前，东海海滩有一个大财主，在荒山草地放养了100头公牛，100头母牛，那财主想死后上天成佛，就把这200头牛放生，让它们自找出路。从此，这些牛就没有人收养，年年繁殖，并成了野牛。后来，有些人到这里来打猎，做一点卖野牛肉的生意，几十年的兵荒马乱，很少有人敢到这里打野牛，所以越繁殖越多。

部队近两个月没有吃上肉食品，指导员听到这个传说后，就想打点野牛来改善部队生活，他觉得，作为一个政治工作者，不仅要把思想政治工作做好，更主要的是要理论联系实际，也要给部队解决些实际问题，他首先把连部的人带动起来，从连部人员中选出自己的助手。

“文书。”指导员用职称称呼，标明当干部使用，“今天我们打野牛去?”

“打野牛去?”龚绍祥愣了一下，他认为训练那么紧张，哪有工夫去找野牛啊！他笑了笑：“嘿嘿！别开玩笑了，工作都忙不过来，还能去打猎?”

“部队已经好长时间没有肉吃了，打野牛，改善部队伙食，这叫关心群众生活嘛!”

龚绍祥纳闷：“这荒滩草地，到哪里去打野牛啊!”

指导员把自己深入群众了解到的野牛传说及活动情况告诉了龚绍祥，龚绍祥听后，特佩服指导员能想到别人想不到的事，他神秘地问道：“指导员，你的脑子怎么这么好用呢？你真是个天才呀!”

指导员笑了笑：“嘿嘿，你不要迷信哪一个人的脑子，人都是高级动物，只要没有什么缺陷，谁的脑子都好用。”指导员抽了一口烟，“不过……关于脑子好用不好用，就看怎么用，往对人类求利益方面想，就能出好主意；往坏的方面想，就会出坏点子；不想问题就拿不出点子，”他拍了拍龚绍祥的肩，“你的脑子不也很好用吗？不然，还能叫你当文书吗?”

龚绍祥又问：“指导员，我想问题怎么就没有想得你那样全面呢?”

“你呀!”指导员正在考虑用什么话来回答。

龚绍祥急于求知，像要得到什么妙计，希望马上就能得到一语破的话来：“指导员，你说呀，真急死人了。”

指导员像师傅带徒弟一样，根据龚绍祥入伍后的表现，说出为他开阔思路的办法来。“你看啊——你主要就是缺少开拓精神。”

“开拓精神?”龚绍祥一时很不理解，“从我接触革命之后，就知道共产党的干部什么都好，现在办法就够我们用几百年的了，那还要什么开拓呢?”

“你不要书呆子气了。”指导员还是针对他的弱点进行引导，“真正的马克思主义者，一不唯书，二不唯上，而是把党中央的精神和我们的具体情况结合起来，这才能使我们开阔思路。”

“那不是乱套了吗？”龚绍祥质疑。

指导员说：“按客观规律办事，什么时候也不能乱套。”接着，指导员又把在抗大学习的成果传授给他。他像一位兄长，在把自己的祖传秘方告诉自己的弟弟。

指导员继续滔滔不绝讲起国际共产主义运动史，“当资本主义发展到帝国主义时，列宁没有照搬马克思关于‘无产阶级夺取胜利必须几个国家联合才能取得政权’的论断，开拓和实现了无产阶级可以在一国取得胜利的真理，他分析了当时的国际国内矛盾，开展了和各种机会主义的斗争，在布尔什维克领导下，发动工人进行城市武装起义，夺取了无产阶级政权，建立了世界上第一个无产阶级专政国家。”

“列宁真伟大。”龚绍祥十分惊讶。

指导员又把话题转到中国：“在半封建、半殖民地的中国，我们没有照搬苏联城市武装暴动的模式，总结了成功和失败的经验教训，毛主席开创了农村包围城市、最后夺取城市的理论和实践，经过反围剿，二万五千里长征、抗日战争，我们取得了一系列胜利。在解放战争中，现在蒋介石到处挨打，我们节节胜利，现在离全国解放的日子已经不远了，新中国将是人民当家做主的国家。”

龚绍祥像听呆了似的，他把指导员讲的有些观点还做了笔记，但还是怀疑：“我们还能和领袖相比吗？”

指导员又说：“我们和领袖相比，那当然才是沧海之一粟，但是领袖的思想、领袖的理论，我们一定要学习，因为，这些都是无数人的鲜血和生命总结出来的。”

“那我们怎么学呢？”龚绍祥又问。

指导员又说：“那就需要我们把党中央的精神和我们的具体实践结合起来。毛主席早就确定了我军政治建军原则，我们就必须了解人民军队和反动军队的根本区别，现在人民军队壮大了，我们就不能把游击战照搬到运动战和阵地战，我们炮兵的思想政治工作，有和步兵的共同点，但也不能照搬他们的模式，这些，都需要我们去开拓，下苦功夫去总结经验教训，摸索出我们的教育方式。”

龚绍祥在自己的笔记本上记了很多名词概念，思想也比过去开窍了，能否把领袖的思想学到手，还需要在实践中摸索。

指导员和龚绍祥边说边走，各拿一支步枪向荒滩地走去，大约走了十多里路，各人都在寻找野牛的行迹，龚绍祥以惊奇的声音叫唤：“指导员！”他长期在农村生活，熟悉各种动物的脚印。“我看，这有点像牛走的脚印。”

“文书，你真行啊，今天我拜你为师。”

龚绍祥抿着嘴：“指导员，我怎么能和你比呢！”

“你不要自卑嘛！我们要互相学习，一个有开拓精神的人就要有决心和有信心超过和赶上别人。”

又走了一会儿，龚绍祥看到草丛有动静，他激动地叫了起来：“野牛，野牛。”

那野牛听到有人叫唤，立即受惊，向远离人的地方奔逃。

“开枪！”指导员叫了一声。

龚绍祥也不顾瞄准，对照野牛开了一枪，那野牛跑得更快，赶紧逃命。

“叭！”指导员补了一枪，一头野牛倒在地上。

“指导员，你的枪法真准啊！”龚绍祥佩服指导员文武双全的本领。

指导员笑了笑：“你必须加强军事训练，当文书的也要学会打仗。”

龚绍祥笑了笑：“我以后真要好好学习，不学习，我怎样去开拓呀！”

说完后，龚绍祥找了杠子，指导员用绳子把野牛捆上：因为过去是和锤子打交道的人，不知道打绳结的要领，刚要抬起，绳子便脱落了，他摇了摇头，觉得自己对农村的知识了解太少了。

龚绍祥自幼就在农村长大，捆草打绳结倒有点窍门，他前一扣，后一扣，横一扣，竖一扣，绳结打得严严实实的，即便走过一二百里，也不能散架。他一边绑一边说：“指导员，你不是告诉我们，中国革命是以工人阶级为领导，以工农联盟为基础，工农是一家人，我们不就是工农结合吗？”

“小龚，你的理论还真不少呢！”指导员亲切地赞扬了龚绍祥。

在抬回营地时，指导员在前，龚绍祥在后，为了多承担点重量，龚绍祥有意地把绳子往后拉。

野牛抬到连队，官兵们像欢迎慰问团似的，把指导员和龚绍祥围得水泄不通，都十分钦佩指导员既有理论、又有实际，还能关心伙食。不少人想起受压迫、受剥削的生活，都激动地流下了热泪；在旧军队当过兵的人，无不感到人民军队比兄弟还亲，不少人激动地说：“千好万好不如解放军好，爹亲娘亲哪有共产党亲。”

在共同享受牛肉餐中，只有一名年龄较大的战士闷闷不乐，也许是想到自己受压迫、受剥削的情景心中难受，也许是自己舍不得吃而省给别人吃，他只盛了一碗大麦饭，走到一个没有人看见的地方，用盐水泡了泡，以解决暂时的饥饿。在这热烈欢呼中，谁也没有在意，只有顾民富将这一情况向指导员做了汇报，在一片赞扬声中，指导员正在考虑把部队的情绪推向新的高潮，他若无其事地说：“他不吃，说明他不饿，到饿急了，你看他吃不吃。”顾民富被指导员这一席话打了一个闷棍，不声不响地退了回去。

第二天，连队召开民主座谈会，要各班推出两名代表对连队领导工作提意见。各班接到通知都做了充分准备，属于表扬性的意见占了大部分，对缺点和批评性的意见主要提些希望和建议。指导员认为：连队的政治空气已经达到了新的高峰，他将在这次会议上提出一个“高举革命大旗，把连队政治空气推向新的高峰”的鼓舞人心的口号。他稳坐在主持人的位置上，拉出长长的尾音：“同——志——们，我们山炮连建成以后，在党的正确领导下和同志们的共同努力，已经取得了很大的成绩，为了发扬成绩、纠正错误，希望大家多多提出意见和建议，把我们的工作搞得好上加好。”指导员的开场白像开幕词一样说了10分钟，征求了其他领导同志有没有补充意见，并要求参加会议的同志积极发言。

“报告!”参加座谈会的几十只手举了起来，都想争先发言。顾民富坐在距离主持人不远的地方，最容易使主持人注目，指导员对顾民富的思想品德、政治水平和工作能力都比较称赞，他满以为，请顾民富首先发言，一定能讲出高水平来，也能达到鼓舞人心、增强斗志的目的，所以毫不犹豫地点名道姓：“请四班长顾民富同志发言。”并拿着笔记录，带着满面笑容，表示要把发言者的意见认真记录下来。

顾民富站起来，看了看周围的同志，很长时间没有说出一句话来，使参加会议的同志都愣了，指导员也觉得很奇怪，他放下笔，合上笔记本便问道：“顾民富，你平常发言都很干脆，今天怎么婆婆妈妈起来了啊!”

顾民富逼得满脸通红，想说又不好说，不说，心里又放不下，他从牙缝里挤出来一句话：“指导员，我对你有意见。”

“那好哇！欢迎欢迎。”指导员表现很热情的样子，但很长时间没有听到过批评性意见，脸又红了一下。

顾民富看到指导员有欢迎的表示，胆子大了一些，他认为：一家人不说两家说，到不如“竹筒子倒豆子”把心里话都倒出来，他的音调又大了一点：“我看你这几天有点骄傲。”

“有点骄傲？”指导员一时接受不了，“你说吧！我到底有什么具体表现。”心里想：我林杰对革命忠心耿耿，有点骄傲还怕什么？没有点工作能力还骄傲不起来呢！

顾民富越觉得有话闷在肚子里不好受，到不如讲出来心里痛快，并把可能发生的打击报复放在脑后，“我对你的意见主要有两条。”他看了看手心上写的题目：“第一，你大面积的思想工作做了不少，但你忽视了做个别人的思想工作，有一个战士怕艰苦，想开小差，没有引起你的重视。我们副班长受批评后，要找你谈心，你说没有空儿，使他有不少思想负担，你这不就是自满吗？第二，有一名战士信佛教，生来就吃素，我们虽然不信教，但也不能强迫人家不信教，他不吃牛肉，我向你做了反映，你却说，他不吃就算了，我看这也是你的自满。”顾民富打破了那种成绩讲透、缺点一带而过的不良作风，像战场冲锋一样，做了批评性的发言，指导员在这些事实面前默默无言，心里对自己的工作做重新思考。

顾民富的发言，引起与会者的很大震动，不少人表示反对，积极要求做反驳性的发言；有的同志同意顾民富的发言，而反对者占据多数。龚绍祥从来没有想到自己的老同学会变成这个样子，他本来是负责会议记录的，他听到顾民富的发言越想越觉得不是个滋味，他一面做记录，一面生闷气，嘴里还骂着：“又是一个没有良心的东西。”拿笔的手有点发颤，该记录的内容有的都没有记下来，顾民富的发言刚完，他把笔往眼前一摔，立即站了起来：“报告，我要求发言。”他认为自己能代表连部群众，也应该有发言的资格来谈谈自己的观点。

“等一等，还是先让班里同志发言好。”指导员认为：班排是连队的基础，还是让他们多发言意见，这样会主动些。

正当指导员要指定另一个人发言时，一位流着泪吃牛肉的战士站起来，他急呼呼地说：“我同意叫文书发言，他能代表我的心愿。”

会场上的情绪打乱了指导员原有的思绪，感到无措，只能顺着那是个战士的要求：“那就请文书发言吧！”

龚绍祥哪能马上理解“开拓”的深刻含义，他认为：斗争性不强，就是自己不能开拓的主要因素，他将要做的发言，既得到领导同意，又得到“群众”拥护，他的劲头更足了，他猛地站了起来，首先说了一句开头白：“今天——我感到这个会议开得非常好，但是……我对四班长顾民富的发言非常气愤。”他用手指着顾民富，“顾民富，顾民富，你凭自己的良心好好地想一想，指导员有哪一点对不起你的地方，他开大会，讲道理，那是为什么？那还不是为了我们政治上进步；他亲自去打野牛改善伙食，那是为什么？还不是为了我们身体健康；他和我们同甘共苦，那是为了什么，还不是为人民服务。今天开座谈会，我们对指导员有说不完的优点，可是，你这也挑剔，那也找毛病，破坏领导的威信，给领导的工作造成很大困难，我们能和和气气的像一家人吗？你的良心难道让狗吃了吗？我老实告诉你，我过去斗争性不强，对自由主义斗争不坚决，现在我要用开拓精神，对那种没有阶级友爱精神的人，一定要斗争到底。”

会议开始乱了起来，有的人同意顾民富的意见，有的人同意龚绍祥的意见，指导员见此感到争论下去没有好结果，为了从个别谈心中找到有效办法，便宣布暂时休会。那乃是：

兄弟一家人，
也有难唱经；
要听悦耳曲，
还待和弦人。

休会以后，指导员着重从自己身上找原因。他觉得自己的政治修养不够，脑子容易发热，他把自己比成一个不称职的琴师，只注意把旋律放在激情的曲调上，而忽略了抒情，在旋曲进入高潮时，使节奏处于混乱状态，自己的指法也无法控制。经过挫折，他想从乐章中找到最悦耳的旋律，促使他回想起中国共产党六届六中全会《关于若干历史问题决议》，特别是三次“左”倾给党造成的危害，他深刻理解到：中国历次“左”倾，都是过高估计形势，使革命遭到了失败，连队虽小，但也应当从历史中吸取教训，他好像从乐章中找到正确旋律，把一时使人难以接受的A大调，调整到易被人们接受的C调上，因此，对自己的工作又重新做了调整。

"同志们！我完全接受四班长顾民富同志对我的批评。"会议又在晚间复会，一开头，就是指导员承认近来工作中的缺点，并主动做了自我检查，虽然没有白天开会时那种强烈阳光的照射，但那盏小油灯似乎贴在人们的心房，油灯距离大家才几尺远，而灯光似贴心般的温暖，指导员完全摆脱曾一度家长式的领导，而现在和大家促膝谈心。

会议一开始，就像重新演奏的乐曲的引子，引起大家全神关注，"中国共产党，中国人民解放军，全国人民就好比是一个大家庭，家有家规，党有党法，我们党从来就有个规矩，共产党员和人民群众可以批评各级领导，我是共产党员，又是基层干部，我怎么可以违背党的规定呢？不愿意听取群众意见，我们党就要脱离群众，这样下去，我们党就危险啊！"他讲到这里，感情非常激动。

指导员又引用了毛主席的话："房子是应当经常打扫的，不打扫就会积满了灰尘；脸是应当经常洗的，不洗也就会灰尘满面。我们同志的思想，我们党的工作，也会沾染灰尘的，也应当打扫和洗涤。"指导员像从乐章中找到原理，在有节奏地演奏，他把音调又延伸到连队的特色上，"现在我们部队中还有想开小差的，也有怕苦的，这些都说明我们深入细微的思想政治工作没有做好，四班长的批评给我们敲了警钟。"

龚绍祥听到这些，他又感到羞愧，他觉得自己好像是乐章中敲木鱼的人，没有敲在点子上，今后要想配合好，还需要认真学习。

"指导员，过去的思想政治工作没有做好我有责任。"顾民富十分激动，他没有经过批准，就站起来做自我检查。

"指导员，思想政治工作不是你一个人做的，我们大家都有责任。"一位副班长也站起来发言。

"指导员，你交代任务吧！我们来开展一个群众性的思想政治工作大竞赛。"一位共产党员起来发言。

会议上像要求战斗任务一样，要求主动做好思想政治工作。会后，一首《大家庭》歌曲在连队演唱起来。

解放军是个大家庭，
同志间兄弟骨肉亲，
不分官兵老和新，
为了革命互相来批评。

干部是咱们的排头兵，
爱护部属胜亲人，
下级对上要尊重，
服从命令要一定。

老同志待人和气让三分，
模范作用教育人，
新同志一定要虚心，
军事政治都过硬。

在雄壮的演奏中树起一面大旗：
团结、紧张、严肃、活泼。

第七节　外婆那里送来的红蛋

外婆是妈妈的妈，他听说又添了个外孙子，心中有说不出的高兴。按民风民俗，婴儿降生，要送100个红蛋，祝愿婴儿长命百岁。

外婆居住在豺狼居住的地方，为了把吃人的野兽消灭掉，需要把豺狼的行迹告诉给猎人，还要从豺狼的嘴边夺回它抢占去的财产。

原来一家人不是打猎的，因为豺狼吃人，迫使一家人不得不拿起猎枪，去消灭吃人的豺狼，处在豺狼身旁的外婆，正准备用最好的礼品，小心翼翼地送到婴儿身边。

山炮连组建后，只有10发炮弹，形成人比炮的部件多，炮和炮弹差不多，每门炮只打一发炮弹，大炮将成为废铁。它像婴儿缺钙似的，严重地影响婴儿的生命活力，用缴获敌人的武器来武装自己，从道理上可以讲通，如果机械地等待步兵老大哥缴获炮弹再参加战斗，就会延误很多战斗良机。而处在另一个战场的战友们，他们将冒着生命危险，到敌人那里去买炮弹，正像慈祥的外婆，将要给新生婴儿准备一份厚厚的“滋补食品”，为婴儿增补营养——红蛋。

在解放战争中，龚绍华从没有把地下工作战线放在眼里，当他一度要求参加人民解放军时，他认为：除了打仗外，其他都是白吃饭的，有朝一日，取胜得势，穿军装的，拿枪杆子的，将是老子天下第一。当他得知连队缺少弹药时，他又觉得：当这种炮兵没有什么意思，应当等待装备齐全，弹药充足，炮弹就像掉雨点般地落在敌人的阵地上，这才算是威风。现在他把炮兵比成是穿着打补丁麻袋片的婴儿，走到哪里，连屁股都盖不住，对当这种炮兵，他感到掉架，他像举目无亲似的，更不理解无产阶级之间的互助合作。

大家呀睁开眼睛看一看，
蒋管区就是人间的地狱，魔鬼的天堂，
就在这些地方，
无数的人民没有饭吃，
无数的人民没有衣穿，
无数的孩子没有依靠，
失业的青年男女街头彷徨，
嗳唷，嗳唷！
可恨的刮民党。

这是流行在蒋管区的一首民谣，它反映了人民对国民党的憎恨，也反映了国民党官僚机构对人民的压榨和剥削。

在上海吴淞口一带，特别使人感到阴沉沉，有时从江面上漂起一具死尸，还可以看出身上带有的弹孔和刀痕，有时清早起来，看到几具饿尸，焦黄的面孔和消瘦的身躯躺在马路一旁，拉黄包车的一天吃不上一顿饱饭，工人的工资连自己都难以养活；满街看到是要饭的，拉洋片的，算命卜卦的，稍不小心，就说是共产党嫌疑犯而被关进牢房。

在吴淞要塞司令部有些人倒过着花天酒地的生活，那里有打牌赌钱的、有逛窑子的、有偷拿拐骗的，也有在打着暗号谈买卖的，在要塞担任副司令的苏权凯已过着无荤不用餐，无酒不下饭，无车不走路，无绸不穿衣的寄生生活，在当年当小头目时，生活上还可以受点委屈，抗日战争胜利，他由日伪军的一个小头目，摇身一变，成了“忠义救国军”，在小哥儿们帮助下，当了要塞副司令，为了找条后路，他总想多搞点钱，万一有个什么变化，可以逃之夭夭，躲藏到一个什么地方，过着吃穿不用愁的生活。他回忆起自己的过去，从一个抢人家东西的土匪，能混到一个副司令，不知要费多少心血、要冒多少风险、要说多少谎话、要耍多少权术，他一心想找个机会，弄点金条，如有不测，可以有个回旋余地。

有一天，在要塞司令部门前停下一辆黑色小轿车，从车中走出一个中年男人，他穿的是乳白色西装上衣，下穿一件浅蓝色咔叽裤子，脚穿一双尖头皮鞋，手拿一个公文皮包，后面还跟随一个青年人，手拿一个皮箱，两人一前一后，都向要塞司令部走去。

“先生，这里不让进。”站岗的挡住了这两个人。

“瞎了他妈的狗眼，你知道我们是什么人。”拿皮箱的青年骂了几句。

“先生，这是我们苏副司令的命令，小的不敢违抗。”看这势头，哨兵不敢得罪这两个人，但又不敢放进这两个人。

“把你们长官找来!”中年人表现得高傲的样子。

这时，从里面走出来一名少尉军官，“怎么回事，怎么回事。”这是一名带班军官，看了看这两位打扮不凡的人，“先生！你们有什么事吗?”

那站岗的立正报告，“报告排长，这两位先生要进司令部，我不让，那个拿皮箱的小子还骂人。”

那排长看到门外一辆小汽车，觉得来头不小，便带着笑脸对这两人说：“先生，这个当兵的不会说话，你们有什么事和我说。”

那中年人摆着大官的架势，“我要见你们苏副司令。”

那排长带着皮笑肉不笑的面色，“先生，我们副司令有交代，外来人到这里，没有上海警备司令部的公文，是不让随便进入的。”

那中年人从身上掏出一张名片：“请你交给苏副司令。”那排长一看，上面印的是“中华民国国民政府财政部专员林长云”。

在看名片期间，那中年人在嘀咕着，“小小的要塞司令部有什么了不起的，和国民政府财政部差远了。”

那排长点头哈腰，“林先生，请等一下，我马上向苏副司令禀报。”

过了一会儿，里面出来一个上校军官，林长云一看，和过去当伪团长时有点差不多，就是比过去胖了点，虽然过去见过一面，而只是在他露面时见过，那上校军官看到林长云，露出几个残缺不全的牙齿，“林先生，失迎，失迎，让你久等了，对不起，对不起。”

林长云表现出傲慢的样子，“是啊！要塞司令部这个门实在不好进啊!”

那上校表示歉意：“林先生不要介意，就是怕有共产党混进来，不防不行啊!”

"你就是苏副司令吧!"

"敝人正是，我真糊涂，怎么就忘了自我介绍呢?"一个土匪出身的人，他哪能熟悉那么多礼遇常识，他感到在文化人面前掉架，连声说，"请进，请进。"

苏权凯和林长云一面走一面谈。

"苏副司令现在混得不错吧!"

"哎，当个副司令，是听人家摆布的，最近司令不在家，暂时由我负责。"

"司令不在家，就要露出一手嘛！不然的话，以后还有谁能听你的呀?"

苏权凯一听，"蒙特派员指教，以后还要请您多帮助呢!"

两人走到一个比较讲究的房间，靠值班室不远，林长云说："这里说话不方便，还是找个比较僻静的地方为好。"

又走了一个房间，林长云从公文包中拿出一份公文，内容是：

有一批出口物资，需要从长江口进出，为防共军海防团窃取，今派特派员林长云协同部署防务。

中华民国财政部

×月×日

苏权凯看完后，恭恭敬敬地把公文放在桌子上，使他更放心了，他觉得来了个大财神，立即拱手微笑道："欢迎，欢迎，国府亲自来人，我苏某脸上有光，特派员树大根深，还望多多指教。"苏权凯眉头一皱，似乎想出了什么，又连忙问道："特派员前来，你事先怎么不来个电话呢?"

林长云往烟灰盒磕了磕烟灰，表现得很不高兴的样子，"老兄，你是不是怕我是共产党啊!"

"不，不!"苏权凯觉得有点失言，立即改口道："我不过是随便问问，随便问问，请你不要介意。"

林长云抬起来，表示了一点谅解，"不过嘛……这也是孔老板祥熙部长的交代，这笔买卖泄露出去，在国府内部会有人说闲话。"

苏权凯想套个近乎，想打听点对方身世，以便将来好交个朋友，"特派员的口音好像是上海人吧!"

林长云表现得坦率自如，“我出身在广东，在上海上过学，18岁去南洋做买卖，以后又在美国住过几年，孔二小姐和美国老板的少爷结婚，我帮助办了点嫁妆，被孔祥熙部长看中，日本投降后，我又回到南京，现在就干的这个差事。”林长云在说话时还带点广东口音，在没有真正广东人在场的情况下，听不出半点是假广东人。

苏权凯一听，此人并非一般，再说，人家是带公函来的，如果在人情上有点差错，一个小小的要塞副司令，哪能斗得过国府大员？他急于靠一棵大树好弄点钱财，以便将来有个后退之路，他顾不上盘问，立即满面笑容，用奉承的口吻说：“林特派员漂洋过海，是一位博学多才的人物啊！小弟非常钦佩，非常钦佩呀！”苏权凯又叹息了一下，觉得自己还缺了林长云这两下，他也直率地说：“敝人自幼就是江湖出身，目光短浅，如有什么不到的地方，还请多多包涵。”

林长云觉得这个草包副司令也没有什么可以多谈的，便转为严肃认真的口气：“我们闲话少说，就谈谈这批货怎么运送吧！”

苏权凯没有任何思想准备，什么也说不出来。

“这样吧！”林长云的手指往桌一点，“请你报一报，你现在有多少炮弹。”

“你问有多少炮弹干什么？”苏权凯警觉起来。

“不瞒你说，”林长云表现得很坦率的样子，“我是一个做买卖的人，南洋我有几位好朋友，他家有万贯财产，怕这些财产被别人挤掉，他自己拉了一派势力，日本人投降后，他搞了几门山炮，就是缺少炮弹，如果向日本买，现在国际上还不允许，就叫我帮帮忙，从中国接受日军的炮弹中卖给他一部分。”

“不行，不行，”苏权凯很害怕，“这样做，被人知道是要杀头的。”

“不要害怕嘛，你上报时，多报一点消耗，这不就过去了吗！”

苏权凯又产生了怀疑，觉得这个军火商来者不善，一定是共产党打进来的地下工作人员，他连忙问道：“你到底是什么人？”

“你说我吗？”林长云慢慢点燃一支烟，“我是一个华侨军火商啊！”

“不对！你可能是共产党。”

正当苏权凯要叫人时，跟随林长云的那青年人把枪捅在苏权凯的腰部。

“请安静！”林长云安慰地说，“你不是想发财找后路吗？几发炮弹也不白要，按每发炮弹2两黄金的价格，你可以向长江打几发炮弹，多报点消耗，这些黄金不就到了你的手里吗?”立即从提包里拿几根金条，放在桌子上，这就是上海人称的——大黄鱼。

苏权凯看得非常眼馋。

林长云说：“要想发财，就不要怕冒险嘛，你老兄的历史我们也不是不知道的，在你们这个世界里，不冒险能当上大官、能够发财吗?”

在无可奈何的情况下，苏权凯接受了一批金条，开了炮弹出库单，他也不知交给了什么人。

一天早晨，山炮连战士在擦炮弹，一夜之间，不知是从哪里送来的，炮弹从铁皮箱中取了出来，由于海水的浸泡，在炮弹壳口长了一层绿锈，炮弹头上也长了点铁锈斑点，战士们小心地把海水擦掉，用砖瓦块磨去了锈污，再用白布把炮弹擦干净。经过一番苦功夫，弹壳闪出了金黄色的光泽，弹头也显出了威武雄姿，这些炮弹是从哪里来的呢?还是个谜。

这天早晨，龚绍华自称头疼，卫生员摸了摸他的头，有点发热，便把药箱中仅有的两片阿斯匹林给他吃了，让他卧铺休息。

顾民富一面擦炮弹，一面想着副班长的病情，他擦了一会儿，又回到班里去看看，进门后，看到龚绍华坐在草铺上生气，身边还放着一张没有封好的信，上面内容是：

团党委：

在我们的阶级敌人——国民党反动派大举向解放区进攻的严峻下，我连不讲阶级路线和阶级斗争，聘用了一名国民党俘虏兵担任我们的军事训练指导员，把训练搞得一塌糊涂，这关系到要把我军带到何处去的问题，为了保持我军的纯洁性，我坚决反对这样做，请上级立即派人来检查处理。

群声

×月×日

龚绍华也不敢写上名字，打着群众呼声的名义，准备托人捎到团部去，他看到顾民富进来，立即把那片信纸收了起来，顾民富也没有看到写的是什么内容，但从最近的言谈话语，猜出来可能是一份“检举信”。

“副班长，今天你没有参加擦炮弹，同志们对你可有点意见啊!”顾民富以郑重的语言对他劝告。

"我有病。"龚绍华带搭不理。

"连队这么大的喜事你也该看看啊!"顾民富总觉得龚绍华在这事上无动于衷。

"重伤不哭，轻伤不下火线，哪能连看看炮弹的精神都没有呢?"

"啊!"龚绍华像火冒三丈，"你想叫我死啊!我宁愿在战场上牺牲，也不愿在这里白白死掉，"龚绍华仍用革命的名词在掩盖自己，接着像要哭似的，"你们是一点阶级友爱精神也没有，也太不近人情了。"

顾民富耐着性子，没有去无原则地争论，而是笑着说："老同学，你还记得我们的那位徐老师吗?"

龚绍华一听，觉得他是在大白天说梦话，在这个荒滩草地上，提起徐老师是什么意思，所以没有答语。

"徐老师还打听你的进步情况呢?"顾民富又和气地说。

"徐老师已经远走高飞了，还提他干什么?"龚绍华认为徐老师到什么地方过舒服日子。

"徐老师又回来了。"顾民富像用喜讯来提醒。

"你怎么知道的呀?"怀着以往的师生感情，龚绍华有时还怀念着，说到这里感到有点惊奇。

"是有人捎信来了。"

"真的?"龚绍华更感到惊奇，随后叹了一口气，"现在可不是我当儿童团长的时候了，当了个副班长谁能把我放在眼里?"他想了想，随后又问："你知道徐老师在什么地方啊?"

顾民富笑了笑，他逗趣地说："他在外婆家，从外婆家刚回来。"

"外婆家?"龚绍华不知外婆是什么意思，"他到外婆家干什么，他不干革命了?"

顾民富解释道："这个外婆的名字是我体会出来的，在我们这个大家庭里，党是我们的母亲，同志是我们的兄弟，马克思是我们的祖先，一些处在外线做地下工作者在隐蔽战线上和敌人作战，我就叫她外婆。"

龚绍华觉得顾民富还有两下子，没有发生争吵，在老同学的情分上，他们的感情又接近了些，"我还真想徐老师呢!他对我们的帮助真不少啊!"

在交换了老同学感情之后，顾民富开始谈起老师的地下工作情况。

抗日战争胜利后，党组织派徐老师到上海做地下工作，按照他在上海的关系和工作能力，完全可以安排一个中等以上的职业作掩护，他满以为能在文化界、工商界、伪党政机关中来往，但作为一个小组负责人，在这种场合容易暴露，而是安排在轮船码头，以搬运工人作掩护，他到码头后，和工人同住在贫民窟里，在那里，到处是臭水沟、垃圾堆，夏天蚊子咬，冬天刺骨寒，他始终和工人们在一起，教工人学唱《国际歌》、学唱《东方红》，经常把解放区的胜利消息告诉给工人们，被工人们称为自己的贴心人。

讲到这里，龚绍华有点不耐烦，他哪知道地下工作者的艰苦奋斗精神，他只闷着头，默默不语，在思想上仍没有多大触动。

顾民富恨铁不成钢，讲到这里，也没有使他理解到地下工作者的艰苦性，心里非常着急，但又不敢发脾气，语言有点颤动："我的老同学啊，你……知道我们的炮弹是从哪里来的吗？"

"上级发的呗！"像炒崩豆子一样，不假思考，磕巴磕巴地就回答了。

顾民富解释说："是我们昨夜扛回来的。"

龚绍华一听，觉得问题"一清二楚"，他怀疑连长、指导员只使用顾民富而不培养他，他认为顾民富又要升官了，他讽刺说："怪不得嘛，扛炮弹都叫班长去，副班长都不沾边。"也一摇手，"那好吧！你走你的阳光道，我走我的独木桥，我祝贺你当排长、当连长。"

顾民富更加着急："你听我说呀，我的话还没有说完呢！"

"那你说吧！我洗耳恭听。"

"这些炮弹是外婆那里送来的。"

龚绍华头一摆："什么外婆内婆家的，不离开这个鬼地方，我六亲不认。"

"徐老师培养你，你也不认吗？"

"徐老师——"龚绍华一愣，"炮弹和徐老师有什么关系。"

"就是他在做地下工作中，在党组织帮助下，从敌人那里买来的。"

"真的？"龚绍华一惊，手往头上一摸，"徐老师真神啊！敢到老虎嘴里拔牙。干这事，真来劲。"他又想了个什么，长叹一口气："哎！现在可不是徐老师领导我们那时了，在我当儿童团长时，徐老师还能把我放在眼里，现在是今不如昔啊！"他想了想又问道，"你怎么知道徐老师的情况呢？"又用手推了推顾民富，"你怎么知道徐老师现在情况呀？"

顾民富不正面回答，而是深层次往下谈，便转答为问："你知道这些炮弹是从谁手上买来的吗？"

“我不知道！”龚绍华很不在意地回答，但他迫切需要知道徐老师近况。

“我告诉你吧！”顾民富露出仇恨的面容，“他就是过去日本帝国主义的走狗，我们共同的仇人——苏权凯。”

“苏权凯！”龚绍华惊奇而又愤怒地重复了一句，“这个狗东西，现在还没有死吗？”他又以仇恨的眼光望了望天空的一块黑云，咬牙切齿地说，“我抓到他，我要叫他碎尸万段。”

“他现在还没有死，反动派还在作垂死挣扎呢！”顾民富用阶级斗争的观点回答了现实实质性问题。

龚绍华对这些问题也都明白，讲起来也是头头是道，但是遇到个人问题时，大道理和小道理总是套不上，顾民富把仇人和反动派联系在一起，使他无言可驳，他想了想，觉得自己的水平比顾民富是差了些，顾民富又讲了些道理，使他连连点头。

过一会儿，龚绍华又觉得顾民富讲的这些情况可能是假的，他心里想：当一个小小的班长，怎么能知道那么多秘密呢？是不是编造一个假情况来给他做思想工作，他又以怀疑的眼光对顾民富说：“民富啊！你怎么知道这些情况呢？”他想转被动为主动，“你可不能犯自由主义啊！暴露党的秘密，这可是一个原则性问题，你可不能犯这样的错误啊！”

“啊呀！”顾民富用手拍了拍自己的胸，表示可以承担这个担子，“这是我父亲告诉我的。”

“你别开玩笑了，你父亲能插翅膀飞过来呀！”

“我告诉你吧！”顾民富不慌不忙地说，“就在昨天晚上，你们都睡觉了，连长推了推我，说是我父亲来了，我有点不相信，以为连长在查铺时和我开玩笑的，我翻了翻身，又睡了，连长又推了推我，说是送炮弹来了，我猛一下坐了起来，立即穿好衣服，跟连长一直走到搬炮弹的地方。”

“爸爸！”我小声地叫了一下，立即有一个黑影窜到我的跟前。

“孩子，你可好啊！”我父亲亲切地拉着我的手，听话音，喉头有点发哽，透露出亲人久别见面的感情，我情不自禁地也流了点眼泪。

我镇静了一下，觉得父子俩会面应当多谈些，我擦了擦泪，用微笑的声音说：“爸爸，我们能有这个机会会面，是多不容易啊，应当多高兴点才好哇！”

“对！”我父亲猛醒，“孩子，我把这些时候家乡的情况告诉你吧！”

立即把我拉到一个田埂上坐下，先把徐老师买炮弹的事说了一遍。

龚绍华仔细听了情况介绍，接着又问道："这些炮弹是怎么运来的呢？"

"是海防团的同志运来的呀！那可危险呢！"接着又谈起海防团运炮弹的情况来。

有这么几天，上海的江面和海面刮起五六级偏南风，有一些渔船靠在上海宝山附近的岸边避风，船头上挂着渔网和渔具，有些刚打上的鱼还在船面上活蹦乱跳，真叫人看得眼花，这几天的鱼汛特好，如果碰上鱼群，一网就可以打上半船。近来，国民党非常害怕上海的地下工作人员把一些战争需要的物资运往苏北解放区，所以，经常封锁江面和检查来往船只。可是，靠打鱼糊口的渔民们，总是冒着风险，避开封锁，在江面和海面布网打鱼，我们海防团的同志，就是在渔民们的掩护下来执行自己的任务的。

这几天，经常有人到江面买鱼，自国民党封锁江面以来，苏北的肥猪和鸡鸭鱼肉都不能直接运往上海，上海的副食品非常短缺，所以，部分市民都明里暗里到江边买鱼，有些贪官污吏也到这里做点鱼市买卖。所以没有达到全部封锁的目的。

一天早晨，两辆黄包车驶向江边，车上坐着一位大老板样子的中年人，想到江边看看鱼市行情，因为金元券已失去信用，他们带着物品和渔民交换，刚走到江边不远，有两个揣着枪的国民党士兵对着这两辆黄包车。

"干什么的。"那两个士兵喝声叫着。

"是买鱼的。"那老板恭维地下车回答。

"老子还吃不上鱼，你们倒吃新鲜的。"

"老总，等到卸船时，给你们慰劳几条。"

那两个士兵表现很得意的样子，又往车上看了看："那车上装的什么东西？"

"是煤油。"

有一个士兵拍了拍枪栓："我看，这煤油可能是给共产党送的吧！"

那老板笑嘻嘻地说："老总，你们封锁这样紧，谁敢这样做啊！"

"我看这可能是给共产党点灯用的。"另一个士兵又插嘴说。

"老总，这可是海上渔船少不了的东西呀，夜间船在海上走，船灯就是信号，可以防止两船碰撞，可以指示航向，那么大的海，船上没有灯，可要沉船淹死人的呀！没有灯，怎么能看到网里的鱼，鱼跑了多少也不知道，像煤油这样的东西，渔民要花大价钱买呀！”那老板一面说，一面比画，那两个士兵听得出神，只想发点小财的士兵，哪能认真巡查盘问，他们敲了敲油桶，里面装的像是煤油，然后又看了看那老板。

那老板心领神会，又接着说：“老总，现在的行情，用煤油换鱼可是一笔好买卖呀，挣了钱给老总一份。”随即，给那两个士兵身上塞了点钱。

“要是给共产党送的，可是要杀头的呀！”那两个士兵高声叫唤，以表示自己检查认真。

“是！是！是！”那老板应声回答。

“走吧，走吧！”

好容易，这两辆黄包车才算脱身，拉到江边渔船一旁。

过一会儿，有几个国民党军人要到船上来检查。说是共产党的地下工作人员有一批货要运到苏北，各船都要把船舱打开，好让他们做一番翻舱倒货的检查。那些军人一上船就翻，见好东西就拿，看到有嫌疑的地方就要卸货抓人，这几条船上的渔民看来还很“老实”，船老大点烟倒茶，他们要看什么地方都给他们方便，并把他们的注意力全部吸引在舱面和舱内，还给那位军官塞了点“硬货”（银元），查了一阵，结果什么也没有查到，他们便扬长而去。他们哪里知道，我们运上去的炮弹和其他武器已经沉入水下，挂在船的底部。

经过检查之后，有的渔船要扬帆出海，帆船能走八面风，借着傍风，渔船很顺利地到达黄海海面，突然，发现有两艘国民党巡逻艇向“渔船”开来，并向“渔船”鸣枪，要“渔船”立即停下接受检查，海防团的同志觉得：自己的行动已经暴露，伪装渔船的企图已经被敌人发现，停下检查，一定会被他们拉回上海，这个任务就难以完成，所以决定拉足布帆，乘6级西南风，向北驶去，那巡逻艇在6级顺风顺浪中经不起颠簸，艇首往下，艇尾往上抬，弄不好，连人带艇，就要翻到海里。帆船越走越远，巡逻艇和帆船之间的距离越拉越大，因为国民党的主要兵力在陆上，他哪有那些军舰在海上封锁，我们海防团的船，带着外婆送来的“红蛋”，顺利地到达目的地。

讲到这里，龚绍华松了一口气，他好像悬在心上的一块石头，从心上掉了下来，全身很轻松，他也曾为连队炮弹少感到着急，但没有感到这些炮弹的来源会经过这么多的艰苦曲折道路。

忽然间，龚绍华又开始想起家来，他立即问道："民富，你父亲没有谈到我家的情况吗？"他带着哽音，"我真想我的妈呀！他老人家是个小脚，国民党来抓人，他怎么躲呀？"

顾民富知道他的心情，立即回答说："我父亲向你问好呢！还叫我把你的革命事迹告诉他，好叫家乡人向你学习呢！"

"不！你先说说我家的事吧！"龚绍华特别焦急。

"噢！我父亲说，还乡团到过你家两次，一次是叫你父亲把你找回去，你父亲说，我儿子是从家里逃出去的，我到哪里去找呢？你母亲在那里直哭，还乡团没有找到空子，抢了点东西就走了。第二次，还乡团要把你父亲抓起来，一些贫下中农觉得，人家儿子在外面和国民党拼命，我们为什么不可以把他们家保护起来呢？不等还乡团来，就把你父亲藏起来了。"

龚绍华又问："你父亲没有遇到什么危险吗？"

顾民富说："我父亲和他们打游击呢！"

龚绍华问："那徐老师呢？"

"徐老师回到解放区来了，党组织分配他另有任务。"

龚绍华听到这里感到羞愧，他面朝着天，叹了一口气，"民富啊！我的思想和你相比，差得太远了。"

顾民富谈到这种程度，就应当和他思想摊牌了，他用郑重的语言说："龚绍华同志，你这次在训练中表现可不好啊！从你最近的一些言行看，好像是很'左'，很革命，实际上是在掩盖你个人名利，怕苦怕累的思想，作为一个共产党员，在执行党的总路线、总政策中，可不能在群众中起不好的作用啊！否则，我们党怎么可以在群众中建立崇高威信呢？"

说到这里，龚绍华也流了几滴泪，他只能俯首在无数真理的现实面前，表示要积极参加训练，安心炮兵工作，决心不怕苦、不怕累，做好本职工作。

在一场思想战斗中，顾民富总是忘不了思想政治工作在人民战争中的作用地位，他虽然是个成年人，但在党的面前永远是孩子，通过买炮弹一事，又使他构想了一首《外婆桥》的诗：

摇摇摇，摇到外婆桥，
外婆对我说，
你是我的好宝宝。

摇摇摇，摇到外婆桥，
外婆要我别耍娇，
要我狠打豺狼和虎豹。

摇摇摇，摇到外婆桥，
外婆送来红铁蛋，
健我身体壮我腰。

摇摇摇，摇到外婆桥，
外婆的话儿记心窍。
革命的思想不动摇。

第八节 冒着敌人的炮火——前进

龚绍华在上学时听历史教科书老师讲，中国古代有四大发明，即：造纸、印刷、火药、指南针，在他步入决战战场后，生与死，成了他考虑的主要问题，至于战争是怎么形成的，他听到的说法不一：第一种，按宗教的说法，战争是灾难的降临，是上帝和神仙对罪恶的惩罚，谁打谁，这是上帝安排的；第二种，按马尔萨斯人口论的说法，是因为人口过剩，只有战争，才能使人口得到平衡；第三种，按照一些资产阶级学者的说法，战争是人类的本能，就像好斗公鸡一样，不是你打他，就是他打你，战争是永恒的。

龚绍华把战争的起源归结于发明火药的人，因为有了火药，就可以制造大炮；有了大炮，不少人就倒在炮火之下。

顾民富最爱唱《义勇军进行曲》，他像幼儿学唱似的，只要他喜欢的歌曲，跟着人家哼哼几句就能学会，这首歌对他最有吸引力，他的歌喉远比不上龚绍华那样清脆洪亮，但能把曲词融化在自己的血液中，凡是他喜欢的歌，只要歌声进入他的耳边，就像步入神灵，激情歌曲能激发他的斗争意志，抒情歌曲使他增加对自己事业的感情。

“起来！不愿做奴隶的人们！”

他憎恨战争，但又不能不拿起武器来消灭战争，他听指导员说过：战争是从私有制产生后才开始发展起来的。是一个阶级镇压另一个阶级、是一个集团推翻另一个集团、是一个民族压迫另一个民族而制造的毁灭人性的战争。从此，他对这段曲词便有了比较深刻的理解。中华民族站起来，用正义战争消来非正义战争，使人类永久和平，便成为他的理想和志愿。

“我们万众一心，冒着敌人的炮火前进。”

曲词在他的脑海中，像战鼓般地雷鸣，像号角般地激励他奋勇前进，在敌强我弱的形势下，夺取敌人的武器武装自己，以筑成新的钢铁长城，已成为他的雄心壮志。

龚绍祥的养父就是在日本帝国主义的炮火下逃难出来的。

1937 年，“八一三”淞沪抗战，蒋介石消极抗战，对十九路军的抗战不予支持，上海失守，一些国民党官员，见日军打来，早就闻风丧胆，逃之夭夭。12 日，日本侵略者轻易地攻进南京城，然后进行疯狂的大屠杀，在 6 周之内，有三十多万中国人死在法西斯的屠刀和枪口下，有两万多妇女被强奸。龚绍祥的养父藏在死尸之中，夜间，四周漆黑一团，他从死人堆里爬了出来，沿着弯曲的小河，踩着板凳宽的田埂和脚脖子深的泥潭，挺着几天没有吃饭的肚皮，经过几昼夜的奔走，逃到常熟城的亲戚家躲避，日本帝国主义占领常熟，他又返回故里种地度日。

“中华民族到了最危急的时刻。”

这段唱词，使他认识最为深刻，龚绍祥养父经常讲逃难的故事，对罪恶的非正义战争埋下了刻骨的仇恨。

“同志们，你们知道什么是半封建、半殖民地社会吗？”指导员林杰和四班座谈社会常识。为了摸清部队政治水平的底，他不是用灌输的方式，而是采用探讨形式，以达到大家对中国国情的深刻理解。

“指导员我知道。”马争田争先发言。

在场的人都很震惊，一个土包子，敢在指导员面前摆龙门阵，可能还真有点水平。

马争田气愤地说：“那些地主老财最可恨。他们不但欺男霸女，还把自己的姑娘、媳妇封在家里，中国妇女得不到解放。”

龚绍华在一旁发笑，觉得这个土包子什么都不懂，还在不懂装懂。

“副班长你笑什么？”马争田认为龚绍华在抓他的笑柄，又不服地说，“你知道中国妇女是多苦啊，我姐姐就是被地主逼死的。”说着还流下了眼泪。

刘智高心里也很难受，但又说不出“封建”是个什么东西，他劝说道：“老马你还是听指导员讲吧，他的学问多，你一听心里就会亮堂。”

指导员不好推脱，但又没有把握把话说透，而是谦虚地说：“你们别把我说神了，我能有点知识是老师教的，也是党培养的呀，不过……”指导员沉思了一下，“如果你们还有听不明白的地方，还可以提问，你们这里还有文化高的，可以共同研究嘛！”

“大家欢迎欢迎！”班长顾民富带头鼓掌。

指导员站在门槛旁，像在引领大家步入觉醒的大门，他大声地说：“我们中华民族是一个伟大的民族，我们有五千年的文明史，我国人民有勤劳勇敢的光荣传统。”

“那我们为什么还这样穷呢？”刘智高不解地问。

“因为中国的统治阶级为了少数人的利益，他们定了欺压人民的规矩，这个规矩就叫封建制度。”指导员尽量用通俗易懂的语言一语捅破。

刘智高没有听懂，又提问道：“那是什么规矩呢？”

指导员愤怒地说：“那就是国家大事必须由皇帝说了算，臣民们都是他的奴隶，天下都是他们私有的，地主老财剥削穷人也是应该的，你们说这个规矩合理不合理呢？”

“不合理！”大家齐声回答。

指导员接着说：“就是他们把住这个规矩不放，中国长期处在一家一户的小农经济，生产非常落后，生产方式千年不变，人家都变了我们还是老样子，那些统治者只顾个人享乐，不顾社会改革，你们说我们怎么能不穷呢？“

“唉！”马争田恍然大悟，那个“封建”不只是害了中国妇女，而是把中国老百姓都害了！

“指导员，那皇帝不是被废了吗？”吴得文又不解地问。

“是的，”指导员沉思了一下，他不回避历史，而是说，“我们的伟大革命先驱孙中山先生，他领导的中国旧民主主义革命把过去的推翻了，受到了人民的拥护。但是这个革命不彻底，清朝被推翻了，又出来了很多小皇帝，从蒋介石篡权以后，他还是按过去的老规矩办，他实行专制独裁，他要一个人说了算，他镇压为人民求解放的中国共产党，地主还照样剥削农民，他把炮口对准人民，谁反对他他就镇压谁，这和皇帝还有什么差别呢？"

听到这里，大家都非常愤恨，作为一班之长的顾民富，极希望全班同志的觉悟觉悟提高，他激动地问大家："同志们，指导员的讲话你们听懂没有。"

"听懂了！"大家一起回答。

"起来，不愿做奴隶的人们！"顾民富高唱起《义勇军进行曲》歌词，这首歌的魂开始在大家脑海中吸收。

沉静了一会儿，吴得文如饥似渴地问："指导员，你再给我们讲讲殖民地是个啥东西吧！"

指导员很为难，如果讲中国近代史，几天几夜也讲不完，按教科书照本宣读，也不合他们的口味，他灵机一动，还是将知道的知识加工整理，按当时战士的文化水平选用工农化语言，将知识推销给正在觉悟的同志，他用沉重而亲切的语言说："同志们啦，皇帝说了算，就把中国害得够苦的了。从1840年以来，帝国主义入侵我国，他们又要在中国用洋机洋炮说了算，他们把炮口对准中国人民，要中国人民给他们当奴隶，而中国的腐败政府，他们不相信人民，在帝国主义的炮火威逼下，卖国求荣，人家要啥就给啥，本来他们不讲理，还要向人家赔银子、割地盘，甚至合起伙来骑在人民头上作威作福，我们的主权被侵犯，我们的财富被掠夺，人民被逼得火烧火燎的，虽然还没有完全被帝国主义吞并，但中国已成为半殖民地社会。"

"哎！"刘智高叹了一口气，"那些妖怪把中国当成唐僧肉了，谁都想来吃几口，中国人的血都快叫他们喝干了！"

指导员又用激昂的话语说："以蒋介石为首的反革命集团，他们只顾镇压中国人民，而不顾反对外国侵略者，日本帝国主义打来了，他说要先安内而后攘外，把军队用来对付为中国人民求解放的中国共产党，使日本帝国主义侵占了中国大片土地，日本人在中国烧杀抢，大批中国人流离失所。西安事变后，迫使蒋介石不得不抗战，可是他又掀起了三次反共高潮，要消灭在前线作战的八路军、新四军。抗战胜利了，他夺取抗战胜利果实，勾结美国打内战，美国人可以在中国享受很多特权，所以，蒋介石是帝国主义、封建主义、官僚买办的总代表，中国仍处在半封建、半殖民地社会里。”

“啊呀！”马争田惊讶地说，“你看得怎么这样远大呢，我参加革命就是为了把土地从地主那里夺回来，所以才改名叫马争田的。”

“起来，不愿做奴隶的人们！”一首革命歌曲就当政治课，他引用了《义勇军进行曲》的歌词为激励大家。

马争田听了好像很熟，但歌词叫不准，他振奋地说：“对！要把我们的事业做成像铜墙铁壁一样。”他边说边握紧双拳。

龚绍华笑了，他哪有受迫害人体会那么深，而是轻描淡写地说：“马争田，你说错了，歌词上讲的把我们的血肉，筑成我们新的长城……”

为了求知，马争田没有计较，而是客气地说：“副班长，反正可能就这个意思，以后我改过来就是了呗。”

“中华民族到了最危险的时候……”顾民富举起了愤怒的双拳，发出呼声。

“冒着敌人的炮火，前进！前进！前进！进！”

在班长带领下，全班发出奋斗的吼声。就这样《义勇军进行曲》成了全班最爱唱的歌，虽然还不能完全理解其深远意义，但听起来就像前进的号角，像战鼓雷鸣般。

抬炮在前，退却在后；
坚决完成，党的任务；
轻花不下，重花不哭；
瞄准目标，消灭敌人。

这是一首自编并符合本连队实际情况的《炮兵进行曲》，歌词是袁连长创作的，用步兵的一首进行曲进行改编的。像幼儿学艺似的，见到老大哥有什么特长，总要进行模仿，这首歌词虽不太押韵，但唱起来能鼓舞炮兵的斗志，它可以合唱，也可以轮唱，行进中唱可以调整步伐，集合唱可以壮胆震威，操前唱可以鼓劲提神，课前唱如同补充“营养”。在大部队集合，组织唱歌拉拉队时，这是歌咏比赛中的主要歌曲之一。

在一个晴朗的傍晚，一支野战军部队集合在一个广场上，4门山炮矗立在部队的正前方，依次是迫击炮、重机枪、轻机枪，都醒目地架在各自部队的前方。基层指挥员的驳壳枪右肩左挂，显视出一批年轻干部的英姿飒爽，步枪手们枪靠右肩，坐在自己的背包上，如同一片枪的海洋，由此可见，人民解放军的装备已结束了冷兵器和单兵种作战的状况，虽比不上老大哥部队装备的先进和精良，但也显示着在武器装备上开始改良，威武雄壮的装备在夕阳的照射下，使人感到夺目耀眼，灿烂的阳光将要落到地平线以下，正义的光辉如同朝阳照耀在战士们的心上。

“我们欢迎山炮连同志唱个歌好不好啊！”在部队集合，待命出发之前，从步兵连队站起来一位身材魁梧、声音洪亮的小伙子向山炮连发起挑战。集合场上拉唱歌的热潮迅速掀起，为了压倒对方，各方面都组织了自己的拉拉队，唱得好就要求他们再唱一个，唱不好就鼓掌要他们鼓劲，集合场上热热闹闹，像一片欢腾的海洋，在队伍中，山炮连是少数，全场以压倒多数要求山炮连首先唱歌，无奈，山炮连只好应战。

“起来！不愿做奴隶的人们……”

一首《义勇军进行曲》在山炮连震耳响起，谁也不甘心在歌咏比赛中落后，山炮连指战员以雄壮、豪迈而又激昂的情绪，唱得十分动听，虽比不上专业文工团合唱队的演唱水平，但用感情发出的声音拨动了人们的心弦。

“我们万众一心，冒着敌人的炮火，前进！前进！前进！进！”

最后几句表现得尤为雄壮有力，每一个音调都体现了高低不平，每一个音节都表现出战斗气氛，正义的词曲像发出了愤怒和仇恨，激昂的声音像走进了凯旋门。

炮兵的歌声获得了全集合场的欣赏或赞扬；集合场掌声不断，要求山炮连再唱一首。

“山炮连唱得好不好！”步兵又发起挑战。

“好！”全场步兵呼出响亮的应声。

“再唱一个要不要?”

“要！”

全场以热烈的掌声要求炮兵再唱一首歌曲，使炮兵连无法推脱。

龚绍华觉得这是表现自己的好机会，他喜欢在众人面前亮相，以扩大他的名声和威望，在步兵要求山炮连再唱一首歌时，他自报奋勇地担任全连歌咏指挥，而且选择了全连最爱唱、而且比较熟练的《炮兵进行曲》。他从队伍的一侧，阔步走到炮兵队伍的正前方，以指挥员的气魄，先对大家扫了一眼，然后双手举起，又从口中发出起拍的音调，他的声音不高不低，像乐队中的校音器那样准确，他手指往空中一指，画了一个圈，口中发出“预备——唱”的口令，突然，像炮火般地在炮兵连队伍中响起，从合唱，二步轮唱，三步轮唱，唱得有板有眼，雄壮有力，龚绍华的手指往哪里一指，哪里就像浪花翻腾似的发出吼声，在场的步兵都为这首歌曲所吸引，展示了炮兵上战场和敌人浴血奋战的动人情景。

山炮连的歌声刚一落音，步兵又向山炮连发起挑战。

“欢迎山炮连再唱一首歌好不好？”

“好！”

全场在压倒多数，要求山炮连再唱。

山炮连文化教员有些着急，他作为全连文化活动的组织者，歌咏活动的好坏，他负有重大责任，他们唱的这两首歌，是他们全连的拿手好戏，本想把《炮兵进行曲》在最后压阵，哪知被龚绍华显示出去，如果再唱其他歌曲，也许在大众面前会出洋相。他灵机一动，站起来向全场的步兵官兵发出呼吁。

“同志们，步兵老大哥们！”一个洪亮的声音，但没有压住要求山炮连再唱一首歌的呼声。

“炮兵小弟弟向你们提出一个倡议！”集合场逐渐平静，想听出是个什么倡议。

“步兵九十一团一连老大哥打的胜仗最多，他们的歌曲唱得最好，我们要求他们唱一首歌好不好？”

炮兵连全体呼声叫好，步兵中一部分人响应、一部分人欢呼、一部分人反对。

“他们的歌曲还得了奖呢！”文化教员拿着一个本子，表示是奖牌的样子，“你们愿意不愿意听啊！”文化教员一看，离出发时间不远，又说：“他们先唱，我们等一会儿再唱，你们说好不好?”

“好！”大家轰动起来。

这一来，把主要的目标转向了步兵的部分连队，文化教员这一机动灵活的战术，又从少数转为多数。

部队即将出发之前，突然有一名步兵战士走到山炮连一旁，对着马争田轻轻地打了一下，“喂！你还没有死啊！”这是在战争情况下通常战友间的见面话，表示幸运。又拉着马争田的衣角，“我还以为你在敌人的炮火下光荣了呢！”

马争田被他打得莫名其妙，炮弹脾气又要冒上来：“你才牺牲了呢！

我们山炮还没消灭多少反动派呢！”他回头一看，是一位威武雄壮的步兵战士，他想起和步兵伤员吵架而受到批评的事，又改为满面笑容，“嘿嘿，步兵老大哥同志，我们还要向你们学习为革命不怕牺牲的精神呢！”

“你不认识我啦?”那步兵战士问。

“噢！”马争田摸了摸头，看了看那位战士，“你不就是在盐城守卫战中负伤的那位伤员吗？”他害羞地低下头，“我们还吵过架呢！”

“对呀！”那步兵战士高兴地回答，“我就是因为负了点伤，就功臣自居，认为自己了不起，回去后还受到了指导员批评呢！”

“老大哥！”马争田恳切地说：“那事是我错了，是我对你们不尊重，犯了自高自大的错误。”

“说实在的，”那步兵战士又说，“负了点伤就骄傲，那牺牲的同志把生命都献给革命了，我们还有什么可骄傲自满的，等到革命胜利了，我们还能前进吗？”

马争田听了，十分高兴，觉得又向老大哥学了不少东西，他觉得在革命队伍中虽然有点矛盾，但没有根本的利害的冲突，连忙高高兴兴地和那步兵战友握了手，表示亲热。他又想起了，既然是要交个朋友，也要问人家一个姓名才是，便亲切地问道：“同志，你贵姓。”

那步兵战士说：“我姓牛，就是给人家耕地拉磨的牛，我家祖祖代代都给地主种田。”牛五农问道：“你贵姓！”

马争田很难过地说：“我姓马，就是给人家骑、给人家拉车驮东西的马，原来叫马忠田，日本人打来了，占领了中国大部分土地，成了人家的地盘，所以我又改名叫马争田。”

“哈哈”，牛五农感到两个的名字有些巧合，笑了起来，“我两人不成了牛马了吗？”

受到指导员关于中国近代史教育的马争田此时很痛心，随即流下了两滴泪。

牛五农以为又得罪了炮兵同志，他连忙道歉：“老马同志，是我错了，我对不起你，我对不起你，以后再不和你们吵架了，我们步炮是一家。”

马争田知道牛五农误解，连忙解释：“老牛，你知道牛马是什么意思？”

“牛马就是干活的呗！”牛五农答。

“那给人家干活，吃的是牛马料，干的牛马活，那不就是奴隶吗？回想起我们祖祖辈辈都做奴隶，我能不心疼吗？”

“对，对，对！”牛五农立即把山炮连唱的那首歌联起来，“你们唱的那首歌真好哇！都唱到我们心里去了，把我们的情绪都调动起来了！”

马争田的情绪也高了，他觉得，流泪不是革命目的，他激情地高呼：“起来，不愿做奴隶的人们！”

牛五农也高兴地说：“我们革命的目的，就是劳动人民永远都不做奴隶，而是要做国家的主人。”

马争田又激情地说：“把我们的血肉，筑成我们新的长城。”

牛五农说：“革命就不怕死，怕死就不革命，要用我们的生命和血肉为人类作出贡献。”

马争田激昂地高呼：“冒着敌人的炮火，前进，前进！前进！进！”

两人又共同唱起《义勇军进行曲》。

部队将要出发了，他们将伴着《义勇军进行曲》的歌声，奋勇前进。

第四章

生与死的考验

第一节　李堡的传说

传说在很早很早以前，这里曾是书生李可进居住的地方，这里物产丰富，风景秀丽，海龙王经常从这里登岸，和李可进结友闲谈聊天，共理天下大事，居民们虽然还吃的是野兽、野菜，穿的是树叶、兽皮，但有福同享、有祸同当。后来，神仙们赐给居民渔网，海上的蟹鱼龟虾都可以供人享用，人们的生活渐渐富裕起来，有时，在维持最低生活水平下还可以有点剩余。龙王见此，要把全部财产归他私人所有，要人们供他享用，并训练了许多虾兵蟹将，来保护他的龙宫和财产，从此，天下就产生了魔王。

一天，人们下海，用渔网捕捉了不少鱼虾，经过烤烧之后，食之味美香鲜，因此，也成了人们生活来源之一，海龙王见他的财产被别人享用，对打鱼人特别憎恨，他下了一道命令，把这一带地方全部淹没，这里又成了一片海洋。

又过了很长时间，东海的鸭子，每天清早飞到高邮和洪泽湖一带，在淡水中觅食，晚间又回到东海生儿育女，飞回来都带一些粪便和泥土，这里又慢慢变成陆地。可是，以往的桃红柳绿已不再现，地是盐碱地，长的是大茅草，就等待有人给他穿上好看的绿装。

后来，有一个姓李的人家住在这里，筑起了城堡，又有一个姓范的，在这里筑起了大坝，名叫范公堤，挡住了海水对陆地的袭击，这里又开始出现了繁荣景象，百姓安居乐业，百业兴旺。

可是好景不长，这里经常多灾多难，土匪抢窃烧杀，军阀间打仗争地盘，又成了一个不平静的地方，据说这里的神仙已回到西方，就等再有神仙指点，把这里变成人间天堂。人们等啊等啊！好像在西北方向出现了红光，就等红光闪闪，消灭在这里作恶的魔王。

据说，这个故事是一个白胡子老头讲的，讲完之后，一道白光，这个老头就不见了。

在部队南下途中，龚绍华也听过这段神话故事。他感到十分出奇，母亲的宗教神话烙印又在他脑海中展示出来。他希望西方佛祖能把他变成最有本领的神仙，他可以像孙悟空玩金箍棒一样，说小，就能把大炮变成火柴盒那样大；说大，就能使大炮像五台山一样压住所有的妖魔鬼怪。不用时，可以放在口袋里；需要时，就能把对方压得粉碎。他希望自己能成为刀枪不入、火烧不化、水淹不死、长生不老的活神仙。他希望能把哪吒的风火轮借来，只要往南京一摔，就能把总统府烧得精光，在一夜之间，就能让国民党全部投降。他最害怕在战场上死去，即便部队全部牺牲，神仙也能保他不会身亡。他看到一块白云从空中飞过，他立即跪在一个没有人看见的墙脚下，对那白云祷告："大慈大悲的观音菩萨，您曾托梦给我，已和嫦娥结为夫妻，请菩萨赐给我本领，消灭蒋介石这个独裁魔王，保我不死，保我美名天下扬。"他边说边觉得那块白云就是一个白发妇人，他定神细看，那块白云还是一块普通的白云。

这个故事在炮兵连传开，有的人半信半疑，不一会儿，也传到指导员的耳里，指导员想：神话是古代人的一种幻想，在科学不发达的情况下，也是人们的一种愿望。而现在用神话来指导战争，将会把人们带到愚蠢的道路上，他参加了一个座谈会，把这个故事用唯物论观点做了解释。

在原始共产主义社会里，人们缺少抗击自然灾害和驾驭自然的能力，迫使人们不得不团结一致，互相协作，称得起龙王的首领，也要参加劳动，共商大事。在共同劳动中，有人会种田，有人会织布，有人会织渔网打鱼，还有人会筑巢建屋，人们对他们都十分崇拜，并把他们视为神仙，还编了许多歌颂他们的神话，代代相传。在维持最低生活的情况下，还有点剩余，那些被称为龙王或帝王的首领，把人民生产的财富都归他所有，对劳动者进行压迫和剥削，从此，人间又产生了魔王，还编了许多战胜魔王的神话传说。李堡的传说，就是人们希望有一个平等富裕的社会，那道红光，就是希望能有一个引路人和解放他们的力量。

指导员讲到这里，目光对大家扫了一下，用强劲有力的声音对大家说："同志们，李堡目前还在敌人手里，李堡人民都希望能把红旗插到他们镇上，从蒋介石的独裁魔爪下解放出来，如果上级命令打李堡，我们能不能在解放李堡中奉献自己的力量啊？"

在座的听得入神，原来脑子里像装了一碗糊涂粥，现在像点了一盏明灯，大家都不约而同地回答道："能！"马争田在一旁伸着舌头，"我的妈呀！我们过去怎么就这么蠢的呢？什么鬼呀神的，都把人弄糊涂了。"

指导员在这一带地方打过游击，也听到不少传说，他露出了微笑，风趣地摆了摆手，"啊呀，这一带地方传说还多呢，有些还很滑稽。"

大家一听，还想从指导员那里捞点"干货"，刘智高接着说："指导员，你再说一个吧，我们的思想都被鬼呀神的缠住了，现在你再给我们解一解吧！"

指导员笑着说："我可不是那个白胡子老头呃，我嘴上才长了点黑胡茬子。"

大家哈哈大笑，一个战士又说："你别逗我们了，不是共产党、解放军的教导，我们这一辈子都是傻子呢!"

"好吧！"指导员摆出说书人的样子，一五一十地又讲了起来。

在靠近李堡不远的偏僻农村，这里家家户户都给地主种地，地主对穷人们说："他家富是因为前世修行得来的，穷人只要好好地为富人种地，修好心，不要对富人怀有坏心，转世之后，也能变成富人。一些没有见过世面的贫苦人就甘心情愿地为地主种地，只愿在死去之后，变成神仙，可以不为别人推车挑担，也可以不为别人当牛做马，从来没有想到凡人可以坐上天上飞的飞机，可以坐不用人推马拉的汽车、火车。从辛亥革命以后，陇海铁路修通，又修了一条贯通南北的通（南通）榆(榆林）公路，在这条公路上，汽车在飞跑，吸引了很多人，一个小孩回家告诉他的爷爷。"爷爷，爷！靠近我们家几十里路的地方修了一条大马路。"

"嗯！马路大，牛马拉车就好多了。"爷爷很不在意地回答。

"不！这种马路是开大汽车的。"

"什么大汽车呀？"

“就是不要人推马拉的大汽车呀！”

“你瞎说。”爷爷骂了不懂事的孙子，接着说，“自古以来，车子都是人推马拉的，不要人推马拉，只有神仙才能做到。”

“你不信，可以亲自去看看嘛！”

“我不去，这些事都是假的。”爷爷干脆地回答。

孙子急了，马上就哭了起来，“你不去，我就死在这里变鬼。”他一边哭，还从手指缝里看爷爷有什么表情。

爷爷就这一个孙子，穷人家养不起孩子，不少人家生下孩子死的死、散的散，能够留下一个，就当宝贝，孙子的哭声使他心疼，就马上答应了，可以去看看汽车。

爷孙俩走了几十里，走到一条新修的公路旁，孙子拉着爷爷的衣角，指着停在公路上的大汽车：“爷爷，爷爷，这就是不用人推马拉的大汽车。”

不知什么原因，这辆大汽车抛锚了，需要拉到城里修理，便雇了几条牛往城里拉，爷爷一看，马上就责怪孙子：“你这孩子懂什么呀，跟你白跑了一趟，我这么大的年纪，还不如你见得多。”他摸了摸胡子，“我早就说过，自古以来，车子都是人推马拉的，”爷爷指着那大汽车，“你看，大汽车不也是用牛拉吗？”说着，又把孙子往回拉，“回去吧！我们生来就是穷命，命中注定要给人家当牛马，有穷有富，谁也改变不了，你长大后，还是要给人家种田，好积点阴德，死后可以到西天，神仙叫你发财。”

指导员讲到这里，大家都笑了，停了一会儿，又对大家说：“同志们，这个老头子听了地主的话是占了便宜呢，还是上当了呢？”

马争田说：“这个老头子太愚蠢了，这不是把穷人为地主种田、受地主剥削认为是天经地义的吗？”

“是啊！”指导员接着说：“中国封建制度不推翻，中国的工农业就永远也发展不起来，我们打倒蒋介石，也要打破我们的旧思想。”

指导员的这一番话，也引起了大家的深思。

“李堡生得苦，九个四十五。”在李堡的周围，有 9 个中小城镇和大村庄，距离李堡镇都在 45 华里上下，在苏中地带，历来是军家必争之地，李堡人也饱受战争之苦，在抗日战争和解放战争中，日伪军、国民党军队都把这里作为封锁人民武装力量的战略要地。

在解放战争中，李堡镇是苏中解放区 3 个军分区的支界点，从李堡镇向东，直通海边的角斜镇、拼茶镇，可以形成南北封锁，阻止人民武装和第九军分区的联系；向西走，贯通南北交通大动脉的海安镇，富安镇，妨碍和第三军分区的联系；向南走，直接威胁通向长江的如皋城；向北走，是人民武装力量经常活动的一、二、三丈河。他们可以以李堡镇为前哨，阻止人民武装力量的进攻，所以，要占领苏中沿海，就必须首先占领李堡镇。同时，也是人民武装力量攻击的主要目标之一。从抗日战争到解放战争，就曾有几次引人注目的战事。

自从新四军东进抗日，在苏中到处燃起抗日的烽火，日伪军为了封锁抗日武装的活动，从如皋城到黄桥镇就筑起了一丈高的篱笆墙，凡是南北过往的人员都要经过篱笆墙的关卡严格检查，李堡镇就是检查的重要关卡。

1946 年，蒋介石发动全面内战，人民解放军在这里一举歼灭了进犯的国民党军队，是苏中七战七捷胜仗之一。

1947 年，人民武装力量通过封锁线，解放了如东重镇、三余镇，国民党调动几倍于人民武装力量的兵力，企图吃掉这支南进的部队，因李堡镇一带的严密封锁，使人民解放军遭到三面包围，东临海滩，有数十里一人多深的泥潭，无法从这里通过。在这万分危急的情况下，要和敌人拼，将要付出重大损失，要突围，无路可走，由一个对海滩道路比较熟悉的老乡带路，指挥部决定夜涉海滩，像红军长征过草地一样，如有不慎，就要沉入泥潭，不能自拔。也有些同志在走泥潭中牺牲，经过一夜的奔走，终于走出了敌人的重围，天亮之后，国民党准备发动总攻，结果，连一个解放军战士也没有找到，过后有人传说，这个带路的就是那个白胡子老头，带完路，一道白光，这个老头不见了。

顾民富近来的情绪特别高昂，对生死问题他都置之度外，他认为：现在正是消灭敌人的好机会，他对别人说：“撑死胆大的，吓死胆小的。”这对情绪高昂的人民解放军和精神恐慌的国民党军队相比倒有点适宜，他经常对班里同志说：“艺高人胆大，学好了本领，就不怕敌人逞强。”他还经常讲不怕死的辩证法，“越是怕死，我们死的人就越多；越不怕死，就会以少数人的代价保护多数人。”有关李堡的传说，他既不相信有什么神仙，也不寄托于什么超人的本领。

“四班长，我发现你最近怎么那么高兴？”龚绍祥好奇地问顾民富。

“你怎么知道的呀？”顾民富问。

“嗨！”龚绍祥用猜透的语调，“你的表现我还不了解吗？”他眯着眼一笑，“你平常都不唱小曲，最近怎么爱唱起小曲来了。”

顾民富抿着嘴，带着微笑：“我最近看出了点奥妙。”

这一来，又把龚绍祥弄糊涂了，“什么奥妙，我听不懂。”

“用湖南话来说，就是要打点牙祭呗！”

龚绍祥更糊涂了，他眨巴眨巴眼又问道：“什么叫打牙祭啊！”

“这是我从一位老红军、湖南籍的老首长那里学来的，意思就是什么呢？”顾民富用手一比画，“就是吃饭。”

龚绍祥一听，似乎明白了，他笑着说：“你想请客呀，有什么好东西招待我？”

顾民富一挤眼，“打几个兔子吃吃呗！”

“你真有那份闲心，”龚绍祥很不理解，“行军打仗，还有工夫去打兔子，你真会说笑话。”

“嗨！”顾民富一语点破，“国民党反动派不就叫兔崽子吗？”

龚绍祥对着顾民富打了一拳：“你这个家伙说话转弯抹角，故意来捉弄我。原来你的奥妙就是觉得最近要打仗啊！”一向很朴实的龚绍祥觉得自己听话太死板了，没有领会别人的深刻含意，交往中缺少幽默感。

顾民富拉着龚绍祥的手：“你别打我，我还想向你请教一个问题。”

“什么问题，你说吧！”

“你说现在国民党的炮多，还是我们炮多？”

“那当然是国民党炮多！”龚绍祥翻了翻眼，“你这在问小孩啊！”

“你说错了，”顾民富幽默地否认，“还是我们的炮多。”

“你瞎说，国民党有美国的援助，还接受了许多日本装备，我们的炮怎么比他们还多起来，难道能从天上掉下来呀！”

顾民富往龚绍祥身边靠近，掰着手指：“现在国民党在苏北几百个据点在把守，总不能每个据点都部署很多炮吧，我们集中起来，打他一个据点，是谁的炮多呢？”顾民富一笑，“嘿嘿！”这就叫炮多炮少的辩证法。

龚绍祥恍然大悟一笑，“嗬！你这个家伙鬼点子还不少呢！是从哪里学来的呀？”

“是我们连长学习毛主席军事思想得来的呀，这也是在炮兵战术上集中优势兵力、各个歼灭敌人的具体运用。”

龚绍祥高兴地一笑："有你的，我们就准备去吃兔子肉吧！"

"好！我们就准备吃兔子肉吧！"边说，又唱起小曲来。

"喂！"龚绍祥手一扬："将来革命胜利了，也能给你编写个传说呢！"

说完后，两人都哈哈大笑。

1947年初，李堡镇上成为人民解放军作战的最前沿据点之一，在抗日战争时期，李堡镇的南线是抗日根据地苏中第四军分区，在这里领导抗日的是一位战绩累累的梁灵光同志，人们也给他编了很多歌谣，一谈起他来，人们都说："梁灵光，梁灵光，打起仗来真灵光。"梁灵光同志被调走了，这里的人民还在怀念，在国民党全面向苏中发动进攻时，人民又说："梁灵光，梁灵光，看你灵光不灵光。"人们又在期望着能够解放他们的人。

1947年春节刚过，将迎接春季的到来，经过大雪覆盖的麦苗将要返青，不久，将迎来百花盛开、果实累累，人民武装部队将要在这里展开一次战斗，作战部署正在安排之中。

第二节　十三炮十三中

在一个四合院的民房里，周围哨兵严密把守，留在苏中的某野战军纵队在这里召开作战会议，旅、团长们准时到达，共商作战大事，老战友们碰在一起，总免不了要开点玩笑，因为经常处在作战状态，生死问题成为开玩笑的主要内容。

"喂！你小子还没有死啊！"甲团长看到乙团长既不握手，也不敬礼，而是当面一拳，他们经常都以来此表示亲热。

"我还以为你光荣了呢！"乙团长也还了一拳。

"你死了，那新娶的小媳妇可要哭了。"

"嗨！活着就干，死了就算，不然，这还叫革命吗？"

"你小子可说对了，革命就要不怕死，怕死就不革命。"

会议开始，大家坐在摆放整齐的长条板登上，对面挂着作战地图，箭头指向苏中某镇的国民党据点，纵队首长坐在大家的对面，会议呈现出严肃而又紧张的气氛。

"这次请大家来就是部署攻打李堡拼茶的事。"纵队首长宣布了作战决定。

胡司令从坐位上站起来，阐明攻打李堡的意义："李堡是苏中沿海的军事重镇，被国民党重新占领之后，他们企图以此为基地，封锁我们和各解放区的联系，吃掉一部分人民武装力量，来巩固他们在苏中的统治地位，打好这一仗，我们可以进一步打开苏中局面，直接威胁长江一线的敌人，苏中局面的打开，也直接威胁南京和上海的敌人。"

胡司令又把目光转向特务团张团长："山炮连还有多少炮弹啊？"

"报告司令员，还有20发炮弹。"张团长立正，回答司令员问话。

"20发炮弹。"司令员掐着指头，"20发炮弹，就是用40两黄金买来的呀，"司令员又用沉重的语言，"按现在农村的财产计算，2两黄金就是一个中农的全部财产，打掉一发炮弹，就等于打掉了一户中农。"司令员又抬起头来，用果断的语言说："这样吧，批准你们打13发炮弹。"司令员又走到主攻团团长身边，拍了拍王团长的肩，"王团长，这次山炮配合你们作战，这可是有意识对你们的培养啊！"

王团长立正："司令员，我向首长保证，一定要指挥好步炮联合作战，打好李堡攻坚战，消灭李堡的敌人!"

司令员又回到自己的位置上："给你们13发炮弹，这可是下了很大的决心的呀，敌人总以为我们只是小米加步枪，现在要用大炮来教训教训他们了。"

大家都笑了。

司令员又说："在西北战场上，有一次战斗，只打了8发炮弹，被毛主席知道了，毛主席批评他们，这是浪费，因为我们没有造山炮弹的兵工厂，我们的财力有限，干什么事都要算着点，这次给你们13发炮弹，只许命中，不许浪费。"

王团长似乎在自己肩上增加了一副重担，但又要把这副担子挑起来，他恳切地表示："司令员，你放心，我回去一定和山炮连同志认真研究，搞好步炮协同。"

会议过后，王团长感到特别高兴，因为有了炮兵的协同作战，又给他增加了取胜的信心，但如何搞好步炮协同，又给他增加了一个新的课题，他回顾了以往的一段经历：

在第二次国内革命战争中，在红军担任连长的王亚田同志，缴获了敌人两门山炮。他高兴极了，希望红军能有一支强大的炮兵队伍，在第五次反"围剿"中，由于"左"倾机会主义把持中央领导，要炮兵和敌人阵地对阵地、堡垒对堡垒，就这么几门炮，炮弹打光了，几乎成了废铁，第五次反“围剿”失败，红军需战略转移，上级命令王亚田同志把这两门山炮毁掉，王亚田同志很不忍心，在山炮上摸呀摸呀，像疼爱自己身上的肉一样，怎么也舍不得毁掉。

“王亚田同志，你在干什么，为什么不给我把山炮毁掉。”团长指着王亚田，对他进行责问。

“团长，这是战士们用鲜血换来的呀！”王亚田流着泪。

“你就知道缴获他要付出鲜血，就不知道带着它要付出更大代价吗？”

“团长，等几天不好吗？”

面对敌人的追赶，已无法进行辩论，团长果断决定：“我命令你，在5分钟之内毁掉，否则，我就撤了你。”

无奈，王亚田同志只有服从命令，立即用两包炸药，放在炮筒内，把这两门山炮炸掉。红军长征，他才理解到，如果不打掉那些坛坛罐罐，要想取得胜利是不可能的。

在抗日战争中，新四军主力开始由游击战向攻坚战发展，在攻打据点中，有时就因为火炮不足而增加了不少困难，有的因为敌人有坚强堡垒而攻不上去，牺牲了不少同志，虽然送炸药包也是炸碉堡的好办法，但要付出很大代价，他多希望有一支炮兵来加强攻坚战的速度，李堡这一仗，因为有炮兵配合，使他喜出望外。

王团长回到团部，立即把山炮连的干部请去，一不开会，二不谈打仗，而是请他们在团部伙房一旁候坐，请山炮连干部吃饭，还送给山炮连一头大肥猪，山炮连干部感到纳闷，袁连长首先问道：“团长，我听说你过去定了一条规矩，上下级间不准请客，你今天怎么破了这个规矩了？”

“今天破例。”王团长很不在乎地回答。

“那——我们连请你吃饭你怎么不吃呢？”袁连长像抓小辫子似的开玩笑责问。

“今天我高兴。”王团长微笑。

“那——你不怕别人提意见吗？”

“怕什么？”王团长两眼瞟着袁连长和其他干部，“我一不偷，二不抢，三不贪污，是我们中灶结余了点伙食，请你们来团聚团聚。这也表示步兵炮兵亲如一家嘛！”

袁连长十分为难地说：“首长们辛辛苦苦，省下点伙食给我们吃，我们也不好意思啊！”

“没关系！老乡还送了点慰劳品，团部同志舍不得吃，要送给第一线的同志，今天就慰劳慰劳你们。”

“首长！你们这样太客气了，叫我们也吃不下去啊！”

王团长的手轻轻地往桌上一拍：“我看你们不想当英雄，自古以来，哪个英雄不是在打仗前酒足饭饱，武松景阳冈打虎，好酒喝了18碗，请你们吃饭都不吃，那还能打仗吗？”王团长用激将法，把大家说得无言可答。接着又说：“今天不喝酒，怕喝酒误事，给你们准备的饭菜可一定要消灭光。”

“遵命！”林指导员觉得无法推辞，他一边向连长使个脸色，一边向大家解释，表示要把首长的关怀带回部队，鼓励部队英勇杀敌。

饭盛满碗，菜上三道，主攻团的首长和山炮连干部像度过盛大节日似的，又说又笑，林指导员一想，应当就这个机会，请首长做点指示，便对靠近自己座位的王团长说：“团长，给我们做点指示吧！”

“吃饭不做指示，要说的事，饭后再说。”王团长一边说，一边把好菜往山炮连干部碗里夹，特别是红烧肉，味香可口，是餐桌上最令人喜欢的美味，当有些人不让团长夹菜时，王团长装出不高兴的样子，“你们攻击能力太差，送到你们碗里的肉都不吃，就等于国民党豆腐兵送到你门口你们也不愿打。”在餐桌上，你一言，我一语，说得非常热闹，充满了上下级、步炮协同的深动场面。

“同志们，我们来个对口令吧！”王团长觉得光吃饭没意思，他提议再搞点小节目。

“什么对口令啊？”袁连长问。

“对口令就是一个人出上句，一个人对下句，对不上来就罚。”

大家一听，觉得王团长这个大老粗到变成了文化人，对他那种爱学习的精神都赞叹不已。

指导员过去曾做过这样的游戏，他抢先提议：“团长，你出个题目吧！”

“好吧！”王团长立即赞许，“我们当兵的主要任务是打仗，什么山水花鸟的咱们也没有研究，我们的对口令每一句都要离不开一个‘打’字，你们说好不好啊！”

“好！”大家齐声回答。

大家你看我，我看你，谁也不敢出头参加，袁连长摸了摸嘴，“我看哪，今天请团长出上句，指导员出下句，你们说好不好。”

"同意！"袁连长的提议得到大家拥护，因为大家都怕轮到自己身上，在众人面前丢丑。

"啊！"王团长做出惊讶的表情，"山炮连干部真厉害呀！连长指挥，把火力都集中到我和你们指导员身上，我不干。"

餐桌上哗然，"团长要讲民主，这是少数服从多数。"

其实王团长早有准备，他答应道："现在我就向大家来献丑"，又转向林指导员，"指导员，你同意吗？"

在大家压力下，指导员勉强答应道："团长，你开个头吧！我对不上来，就叫大家来补充。"

王团长拍了拍脑袋，他从毛主席战略思想上打开了思路，开始了对口令的对答。

王团长：蒋介石，搞独裁，一心一意打内战；
指导员：共产党，为人民，不打不能保太平。
王团长：蒋介石，枪炮多，认为一定能打胜；
指导员：解放军，靠百姓，打的是人民战争。
王团长：国民党，有碉堡，打起仗来有依靠；
指导员：解放军，集优势，哪里好打就往哪里打。
王团长：国民党，有美援，打仗弹药很充足；
指导员：解放军，人民帮，好钢用在刀刃上。
王团长：他们想白天打；
指导员：我们选夜间打。
王团长：他们想远打；
指导员：我们靠近打。
王团长：13 发炮弹，等于打掉 13 个中农财富；
指导员：好思想，好技术，我们一定要炮炮打中。
王团长：国民党越打越小；
指导员：解放军越打越强。
王团长：打到反动派灭亡时；
指导员：打出我们的新国家。

在短短的对口令中，王团长出题准确，针对性强；指导员沉着冷静，对答如流，使在座的干部都感到十分惊讶。袁连长听后，感到不是一个简单的对口令，而是在下战斗命令，他立即站起来，面对王团长："团长，你把战争的意义和这次战斗的打法都讲透了，我明白了您的意图，我们炮兵也要打近战夜战。”

“对！”王团长把筷子往桌子上一拍，“我就是要你们摸到敌人阵地下面，近距离射击，把司令员批给我们的炮弹都准确地命中目标。”他用手捂着一个胳膊，“我已经给你们准备了一个加强排来保护你们，万一遇到敌人攻击，决不让火炮丢掉一个零件。”接着又笑着说，“现在还要把你们当宝贝呢，如果受到损失，我向司令员交代不了，让纵队指战员知道，也要骂我的娘。”他立即发现，大家都在目瞪口呆地听别人说话，马上又转口说，“喂！你们怎么不吃饭呢？”立即拿起筷子，要大家像猛打猛冲似的，要把饭菜吃光，这一来，餐桌上十分活跃，形成了虽不是作战会议，但贯穿了作战内容；虽不是文娱活动，但活跃了大家的情绪；虽不是作战部署，但又是作战智慧的测验；虽没有备酒摆大宴，但吃得非常香甜，充分体现了上下一致、步炮一致、行动一致、生动活泼的动人场面。

吃完饭后，王团长召集山炮连干部，部署作战任务，他以庄严的军人姿态，向山炮连宣布：“根据纵队首长的命令，将山炮连配置我团作战，我命令你们，随同步兵出发，开展近战夜战，13 发炮弹只许命中，不许浪费，如有玩忽职守，按军纪处置。”

山炮连干部接到命令后，立即行动起来。

龚绍华在听到战斗的消息后，对生死问题总有些考虑，在强大的思想政治工作感召下，人人斗志高昂，他的保命思想不敢在大家面前做明显暴露，所以，人云他则云，有时讲得比别人更“左”。他暗中在想：我来到人间还不到 20 个春秋，也没有享受到人间的荣华富贵，死了也太可惜了。在家中，严父慈母曾这样教育：“只要青山在，不怕没柴烧。”“好死不如赖活”给他留下了深刻印象，但来到革命大家庭里，经过生死观的教育，他又爱面子，不愿把怕死的表现让人看到。

“龚绍祥！”龚绍华看到自己的堂兄，想打听点消息。

龚绍祥一看，是自己的堂弟，已经好几天不讲话了，现在好像又亲热起来，他立即用响亮的应声答道：“嗳！”

“你到哪里去？”龚绍华问。

龚绍祥看到四面无人，走到龚绍华身边，贴到耳边说：“可能又要打仗了！”

龚绍华的心咯噔了一下，一时没有说出话来，但又想到：不能在别人面前暴露怕死的表现，他立即装出很高兴的样子，“那好啊！我的手正痒痒呢！早就想打仗了，去消灭反动派这帮王八羔子。”

龚绍祥看到堂弟的这种表现非常高兴，他恨不得要把自己的心掏出来，什么实话都跟他说。“我告诉你一个消息吧！这次打仗，配给我们一个步兵排，用来保护我们。”

“真的！”龚绍华又惊又喜。

“那可不是吗？连长叫我去迎接他们呢！”

“哈哈！”龚绍华已控制不住自己，立即高兴得跳了起来，“这下我们可进保险箱了。”

“其实啊！”龚绍祥抿着嘴，收回了刚才的笑容，“这也没有什么必要，我们连部的这些服务人员组织起来，不也可以保护山炮吗，何必要从前线抽人保护我们呢？”

“你说得不对，可能上级有意识要把我们这些小知识分子保护起来，将来有大用呢！”龚绍华为自己观点辩解。

“你才说错了呢！指导员教育我们：知识分子要在实践中锻炼才能增长才干，不直接参加和敌人交火，怎么才能学会打仗啊！”

“你别这么说，”龚绍华还是企图做解释说服，“炮兵主要靠技术，勇敢不怕死主要是步兵的事。我们在后面，他们在前面，这是应该的。”

龚绍祥也解释说：“我听连长说，我们炮兵也要打近战夜战，把火炮拉到敌人碉堡附近打。”

龚绍华笑了笑，觉得龚绍祥无知：“你才是外行呢！火炮主要远距离射击，不然，科学家为什么设计的火炮射程那么远呢？再说，夜间作战，主要是步兵的事，一支步枪，可以摸到敌人碉堡下面，这么重的炮，怎么能抬到敌人碉堡下面呢？”

龚绍祥越听越烦，觉得龚绍华开始的表现是假，他又用藐视的口吻说道：“四班副同志，你还是个班级干部呢，就这样认识问题，还能带领大家打好仗吗？”

“好了好了！”龚绍华觉得自己的保命思想有所暴露，他立即收口，“我不是随便说几句吗，也不能认为我就是怕死啊！”他把手一甩，“好啊，你积极，你不怕死，你把我这几句话向连长、指导员汇报，将来可以提拔提拔你……”

“你……”龚绍祥气得一时说不出话来，因为马上要执行任务，两人没有吵起来。

袁连长对连队军事技术的某些环节还不托底，特别是火炮的直接瞄准还没有总结出一套经验来，从理论上讲，火炮的直接瞄准和步枪瞄准的三点成一线的原理是一致的，但是实践中又有它的特殊性。在一次实弹射击中，他亲自瞄准一个目标，十字交叉线准确地对准了目标正中央，结果没有命中，因为他没有把弹道的弧形和弹道的偏差估计进去，这二两黄金的炮弹只听了两个响声，他感到非常痛心。在攻打角斜镇战斗中，他带领一门九二步兵炮参加战斗，他用曲射炮的原理对敌阵地进行射击，炮弹一出口，吼声震耳，徐徐的弹道声把炮弹带入云空，可是，当炮弹掉在敌人阵地上时，是弹头朝上，弹尾坐地，没有引发爆炸，他也感到后悔。这次战斗，他想请有实践经验的人来执行瞄准射击任务。他在掐指盘算，想请有文化的人，他们可借助计算公式，但不会具体运用；他想请政治可靠的工农同志，他们有勇敢不怕死的精神，但还没有学通瞄准技能，他想由干部亲自动手，但大部分是步兵调来的，也缺少这样的技术，由此，他又把注意的目标转向解放战士郭景华身上，并让他有职有权，大胆使用，可是，在一般人认为，这是一个冒政治危险的行动，弄不好，会犯政治上的错误，在干部会上，当他的主张提出后，就遭到一些人的反对，理由是：第一，连队有不少是抗日战争的老战士，还有“三八”式的排级干部，按资格，重用他，影响不好。第二，他最近有点骄傲，重用他以后就不好领导。第三，他对国民党官兵还有点哥儿们意思，他不愿打怎么办。第四，当步兵冲锋时，他会不会转过来向我们开炮。

“我同意连长的意见，”指导员在大家争论时发言，他深感“左”的思想危害，立即阐明了自己的观点：第一，我们的目标是打倒蒋介石，解放全中国，只要服从这个目标，就是我们的朋友和同志。第二，我们是生长在炮兵摇篮里，在政治上不是成熟了再干，而是在干的过程中逐步成熟。第三，革命不能论资排辈，而是论功行赏。他把手往桌上一拍，“马上我们就要行动了，在紧急情况下，行政主管领导可以做出决定，散会。”

袁连长得到政工干部的撑腰，更增加了他的信心和决心，而林指导员，在平时表现得像个婆婆妈妈似的，而在这种情况下又果断起来了，因为他没有把阶级观点形成一种机械公式，而是用执行党的政治任务来衡量阶级观点。

指导员仍不满足部队中已有的高涨情绪，决定利用出发前的间隙时间召开党员大会。在一个小茅草屋里，一盏煤油小马灯似乎显得格外明亮，大拇指大的火焰把党员的脸照得通红，党员们对敌仇恨的眼光发出炯炯的光亮，大家围在灯光周围，聆听指导员兼党支部书记林杰同志的讲话。

“同志们！”一个坚强有力的语调，虽然声音不大，但引起了党员们警觉，“今天我们要去打仗（没有透露什么地方）”，会场上出现了沙沙的小声，你看我，我看你，表现出激动的心情。“不过……”支部书记又加重了克服困难的语调。“上级命令我们：批准我们使用的炮弹只能命中，不能浪费，如有玩忽职守，军法从事。”支部书记又进一步挑明了困难情况，“我们这次是在恶劣气候下行动，和步兵一起，走泥泞小路，千斤重的大炮要人抬、用肩扛，在拂晓前赶到敌人阵地下面，否则，就要贻误战机。”支部书记又用振奋的语言说：“我们党历来有个光荣传统，为革命不怕吃苦、不怕牺牲，现在是考验我们每个人的时候了，一定要以党员的模范行动，把全体同志带动起来。”会议只开了5分钟，就宣布各自回到自己岗位上准备出发。

一个小小的李堡镇，驻扎有一个营的国民党正规部队，加上还乡团、自卫队，共有千人左右，国民党重点向山东进攻，我大部分主力部队转移山东作战，他们认为共产党已吃了大败仗，苏北的江山他们可以稳坐。可是，留在苏北的野战军仍在各地继续打击国民党部队，游击队到处骚扰，又使他们坐立不安，李堡又成为他们的重要防守据点，为了固守，他们到处强拉民夫，修筑工事，这些工事中有居高临下便于瞭望的高碉堡，有便于隐蔽封锁的地堡，有相互连接的子母堡，有便于组织火力交叉的城堡，周围又筑起了两人多高的城墙，墙外还布有鹿寨铁丝网，修成之后，他们号称是能攻能守、能进能出的钢铁堡垒，如果没有强大火炮攻击，要想顺利解决战斗，实属困难。

近来，李堡显得格外阴沉，在过去，一度繁华的小镇，经常人车川流不息、买卖兴隆，半夜里还能看到作坊里灯火明亮。抗日战争胜利，李堡从日本帝国主义手中夺了回来。在共产党领导下，人民安居乐业，自从国民党占领之后，天黑前就要戒严，除了一些老兵的巡逻放哨外，谁也不敢在大街上走动，他们都知道解放军的近战夜战十分厉害，每到夜晚，官兵们都非常恐惧和惊慌，有时，一个小动物从身边经过，也认为是解放军前来袭击；有时，游击队在据点周边放把火，他们如同惊弓之鸟，立即全体戒备。士兵们经常为此挨打挨骂，一些人像南来北往的孤雁一样，每遇情况，就孤孤单单地守在一个阵地上，时间一长，有些士兵也就疲沓了，即使有什么情况，也不愿报告。

就在一个漆黑的夜晚，国民党营部的麻将打得噼噼啪啪。这一晚，营长的手气特别好，什么清一色、一条龙、孔雀东南飞，一张张和牌总是往他手中跑，按这样下去，不到3天，就能发大财，就像财神爷给他安排了一个发财的好机会，赢钱像流水般地往他怀里流，他宁可营长不当，也不希望错过这个好机会。

"营长，今天晚上可是共产党近战夜战的好机会呀！"一位连长向营长提醒。

营长正抓了一张好牌，他对着那连长翻了一眼："他妈的，人身都是肉长的，他共产党再厉害，也不敢在这个天气来送死。"他把手上的牌一翻，"我和了！"立即，各庄的钱都收到他的面前。

"营长！"

那营长只顾抓牌，似乎没有听见。

"我们可不能麻痹呀！"那连长还是提醒。

"去，去，去！"营长把手一摔，"你他妈的，都叫共产党吓破胆了，老子这个防御工事是我精心设计的，是从美国人那里学来的，他共产党就是能进来，也叫他出不去。"接着又是抓牌。

"共产党神出鬼没，我们不能不防啊！"

"我懂！"营长又斜视了那连长一眼。

"懂就好，懂就不能打牌。"

营长把抓在手上的牌往桌子上一拍，"是你指挥我还是我指挥你呀！"接着又抓了一张牌，他高兴地叫了起来："我又和啦！"营长一面洗牌，一面嘀咕着，"你他妈的是狗咬耗子多管闲事，你是看到我赢钱心里不舒服吧，没关系，最后分给你点。"

打了一会儿，牌运又转到别人手上了，赢来的钱又输给了别人，他对着那连长说："他妈的，就是你冲了我的财气，今晚输了，我叫你赔。”

就这样，营部的麻将还是打得热热闹闹。

行军途中的山炮连，在蒙蒙细雨中前进，开始走的是平坦大道，虽然是道路泥泞，增加了一些困难，但人走、马奔，都没有受到太大的影响，在炮连前面走的是一个步兵连队，步兵以最快速度前进，炮兵连都个个步步紧跟，一个也不敢掉队，连长在前面不断发出“后面跟上”的口令，从第一句，到最后一句一个也没有间断，保持了夜间的密切联系，一个步炮混合的编队，像《封神榜》小说中的土行孙一样，弄得神不知，鬼不觉，除了领队以外，谁也不知这支队伍走在何方。

部队走了不到一个时辰，又走的泥泞小道，雨水把田埂泡成泥浆，胶黏的泥土，把膝盖以下粘贴上一寸厚的黄土，本来负担就很重，脚腿上又增加了几斤重的分量，脚踩在黏土上，又从黏土里拔出来，就像从大磁铁上取出一根铁棒。走了一段，又走到板凳宽的泥泞小道，小车根本就不能行走，只好把大炮从小车上卸下来，用绳子捆上，由人来抬，每一步都要付出比大道行走多好几倍的精力。连长还是在前面传出“后面跟上”的口令，指导员和其他连排干部、战士们一起抬炮。在一个辨别不出东西南北方向的地方，谁也不敢离开自己队伍一步，部队又走了半个时辰，有的人走几步就能摔一跤，有的人滚得像泥人一样，即使能看到对方，除了听说话声音外，也分辨不出对方是谁，衣服的外面是雨水泥泞，衣服的里面是汗水和泥垢，走在路上衣服绑身，停下来就冻得发抖，到底为什么要选这样的天气，为什么要走这样的小道，一时有人弄不清楚这是什么奥妙。

王团长的作战指挥，历来善于利用敌人的弱点，自从大部队转移山东作战，李堡镇的南部是人民武装的游击区，李堡镇的北部是解放军主力部队经常活动的地区，因此，国民党军在构筑工事和兵力配置上，北部要比南部实力强一些，因此，王团长命令山炮连绕道在南部作战，已距离李堡镇不到20里，又要绕道20里，要求以每小时10多里的速度赶到作战地点，这一来，又增加了山炮连行军中的难度，由于用力过猛，扛子被抬断了两根，比大拇指粗的绳子还断了3根，指战员的肩个个都被压得通红，不少人手上被勒成血泡，在上级的命令下，谁也不敢怠慢，是什么力量使指战员能克服这种困难，这是一般人都不可理解的，但指战员回答说——思想政治工作增添了我们的力量。

大约在四更天的时间，部队从东侧绕到李堡镇的南侧，并缓缓向据点接近，忽然从前面传来口令“注意敌情”，但袁连长心里没有底，他心里像打鼓似的，怦怦直跳，他心里想：自己牺牲倒没有关系，部队受到重大损失，就对不起党、对不起人民，他担心是否会摸到敌人的包围圈，他担心摸到不适当距离就被敌人发现，他担心队伍被敌人切断而失去联系，他还担心由于个别人的不沉着而打乱作战计划。他按指北针的方向不时地向前移动，他似乎在控制自己的呼吸，尽量不被敌人发现。

“什么人?”听到前面一高处有人叫唤。

袁连长命令部队卧倒隐蔽，命令步兵小分队继续前进，侦察敌情。

“你们是干什么的?”那高处继续叫唤，并听到有拉枪栓的声音。

“你们他妈的到底是人还是鬼。”“叭!”碉堡上鸣枪，“叭叭!”又有几个碉堡也鸣枪，袁连长这时的心已完全托底，因为他已摸清了敌人开枪的地方，他命令部队迅速占领有利地形，构筑工事，架好炮，做好射击准备。

几声枪响，惊动了据点内的敌人，枪弹像雨点般地向外围射击。顾民富听到命令，不顾危险，积极地寻找隐蔽点，他发现前面一个黑乎乎的障碍物，几个箭步就走到那里，他命令全班同志迅速构筑掩体工事，阵地上只听到铁锹沙沙响，而听不到慌张的嘈杂声，即便是夜深人静，在 100 米以外，很难听到这里有挖土的声音，才不到 20 分钟时间，就筑起了半人高的隐蔽墙。

事情也有不顺利的地方，正准备架炮时，后炮架不见了，这个部件是副班长龚绍华负责的，他一口咬定，已经带到阵地上来了，但说不出放在什么地方，班长顾民富觉得，在这种情况下，责备，只能延误时间，他立即命令全班四处寻找，结果在一个泥坑里找到，事后才知道：当听到第一个枪声时，龚绍华慌张失措，而趴在一个泥坑里，在构筑工事时，忘了带过来。

在构筑炮兵掩体工事时，一个高碉堡的敌人发现有动静，立即用机枪对着炮连阵地射击，夜间，碉堡中敌人虽看不清具体目标，但居高临下，猛烈地向有动静的地方射击，有的子弹打到火炮的护板，发出叮当的响声。

“哎唷!”一名战士牺牲。

“哎唷!”一名战士负伤。

“报告连长！”四班长顾民富立即向连长报告，“我班一名同志牺牲，一名同志负伤。”

连长一听，像从他身上割了一块肉一样痛心，他请示了王团长，并把目光转到解放战士郭景华身上，他压低声音，用命令口吻叫道：“郭景华！给予瞄准高碉堡，打他个狗养的。”

在乌黑的夜里，瞄准点怎么选择，给郭景华带来难题，他可以命中碉堡，但很难命中碉堡的要害部位，他可以把瞄准点对准敌人的射击火光，但射击火光只是一瞬间，刚准备瞄准，那火光又没有了，顾民富领会了这个意思，他命令一个战士，在火炮一侧几十米的地方扔了几颗手榴弹，这时，敌人猛烈地对手榴弹爆炸方向进行射击，郭景华迅速把瞄准点对准了射击火光，并减去火炮自身的误差，他一拍大腿，高兴地说：“报告连长，射击准备完毕。”

“预备——放！”

一声炮响，正打中了敌人的射击点，高碉堡上的枪声也哑了，山炮连乘机修筑工事，除在前面加高了掩体外，还在火炮上面加了覆盖层。

第一炮命中，李堡镇的国民党军队慌了手脚，他们原以为：留在苏北的解放军是没有大炮的，山炮的响声，又使他们认为，可能是北上的解放军主力部队又回来了，他们特别害怕新四军的老一师，耳闻过这支部队在抗日战争中百战百胜，在浙江天目山战斗中歼灭国民党军队数千人，在七战七捷中首当其冲，所以立即从高碉堡上撤下来，隐蔽到地碉，来对付解放军的进攻，并催促其他据点前来支援，可是他们都知道，解放军有围点打援的本领，谁也不敢前来支援。

天亮了，乌云在渐渐驱散，天老爷像有把握地认为：解放军定能攻克该镇，东方发出了五颜六色的光泽，像在迎接即将到来的胜利。步兵和炮兵的战士们，都坚守在各自战壕和阵地上，团团包围着李堡镇的守敌，霞光又映红了战士们的笑脸。

霞光已经过去，又迎来了白昼的光明，虽然太阳已经从东方升起，但残云依然在遮盖着阳光。李堡镇的守敌，十分害怕解放军的夜战，夜间接触时，他们有些惊慌。在白天，他们认为：可以凭借他们修筑的阵地与一片可以瞭望的开阔地和解放军做一番较量，但机动灵活的人民军队，大部分都隐蔽在敌人看不见的地方，给对方错觉，似乎没有什么攻击力量。

白天，王团长领着部分基层指挥员对敌阵地进行侦察，5倍望远镜，10倍望远镜，炮兵测量用的炮队镜，观察敌情用的潜望镜，都从不同角度，不同方位，不同距离对敌阵地的高低进行了详细观察，把敌人的碉堡和火力点都做了详细记录，并绘制了敌正面阵地的详细图。袁连长把自己观察到的情况都在笔记本上，他虽没有很高的文化，但笔记本上的那些圈圈、叉叉、杠杠画得一看就明白，他正在理顺一个头序，以便在安排大炮射击时，把13发炮弹都命中在目标点上。

"同志们！"在连长侦察敌阵地时，指导员到各炮阵地进行战场鼓动，"就是这股敌人又占领了我们从日本帝国主义手里夺来的土地，他们正在扶植被打倒的地主和恶霸，向贫苦农民进行反攻倒算，他们杀害了我们的干部，夺回了翻身农民的土地，我们不能再回到地主老财统治的时期，我们要为受苦受难的同胞报仇！"指导员的这一席话，像出炉的钢刀在刀刃上淬了一下火，使刀刃更加锋利。战士们的眼都红了，仇恨的眼光，又激发战士们保证百发百中的决心，瞄准手，运弹手，装弹手，个个都在摩拳擦掌，等待着发射的命令。

因为是初次指挥这样大的炮兵行动，袁连长事无巨细对每一个环节都特别慎重。连队每打一发炮弹都要经过他同意，每一个目标都经过他选择，每一个瞄准点都经过他观察，每一发炮弹的引信都要经过他检查，即便是一些微小细节，他也做到万无一失。

在对敌阵地进行侦察的过程中，山炮连对敌阵地暂时一炮不发，据点内敌人认为解放军没有什么攻击能力，有的就把脑袋伸到阵地外面，还有的在围墙上来回走动，有一个当官的对着解放军喊话说："共军小子们，你们有种就上来吧，老子的工事不是纸糊的，老子的子弹不是吃素的，你们来一个，我们就打一个，你们来两个，我们就打一双，不怕死的就上来。"

这几句话，把战士们的肚子都气炸了，纷纷要求，打掉他们的气焰。

就在山炮连阵地旁，有一处开阔地，是步兵活动必经之地，还有一条南北朝向的河沟，步兵无法从这里通过，据点内有一挺重机枪，始终封锁着这一交通要口，有一个步兵连急需从这里通过。

"丁零零！"连指挥所电话铃响。"是袁连长吗？"这是王团长的讲话，"我命令你，用一发炮弹，打那个王八羔子，掩护一个步兵连通过。"

袁连长已憋了一肚子气，他接到命令，高兴得跳了起来，立即把目标转向炮四班，“郭景华！给我瞄准那个当官的。”

郭景华看了看那当官的，似乎还有点过去那种畏惧，他转过头来：“连长！那个当官的可比我大好几级啊！至少也是个连长。”

“管也妈的多少级，”连长一着急，又暴露出也那粗鲁的语言，“你他妈的只管我给打。”

“是！军人以服从命令为天职。”为了打得出色，郭景华又思量了一下，“连长，你要我打那军官的什么地方啊？”

“我要他粉身碎骨，”袁连长已听不进那些啰唆话，手持短枪，蹲在郭景华的身旁。

“报告连长，射击准备完毕。”郭景华立即报告。

袁连长亲自观察了瞄准点又叫郭景华按活动目标进行修正。

“预备——放！”

一声令下，那发炮弹正好命中在那军官的裤裆下面，随着炮弹的爆炸，那军官的血肉四处飞散，两条大腿腾空而起，还在空中打了两个骨碌，那真是一幅动人的好景，《西游记》作者吴承恩在描写孙悟空金箍棒威力时，也未写出这样的场面。这时，在阵地上看到的人都同声叫好，马争田拍手叫道：“喂！我们的敌人还坐飞机去见阎王呢！”就这样，敌人的机枪也哑了，一个步兵连顺利地从这里通过。

在侦察过程中，发现一个地堡，封锁着一条大道人员的来往，一部分民工必须从这里通过，需要给一线送弹药和给养，一个勇敢的民工，冒着敌人火力封锁，紧急地从这里通过，因为地堡的火力密集，这一位民工中弹牺牲，后面的民工在那里焦急，示意要解放军炮兵给予还击，这一来，促动了指导员林杰同志，他亲眼看到了这位民工的牺牲，十分心疼，他转身对连长说：“老袁！给他一发炮弹好不好！”

“我看，就打他那个狗养的！”袁连长目视着那个地堡，忽然又思索了一下，“不！王团长还没有下命令呢。”

“请示，请示呗！”

一个电话，接通了团指挥所，王团长计算了到总攻还需要多少炮弹，经过思考，立即同意了。

“轰！”

一发炮弹从敌射击孔内打了进去，炮弹在地堡内爆炸，国民党半个班的兵力全部报销，民工顺利地从这里通过。

还有10发炮弹应当如何处置，袁连长召集班排长把侦察的情况一一做了介绍，把任务分给各炮，留下几发炮弹作机动，各炮受领任务后，对所分配的目标做了准确的瞄准。袁连长又带着郭景华到各炮位检查，并记录了各种数据和射击诸元，只要一下命令，各炮齐发，将能摧毁已查明的敌各个火力点，为步兵的冲锋扫清道路。

总攻开始，三发红色信号弹从地面升起。袁连长从战壕中走了出来，站在各炮位的中间，向各炮发出口令。

“预备——放！”

“轰！”

4门山炮发出震耳的声音，4发炮弹都落在预定的目标点上。

“预备——放！”

又是一个排炮。

这两个排炮并有一批迫击炮配合，有的炸毁了敌人的碉堡，有的摧毁了敌人的射击点，有的破坏了敌人的障碍，在步兵前进的突破口，使敌人溃不成军，乱成一团，炮火的硝烟挡住了敌人的视线，在炮弹爆炸点上又有一批国民党官兵受伤和送命，虽比不上大兵团作战时炮火那样猛烈，但在心理上造成了势不可当的趋势。

“冲啊！”

步兵的冲锋号响彻云霄，步兵的指战员手持步机枪和各种战斗武器，像潮水般地涌向敌人阵地，并突破了敌人部分防线。

正当大部队前进时，在一侧有一个没有暴露过的碉堡向冲锋的部队射击，造成部队伤亡，步兵前进受阻。

“丁零……”

“山炮连吗？”这是王团长的声音。

“我命令你们，把那暗堡摧毁！”

袁连长把这项任务交给了四班，这一来，难坏了四班长顾民富，因为前几炮都是事先瞄准好的，而现在要重新瞄准，按先瞄准好再打，将要延误时间，影响总攻，他急中生智，他把炮弹的初速，弹道的弧形，飞行中的偏差作了粗略估算，立即向连长报告：“四班准备完毕！”

“给我打！”连长已顾不得用固定的口令。

一发炮弹命中了，又把那暗堡里的敌人打蒙了。

“冲啊！”

步兵向纵深发展，不到半小时，一批俘虏从李堡镇押了出来，全歼李堡守敌700余人。

李堡战斗结束了，13炮13中报告了党中央，并把这一消息登在党的报纸上，延安电台把这一消息向全国广播，战士们都高兴得跳了起来，大家齐声欢呼："啊！我们的13炮13中，党中央、毛主席都知道了！"

第三节　蒋介石是个运输大队长

运输大队长，
　　他呀嘛本姓蒋；
火箭炮呀，
　　卡宾枪，
　　　　喽啰们出洋相，
　　　　　　喽啰们出洋相。
炮儿一声响，
　　集体来缴枪，
　　　　花旗货呀，
　　　　　　美国造。
再也嘛不姓蒋，
再也嘛不信蒋。

这是在苏中七战七捷中流传在苏北战场上的一首歌谣。战士们拿着缴来的美械化装备，一边走，一边唱，小曲儿越唱越感到心中美滋滋的，为自己取得的胜利而感到自豪，文工团也用这首歌在舞台上做滑稽表演，战士们看得都捧腹大笑，由此，也使大家懂得：用夺取敌人的武器来武装自己，这是壮大中国人民武装力量，夺取全国胜利的必由之路。

经过几次战斗，山炮连的炮弹已经不多了，出于解放区的财力有限和蒋管区地下工作的难度，地下工作者又不可能源源不断地向解放军供应炮弹，面对这种情况，龚绍华对"战争的主要因素是人，而不是靠几件先进武器"的论断产生怀疑。

"民富，我天天都在想打仗，我们的炮弹也不多了，今后的仗怎么打呢？"龚绍华和顾民富唠了起来。

顾民富不知龚绍华为什么关心起打仗来了，他很高兴，连忙问道：

“如果你当连长的话，你说怎么打呢？”

“真急死人了，没有炮弹也不能用脑袋去顶啊！”龚绍华表现出似乎比谁都关心。

顾民富很不在意，他深信：车到山前必有路，“那就有多少炮弹打什么仗呗，炮弹打光了，我就改行！”

“那好！”龚绍华紧接回答，“改行以后，我们还在一起工作。”

顾民富眯着眼一笑：“还是老同学感情好，我们都成了不愿分开的战友了。”他觉得龚绍华话中有话，接着又问道：“你想调到哪里去呢？”

“全心全意为人民服务呗。”

“对呀！”顾民富十分高兴，“你的思想境界怎么这么高呢？”

龚绍华的调子更高，“为人民服务就要不计较地位，不怕累、不怕脏呗。”

“那你说到什么地方好呢？我跟你一起去。”

龚绍华一听，心里有八成把握，就直率地暴露：“到后方医院去呗，帮人家打个饭、倒个尿、洗个绷带，这也是为人民服务嘛！”

“不！”顾民富手一摆，“现在前线需要人，我们还要求到后方？”

“调动工作可是你说的呀！”龚绍华抓住调字不放。

“你这是不了解情况乱放炮！我是想炮兵当不成当步兵，去亲自缴获敌人的武器。”

“我看你的思想也不安心炮兵，也需要帮助帮助。”

“你这一炮没有打准我的思想，你这是在浪费‘炮弹’。”

“炮弹，炮弹，有没有炮弹这是上面的事，你还操什么心？”

没等龚绍华说完，顾民富接着说：“你不操心，我操，革命的事大家都要操心，不然还叫共产党员吗？”

龚绍华被说得哑口无言。

“喂！你们在干什么呢？”

两人听到一个很熟悉的声音，往话音方向一看，原来是老同学龚绍祥。他们像童年“三好友”一样，聚集在一起，但又不是童年时那样单纯，而是各有各的打算。

“老同学，你没有听到要打仗的消息吗？”顾民富对打仗心切，他抢先询问。

“绍祥！”为表示亲切，想称哥哥，但没有好意思说出，“我们的炮弹不多了，还能打仗吗？”装出焦虑的样子。

“打仗不打仗，我怎么知道啊？”龚绍祥两手一摆，做出一无所知的姿势。

“靠近连首长，还不能听出点味道来？”

“是啊！要是不打仗，就到后方休整，还在这里干什么？”

两个人都以不同口吻向龚绍祥询问。

龚绍祥也不好在老同学面前编造个打仗的事来，他想起连长刚说的一个故事，便说：“好吧！我把连长刚刚讲的一件事给你们参考参考！”

两人听了都很高兴，都想从龚绍祥嘴里捞出点什么“油水”来。

那是在1940年，他原来的名字叫袁铁蛋，一心要参加一个有能耐的部队去狠狠地打那日本小鬼子，有一支新四军抗日游击队住在他那村庄，子弹袋装得都是满满的，袁铁蛋一看，就认为这个部队一定能打仗，他就毫不犹豫地报名参了军。一当兵，连长、指导员都对他非常热情，在编到班里时，只发给他一支老套筒子步枪和5发子弹，其中有两发是瞎火，袁铁蛋一看，马上就泄了气，他把子弹袋往地下一摔，就想不干了。指导员走上前来便问道：“小袁，你怎么要起小孩子脾气来了？”

“你们欺负人！”袁铁蛋干脆地回答。

“谁欺负你了？”指导员问。

“你们老兵的子弹袋都是装得满满的，发给我的子弹才这么点，这个仗我怎么打啊！”

指导员笑了笑，从老兵身上取来一个子弹袋交给袁铁蛋，并说：“这个子弹袋就发给你吧！”

袁铁蛋见到子弹袋，气得发青的脸又转为笑容，还美滋滋地说：“这还差不多。”

他接过子弹袋，觉得是轻轻的，打开一看，大部分都是用高粱秆填在里面，他惊奇地问：“高粱秆还能当子弹打吗？”

这时，全场人都哈哈大笑，指导员也笑着说：“这叫做真真假假，今天能蒙住你，说明也能蒙住敌人。”

袁铁蛋感到害羞，觉得刚才的表现是错了，指导员接着又说：“我们的子弹虽少，但要尽量做到一颗子弹消灭一个敌人，因为这些子弹都是我们一些同志用血换来的。”指导员又郑重地说，“在目前，我们没有制造武器的大工厂，我们的方针就是夺取敌人的武器来武装我们自己，要用好武器，就要到敌人那里去夺。”

袁铁蛋听了这些话，马上就认了错，表示要作战勇敢，去缴获敌人的装备。

顾民富、龚绍华听了这个故事，都很受启发，他们不安心在炮兵工作的思想，又被减去了一多半。

近来，部队思想有点小小波动，像农家人过春天一样，旧的粮食将要吃完，新的粮食作物还没有成熟，这就叫青黄不接的季节，山炮连的炮弹已所剩无几，几个空炮弹箱子还随身带着，有几个舍不得丢掉的炮弹壳子在地上滚动着，相互碰撞的声音也不像过去听得那样悦耳，马上又要打仗了，但“巧妇难为无米之炊”，不少人都在议论着炮兵连的事。

林指导员好像是一个会看脉的“医生”，部队的思想命脉在他心中总有一本账，有什么“病”就开什么“药”，用什么钥匙开什么锁，思想工作也要有针对性，他最近大讲起革命光荣传统，把革命光荣传统的教育当作解决部队思想问题的第三把钥匙，他想用活生生的事例来把部队的情绪调动起来。

一天，指导员到四班了解情况，对面迎来的是老战士马争田，他一点礼貌也没有，张口就说：“指导员，我们炮兵就改行吧，不然的话，你就当空头指导员了！”

“改行！”指导员没等他讲下一句，逗趣地问道：“叫你当司令，根据目前形势，你应当怎么处理。”

“我的妈呀！”马争田脑袋一缩：“我兵还没有当好呢！还能当司令?”

“要是叫你当司令，指挥大兵团作战，你说炮兵要不要?”指导员问。

“就这几发炮弹，我看，不如散伙。”马争田支支吾吾地回答。

“毛主席领导湖南农民起义，手里没有多少枪，还拉起了一支队伍来了呢。”

“那……毛主席站得高、看得远呗。”

“我们只看眼前，不看长远，对不对呢?”

马争田哑口无言。

指导员往四班去，大家都想从指导员那里得点什么“消息”，指导员笑嘻嘻地对大家说：“我给你们讲个故事吧！”

一听说讲故事，大家都围着指导员，有的想从故事中得消息，也有的想听点故事来解解闷。

指导员像说书人一样，坐在一个炮弹箱上，右手往膝盖上一拍：“话说贺龙同志两把菜刀闹革命。”

“好!”在场的人情绪振奋，鼓掌表示欢迎。

那就是在1911年，虽然清朝皇帝已被推翻，但各地的小皇帝又在争地盘、夺势力，地主老财对农民的剥削丝毫未减，中国人还在受外国人欺负，人民的负担越来越重，不少人家家破人亡、妻离子散，国家非常危急。就在这个时期，有一个出身在贫苦家庭的青年，名字叫贺龙，他身体魁梧，是一个彪形大汉，他天不怕、地不怕，敢把皇帝拉下马，他对那种十分不公平的世道非常不满，一心要闯出一个公平合理的天下来，他结拜了不少兄弟，主张打倒军阀，杀富济贫，他和二十几个青年人在一起研究，要给穷人闯出个路子来，但是没有枪，就想从军阀手中夺点枪支，来扩大穷人的队伍。

有一天，军阀队伍中有两个当兵的在茶馆敲诈老百姓，他们洋洋得意地在那里喝茶，喝得有滋有味，他们把大腿翘到二腿上，想要什么，茶馆老板也不敢怠慢。忽然间，有几个小伙子对着那两个当兵的冲了上来，贺龙拿起菜刀，对着那当兵的砍了下去，那个兵的鲜血直流，欺人的架势也没有了，两支枪便夺到贺龙的手里，就靠这两支枪，人马越拉越多，武器越来越好，自己便成了一派势力。

后来，贺龙听说南方有一位叫孙中山的大人物，他实行“三民主义”，实行联俄、联共、扶助农工三大政策。他非常拥护，北阀战争时，他担任国民革命军第九军第一师师长，他这支队伍打得十分英勇。后来，他的队伍扩大到一个军，他担任军长。

1927年，夺得国民革命军总司令的蒋介石叛变革命，对共产党人实行大屠杀，人民又处在水深火热之中，贺龙同志在周恩来同志的领导下，举行了南昌武装起义，他担任起义军总指挥，把反动派打得跑肚拉稀的，打出了共产党的威风，和毛主席领导的湖南农民武装相结合，建立了第一支工农武装部队。

指导员讲到这里，觉得再往下讲，就会离题太远，想留在今后做思想工作时再讲几段，而大家正听得起劲时，指导员又不讲了。

“同志们!”指导员把话转到主题上，“贺龙同志两把菜刀闹革命，难道我们炮弹少点就不能打仗吗?”

这时大家都笑了起来，想调离炮兵的人再也不提了。

到了兴化心就花，
到了盐城不想家。

炮　痕
PAOHEN

这是流传在国民党和日伪军中的一段顺口溜。

在一个美丽富饶的苏北兴化、盐城一带，因为帝国主义侵略和军阀间的混战，使不少土地荒芜，不少人背景离乡，不少妇女流入城镇以卖淫为生，过着非人的生活。有人编说：这里的妇女皮肤细腻嫩白，说话温柔亲切，使人感到：观则迷，谈有情，近则暖，远则思。一些南来北往的官兵都把这里当作淫荡之家。有的还想在这里找一个像苏三那样的情人，这两句话连接起来顺口押韵，描绘了旧中国黑暗的一个侧面，国民党的军官们经常用色情来鼓舞士兵士气，把“到了盐城不想家”作为给他们卖命的诱饵。

新四军东进抗日，有一名参加过三年游击战争的老战士，因为受色情影响，奸污了一名妇女，有人利用这事，加以扩大，说是新四军和国民党、日伪军也差不多，在群众中造成不好影响。为了贯彻人民军队铁的纪律，对这个战士当众公判，进行枪决，彻底扭转了群众对新四军的看法，群众纷纷议论：“新四军纪律严明，天下少有。”即便是有些不正派的妇女，也不敢在新四军面前行为不轨。

从日本帝国主义手中夺回来的盐城镇，才一年多的工夫，又被制造内战的国民党军队占领，盐城镇又恢复了黑暗的统治。

“弟兄们！你们给我守住盐城消灭共军，我放假3天，让你们去逛窑子。”一个国民党军官给士兵训话，他们哪敢把战争的目的告诉士兵，只能用美女来鼓舞士气。

“长官！能不能赏给我一个老婆？”士兵王小二迷恋了这个小镇，他想有朝一日，能在这里安家立业。

“他妈的，给我好好地干，打胜了，盐城的老婆你可能随便挑。”这个军官摆出很大方的样子，好像窑子铺都是他开的。

“要是弟兄们守不住呢？”王小二疑惑地问。

“国军有的是枪炮、弹药，有美国老板给我们援助，共军来一个，我们就消灭他一个。”那军官挺着胸，摆出财大气粗的样子。

“我听说，共产党神出鬼没，他们的枪炮、弹药都是从我们这里夺去的呀！”

这一来，把那一位军官惹火了，他脸色一沉：“他妈的，我看你是喝了共产党的迷魂汤，长别人的志气，灭自己的威风，像你这样的兵，守不了盐城。”立即对着手下几个心腹，“来呀，他需要教育教育，给我打他 30 军棍。”

王小二也不会拍马，他说了点真话，结果得到的不是老婆，而是 30 大棍。

盐城是国民党在苏北的重要据点，是苏北公路交通要道，为了固守这一军事要地，他们把老城墙进一步修复加高，城高有二丈八，城外有护城河，河外有各种障碍。往外看，是一片开阔地，即使有一只小鸟从这里经过，也能看得一清二楚。守城的士兵，除配有步机枪、火炮和自动武器外，每人还配有一把带长把的大刀，如发现有爬城墙的，就用大刀砍头。城内还有足够的弹药和给养，按推算，即便没有外援，也能固守 3 个月。

守卫在盐城镇的国民党部队，为了炫耀自己的武力，他们把部队拉到街头，扛着现代化的武器装备，其中有美国造的卡宾枪，日本造的“三八式”，还有美国、日本造的机关枪、迫击炮，戴着牛皮帽的大兵，在军官的监督下，走得耀武扬威，可是在走完之后，晕倒了数十个。

在一个炎热的夏天，阳光像火一般地照在苏北大地，闷热的天气，像蒸笼般地困惑着战士们的身躯，严厉的太阳，像在教育自己的后代——要在艰难困苦中锻炼成长。在一片高秆地的庄稼地一边，空气像停止流动，战士们的汗水像雨水般地在皮肤上流淌。一些动物也被热得到处乱窜，“鸡不上窝墙头跳，狗不卧地汪汪叫。”而英雄的战士们则不顾炎热在做好一切战前准备，只有那没有出息的癞蛤蟆，它们还藏在又臭又脏的阴沟洞里。

农民有一段谚语：“人在田边热得直跳，庄稼在地里哈哈大笑。”经过雨露滋润的庄稼苗，又经过强烈阳光的照射，庄稼都在争相生长，在白天，张开绿色的嫩叶，从阳光中吸取丰富的营养；晚间，庄稼拔节增高发出咯咯的响声，棉花结成累累的棉桃，玉米棒在长出半尺多长，青枝绿叶还发出迷人的清香味，眼看着这些庄稼宝地，标志着党在农村的政策进一步落实，也表明只有勤劳勇敢才是获得一切财产的源泉，眺望着即将丰收的好年景，闷热的天气，又好像从战士们身上减去了一半——又是一个有收获的战斗，又将被勇敢的战士们夺取。

“出发！”一支步兵部队接到战斗命令。

在一个黄昏的夜晚，一支全副武装的人民解放军野战部队向盐城方向进发，他们穿过了一人高的草地，走过了屋檐高的高粱地，又插进一丈高的玉米地，除了棉花、花生、地瓜地以外，大部分走的是高秆作物地带，庄稼像一堵不透风的墙，闷得人们透不过气来，但这里正是人民武装力量的隐蔽地。

近来，国民党部队总是在寻找人民解放军踪迹，一会儿听说在南边，一会儿听说在北边，经过土地改革的农民，他们把地主分子管得严严实实的，使他们总是得不到可靠的情报，无奈，他们只好用飞机进行侦察，几架单螺旋桨的飞机，经常盘旋在公路两侧和人民解放军经常活动的地方，有时飞得很低，飞机经过庄稼地，都能把高秆庄稼分成一条浪沟，但也没有找到人民解放军主力部队的行踪。

在接到作战命令的同时，山炮连也随同步兵一起，参加作战行动，一开始，部队走的是大道，虽不是汽车公路，但山炮可以用骡马牵引，一个连的炮兵部队，虽不能说是浩浩荡荡，但走起来轻松愉快，这一场景，不能不使走崎岖小道的部队感到眼馋。

刚走过十多里，又改走羊肠小道，战士们不得不把火炮分解，分别装在独轮小推车和人背肩扛，一些古怪的地形，对步兵来说，到不会有多大难题，但推着木头轱辘的独轮小推车，就有点不听使唤，推着几百斤重的装备，上坡要人拉，下坡要拖着走，如遇泥潭地，车轱辘很容易陷在泥潭里，就需要几个人抬，在漆黑的夜里，步兵可以沿着田埂走，而独轮车走就要摸着行，如遇一些小障碍，单人可以跨过去，而独轮车就要抬着过，一些高低不平的地形，就好像走在搓衣板上，震得全身就像要散了骨架。就这样，同走一里路，要比单人走费好几倍的劲。战士们的衣服都已全部湿透，水壶里的水早已喝光，人人都感到口干舌燥，在这种情况下，水似乎比什么都重要，是争取早点到达目的地夺取敌人的炮弹，还是先取水解喝，给指挥员带来一个难题。而袁连长的决心：即便是身上枯干，只要能够行动，首先要把山炮运到前线。

行军开始，龚绍华还有点满不在乎，闷热的天气，使他感到难受，但他身上只背了一个背包，一条4斤重的米袋和一个水壶，比一个步兵战士的负担要轻多了，他得意洋洋地跟着炮车走，嘴里还哼着小调，他不好意思一开始就把东西放在马背上，他准备在自己走乏时，就凭他当副班长的这点权威，也可以把自己的背包放在炮车上。刚走过十多里，由大路改成小路，他毫无思想准备，一时使他手足无措，班长指挥大家分解大炮装车，而龚绍华还在磨磨蹭蹭的。

“副班长，今天有战斗任务。”顾民富紧急地催促着。

“啊!”龚绍华惊叫了一声，他听老兵说过，按军纪，谁如果延误战机，那是要杀头的，他立即指挥下半班忙活起来，装备上车后，他抢着车就推，他哪像干过庄稼活的庄稼汉，推起车来老是走不到正道上，他像扭秧歌似的，一会儿往左扭，一会儿往右斜，无奈，他只好交给一个会推小车的战士来推。那车换人之后，车子像飞轮似的，飞快地向前飞跑。小车上坡时，需要有一个人在前面拉，龚绍华抢着绳子就拉，由于心慌腿软，拉起是歪歪扭扭的，本来走得很平稳的小车，被他一拉，险些掉到沟里。推小车在平时也是一项训练，遇到这个科目，他像演戏似的，根本就没有放在眼里，现在他体会到：平时不训练，战时就要吃亏，可到这时，已经晚矣，而班长顾民富总是把一个班看成一个整体，他立即把下半班的行军秩序进行整理，很快跟上了队伍。

在一夜之间，人民解放军野战部队突然出现在盐城镇的城下，并把这座镇团团围住。

“上!”

一声令下，一个步兵连的战士在拂晓前冲了上去，企图以突然袭击的方式打开一个突破口，为后续部队继续前进打开通道，正当准备渡河时，被敌人发现，这里正是敌人的火力网，一些同志壮烈牺牲。

王团长对一些战士的牺牲感到痛心，复仇之心涌向他的心头，正当准备组织强攻时，他又冷静地思考了一下，他收回了继续攻击的命令，把纵队首长的指示又做了认真的研究。

根据情报，国民党在盐城储存有5000余发山野炮弹，既然“运输大队长”送来了，你们一定好好地“接受”下来。

在苏北战场上，敌人的兵力仍几倍于我们，他们仍可以调动一部分机动兵力前来支援，这一仗要尽早解决战斗，不能持久拖延。

王团长在领会这两段指示后，有些过于心急，他得知要缴获这么多炮弹，不禁喜出望外，正当部队接敌时，想以迅雷不及掩耳之势，乘敌不备，迅速解决战斗，但因为敌火力点没有弄清，而付出了一点代价。

战役指挥部调整了战斗部署，把一部分部队浩浩荡荡地开到公路两侧，摆出围点打援的姿势，利用这个间隙，给围攻盐城的部队侦察敌情和了解敌人火力点的机会。

在40℃的高温下，阳光像火一般地照射着战士们的身躯，这里没有可供乘凉的树阴，也没有要供休息的房屋和凉棚，只有可供防护敌人枪弹的掩体，王团长抓紧时间，乘敌人摸不清我们动向时，带领大家赶紧侦察敌情，他们一会儿跑到这个阵地、一会儿走到那个战壕，经过一番忙碌，侦察人员个个汗流浃背，互相一看，个个是上下一身土、满脸一层灰，汗水拌着泥土，光滑的脸孔，成了舞台上不化妆的花脸，大家互相一笑，也顾不上谈论这些感受，一天工夫，基本上摸清了敌人的火力网点。

“袁连长！”王团长呼叫。

“有！”一个刚劲的应声。

“给我往前面那火力点上打几炮。”

“是！”

“不！”王团长迟疑了一下，“现在炮弹不多了，还是要节省点。”王团长又想了想，“这样吧，你给我照准目标，打3发，打好了，我发起攻击。”

“轰！轰！轰！”3发炮弹，正好落在敌人火力点上，敌人的重机枪被打哑了，两个射孔也被摧毁。

“冲啊！”

步兵战士抬着云梯，全副武装迅速通过开阔地，有些人已渡过了护城河，冲到了城墙脚下，眼看，破城的攻势已经形成，马上就能打开这个突破口已不在话下。

“哐！哐！哐!”

“叭！叭！叭!”

在前卫部队冲到城下时，敌人利用城墙的优势，又组织火力。对冲锋的部队猛烈射击，步机枪子弹像雨点般打来，一部分同志纷纷倒下，如果再组织冲锋，将会造成更大的伤亡，而且也不能取得胜利的战果。

王团长感到自己的失策，像下象棋一样，在下到当头炮，小卒子过河，要将军抽车时，没有运用好马走日字、相走田这一步，而走了个马蹩腿。

炮兵也不像打李堡那样神气了，一发炮弹可以摧毁一个土木建筑的碉堡，但是要把几米厚的城墙打开了一个口子，谈何容易。

为了巩固和激发部队作战情绪，在炮兵阵地出现用纸条写的传单。

向步兵老大哥学习，

不怕牺牲，去争取胜利！

真金不怕火来烧，赤胆忠心不怕阳光照！革命战士不怕死，吓死国民党狗崽子！

只要我们决心强，定能打败运输大队长！

为牺牲同志报仇！

在战场上，没有集合讲话的条件，也没有可供写标语的笔墨纸砚，指导员把战场鼓动口号写在纸条上，在阵地上传阅，由有文化的同志向大家朗读，本来一时沉静的气氛又开始活跃起来。

龚绍华在阵地上，太阳的暴晒也使他感到非常难受，因为敌火力封锁，也只能和大家埋伏在战壕里，在3发炮弹命中敌目标时，他有点沉不住气了，他走出战壕，进行欢呼，正当他兴高采烈时，一发子弹正好落在他的脚底下，子弹还在他鞋底下翻腾了一下，这时，他立即趴到战壕中，让他念一张纸条时，他的手有点哆哆嗦嗦的。

王团长又调整战斗部署，他已向旅、纵队首长表示，攻不下盐城镇撤去团长职务。他想利用在隐蔽城墙脚下的部队打开一个突破口，他重新组织了一支精干的部队，备足弹药，换上自动火器，全部轻装，在指定的集合点待命。他用一根硬铁丝，绑上一个纸条，用没有弹头的步枪子弹，向城下隐蔽部队发射，纸条上写着：

"你们迅速组织部队准备登梯，占领城墙，打开一个突破口，后续部队将陆续跟上。"

墙下的部队接到命令，立即组织了仅有的两部云梯，为不被敌人发现，说话只能交头接耳，架云梯时轻拿轻放，走路时脚步轻稳，架完后，战士们排列在云梯一旁，共产党员站在最前列。

"上！"

指挥员一声令下，战士们像猛虎般地爬上云梯，第一个上云梯的是一位班长，他曾多次担任过突击队任务，屡立战功，当他爬到墙头，露出头脑时，墙内突然有人叫唤"共军爬城墙了"，这位班长正准备对敌人射击时，被一发子弹打在他的脑门儿上，他无力再上的身躯从城头上掉了下来。

第一名倒了下来，第二位是一名共产党员，他看到班长倒下来，激起了对敌人的无比仇恨，一个劲儿地往上爬，头部刚露出墙头，被敌人的一把"关公大刀"砍了下来，头颅从墙头上滚了下来，连续上了5名同志，都在爬城墙中光荣牺牲，对此，王团长又不得不命令，暂停爬城墙。

从国民党占领盐城镇时，他们训练了能够耍大刀的部队，刀柄长8尺，刀刃锋利，他们称为“关公大刀”，有些受金钱美女引诱的士兵，他们哪能知道：这是在杀害自己的阶级兄弟。

龚绍华第一次受惊后，不敢假充“英雄”，他从观察班拿过一个潜望镜，可以在战壕里观察敌人动静，当他看到第一名战士人头落地时，“我的妈呀！”又使他吓了一跳。

这时，阵地上又传呼声，要求用火炮对敌人进行报复，反映到王团长那里时，王团长回答说：“炮弹不多了，打不好，可能还会误伤埋伏在墙下自己的同志。”

傍晚，太阳将要落到地平线以下，但热浪仍在袭击着战士们的肌肤，在这时，即便是有一把扇子，扇在身上的风也是热的，从战场的现状来看，好像解放军正处在败势，围攻部队不向据点发射一枪一弹，有的部队还暴露出后撤的姿态，而国民党的一些军官们还可以在城墙上大摇大摆地来回走动，而解放军一些官兵则抬着几口棺材前去收尸，有上油漆的，也有没上油漆的，有的棺材上还漆有“寿”字，似乎要把牺牲的同志拉回来掩埋，棺材抬出战壕，敌人的步机枪对着棺材打来，战士们以棺材为掩护，把棺材继续往前推进。

半夜时分，战士们把一口大棺材抬到城墙脚根下，这里，没有装进牺牲战士的尸体，而是装进去一棺材炸药，并从棺材里拉出两根电话线，拉到百米以外的指挥所，并接在一个手摇式的电话机上，只要电话机一摇，电话机向雷管送去电火，炸药就会被引爆而发出巨大威力。

第二个白昼又来到了，太阳从东方徐徐升起，太阳对人们来说，有时是很严厉的，但有时又特别温柔，早晨的太阳又给人们增添了一种美感，今天的阳光又好像在向解放军战士们展示——胜利即将来临。

准备好，打击敌人的嚣张气焰，
夺取敌人的武器来武装我们自己，
我们一定要攻下盐城，
不怕苦，不怕死，胜利一定属于我们！

一张张纸条又向阵地传来，沉静而又烦闷的情绪又开始活跃起来。

按照王团长的部署，对炮兵的射击又做了重新调整，把原有的射击目标交给步兵去爆破，把较远的目标交给炮兵，现有的炮弹已不多了，要求一定准确地打在敌人火力点上，这一来，又给袁连长带来难题，他把目光又射向了郭景华。

“郭景华，你打那几个目标有把握吗？”袁连长把那几个目标做了叙述。

郭景华有点为难：“连长，300米内我有把握，300米以外我没有把握。”

“你给我想想办法。”袁连长命令式的。

“那……”

“少废话。”袁连长没留余地。

“郭景华！”指导员接上话茬儿，“你们班里不是有知识分子吗？可以和他们一起研究嘛！”

郭景华一听有门，对龚绍华开口一个副班长，闭口一个副班长，有时把“副”字也减了，叫得甜甜蜜蜜，龚绍华受到抬举，感到很不好意思，因此，由顾民富、龚绍华、郭景华共同研究，按照数学公式，把炮弹出口的初速、弹道的偏差、风向对弹道的影响，炮弹飞行中的弧形都做了精确计算，从各方面论证，都认为是最优瞄准点。

各方面准备就绪，指挥部将要发出总攻命令，正当大家着急时，从城墙脚下，突然响起了强烈的爆炸声，一股爆炸烟云，成蘑菇状升飞百米高空，在千米范围内，爆炸声超过耳边霹雷，整个盐城镇如同地动山摇，一些房屋被震倒，一些大树被震歪，飞鸟从天上震掉下来，猪、牛被震昏倒地，城墙被炸开一个大口子，只有一些不愿打仗而站在城墙下面的国民党士兵幸免未死。很长时间，国民党军队弄不清解放军用的到底是什么先进武器。

“冲啊！”

步兵像猛虎般地向城内冲去，冲锋号响彻云霄，冲锋的呼声像暴风雨般呼啸，部队迅速向城内进发。

“叭！叭！叭！”

在距火炮300米以外的敌人火力点向解放军一侧的进攻部队进行射击，给进攻部队造成一些伤害。

“预备——放！”一发炮弹向敌人阵地打去，接着又是数发，敌人的火力点被打哑了，步兵迅速向纵深发展，一部分炮兵战士也跟随步兵到城内“接收”炮弹，眼看着国民党部队兵败如山倒，有的投降缴械，有的乱成一团，在不长时间内，盐城镇被全部攻克。

太阳依然强烈地照射在苏北大地，好像是炼钢炉内的高温，在熔炼着战士们那钢铁的心，用这颗钢铁的心，夺得了“运输大队长”给我们送来的武器弹药，这批武器装备，既没有举行隆重的接受仪式，也没有打收条，更没有向“运输大队长”表示“感谢”。而是一支支、一包包、一箱箱，都落到人民解放军的手里。

“哇！”炮兵战士高兴地叫了起来，“这里有这么多炮弹啊！”

指挥部立即组织人力，物力进行装运，扛的扛，搬的搬，有的用车推，有的用船运，在这种情况下，时间就是黄金，多运一发炮弹，就价值2两黄金，要争取在敌人援兵到来之前把炮弹全部都能运走。

“喂！在这边还有呢！”马争田在一边叫唤。

一堆用红松木打制的装箱，搬起来沉甸甸的。光亮的黄铜弹壳，钢钻般的弹头，整整齐齐地放在木箱里，战士们个个都拥上来，不顾汗流浃背，像一群有纪律的工蚁，像一群勤劳的工蜂，都在为把这批炮弹运送到解放区而奋斗。消息传到王团长那里，他立即派出一部分部队和民工帮助搬运，就这样，凡是能用的武器都争取一个不丢，能使用的运输工具都为运输炮弹而用。一场紧张的搬运炮弹的任务就在这个炮弹仓库周围紧张进行。

战士们一面搬运炮弹，又听到不远的地方传来枪声，接着有人报告，说是增援敌人已接近盐城镇，部队和民工又在进行着紧张而有序地搬运。

“报告连长！敌人距离我们还有1000米。”

袁连长一看，还有两箱炮弹，便说：“就留给敌人做纪念吧！”

马争田舍不得，他扛了一箱，最后撤离。

盐城攻坚战结束了，人民解放军缴获敌人的山、野炮弹5000余发，步兵武器不计其数。这些炮弹，不但能满足自己使用，还支援了兄弟部队，战士们愉快地回到解放区休整，指着缴来的武器装备，唱着《蒋介石是个运输大队长》的歌曲。未来的战斗，让我们的敌人再尝尝解放军炮弹的滋味，在摇篮中成长的婴儿又比过去更加壮实丰满。

第四节　敢于献身故事的启示

盐城这一仗，山炮炮兵更强大了，原来，打一发炮弹好像是从身上抽筋，而现在像腰缠万贯的“大财主”，不但自己有丰富的炮弹，还可以大批地支援兄弟部队，过去只有瞬发榴弹一个弹种，而现在有穿甲弹、榴霰弹、照明弹、燃烧弹、烟幕弹以及瓦斯弹八九个品种，战士们都笑着说，运输大队长给我们准备得还很齐全呢！大家对炮兵的前途又寄予很大的希望。

盐城这一仗，使龚绍华感到高兴的是：这一仗，他的才能又得到发挥，因为射击计算准确，被记为三等功，虽然是最低的功劳等级，但在自己的历史上也是光辉一页。

盐城战斗后，山炮连正忙着“分家”。将一个炮兵连扩编为两个炮兵连，特务团机关都来了解情况，帮助工作，连长、指导员都忙得不可开交，经过综合平衡，暂不设山炮营营部，为统一指挥，由袁培新任副营长兼二连连长，林杰任二连指导员，顾民富任二连二排排长，龚绍华任副排长，龚绍祥任党的专职副支部书记，江海公学分配来的学生基本安排了干部职务，初、高中学生虽称不上知识分子，但在连队大部分都是文盲的情况下，这些人还是党的宝贵财富。林杰同志原准备调到团部任宣传股长，是营级干部职务，他本人一再要求，为给基层思想政治工作闯出新的路子来，继续留在连队工作，团党委同意了他的意见。这次干部的安排，基本是按“德是基本的，才是重要的，资是照顾的”基本原则，但对少数人来说，也是“水涨船高”，在部队大发展中，给了他提拔的机会。部队虽然扩大了，在培养部队军事素质、政治素质，特别是培养部队英勇顽强、不怕牺牲的精神，又提到重要日程上来。

一天，龚绍华听说纵队文工团要到特务团来慰问演出，引发了他的不少想法，他想：文工团的到来，一方面可以进行点文艺欣赏，解决行军打仗中的枯燥感；另一方面可以和曾相识的文工团女演员李健谈谈心；三方面是否可以通过她调到文工团去工作。他原认为：当炮兵等于进了“保险箱”，伤亡主要是步兵，从当炮兵后，觉得在战场上的危险性也不小，很多战斗，炮兵的阵地差不多和步兵在一条线上，在大部队作战中，差不多每次都要炮兵配合，参加作战的次数比步兵师、团都多，如果敌人的炮火强，炮兵便首先是敌人的攻击目标。

晚间，山炮各连，除留几个哨兵外，全体干战将到一个广场上看剧，一个用木板、树棍、毛竹搭起来的露天舞台就设在刚刚平整的打麦场上。舞台的设备比不上上海大舞台那样豪华舒适，但天蓝色的幕布，5个大汽灯把广场照得光明锃亮，来看剧的群众像赶庙会似的，有的从几十里路以外赶来，一时间，热闹非常，村民们又将度过一个不平常的夜晚。

两个山炮连距离剧场只有一里多路，集合哨音一吹，两分钟之内就集合完毕，在行进的路上，队列十分整齐，迎着胜利的喜悦，指战员们个个都精神饱满，行进中还唱自编的《炮兵进行曲》，在集合场上，又是歌声嘹亮，喜气洋洋，戏未开始，群众就饱看了解放军“团结、紧张、严肃、活泼”的新景象，有的伸着大拇指说：你们看，咱们解放军多神气呀！

文工团演出的节目是《女英雄刘胡兰》，主演：李健，全剧共分4场，“生的光荣，死的伟大”光辉题词将通过舞台形象而铭刻在指战员的心中，剧情简介大致是这样的：

第一场：童年

在吕梁山下的一个农村。

后台唱《国际歌》，起来，不愿做奴隶的人们……

云西周村西苦，
家家户户刮盐土，
一瓢汾水一瓢油，
不肥穷人肥财主。

舞台上又响起吕梁山下的一段民谣。

伴随着壮丽歌声，汾水河边降生了一位女婴，起名叫富兰子。

幻灯在幕布上打出“八年之后”的字样，二幕拉开，雄壮的吕梁山景展示在观众面前。一位8岁的姑娘活跃在舞台上，她神奇地对一位共产党员、八路军县长顾永田那种不怕牺牲、一心一意为老百姓着想的精神感到钦佩，每一个唱词和对白都体现了富兰子对共产党的热爱和拥护，使他们成长投入了共产党的怀抱。

舞台上又出现了八路军英勇抗战的动人场面，抗日的烽火燃遍了吕梁山一带，在顾县长抗日民主政府领导下，富兰子背着书包上学，当了儿童团员，参加了对顽固派的斗争，为根据地送情报，积极护理伤员，好像有使不完的劲、干不完的活。

舞台上出现了遭敌人袭击的场面，顾县长掩护群众英勇作战，富兰子胆大如天，跟顾县长跑前跑后，顾县长的不幸牺牲，激起了富兰子对敌人的仇恨，在群众要为顾县长报仇的呼声中，第一场幕落。

顾民富、龚绍祥看完第一场都感到很受教育，而龚绍华以自己过去当过儿童团长而自傲，不去比英雄心灵和行为的高大。

第二场：征程

舞台上响起“参军光荣”的歌声。

大幕拉开，寒风凛凛，黎明的早晨，刘胡兰坐在区妇联主任雪梅家门口，雪梅打开房门一看。

雪梅：富兰子，你这么早来干什么？

刘胡兰：我来报名参加妇女训练班。

雪梅：你奶奶同意吗？

刘胡兰：不同意我也参加。

雪梅：你今年多大了？

刘胡兰：十四了。

雪梅：你还小呢！做妇女工作可危险啊！

刘胡兰：干革命不怕死啊（学着江西红军战士腔调）！

雪梅：（思考着）那你填表吧！

刘胡兰：（感激地）雪梅姐，你真是我的好姐姐。我不叫富兰子了，大名叫刘胡兰。

雪梅：那为什么。

刘胡兰：我爸姓刘，我妈姓胡，所以我叫刘胡兰。

二幕拉开。

在吕梁山的一个农村。

刘胡兰刻苦学习，努力工作，脚上长了黄水疮，流浓出血，带领妇女办“冬学”，不叫一声苦，台上唱起《冬学歌》。

地主分子二寡妇拿着一双军鞋献美，刘胡兰一看是假的，舞台上展示出和地主斗争的场面，逼得二寡妇做了交代，还交代了和村干部蜕化变质分子石五则之间的不正当关系，在火热的斗争场面中落幕。

第二场落幕，群众热烈鼓掌，马争田推着坐在一旁的顾民富说：“排长，我这双鞋可能还是刘胡兰做的呢！”

“去你的吧！”顾民富胳膊一摊，“人家在山西，我们在江苏，她还能把鞋送到这里来吗？”

“哎！全国不是有千万个刘胡兰吗？”

顾民富一听，觉得马争田很有水平。

龚绍华看完这一场，对自己开小差这段历史感到惭愧，但又评头品足，认为剧里要加重爱情，应当有一个像他这样的人做她的情侣，他看看李健的表演动作，在手上写了一词：

生命诚可贵，爱情价更高。

第三场：献身

在村头，古庙旁，灯光阴暗，一群国民党匪徒在阴沉的乐器声中登场。

匪徒甲：这里可是共产党的老窝呀，听说有一个女共产党可厉害呢！

匪徒乙：嗯，把她抓起来杀掉。

后台响起《吕梁大合唱》歌声，两个匪徒哆嗦一下。

在歌声中，刘胡兰英姿飒爽走上舞台，灯光明亮，刘胡兰的舞姿表现英勇顽强，雪梅上。

雪梅：刘胡兰，你还不到西山去躲一躲，狗子军已经进村了！

刘胡兰：不！我这里还有很多事没有处理完呢！

雪梅：我的好妹妹，你真是我们的好党员，你真的就不怕死吗？

刘胡兰：革命不怕死哟！

雪梅：你爸爸妈妈就你这么个好姑娘啊！

刘胡兰：你不是说，现在国民党已在全国吃了很多败仗，主力部队已转移到新地方作战，党需要我们在这里坚持斗争，牵制敌人，不能脱离群众吗？

雪梅：刘胡兰，前面就是狗子军，快隐蔽。

刘胡兰：雪梅姐，我掩护你撤退，你快走。

一群匪徒上来，刘胡兰被捕。

一群匪徒把一批群众押到台前，一个国民党大胡子军官杀气腾腾地站在被押群众面前。

大胡子军官：谁是共产党，都给我站出来。

舞台上在掩护党员和刘胡兰群众中，地主分子石廷璞认出了刘胡兰。

石廷璞：刘胡兰，你怎么会有今天啊！

刘胡兰被匪徒拉了出来。

大胡子军官：你就是妇女主任刘胡兰吗？

刘胡兰：是又怎么样？

大胡子军官：只要你自白，写个自首书，供出共产党员的名单来，就不杀你。

刘胡兰：我决不出卖自己的同志，更不背叛我们的党，真正的共产党员是不怕死的。

大胡子军官叫士兵搬上一把铡刀。

大胡子军官：你就不怕掉脑袋吗？

刘胡兰蔑视。

大胡子军官：来呀，给我把那个农会主任石五则拉去铡了。

石五则：（跪在敌人面前）我说，我说，那个刘胡兰、石三槐、石六儿就是共产党员。

刘胡兰：呸！可耻。

大胡子军官：给我把石三槐拉去铡了！

石三槐被拉到后台，后台响起："打倒国民党反动派"的口号，响出铡刀声，模拟血淋淋的人头提到台前。

大胡子军官：刘胡兰，你自白不自白。

刘胡兰痛心和仇恨。

大胡子军官：给我把石六儿拉去铡了！

后台高呼共产党万岁口号，又一个模拟人头提到台前。

大胡子军官：刘胡兰，你小小年纪，就真的不怕死吗？

刘胡兰：怕死就不当共产党，叫我自首办不到。

大胡子军官：来呀！再给我拉几个穷小子把他们铡了。

从台前推下几名群众，台后数着，一个，两个，三个。

大胡子军官：已经铡了6个人了，你的骨头还这么硬？

刘胡兰：人民群众你们是杀不完的，血债要用血来还。

大胡子军官：把机枪架起来，把这些小延安全都给我杀了。

刘胡兰：要杀我顶着，不准你们伤害群众。

刘胡兰走到铡刀下面，高呼口号，从后台提着模拟刘胡兰的头提到台前。

生的伟大，死的光荣。

用幻灯打出的8个大字在台上放出光芒。

起来，饥寒交迫的奴隶！台上响起《国际歌》的歌声。

幕落

整个演出，扮演刘胡兰的李健怀着对敌人的仇恨，表演得感情逼真，形象高大，英姿飒爽，把观众吸引到如同亲临其境，给大家进行了一次生与死的教育，不少人流了泪。

这几天，山炮连的斗志特别旺盛，刘胡兰的英雄形象又铭刻在战士们的心中，学习刘胡兰，为刘胡兰报仇的热潮在山炮连掀起，各班的求战书、决心书贴满了墙报栏。龚绍祥特别兴奋，他在墙上写下了自己的诗篇：

生命何为贵，问心有无愧；
生命何为重，看你为谁用；
生命何为美，看你献给谁；
生命何为长，千古美名扬。

这个诗篇简单朴实，大家非常欣赏，一些不识字的人也叫别人给念一下，以便来对照自己。正当大家议论如何对待生与死的时候，指导员也参与了这一活动，大家看到指导员的到来，首先要求讲一些革命传统故事，指导员答应了大家的请求，讲了一段苏联人民英雄在反法西斯战争中的故事：

在第二次世界大战中，大批青壮年报名参军，有一位英俊青年，他叫马特洛索夫，他从小就热爱自己的国家，热爱自己的人民，积极参加了苏联社会主义建设，德国法西斯的进攻，把他的肺都快气炸了，他一心要保卫自己的国家，打败侵略者，在一次战斗中，德国鬼子封锁了红军前进的道路，给红军造成了很大伤亡，马特洛索夫心里想，宁可牺牲我一个人，也要保护大家，也要保证战斗的顺利进行，他一心要把敌人的那个碉堡拔掉，他几个箭步，冲了上去，用炸药去炸敌人的碉堡，可是敌人的火力很猛，很难接近，他冲上去，用自己的身子挡住敌人的枪眼，面对红军大声叫唤："达瓦里西"（俄语同志们）冲啊！在他的掩护下，红军冲了上去，打败了德国鬼子，取得了战斗的胜利，而马特洛索夫身上中了无数枪眼，为人民付出了自己年轻的生命，这个事迹流传在苏联人民中，他被授予苏联英雄称号。

指导员讲到这里，他又感慨地说："同志们，为人民利益而死，要比泰山还重，在我们这个国家里，为了解放人民，也会能涌现出更多的马特洛索夫式的英雄。"

大家听后，又把马特洛索夫的光辉形象铭刻在自己心中。

在演出《刘胡兰》之后，文工团的一部分同志到部队进行采访，征求对演出和创作上的意见。主演刘胡兰的李健对山炮连并不陌生，她知道有一个叫龚绍华的是部队文艺骨干，想找他谈谈，也许能得到有益的启示。

李健来到山炮连，看到龚绍华的背影，她还是叫过去的职称“四班副!”

龚绍华没有在意，似乎把过去的职务都忘记了，没有答应。

在一旁看墙报的刘智高惊呼地问道：“啊呀，刘胡兰同志，你找谁呀?”

李健指着龚绍华的背影：“我就找他。”

“嗨!”他满脑子集中刘胡兰形象，而把过去采访过李健同志也叫混了，他指着龚绍华面对李健，“他不是四班副，是我们副排长了。”

李健用搞文艺的幽默语言：“噢！他升官了。”

龚绍华听到女人的叫声，回头一看，是一位美丽英俊的姑娘，顿时有点脸红，对那尖细而又温柔的女音感到浑身松软，他很不自然地笑了一下：“李健同志，你好。”

“二排副同志，我想找你采访。”

“不敢，”但又觉得当着大家面不好说，“那我们就找个合适的地方吧!”

接着，由李健找了个松树阴下的烈士墓旁。“二排副同志，我没有记错的话，你的名字叫龚绍华吧!”

龚绍华对一个姑娘能记住他的名字，他的心如同一团火在燃烧，他连连答应：“敝人正是。”

李健听得有点发笑，“请你谈谈对演剧的看法吧!”

“很好，很好，你真是戏中之楷模。”

李健很着急：“你不要拐弯了，给提提缺点吧!”

龚绍华一笑，“我倒也喜欢刘胡兰这样的人物。”说着，还偷看了李健的脸色。

“有话就直说吧！对我有什么批评我都可以接受。在烈士墓旁，没有什么不可说的。”

龚绍华这才鼓起勇气，“我觉得剧情中没有爱情，如果有一小伙子和她谈情说爱。那才有意思呢!”

李健没等他把话说完，便插话道：“这是一个真实故事啊!”

“那可以虚构嘛!”龚绍华装出精通文艺的样子。

李健解释道："在战火纷纷的岁月里，安排一个谈情说爱，能符合现实吗？"

"那现实是什么呢？"龚绍华问。

"为了战争需要，部队结婚条件有严格控制，条件是'二八五团'，就是28岁以上，5年以上党龄，团以上干部。"

龚绍华长叹一口气："那完了！像我这样的小干部，什么时候才能混上个团级干部啊！"

李健的手往他肩上一推："在革命胜利之日，让你的爱情去发挥威力吧，革命是不会叫你当和尚的。"

一个年轻女同志的手往他身上一碰，他感到全身发麻。为不失去机会，他用勇敢直率的语言："李健同志，我们现在就交个朋友吧！"

李健立即理解到龚绍华的动机，和气的口吻变成严肃的面孔："你这是什么意思，我们是谈工作，而不是谈恋爱，你的思想完全跑号了。"她站起来就走，"对不起，我们再见了。"

这样，龚绍华吃了闭门羹。

1947年夏季，人民解放军由战略防御转入战略反攻，在华东，国民党在山东的重点进攻被打破，战斗在山东战场上的陈粟大军越过京浦铁路西进作战，留在苏北作战的野战军挥师北上，攻打苏北重镇——新安镇，就全国来说，国民党处于被动防御，但在局部战场上尚有一定的实力。

新安镇周围一马平川，一条名叫射阳河的大河从这里通过，周围没有可利用的山丘，也没有可利用的土墩，周围有些村庄被炸毁，一些高秆庄稼被毁坏。夜间，据点内用灯光照明，白天可以观察到数里外的动静，国民党称为是能守能攻的据点。

像这样的地形，步兵可以采用近迫作业，利用苏北平原泥土松软的特点，将战壕挖到敌人碉堡附近。但对炮兵来说，要挖携带炮兵装备的战壕谈何容易，而步兵又急于要炮兵掩护，袁连长采用了远距离射击，但有些碉堡又是炮兵射击的死角，那些顽固死守的敌人在我炮火射击不到的地方进行反击，给步兵造成了一些伤亡。袁培新虽已升为副营长，但是战斗中仍深入一线，看到步兵战友的牺牲，他心如刀绞，经过几次战斗，他对500米距离以内的比较有把握，但对1000米以上的距离还是首次，他恨不得用自己的脑袋把敌人碉堡顶掉，但这又不是现实，他立即命令部队抬着大炮冲上去，进行近距离射击。

“炮分解！”

战士们把火炮成分解状态，按各炮手的分工，准备转移阵地。

“同志们，冲上去，到敌人阵地前面构筑工事。”袁副营长洪亮的声音向炮二连发布命令。

干部战士，有的抬炮身，有的抬摇架，有的扛钢板，有的抬炮架，指导员也扛着炮弹和战士一起往前冲，“抬炮在前，退却在后，坚决完成党的任务，轻花不下，重花不哭，英勇顽强，消灭敌人”的《炮兵进行曲》歌词又在官兵心中涌现。

“同志们，我们要向英雄刘胡兰、卫国战士马特洛索夫学习!” 指导员的呼声十分高昂。

“冲啊！”马争田首当其冲，向敌人阵地附近冲去，他抬的是最重的一头，像猛虎下山似的勇往直前，就在这冲锋期间，连队虽有几名战士牺牲和负伤，也没有影响炮兵冲锋陷阵的决心。

在冲锋途中，马争田的腿有点发沉，开始的那股劲有点下降，前进的速度也慢了下来，但他还是使出全身的力气，尽量使火炮到达预定的阵地。可是，有一条腿像木头似的，总是不听使唤，后面的同志急于到达阵地，就使劲往前推，马争田却倒在地上，他摸摸自己的一条腿，一股湿漉漉的血水染红了他的手。

“班长！你负伤啦了！”后面的战士一声惊叫。

马争田按了下身子，“不！我是轻伤，轻伤不下火线。”

马争田的脸有点发黄，一只腿站了起来，刚要抬炮时，又倒了下来。

“不行，班长，你的伤可不轻啊！”

“他娘的，我一条腿就不能上前线了吗？”又抬起抬杠继续往前冲。

这时，抬摇架的顾民富跟了上来，急促地唤道：“四班长，快上。”

马争田心急如焚，他又使劲站起来，命令战士把抬杠放到他肩上，刚站起来，又倒下。

“报告排长，班长负伤了。”一个战士报告。

“什么？”顾民富一惊，看到鲜血已染红了土地，他命令一个战士，“快给我背下去。”

马争田还在挣扎，坚持不下火线。

顾民富用强硬的口吻：“我命令你，赶快下去。”

卫生员给马争田做了包扎，流血暂时停止，龚绍华见状，立即对顾民富说："排长，我把他背下去。"还没得到完全允许，他却逃脱了一次在冲锋中的危险。

四班副班长郭景华在解放军中生活使他心情特别舒畅，新旧军队的对比，使他感到是两个不同的天地，在思想政治工作感召下，他已由一个当兵为了混饭吃，转变为一个愿为人民献身的革命战士，他多次申请加入中国共产党，因有人要审查他的历史而未通过，在这次战斗中，他一人扛着闭锁机勇往直前，子弹从他的头顶穿过，在他脚底下翻腾，他只顾为火炮选个好地形而奋不顾身。他给连队选了一块地势比较低洼，射击面比较广的地形，给连队指挥出谋献策，在敌人枪弹射向火炮阵地时，他用护板来掩护别人，一颗子弹打穿他的胳膊，他一声没吭，还是掩护大家土工作业。进入掩体，发现自己负伤，他撕下一根绑带扎住还是继续战斗。党支部书记、指导员发现后，立即宣布他火线入党，他的行为，证明了他已真正成为一名共产主义奋斗的英雄战士。

太阳出来了，总攻开始，山炮连利用有利地形对各个目标进行猛烈射击，为步兵扫除前进中的障碍，人民解放军部队像潮水般地涌向敌人的阵地，在几个小时内，歼灭了新安镇的全部守敌。

第五节　再战李堡

新安镇战斗之后，部队开展了立功运动，山炮二连30名干部战士榜上有名，其中马争田记二等功、郭景华记三等功、顾民富记三等功。在摇篮中成长起来的炮兵健儿，像编儿歌般地编成顺口溜，谱在民歌曲调中唱起了自编自演的《立功歌》

功劳运动真正好，功劳榜上有大小；
干部战士八大员，人人都可立功劳。
行军抬炮打碉堡，团结互助协作好；
后勤保障抓得紧，群众纪律执行好。
光荣榜上来公布，为民立功多荣耀。

龚绍华榜上无名，他开始有点不大在乎，他认为这个玩意儿既不能吃，又不能穿，不过在红纸上写了个名字，不如在干部职务上提几级，他很讨厌在行军中背背包，十斤重的被衣鞋袜，背在肩上又酸又疼，如果能提拔到连级，可以把背包放在伙房挑，提拔到营级，可以配一名专用挑夫，提拔到团级，就可以骑马娶老婆，所以，他把立功看成是有其虚而无其实。

可是，当他想起在盐城战斗中被记三等功的情景，干部战士对他都非常热情，不少人都说他有文化、有水平、有工作能力，走起路来都感到轻松愉快，心中有无愧的感觉，而新安镇战斗之后，不少人又对他非常冷淡，说是白给他一个副排级干部，他又感到脸面无光，有时见人，他闷着头做了一些幻想：希望能有一个偶然的机遇，在不付出代价的情况下，就能创造出奇迹来，就可以由一个小人物变成一个大人物，他哪能体会到，一个能作出贡献的大人物，都是在艰苦磨炼、敢担风险、又经过许多曲折斗争才成长起来的。

部队来到苏北靠近山东不远的地方，部分苏中战士有些想家，听说国民党占领了苏中不少地方，有的叫“烟筒兵”的战士，看不到家乡烟筒就想家，离家十里，如同离家千里。刘邓大军渡黄河，进军大别山，人民解放军由内线作战转为外线作战，全国呈现出大反攻形势，可是，部分战士没看不出大反攻大好形势表现在什么地方。部队中还出现有开小差的现象。

“反攻反攻，吃的是煎饼大葱，既不上山东，又不回苏中，形势大好，不知好在何处。”龚绍华不顾自己的身份，在战士中讲起怪话来。

乘主力部队北上，盘踞在苏中的反动势力又猖狂起来，为了加强他们在苏中的防线，他们配合各地的还乡团、自卫队对解放区进行“清剿”，企图扫除在那里坚持斗争的地方武装。他们乡乡设据点，村村搞联防，到处设关卡，乡乡有武装，百户为一保，十户为一甲，户户有联保，一户私通共产党、十户都遭殃。一些背长短枪的、歪戴帽、敞着怀的不三不四的人东走西窜，到处抓人，被抓去的乡村干部和土改积极分子，有的被吊，有的被打，有的被杀，有的被剐，那里的群众是多么希望解放军主力早日来到，以解救他们地狱般的生活。

通（南通）如（如东）启（启东）海（海门）是苏中东南角的4个县，是苏北根据区第九军分区所在地，是国民党重点“清剿”的地区之一，这里南靠长江，东临黄海，他们想把这里的地方人民武装和政权全部根除，所以不惜资本，投下赌注。

“同志们，你们知道什么叫大反攻吗？”部队休整期间，指导员又对部队进行形势教育。

在交通和通信十分困难的情况下，连队看不到报纸，也听不到中央的新闻广播，很多消息大多来自指导员口中，指导员又是来自上级领导机关，所以，指导员到团部开会带回来的精神就叫“批发”，回到连队消化吸收是“零售”，基层政治工作的好坏，直接关系到能否和中央保持一致，也关系到部队战斗力建设，所以，基层干部就经常把“批发”来的财富，进行加工整理，向战士们“零售”。加工整理，符合群众的口味，听的人就踊跃，就能受欢迎，这就叫“生意兴隆”。生吞活剥，照本宣读，和连队不沾边，部队听了就打瞌睡，就没人“买”，或称他是“卖狗皮膏药”。适应部队需要，买卖会越做越好，形式主义，走过场，就没有人买账。

“指导员，都反攻了，我们怎么还离开苏中啊？”

“指导员，既然反攻了，山东老大哥怎么不过来呀？”

“真想死我了，现在我家还不知道是什么样子呢！”

指导员针对这些反映，都一一做了工作，但就事论事不能从根本上解决问题。

“指导员，现在部队中有急躁情绪，说是既然反攻了，再打几仗就差不多。有人说：讲反攻是吹牛，这些问题我也讲不清楚。”排长顾民富向指导员汇报情况。

综合这些反映，指导员进行了整理，他吃透了上面精神，像一个“服装师”，“量体裁衣”，给部队做了个恰如其分的解答。

在一次政治课上，指导员问大家：“同志们，你们会做买卖吗？”大家一听，很奇怪，现在正打仗，怎么谈起做买卖呢？第一句话就把大家吸引住了。

“现在蒋介石在和我们做买卖。”大家一听，聚精会神，想听一听蒋介石和我们有什么买卖好做。

“抗日战争胜利后，蒋介石有400万正规军，还有美国的援助，本钱很大，我们只有120万部队，基本是小米加步枪。蒋介石说：我要用400万部队买你120万部队，中国的买卖由我一家来做，将来天下都是我的。因为蒋介石搞独裁，我们不干，他就向人民当家做主的解放区发动全面进攻，企图消灭解放区的全部武装力量。”

大家一听，都嘻嘻地笑了起来。

“我们说，”指导员接着讲，“我们本钱少，不能和你硬拼，我们可以把一些好地方让出来，做保本生意，再用我们这点本钱，买你的有生力量，然后再把好地方拿回来，就这样，他们每得到一点地盘，就赔掉不少军队，这一来，看来好像得到点便宜，但他的本钱越做越小，我们的买卖越做越大，这就不能不宣告他全面进攻的失败。”

大家哈哈地笑了起来。

“可是，蒋介石还想逞能，又把剩下的老本放在重点地方，和我们再较量较量，这就叫向解放区重点进攻。可是，他又没有捞到什么便宜，到弄得他顾头又顾不到脚，在几个重点战场上，他们又吃了败仗。”

听到这里，大家瞪眼听下文。

“几笔买卖一做，人民解放军不但可以在解放区做，而且在他的大后方做，刘邓大军渡黄河，进军大别山，打乱了他的阵脚，迫使他只能由战略进攻转为战略防御，我们就开始了全国性的大反攻。”指导员讲到这里，提高嗓门儿，“我们这次攻打新安镇，就是配合大反攻。”

大家热烈鼓掌。

“啊呀！”刘智高伸着舌头，“我们怎么就没有看出来呢!”

指导员又说：“我们的买卖是做大了，我们的装备也越来越好，蒋介石眼红了，要他们那些小喽啰保住那点本钱，死不认输，这个关头，我们就要乘胜前进，至于打点硬仗嘛，我们不付点代价，还能挣大钱吗?”

大家情绪振奋。

“现在大半个中国还在蒋介石手里，我们要打倒蒋介石，解放全中国，我们才离开苏中这几天，就想起家来了，如果我们半途而废，连苏中的广阔土地也拿不回来。”

一些想家的人也低下了头。

指导员花了不到一小时，他没有照本宣读，讲得有声有色，博得了大家的欢迎，那些讲怪话的确也没有市场了。

夜茫茫，静悄悄，习惯于夜间作战的一支人民解放军野战部队又挥师南下，进一步开辟苏中战场，并又将组织李（堡）拼（茶）战役，这是在解放战争中第三次攻打李堡。作战对象是参加镇压台湾“二二八”起义的国民党第二十一军，在李堡镇约有一个团的兵力。这股部队和其他国民党主力部队相比，战斗力虽不算最强，但沾满了人民的鲜血。

打李堡，炮兵将和另一个步兵旅协同作战，这支部队原是新四军部分主力部队与地方部队合编组建的。这是一支有战斗力的部队，其特点是：

水上作战如蛟龙，坚守防御如铁壁，
干部战士本地长，军民鱼水情更深，
军政协调不分家，政治统帅素质强。

但与老建制的主力部队相比，在攻坚战方面，还有逊于他们，为了培养部队全面作战能力，指挥部决定：将攻坚李堡的战斗任务交给他们。

主攻团团长黄飞、政治委员孔原，希望能有支近代装备的部队来配合作战，以便在大兵团作战中以自己的火力来压制被围歼的敌人，达到大量消灭敌人的目的。纵队首长把山炮配给他们，使他们喜出望外，正当他们研究如何步炮协同时，门外有人进来的。

“报告：山炮营副营长袁培新前来报到。”他那洪亮的声音和标准的军人礼节使正在研究作战计划的主攻团领导干部感到震惊。

“啊！我们的神炮手来了。”黄团长的手往作战地图上一拍，随即与袁培新握手。

袁培新原是从这个部队调出去的，他担任迫击炮连连长时，创造了用迫击炮打平射，炸毁了碉堡中的不少敌人，所以有神炮手之称，他的到来，使主攻团领导增强了信心。

黄团长看看后面跟着一个人，他指着说：“这就是你们指导员吧！”

“对了！”袁培新感到自己疏忽，立即介绍了林杰的身份，并说：“这是我们老搭档了，部队扩大了，叫他升官他不干。”

“看出来了，”黄团长兴奋地说，“是有一种政治工作者的风度。”

林杰很不好意思，他认为，在自己单位，和袁培新打架骂娘都可以，但在公开场合面前，还是要有上下级之分，他以军人姿态回答：“首长，我一定服从副营长的指挥。”

“你他妈的别来这一套，”袁培新对林杰亲切地打了一拳，“在政治上，我还差你一大格呢！今后，要想提高部队战斗力，没有思想政治工作就玩不转。”

袁培新在老首长面前毫不拘束，林杰在生疏环境不太自如，黄团长、孔政委见他们如此活泼，都笑了起来。

黄团长马上把话拉到正题上，“好哇！请你们二位谈一谈，这次攻打李堡，步炮之间怎么协同吧！”

“首长！你过去不是说过：步兵冲，炮兵轰！你下命令就是了。”

“我们过去和炮兵协同作战不多，在讨论中我们就不去讲究什么首长和部下，你们就讲一讲炮兵怎么打法吧！”

“首长！那我就只能关公门前卖大刀了。”袁培新摸了摸脑袋接着说：“那就是在进入阵地前尽量选择好能隐蔽自己、发扬火力的炮兵阵地，在部队运动中打击敌人的封锁，在敌人反击时，拦截敌人的进攻；在步兵进攻时，摧毁敌人的前沿阵地；在步兵突破敌人防线时，打击敌人的纵深。”袁培新讲了一大套，有的是炮兵教典上的，也有的是他自己总结出来的。

黄团长一听，很有道理，但还是原则性的东西，他摆开了地图，一个个问题进行研究，原则上确定了炮兵的行军路线，炮兵的位置，炮兵的指挥和联络信号，炮兵在每阶段的任务等，一套步炮协同的方案被初步确定下来。

1947 年 11 月 30 日，在一个大雨如注、一个伸手不见五指的恶劣气候的夜晚，一支炮兵部队跟随步兵开始行动，他们将进入新的战斗。

在晚秋和初冬的季节里，虽没有达到冰天雪地的程度，但北风吹来，仍有刺骨寒冷的感受，刚发下的新棉衣，絮的是洁白的新棉花，穿在身上，如同鹅绒般地柔软舒适，可是，这场大雨把新棉衣全部湿透。棉衣本来是防寒保暖的工具，但湿透了的衣服又增加了身上的寒冷，指战员身上的负担本来就不轻，湿透的棉衣又增加了身上的重量。夜色蒙蒙，像进入了一个混沌状的世界，所带的一切装备只能用手摸才能识别，行军中的队伍，为了不中断联系，有的用绳子牵着，有的拉着前面人的衣服，指挥员经常用传口令的方式来保持前后间的联系，就这样，要求炮兵必须以每小时 10 多华里的速度赶到发射阵地。

“怎么办？”

千斤重的大炮和一批炮弹及装备需要运到前线，已成为炮兵前进的一大课题。

“靠步兵来帮忙吗？”

让不熟悉炮兵装备的人来搬运会造成部件失散。

“靠骡马来驮吗？”

现有的骡马还驮不了一门炮的装备。

“还是用小车推？”

有些泥泞小道，陷在泥土里，小车轱辘都转不动。

“同志们！加油干哪，把大炮抬到前线去。”指导员扛着一发炮弹在队伍前后呼唤。

“共产党员同志们，现在是考验我们的时刻！”副支书龚绍祥也扛着一件装备向共产党员们发出号召。

这里没有可供讲课的大课堂，也不可能停下开动员大会，指导员的呼声，党支部号召，在不断鼓励战士们前进。

抬炮在前。

退却在后。

不少人在哼着自编的《炮兵进行曲》来激励自己。

就这样，有的抬炮身，有的扛钢板，一件件、一桩桩具体落实，在暴雨中奋勇前进。

二排长顾民富抢着抬炮身最重的一头，副排长龚绍华抢着抬摇架，从小吃过苦头的顾民富抬起来还不算太吃力，而龚绍华抬着摇架走了8里路，摔了8次跤，一路上，团结互助，都以小跑的速度紧跑猛赶。

12月1日1时左右，围攻李堡镇的3个团兵力正在向敌阵地接近，按作战命令，各部队必须先消灭敌外围前哨据点，然后再进攻敌主阵地，这时，周围还是一片漆黑，摸不清自己在什么方向，大家的心，好像悬在上不着天、下不着地的半空中，指战员只能凭感觉向敌阵地逼进，由黄团长领导的部队按指定时间到达西门，接近敌人的阵地。

“什么人?”从敌人阵地上发出一声吼叫，西门桥头堡发现了解放军的行动。

敌人的吼叫，使攻城先头部队的心好像是从半空中掉了下来。摸清了敌人的方向，团参谋陈宝富，带领侦察组和步兵排长赵友三率部向吼叫声方向前进。

“叭！叭！”

又是几响清脆的枪声向前进的部队射击，而先头部队在敌看不清的情况下继续前进，他们翻过了两个沟，蹚过了两条河，俘虏了敌人一个哨兵。

“前进！”

指挥员发出命令，强迫向那哨兵提供的线路继续前进。

枪声引起了敌人的警觉，据点同敌人立即组织火力向攻城部队射击。

“打！”

攻城部队又以压倒火力对敌人阵地射击。

“叭！叭！叭！哐！哐！哐！”

敌人利用他们有碉堡的优势，对攻城部队进行火力封锁，攻城部队受到一点伤亡。

“上！”

攻城部队利用夜间能见度不强的有利因素继续前进，又遭到一点伤亡。

“封锁敌人的射击点。”

指挥员命令对敌人射击孔进行射击，一瞬间，敌人的机枪被打哑了。

“冲啊！”

一个步兵排打开了突破口，向纵深冲去，随即后续部队跟上，在不长的时间内，全歼西门外桥头堡敌人一个排的兵力，为继续进攻、全歼李堡敌人创造了有利条件。

“上！”

炮兵指挥员一声命令，乘步兵在攻桥头堡的时候，山炮一个连在据点的西南角占领了一个独立的居民三合院，这里不需要重新构筑山炮掩体阵地，只要对着据点的那面墙上掏一个射击窗口，就可以对60度扇面进行射击，但这里全部在敌人火力网范围之内，一挺重机枪封锁了来回要道，只要离开墙角一步，就可能遭到据点内敌人的射击。为了隐蔽自己，山炮连对发射窗口进行了伪装，准备在指挥部发出攻击命令时，一举摧毁敌人的前沿阵地，打开突破口，为步兵的前进开道。

3个步兵团，有两个没有对各自方向的外围据点在规定时间内攻克，增强了据点内敌人的顽抗能力。向来能猛打猛冲的部队，在敌人坚强工事面前缺乏经验，在强攻中造成较大伤亡，为了保存实力，指挥部决定，暂不进行攻击，着手调整部署。

大雨过后，天气渐暗，作战双方都想在自己的心上有一个晴朗的明天，可是，这一仗到底是谁胜谁负，双方还都是个谜。大雨虽然停下，但心中的雨还在哗啦啦地下着，胜负尚未揭晓，双方都在盘算自己的战术和作战力量。

守敌国民党军四三七团团长何军章，出身行伍，以他身经数战的经验，对付一般国内外敌对军事力量都不在话下，但对付共产党的部队倒有一番盘算，他想依托外围据点来保护核心据点的力量，他想在解放军打得筋疲力尽时，来一个反扑，以消灭解放军的一部分力量，他更想多坚持一段时间，待援兵一到，全歼解放军围城部队。他从情报获得，围攻李堡镇的部队是一支不善打攻坚战的部队，使他增强了守城的信心，他不断给部队打气，命令部队死守不殆，一些迷糊不清的士兵，像吃了一口大烟泡似的，精神又抖擞起来。

大雨过后，野战军指挥部又做了战场分析：李堡战斗是李拼战役的重要组成部分，李堡不克，将会影响苏中局面的打开，如果操之过急，将会造成更大伤亡，且不能取得理想的战果，如果拖延时间，敌人尚可组织倍于我们的力量进行增援和还击。像雨过天晴一样指挥部当机立断，迅速将部分攻坚和打援的部队进行调整，善攻者担任主攻，善防者去担任打援，全面进攻之计，暂缓一步。一时间，战场似乎平静，据点中还不断用火力封锁解放军的调动，从表面上看，据点内的守敌还好像占点优势。

坚持在孤立三合院的一个山炮连已经是两昼夜没有吃饭了，经过一夜的行军，肠胃中的食物已基本耗尽、进入阵地后，肚皮开始“闹革命”。人体也像一个社会，什么地方不协调，就会立即做出反应，因为没有充足的“原料”供应，就觉得筋疲力尽，四肢无力，特别是肚皮磨肚皮的滋味，感到十分难受。后方的同志几次向阵地送饭，都因为敌人的火力封锁，一直没有送得上去，送饭的人距离炮阵地才50多米，但这五十多米的开阔地，只要有一点动静，子弹就像雨点般地打来，阵地上的同志只能对水桶中白花花的大米饭垂涎观望，送饭的同志见此情景也感到心疼。部分同志招手，要求把饭赶快送到阵地上，指导员摇摇手，要送饭的同志不要做无谓的牺牲，鼓励部队暂时忍受一点，要求送饭的寻找时机再把饭送上去。

这次战斗，龚绍祥被留在后方，协助司务长做好后勤工作，因为没有分工他到第一线，思想有点不太痛快，他担任专职党的副书记以后，打算和战士们一起摸爬滚打，以自己的模范行动来带动全体党员和影响群众；留在后方，做的是不太显眼的工作，害怕有人说他的闲话，特别怕自己的堂弟龚绍华会有些冷言冷语，但出于组织观念，还是服从这一分工，他决心要以做好后勤工作来提高部队的战斗力，在距离阵地才1公里的地方，他和炊事员们一起淘米洗菜，一起烧火做饭，前前后后忙得不可开交，为了既方便又可口，他把肉菜和大米放在一起烹调，做完后，装在一个木制水桶里，准备送往前线阵地。

龚绍祥为前线送饭的事准备就绪，正当他回屋拿扁担时，从据点内打来一发炮弹，正好落在伙房附近装饭的水桶一旁，白花花的大米肉饭和泥土混在一起，一桶米像雪花般地飘落，爆炸声使有些人感到害怕，但早把生死置之度外的龚绍祥赶到水桶旁，捧起一些大米饭往盆里装。可是，一点散落的大米饭哪能够部队充饥呢？一时间，急得他团团转，一位被解放不久的老战士，以过去的战斗经历，安慰了龚绍祥，帮他采用烟火管制的方式，重新做了一锅香饭，这才解除了他暂时的忧虑。

做完饭之后，龚绍祥对后方的事要进行处理，特别要做好后方人员的思想政治工作，所以把送饭的工作安排给司务长和上士，饭已送到前线，因为50米开阔地无法通过，按指导员的指示，等待时机再送上去。

龚绍祥把一些事处理完毕，那位年龄较大的炊事员找龚绍祥谈起家常来，询问龚绍祥有多大年纪、家住哪里、家中有什么人、是怎么当兵的，等等，按年龄，这位炊事员完全可以做龚绍祥的父亲，因为他们是上下级关系，照国民党军队的说法，龚绍祥还是这位年长者长官，有些事不好细谈，但使那位老炊事员埋下了一桩难以猜测的心病。

龚绍祥在后方等了多半天，不见送饭的回来，使他产生了很多疑虑，是送饭人负伤或牺牲？是送饭人怕死开了小差？是把送饭人留前线？还是不敢通过封锁线？使他越想越焦急，那炊事员谈什么他都不在意，问什么也只能应付，他很不耐烦，他把手往腿上一拍：“不谈了。唠唠叨叨的谈了些啥呀!”他感到自己的担子重大，是第一次独立执行任务，万一出了什么差错，承担不了这个责任，他没有地方撒气，只有对那一位老炊事员发了一顿火，说他是个家务主义者，说战时谈家务这是在动摇人心，打完仗后要向党支部做检讨，等等，那炊事员流了眼泪，龚绍祥的心才软了下来。

距离阵地一公里，龚绍祥三步并做两步走，遇有交通壕就走交通壕，遇有高埂地，就打两个滚翻过去，遇有开阔地，他用帽子顶在棍子上打个掩护立即跳过去，他走到阵地附近一看，装饭的水桶还是在距阵地50米的地方，司务长拿着扁担。在等待时机，可是上士已经负伤，只剩司务长一人，如何把饭送上去，使他为难。

在炮阵地的一旁，是一个一亩多地的大水塘，随着水塘的延伸，是一条几百米长的深沟，这是进入炮阵地的必经之道，据点内有一挺重机枪，日夜对这里封锁扫射，别说是人从这里面通过，就是一只鸟从这里也很难飞过。上士劝司务长强行通过，他抬着桶走在前，才刚露头，就被敌机枪打伤，被送到后方急救治疗。

龚绍祥看到指战员在等饭吃，可只能望着米饭而不能得到一口一粒，俗话说："人是铁，饭是钢，一顿不吃饿得慌。"一些身强力壮的小伙子，平常吃饭就像猛虎吞食，而现在有的被饿得无精打采，一些人坐在阵地上，一动也不动，准备积蓄点精力，在紧急时用上。龚绍祥看在眼里，疼在心上，恨自己没有完成好任务，他的心像潮水般地翻腾着，他宁可自己牺牲，也不愿担怕死鬼的名，他从笔记本上撕下一张纸，写了一张遗书，准备和司务长再次从这里强行通过，他刚刚把扁担放在肩上，指导员对他们摇手，示意不要作无谓牺牲，他不得不把扁担放下，等待时机。

在另一个阵地上的山炮对敌人的火力点打了一炮，机枪被打哑了，在圩墙上走来走去的那个军官也不敢露头，一瞬间，敌人的气焰被打了下去，弄不清解放军到底是进攻还是火力侦察。

"上!"

龚绍祥乘这个机会和司务长抬着饭桶，向炮阵地奔去。他们一前一后，密切配合，在不到一分钟的时间，把一桶饭抬到三合院的墙脚，在敌人弄清是火力掩护时，机枪子弹又对龚绍祥这边打来，子弹打在距抬饭人不远的地方，饭桶上被打了两个洞，龚绍祥绕过一个拐角，一桶饭便抬到了战士们的身边，是多么香的大米饭啊！指战员吃在嘴里，暖在心里，一个不怕牺牲的党的基层干部，为大家树立了榜样，大家围着龚绍祥，又说又笑，连口称赞，就连龚绍华也不能不承认自己的堂兄的这种勇敢精神，他不好意思当面去称赞曾认为不如他的人，但心里想，自己未必能像他这样勇敢。

解放军正在调整战场部署，战场上似乎比较平静，但据点内的枪声仍然不断，而解放军则隐蔽待命，一枪不发，国民党何团长有点纳闷：共产党的军队是准备进攻，还是准备撤退，他觉得是个谜，他希望援兵一到，立即出动，把共产党的军队打个落花流水，也好到上级那里报个头功。

固守在据点内的国民党军队有两门山炮，他们认为：解放军大批主力部队已经撤到山东，在这里不可能有多少炮兵火力，为了提高火炮的杀伤能力，他们把炮兵阵地设在据点的中央，这样四面八方都可以打到，炮阵地成宝塔形，火炮的位置可高可低，在遭到对方火力威胁时，可以拉到下面进行隐蔽，需要时，可以拉到上面进行射击。有一次，何团长指挥这两门山炮进行实弹射击，几发炮弹打在3里路以外的一个村庄上，一时间，村庄一角浓烟四起，鸡飞狗跳，何团长竖起大拇指，称赞炮兵连的高超技术，并希望在未来战斗中密切配合，好叫共产党吃不消这个威力。李堡战斗开始，他们认为，解放军是土包子，有炮也不一定会打，突然间，一发炮弹落在国民党军前沿阵地，使他们慌了手脚，立即命令炮兵把解放军的炮兵阵地摧毁掉，他们哪知道：解放军的炮兵阵地是筑在他们围墙附近，成了他们的射击死角，连解放军炮兵的毫毛也没有碰到，因为山炮的仰角为45度，打远了，只能是白浪费炮弹，根本就落不到解放军阵地上。火炮的俯角为5度，从上往下打，有他们的围墙挡着，他们想贴着围墙往下打，轰隆一声，炮弹正好落在他们自己的阵地上，打死打伤他们自己不少人，士兵们见此骂声不绝，骂他们打不到共产党，打自己人很有本领。

平静之中不平静，守军何团长正在做和共产党决一雌雄的美梦，一支善于打攻坚战的部队调到李堡前沿阵地，对国民党外围据点进行猛烈攻击，突然间，响起了猛烈的枪炮声，攻击部队像潮水般地向敌阵地冲去，在不长的时间内，解决了外围据点和部分核心工事。

说来也怪，凡是打出名气来的部队，敌人就有七分害怕，有一支代号为201的部队，在苏中攻坚战中有名气，一些中小据点，只要听说是这支部队来到，有的则不战而败。李堡战斗开始，敌人还有点不太在乎，一听到机枪一响，就觉得这支部队战斗作风不凡，何团长的指挥就有点乱了手脚，当部队发起冲锋，据点内敌人立即溃退，还没有等到后撤，这支部队就打到了身边。

“报告团长，山炮一连奉命来到！”袁副营长向201部队首长报告。

“袁副营长！现在有个硬骨头需要你啃一啃。”王团长命令道。

王团长在组织部队进攻时，遇到一个特奇的碉堡，守敌才一个排的兵力，但到处设有火力点，封锁了这个火力点，又出现了另一个火力点，另一个火力点被封锁，又出现了新的火力点，新的火力点被封锁，原有的火力点又对我进行射击，因为摸不清敌人的火力结构，给部队造成一些伤亡，这就是国民党精心研究的“子母堡”。

“你给我把那母堡干掉！”王团长命令道。

“是！”袁培新命令部队架起山炮，在一个简单掩体内，瞄准了目标，3炮3中，使这个母堡成了死堡。

王团长命令部队对各子堡封锁，立即组织冲锋，在十几分钟内，解决了这个外围据点。

王团长拍拍袁培新的肩：“袁副营长，打攻坚战没有炮兵，那困难就多得很啊！”

袁培新笑了笑：“团长，用我们指导员的话来说，我们还是在炮兵的摇篮里呢，今后的成长，还要老首长帮助呢！”

敌人外围据点一个个被拔掉，核心据点的突破口已被打开，一支善于打攻坚战部队的来到，使据点内的何团长非常惊慌，他一边呼叫他们上级，要求迅速派兵前来援救，又在对部下进行打气，他对核心据点内的工事还抱有一点信心，想再坚持一日半天，等待援兵一到，他将在国民党军队中获得英勇不屈的称号，所以，他采取了紧缩部队，保存实力，等待时机，挥戈一击，又将能在苏中重整雄风，升官晋级。

在人民解放军围攻李堡镇期间，部署在苏北的国民党整编第五十一师和整编第四师正在频频调动，迫使人民解放军围攻部队不得不加紧行动，步枪手，机枪手，爆破手都一一做好准备。

“林指导员，你们的总攻准备工作做得怎样？”孔团长向山炮二连布置任务，经过训练和实际锻炼的政工干部也要担负起指挥任务。

“请首长指示，”林指导员像对待首长视察一样，用一般的礼节性用语。

“不是什么指示。”孔团长瞪着眼，似笑非笑，他既不能谅解这种回答，但又十分理解一个政工干部在某种职业上的习惯，他又用命令口吻说：“我命令你，总攻开始，你要把一、二号目标摧毁掉，当步兵占领敌前沿阵地时，你们就向纵深射击。”

林指导员立即意识到：在战场上，军中无戏言，首长的每一句话都是命令，他立即以军人姿态回答：“是！”

“各炮做好准备。”指导员回到阵地。

“同志们！大家立功的机会就要到了！”指导员还是以他的职业习惯，向大家发出鼓励性口号。

这时，大家都围了上来，渴望能得到什么惊人的消息，顷刻间，周围被围得水泄不通。

指导员立即意识到，这是战场，不是集会，他立即改为命令口吻："大家各就各位！"面部十分严肃："这成什么体统，这像打仗吗？"

大家都回到自己的位置上，阵地上表现出一片严肃紧张的空气。

"一排长！"

"到！"一排长立正，接受命令。

"你准备摧毁一号目标。"

"二排长！"二排长立正接受命令。

"你们摧毁二号目标。"

几个排都一一做了部署，这些目标，都是经过侦察，在射击图上编的射击序号。

经过两夜一昼，龚绍华感到太疲劳了，在工事筑完后，躺在墙脚下就睡着了，他不顾湿透的衣服，直到指导员下命令时，才把他推醒。

射击准备加紧进行，顾民富打开射击孔，敌人的一发子弹打在他的左臂上，幸好没有伤到骨头，他也不顾包扎，机灵一动，往阵地旁摔了一个水壶，把敌人的射击点引到了那水壶上，使他迅速地做好了射击前的一切准备。

突然间，三发红色信号弹腾空而飞，隐蔽在三合院的炮兵部队进行猛烈射击，一时间，打得敌人阵地上尘土飞扬，烟雾弥漫，一支步兵部队勇猛地向敌阵地冲去。

"冲啊！"军号声，战士们的冲杀声响彻云霄，在没有付出多大代价的情况下，冲进了敌核心据点，守敌何团长等待援兵的美梦已被打破，他慌手慌脚地向西南方向突围，一支代号为206部队的战士们将他俘获，那两门山炮也被人民解放军缴获。

李堡战斗，是整个战役的重要组成部分，在整个战役中，人民解放军共扫除国民党军大小据点70处，歼灭国民党主力部队和地方武装共2.9万余人，为支援苏北各军分区的斗争，配合全国大反攻，起到了重要作用。

第六节　步炮协同的争论

李拼战役胜利了，就全国来说，才是个小的局部，但就苏中地区来说，也算是取得了辉煌战果，一批解放战士补充到解放军部队，成了人民解放军的作战力量，又缴获一批装备装备了部队，使部队正朝着现代化方向发展。

物以稀为贵。在组织大兵团作战中，炮兵就显得更加重要，按当时要求，每一个野战军纵队（相当一个军）需要组建一个山炮团，山东和东北的不少部队已经达到这种装备，但留在苏北的这个纵队，按现有的火炮，才能装备两个连，很多战斗需要炮兵配合，炮兵参加战斗的次数比步兵团、营都要多。所以，有的人就产生了炮兵的优越感，认为今后打仗主要靠炮兵，炮兵的功劳及其重要性要比步兵大。

在一次闲谈中，龚绍华向顾民富谈起在未来战争中是炮兵的作用大、还是步兵作用大的问题：

“排长，你说打现代化战争主要是靠炮兵还是步兵？”

“炮兵也要靠，步兵也要靠，哪个也少不了。”顾民富冷笑了一下，觉得这个问题提得很幼稚，他没有在意。

“嘿！”龚绍华讽刺地一笑，“你这个人真不会犯错误啊！说起话来两头光。”

“本来嘛！”顾民富语言稳健，“本来就是这样嘛，什么光不光的，这就是从实际出发。”

龚绍华像个小聪明似的，他笑着说：“你缺少点现代化眼光。”

顾民富像哥哥带弟弟一样，向龚绍华做了全面的解答，“搞现代化，缺了炮兵当然困难很多，但最后占领阵地，抓俘虏主要还是靠步兵。”

龚绍华不服这个解答，他说：“我们配合步兵打了好几个攻坚战，如果没有我们的话，他们哪能那么便宜就把据点拿下来。”他挤挤眼说，“他们想那样痛痛快快地把据点拿下来，抓那么多俘虏，我看他们抓个屁吧！”

“我看，你怎么像个小孩呢？”顾民富边说边笑，“步兵和炮兵之间，好比是亲兄弟，兄弟之间应当和睦相处，你怎么喜欢咬尖呢？”

“谁咬尖了，是小孩，父母才应当疼我们呢！”

“无论是大哥、二哥，都是妈妈身上的一块肉，谁都疼。”

“算了吧！你才不懂得爹妈的心理呢，父母最疼老小，炮兵和步兵，我们是老小，应当在哪一方面对我们都要偏向点。”

“严父出孝子，如果对哪一个要求不严，将来也许会成为小流氓呢！我们炮兵一开始就娇生惯养，将来什么事也办不好。”

这些话都是开玩笑中谈起的，虽然有些口角，谁也没有在意，但各自都存有不同的看法。

再战李堡这一仗，龚绍华对步兵有看法，在13炮13中的那一仗，协同作战的那个步兵团把山炮连全体排以上干部都请去吃饭，他神秘地感到：这是个不寻常的待遇，他把那次请客看成是曾听说过的“盛大宴会”。因为当时才是个副班长，还不够“赴宴”的资格，一个农村成长的青少年，很少参加盛大场面，农村常有的红白喜事，但小孩不能上正席，等到成年，又当了兵，他回想起祖父去世办丧事那一段：

那年祖父年长70，因病去世，家族老少都要痛哭流涕，以表悲痛。为表孝心，晚辈们披麻戴孝，大办酒席，治理丧事，还规定了在办丧事那天，全家不能吃饭，刚满10岁的龚绍华，他哪能懂得人情世故，他看到上席的客人都吃得有滋有味，而他的肚子则饿得直叫，他不顾家族的那些成规，就想上席饱餐一顿。正吃时，忽然被一位家族长辈发现，举起孝竹棒朝龚绍华的头部猛击数下，打得鲜血直流，晚间，还在祖宗灵柩前罚跪一个时辰。现在已经长大了，大小也是个排级干部，也应当在场面上显示自己。

龚绍华被提为副排长职务，他认为：这次战斗，他一定能去“赴宴”，他等着等着，还不时地在整理自己的戎装和纠正平常某些不正确的举止，好在酒席上来一个出头露面，给公众留下一个好的表面印象。部队快要出发了，步兵请炮兵干部吃饭的事无声无息，他的心有些凉了。

在攻打李堡的行军途中，一场倾盆大雨，给炮兵增加了不少困难，在途中，二排的炮身掉在泥坑中，二排全体同志奋不顾身地抬炮身，龚绍华也和大家一起抬炮身，忽然，一些步兵战士也来帮忙，龚绍华一看，他带着一股气，以恩惠者的身份站在指挥位置上，要步兵好好地干，嘴里还说：“我们炮兵是为配合你们干的，打起仗来，我们炮兵不上去，你们步兵也打不好仗。”

在行军途中，二排掉在后面，前面遇有一座桥，河水从桥下哗啦啦地流着，这桥面只能供单人通过，有一支步兵部队急需从这里通过，把二排的队伍插断。

“喂！你们是哪一部分的？”龚绍华像高级指挥员似的打起官腔来。

“我们是206部队的。”一个步兵战士回答。

“你们为什么要插我们队伍？”

“我们有紧急任务，这是上级命令。”

“你们步兵有什么了不起的。”龚绍华傲慢老大的姿态，训斥那步兵。

“你们他妈的炮兵有什么了不起。”一个步兵战士听得很不顺耳。

“耽误我们执行任务你们要负责。”

“我们不能按时进入阵地你们要负责。”

这时顾民富赶来，拉着龚绍华不要和步兵吵架，但自己这个排被步兵切开，掉下队怎么赶上前面部队，他既着急又为难。他既无法辨别谁是谁非，一时也讲不出道理来，正在这时，孔团长走来。

“你们在干什么？”孔团长问。

“你是干什么的。”龚绍华骄傲地质问。

“我是团长。”

这一来，龚绍华不吭声了。

“你们连长呢？”孔团长问。

“报告团长，我是本连二排长，我们连长到前面去了。”顾民富以军人礼节向团长报告。

孔团长说：“这个步兵连先通过是我的命令，步兵的机动性强，抢占阵地是当前重要任务。”

“报告团长，我们排掉队怎么办？”顾民富为难地问。

孔团长回答说：“今天步兵炮兵都归我指挥，步兵通过了，你们迅速跟上。”

“是！”顾民富得到回答，立即接受了命令。

孔团长的命令使龚绍华吓了一跳，他心想：在一个团级干部面前，和一个副排长相比，相差好几级，用旧军队话来说：“官大一级压死人”，要是把当大官的惹火了，一个团长，处理一个副排长，还不像吃崩豆那样容易，解放军虽不能和旧军队一样，但军纪不容，因为怕受个什么处分，没有敢在团长面前吭声，只好老老实实地和排长一起，把部队整理好，跟上部队。

经过大家的共同努力，火炮终于按时进入了发射阵地。在战斗即将结束时，连长派龚绍华带一个小分队，依靠步兵，参加打扫战场，可以乘此机会，缴获一点轻武器，把炮兵站岗放哨的枪也改善一下。

部队发起总攻，在火炮的掩护下，步兵已突破了第一道防线，国民党部队已成兵败如山倒之势，纷纷向解放军缴械投降，从望远镜里，可以清楚地看到，国民党军队已溃成一团，在火炮的攻击，步兵潮水般地进入，敌人的火力已对我不构成威胁。龚绍华带领小分队冲了上去，他想乘此机会缴获一块手表或金戒指一类值钱的东西，可是《三大纪律、八项注意》有“一切缴获要归公”这条，便放弃了这个念头。

李堡战斗基本结束，一部分部队打扫战场，龚绍华看到有一批大米，这些米有点特殊，和苏北大米相比，它个儿大，粒儿长，青而白，闻起来有点香味，他想了想，像这样的大米，也许皇帝老子才能吃上，何不扛上几袋回来尝尝鲜，也好显示自己在为连队服务，他立即命令几个战士去扛。

“喂！这个大米不能扛。”守卫在那里的步兵战士马得标在那里呼唤。

“这是什么大米？”龚绍华问。

“听首长说，这是台湾大米。”停了一会儿，又想了一句什么话：“说是这还要做什么教材呢！”

龚绍华一听说是台湾大米，他心里乐了，他根本没有把“祖国幅员广大，物产丰富”放在心里，而只图着能享受首先享受，不拿白不拿，他不顾那位步兵战士的劝告，还是命令战士进库扛米。

“你们是哪一部分的？”马得标着急地问。

“我们是山炮营的，在苏中，只有我们这一家。”龚绍华挺着胸，趾高气扬地回答。

“你们炮兵怎么样，炮兵也要执行上级命令。”

“你们步兵有什么了不起的？没有炮兵，李堡就能这样痛快地打下来吗？”

“你们炮兵有什么了不起的，八年抗战，许多仗就没有炮兵，不是照样打败日本帝国主义吗？”

龚绍华想用语言压倒对方，他的嗓门儿抬得更高：“你们兵步有什么能耐，碉堡是你们用脑袋顶下来的吗？”

马得标也不示弱，他以对等的嗓门儿反驳：“打了几发炮弹有什么能耐，最后解决战斗，还不是靠步兵。”

龚绍华又以蔑视的口吻，“没有炮兵，你们不知道还要死多少人呢！”他讥笑地说着，跟着扛大米的战士也笑起来。

马得标越听越不是个滋味，气得他直跺脚：“你们的小命才是我们保护下来的呢！”说着，也哈哈大笑起来。

“你们那几根烧火棍顶个屁用，几发炮弹一打，烧火棍就飞上天了。”

龚绍华也用讽刺口吻，把步枪比成烧火棍。

马得标指着龚绍华的鼻子，“你们有什么好骄傲的，那不就是几个铁块块吗，铁块块一散，狗屁不值。”

“你们有什么老资格好摆的，炮兵有技术，你们连1、2、3、4、5都认不全。”

“你们的山炮还是步兵缴来的呢，没有步兵的流血牺牲，你们的炮兵见鬼去吧！”

争到这里，龚绍华无言可答，只有再回到胜利品分配上来，“你们步兵太不讲人情了，配合你们打仗，总应该慰劳慰劳吧！今天扛点大米也不让。”

马得标也缓和了一点，“我们是互相配合，都是为了人民来打仗，总不能把自己看得比别人高一等。”

龚绍华还不服气，“好啊，没有炮兵，看你们今后的攻坚战怎么打法。”

马得标也同样回了一句，“好哇！没有步兵，看你们能不能在炮口上上刺刀，扛着山炮和国民党打肉搏战。”

互相的争论，几乎发展到要打起来，这时，又来了几名步兵战士，他们听到有诋毁步兵的语言，也来给马得标帮腔，龚绍华见势不好，便只能灰溜溜地离开现场。

指导员听说一部分同志和兵步吵架，他立即找了几个当事人了解情况，可是，大部分都说步兵不对，二排副很有群众观点，扛点大米，也是为了我们全连着想，也有的人指责步兵不够人情，还有的人摆炮兵的“功劳”！面对大部分持反对步兵的观点，指导员没有做正面回答，而是去找问题的症结和充分的根据，来解决存在于部队中的本位主义。

指导员想起在盐城战斗后龚绍华和顾民富有一段争论：

“排长，你说个人英雄主义好不好！”龚绍华提升副排长第二天就有些骄傲。

“那怎么好呢？”顾民富对提出这个问题感到很奇怪，他毫不犹豫地回答道，“群众才是真正的英雄呢，离开了群众，我们就一事无成。”

“这个道理我懂，可实际不是这样。”

顾民富以为他在开玩笑，便笑嘻嘻地说：“你别独出心裁了，这道理马克思早就有结论了，难道你比马克思还高明。”

“哈哈！”龚绍华一声笑，“你就不明白了，盐城战斗后，我有新的感受。”

“你有什么感受啊？”顾民富疑惑地问。

“我看！”龚绍华抿了一下嘴，“凡是有个人英雄主义的都是因为他有本事、有工作能力，没有能耐的人就不可能有个人英雄主义。”

两个人的争论，没有什么结果，各持各的意见。

指导员认为：龚绍华的思想在部队中有一定的市场，在市场的海洋中，有真有假，有质高价廉，也有质次价高，还有的把伪劣商品在市场上叫卖，害了不明白的群众。

“二排副，你这次和步兵老大哥吵架可是你的不对呀！”指导员本来有一股火，但总是还尽量用说服的方法来解决。

“本来嘛！”龚绍华觉得自己有群众基础，说起话来，带有理直气壮的样子，“人家骑在我们头上拉屎，我们还愿受人家气。”

“我们的共同敌人是国民党反动派，搞步兵和炮兵之间的不团结，我们的干部可不能带这个头呀！”

“我倒无所谓呀，我怕大家的思想不通啊。”

“政治路线决定之后，干部是决定因素，只要你思想通了，大家的思想就好通。”

“那好办！”龚绍华强词夺理：“我看，今后打仗，他步兵打他的，我们炮兵按我们的打法，是驴是马，拉出来遛遛，到底谁有本事。”

“你也太骄傲了！”指导员忍不住要发火，但还是在压住自己，仅把和蔼的口气改成比较严肃的气氛，“你不觉得这样做，是造成步兵和炮兵之间的隔阂吗？”

“我也不明白，配合他们打仗，总该慰劳一点吧！结果，一点胜利品全给他们拿了。”

“你呀！你呀！”指导员越发感到龚绍华不讲理，他恨铁不成钢，还是耐心劝说，“打了几个胜仗，这都是步兵炮兵共同努力，你把党分配给我们掌握的一种兵器当着自己骄傲的资本，将来胜利了，叫你掌握一个部门和行业，你不知道要骄傲成什么样子呢！”

龚绍华还是很不在乎，“那叫什么骄傲，有了权力不用，那才可惜呢！”

“不看全局，只看小团体利益，难道我们的干部就是这个水平吗？”

“那……”龚绍华一时脱口，把真正的心里话暴露出来，感到理亏，一时无法回答。

指导员又耐心地说："派你到据点内缴获一点轻武器，这也是我的主张，结果，你去捅了大娄子，现在纵队首长也知道了，要派人来检查，我已经主动地做了检讨，我去给你们擦屁股，这个担子就由我担下来了。"

听到这里，龚绍华无言可答，当听到纵队首长要追查，他有点害怕，最后，做了点自我批评。

在一个打麦场上，农民正在喜洋洋地收获自己的庄稼，他们把种子粮、食用粮、饲料粮一一加以区别，选最好的粮食作为公粮，以支援人民解放战争，乡村干部和农会组织严格把关，防止以劣充好、以假充真，指导员就在打麦场的一角给大家讲故事。

"同志们，你们知道二万五千里长征吗？"

大家认为：指导员又要讲红军爬雪山、过草地的故事了，因为已经讲过几次，没有引起大家的兴趣，就好像市场上的老品种没有更新，还是那老一套。

"你们知道有个叫张国焘的人物吗？"

大家一听，比较新鲜，以毛泽东为首的党中央领导形成，全党团结统一，很少人谈及党内路线斗争的事，很多人不知道张国焘是什么样的人。

"这个人曾在党内做过事，但他不是一个真正的马克思主义者，他口口声声地讲要为被压迫的无产阶级服务，自称是无产阶级的领袖，但是他干起来就是为他的小团体、小宗派和为他个人闹独立服务，他想用家长式的方式来对待党和人民。"

龚绍华一听，有点脸红，他明知道指导员的话有所指，但又不敢在大家面前争辩。

"在红军长征北上的关键时刻，张国焘领导的红军有十多万人，他就仗着他的人多枪多，拉着队伍要和党中央闹分裂，还成立了什么第二中央，要什么事都要他说了算，他不顾党中央的劝告，把部队带到敌人包围圈里，使红军遭到惨重的失败，最后只剩几百人。"

大家一听，非常惊讶，表现了对张国焘的痛恨。

"看起来，这个人好像有点本事，但本事用的不是地方，他的本事用在闹个人独立上，差点造成全军覆没。"

"哎！"有的人长叹了一口气。

“现在这个人怎么样呢？”指导员继续讲，大家都想知道张国焘的下场如何。

“这个人，经党中央挽救，向党做了个检讨，但对党中央仇恨在心，就在他去祭黄帝陵的时候，逃到西安，投降了国民党，当了国民党特务，你们说，他可耻不可耻啊？”

“可耻！”大家齐声回答。

“他为国民党卖力的本事用光了，人家一脚把他踢开，他跑到香港，连老婆孩子都养不起。”

大家都嘻嘻地笑了起来。一个战士小声说：“他该倒霉，饿死他才好呢！”

指导员把话转到连队上来：“小小的连队，当然不能和党中央相比，但党中央的教训，也可以做连队的借鉴。”

“现在我们有一种倾向。”指导员的目光又扫视了一下，观察大家的情绪，麦场上出现了平静思考。“我们有的人认为，今后打正规战，主要靠炮兵，没有炮兵，那就玩不转了。”

因为联系了实际，有的人羞愧地笑了笑，龚绍华故作正经，也不自然地笑了一下。

“他们总认为，只要别人为他服务，为别人服务就要代价；配合别人打仗，就非要别人慰劳一点不可，这种作风好不好啊！”

“不好！”回答的声音不太整齐，参加扛米的同志，已觉察到自己的错误。

指导员的语言继续深入：“如果这样下去，我们和步兵之间能搞好协同吗？这样下去不就是在闹宗派吗？敌人钻了我们的空子，我们不是要打败仗吗？要不得，要不得，同志们啦，要不得啊！”

麦场上十分严肃，好像是一声警钟，在向人们提出警告。

指导员抓起一把粮食：“粮食是我们生命的保证，全党全军的团结一致，也是我们的生命，步炮密切协同，才能使我们的生命更有生气，我们决不能拿党的生命开玩笑啊！”

随即，指导员拿着一袋台湾大米：“同志们，这袋大米是纵队首长派人送来的，是国民党从人民手中夺来的。我们的祖国幅员广大，物产丰富，我们的目的不是为了暂时享受点大米，我们的目标是要打倒蒋介石，解放全中国，也包括台湾人民在内。”

指导员这一洪亮的声音，震动了大家的心，麦场上响起了热烈的掌声。

第七节　哥俩好

步炮协调的思想统一了，在相互接触交谈之中，炮兵总称步兵是自己的老大哥，而步兵也称炮兵是老大哥，在现代化战争中，相互取长补短，从不把自己这个兵种放在老大的位置上，成为不可分离的亲兄弟。

在部队休整期间，一位步兵战士到炮兵连来一定要见一见指导员，他和指导员也无亲无故，也相互不认识，他一定要找指导员说说自己的心里话。长期以来，由于政治工作的威力，大伙儿都把政治干部当作自己的良师益友。凡是找讲理的地方，都要找政治干部谈谈，他一到山炮连驻地，几门山炮稳坐在打麦场的中央，顿时间，他感到炮兵的高大，炮兵战士擦拭火炮，抚摸着炮的各个部件，像被驯服了的山虎，在被英雄的战士们利用和支配。

“老大哥同志，你们指导员在哪里，我有事要和他谈谈。”那战士亲切而又和蔼地询问。

“这是我们副排长，有事和他谈谈。”一个炮兵战士指着龚绍华的背影。

“不！我要亲自找指导员谈。”

龚绍华回头一看，脸面很熟，他红着脸，扭头就跑了。

“喂！”那步兵战士吆喝着龚绍华：“老大哥排长同志，你别跑啊！”又急急巴巴地说，“我是向你做检讨来的呀！”

周围的人一看，都在笑，对步兵的这种称呼总有点过意不去，了解情况的人心里想：这一下二排副可要被“刮胡子”了。也有的人还想看看，这场喜剧会演成什么结果。

指导员听到外面笑笑闹闹，又听说有人要找他，从连部走了出来，“我就是本连指导员，你有什么事吗？”

“报告指导员，”那战士向指导员行了个端正的军礼，“我是向炮兵老大哥做检讨来的。”

指导员立即理解到是李堡战斗中为扛大米而吵架的事：“你有什么好检讨的，我还要向你们做检讨呢!”

“不！”那战士着急地说：“我犯了个错误，犯了骄傲自满，看不起炮兵老大哥的错误。”

指导员笑了笑说：“我们才犯了错误呢，我们有的人总认为自己了不起，违反了战场纪律。”

“老大哥指导员同志，我的错误严重。”那步兵战士十分忏悔。

指导员对着在场的同志：“同志们，步兵才真正是老大哥呢！我们有很多传统都是从他们那里学来的，你们说对不对呀？”

“对！”大家齐声回答。

“不行。”那步兵战士急得头上冒汗，“你们这样对我，我回去不好交代。”

指导员灵机一动，他就像能调解内部矛盾的魔术师，他两手一举，“这样吧，我们都是在党的摇篮中成长起来的，我们就叫哥俩好吧！”

“好！”大家都举起双手，表示赞同，并同声呼唤，“我们就叫哥俩好。”

那步兵战士听了无法辩解，他也跟着大家笑了笑。

那步兵战士的名字叫马得标，他从来就是吃软不吃硬，有理不让人，只要抓住一点理，如果对方不服，就可能做出过分的事来。在他的手中，本来是好事，而往往被办坏了。从那时吵架后，他认为自己真的“得标”了，回到连队，把炮兵说得一无是处，指导员立即发现，这是一种不团结苗头，立即找他谈话，讲了炮兵在未来战争中的作用，讲了步炮协同的意义，用诉苦的方法讲了步兵和炮兵都是自己的阶级兄弟。这一来，使马得标认识到自己说了不该说的话，他立即表示，要带着指导员的话，亲自到炮兵连去做检讨，他恨自己说：“马得标，马得标啊，你不是得标，而是个大傻膘啊！”

1947 年秋冬，在苏北战场装备和人数上仍然是敌强我弱，在解放军连连取胜以后，敌人要挽回他们的败局，想以装备上的暂时优势来消灭在苏北的人民武装力量，但兵力分散，到处把守，只能东拼西凑，将整编第四师九十旅和五十七师的一一三旅计 13000 余人由五十一师师长王严率领组成“追剿”队，挥师北上，叫嚣要消灭苏北的人民武装力量。为打掉国民党的气焰，一场新的战斗又将开始。

12 月 26 日，已是数九寒冬，一批国民党官兵，冒着毛毛细雨，由东台出发，企图寻找解放军的足迹，王严师长有个能笑能哭的本领，在他得势时，就自高自大、趾高气扬，如今将 1 万多人交给他指挥，他感到这是南京方面对他的信任，他笑对阴雨严寒，认为共军虽强，但经不住他的炮火攻击，即使不能全歼共军，也能把共军打个落花流水，叫共产党在苏北站不稳脚跟。“哈哈，不怕死的共军，不怕死的就往我的炮口上撞吧！”在场的官兵不得不跟他一起陪笑。

一时间，进犯的国民党军队戎马整装，弹药充足，大炮威严，硬着头皮，沿着公路，摆着长蛇阵，浩浩荡荡地向北进发，真有点势不可当之势。

在公路两侧，显得似乎一片平静，寒风带来的阴沉，给一些胆怯的人带来一点惧怕，但是敢于打狼的人却不怕寒风袭击，他们迎着寒风上，依托公路两旁的解放区大片土地，将要在这里决一雌雄。

“宁过五湖三江，不走伍佑、卞仑。”这是流传在国民党部队的警训。这里是国民党在苏北的南北交通要道，公路两厢，被人民解放军占领，从这里通过的国民党军队，多次被人民解放军袭击和消灭。没有在这里吃过大亏的王严师长倒也有点害怕，但他又认为：凭他现有的武器装备，在苏北的共产党部队，谅必不敢和他碰硬，想铤而走险，消灭一点共产党部队，也好向他的上司报功。

中午12点，国民党先头部队和解放军接火，各种火器立即像雨点般地向解放军袭来，王严师长像碰到快要到嘴的肥肉，命令他的部队，要把接火的这支解放军部队消灭掉。正当他的笑口将要张开时，隐蔽在公路两侧的人民解放军主力纵队一齐出动，把公路沿线的国民党军队切成数段，正在一个一个地歼灭，这一来，国民党部队乱成一团，打得王严师长晕头转向，立即由进攻姿态转入防御姿态，被我切断被围部队已失去指挥，只能把身边的部队龟缩在卞仑一带，他钻进一个掩体抱头大哭，“完了，完了！我的部队完了。”但还在凭借他的武器装备死守，等待援兵的到来。

“上！”一支炮兵部队奉命进入阵地。

按照以往的常规，山炮的阵地应该选择在隐蔽性较好的地形，但这里没有可以利用的山丘，也没有可做隐蔽的房屋或树林，更没有可供构筑工事的木材或板块，国民党军的“追剿”指挥部就设在卞仑镇的镇内，在这里，还有超过人民解放军的炮兵火力，我炮兵阵地只能暴露在地平面上。

“准备射击！”

几发炮弹正打在敌人的前沿阵地，眼看着敌阵地上的士兵在东窜西跑，似有溃退的样子。

"准备转移!"

战士们非常奇怪，眼看敌人正在撤退，为什么又要把火炮撤离阵地？出于"命令如山"的习惯，只得把火炮迅速撤离。火炮刚撤离几十米，敌人一排排炮弹向这个阵地打来，打得这个阵地浓烟滚滚，尘土飞扬，幸好撤离较快，没有造成伤亡。

"准备掩护。"

这支炮兵部队又转移到另一个阵地上，在这里，步兵已把一股国民党部队包围并准备全歼，但因为敌人火力封锁，几次冲锋，都造成伤亡而攻不进去。炮兵到达后，立即对敌阵地猛烈射击，把敌人的火力点打哑了，随即，步兵一个冲锋，把这股敌人全部歼灭。

"我的妈呀！这个仗怎么打呀!"龚绍华惊呼地叫了起来，他认为，炮兵应当在步兵的保护下，构筑好工事，当步兵进攻时才能射击，而这次打法，使他晕头转向，他发牢骚说："这简直是把炮兵当步兵来使用。"他想一切活动，都应极力避开敌人步机枪可能射击到的地方。

"他妈的，这才过瘾呢!"在新安镇负过伤的马争田同志，伤未痊愈，就要求出院，他听说前方打仗，他恨不得一步就跨到前线来，在他的积极请求下，终于参加了这次战斗，这次无防御阵地的作战，免去了那些他所认为的啰唆程序，他感到打得痛快，所以在拉炮时总是走到前面，射击时总是沉着不慌，有危险为别人挡着，有困难他能顶住，对龚绍华来说，在他排里，有这样的好班长，也弥补了他在战斗中的某些缺陷。

一场紧张的战斗正在进行，因为双方兵力差距不大，人民解放军也付出了较大的伤亡代价，国民党把他们能收拢的部队都收缩在卞仓，大团一线，他们的兵力已相对集中，这一来，给全歼这股部队带来较大困难，只能像啃骨头似的对他们作战，战斗中处在相持之中，双方都在修筑自己的阵地。

夜深深，解放军炮兵部队利用公路的高埂地修筑自己的工事，这里没有可供构筑覆盖式工事的材料。只能挖一个平坑，留出一个射击扇面，用几块门板盖在阵地上面，可以挡住敌人的步机枪射击。

27 日，强劲的西北风吹遍了苏北大地，气温突然下降到零下 20 度，阵地上显得格外寒冷，河水已结成了厚冰，土面被冻得僵硬，不少人还穿着湿透了的棉衣，凉水布衣贴在身上，成了脱了也不行，穿上也不行，还要蹲在四面不挡风的战壕一动也不动地监视着敌人。突然的寒冷，很多人都不适应，有的人除两眼珠还能转动，全身不能动弹，有些没有经验的伤病员，一下阵地，就着急烤火，认为火能解除身上寒冷，因为没有用自身温度缓解，血液受阻，而倒在了火堆一旁。

27日晚，强劲的西北风依然在阵地上呼啸，坚持在阵地上的指战员个个都感到刺骨寒冷，已是两天两夜没有合上一眼，不少人都感到特别疲乏。已经上了烟瘾的人，如果在阵地上能抽上一口烟，就会感到头脑清爽，如同腾云驾雾，过着快活如神仙般的生活，可是，所带的烟叶已全部湿透，不得不把它扔掉，已经上了烟瘾的龚绍华总是摸袋子，好像是少了点什么，摸了半天，连一根烟丝也没有摸出来。突然间，他看到防空洞门口有一个火星经过，他走出防空洞，跟随着那人，希望得到那人抽剩下的烟把，也好给自己过一过瘾，他跟了100多米，那人把烟把扔水坑里，他叹了一口气，只得晦气而回。

战斗中，也有不可预测的后果，天亮之后，步兵一个团组织对敌人发动攻击，在炮兵的掩护下，迅速突破了敌人前沿阵地，步兵误把敌人的阵地看成是自己的阵地，没有对这个阵地炮击，一个连长穿插过程中，进入了敌人的火力网，步机枪向该连射击，使该连伤亡过半，不得不将进攻暂时停止。

一时间，国民党王严师长又笑了起来，他认为：共产党对他也无可奈何，立即组织炮火对解放军阵地进行射击，一个简易的炮兵阵地，哪能经得起猛烈炮火的轰击，突然间，一发炮弹正好落在山炮二连四班长马争田的两腿之间，随着炮弹轰隆一响，马争田的两腿飞出好几米，两腿动脉血管的鲜血像喷泉般地往外直流。“快！快！快保护好火炮，支援步兵老大哥要紧。”他使劲地瞪着他的双眼，还在指挥着阵地上的战士，在卫生员迅速赶来包扎时，因流血过多，已无济于事。

“班长啊，班长啊！我的好班长啊！”阵地上响起了呼救声和哭声。

顾民富听到阵地上的爆炸声，他像飞一样地从防空壕里跳了出来，眼看着马争田的两腿血肉模糊，他扑在马争田的身上，一边进行包扎，一边呼唤卫生员前来抢救。

“排——长——啊！”马争田呼出最后还没有说完的话。

顾民富一般是不爱流泪的人，他见到马争田停止了呼吸，立即泪如泉涌，他的泪水直流，他一边哭一边诉说着：“我的四班长马争田同志啊，我的好兄弟呀，我的好同志啊！这事怪我呀，应当我守在炮位上，应当我死，不应当你死啊！”他抚摸着马争田的上身，抚摸着包扎的腿，还不断诉说，“你帮我承担了多少重担，你帮我挡了多少险情啊！我对不起你呀！”他又捡起了一条被炸飞的腿，“这两条腿你带去吧，你好走光明大道。”

龚绍华听到阵地上的爆炸声，开始，他还不以为然，听说马争田牺牲了，立即从防空洞跳出来赶到炮阵地，他看到血肉模糊的马争田，被那可怕的情景一阵惊吓，他前进了两步，又后退一步，他看到全班同志悲痛情景，使他流下了几滴热泪，也想起了一段一小时前的事。

因为部队过度疲劳，为在攻击时有足够精力，决定轮换休息，让一部分同志在防空洞里打盹，这一班带班的应当是龚绍华和马争田，马争田看到龚绍华老是打瞌睡，有点心疼，马争田常说：“我们副排长是小资产阶级出身，没有吃过多大的苦，有什么重活我们多担当点，他有文化，将来用他的地方还多着呢！”所以还是劝说龚绍华下阵地休息一会儿。

“副排长，你下去休息一会儿吧，我在这里帮你顶着。”

“不！我不能走。”龚绍华很不好意思，扭扭捏捏地把马争田的劝说推辞了。

“副排长，你下去吧，有情况我向你报告就是了。”

“那不行，我下去，影响可不好啊！”龚绍华还是吞吞吐吐地回答。

“你走吧！”马争田用手一推，他那一股劲差一点把龚绍华推倒。

龚绍华装出被迫的样子，钻进了防空洞，才几秒的工夫，就进入了梦乡。

龚绍华回忆了这段，他心中十分难过，他非常惋惜，自己失去了一位为他承担重担的好战友，他知道，这次是马争田为他顶去一死。

马争田的牺牲，使全连同志都感到悲痛，林指导员也为他流下了热泪，但又在压抑自己，防止出现过激的感情导致伤害部队战斗力。

“各就各位。”连长命令自己的部队保持沉静。

“同志们，我们要化悲痛为力量，为马争田同志报仇。”这虽然是老生常谈的口号，但由于平时思想政治工作的基础，也在激励着部队的斗志。

马争田的遗体就安葬在他战斗过的地方。

炮兵的伤亡，也惊动了相互配合的步兵，马得标得知这一消息后，心中非常难过，虽然他过去和炮兵同志吵过架，但在解放军这个摇篮中，就像亲兄胞弟为争一个玩具在父母面前要娇，无论是哪一个军兵种，都像是一个娘胎生下来的，在兄弟之间，谁有个万一，谁都感到难受。

“我的炮兵兄弟呀！”马得标捏着一把泪，“你们不就是为了配合我们，为了减少我们的伤亡，为了迅速解决战斗而牺牲的吗？”他又握着拳，“等着吧！我们一定要去缴获大炮，壮大炮兵力量，为炮兵兄弟报仇。”

28日，步兵继续向中心据点攻击，炮进行掩护，有一部分先头部队冲了进去，和顽抗的国民党官兵和解放军进行白刃战，他们认为解放军上去的少，一群国民党士兵和解放军战士拼刺刀，一时间，刺刀对刺刀，碰得哗哗地直响，厮杀声响如雷鸣，在厮杀中，解放军战士个个都红了眼，只要一得手，刺刀立即捅向敌人的身躯，不少人死在解放军刺刀下面。炮兵在观察镜头中都看得一清二楚，因为双方距离很近，无法进行炮火支援，急得大家直跺脚，步兵的英勇作战，不怕牺牲的精神，使这些炮兵兄弟深受触动。

一批敌人被打退了，步兵继续向前攻击。

“哇！”步兵战士马得标高兴地叫了起来，“这是大炮呀，这是我们要缴获的山炮呀！”他骑在炮上欢呼：“炮兵老大哥同志，我们要给你们送炮来了！”

正在欢呼之中，终因冲上去的部队较少，后续部队又没有来得及跟上，敌人又组织力量进行反扑，部队又不得不退了下来。

“哎！”马得标拍了下脑袋，“到手的大炮怎么又丢了，我怎么能对得起炮兵老大哥呀！”他又长叹了一口气。

国民党一部分部队在卞仓镇的被围，他们又在苏北到处调集兵力，企图与解放军再做一决战。29日，他们进行了南北增援，企图南北夹击，歼灭一部分人民武装，在敌强我弱的情况下，解放军奉命撤出战斗，虽没有达到全歼这股敌人的目的，但打破了敌人“扫荡”两台之目的。

在整个战斗中歼敌九十旅旅部，二六九团团部，二六八团的两个营，五十一师辎重营全部，一一二旅旅直大部，二七八团一部，四十一旅一二一团大部，共计7000余人。

国民党增援部队到达卞仓镇后，见到的到处是国民党官兵的尸体和伤兵，王严师长见到增援部队的来到，他泪流满面，感激增援部队为使得救，而增援部队官兵只顾发财，在死者身上找手表、金戒指等贵重物品，他们像一个破落地主分家似的，有的为争夺一个金戒指而打起架来，口头上称弟兄的国民党官兵，又因争夺财产而成了冤家。

第八节　我们的队伍向太阳

“向前！向前！向前！”一支雄壮而又豪迈的歌曲《解放军进行曲》在部队中响起，这支歌传到部队，就像沸腾的钢水，正在铸造着中华民族的巨人，嘹亮的歌声振奋了每个人的心，一支革命歌曲就是一部很好的教材，健康成长着的人民武装力量，正踏着这支歌曲的步伐在奋勇前进！

盐城反击战之后，部队进行整训，一批解放区翻身农民被补充到部队，将与老战士一起，肩负着民族的期望，一批经过锤炼的干部战士将被调到领导核心和重要岗位上，将成为不可战胜的骨干力量，缴获的一部分武器装备部队，将如虎添翼，壮大了人民力量，经过军政训练，那种“从无畏惧，英勇顽强，决不屈服”的革命精神像炉火般地燃烧在官兵的心中，解放的旗帜将飘扬到祖国各地。

这次部队休整，正是中国人民的传统节日——1948年春节，这一年与往年有些特别，一批翻身农民打破了过去的习俗，他们既不敬如来、观音，也不拜玉帝、城隍，而是把毛主席像贴在自家堂屋的正中央，全家人跪在毛主席像前念念有词，诉说毛主席、解放军对他们的恩情，祈祷人民解放军早日解放全国人民——我们的队伍向太阳，哪里有了人民解放军，哪里就给人民带来阳光，人们在实践中以其最朴实和传统的方式来寻找自己的最好信仰。

这年春节，军民关系更加亲切融洽，曾一度被国民党占领过的老解放区，控诉了国民党反动派的滔天罪行，不少贫下中农被杀害，曾分得了的土地又被夺了回去，曾一度光明又回到黑暗，盐城反击战之后，一些老解放区又回到人民手中，凡是有驻军的地方，家家庭院被扫得干干净净，家家水满缸，解放军又回来了，又像从黑暗中见到了光明。

在军民共度新春佳节的日子里，又是一片锣鼓喧天、喜气洋洋的新景象，乡亲们一见面，不是互说“恭喜发财”，而是在欢度解放。

在年三十那天，有一群人敲着锣鼓，抬着一头肥猪，来到山炮连连部，带头的是这个村的村长。

林指导员带着“一班人”，像迎亲人一样，迎接前来慰问解放军的群众。龚绍祥作为指导员的助手忙得不可开交，给乡亲们端茶倒水，端凳让座，数十人欢聚一堂，又说又笑，像家人团圆，显得热闹非凡。

“村长！”指导员指着外面的肥猪，“你们村里很多东西都被国民党抢走了，老百姓是够苦的了，这头肥猪应当给老乡们过年吃，为什么要给我们送来呢？”

“指导员！”村长禁不住流下了热泪，“本来今天应当高兴，可是想到你们牺牲的同志，我们心里难过呀，慰劳同志们吃点肉，这不算什么呀，你们为了人民解放，是在和国民党反动派拼命啊！”

指导员拉着村长的手：“乡亲们的心意我们领了，乡亲们过不好年，我们的心也难过啊！”

村长拍着指导员的肩：“指导员，乡亲们要我告诉你们一句话，打国民党反动派可要除根啊！要不然，他们还要回来和我们算账呢！”

指导员亲切地对村长说：“村长，请你告诉乡亲们，在共产党毛主席领导下，我们要推翻压在中国人民头上的三座大山，解放全中国，将来还要在中国实行社会主义呢！”

“那当然好喽！”村长虽不完全明白“三座大山”的含义，但他理解到解放军一定要为人民彻底求解放。他又说：“我还想请指导员给乡亲们讲一讲呢！”

指导员一面布置龚绍祥按价付给这头肥猪的钱，又答应了村长的要求。

为落实毛主席关于人民解放军是一个“战斗队，工作队，宣传队”的指示，指导员又向群众讲了推翻“三座大山”的意义和内容。

“乡亲们！”指导员站在一个高坎地上向群众宣讲，“你们知道中国劳动人民为什么受苦吗？”

“是地主老财压的呗！”一个中年农民敏捷地回答。

“不光是这些。”指导员的手一挥，“因为有‘三座大山’压在中国人民的头上。”

群众不理解什么是“三座大山”，有的人认为：这里都是平原，从哪里又出来“三座大山”呢？群众中叽叽喳喳小声议论。

指导员立即理解到是群众对这个名词的生疏，他立即解释说：“这三座大山就是压在中国人民头上的帝国主义、封建主义、官僚资本主义。”

群众觉得恍然大悟，但具体内容还不明白，一位农民说：“指导员，你把三座大山是怎么回事，给我们讲一讲吧！”

“过去不是有个日本帝国主义吗?”指导员还是由浅入深、由近而远地往下讲。

大家对帝国主义在中国的烧杀抢都十分清楚，一个农民插言说：“那个时候要是没有新四军在这里打日本，那个日本鬼子才凶呢！他哪一点把中国人当人看啦，要是不打倒，我们就都当亡国奴了。”

“日本帝国主义被打倒了，又来了个美帝国主义，他们支持蒋介石打内战，要想在中国称王称霸。那个蒋介石就胆大妄为，拿着美国武器，来打中国人。”

有一个农民急着说：“那可不行，中国人已经吃了不少洋人的苦，他们总想中国当作唐僧肉来吃，那我们可不答应。”

指导员又继续说：“你们想一想：帝国主义在中国横行霸道，夺取了我们不少财富，杀死了我们多少人，中国人成了他们的奴隶，总是被他们踩在脚底下过日子，你们说，这不就是压在中国人民头上的一座大山吗?”

“对呀!”一些群众频频点头，有的群众议论说：“洋人压迫中国人，不就是压在中国人民头上的一座大山吗?”

“那第二座大山呢?”指导员继续说：“那就是压在中国人民头上几千年的封建主义。”

群众对“封建”这个名词并不生疏，但理解不一，有的人认为：反封建就是反对压迫妇女。

“在中国，只有百分之二十的人，掌握了百分之八十的土地。那些地主老财，利用他们掌握的土地来剥削人民、压迫人民，贫苦农民要为他们当牛做马。你们想想，如果没有土地改革，这座大山还不知道要压到什么时候呢!”

群众对这种情景都深有感触，大家念念有词：如果没有共产党，毛主席，我们这个苦日子还不知过到什么时候呢！

指导员高声说：“这个制度，在中国已经有几千年，早就不行了！可是，蒋介石还要把它保护下来，他们组织了还乡团、自卫队，要那些地主老财继续掌权，继续骑在人民头上作威作福，这座大山不推倒，我们还能够过好日子吗?”

群众中轰动起来，出现了打倒地主老财的口号。

“那第三座大山呢?”指导员越讲越激动，“那就是官僚资本主义。”

群众对这个名词不太熟悉，有的人认为：凡是富人，都应当一律打倒，财产一律平分。

指导员抓住农民中的绝对平均主义的思想，他又接着说："那就是国民党反动政府的那些大人物，他们这些贪官污吏，不给人民办事，而是骑在人民头上，不顾人民的死活，刮老百姓的油水，他们手里拿着枪，谁反抗，就要打谁，中国的钱，都滚到他们腰包里去了。"

指导员又说："在中国，一家叫蒋介石，一家叫宋子文，一家叫孔祥熙，一家叫陈立夫、陈果夫，现在全国大部分财产都掌握在他们手中，他们一个人吃一顿饭就够老百姓吃几年。就拿那个财政部长孔祥熙来说吧，抗战中他有个姑娘要和美国一家大老板的少爷结婚，陪的嫁妆没有数，就光是做一皮箱衣服的钱，就够几万人每人做一套新衣裳，可以装备两个师，但抗日战争，打日本鬼子，他们可以一毛不拔。"

"我的妈呀！"有的群众伸了舌头，有的群众感叹地说："这种魔王，比白骨精还坏呀！"

指导员最后做了小结："这三座大山的总代表是谁呢？"他的手往南京方向一指，"就是那独夫民贼蒋介石。"

群众中又轰动起来，当时就有几名青壮年报名要求参加解放军。

指导员接着说："乡亲们，蒋介石不打倒，全国就不能彻底解放，也请乡亲们放心，全国不彻底解放，我们就算是没有完成乡亲们交给的任务。"

讲到这里，全场都热烈鼓掌。

指导员举起双手，感激乡亲们对解放军的鼓励，他们笑着对大家说："乡亲们，我们有一首歌，叫《解放军进行曲》，人民子弟兵将要沿着这首歌的方向前进，要用这首歌作为我们的前进目标，现在我领着在场的解放军同志唱给大家听："向前，向前，向前，我们的队伍向太阳。"

正在欢度新春佳节中，纵队文工团派一支腰鼓队前来慰问表演，经过化妆之后，男队员头扎白巾，身穿镶蓝边的白袄和天蓝色的裤子，一身西北农民的打扮，像是从党中央所地在带来的阳光，女队员头扎红巾，身穿红装，他们英姿飒爽，像红太阳的光辉映在他们的身上，表演是在《解放军进行曲》乐曲声中走上了表演广场。

咚、咚、咚、咚！

腰鼓队迈着整齐的步伐走进广场，他们的鼓槌打在一个点子上，声音响在一个音节上，动作表演在一个姿势上，表情露在一个心情上。按照统一的步调，一会儿打在前面的鼓面上，一会儿打在后面鼓面上，一会儿从胯部打去，一会儿是马蹄声滴滴答答打在鼓边上，在走过一圈之后，又变换了各种花样的队形，有二龙吐须，有十字开花，有五星高照，有八面进攻，农民看了过后，都大饱了眼福，觉得这支队已不像过去游击时期，而是一支强大的人民武装。

龚绍华看到腰鼓队中的李健，他目不转睛地观察着她的每一个表演动作。在过去，他单纯地从艺术角度来欣赏，评价女演员的身腰粗细，面容丑美，舞姿硬柔，表情真伪，而这次都带着政治眼光来观赏，他越看越感到李健好像在阳光下过着无忧无虑的生活，她的舞姿好像是在阳光下的鲜花开放，她的步伐好像在奔向火红的太阳，她的表情又好像在给人们带来前途和希望，他越看越感到自己和李健有很大差距，他很想在革命的道路上能和李健取得志同道合，甚至和他建立爱情关系。可是，他又想到：自己目前才是个小排叉子（排级），要达到结婚资格，还要经过推小车子（连级），戴草帽子（营级），钻墙围子（团级），不知道是哪年哪月。在文工团演出结束后，他也不敢去找李健，怕人家笑他是癞蛤蟆想吃天鹅肉，但又盼望：如果李健不图官位大小，在全国解放之后，再去找她谈谈也不算晚。

李健来到炮兵部队，既没有找龚绍华采访，也没有打听龚绍华有无文艺创作，两人都在人群中对面走过，但都是脸一红就走开了，好像都不认识似的。在这一年当中，曾有好几个团级干部要找李健谈恋爱，她觉得自己还不到20岁就给人家当老婆，在大反攻的形势下，怀上孩子，把青春都浪费了，几经别人介绍，都被她拒绝了，她想在革命胜利之后，找一个有革命意志、有知识修养的人做自己的终身伴侣。她和龚绍华的几次接触，对他有点好感，就是感到他的小资产阶级感情太浓，她坚信，在阳光普照下，一些剥削阶级出身的人都可以培养成革命的骨干，一个小资产阶级分子还不能在阳光下融化?！她把对龚绍华的爱藏在自己的心中，但又立足于对他的考验，有朝一日，在他创造出光辉的业绩时，也许将迎来十五的月亮。

顾民富看到腰鼓队的表演，使他深受鼓舞，他觉得自己也不是个小孩子了，俗语说：“穷人的孩子早当家”，懂事的人就应为“父母”多操点心，他决心把革命的重担好好挑起来，不让党在自己身上过多操心，“脚踏着祖国的大地，背负着民族期望”，他把这段唱词做了反复推敲，他觉得革命的道路越来越长，革命的任务越来越重，将革命进行到底，已成为他不可战胜的意志，当唱到这段歌词时，就感到自己的担子更加重大。

文工团腰鼓队表演暂告结束，临别之前，要和炮兵部队举行联欢，他们还带来点小节目，表演十分精彩，更加密切了领导机关和基层的感情，但又需要山炮连出点节目，山炮连也没有准备，只能把刚学会的《解放军进行曲》拿出来表演，在表演中，部队排成4行，采取行进中演唱，这时间，寒风虽不是那样强劲，但还能听到微微的呼啸声，连队司号员早已练了歌曲的前奏，他排在队列的前面一侧，将前奏曲吹起：

滴滴滴滴滴滴滴

军号声像在呼唤着人们勇往直前，担任指挥的顾民富，手持带红穗的木棍上下摆动。

"向前，向前，向前，我们的队伍向太阳。"

像雷鸣般的吼声在操场响起，队伍中的步伐像一个人的模样，做到前后距离、左右间隔都一分不差。

"从无畏惧，决不屈服，英勇战斗，直到把敌人消灭干净。"

从全国各地汇集在一起的干部战士，虽对唱词吐字不一，但都唱在一个音调上，指战员们精神饱满，显示出坚强有力。

"我们的队伍向太阳，向祖国各地，向全国解放。"

唱到这里，感情特别奔放，像雄鹰在空中飞翔。

唱完之后，激起全场的热烈鼓掌，林指导员也没预料到有这么好的效果，在场的文工团长说："这才是七分感情、三分演唱呢！"

战斗在苏北的人民炮兵部队，从建立起，到大决战之前的两年期间，和步兵在一起，共参加大小战斗二十余次，其中影响较大的有，两战李堡，攻打盐城，强攻新安镇，三战三余镇，三攻掘港镇，两参盐南出击战，近战汜水镇，攻打涟水城，这支部队越战越强，像一个出生不久的婴儿，在阳光普照下健康成长。

第五章

血泪控诉

第一节　血泪账

“谁是我们的敌人?谁是我们的朋友?这个问题是革命的首要问题。”这是每一个革命者需要解决的问题，也是在炮兵摇篮中成长婴儿需要解决的问题。

仁慈而又求实的“母亲”，总是把国情告诉自己的子女，誓把后人培育成火眼金睛一样，让他们在复杂的环境中认清是非、在大风大浪中分清敌我。

出身在不同家庭，并受家庭熏染的人，对敌我友都曾有过不同的看法。

出身在贫苦家庭的顾民富，在他幼年时，穿的是破衣烂衫，吃的是猪狗食，还要受富人的打骂和欺辱，他就觉得这个世道很不公平，在他的幼小心灵中，就爱打个抱不平，他很欣赏一些豪杰们的杀富济贫，他哪知道在这个世界里还存在着阶级压迫和阶级剥削，对于谁是真正的敌人，谁是真正的朋友，一度没有弄清楚。在接受革命教育之后，他弄清了穷人为什么穷、富人为什么富。但对中国社会的全面理解，还是在深化之中。

生活在贫苦和温饱兼而有之的龚绍祥，他弄不清社会上为什么还有贫富、贵贱的差别。他只是把社会上分为好人和坏人，他对养父抚养了他，认为是好人，也遇到表面上和和气气说好话的常错认为是好人，对杀人放火、欺负百姓的认为都是坏人。他把自己亲生父亲也看成是敌人。

新四军来到之后，他从来没有看到有这样的好人军队，并结下了深厚感情。在一段时间内，到底谁是真正的朋友、谁是真正的敌人，他处在蒙朦之中，受到革命教育，他认识到在人类还存在着压迫的剥削制度，决心要铲平这种不平等制度。但对各阶级的现状，还没有全面理解。

生长在温饱有余家庭的龚绍华，自幼就羡慕富人的生活，他认为富人能富是因为他的命好、有挣钱的本能，父母的教育，希望他能光宗耀祖，要做一个人上之人，所以他考虑的主要是为个人前途。谁是真正的敌人，谁是真正的朋友？他认为：凡是损害他既得利益者，都是自己的敌人；凡是有给予他个人利益的人，都是自己的朋友，可是哪有他那么好打的如意算盘？帝国主义的侵略，封建阶级的压迫，使他产生了对凶恶者的仇根，看到富人的享乐，他又垂涎三尺，经过革命教育，他懂得了阶级压迫、阶级剥削的道理，但只能停留在口头上，对追求个人前途的心理没有放弃，只要有合适的土壤，就能生根发芽，对中国国情的理解，他总是忽左忽右。

指导员到团部开会，部署即将在连队开展诉苦和三查三整运动，传达了人民解放军总部发言人谈话《评西北大捷兼论解放军新式整军运动》。此文从表面上看，好像是传播胜利消息，鼓舞革命斗志，但林杰觉得，这文章分量不轻，它提示了解放军取得胜利的力量源泉，是运用了诉苦、三查三整的这个重要武器。

曾在抗日军政大学学习过的林杰，他曾读过王明的《为更加布尔什维而奋斗》的文章。作为工人出身的他认为：既然工人阶级是最先进的阶级，革命重担应全部落在工人阶级身上，所以，他把工人出身的人看成什么都好，而把农民出身的人看成是“落后、保守、自私、狭隘”，经整风运动，使他懂得了中国革命必须是工人阶级领导，以工农联盟为基础，农民是革命的主力军，所以，他又把调查的重点放在农民身上，而且把这条原则视为中国的特色。

经过革命浪潮锻炼和成长起来的林杰同志，他像一名精明强干的“商业”工作者，他听到这篇“评论员”文章的传达，就像得了一笔价格昂贵的“货源”，他将把这一批“货源”分门别类，加工制作，去推销给那些如饥似渴的人们。

为了有针对性地进行政治教育，在诉苦、三查三整之前，指导员领导大家对连队情况进行了调查，他召集班排长会议，布置各项摸底工作，他又召开各类人员座谈会，进行引导式调查，他还亲自个别谈话，对个别难点进行重点调查，经摸底统计：山炮连贫农以下出身者占全连总人数80%，其中，给地主当长工者20名，家中卖儿卖女者7名，被地主逼死人命者10名；在40名解放战士中，有25名是被国民党抽壮丁当兵的，其余是生活所迫，他们都度过了非人的生活。一笔血泪账，提示了中国半封建、半殖民地社会的悲惨情景。

在调查中，也发现个别战士寡言少语，弄不清他们内心有什么不愿透露的话。

因为是开展诉苦运动,贫苦家庭出身的人成了香饽饽,不少人以自己出身成分好而为荣,不少不是贫苦家庭出身的人也报自己是贫雇农出身,这样报贫苦家庭出身的人占全连90%以上，龚绍华也报自己是贫农家庭出身。

龚绍祥看了报上来的数字，觉得连队成分不差，他把这样比例和步兵一对照，是同一个比例，把步兵的情况套到炮兵连，所以，就准备把这个数字整理上报。

林指导员一看，和自己掌握的数字不一样，他翻开了自己的笔记本，按名单和座谈的摸底对照，山炮连贫农以下出身的还不到80%。

“副支书，你统计的这个数字可能不对吧？”指导员郑重地问龚绍祥。

“没有问题，和步兵差不多。”他很不介意地说，“我们连队成分也不比步兵差，经过诉苦，战斗力一定很强。”

“差不多？”指导员很惊奇，“差不多还要调查干什么？”

“那是班排长报上来的呀！”

“那可不行，工作这么简单，那我们光听汇报就是了。”

龚绍祥无言可答。

指导员耐心地说：“我们和步兵出身成分的比例不一样。我们补充了一批学生，他们虽然也受三座大山的压迫，但比贫苦人家日子还好些，通过诉苦教育，改造一部分人的世界观，这个任务还很艰巨啊！”

龚绍祥像从师傅那里学了一手好手艺，他总结了自己的教训，决心在任何情况下，都要坚持实事求是，不能思想一时发热，而是要经常冷静地思考问题。

调查中，指导员把中国农村情况用漫画形式展示在墙报栏中。

在一张全国可耕地图上，只有20%的地主、富农霸占80%的土地上，占80%的瘦骨如柴的农民站在20%的土地上。

同时又公布了各地土地占有情况：

四川省，地主就占有土地70%~80%；

江苏省，占4%的地主占有土地60%，96%的富农、中农、贫农才占有土地40%。

龚绍华也掌握了一些土地“资料”，在他幼年时，父亲总是以羡慕的口吻告诉自己的儿子，要儿子撞个好运气，在一夜之间就能成为家有良田万顷、身有百万银元的大富翁。

一天，龚得福把儿子叫到自己身边，用亲切而又期望的口吻说：“绍华呀！你要是命好，找个机会发大财，我就有福了。”

龚绍华对父亲那种突如其来的问话感到意外，但又不敢直接反驳。

“我在做生意时，”龚得福接着说，“有一个大财主，他家里也不知道有多少土地，有一个穷人到他家门口要饭，家里的人就不给，说是吃了他家的东西，也不能从臭要饭的身上捞到什么油水，就叫狗来咬这个要饭的。忽然，那财主从屋里走出来，问清了情况后对家人说：‘积点德吧！可以给他两簍玉米面，周围百十里都是我家土地，他就是走出一百里，拉屎还是拉在我家土地上呢！’”

龚绍华一伸舌头：“我的妈呀！有这么多土地，他的钱怎么花呀！”

“你就不会发财呀！”龚得福继续说，“人家发财，那个钱就像流水一样地往家里流，有一个晚上，那个财主和官府的人赌钱，赌钱额真吓死人，一夜之间，天还没有亮，就输了13个土地庙，13个土地庙就是13个村庄的出租土地，那财主当场就把13个村的租契给了别人，而他一点都不在乎。”

龚绍华一缩头：“我的天啦！这些土地是从哪里来的呢？”

“嗨！”龚得福手拿一块木板往桌子上一拍，“这就叫‘乘人之危，落井下石’”，又神奇地说了个故事：

有一年发大水，土地和房屋都被淹了，老百姓有的淹死、有的饿死病死，在一棵大树上有两个人，一个人手上抱着一个大南瓜，舍不得吃；一个人手上拿着大元宝，但元宝也不能当饭吃，那个拿着大元宝的对抱着大南瓜的说：“我用我的大元宝换你的大南瓜。”那抱大南瓜的人一想：我这个大南瓜才能值几个钱，将来我用大元宝可以买几百亩地，到那时，我就是大富翁了，他立即拿了大元宝，给了那人大南瓜。接到大南瓜的人把肚子也吃饱了，剩下的全扔了，那得到大元宝的几天没有饭吃，结果饿死了，吃大南瓜的那人既保住了自己的生命，又把大元宝拿了回来，灾过后，发了一笔大财。

龚绍华一听：这不是坑人吗？但也没有细细去研究这个问题。

“有一个故事倒是真的。”龚得福继续说，“大概在民国十几年，山东发大水，几十万亩良田被淹没，受灾区的百姓家破人亡，急于求生，有一个姓牟的财主从东北运来几船粮食，本来应当救灾，可是，那财主用来买地，二斗高粱换一亩好地，在不长时间内，一下买了二十多万亩地，成了山东数一数二的大财主。”

龚绍华对这些故事还记忆犹新，他曾这样想：如果自己真的成为大富翁，那就可以吃的是山珍海味、住的是高楼大厦、穿的是绫罗绸缎，出门坐轿骑马，这个生活是多么有价值啊！他哪知道：这种生活是建筑在对穷人断筋吸髓的基础上的。在革命的摇篮中，他从理论上懂得了地主剥削穷人的道理，但地主占有的土地是不是剥削的，还有点不太理解，在诉苦即将到来之际，他哪敢夸耀地主，而只是顺着这个浪潮，尽量把自己家说得穷些。

顾民富对地主占有那么多土地没有感到惊讶和奇怪，他想起了童年时一些事：

在幼年时，他看到父亲总是把自己家打的粮食送给地主，而自己家吃糠咽菜，一次交租回来，他流着眼泪问父亲：“爸爸，我们家打的粮食为什么要给财主家送去呢？”

“哎！”父亲无精打采地叹了一口气，“因为人家有土地呀！”

“那……我们家为什么没有土地呢？”

父亲又说：“在你老爷爷那一辈，这里是荒滩芦苇地，你老爷爷就在这里开荒种了几亩地，有一家姓周的大财主，他在清朝衙门做过官，硬说这些土地都是他家的，一夜之间，这里的人家都成了他的佃农，年年都要向他交租。”

“那我们穷人就不给他种地！”顾民富握着拳头发出愤恨，“就不给他种，叫他们都饿死。”

“那怎么行啊！这个世道都兴这个规矩。”父亲据理告诉儿子。

“哼！”儿子不服。

“你不给他种地，他就叫你去坐牢，人家有枪、有狗腿子，他们的大炮是支着对穷人的，天地脚下的天子，官府的衙门，全都护着他们，我们斗不过他们啊！”

儿子对父亲挤了挤眼，还是不服。

父亲看了看儿子的表情，既可笑，又同情，“你还是不懂事啊！那些财主心才狠呢！他们的地有的是跑马圈的，有的是皇帝封的，有的是乘人之危低价买的，有的是灾荒中夺来的，真正省吃俭用能买到地的才有几个啊！绝大部分都是不正当手段夺来的呀！”顾望泉是在大革命失败后才知道这点道理。

顾望泉又长叹了一口气：“哎！现在就是没有人会领路啊，有的人领了一段路就领斜了，穷人刚刚抬起头，又给他们压了下去，要是有人能把路领对了，那几个地主，才算有多大有能耐呀！”

顾民富听了这一段，激起了他对地主的仇恨，所以从小就下决心，要为这个世道打抱不平。

龚绍祥也听说过养父的一段经历：

民国开初，落后的苏北农村就有人点洋油、用洋火、穿洋布、抽洋烟，出身在落后农村的龚得会受洋货影响，他心里想，人家洋人能做到的事为什么中国人都不能做呢？他曾在城里念过洋学堂，龚得会父亲受新时代影响，他觉得：光是用几把锄头、几把镰刀也发不了大财，倒不如用机器开个作坊，一算账，用人工几十个人的活，用机器一两个人就能干完，用人工榨花生油，100斤才能出20斤油，而用机器100斤能出30斤油，他就卖田卖房、筹集资金，办起了一个机器油坊，刚刚办起，生意火红，可是那些官府和财主们看到眼红，有的说是破了他家的风水，官府看了这里有油水可捞，就对这里加捐加税，对洋人的买卖只敢以一百抽三的税率，而对中国人要一百抽八，再加上官员的敲诈，生意又不景气，1929年，红军在这里大闹了土地革命，不知什么人出了个馊主意，说是要一律平分，把这家机器油坊也分了，东家分了个轴承，西家分了个轴瓦，南家分了个齿轮，北家分了个螺丝钉，在明白了民族资产阶级还是我们朋友时，这部机器也无法组装了，残留部分卖给了江南的一户人家。

龚绍祥没有这方面的经历，他也不明白是什么道理，满脑子全是稀里糊涂，因为他的出身是和土地联系在一起的，他憎恨他生父抛弃了他，他感激养父抚养了他，在他受到革命教育后，才知道，中国民族资产阶级不能作为中国革命的领导阶级，而是中国革命的同盟军，是我们的朋友。

地主霸占穷人土地，贫苦农民受压迫、受剥削这个国情一公布，又激起了干部、战士对地主和官僚的仇恨，大部分处于文盲半文盲的战士，他们哪知道这些详细国情，什么叫压迫、剥削，对有些人来说都是新名词，不少人请别人念、请别人讲解，联系自己的家庭，联系个人的出身，想来想去，全是真情真理。在过去，有苦无处诉，有冤无处伸，只有把苦水咽在肚子里，现在总算有机会把苦水从五脏六腑中吐出来，好把这个世道的真情公布于天下。

一笔血泪账，给很多人留下了深思，指导员向全连干部战士提示，中国是一个农业人口占绝大多数的国家，中国旧有的土地制度已不适应生产力发展的需要，只有打碎这个旧制度，中国才能逐步走向繁荣富强。

第二节　红太阳照亮了穷苦人的心

一轮红日在东方放出耀眼的光芒，中共中央 1946 年《五四指示》：1947 年在河北省平山县西柏坡通过的《中国土地法大纲》已在全国解放区实施，千年的铁锁链将在中国亿万农民中被打碎。

阳光虽然照遍了祖国大地，但残存在人们心中的迷雾还需要进一步拨开，林指导员觉得：只有一些抽象的统计数字还不能从根本上驱开人们心中迷雾，根据上级批示精神，决定借土地改革的春风，来打消部分人的疑虑。

在山炮连驻地，有一个叫细茅草的雇农，他出身在一个贫苦农民家庭里，这家农民生了 3 个儿子，大儿子因病夭折，二儿子饿死，就剩下一个“独苗”叫小三子，父母亲一心让小三子长大成才，好传宗接代。有一年，天旱地裂，大地寸草不长，母亲饿死在自家茅草屋的床下，父亲为了儿子活命，从房子上抽出一根茅草，插在小三子的头上，出价只要三斗大麦，就可以把亲生儿子卖掉，一个外号叫毒眼狼的财主，用一斗发霉的大麦买了下来，所以一直用“细茅草”这个称呼作为他的名字。

细茅草 8 岁被卖给毒眼狼家，那财主说：“现在四个腿的不好买，两个腿的倒有的是，积个阴德，就把他当个狗来养吧！”细茅草成天给地主养猪放牛，和猪牛睡在一起，财主们吃剩下的饭菜，往狗食盆里一倒，他只能和狗一起共餐，有时狗急了，还被狗咬一口。

新四军来了，那财主不敢让细茅草和狗一起吃食，在众人面前还能吃到一块玉米饼子，但暗地里还吃的是剩饭馊粥。细茅草长大了，也不能在财主家大姑娘面前光着屁股，财主给了两块麻袋片缝成裤子，就这样，冬天穿的是茅草编织的蓑衣，夏天光着膀子拼死拼命地为财主家干活，一直干了20年，连一床棉被都没有盖过。

在诉苦之前，指导员把一部分干部战士带到细茅草的住房，那是一座不到一人高的茅草棚，弯着腰走进去，里面是一股酸臭味，草棚内没有一寸布条，用茅草编起来的草帘就是他的褥子，这个草棚夏天被抬到田边给财主看庄稼，冬天抬到大门一旁好给财主看家门，20个春夏秋冬就是这样度过的。

红太阳照遍了苏北大地，细茅草的心豁达明亮起来，他回顾往事，哪一点不是财主在吸他们的骨髓，哪一点不是穷苦人在为他们卖命，他参加了农会组织，他懂得了穷人要翻身、要革命的道理，他吸收了新鲜的阳光雨露，所以他起了个正式名字，叫李向阳。

在参观茅草棚之后，顾民富、龚绍祥都深有感触。回顾过去的遭遇，都有些相似，龚绍华参观之后，对细茅草的遭遇感到痛心，但对细茅草的过去遭遇是听介绍说的，自己感触不深，对细茅草睡草棚不足奇怪，因为在行军作战中有时连草棚都住不上，对他从来没有穿过棉衣倒感到可怜。

土地改革的风暴席卷苏北大地，一向被人看不起的贫苦农民就要成为土地的主人，孙中山先生“耕者有其田”的主张在共产党领导下得以实施。

在陈家墩的一个村落里，一张长条桌放置在一个四合院的正南方，横幅上写着“控诉大会”四个大字，全村老百姓都聚集在这里开大会，指导员把连队带到这个会场的一侧，本着一不参与、二不干预的原则，让群众来教育部队。

大会由新当选的农会主席主持。

“把地主分子陈万财带上来！”主持人拍桌后，向会场后侧发令。

过去站在人民头上作威作福，现在低着头，站在贫苦农民前面，开始他还以仇视的目光对大家扫了一下，但群众的激情呼声迫使他不得不表现出向贫苦农民求饶的样子。

打倒地主分子陈万财！

向万恶的地主分子陈万财讨还血债！

会场上雷鸣般的呼声和愤怒的激情轰动了全村。

一个五十多岁的妇女走上台来，要控诉陈万财的罪行，一句话还没有说完，伤心得喉咙哽咽，瘫坐在主席台前。

牢记阶级苦！

不忘血泪仇！

吐出苦水控诉陈万财！

台下又一阵口号声，那妇女像清醒了点，激情的呼声使她鼓起了勇气。她擦了擦眼泪，刚强地站了起来，从怀里掏出了两件陈万财的罪证。

我的丈夫叫张雨田，祖宗三代都给陈万财家种田，收下的粮食七分给陈万财，三分归己，遇到丰收年，在缴完租子后还能剩几斗粮食，平时吃糠咽菜，过年时才能吃上一顿饺子，如果遇到荒年，就要到他家当长工，在做长工期间，又当苦劳力，又要当他家佣人，对他家的少爷都要照料好。一天，他家那个小崽子淘气，非要到河边去玩，他也不会水，一下就掉在深水里，我丈夫不顾自己死活，跳到水里就去救，那小崽子搂着我丈夫的脖子不放，还呛了几口水，差一点送命。那小崽子被救上来了，可是他家一句好话都没有说，还说我丈夫没有帮他家看好孩子，一年不给工钱。

过了几年，那小崽子也长大了，我姑娘那年 16，那小崽子起了邪心，把我姑娘拉到他家里就给糟蹋了。

这位妇女讲到这里特别伤心，又呜呜地哭了起来，台下对她鼓励，她又继续说："一个姑娘家，哪能经得起别人侮辱，就在他父亲救那小崽子的河里自杀了，我哭得死去活来，陈万财也没有说一句可怜的话，我托人把尸体捞上来，剪下了一把头发作罪证，用茅草把尸体捆上，埋在一块荒地里。"

那妇女继续哭着往下讲。

就在民国 18 年，陈万财听说共产党要来，为了对付一帮穷人造反，他托人买了几支洋枪，他拿到手里左看右看，不知道怎么使用，他怀疑这个玩意儿到底好不好使，他对家里人说："我今天倒要试试看这玩意儿到底能不能打死人。"他装上了子弹，正好我丈夫挑水从他家门口经过，他对准我的丈夫，勾上扳机，"叭"的一下，正好打在我丈夫的腰部，顿时鲜血直流，也没有人抢救，不到半个时辰就……死去了，我当时哭得死去活来，又托人到县衙门打官司，陈万财派人往县衙门送了两担银子，这个案子就算结了，说是为了搞试验，误伤了别人，赔偿大麦一斗，两下和平解决。我哪能要这点粮食啊！我吃一粒粮就是吃我丈夫身上的一块肉啊！我割下丈夫身上的一个指头，有朝一日，我总有说理的地方。

张王氏的控诉，激起全场人员的愤恨，接着，又是一个接一个地上台控诉，控诉会上，有吐不完的苦水，有揭不完的地主阶级的罪行，群众一起，把地主家的地契全烧。

在参加贫雇农的控诉大会之后，干部战士都纷纷要求申诉自己和家庭所受的苦难，就像压在自己心上的一块重石，不吐出苦水，这块“石头”就掉不下来，从现象看，山炮连的诉苦运动已进入高潮，搞好山炮连的诉苦已不成问题。

可是指导员认为：不能光看轰轰烈烈，还要进一步摸底，对部队深入细微地做好思想发动工作。

有一名解放战士叫贾阿南，近来总是闷闷不乐，寡言少语，有时还躲在墙脚下哭，二排长顾民富发现后，认为可能是苦大仇深，一定有很多苦水要吐出来，他觉得，在排里要抓几个诉苦典型，也好推动全连的诉苦工作，顾民富便和贾阿南个别谈心。

“贾阿南同志，看样子你好像有很多苦水要吐，我们对你十分同情。”顾民富用亲切和蔼的语言进行询问。

贾阿南“唰”的一下，眼泪从眼角上淌了下来，心中十分难过，但又不言不语。

顾民富又用劝解的语言：“你不要伤心嘛，这些苦都是地主阶级压出来的呀，把苦水吐出来，你身上就轻快了。”

“我该死，我不是人。”贾阿南一面说，一面用拳头打自己的头。

“话不能这样说呀，”顾民富很惊讶，但不怀疑他是坏人，又劝说道，“我们穷人怎么能死呢？我们穷人也是人啊！”

贾阿南对排长的耐心不好拒绝，还是哭着说：“排长啊！你可不知道呀，我是个反动派呀！”说着，又捶了捶脑袋。

“你不就是当过国民党兵吗？”顾民富解除他的顾虑，“当国民党兵不是被逼出来的吗？”

“排长啊！”贾阿南总觉得排长不理解他的心情，又把自己说得更严重些，“我就是地主阶级的狗腿子啊，我对不起死去的解放军兄弟啊！”

顾民富一听更惊，查他的登记是贫农，怎么会成了狗腿子了呢？便反问道：“那怎么报是贫农呢？”

贾阿南苦苦哀求道：“你枪毙了我吧！我有罪呀！”

顾民富遇到难题，特别是连队出了个地主阶级狗腿子，使他更加担心，他心里想：打起仗来，如果他把枪对准我们，那我们的损失不就大了吗？但又觉得，在轰轰烈烈的诉苦运动中，竟有人站起来公开承认自己是地主，而且要求惩罚，使他不好理解，他无法处理这个问题，他把这事汇报给了指导员，想请指导员在这问题上做点指导。

林指导员听了二排长的汇报，一开始也愣了一下，善于观察问题的林杰同志把平常的接触做了些联想：

一批解放战士被补充到连队，全连召开欢迎大会，指导员和他们一一握手，握到贾阿南手掌像把锉，虎口上还有厚厚的老茧，当时就觉得他是一个苦大仇深的劳动者。

一次上政治课，指导员在墙上写了“共产党”三个字，贾阿南半天也没有认出来。

指导员一想：为什么还有手上长老茧的地主，为什么还有不识字的地主狗腿子，他决定亲自找贾阿南谈话。

“贾阿南，你说是地主好呢还是穷苦人的心肠好呢？”指导员亲切而又温和地问。

“指导员，我该死啊！”贾阿南还是那句话。

“你一定是有什么话不好说，共产党最喜欢讲实话的人。”

贾阿南还是哭丧着脸，“我对不起共产党，对不起解放军兄弟们啊！”

指导员觉得他有难事，又启发说：“你有什么事，我给你做主，大不了也不过是杀人吧！”

贾阿南一惊：“指导员，杀人还要偿命吧！”

指导员立即理解到自己说成是地主的原因，他果断地说：“打起仗来，双方都有伤亡，叫你们打解放军，这是当官的逼着干的，只要放下武器，我们一律都不追究。”

贾阿南一边哭一边说：“我把恩人当仇人、把亲人当敌人，我这不就是地主阶级的狗腿子吗？”接着他讲了自己的经历。

贾阿南家住广西的一个偏僻山区，那里倒是山清水秀，物产丰富，可是，那里的耕地和山林大部分都被地主霸占，他家只能种地主家山坡地，除了过年外，平常都吃的薯根野菜，因为欠地主家债，弟弟被地主抓去，用人头给地主家祭祖祭灵。1928年，共产党领导穷人闹革命，地主就造谣辱骂共产党，说共产党要“共产共妻”“杀人放火”“抽筋剥皮”，从来没有见过世面的贾阿南半信半疑，正在国民党向解放区进攻时，一家地主的儿子被抽了壮丁，那家地主用一石粮买了贾阿南，顶了这家地主的壮丁。贾阿南当了国民党兵之后，当二等兵时挨打，当一等兵挨欺，当了个下士副班长两头受气，国民党大举进犯解放区，他随着国民党部队驻守盐城，当官的发给他一把“关公大刀”，规定了谁不杀共产党的头就要杀他的头，当官的在城墙上叫喊：“谁能杀共产党一个人头就赏5块大洋，要是见到共产党不杀，就要被抽筋剥皮。”虽然贾阿南知道共产党不像地主宣传的那样，但总认为普天之下没有好人，杀几个也可以尝尝是什么滋味，当一名解放军战士爬上城墙，登上墙头时，贾阿南的大刀一挥，那名解放军战士就人头落地。

盐城解放，贾阿南被补充进连队，他看到的是解放军官兵平等，一心一意地为贫苦人打天下，同志间如亲兄弟一样，他对自己杀害解放军战士一事一直惴惴不安，总觉得是个罪过，所以一直闷闷不乐。

指导员听到这里，更觉得思想政治工作应当深入细微，不能简单从事。

贾阿南诉说自己情况后又对指导员说：“人心都是肉长的呀，我贾阿南却做了对不起人民的事，你们又这样来教育我，我要是还有三心二意，我就连王八蛋也不如。”他用手做了个王八的姿势，表示一定要在诉苦会上把自己的苦水吐出来，向人民请罪。

炊事班有一个叫许士贵的炊事员，年已40，是在盐城战斗中解放出来的，从分配到炊事班之后，工作一直勤勤恳恳，行军中除带一个行军锅外，还帮领导挑点行李，他对龚绍祥特别关心，有时把龚绍祥的背包也挑上，当副支书也不是连级待遇，由炊事员负担行李还不够条件，龚绍祥曾对他进行过多次批评，他又总是含着泪接受批评，有时还偷偷地在一边痛哭，指导员知道后，就把许士贵的思想工作交给龚绍祥去做，龚绍祥有点为难，觉得自己嘴上没毛、做事不牢，做年龄比他大一倍多的人的工作未必能做好，但又觉得，年纪大的人最知道旧社会的苦，共产党就是他们的救命大恩人，所以，就想用感恩的方式来进行启发和诱导。

许士贵原是国民党部队的伙夫兵。在这个兵营里，他可算是一个有资格的老兵，一些会吹牛拍马的人，不长时间在国民党部队内混个官，他也不会吹牛拍马，总是在兵堆里转来转去，十多年过去，还是一个伙夫兵，他了解解放军的政策要比别人多，解放军攻打盐城，他第一个举起扁担向解放军投降，被俘后，俘虏营里决定发给他路费让他回家，他死活也不肯，说是回家后没有脸见人，所以就决定留下来，在炮兵连当炊事员，他非常感谢共产党，他表示一定要好好干，来报答共产党对他的恩情。

龚绍祥决定用感恩的方式来说服教育许士贵，他走到伙房，看到许士贵在做饭，他立即把许士贵的活抢过来，并脱去上衣，一会儿挑水，一会儿淘米洗菜，忙得他满头大汗，表现了解放军官兵平等、不拿架子的优良传统作风。许士贵看这小伙子干活麻利，从内心里感到喜欢，他吧嗒吧嗒地抽着大旱烟，表示称赞，他们俩都表现出喜悦的笑容。

做完饭之后，龚绍祥找许士贵谈心，两人坐在一个台阶上，龚绍祥满以为这次的谈话一定能取得丰硕的成果。

“许士贵，你说共产党对你好不好？”龚绍祥开门见山就谈。

“好！那当然好，共产党为穷人打天下，那还能有个不好的！”许士贵回答不打愣，一口气就说了几个“好”。

龚绍祥想要回答具体一点又问道：“你说连长、指导员对你好不好？”

“解放军官兵平等，哪有这样的好军队呀，在国民党部队里，打着灯笼还找不到呢！”许士贵带着喜悦，高高兴兴地回答。

龚绍祥又想试探一下他们之间的革命感情，又继续问道：“那……我对你好不好呢？”

许士贵愣了一下，他上下打量了龚绍祥，喉咙哽咽，立即流出泪来，他想了半天，才断断续续地说：“好……孩……”孩子二字刚要出口，觉得这种称呼不合适，又收了回去。

“你哭什么？”龚绍祥也糊涂了，他对许士贵不吐苦水心里着急，他又用领导者的身份批评：“你有苦就诉嘛，我好心好意地跟你谈，你有苦水还不吐，你吐出来心里不就舒服了吗？你何必这样吞吞吐吐的呢？”

许士贵只哭不说话。

“啊呀！”龚绍祥表现很不耐烦，“你真急死人了，我和你好言好语相劝，你倒反而不讲话了。”又叹了一口气，“哎！完了，我和你这次谈话总算失败了。”

“我对不起你呀！”许士贵含着泪望着龚绍祥，在心里藏着内疚。

"嗨!"龚绍祥一摆手,"你这说到哪里去了呢?我这不是在为人民服务吗?"然后又严肃地对许士贵说,"许士贵,以后行军,你可不要挑我的背包了。叫别人家看了,我在群众中的影响多不好啊!"

龚绍祥对许士贵的思想工作没有做通,许士贵的苦水也一点没有吐出来,这事被指导员知道,指导员向龚绍祥提出了一个非常严肃的问题。

"龚绍祥同志,我们共产党是要指引人民去解放的道路,让他们自己解放自己,而不是个人恩赐啊!"

龚绍祥听到这话很受震动,从这事,他感到自己是一个很不合格的副支部书记,而是在机遇中得到提拔,他决心要进一步学习和掌握党的理论政策,用红太阳的光辉来照亮每个人的心。

第三节 《白毛女》激起的义愤

"太阳出来了……"这是歌剧《白毛女》的主题歌,该剧用中国民间的大量事实塑造了一副地主压迫贫苦农民的悲惨情景,为了配合部队诉苦教育,这场歌剧将在部队中巡回演出。

"副排长!听说文工团又要到部队来演出了!"班长刘智高听到这一消息当着喜讯去报告热爱文艺的龚绍华。

"那有什么好看的,还不是那些老一套。"龚绍华以自己懂得一点文艺而高傲,他很不在意地回答。

"不!"刘智高解释说:"这个戏的名字才怪呢!叫什么……《白毛女》。"

"那是一个老太太,年纪大了,头发自然就白了呗。"

刘智高有点着急,一股热心倒成了冷遇,"你看问题怎么这样主观呢?人家头发白了是被地主逼成这样的。"

"那真是笑话,地主一逼就成了白头发,那穷人都不都成了白头发吗?"接着他又以教育别人的口吻说:"你真幼稚,头发白了这是自然规律,这点常识你还不懂吗?"

刘智高更急了,他不服气地说:"你不就是多念了几年书吗,地主压迫穷人,你亲自经历过吗,你有这个体会吗?你懂吗?"

龚绍华带有讽刺口味,"你懂,你懂,你懂得猴子怎样变人的吗?"

刘智高也不让步:"你别拿文化来压人,我不是因为家里穷,没有钱念不起书吗?"说到这里,感到特别痛心,眼泪便流了下来,他含着泪边哭边说，“人家白毛女是被地主逼得逃到深山里，住在山洞里，过着野人一样生活，成天也见不到太阳，这才使她头发白了的，你就不知道穷人的苦，还当我们的副排长呢！”

龚绍华和刘智高终究还是在一起共同生活的老战友，刘智高的为人他十分佩服，听刘智高的哭诉也感到心疼，也发现了自己的弱点，他用温和的语言劝说道：“好了好了，别难过了，这事怪我，人家都说我的小资产阶级思想太浓，以后我改了还不行吗？”

刘智高擦了擦眼泪，表示理解，他勉强地一笑，看了看龚绍华从来很少见的那股软劲，“这还差不多，到底我们还是共同患难的好同志。”

在一个不明不暗的夜晚，部队集合在一个广场上，准备观看悲剧《白毛女》，集合场上的气氛和过去不大一样，一进集合场地，好像是阴阴沉沉，既没有以往那豪迈的歌声，也没有以往拉唱的热闹场面，偶尔间，有的连队唱出了从老乡那里学来的《四季歌》。

春季里来雨绵绵，穷人的生活太可怜，
从早干到天黑暗呀，苦呀苦，
当牛当马不当人。

夏季里来太阳晒，穷人如同下火海，
一颗粮食一滴汗呀！苦呀苦！
财主乘凉穷人晒。

秋季里来扫落叶，打下粮食地主收，
穷人吃的猪狗食呀，苦呀苦，
鸡鸭鱼肉喂地主。

冬季里来雪花飘，穷人的生活更难熬，
猪牛棚里来住宿呀，苦呀苦，
穷人盖房富人住。

在唱这首歌时，队伍中还有点哭泣声，好像这就在唱他自己。

“北风那个吹，雪花那个飘……”

舞台拉开大幕，由文工团女演员李健主演，一个打扮十分朴素伶俐的姑娘——喜儿走上舞台，那清脆的歌声和优美的舞姿立即吸引了观众，是多么好的一位姑娘啊，观众都期望着她未来有一个幸福美满的前程。

“扯下二尺红头绳，给我的喜儿扎起来。”唱词和表情都给观众留下了劳动人民父女间的感情，一根头绳的钱还赶不上半块豆腐，但父亲的情意却比万金都重。

“少东家，少东家，你不能这样做呀!”黄世仁、穆仁智强迫杨白劳盖手印，把亲身女儿卖掉抵债。台上那地主和走狗的凶恶情景激起了观众的极大愤恨，刘智高掐着拳头骂道：“他妈的，天下的财主都是这么心黑。”

“喜儿，喜儿，你睡着了……”

杨白劳喝卤水自杀片断，激起观众的更大愤恨，台下有人高呼打倒地主阶级的口号。

“大叔大婶，求求你呀，雷打火烧，我不分离呀!”

喜儿被财主抢走的场面，使观众如临其境，刘智高站起来，举起枪就要把扮演黄世仁的演员打死，顾民富发现，马上把他拉下，并夺回枪严厉地批评道：“你干什么，人家不是在演戏吗，你不要命了!”

刘智高往下一坐，“排长啊，我看不下去呀，喜儿的事就好像我们家的事啊!”

一幕幕演下去，喜儿在财主家受欺压凌辱，喜儿逃到深山过着野人般的生活，都一一映在观众的脑海里，台下的哭声形成一个悲伤的场景，台下人的眼泪也流个不停，因为有不少情节都和自己家庭相似，黄世仁、穆仁智的凶恶情景就和剥削自己家的地主一样，全国还有多少个喜儿，全国还有多少个压在人民头上的黄世仁，这一切，都给观众带来很多联想，为喜儿报仇，打倒地主阶级的口号雷鸣般地响起，从没有见到，台上演戏，台下也出现这样感人的场面。

“旧社会把人逼成鬼，新社会把鬼变成人……”

舞台上出现了解放了的场面，喜儿回到家乡，与家乡人团聚，那种诉不完旧社会的苦、感谢不尽对共产党的恩情，又给观众留下了深深的烙印。

看完这场戏，龚绍华也受到了一次较深刻的教育，他开始从感情上增强了对贫苦劳动人民的爱，他一边看一边流着眼泪，他恨自己不该有个人患得患失，也不该看不起工农群众，他决心一定要为穷苦劳动人民的解放作出自己的贡献，诉说自己和家庭在旧社会的苦，还决心听取大家对旧社会的控诉，来改造自己的世界观。

演出结束后，文工团整理道具将要到另一个地方巡回演出，临走前，由团长带领到连队走访，一方面带着纵队首长慰问之情，另一方面想征求对演出的意见。一到部队，文工团员们都被战士们围住，尤其是扮演喜儿、杨白劳、大春的演员都被围得水泄不通，有的争着握手，有的请演员签字留念，对扮演喜儿的演员，有的叫喜儿大姐，有的叫喜儿大妹，还有的人高喊：“要为喜儿报仇!”这一来，演员和战士们感情更加密切，把领导机关带来的精神食粮贡献了给部队。

可是，对扮演黄世仁、穆仁智的演员大家都十分冷淡，由于感情上的激动，不少人都把假戏看成是真的，还有的人在骂：“黄世仁、穆仁智，你这个坏东西。”这几位演员都十分体谅战士们的心情，越是被骂，就是反映了反面人物演出的成功，他们甚至在冒着被战士因感情激动而可能被打死的危险，尽量把反面人物演得更加逼真，以增加对地主阶级的仇恨。

“龚绍华同志，”在走访中，李健发现了龚绍华。她以会见部队文艺骨干的名义向龚绍华招手打呼唤。

龚绍华很不好意思，他转身藏在一个人的背后，想躲避一下。

“二排副！”李健早已打听到龚绍华的职务，又以职称来称呼，见到龚绍华不理睬她又说，“呵！升官了，当了排级干部了，看不起我们小文工团员来了！”

龚绍华还是不好意思，撇头就走。

在一旁的顾民富发现，便挡住了他，“排副，李健同志叫你呢，可能要找你采访，你怎么就不理人家呢？”

龚绍华脸红，因为他对自己过去思想上的落后感到内疚，他无法向别人解释过去的作为，他看到李健的演出又觉得自己和她有很大的差距，所以觉得没有脸见人。

围观的人被逐散，李健还是以采访的形式和龚绍华谈了起来。

“龚绍华同志，你对我们这次演出有什么看法呀，还要请你提点宝贵意见呢！”

“李健同志，看了你们的演出，对我教育很大。”

“你的小资产阶级思想意识克服得怎么样了？”不知什么原因，李健这次采访，不着重谈文艺演出，而倒关心起龚绍华的思想来。

龚绍华只能意识到，文工团员下部队，是带着思想教育任务来的，他没有想到有其他目的，而是用汇报思想的方式向李健叙谈。

“李健同志，有几个思想问题，我倒想请您再帮助帮助，”龚绍华向李健坦率地说，“第一，为什么人家都在轰轰烈烈地闹革命，而我就经常想我的前途地位。第二，有时我还真想改正自己的缺点，好好地干一下，但一遇到困难，又退回来了。第三，我看到你们一心一意放在为人民服务上，就过得无忧无虑，而我经常公私打架，闹得我日夜都不太平。”说到这里，龚绍华好像要流下眼泪。

李健也无法在很短时间内把这些问题说通，她还是用演出的亲身体会推心置腹地说：“龚绍华同志，为了演好《白毛女》这场戏，我是把我的心全部都扑在上面，为了表达感情，我不知哭了多少场，流了多少泪，如果我们大家都没有为人民服务的这颗心，我们的演出也是不能成功的呀！”

龚绍华不好意思地说：“如果叫我演悲剧，也许我在台上能哭一场，到台下又要闹个人问题呢!”

李健抿嘴一笑，觉得他的思想有了不少转变，她又以暧昧口吻说：“我很欣赏你的思想改造，如果你小资产阶级思想意识不克服，胜利之后，你要娶媳妇，也许有的姑娘还不要你呢!”说后哈哈一笑。

龚绍华哪能理解李健的含意，他只是一笑，在这时，他对个人问题的考虑，倒好像又变成个“傻子”。

第四节 哭“狗爹”

基层的诉苦运动已在各部队陆续展开，诉苦大会的形式也特别注重实际效果，诉阶级苦，控诉地主阶级的罪行又成为增强部队战斗力主要途径，林指导员从来就是把阶级教育、形势政策和任务教育、革命光荣传统教育作为打开部队思想大门的三把钥匙，而现在正是发挥第一把钥匙的重要时刻。

在青松翠柏的一旁，山炮二连搭起了一座诉苦大棚，作为连队诉苦大会的会堂，虽没有豪华的布置，但庄严肃静，顶棚上是用盖炮的帆布覆盖的，四周借用老乡的席帘围着，近似一个灵堂，留出一个可以出入的大门，门口用白纸条写上两行大字：

牢记阶级苦，不忘血泪仇，
打倒蒋介石，解放全中国。

在会堂内，将连队干部战士家中被迫害致死的亲人的名单都做了一一公布，会堂正面设灵堂，把被迫害致死家属的名字都写在灵牌上，犹如死者英灵就在身边，给人们有诉不尽冤仇之感。

诉苦大会堂庄严肃穆，两盏马灯斜挂在灵牌正面的两侧，影影绰绰地可以看到灵牌上的姓名，呈现出为屈死者鸣冤复仇的情景。部队缓缓进入会堂，战士们低着头、流着泪，刘智高看到父亲的灵牌，父亲被迫害的情景立即呈现在他的面前，似乎父亲在说："沟生啊，你要为我申冤啊！"刘智高大步赶到灵牌前，捧起了父亲的灵牌放声大哭，"我的爹呀，你死得好苦啊！"全场许多人控制不住自己感情，也跟着哭起来，刘智高的哭声也都勾动了每个人的心。

在人压迫人的社会里哪有为冤死者祭灵，
在人吃人的社会里哪能有穷人诉苦申冤；
哭出伤心泪，牢记血泪仇，
推翻旧制度，迎来新中国。

四壁的标语和口号给诉苦者带来启示。

在沉痛的哭声中，指导员还是在安定大家的情绪，以便把苦水在大会上吐出来。

"同志们啦！"指导员的泪水也止不住往下流，他抽咽的喉咙接着说："悲痛不是我们的目的。"他极力控制住自己的感情，过了一会儿，又以刚健的声音说，"我们把苦水吐出来，就是让我们认清谁是我们真正的敌人、谁是我们真正的朋友，让我们擦亮眼睛，为人类的解放事业而奋斗，这就是我们的目的。"

会堂的哭声渐渐变小，想听一听人类解放的福音，但抽泣声和小声哭鸣仍未停止，乘这个机会，指导员宣布："现在请刘智高同志上台诉苦。"

刘智高擦了擦眼泪，走上台来，恭恭敬敬地把父亲的灵牌安放在灵台上，并向所有被冤死者的灵位敬礼，转过身来，向大家诉说了自己的苦情。

“同志们!”刘智高在诉说苦情:

我老家在山东，为了支援苏北战场的炮兵建设，我们一部分同志被调到这里来。我生下来就家很贫穷，母亲怀我8个月，在跨越一个水沟时就感到腹痛，连下就生下了我，并掉在水沟里，我父亲把我从水沟里捞上来，用破布包上，才算活了下来。为了起一个好记的名字，所以就叫沟生。财主家哪能看得起穷苦人生的孩子，叫我狗生，偏说我父亲和狗同种，我就是狗娘养的。我父亲为了有点家产，在山沟里开了两亩荒地，因为山上的石头比土多，就起早带黑，搬掉了石头，填上了土，打点粮食，挖点野菜来填填肚子，有时还抽点工夫给地主打点工。有一年，天降大雨，几天不停，突然山洪暴发，这一带的土地全都被淹了，这一来，房屋被冲倒，庄稼被淹没，粮食被冲走，老百姓饿的饿、死的死，反动政府只顾个人发财逃命，没有人来帮助老百姓救灾，眼看我全家就要被饿死，有一个姓莫的大财主从东北运来几船高粱，他对被淹的人家说:“谁家要活命，我用一斗高粱换你二亩地。”我父亲为了全家活命，就按财主的说法把二亩地卖了，从此我家就成了他家的奴隶。

财主家有钱有势，到处欺压百姓，他们家养了几条狗，看到有不顺眼的人放狗就咬，被咬的人不敢言语一声。有些缴不起租的他也放狗去咬，咬伤后还不准打官司，打了官司结果也是穷人输财主赢。

有一天，财主家的狗在我家门口抓鸡，穷人家养鸡就是为了用鸡蛋换点火柴和食盐，两只鸡就是一年的零花钱，我父亲一看，那狗正在吃鸡肉，他拿着棍子就打，正好打在要害处，那狗便被打死了，这一来，就惹上了一场大祸。

那狗被打死后，立即就被那财主知道了，马上派人把我父亲抓了去，说是“打狗不看主人，伤了他们家的威风”，那些狗腿子们就对我父亲严刑拷打，说是要用我父亲的命换他家狗的命，正在打我父亲时，那家财主走了出来，他装出救世主的样子对狗腿子们说:“算了吧，这都是我家的佃户，就留他一条命吧，我也好积点德。”随即，他又坐在一张太师椅子上，装出了教师爷的样子说:“你知道这条狗值多少钱吗?”

“老爷，我愿意给你当牛作马，加倍赔偿。”我父亲跪下苦苦哀求。

“那就不用了!”那财主一摆手，“我家狗比人还要值钱，你也赔不起。”

“那就请老爷开个恩吧!只要能原谅我，我永远也忘记不了你的恩情。”我父亲继续恳求。

那财主哪能放过，他把穷人身上油水榨完了，就用穷人的人格来为他壮威，为他寻欢取乐。他带着冷笑对我父亲说：“那好哇，既然是求我了，我也不能没有良心啊，可是，那狗就是你爹，你爹既然死了，你总要为他厚棺厚葬、披麻戴孝、哭灵送灵啊！”

“老爷！那是畜牲啊，你怎么把人比成比畜牲还不如啊！”我父亲一股火，心里直骂那个黑狗狼，但又不敢马上发火。

那财主站了起来，手往太师椅的扶手上一拍，“你就是我家的畜牲，连畜牲也不如，我要你怎么样，你就要怎么样！”

“你也太欺负人了，你有了钱，也不能把人不当人啊！”我父亲忍不住这股气，指着那财主，“黑心狼，黑心狼啊，你也不是个东西呀！”

“来呀！”那个财主经不起在众人面前被骂，便叫来打手，“给我打那个不孝之子。”

就这样，我父亲被打得死去活来，可是到哪里去说理，到哪里去申冤呢？只能屈服，给那狗做了6寸厚的棺材，穿上孝服，找了个风水地，把这只狗往墓地里抬，财主还派打手跟在后面监督，财主的一家人都在一旁看热闹。

“哭！”狗腿子拿鞭子在我父亲身上鞭打，我父亲用愤怒的眼光看了看狗腿子。

“哈哈，你爹死了还不伤心。”那财主在一旁讥笑。

“他妈的，还不哭！”又是几鞭子。

我父亲一面走，一面哭，可哭的不是狗，而是那不公道的世道。

“不行！还得让它叫爹！”那财主像恶狼样，“再给我打！”

我父亲被打得遍体是伤，不得不把那棺材送到指定地方埋起来。我父亲回家之后，立即就病倒了，不到半个月，便冤死在家里，母亲也相继去世，只是用两张破席包起来，埋在一个荒草地里，我只好去要饭度日。

八路军来到我家，我家被解放了，我参加了儿童团，和顽固派作斗争，我们村长对我说：“沟生啊，我给你改个名字吧，为了给穷人争个志气，你就叫刘志高吧！”我当兵后，我们连长看到我在训练上有点子，又叫我刘智高，从此后，我的人格才受人尊敬。

“同志们啊！”刘智高大声疾呼，“你们要为我父亲申冤啊！不打倒蒋介石，我们穷人永远也翻不了身啊！”

刘智高的诉苦，给全连同志进行了深刻而又实际的阶级教育，接着，一个个都争着上台诉苦，真有申不完的冤、诉不完的苦，痛哭、冤仇、愤怒、憎恨充满了诉苦会堂，给人们留下了深思。

顾民富听到刘智高诉苦之后，也勾起他对往事的回忆，他从第三者听说过生母的情况：

生母张秀英，出身在一个贫苦家庭，自幼聪敏伶俐，个性十分要强，虽不识字，但喜欢听人家讲故事，在懂事之后，喜欢询问点国家大事。张秀英的父母因种地主家的地，长年劳累，积劳成疾，早年去世，父母去世后，不少人要为她做媒，嫁给地主家做小老婆，她深知在财主家做后房，也不过是给人家当玩物，就是《三国演义》中刘备说的：女人好比是件衣服，用时就穿，不用就扔。她死活也不肯，所以就扛了一根木头，推了车农具做嫁妆，嫁给了他心中之人顾望泉，不要媒人给自己找丈夫，成了当地的奇事，不少人指着她鼻子骂“讨汉”，意思是他的男人是讨来的，他顶着这个冷嘲热讽，和顾望泉过着夫妻恩爱的生活，不到一年，生下一子乳名叫虎儿，便成了他们心中的一块肉。

1929 年，共产党在这一带领导农民闹革命，张秀英参加了红军，女人当红军在这一带普遍传开，她成为财主们的眼中钉，不知什么原因，红军失败了张秀英被捕入狱，在临别走入刑场之前，一再向丈夫交代，一定要把儿子带好，在长大之后，为穷人报仇，为了逃避一时的恶风，顾望泉带着儿子逃到江南要饭打工度日，一时平息之后，又回到家中，租了地主 3 亩地，吃糠咽菜过日子，他又当爹又当娘，把儿子带大了，终于盼望到新四军来到了这个家乡。

顾民富听到大家的诉苦，为穷苦人报仇成了迫切愿望，通过诉苦教育，加深了对这不平社会的理解，他深知：共产党人不同于过去的英雄豪杰，也不是杀富济贫的绿林好汉，而是要砸碎旧制度，把一大批被压迫的人民解放出来，让人民都能过着幸福生活。

第五节 父子相认

在诉苦大会之前，指导员忙着了解龚绍祥的家庭情况，特别是生父的情况，档案记载，养父家原是小资本家，但已经破产，生父家是贫农，当了国民党兵已不知下落。

为了更深入地了解情况，又找到他的堂兄龚绍华谈心，指导员认为：

龚绍华近来的思想有很大转变，可能从他那里了解点真实情况：

“龚绍华同志，你知道你堂兄龚绍祥的家庭情况吗？”

“我知道啊！”龚绍华力争在感情上与党组织接近，未加思考就回答了：“我听说我叔叔家是个小资本家，但早就破产了，我看他家的成分没有什么问题，”但又考虑和叔叔是同族间的社会关系，多少有点牵联，又转口说，“我和他家没有什么经济来往，也就是一般关系。”

“我想问他生父的情况，”指导员又笑着说：“这和你没有什么关系，你不要有什么顾虑。”

“听说他当国民党兵，早就死了！”龚绍华又耷拉着脸，表示痛恨，“我看他该死，我堂哥说他是坏人。”

“如果他生父还活着呢？”指导员又问。

指导员这一问，使龚绍华迷惑不解，龚绍祥生父的死他是听到一个当国民党兵的人说，那人又是听到周家庄一个财主家传来的，是死是活，他也找不到根据，他连忙责备自己说：“指导员，这事要怪我，以往，我只关心一个人的前途，就不关心别人的疾苦，我堂哥几次都想向我谈自己的苦难，我都没有让他谈，总认为这些都是老一套，对我没有什么用处，他生父到底死了没有，我也弄不清。”

指导员也不好把未经核实的情况告诉龚绍华，谈了几句，也就暂告一段。

从龚绍华思想转变后，对堂兄龚绍祥又特别好感，他认为堂兄的思想品德很值得他学习，所以变仇人为亲人，极力维护和支持龚绍祥的工作，也非常关心他的思想。有一天，龚绍华把指导员了解龚绍祥家庭情况的事告诉了龚绍祥，并促使他做一点老实交代，以便在三查三整时好通过，以表示对堂兄在政治上的关怀。

龚绍祥听说之后，引起他思想上的极大波动，他从来就认为指导员是个绝对的好人，而现又觉得好人不一定有好心，他怀疑指导员最近对他的严格要求是不是要在成分上找茬儿，所以有点情绪不高。

“副支书，你和许士贵谈得怎么样？”指导员又找龚绍祥谈心，并着手从谈工作开头。

龚绍祥瘪着嘴，一声不吭，对没有完成思想工作任务感到内疚。

“工作失败了也没有关系，总结经验教训就是了嘛！”指导员还是那样和和气气。

龚绍祥很为难："这个人的思想工作太难做了，我猜不透他的心思。"

"那你是怎么谈的呢？"

"我问他是怎样受压迫，有什么苦水好吐，他倒反而问起我来了，问我多大年纪，家住哪里，小名叫什么，父母是干什么的。"

"你告诉他了没有呢？"指导员又问。

"他是一个炊事员，我也无需向他诉苦，所以我什么也没有告诉他。"

"他又说了什么呢？"

龚绍详说："他哭起来了，又不倒苦水，还对我说：'狗儿啊！我对不起你呀'，我非常生气，我怎么就成了狗呢，所以没有理他。"

指导员听到这些，觉得和了解的情况有些吻合，又问道："你这次准备怎么样诉苦呢？"

提到诉苦，龚绍祥泪如泉涌，他扑在指导员的身上："指导员，我小时候好苦啊！"

指导员扶起了龚绍祥，进行了安慰，听取了龚绍祥的诉苦：

就在我4岁那年，有一天晚上，我父亲回家来不言不语，闷闷不乐，我妈猜他一定有什么难事，连问也几个怎么回事，他只是哭，什么也不说，问急了他就说："孩子他娘，我对不起你呀！"接着又说了好几个对不起，我年纪小，也不懂事，只是说："妈呀！我肚子饿了，要吃饭。"我妈心里上火，连打了我几个耳光，接着说："你这个细畜牲，你还要不要妈活了，你爸有事不跟我说，就够我操心的了。"打完后，妈妈心疼，连忙抱着我又放声大哭。

正在我们全家痛哭时，有几个人闯了进来，要把我妈领走。

"妈呀！妈呀！你不能去呀！"我抓住妈妈的衣角，死活也不肯放。

"你们为什么要抓人？"我妈也不知是怎么回事。

"嘿嘿！小娘子，你是我的人了。"一个穿大褂的人嘻嘻一笑。

"少爷，少爷，我求求你。"我父亲跪着求饶，"我们夫妻恩爱，家里还有一个儿子啊，请你们不要带她走啊！"

"他妈的，说话不算，有契约在手，你他妈的给我滚。"一脚把我父亲踢开。

"许老二，你干的是什么肮脏事！"我母亲指着父亲骂。

我父亲还是跪着求饶，又被那些打手拉开，我母亲就被抢走了。

一夜之间，我哭累了，渐渐地就睡着了，等一醒来之后，我父亲也不见了，我满村找、满庄唤，也没有见到我父母的人影，过了几天，才有人对我说，我母亲被人家带到江南给人家当小老婆了，我父亲去当了国民党兵，要开到很远很远的地方，可能永远也回不来了。

我失去父母之后，房子也给人家抢走了，我只好一家一户地要饭，吃了早晨的，没有晚上的，要一点冷饭馊粥，吃了经常拉稀，几个月，我瘦骨如柴，躺在一个树底下就快要断气了，有一个好心人把我带回去，养了两个月，因为负担不起，又叫我自找出路。

就在我5岁那年，我们家乡兵荒马乱，有一天，我饿得实在难受，国民党有一个部队正在做饭，我偷偷地走到伙房，抓了一把饭正要往嘴里送时，被一个当兵的看见了，他抓住我一年多没有剃的头发往墙上撞，嘴里还骂道："小杂种，老子还没有吃呢，你倒先吃起来了。"从此，我就觉得，天下当兵的都没有好人。

我实在没办法，就到离家较远的地方要饭，正好遇到一家好心人从江南回来，把我留了下来，我就做了他家儿子，从江西国民党部队逃回来的一个人说，我父亲已经被打死了。

龚绍祥一边说一边哭，使指导员也很受感动，他安慰了龚绍祥，并着手安排下一步的诉苦活动。

指导员安排了许士贵在诉苦会上诉苦，一上台，他眼泪汪汪地望着龚绍祥，他不知道解放军的副支部书记是个什么官，他也不知道龚绍祥的名字是从哪里来的，他的嘴唇老是哆嗦着，很长时间说不出话来，有时在嘴里念叨着："我的儿啊！我的儿啊！"

指导员在鼓励着："许士贵同志，你有苦就放心地诉吧！你的儿子是会找到的。"

许士贵觉得有指导员撑腰，他擦了擦眼泪，把他一生遇到的苦难向大家诉说：

就在民国十几年，到处兵荒马乱，争地盘，拉劳力，我们全家从盐城逃荒到如江一带，因为饥饿和寒冷，父母多年有病，经不起折磨，在半路上就先后死去，就剩我一个人，就在许家岱给人家打零工，为了有个落脚地，改姓许，与村里大户人家同姓。因为是外地人，又叫我老二，为了有个家业，开了两亩荒地，有一个姓杨的姑娘看到我老实能干，就找了个媒人和我成亲，结婚一年，就生下了一个儿子，小名叫苟儿，就这样，一年庄稼半年粮，日子还算过得下去，有一个姓朱的小财主看上我家这两亩地和我的老婆，便笑嘻嘻地对我说："许老二，你想不想发财呀?"我才来到那里几年，就觉得遇到了好人，就想对他巴结巴结，便对他说："朱老板，我哪有这个好命啊！来到这里，还不全靠你们帮忙。"

那财主说："好说好说。"他装出关心的模样，"你要是碰上好运，一个晚上就能发大财。"

我一听，觉得有窍门，便讨好地说："朱老板，你有什么法子啊!"

那财主说："你会打牌吗?"

我一听愣了，连忙摇手："朱老板，我可不会这个玩意儿。"

"嗨!"那财主拍了拍我的肩，"你去打听打听，谁家都知道，我发财就是靠这个发起来的。"

"那是你的命好，我可没有这个好命啊!"这时，我的心也有点活，就想为儿子搞点家产。

那财主拍拍胸："你放心，我就是喜欢和别人交个朋友，和我打牌，保你有好运。"接着，就把我拉到一张桌子上，找了两个伙计，手把手地教我，一晚的工夫，我就学会了，开始都不计输赢，再打几把，我赢了钱，还把我输的钱还给我。

那财主说："这下你可发财了吧!"

我一想，这样发财倒也容易，倒不如再玩下去，也许还能买几亩地，从此，我就有点上瘾。

为了发大财，我就和他们玩大份的，一夜之间，我赢的钱全输光了，那财主说："没关系，没关系，有输就有赢，明天再来。"

我有点不服气，心里想：没有钱我就把地压上去，他们又摸鼻子又摸眼，不知是干什么，我的几亩地又全输光了，当场就写了地契，按上手印，他们便把地契拿走了。

我辛辛苦苦干了好几年，钉耙铁锹坏了几十把，身上的肉皮脱了好几层，鸡不叫就起床，日落摸黑才回家，没有饭吃吃芦根，没有衣穿穿蓑衣，把一片芦苇地才开了出来，就在一个晚上，把家产全都输光了，我叫天天不应、哭地地不灵，而他们拿着地契，喜气洋洋地走了，根本就不理睬我。

我哪敢把输田的事告诉老婆，还想找上机会再赢回来，我偷偷地到庙里烧香拜佛，想问问菩萨能不能把地赢回来，一抽签是上上签，那和尚说：你最近一定能发大财，我又抱着闯好运的心理来找那财主。

“朱老板，你把地还我，我给你当牛做马都可以，不然，我回家向我老婆不好交代。”

那财主笑着说：“那何苦呢，再玩几把，把那两亩地再赢回去不就是了吗！”

“那我输了呢？”我问。

“那就把老婆压给我！”

我一听，脑子嗡了一下，世上只有输钱输东西的，哪有输老婆的呢？我一想，菩萨已经保佑我发财，一定能赢回来，就找了几个保人，写了契约，又坐下打起牌来，开始赢了几把，以后越打越输，结果，老婆真的被输掉了，回家之后，不长时间，老婆被人家抢走了。

我对不起老婆，对不起儿子，我想投河上吊，又觉得死得太冤，我想到他家打架，可又打不过人家，所以就想走出去，混个什么名堂来，好回家救救老婆和儿子。

一气之下，我走出100多里，看到一个国民党招兵站，就在那里当了兵。

我是个老实巴交的人，哪有人家的心来得这样活，报名之后，连长就找我训话。

“许士贵，你说这个鸡蛋是地上长的还是树上结的？”

“都不对！”我立即回答，“这是母鸡下的。”

“我说是树上结的。”连长一拍桌子。

“嘿嘿，”我一笑，“从来没有听说过。”

“放你妈的狗屁，”连长站了起来，“你跟长官就这样说话吗？”

“那没有这个道理。”我有点不服。

那连长伸手就打了我两个嘴巴。

我当兵之后，周围都有老兵看着，一步也不能离开，连大小便都要报告，接着就是一天三操，立正、稍息、拔慢步，弄得我全身酸痛，有些动作不合他们意，他们就是拳打脚踢，我的脸都被他们打肿了。

国民党当官的都要“喝兵血”，他们往饭里掺沙子，规定5分钟开饭完毕，每顿饭都吃不饱，剩下的粮食钱都给当官的装腰包。

我实在忍不下去了，我想老婆、想儿子，可是哪有脸见他们呢？我想开小差，我看到几个开小差的都被枪毙了。

不多久，我们开到江西，说要打共产党，我哪知道共产党好坏，也就跟着干了，我看到把那些好老百姓杀的杀、关的关，我有点忍不下去，当了5年兵，还是个兵。

我年纪也大了，当官也当不上去，就在伙房当了伙夫，一混好几年，又开到江苏来打共产党，听说老婆、孩子都没有了，回家也见不得人，就想在国民党部队混碗饭吃。

说到这里，他两眼又望着龚绍祥："儿啊，儿啊，我怎么觉得副支书就是我的儿子呢？要不信，他屁股长还有个疤，那是和财主家儿子玩，被人家捅了一剪刀。"

龚绍祥琢磨怎么越听越感到这些事与自己有关，当许士贵谈到是许家岱人时他一阵震惊，当听到朱家财主时他一身冷汗，他摸了摸自己的屁股，确有个疤。

难道我生父还真的活着？

难道他——就是我的生父？

生父是无罪的，是好人上当，是被压迫者。

他流着泪，望着那位老人的哭诉。

他禁不住发出了伤心的哭声。

指导员也觉得他们长的模样越看越像。

龚绍祥一步一步地向许士贵方向挪动，在挪动得不到一米远的地方，他扑通一声跪倒在地上，两眼泪汪汪地望着那慈祥的老人，激动地叫了近20年没有叫过的声音："爸爸，你是我爸爸?"

"爸爸，我终于找到你了!"

"苟儿啊！是共产党培养你的呀，共产党才是你的亲爹娘啊!"

诉苦会上又悲又喜，由此也给大家带来深思：

两军对峙数十载，都把仇人来看待；
父子相逢在一起，（不知）谁是儿来谁是爹；
诉苦会上寻根底，好人坏人才明白；
光辉照耀人妖分，党的培养最关怀。

太阳出来了，迷雾渐渐散开，他们二人的心也渐渐地亮了。

第六节　父亲的眼是怎么瞎的

诉苦过后，苏中来了一支担架队，他们个个精神饱满、喜气洋洋，经过土地改革后的农民，在共产党领导下，推翻了几千年的封建剥削制度，无不感到欢欣鼓舞，大家都一心一意跟着共产党走，打倒蒋介石，解放全中国。

部队看到担架队的来到，都产生了很多猜疑，认为又要打大仗了，经过诉苦的战士，个个都在摩拳擦掌，下决心要为打倒蒋介石、解放全中国而作出自己的贡献，过去打仗曾有些畏缩的人，在他想到劳动人民受压迫情景，都愿不惜自己的一切。

“民富!”

一个很熟悉的声音响在顾民富的耳边，回头一看，原来是父亲来到他的身旁，他立即大声一叫，“爸爸!”在众人面前，也不顾羞涩，也没有想到自己是个副连长身份，立即扑向父亲，像幼年时那种娇气，走到父亲身边，“爸爸，你怎么来了!”他那勇敢而又亲切的语言也使父亲流下了高兴的热泪。

顾望泉打量了自己的儿子，一支驳壳枪右边挂，左挂一个公文包，一根皮带紧缩腰，脑前“中国人民解放军”符号像在发光，但再大的官也是自己的儿子，他用训斥语言微笑地说：“畜牲！只兴你出来，就不兴我出来吗?”

“爸呀!”顾民富拉着父亲的袖子，“村子事那么忙，你没有事，绝对不会来。”

“那当然了！我是带担架队来的呀!”他又逗笑地说，“我还当担架连的连长呢，官儿比你大半级。”

顾民富眯着眼一笑，“你当什么连长啊！回家后就要撤。”

龚绍华、龚绍祥听说家乡来人，都特别高兴，出来一看，是本村村长顾望泉大叔，两人都像飞一样地走了过来，一见面就是大叔长、大叔短的，叫得特别甜，把顾望泉的心叫得热乎乎的，几个人就坐在一棵树下谈了起来。

顾望泉仔细打量了龚绍华，从表面上看，还是那样高瘦，但面色红润，语言刚健，已看不出他幼年时那种娇气，他拉着龚绍华的手，久久没有放下，好像要说什么，但又不知从何说起，想了半天，才吐出半句“绍华呀，你父母好苦啊!”

龚绍华一听，正是他需要打听的事，听口气，好像家里出了什么事，他急忙问道：“大叔，我家怎么啦!”

顾望泉怕孩子们难过，只是吞吞吐吐地说：“蛮好的，现在蛮好的，”说着，就要流出眼泪，但又在极力控制自己，喉咙里发出了一点哽咽。

龚绍华惊了，他紧急地追问：“大叔，我家是不是出什么事了!”

顾望泉安慰说：“孩子，你父母都在，你家没有什么困难，有什么事，大叔一定给担着。”

顾民富也感到着急：“爸爸，有什么事你就直说吧！龚绍华经过诉苦，觉悟已经提高了，再大的难事，你说了他也能挺住。”

说到这里，顾望泉不得不把实情告诉龚绍华。

那是在 1946 年底和 1947 年初，大部分主力部队北撤，家乡就被国民党占领了，一时间，人家占了上风，百姓的心情像被乌云遮住了似的，也不知道新四军能不能再打回来，那些从来就是骑在别人头上过日子的人哪能甘心，看到国民党摆弄了几个洋枪洋炮，就认为时机到了，急急忙忙组织了还乡团、清乡队，到处抓人杀人，有些没有防备的人也给他们杀了不少，可是，有些共产党员心里还是明明白白的，他们占上风也不过是暂时的，因为贫雇农的人要比地主的人多得多，所以就暂时避开他的风尖，和他们打游击，弄得他们对我们也没有办法。我对你父亲说：“你家儿子在外面当兵，早晚都可能要找你点麻烦，倒不如跟我们躲一躲。”你父亲舍不得家里的财产，便对我说：“我家是个中农，在邻里之间人缘也好，人总会有点良心，谅他们对我也不会怎么样。”过了几天，国民党的还乡团来到你家，那个伪乡长对你父亲说：“龚老板，你家儿子当了共产党的炮兵，你要想办法叫他回来，要是不叫回来，就要和共产党同罪。”你父亲说：“乡长，谁都知道，我儿子是从家里溜走的，我怎么留也没有留住，这个细畜牲，已经跟队伍到很远很远的地方，死活还不知道呢，我到哪里去找啊!”那还乡团无话可答，也找不到什么茬儿，只是说：“如果回来，赶快报告乡政府，知情不报，就要杀头。”随即从你家里翻了点东西，就走了。

从这以后，你父亲逢人就讲，人心总是肉长的，我没有做亏心事，他们也不会拿我怎么样。

过了几天，还乡团又来了，一进门就问：“你家有没有为共产党藏枪。”你父亲说：“我家向来就安分守己，怎能干为人家藏枪的事呢?”有一个还乡团员偷偷地往你家水缸里放了一颗子弹，过了一会儿，伪乡长说：“我就不信，你家儿子当共产党，你就不通共产党。”你父亲理直气壮地说："你不信，可以搜嘛，只要查到，我都认账。"那乡长说："那好，这话可是你说的呀！"马上对手下人说："给我搜！"

那些还乡团员们东搜西搜，最后从水缸里找到一发步枪子弹，伪乡长拿着子弹对你父亲说："龚老板！这是什么呀？"你父亲一看，马上跪倒在地："乡长！我是个庄稼人，踩死一个蚂蚁我都害怕，我怎么能藏这个东西，是哪个该死的放进去冤枉好人啊！"

还乡团感到抓住了把柄，哪能肯放，叫了几个打手便说："给我坐他的老虎凳，看他招不招。"

你父亲被拉到老虎凳上，腿上加了三块砖，再加砖，腿可能就要断了，为了暂时过关，就招认了为共产党藏了子弹，并在招书上写着：

我一时糊涂，为共产党藏了子弹，对共产党的来往还知情不报，犯了通共产党的罪，今后再也不为共产党办事。

认罪人：龚得福

就这样，你父亲赔了几十块大洋，才算是人放了出来，你母亲几次哭得死去活来。

过了几天，苏权凯又回来了，说是要搜查共产党在苏中储藏的炮弹，他恨当初不该卖给共产党炮弹，解放军在盐城缴获的炮弹，他认为一定会有一部分藏在这一带老百姓家里，抓了很多可疑人，虽进行过严刑拷打，什么也没有问出来，他把怀疑的重点放在抗日老根据地龚王庄一带，一夜之间，把龚王庄团团包围，抓了几个人，其中也有你的父亲，并着手对你父亲进行审问。

"龚老板，我们不是首次见面了吧！嘿嘿，我苏某人又回来了。"

仇人见面，你父亲火冒三丈，他如今才明白，对反动派的退让结果是没完没了，他丝毫没有表现出求情的样子，而是用愤怒的眼光看着苏权凯，苏权凯很奇怪，怎么过去好像是软绵绵的人，现在倒变得像共产党那样的硬骨头，但人在自己手里，就壮着胆子问道："你老实说，你儿子是共产党炮兵，你是不是给共产党藏炮弹了？"

"放你妈的屁，我藏什么炮弹，你们不是已经搜查过了吗？"

"好啊！"苏权凯的手往桌子上一拍，"你能帮共产党藏子弹，就不能帮共产党藏炮弹吗？"接着，拿着你父亲的假供词，"你看，这就是你的罪证。"

你父亲准备豁上一死，破口大骂："你们是人吗？狗还能闻出点味道来呢，你们连狗都不如，你们屈打成招，这能是个证据吗？”

狗急跳墙，苏权凯只是拍桌子，连茶杯也拍掉在地上，并凶狠狠地说：“他妈的，你儿子当共产党，你给共产党藏炮弹，给你好脸你不认招，我看你是王八吃了称砣，铁了心了。”他挽着袖子对部下人说，“来呀！给我教训教训。”

就这样，你父亲被绑在一个柱子上，用鞭子抽，用板子打，打得全身血肉模糊，你父亲就忍着痛，连眼泪也没有流下一滴，一句软话也没说，弄得苏权凯一点办法也没有。

苏全凯从来就是软的欺、硬的怕，这次可碰到了硬骨头，他在屋里来回踱步，就想把你父亲杀了，可是杀了以后又断了线索，又想把你父亲放了，但又怕还给共产党办事，他又想：倒不如弄他个残废，便对手下人说：“你给我把龚得福带上来。”

你父亲又被带到苏权凯的面前，见到仇人，你父亲恨不得一口就把他吃掉，可是被五花大绑，全身也不能动弹，就向苏权凯脸上吐了一口唾沫，嘴里骂着：“狗养的。”

苏权凯厚着脸皮，装成一个大法官的样子，“龚得福，你到底招不招，到底交不交窝藏共产党的炮弹？”

事到如今，你父亲就把藏炮弹的事往自己身上拉，“我藏了，就是不能给你们讲。”

苏权凯一听，觉得有点希望，便笑着说：“你是做过生意的人，有钱能买鬼推磨，你只要能交出炮弹，交一发炮弹给你二两黄金。”

你父亲一想：你们这些狗东西，刮老百姓钱还少吗？别说我手上没有炮弹，就是有炮弹，也不能要亏心钱，又是破口大骂道：“狗养的，你想错了，想从我身上得炮弹，这是做梦。”

苏权凯一听，又急了，立即对他手下人说：“来呀，给我把这老东西的眼珠挖掉。”

接着，来了几个打手，一个摁着头，两个压着身子，用一把小勺往眼里挖去，两个眼珠被挖了出来。

你父亲疼得像被在油锅里炸，火里烧，眼泪和血全都混在一起，对那些暴徒们还是不断破口大骂，而那些暴徒们在一旁哈哈大笑。

苏权凯逼着你父亲一定要交出炮弹，但几个反复都毫无效果，只好放出来，“放长线，钓大鱼。”我们立即把你父亲保护起来，并进行治疗，目前没有生命危险，在紧急情况下，已藏在别人不知道的地方。解放军地方武装在那里打了几个胜仗，老解放区又恢复了，你父亲逢人就讲：一定要跟共产党走，听共产党的话，我们担架队到部队上来，你父亲一再交代，如果能看到你的话，叫你一定要在部队好好干，一心一意听共产党安排。

龚绍华越听越感到悲伤，在一旁的顾民富、龚绍祥也被感动得流出眼泪，龚绍华这才觉得自己家的苦难和一切受苦人的苦难是联系在一起的。开始他流泪痛哭，过后，他又咬着牙、瞪着眼，他恳切地对顾望泉说："在家时，你对我做了不少培养教育工作；参军后，我是生长在炮兵摇篮里，请你放心，我一定要好好地干，把我们的炮火对准那顽固抵抗的反动派，为了全中国解放，我可以为人民牺牲我的一切。"

第七节　对侵略者的控诉

在团部有一位参谋叫林森，1944 年在苏中车桥战斗中被俘，原名叫山本一三，是日军炮兵小队长，他深受日本侵略战斗之苦，他参加了日本反战同盟，解放战争中，参加了中国人民的解放运动，在诉苦运动中，他深受教育，控诉了日本帝国主义对日本人民进行帝国主义教育的罪行。

他出身在日本某大城市郊区的一个农民家庭里，从他刚步入学堂，就被强迫接受日本武士道教育，并把对外侵略扩张作为日本国民教育的主要内容，在他幼年上学时，老师拿着一个鲜红的苹果放在讲台上。

"同学们，你们看，这是什么呀？"老师在讲台上问。

"这是苹果！"学生齐声答。

"这种苹果好吃吗？"

学生们一看到这苹果就知道它的香甜美味，又齐声回答道："好吃！"但并没有明白老师是什么意图。

老师又问："你们知道这苹果是哪里来的吗？"

学生的三言两语，回答都不整齐，老师就像一个钓鱼的老翁一样，巧妙地把那渔钩仍到学生们的脑海里，接着又说："这是从支那中国得来的，那里有很多很多的苹果，还有其他的东西，你们想不想吃呢？"

"想吃！"立即吸引了儿童们的爱好，所以，这种思想总是在学生们的灵魂中灌输。

老师又按照教学大纲，继续向学生灌输："我们日本大和民族，是一个伟大的民族，是世界上最优秀的民族，我们这个民族，不但要统治本国，还要统治亚洲，统治全世界，未来的世界都是属于我们的，要想得到他们，就要用武力来征服他们，‘武运长久’，不靠武力占领，我们是不可能得到的。”

老师又指着中国地图，“要知道，要征服中国，必须首先征服满蒙；要征服亚洲，必须征服中国。”

山本带着日本是世界上最“优秀”民族而自傲，参加了日本军队，并参加了日本军官训练，决心要为天皇效忠。

日本帝国主义侵略中国，他以战胜者的姿态来到中国，日本军队对中国的烧杀抢他都不以为然，把日本对中国的统治也认为是理所当然的，他有时对日本军队的残忍也感到不忍心，对八路军、新四军的英勇抗战也觉得中国人是不好欺负的，所以渐渐消极，但仍把自己看成是强者。

1944年山本被俘，被中国人打败感到不服，并看成是对天皇的不忠，把他押来时就躺在地下不走，新四军用担架把他抬下来，他又从担架上滚下来，新四军给予他特别优待，向他揭露了日本帝国主义发动侵略战争的罪行和给日本人民带来的危害，他开始有了觉悟。

他家是一个不太富裕的家庭，从日本发动侵略战争之后，家庭日益贫困，太平洋战争之后，生活水平一天天下降，不少被欺骗的日本青壮年都死在国外，每日都有从国外寄来的阵亡通知书，尽管从国外抢来一些物资，但沉重的军费负担压得日本人民喘不过气来，当他知道这些事实情况后，才逐渐明白：发动侵略战争也不过是为少数资本家当炮灰，所以他参加了日本反战同盟，后来参加了新四军。

他参加了新四军，奇迹般地感到中国共产党有强大的号召力，有伟大的理想，有英明的政策和策略，最能代表大多数人利益，逐步使他产生了对共产主义的信念的理解。

为了进行反侵略战争教育，指导员请了一位东北籍人向大家谈一谈“九一八”之夜，控诉日本帝国主义进攻沈阳的罪行。

一位叫付满仓的老战士，原籍沈阳，祖辈是清朝中期闯关东到这里来的，这里可算是风水宝地，年年风调雨顺，有吃不完的高粱大豆，有上乘的貂皮人参，有开不完的矿山、伐不完的森林，从洋人进攻中国之后，开始是俄国人占领了这块地方，日俄战争后，日本帝国主义代替了帝俄的势力，从他记事起，就经常看到日本人在这里耀武扬威，把中国人不当人，日本的株式会社和租界地占了他们的地盘，还在中国的土地上经常制造事端，向中国政府提出很多苛刻要求，把中国人的肺都气炸了，为了保卫国家，付满仓报名参加了奉军，认为这支军队一定能打败日本帝国主义，一定能为中国人争气，虽然在那个军队中官兵不平等，为了对付洋人对中国人的欺压，还都能忍着痛苦，参加三操两讲，学点本领，好来保卫自己的国家。

就在 1931 年 9 月 18 日的夜晚，日本的大炮直接打到中国军队的驻地——北大营，接着从铁路附近射来步枪和机枪子弹，这时，弟兄们都拿起武器准备抵抗，可是上面传来命令，一律不准轻举妄动，更不能出击，最好躺在床上不动。过了一会儿，日本军队从西面围墙上冲了进来，一部分弟兄就在床上被日本刺刀捅死。日本的炮弹燃烧了北大营的草垛，弟兄们拿起枪，上好子弹准备抵抗，可是上面又传来命令，任何人不准开枪射击，谁惹事谁负责，这一来，又有不少弟兄被日本的机枪和步枪打死。又过了一会儿，看到一个友邻部队受打击，伤亡很重，弟兄们拿起枪，准备前去支援被围困的弟兄，可是中国最高统帅又传来命令："对日军只能通过外交手段解决，绝对不能用武力抵抗，可以任其缴械，可以任其占营房。"不得已，有部分部队只能从包围中冲了出来，付满仓从日本包围圈中冲出以后，看到在铁道两旁躺着的到处是中国人的尸体，日本人在街上砸商店。为了逃难，皇姑屯火车站挤满了中国的青年学生和平民百姓，有的拖儿带女，离开了这可爱的家乡。接着，付满仓唱了《流亡三部曲》。

付满仓控诉了蒋介石不抗日、专打内战的暴行，使大家对蒋介石更加愤恨，进一步想知道蒋介石不但是中国封建阶级、官僚资本主义的总代表，也是维护帝国主义利益的总代表人。

听到这两人介绍之后，龚绍华的心感到特别内疚。

一天上午，龚绍华服装整齐，去找团部的林参谋，林参谋正在给干部讲射击课，他坐在一个强烈阳光照射的大门外，阳光晒得他满头大汗，林参谋讲完课，他等了足足有一个多时辰，林参谋走出来之后，龚绍华一个大立正，敬了一个端正的军人礼节。

"报告林参谋，我有事要和你谈谈。"

林参谋过去对他没有好印象，便不理会地说："你有什么事？"

"我向你检讨来了。"

"你有什么好检讨的？"

“我们都是阶级兄弟，我不能侮辱你的人格和你的民族，”龚绍华很认真而又诚恳地回答。

这一来，引起林参谋对以往的一段回忆：

有一天，林参谋到二连讲课，龚绍华用歧视的语言嬉笑地对林参谋说：“小鬼子，小鬼子，你还欺负不欺负中国人了，你被中国人打倒了！”

林参谋从被新四军解放后，最嫉恨别人叫他“小鬼子”，他认为，侵略中国是日本大资产阶级强迫和欺骗日本人民干的，这个罪过不能加在日本民族和日本人民身上，他听后，怒火冲天，使用不流利的中国语言骂道：“你放屁，你放屁。”

龚绍华本来想用这句话来耍一耍别人，表示自己是个“抗日英雄”，但林参谋十分认真，并当成不平等看待，龚绍华看到对方态度强硬，便偷偷地跑了。

龚绍华和林参谋都回忆这段事，都觉得中日两国人民都不能相互仇视。

第八节　三查三整

诉苦教育告一段落，下一步就是要打扫房子——开展三查三整，进一步清查自己的阶级队伍。清查每个人的斗志，清查每个人的思想，以便增强团结，发扬革命光荣传统，将革命进行到底。

连队有一名战士叫张继法，他是盐南战役前在部队行军途中报名参军，说是家中贫穷，在外逃荒要饭，穿了一身不知从哪里捡来的破衣服，表示一定要打倒蒋介石，解放全中国。看他那嫩白的手，也不像是个要饭的，但能说会道，哪都能处个好人缘，不少人认为：他很有活动能力，将来很有发展前途，在盐南战役中，当部队打得十分艰苦时，他从防空洞中跳了出来，乘人不备，往敌人方向跑，二排长顾民富一看，命令他赶快回来，并派了一名战士，几个箭步把他拉了回来。回来之后，他向排长顾民富哭诉，说是对国民党太恨了，想抓个活的来，好为牺牲的四班长报仇，因为战事很忙，没有认真追究，这事便暂时搁置下来，只给了个无组织无纪律的警告处分。

在调查出身成分时，他报的是贫农，而且说得有鼻子有眼，虽然有些地方还有疑点，但不少人都很相信，但他发现刘智高总是对他另眼相看，对此他心里很不是滋味。有一天，乘屋里没有人，他把刘智高的步枪偷去，并扔到老乡的水井里，这一来，刘智高有可能成为丢失武器并将要受到撤职查办的对象。不久，老乡在打水时从井里捞出一支步枪，经查实枪上还有张继法的一条毛巾，井边有张继法的脚印，丢枪那天只有张继法一人在家，各种证据证明：此案与张继法为陷害别人而直接所为。经查实，此人乃是逃亡地主分子，是为躲避群众斗争而逃出来的，他伪装贫农，伺机再进行反攻倒算。经军事法庭审判，召开全体军人大会，执行枪决。

在三查三整中，龚绍祥检查了自己斗志衰退的具体表现：

在他入伍后的头一年，到是想干出一番事业来，虽没有想当大官，但总想为革命多承担点责任，但当了副支部书记后，觉得担子太重了，在受到几次挫折后，工作开始消极，但组织上总想培养他成为具有独立工作能力的干部，以便将来能独当一面，好接老同志的班。

在一次战斗中，指导员和连长让龚绍祥带领一个排去单独执行任务，排长顾自信的资格比他老，他大错误不犯，小错误不断，由龚绍祥来指挥他不服。

“排长，这次执行任务我们两人可要好好地配合啊！”，龚绍祥和那排长和和气气地进行商谈。

那人一拍胸：“没有问题，一切事都听我的。”

“我们两人共同负责嘛，连长、指导员还讲，叫我负主要责任嘛！”龚绍祥诧异，但对他也没有办法。

“你懂什么呀！”顾排长手一抬，“我当兵走的桥比你走的路还长，我穿的军装光领子就够你挑一担的，叫你负责，你能负得起来吗？”

龚绍祥急得心直跳，哆哆嗦嗦地指着顾排长说：“你太不像话了，你还有点组织观点没有？”

顾排长一看，发笑，但又怕回去后被连长“批评”，又和和气气地对龚绍祥说：“别，别，你别发火呀！我和你闹着玩的。”他眼珠一转，“不过，我还可以告诉你做工作不费劲的办法。”

龚绍祥见顾自信的态度和气，心软了下来，“你有什么办法呀！”

顾排长直言直语：“我看你这个副支部书记别当了，当了大官太操心，按资格，我都可以当上个团长，可是几次叫我升官我都不干，就觉得当个排长最好，人家都说：‘排长排长，吊儿郎当，粮食标准，二十八两（老秤16两为一斤），上有连长，下有班长，不负责任，照常拿饷。'"

龚绍祥一听，倒也有点合他的意，因为他几次独立执行任务都受到批评，尤其他感到做人的工作太难，因为人有思维、有感情，摸不清别人的内心世界，就不能团结和改造别人，而他的失败往往就在于此，当他听到顾自信这番话后，默默不语。

就在这一期间，他收到一位原江海公学同学的来信，他毕业后被分配到一个步兵连当文化教员，才一年多工夫，就升到副指导员，在一次单独执行任务中，带领一个班过河，因为流水过急，指挥慌张，造成翻船，两名战士被淹死，回去后，被撤掉副指导员职务，下班当战士，那位同学劝告龚绍祥：干什么都可以，千万不能当领导干部。

不久，龚绍祥向指导员请求，不愿意当副支部书记，而继续做文书工作，并称自己是个不要名利地位的人。指导员说："闹官的是无赖,不愿升官的人也不一定是好同志、好干部，升官是对一个同志德才的全面衡量，不愿挑重担，也不是好思想。"指导员还告诉他在受到挫折后如何总结经验的办法。

在三查三整中，龚绍祥回顾了这段经历，他深深感到，这种思想不能带领全体党员振奋精神，提高革命斗志，他和顾自信都在党支部大会上做了自我检查。"逆水行舟，不进则退"，原以为革命只要有个"忠"字，凭良心办事，而现在觉悟到：在革命的逆水航行中，如果头脑简单，而不投身下去寻找战胜风波的航线，航船也将要倒退下来。

与龚绍祥相反，龚绍华的思想在未得到改造前，总觉得自己升官太慢，他只想使自己的职务高高的、待遇厚厚的、担子轻轻的，贡献算他的，在同等职务中，他对别人的提拔总是有点嫉妒，人家说他是："武大郎开店，不愿看到别人比他高。"龚绍祥提升副支部书记，他向上级打过小报告，说龚绍祥没有工作能力，成分不好，生父当过国民党兵，养父是小资本家，因为这些都是组织早就掌握的情况，这个小报告没有起到什么作用。顾民富提升为排长，他无法从成分上找茬儿，就说顾民富的工作能力没有他强，直接伸手向组织要官，要不到，他又想到机关找一个舒舒服服的工作。他最怕把自己的生命丢在战场上，因为没有达到目的，工作得过且过。

龚绍华把这些思想都在全排军人大会上做了检查，大家感到，龚副排长从来没像这样说真话，从来没有向大家说过这样的心里话，这一来，他又和大家更贴心了。他以自己的教训告诫大家说："要革命，就不能有任何私心杂念。有私心，就不要打共产党的牌子，否则，把共产党的名声也给糟蹋了。"

在一个胜利接着一个胜利的形势中，顾民富的思想有些麻痹，他认为：人民解放军已经这样强大，谁还能敢在解放军内部捣鬼，所以对张继德的反革命行为缺乏警惕。

刘智高看到这人有点鬼鬼祟祟的，便向顾民富作了汇报：

"排长，我看张继德不像贫农出身。"刘智高认真地对顾民富说。

"没有事啊！"顾民富手一摇，"解放军队伍这么艰苦，地主分子能吃得了这个苦吗？"

"我看他的行为有点像偷鸡摸狗的。"

"嗨！他就是这个脾气，这地方地主阶级都打倒了，他还有什么能水？"

这一来，张继德往敌人方向跑就没有当回事儿。以后张继德偷刘智高的枪陷害刘智高这才引起他的警觉，他3天3夜没有睡好觉，悔恨自己思想简单，对复杂的社会缺乏应有认识，在三查三整中，他把这事向全连军人大会上做了检查，原来有的人认为顾民富是个完整无缺的人，但在某种现象掩盖下，也必须有清醒的认识。

三查三整在部队普遍开展，有的人认为：这次查整，一定会查一批、整一批，斗一批、抓一批。但在贫苦人占大多数的连队里，主要是进行了正面教育，让大家自觉检查，互相开展批评与自我批评。指导员没有采取人人检查过关，也没有对某个存有缺点和错误的人开批斗会，干部可以参加各种形式的会议做主动检查，战士在排务会上做自我批评，结果，大家的检查都非常认真，例如行军掉队，互助不主动，打仗时动作迟缓，出操时动作不认真，服从命令不够好，群众纪律不够好，等等，都能提到高度上来认识，都认为，一件小事做不好，就会发展到出大事，说改就改，连队出现了从来没有的新风气。

阶级斗争教育的一把钥匙终于打开了革命军人的心，党的光辉也照耀在人们的心中。

第六章

山炮连淮海战役显威风

第一节　战前准备

忆往事，那是难忘的岁月，
我记得，那是大决战的前夜。
揭开迷雾，曙光就在面前，
请看吧！
一场大决战的凯旋曲，
将在中国历史舞台表演，
拉开序幕，
好戏就在后面，
决战中的炮兵健儿，
已不单是配角演员。

1948年秋，中国人民解放军的军事力量和国民党相比，已经发生了显著的变化，在质量上，早就超过了国民党军队，在数量上，人民解放军由解放战争初期只有120万，发展到280万，国民党经过抓丁补充，只有360万人，其中用于第一线的只有170万人，由此，人们编起了一首歌谣：

地上有座大雪山，
天上有个红太阳，

大雪山越晒越小被晒光，
红太阳越照越红越发亮，
嗨——
国民党，就是那个大雪山，
共产党，就是那个红太阳。

战士们把这首歌谣谱在民间小调上，越唱越感到祖国的前途无限光明，对胜利越感到充满信心。

这时期，解放军的武器装备也比过去有了显著变化，从国民党军队缴来的各种现代化装备被不断装备部队。不但有大口径大炮的炮兵队，也建立了工兵、通信兵和其他各种特种部队，尤其是炮兵的发展，更为迅速，除了每一个步兵团都能装备可以随身携带的曲射炮以外，大部分野战军纵部都组建了专业炮兵团，装备了山炮、野炮、火箭炮等各种重型大炮。华东野战军组建了特种部队，摩托化炮兵威武雄壮，奔驰在各主要战场，大兵团协同作战，炮兵已成为不可缺少的力量。

在苏北成长起来的一支野战军纵队，专业炮兵才有一个营的山炮装备，与在山东作战的老大哥纵队相比，已显逊色，用缴获敌人的武器来装备自己，装备一个能打善战的炮兵团，已迫在眉睫。

为适应部队扩编的要求，这个山炮营拉开一个团的架势，干部作了相应的调整：二连政治指导员林杰被调到团政治处任宣传股长；顾民富之前已被提为二连副连长，在连长未调来之前，担任全连指挥重担；龚绍祥担任二连副指导员，承担思想战第一线的指挥任务，这次调整他将担负起单炮作战的指挥任务，在世界观改造的浪潮中，他没有因为自己的职务比别人低而产生思想波动。

1948 年 9 月，人民解放军华东野战军组织了规模宏大的“济南战役”，国民党有 11 万兵力在济南设防，驻在徐州有 17 万兵力，他们可以随时出动，南扰北援，阻止解放军的战役行动。根据党中央的指示和华东野战军指挥部的安排，人民解放军将以 7 个纵队攻城，8 个纵队打援，战役揭开序幕。

奉华东野战军前线指挥部的命令：苏北兵团将参加“济南战役”，这是华东野战军的一次大结集。国民党为了阻止人民解放军的战役行动，黄伯韬兵团实行先发制人，截击我北上的野战兵团，企图消灭我部分人民武装力量。人民解放军以一个纵队的实力，阻止了敌人的进攻，掩护了兄弟部队北上。

在苏北沭阳城的北侧，有一条新沂河，河水两丈多深，两岸都是平原，黄伯韬兵团以两个军的兵力攻击我在沭阳一带的结集部队，一时间，攻击的炮火不断地轰击人民解放军阵地，并叫嚣要消灭北上的苏北兵团，来安抚济南和徐州的守敌。

一条沂河，是人民解放军进行防守的天然屏障，在大河的一侧，人民解放军守卫部队已对国民党军队进行了严重打击，步枪、机枪、迫击炮等武器给敌人造成严重伤亡，但解放军的河岸阵地缺少防御设施，又没有足够的炮火作掩护，行动暴露在敌人面前，加上防线较长，给防守带来不少困难。

“冒着敌人的炮火——前进。”《义勇军进行曲》在激励着指战员的斗志，炮兵指战员在敌人火力封锁下将要进入射击阵地，经过诉苦教育的龚绍华，把不怕死视为自己世界观改造的出发点，以干部带头的作风，推着独轮小车，奔跑在全排的最前面，接着，全排像猛虎般地跟着排长冲了上去，龚绍华本来属消瘦体弱型的体质，在这时，不知怎么来了这么大的劲头，千斤重的大炮像飞一般地直奔阵地，战士们像吃了壮胆药似的，像箭一般地向射击阵地接近。

龚绍华在这时已把生死置于度外，复仇的心里已灌注于他的全身，敌人的子弹从他脚底穿过，他没有产生畏惧，炮弹在他附近爆炸，没有影响他前进的脚步。

“停！”正在龚绍华冲锋起劲时，突然间，顾民富下了停止前进的命令。

前进前进再前进，热情高涨防冒进。

保存自己消灭敌人，不能光凭满腔热情。

顾民富深知：共产党员不但要改造自己的世界观，而且要改造自己的方法论，经过诉苦教育，部队都有一股不怕死的精神，这就更要讲点战术，抬着大炮往敌人火力网上冲，不利用地形地物，必将给部队和装备造成很大损失，他作为全连代理总指挥，感到责任重大，正当部队勇往直前，将要通过敌人严密封锁线时，他立即命令部队停止前进。

“副连长！为什么要停止前进？”龚绍华带着不满情绪问，嘴里还骂道，“他妈的，当了副连长就怕死了。”

“少废话，给我执行命令。”顾民富态度十分严肃，并指着龚绍华，

“你要是有一点差错，我就要处分你。”

“那……”龚绍华犹豫，并表现出不服气的样子。

顾民富急了，他气冲冲的对龚绍华说：“你是个排长，现在你还是我的下级，你不执行我的命令，我就撤了你!”

龚绍华害怕了，他连忙答“是!”表示服从，同时也意识到，战场上的纪律对每个无产阶级战士的重要性，他克制了自己，带领部队疏散隐蔽。

“左前方，土埂一侧，构筑阵地。”顾民富觉得，那里是敌人的射击死角，是炮兵的有利地形，他命令部队迅速占领。

龚绍华抿嘴一笑，他立即领会了顾民富的意图，他迅速带领全排进入阵地。因为在诉苦后又进行了刻苦训练，组织分工合理，相互协作密切，二排在全连第一个进入射击准备状态，对顾民富的这一招，龚绍华不但佩服他的思想觉悟高，更佩服他的招法也比他高。

高了一招又一招，身后高人招更高，

高人切莫自称高，燃眉之急忙请教。

顾民富虽然选择了好阵地，但又碰到新的难题。在过去，一般是夜间进入阵地，而这次在白天，过去大多是近距离射击，而这次需要远距离射击，过去都习惯于用直接瞄准，而这距离必须用间接瞄准，远距离射击需要比较完备的测量仪器，而如今仪器不全。他是多么希望有高人指导啊！能尽量做到在敌人炮火暂时占优势的情况下，能够有效地打击敌人。

这时，龚绍华有点着急，一股为支援步兵兄弟作贡献的热心又涌了上来，他用焦急的情绪催着顾民富，“副连长！我们开始打吧!”

“等一等!”顾民富摇摇手，眼看着前沿步兵遭敌人火力杀伤，但又不敢轻易下达射击命令。

“你还等什么呀！步兵老大哥正需要我们支援呢，不然的话，他们又要说我们炮兵怕死。”龚绍华求战心切，就想乘此机会，先打几炮好过一过瘾。

“你急什么啊!”顾民富有点不耐烦，“你不了解我的意图别给我乱放炮。”但内心也出现矛盾，因为他也不愿担怕死鬼的名，接着又问龚绍华，“你有什么高招能摧毁敌人的火力点吗?”

“嘿!”龚绍华很不在乎，“先打几个排炮吓唬吓唬他们呗，这说明了咱们解放军也有不少大炮。”

顾民富指着龚绍华的鼻子，“我看你呀，你呀，你不但嘴上在乱放炮，你行动上也在想乱放炮。”他转过身子又接着说：“你现在怎么变成这个样子呢？在过去，我总觉得你像《三国演义》里的刘备，一遇到困难就爱流个眼泪，而现在倒又像猛张飞，热情上来，就不考虑后果。”又转过身子来，一五一十说道，“现在敌人的大炮比我们多好几倍，我们打几炮，敌人的大炮马上就压上来，这要造成我们人员和装备上的大量损失，我们的大炮就成了废铁，我们还拿什么东西去支援步兵老大哥呢，按照你的说法，我们的火炮不但吓唬不了敌人，很可能成为敌人打击的目标!”

经顾民富这么一说，龚绍华似乎领会了一点意图，他做了立正姿势回答：“是!”表示坚决服从，又回到自己的炮位上去。

敌人的火力在猛烈地对步兵阵地进行攻击，英勇顽强的步兵战士在奋不顾身地进行抵抗，有的战士在炮火中牺牲和负伤，对岸的敌人又在准备过河的工具，妄想在火炮的掩护下冲破我们的防线。山炮连的一些干部战士看到这种情景都非常着急，顾民富的思想也非常矛盾，他痛恨自己没有把敌人的火力引到自己方面来，他也怕别人说是“怕死鬼”，他怀疑自己在指挥上是不是错了，他又想把大炮拉到开阔地和敌人对阵，但又考虑，在没在任何防御能力的情况下，故意把目标暴露在敌人面前，不就等于把部队和装备送给敌人吃掉。他一会儿想和敌人拼完了就算，一会儿又想到部队和装备是人民的财富，不能蛮干，他想来想去，不知用什么办法来对付对面的敌人，正当他斗争十分激烈时，林参谋来到前线，走到他的身边。

“林参谋！”顾民富转头一看，使他高兴极了，他恭恭敬敬地向林参谋敬了个礼，请示是否可以马上对敌人进行射击。

“你们测量距离了没有？”林参谋问。

“目测大约1000米左右。”顾民富答。

“大约不行，”林参谋言词十分肯定，并带有一点日本语音。

“报告林参谋，”顾民富对上级机关来的人十分尊重，想做一点说明，“我们的测量仪不全，现在无法做精确测量。”

“那就没有别的办法了吗？”林参谋带着微笑问顾民富。

顾民富一看，觉得心里有底，他带着恳求的语气对林参谋说：“林参谋，我现在感到实在没有办法了，就想请您这位高人来指教呢，你就给我们出个高招吧！”

“赶快暴露目标。”林参谋用命令口吻。

顾民富一听，心里一惊，觉得好容易找到了这个隐蔽阵地，也是最佳射击阵地，把这样好的阵地暴露给敌人不是在白白送死吗，他恐怕这个外国人不了解中国情，他立即说明道：“林参谋，我们不能这样做呀，随意暴露自己是要做无谓牺牲的呀！”

林参谋也误解了顾民富的意思，他立即反驳：“怕死就不革命，革命就不怕死，这是你们共产党员的老话。”

顾民富急了：“不行！党把部队交给我指挥，我要对革命对部队负责。”

林参谋也急了，“这是团指挥部的命令，执行错了我负责，我命令你赶快执行。”

这时，龚绍华在一旁有点洋洋得意，他又重返了抬着大炮打冲锋的做法是正确的。

军人以服从命令为天职，顾民富觉得不执行命令不行了，他立即命令部队撤出阵地，到开阔地和敌人对峙。

林参谋看到这行动又急了，他立即拉住顾民富，“顾连长，你的不懂我的意思，我是要叫我们制造假目标，暴露在敌人面前，我好计算距离，更好地打击敌人。”

顾民富乐了，他立即领会了林参谋的意图，他责怪自己，对战场上有些术语领会不深，他马上命令各炮伪装假炮，有的用人拉的，有的是用车推着，有的是用肩扛着，由少数人在阵地一侧来回走动，似乎有不少的炮兵部队，这时，正好有一架国民党单引擎侦察机从头顶飞过，对地面进行了一番扫射就飞走了，过了一会儿，敌人的大炮猛烈地向这一带地区射击，伪装大炮的战士全趴在地下，爆炸的尘土把战士手脚都覆盖住了，还有几个负了伤，几门伪装的“大炮”被炸得粉碎，而林参谋在看着手表上秒针的走动，观察敌人炮弹出口的烟尘和声音，敌人炮弹发出的方位及距离，用音速测量法准确地计算了敌人大炮的位置，他抿嘴一笑，立即向各炮发出射击准备命令。

“各炮注意，”两眼扫视了各炮阵地，“距离1250米，瞄准正前方一个屋顶，向右修正10个密位，准备射击！”

各炮都按照林参谋的射击口令，做了发射准备，并向指挥所报告射击准备完毕。

“顾连长，“你下射击命令吧。”林参谋把指挥权还交给顾民富。

“是!”顾民富把指挥任务接受下来，他站在各炮的中心位置，用洪亮的声音发出：“预备——放!”

轰隆的炮声，那炮弹就像骏马似的向敌人阵地飞去，接着又是几个排炮，一时间，敌人阵地上尘土飞扬，士兵们都在争相逃命。

在对解放军假炮兵阵地进行猛烈轰击后，国民党前线指挥部队认为，已经把解放军的炮兵阵地完全摧毁，正当庆祝他们“胜利”的时候，解放军的大炮猛烈地向他们打去，阵地上一片混乱，他们认为解放军又调来一支强大的炮兵部队，部分进攻的部队准备后撤。步兵守卫部队在前线拍手叫好，立即打电话向炮兵表示祝贺，并利用这一时机，挖战壕，筑掩体，准备敌人可能发动的新的进攻。

“以优势兵力，消灭对方的有生力量”，这是作战双方最基本的常识，根据解放军大炮发射的梯次，国民党指挥部推算解放军最多不超过两个连的兵力，他们集中了一个团的大炮，对解放军炮兵阵地进行猛烈轰击，按照他们炮弹的覆盖面，至少要造成一个连的人员伤亡和装备报废，一时间，炮弹像下冰雹似的，在他们所设计的目标点爆炸，一个可作隐蔽的土埂几乎被炸平，浓烟和尘土都把这一带笼罩着，而顾民富早就预料到国民党可能会有这一手，在打完几个排炮后，马上撤离阵地，转移到其他地方，使国民党的大炮扑了个空。

在转入另一个阵地后，顾民富把目测距离的任务交给龚绍华，龚绍华也更加佩服顾民富的指挥能力，二人密切配合，把各自目测的数据共同绘算，和林参谋所设计的结果基本相似。顾民富指挥全连对敌阵地，炮击又击退了敌人的数次进攻，龚绍华所指挥的那门炮打得最为出色，在这个阵地打完后，又转到另一个阵地，就这样，用游击的形式，以少胜多，以弱胜强，取得了步炮协同作战的良好效果。

夜幕降临，善于夜战的一支炮兵部队又转入了另一个射击阵地，这里有一座小平房，墙壁较厚，距离敌阵地较近，可以对敌人直接射击，龚绍华选择了这个阵地，并在墙上掏了一个洞，作为大炮的射击孔，在房顶上又用房梁架上，铺上一切可以利用的木板和树枝，用厚土覆盖上，经过大半个夜的艰苦施工，龚绍华满意地认为，利用这个阵地，完全可以抵挡住敌人的火力攻击，正当龚绍华在这里准备严阵以待的时候，龚绍华接到新的命令：

“撤！”撤退的命令下达到山炮连。

掩护兄弟纵队北上的任务已经完成，国民党军队已经突破人民解放军的防御阵地，并将实行对我包围，纵队司令部下令，立即撤出战斗，到新的地方休整。

“是多么好的阵地呀！”龚绍华怎么也不想撤退，因为在战斗开始时，上级交代，至少要守3天3夜，才打了一天多马上就要撤，他很不理解，在两次对敌射击中都尝到了甜头，他还想利用这个阵地再教训教训敌人，所以，他没有把撤退看成十分紧要，在撤退的动作上总是慢条斯理，有点恋恋不舍。

“二排长，快撤。”顾民富也不理解为什么撤得这么快，但命令压倒一切，要一丝不苟地贯彻执行。

龚绍华感到打得不过瘾，他很不在意地说：“没有事啊，这条河敌人是过不来的呀！”

顾民富急了，他态度严肃地说：“我命令你，在两分钟之内撤离阵地!”

“是！”龚绍华意识到和顾民富间是上下级关系，上级命令必须服从，他迅速组织部队撤离阵地。

“哎唷！”推小车的战士叫了一声。

又一个新的情况出现，推摇架的小车车轴断了，车子倒在路旁。

“快修！”龚绍华舍不得丢掉这辆小车，他叫其他人先走，他留下和一部分战士抢修小推车。

在没有足够修理工具和器材的黑夜，要想迅速修好车辆谈何容易，他们在那里敲敲打打，折腾了将近半个小时，从前线撤下的最后一个步兵班发现了他们。

“你们在干什么？”步兵的一位同志问。

“我们在修车呢！”

“你们还想当俘虏吗？我们是最后一个班，敌距离我们只有500米。”

龚绍华紧张起来了，这才进一步明白了在战场上服从命令的重要性。

“排长，怎么走？”战士们催问。

“扛着走吧！”有的战士出主意。

“扛？”龚绍华立即清醒。

他们立即扔下小推车，两人一前一后，扛着就跑，一个有棱角的部件，扛在肩上，像刀背一样压得十分疼痛，但谁也顾不上这个，走出了半里多路，龚绍华用一根毛竹杠和一根绳子，把摇架抬了下来，在抬到安全地点时，龚绍华捏了一把冷汗，准备向上级和同志做深刻检查。

第二节　运河桥边的战斗

济南战役期间，团宣传股长林杰着手创办团报，报纸名称叫《炮声》，该报的《发刊词》简要地介绍了炮团发展的艰苦斗争历程、炮兵在未来战争中的作用、报纸的主要任务，对全团指导员为办好团报提出了要求。林杰同志兼任主编，一部油印机一名缮写员，每期发行100份，可直接发到班排，因为各地报社都不健全，即便能得几份报纸也发不到连队，所以，这份报纸很受部队欢迎，是当时最好的宣传工具。

济南战役刚结束，《炮声》报刊登了一则令人振奋的消息：

1948年9月16日，华东野战军7个纵队，在许世友司令员指挥下，向国民党重兵防守城市——济南发动猛烈进攻，经过8个昼夜的连续战斗，于24日，全歼敌（包含一个军起义）10余万人，活捉国民党第二“绥靖区”司令王耀武，使山东解放区的土地连成一片。

这个消息传到连队，指战员的心像开了锅似的，立即沸腾起来，刘智高立即口中生词，编了一首激动人心的快板词。

同志们，听我谈，胜利消息到处传，
解放军，打济南，消灭敌人十多万，
王耀武，被活捉，山东连成一大片。
国民党，快完蛋，下步就要大决战，
劝同志，别大意，狗急跳墙要防范。

这首快板词对文化低的人来说非常通俗易懂，是刻画胜利信息的好形式。

但有些人对消灭国民党10多万感到很不够滋味，最好一次能消灭国民党30万或50万才算过瘾，指战员的胃口也越来越大。

在报纸的右下角，还登了一个人的检讨，内容是这样的：

在沭阳战斗中，我犯了无组织无纪律的错误，抱着个人英雄主义，不认真执行上级的命令，险些造成大炮和人员的损失。在现代战中，我这样发展下去，是十分危险的，我要求同志们给我批评，要求上级给我处分。

检讨人：龚绍华

×月×日

龚绍华把这份检讨主动送给顾民富，抄送一份给老首长团宣传股长林杰。林杰认为：这是一份很好的反面教材，为了纠正在诉苦后的蛮干行为，必须把这些消极因素在报纸上曝光，经龚绍华同意，就把这份检讨摘登在报纸上。在大家见报之后，二连少部分同志还为龚绍华打抱不平，认为二排长经过诉苦教育后人生观的转变来了个大转弯，应当受到表扬，而不应当受批评。而龚绍华对他们解释说：我过去吃了不少骄傲自满的亏，经过诉苦教育，大家都在进步，在英雄辈出的情况下，我还是夹着尾巴做人好，翘着尾巴做人，早晚还是要翻筋斗的。

一天，许士贵要和自己的亲生儿子龚绍祥谈谈心，自从父子相认之后，总想把心里话向儿子倾诉，因为工作紧张，战事繁忙，也只能是三言两语，想坐下来多谈几句。

“绍祥啊！”许士贵还是叫他养父起的名字，随便改了怕对不起养他成人的养父，但还是以关怀的口吻，“你现在是连级干部了，可要多关心大家一点啊！”

“爸呀！我知道啊！”离别十多年，又得到亲生父亲的爱，还表现了一点娇气，“你就叫我苟儿吧，这个名字是你起的呢！”

“你胡说。”许士贵的心中像呈现出一股暖流，但又不得不以长辈身份来责备儿子，“你现在已经是近20岁的人了，我还叫你小名，就不怕人家笑话你，要知道，你现在是我的长官了！”说着扑哧一笑。

龚绍祥嘴一撇，“怕什么呀，我是你亲生儿子，你老了，我还是要孝顺您呢！”

几句话说得许士贵流了几滴眼泪。他抹着泪对儿子说：“苟儿啊！我不是说你，你有点太傻，你现在是连级干部待遇了，按规定，行军打仗，有一部分行李可以叫伙房来挑，你傻里傻气的，就没有看你把行李往伙房送，通信员要送你还不让！”

“爸呀，”龚绍祥还是摆出娇气的样子，“你管那么多事干什么呀，我当副指导员才几天，我摆上那个官架子，我怎么好联系群众，今后的工作怎么开展呀？再说，我现在还是年纪轻轻的，自己能背背包，为什么就一定叫人家挑呢？”

许士贵一听，到也很对，所以没有勉强，马上又把话题转到打仗的事上来。

“绍祥，今后打仗我掩护你。”许士贵又抹了一把眼泪，“我这把老骨头死了也不可惜，我能活到今天，也是共产党救了我，你可是龚家的命根子啊，你还要为龚家传宗接代呢！”

“爸呀！”龚绍祥急了，“你说这些干什么呀，将来革命胜利了，我把你领到养父家，我孝顺你们两方老人，我还希望你活到百岁呢！”

“爸爸对不起你呀！”许士贵声音哽咽。

“你还说这些干什么呀？这不都是反动阶级造成的吗？打倒反动派，就没有人敢再欺压我们的了！”龚绍祥表现得很刚强，但想到过去，也禁不住流下点眼泪。

1948 年 11 月，华东野战军、中原野战军在积极行动，大决战行动即将开始，历史的壮观将展现在人们的面前。11 月 8 日，苏北兵团一个野战军纵队奉命从宿县以南向陇海铁路线挺进，切断向徐州方向结集的国民党黄伯韬兵团，第一个战斗就在运河桥一侧进行，淮海战役第一阶段正式开始。

就在这一期间，国民党军一片混乱，兵无斗志，将无良策，相互埋怨，各自保命，而党中央、毛主席如同神机妙算，正确地估计了形势，在经过诉苦教育后的干部战士斗志旺盛。

黄伯韬兵团所辖的二十五军、六十四军、一百军和临时指挥的四十五军计 10 万多人带着马和重兵器企图在短时间内从运河桥通过。为集中兵力消灭这股敌人，必须首先截击他们，不让他们向西逃跑。

“上！”

一支炮兵部队跟随步兵向运河桥逼进，炮兵指战员们拉着大炮，扛着弹药向运河桥方向奔去，炊事员们也带着炊事用具和粮菜等跟着部队前进。在一个白昼的旷野上，为尽快到达作战地域，步兵和炮兵都以最快的速度向运河桥方向接近，没有掩护，完全暴露，一个密集性队形向敌人逃跑方向压去，来势如洪水般地势不可当。

“发现敌机！”为了争取速度，谁也顾不上防空和隐蔽。

两架国民党飞机从高空飞来，向前进中的解放军部队接近，还没有吃过大亏的国民党飞行员把解放军暂时缺少防空武器视为可欺，而改成低空飞行，一会儿，距离地面才 50 米上下，在飞行的航道上都能刮起浓厚的尘土，飞机的马达声几乎能把耳朵震聋，可是这两架飞机才能解决多大问题呢！前进中的健儿，谁也顾不上这些，而是勇往直前，向战斗地点冲去！

“嘟嘟嘟！”

国民党飞机进行低空扫射，1.27 厘米口径的机枪子弹落在冲锋陷阵的解放军指战员的人群中，航道一线的弹着点尘土飞扬，有的战士负了伤。

“你小子在飞机上才能带多少子弹!”有的战士蔑视它毫不在乎。

许士贵背着行军锅向队伍的另一侧奔去，想把敌人的飞机引开，一架国民党飞机看到一个黑乎乎的东西，不知是什么先进武器，又对着这行军锅进行扫射，一发子弹正好打在行军锅上，背行军锅的人被打倒在地，飞行员觉得已完成他上级交代的任务又飞走了。

龚绍祥回头一看，好像是自己的生父倒在地上，龚绍祥大声叫喊：“快抢救伤员!”立即扑到背行军锅人的身边，揭开行军锅一看，真的是自己生身父亲，一颗 1.27 机枪子弹正好打在脑壳上，脑浆往外直流，他扑在生父的身上放声大哭：“爸呀，爸呀，你怎么就这样离开我们了呢？我还有很多心里话没有说完呢，现在我叫你你也不能答应，扶你你也不能坐起，相认之后，我们都没有一起合照一张照片，牺牲时连一句话也没能留下，才团圆不长时间，我们父子俩就这样分别，儿子是多么的伤心啊！”

龚绍祥抚摸着生父的身子，看了看他劳累的身躯，摸了摸他满手的老茧，又看了看那模糊的伤口，一边摸着一面诉说着：“爸呀，生我的是您，小时养我的是您，你上了反动派的当，一时走了邪路，儿子不怪你，你又回到人民当中，为人民献出了自己，人民是不会忘记你的呀，你就是一生没有享受到儿子的福，儿子对不起你呀！”说着，把自己的军帽戴在父亲的头上，草帽盖住了流血流脑浆的伤口，仿佛看到父亲在微笑，使他的心情慢慢有点平静，他边戴边说着：“爸呀！儿子没有什么东西送您，这顶帽子就算是儿子给您的葬礼。”

龚绍祥抬头一看，部队已前进好远，因为作战任务紧迫，哪能为几名牺牲者停止不前，他擦了擦眼泪，咬着牙，面对牺牲者：“爸爸，我不能陪你了，也不能亲自为您送葬了，人民也是你的亲人，他们是会给你安葬的，现在打国民党要紧，我要赶部队去，我要为您老人家报仇。”他咬着牙，带着对反动派的仇恨迅速赶上了部队。

龚绍祥气喘喘地赶了上来，碰到了龚绍华。

“二排长，我掉队了，多蒙你们关照部队呀！”龚绍祥说话心情十分沉重。

“副指导员！我知道了！”龚绍华不禁流下两滴眼泪。

在战场上，两人都以职务相称，因为职称代表了每个人的权力和应尽的责任。

但是，每个人都有自己的三亲六故，哪能没一点亲戚之间的感情。

龚绍华听说龚绍祥生父的牺牲，使他十分痛心，如果在平时的话，他要大哭一场，因为诉苦教育给他增加浓厚的阶级情感，加上他们堂兄弟间的情感，更使他伤心，他十分庆幸他们父子间相认，他想把这一喜讯报告给家乡人民，他想在革命胜利后做龚许两家的调解人，他已经把许士贵当着自己的亲叔叔，他还把他们两家的遭遇和被压迫者联系在一起，但在战场上，他不能不压抑住自己那激动的感情，而是把全力集中完成党所交给的战斗任务上。

“绍华堂弟呀！你叔叔没有了！”说着，龚绍祥又不禁哭出声来。

哭声使龚绍华揪心，凭他们现在的感情，都应当本能地抱头大哭，可是在战场上这样做将会给部队造成什么影响呢？他不得不压抑自己进行劝阻和安慰：“绍祥哥！我们现在是军人，要镇静，叔叔他已经选择了人间正道，经过诉苦教育，他更比我们懂得人生价值，他把生命献给人民，我们应当感到宽慰呀！”

龚绍祥对龚绍华还处在领导被领导关系，他警觉到龚绍华比他进步还快，立即停止了哭声。这时，敌人的一发炮弹落在他们附近，又激起他们的愤恨，他们离开这些话茬儿，向直接和敌人战斗的地方疾行。

国民党的飞机又飞来了，这架飞机高高地在解放军队伍上空盘旋，这次到没有投弹，也没有扫射，而是散发了很多传单。龚绍华接过一看，其中有一份说的是共产党不讲“人道”，打起仗来搞“人海战术”，对人民解放军在战场上牺牲者表示“悲哀”。龚绍华把传单递给龚绍祥：“副指导员，你看看，他们又在造谣了，是不是回击他们一下？”

龚绍祥接过一看，“好一个人道主义呀！”他觉得又可气又好笑，对老指导员曾讲过的中国近代革命史片断又做了一段回忆，他边走边用控诉的语言说道：“以蒋介石为首的反动集团，他们哪一点讲人道主义的呀？为了保护他们的利益，他们一心一意地要实行独裁统治，对人民革命从来就是大镇压、大屠杀。1927 年，对共产党人实行大屠杀，数万共产党员和群众被他们杀害，他调动了百万军队对苏区进行‘围剿’，企图消灭人民武装，他们在各地抓人杀人，说是宁错杀一千，不放过一个共产党员；抗日战争中发动了三次反共高潮，企图消灭前线抗战的新四军、八路军；抗日战争胜利后，他发动全面内战，数百万人死在战火中，现在他们快完蛋了，又发起做慈悲来了，这是没有安好心。”他立即把这张传单一撕，“我父亲的牺牲才不要他‘慈悲’呢！他的牺牲正是为了消灭这些杀人的强盗，让人人过太太平平的好日子，我要动员全连同志，学习我父亲的这种精神。”龚绍祥越讲越振奋，越讲越加深国民党反动派的仇恨。

龚绍华一听，非常钦佩，他激动地说：“你的政治思想水平的提高还值得我学习呢，你真是我们的好副指导员啊！”

经过诉苦教育的顾民富、龚绍华，很注意学习炮兵技术和战术，因为他们懂得，打仗需要靠勇敢，但不能靠蛮干，还要打得、好打得准，这样才能减少自己的伤亡，这才是真正爱护自己的阶级兄弟，也才能更多地消灭敌人，使自己的威力发挥得更好，所以他们把从国民党军队缴来的炮兵教材反复看，而且向内行请教，近来他对榴霰弹的使用和发射很感兴趣。经过学习和训练，龚绍华在掌握对榴霰弹的使用技术领会较快，顾民富在测量距离的技能上略高一筹。

在山炮炮弹中有各种不同用途的弹头，如通常使用的瞬发榴弹，有摧毁对方坚硬物体的穿甲弹，有烟幕弹、照明弹、燃烧弹、子母弹、施放毒气的瓦斯弹等。为执行国际公约，瓦斯弹是禁止使用的，有些弹种并不常使用。

榴霰弹是杀伤敌方散兵较强的弹种，它在弹体内装有 200 余粒铁丸，铁丸后部装有能喷发出弹丸的火药，弹头装有能定时定距离爆炸的引信，只要计算准确，发射出的炮弹就在暴露在地面敌人面前引爆爆炸，弹体内飞出的 200 粒弹丸能杀伤 35 度扇面内的敌人。

部队继续前进，距运河铁桥约 1000 米左右，又遭到国民党部队反击，他们为了能迅速向徐州方向逃窜，在铁桥的两侧对解放军进攻部队猛烈射击，造成进攻部队一些伤亡。顾民富带领部队将要进入射击阵地，在通过一个开阔地时被敌人击中，他突然感到大腿有点不好使，他使劲地站了起来，但一迈脚又倒了下去，他使尽全力往前冲，但也无济于事。

"副连长，你负伤了！"龚绍华首先发现，立即去扶顾民富。

"没有事，你们赶上。"顾民富把龚绍华一推，"你们快走！"一使劲儿，伤口一阵疼痛，他捂着伤口，要站起来。

"你别好强了，这里还有我们呢！"又说："民富啊！你就不要你这条腿了吗?"

"你懂什么呀！"顾民富辩解，"这不是我逞强，这是关键时刻呀，拦截敌人要紧，我的腿才算个什么呀！"

卫生员得到消息，立即前来包扎，发现他的腿骨被打伤，要把他背下战场，他坚持不肯，"卫生员，轻伤不下火线，我可能是轻伤啊！"

副营长从这里经过，卫生员将伤情向副营长报告，副营长命令立即用担架抬下去，顾民富不得不服从。

部队进入运河桥一侧，眼看到国民党部队乱成一团，为了逃命，各部队都在抢先过桥，可是一条单轨道铁路桥梁，哪能在一时间通过十多万部队，所以桥上拥挤不堪，力气大的挤了过去，力气小的挤掉桥下。一辆马车拉了长官的贵重物品挤着从桥上通过，走到桥中心，马车坏了，部队行动受阻，桥上部队吵吵嚷嚷，并互相殴打，进攻中的解放军战士看到无不发笑，这倒是解放军部队进攻的良好机会。

顾民富负伤之后，二连暂由龚绍华代理指挥，他感到这副担子十分沉重，但又不能不勇敢地挑起，他正在考虑如何对付这股西逃的敌人，他想用大炮摧毁这座铁桥，但铁桥是人民的财富，他想用穿甲弹，但这是对付敌人坦克、装甲车的，他突然想起用榴霰弹，这是杀伤敌人散兵最有效的办法，他果断地下达命令。

"榴霰弹！"

弹药手立即把榴霰弹准备，龚绍华亲手定上距离。

"对准铁桥东侧的国民党散兵，距离1000米，准备射击。"

弹药手把炮弹推上膛。

"预备——放！"

轰的一声，炮弹向敌散兵方向飞去，炮弹爆炸的烟尘飞扬在铁桥上空，但对敌散兵没有起多大作用。

"糟了，距离定远了。"他叹了一口气，"哎！要是副连长在这里就好了，"他把距离又作了重新调整，又下达口令："距离800米，准备射击。"

各炮按修正的数据重新调整，在各炮报告准备完毕之后，龚绍华又下达命令。

“预备——放！”

四发炮弹在距离敌散兵800米处引爆，部分国民党官兵被击中，国民党部队开始混乱。

“距离820米，准备射击！”

又是几个排炮，又一批敌人倒在铁桥东侧，一时间，桥上没有人敢通过，从而减缓了国民党部队向西撤逃的速度。

11月11日，国民党黄伯韬兵团被人民解放军包围在铁路线的碾庄一带，狡猾的黄伯韬管辖的四个军的兵力已成了瓮中之鳖，人民解放军将全歼这股敌人，在运河桥战斗的一支部队将执行新的战斗任务。

第三节　把大炮抬过山去

一山又一山，山山都相连，
过去战平原，如今山地战，
扛着步枪好过山，扛着大炮难上难，
嗨！来呀！
你抬大炮身，
我扛大钢板，
不怕山高路又险，
誓把千斤重大炮抬过山。
打好这场阻击战，
好叫国民党部队一个一个
都完蛋。

正当人民解放军把国民党黄伯韬兵团约10余万人包围在碾庄一带时，国民党以两个兵团的兵力约20万人由徐州向东进攻，企图解黄伯韬兵团之围，并与解放军继续顽抗，人民解放军为了分阶段消灭敌人，对徐州来敌进行阻击。正在窑弯一带待命的苏北兵团一个野战军纵队，并协同兄弟纵队将执行阻击任务，阻击战的地点就在徐州以东的山区一带。

淮海战役第一阶段初，国民党六十三军有一部分被歼，这是一股在国民党认为战斗力较强的部队，步兵押着一批被俘官兵从山炮连一旁路过，战士们看到无不感到欢欣鼓舞，俘虏们有歪戴帽、斜穿衣的，已经失去了压在人民头上的威风。

有一个被俘的军官俯首弯腰地说："共军先生，你们打仗也不知道用的什么武器？一根木头棍子，就炸死炸伤我们好多兄弟，我也被炸晕过去，好长时间起不来。"

龚绍华一想，就是把一根绑有十几公斤炸药的木头棍子用迫击炮发射到敌人的阵地上并在那里爆炸，其爆炸的威力比只装有一公斤炸药的山炮弹要大得多，但只能在近距离使用，准确性较差，这是人民解放军在战斗中创造的土办法，把这种土办法和各种大炮的发射，就能打得敌人晕头转向。

"出发！"

从运河桥边撤出战斗的一支野军纵队要去执行阻击战任务。人民解放军以 6 个纵队的兵力包围了黄伯韬兵团，以 7 个纵队阻击东援的邱清泉、李弥两个兵团中的 5 个军的兵力。一时间，邱、李兵团来势凶猛，在 20 架飞机、100 余辆坦克、700 余门重炮的掩护下，沿陇海铁路，南北宽 40 余华里的战线，向黄伯韬兵团增援，而人民解放军则以英勇顽强、不怕牺牲的精神，阻击了在装备和火器上更强的国民党部队，保证了淮海战役第一阶段——全歼黄伯韬兵团任务的完成。

担任阻击战的苏北兵团某纵队主要在铁路以南一线，当面的敌人是国民党五大主力之一的第五军和称为精锐部队的第七十军，一场恶战就在这一带展开。

步兵团王团长率领全团官兵在鼓山、狼山一带阻击敌人，这里是一片荒山，除了从石头缝里冒出的一点小草和树苗外，都是白花花的岩石，班长牛五农带领全班用铁镐敲几块石头来做掩体。

11 月 11 日，国民党前线最高指挥官杜聿明在距离一线不到 10 公里的宛山指挥所亲自指挥。11 月 13 日，飞机进行轮番轰炸，重型火炮对解放军阵地猛烈攻击，一时间，阵地上像爆花一样，爆炸的尘土像一层厚被覆盖在解放军的阵地上，杜聿明举起望远镜观看，满以为这是按美国教范实施的，必能打破解放军的防线。

在鼓山、狼山一带坚守阵地的战士，任凭敌人飞机的轰炸和扫射，任凭敌人炮火的猛烈轰击，虽造成一些伤亡，但埋伏在阵地上的战士一动也不动。牛五农在阵地上骂着："他娘的，等到我们的大炮叫响时，就要你们的老命。”他们是多么希望自己有一支强大的炮兵来压制敌人，但是在敌人炮兵暂时占优势的情况下，步兵不能不付出一定代价。

国民党攻击的炮火暂时停止，像一群蚂蚁般的国民党步兵向解放军阵地冲来，突然间，被炸弹、炮弹爆炸而覆盖的解放军步兵战士从土石层中冒了出来，他们手持步枪、机枪，对冲上来的国民党军队猛烈射击，手榴弹在国民党士兵中爆炸，一部分战士和国民党军队展开了肉搏战，在阵地面前又丢下了一批国民党士兵尸体。

“敌人的坦克来了！”

国民党又组织新的进攻，两辆坦克在前面开道，后面跟着一群士兵，他们以为有坦克掩护，必能攻破解放军的防线。

活像两只乌龟壳，子弹打不透，手榴弹炸不坏，可是坦克的履带倒是它的致命弱点，一名经过诉苦教育的战士，为了大家的安危，为了不让敌人突破防线，他把手榴弹绑在自己身上，滚到敌人坦克的下面拉火爆炸，把敌人的坦克炸成瘫痪。

跟在坦克后面的敌人乱了，步兵班牛五农命令全班越过这辆坦克对跟在后面的国民党部队扫射，又一堆国民党尸体倒在解放军阵地面前。还有一辆坦克想溜，战士们又用捆绑着的手榴弹炸断了履带，那辆坦克也成了俘虏。

步兵在前线英勇作战，消息传来更激起了炮兵的斗志，二连副指导员龚绍祥在部队中展开了强烈的思想政治工作，一股配合步兵老大哥，为牺牲同志报仇的热潮迅速在部队掀起。

“出发！”

步兵出发不久，炮兵奉命跟上。一向在平原作战的苏北炮兵，现在要在山地作战，步兵已经到了前线，而炮兵还在路上，他们的首要任务就是如何把千斤重的大炮运过山去。过去一些大的部件是用独轮小车推，而走山路，小车跟本就推不过去，按装备要求，一个连需要 30 多匹强壮骡马才能驮带过山，而现在全连只有 5 匹老少不等的牲口。

“怎么办？”面对现实，向指战员们提出了一个难题。

“用我们的肩把千斤重的大炮抬过山去。”指战员刚健地回答。

龚绍祥召集全连官兵，他那洪亮而又刚健的声音，就像被燃烧沸腾的钢水将每个战士铸成了一颗钢铁的心。

除了坚强的思想政治工作外，干部的模范带头作用也调动了大家的积极性，龚绍华抢着抬炮身的杠子放在自己肩上，这个200多斤的炮身，没有强壮的体力是难以抬过山去的。

“二排长！”一名战士赶上前来，夺过龚绍华的抬杠，并劝说道：“现在你是我们全连的指挥，抬炮的事不是你干的。”

“滚你的蛋！”龚绍华急了，因为他现在完全听不进别人抬举的话，他一手把那战士推开，“谁说当干部就不能抬炮，难道体力劳动就只能让战士干吗?”

那战士被骂得心里热乎乎的，他流下感动的眼泪，完全领略了解放军官兵平等的优良作风，他一边含着泪一边说：“龚排长啊！你现在真是我们的好领导啊！”

走了一段路，前面就是35度的高山陡坡，为了尽快进入作战阵地和躲避敌人的火力封锁，部队只能从这个陡坡通过，这时龚绍华抬的炮身是在后杠，上山时前高后低，炮身的重量大部分落在抬后杠人的身上，他坚持不要人换，好像有猛虎上山的劲头，刚抬过500多米，就觉得肩痛得像一根根铁针往肉里扎，腿肚有点发软，一脚绊在一块石头上，“叭嚓”一下被摔倒在地上。

“排长！”那个战士扑上前去，他埋怨道：“我叫你不要抬，你非抬不可，这一下你可吃亏了吧！”立即把龚绍华扶了起来。

龚绍华清醒过来，往上一看，到山顶也不过才有100多米，他又对那战士说：“你走，还有那么多炮弹要人扛呢！”他又咬着牙，一面抬一面骂道：“他娘的，我要是抬不到山顶，我就不是娘养的！”

上山100米，每步都要付出比平地多几十倍的精力，走一分钟，比在平原走几小时都难，他数着数，一步、两步、三步，他艰难地往上走，大约5分钟时间，终于抬到了山顶，他露出愉快的喜悦对身边人说：“你们是人，我也是人，你们能干的事，我就不能干吗?”

就这样，在大家共同努力下，4门山炮和近百发炮弹终于抬到山顶。

“下山要比上山难”，这是很多走山路的实际体会，要接近敌人，山炮需要从山顶往下抬，龚绍祥看到龚绍华的行动很受感动，他觉得自己是政工干部，不能光在嘴皮上下功夫，在模范行动上也要下功夫，他把自己扛的两发炮弹交给别人，抢过抬杠就抬炮身。

“副指导员，你是政治干部，主要做宣传鼓动工作，抬炮的事你不能干！”一个战士前去劝阻。

龚绍祥自感是政治干部，哪能用粗鲁语言"骂"战士呢？他用温和的语言说："同志啊，你不能让我也锻炼锻炼吗？"

龚绍祥赖赖巴巴地抓住抬杠不放，"你不让我抬，我就不把这个杠交给你，"他们就像是兄弟间争玩具似的，谁也不让。

那战士也不能和副指导员太认真，自感就是理由再多，也说不过副指导员，加上任务紧急，也不能在战场上你争我夺，所以只能暂时妥协，"副指导员，我认输啦，老指导员的那一套作风全给你学来了！"

战士们把大炮往山下抬，龚绍祥选择的抬前扛。下山又是30多度的坡度，整个重量大部分压在前面人身上，龚绍祥的力气虽比龚绍华要大些，但下山的炮身重量大部分落在前面人身上，而且炮身总是打龚绍祥的屁股，走一步，炮身总要在他身上磨蹭一下，抬后杠的战士总尽量地把绳子往自己这边拉，但短短的抬杠总不能保持不往抬前杠人身上撞，撞得龚绍祥的屁股和脊背都疼。

"副指导员，休息一下吧！"那战士想通过休息来换一换。

"不行！时间就是胜利。"龚绍祥坚决不肯。

爬过山的都知道，上山时是脚尖先着地，下山是脚跟先着地，脚跟的神经直接接通脑神经，脚跟的筋和腿肚直接相连。抬了一会儿，龚绍祥觉得腿肚发胀，头发晕，一时间，腿一软，便倒了下来，炮身从他身上滚过去，他不顾身上疼痛，使劲地爬了起来。

"抓住它！"龚绍祥大声呼叫。

炮身被一块石头挡住，他们又把炮身绑好，继续往下抬。

龚绍华和龚绍祥都作了一次尝试，得到的是对战士生活的体验。

是多么艰苦的抬炮啊，过了一座山，又过一座山，打了这一仗，又打另一仗，几十万军队都云集在苏鲁豫皖最贫困地区，一时间，各地的粮草都不能运来，当地群众把一切能拿出的粮食都来支援军队，地瓜干，仅能用于酿酒的高粱米，以及豆饼饲料粮都成为部队的主要给养，一点油水也没有，不少人吃后大便都拉不下来，袁副营长是一个十分乐观的人，他打着号子拉大便，惹得战士们都发笑，已经是好几天没有吃饱饭了，可没有一个叫苦的。

到了新的环境，又遇到新的情况，一向在平原作战的部队穿的是棉线行针的布底鞋，鞋底也只有5层布厚，鞋底布大部分是破布叠起来的，虽然鞋底不十分结实，但在平原走路总是先坏鞋帮，鞋底还是好好的，但在山区行军作战，新鞋穿不上两天，鞋帮是新的，鞋底就被磨破了，沙石灌到鞋里，像针刺一样扎在战士们的脚底板上，还不如光着脚走路，但是经常穿鞋走路的人马上脱鞋走山路，脚底板就像踩在刀尖上。

经过翻山越岭，一支炮兵部队终于在指定时间内到达阻击战第一线——黑山，孔团长指挥的步兵连队在这里打得非常激烈，有个一百多人的连队，遭到敌人的炮火轰击，如今剩下了十多人，仍然在这里坚持战斗。

“炮兵同志来了！”坚持阻击战的步兵热情欢呼。

“报告团长，纵队山炮营奉命来到。”袁培新的军人礼节向孔团长报告。

“你们来得正好，”孔团长指着敌人方向用命令口吻，“前面就是敌人炮阵地，我要你们教训他们一下。”

袁副营长命令部队把山炮架好，测量好距离，对着敌人炮阵地准备发射。

“预备——放！”

各炮都向敌炮阵地发射，几个齐放，把敌人炮阵地打哑了，有几门炮被解放军炮火摧毁。经过几十次战斗锻炼的山炮营，这次打得特别准确，突然之间，给敌人来了个下马威。

为了集中火力，炮火主要用在攻坚战的战场上，在包围黄伯韬的战场上，解放军云集数千门大炮，以几倍于敌人炮兵火力准备严惩那些顽抗的敌人，而在阻击的阵地上，敌我双方炮火仍是敌强我弱。

在阻击战的战场上，狡猾的敌人从我们的炮火发射中得到判断，解放军阻击阵地炮火最多不会超过一个营的兵力，所以又组织炮火来摧毁这个炮兵阵地。突然间，一发炮弹落在山炮营阵地附近，袁副营长判断，这是敌人的试射，为了保存实力，他立即命令部队撤离，刚刚撤离，敌人的炮弹像冰雹似的落在这个阵地上，两个判断，就在时间的差异上，如果晚撤一分钟，就会给人员和装备造成大的损失。

敌人炮击之后，满以为解放军阵地又被摧毁，他们又组织步兵攻击，不愿卖命的士兵哪敢露着身子，还是借助坦克的掩护向解放军阵地冲了上来。

“袁副营长，你们拉两门山炮对付这两个乌龟壳。”孔团长命令炮兵击毁这两辆坦克。

“是！”袁副营长坚决服从，并把这一任务交给二连。

龚绍华带着两门山炮，选择好阵地，准备发射。但又遇到新的难题。按照大炮的性能，打坦克主要应当由反坦克炮来完成，打固定目标倒有点把握，而打坦克是对付活动目标，一瞬间有点心中无底，但这次表现十分沉着，做到复杂情况下心中不乱，他把敌人坦克的速度，炮弹的初速，距离的选择，因为是居高临下，把通常用的仰角修正为负角，在他觉得比较合适时，立即发出命令。

"穿甲弹!"

装填手立即把能穿透钢板的装甲弹装入炮膛。

三百米，

二百米，

一百米。

"打!"

两发炮弹向敌人坦克打去，有一发炮弹正好打在坦克的油箱上，因为是选择在坦克的侧翼上，一时间，浓烟滚滚，一辆坦克报了销。

"打得好，打得好!"步兵和炮兵同时都在欢呼，就这样，在步兵和炮兵的共同的配合上，又打退了敌人的进攻。

人民解放军在碾庄一带围歼黄伯韬兵团的战斗中，大炮占据了绝对优势，在3天3夜的总攻击中，平均每昼夜对敌发射3万余发炮弹，炮火覆盖着黄伯韬兵团的整个阵地，打得国民党官兵哇哇直叫，国民党整个阵地上布满尸体，给顽固坚守者以猛烈打击，全歼国民党军队12万余人，淮海战役第一阶段宣布结束，增援的邱清泉、李弥两个兵团迅速逃回徐州一带。

第四节
嘴上吃一块　筷子上夹一块　眼里盯一块

刘伯承将军把歼灭敌人的计划比喻成我们的胃口大小，在歼灭黄伯韬兵团之后，把围歼黄维兵团视为嘴上吃一块；不让徐州30万逃敌跑掉，这就是筷子上夹一块；盯住准备前来增援的两个兵团是眼里盯一块。战役开始，战场上是60万对80万，60万人要吃掉80万人，这是历史的创举，炮团宣传股长把这个比喻画成漫画登在团《炮声》报上，指战员看后无不发笑，都充满信心，下定决心，一定要把这些敌人吃掉。

追上去，追上去，不让敌人喘气，
追上去，追上去，不让敌人跑掉。
看！　敌人动摇了；
　　　敌人混乱了；
　　　敌人溃退了；
　　　敌人逃跑了。
同志们！快追上去，
　　　不怕困难，
　　　不怕饥寒，
　　　逢山过山，
　　　逢水过水，
　　　乘胜追击，
　　　迅速赶上，
　　　包围它，
　　　消灭它。

宣传股长林杰又把兄弟部队编写的这首歌词登在团《炮声》报上，并叫全团文化教员教部队学唱这首歌，随即，这首《乘胜追击》的战歌响遍每个连队，别看这首小小的歌曲，它唱出了大家的干劲、唱出了不怕牺牲敢于胜利的精神，越唱越有劲，越唱越能勇往直前。

就在这时，国民党的宣传机构也开展了政治攻势，他们用飞机在人民解放军活动区散发传单，把黄伯韬兵团的被歼编成他们“取得了‘徐东大捷’”，把人民解放军布“口袋”让出的固镇说成是他们取得了“固镇大捷”，并在全国各地发布了“头号新闻”，一些党羽们在街道马路上吹号打鼓、燃放鞭炮，为他们打气祝贺。他们还编造了陈毅司令员被活捉，刘伯承司令员被打死的谣言，来欺骗各地人民，哪知道，这正是他们将要被人民解放军吃掉而敲的丧钟，那些传单也正是给他们亡命者送的“纸钱”。

传单散落到炮兵驻地，刘智高捡起一看，他大嗓门向大家说：“喂！你们大家看啦！蒋介石造谣公司满天飞了！”

解放战士贾明水一看，他用广东口音骂道：“抄你老母鸡尾，过去你造谣骗人，现在你造谣不灵了。”立即他把传单撕得粉碎。

国民党散发传单也引起一些人争论，多数人认为应当上缴封存烧毁，害怕一些人中毒，作为思想政治工作干部的龚绍祥已经比过去更成熟老练些了，他分析了部队思想情况，认为经过诉苦教育的指战员能识别真伪，倒不如做反面教材，就像大粪可以当庄稼肥料一样，还可以以此为教材用来提高部队思想水平。

"同志们！"副指导员龚绍祥以政治工作者的风度向大家询问，"国民党的这些传单你们信不信啊？"

战士们看到这些传单都感到一股恶臭，大家异口同声地回答："不信。"

"那国民党为什么要卖这些臭货呢？"龚绍祥又亲切地问。

大家虽叽叽喳喳，就像施肥也要有点学问一样，谁也回答不出一个系统看法来，刘智高急得两眼溜圆，他举手报告："副指导员，你给我们讲一讲吧！"

"农艺师"当然不能推卸自己的责任，他从老农艺师林指导员那里学来的一些"技术"将教给大家！他满口答应，并用朴实的语言向大家解释：

第一，他们在打肿脸充胖子，明明打败仗，硬说打胜仗，结果越打越不成人形。

第二，为了给他们的士兵打气，收买人心，结果臭货没人买。

第三，国民党上下腐败，报点功劳好到老蒋那里领赏。

第四，他们错误估计形势，认为我们还能上当受骗，因为我们能识别真假，骗人的人反遭众人识破。

龚绍祥不知从哪里学来那么多疙瘩话，讲起来还带有艺术性，完全是老百姓的语言，讲得大家哈哈大笑，说得大家个个点头，都对国民党极端鄙视，自己树立了信心，提高了斗志。

追上去！追上去！

一支炮兵部队将在一昼夜内随步兵赶到战斗地点，从徐州东部一线到宿县南部南花庄一带弯弯曲曲行程近300里，只靠两条腿，谈何容易，而这支炮兵部队带着重型装备，按时到达集结地点。

"出发！"

这支部队以小跑步的速度往前追赶，天上白云遮日，地下寒风凛烈，队伍中不断传出"后面跟上"的口令——每小时以20华里上下的速度前进。

“发现敌机!”

炮兵战士不顾敌飞机的威胁，还是人不停步、马不停蹄地向前追赶，飞机上的子弹打在战士们的身旁，步兵把机枪架在战士的肩膀上对敌机进行射击，怕死的国民党飞机也不敢低飞，也只能高空射击和投弹，把飞机上的弹药耗尽后，好向他的上司交代。

在行军的有一段路上，中原野战军和华东野战军的队伍碰在一起，中原野战军的部队要去围歼国民党黄维兵团，龚绍华好奇地问：“同志，你们是哪一部分的?”

“我们是十一纵队的。”那人直率回答。

龚绍华十分惊奇，怎么会出来两个十一纵队呢？便又问：“你们是哪个十一纵队呀?”

“我们是刘邓大军的十一纵队。”那人又回答。

龚绍华一看，这支部队在装备上要比华东野战军差一点，他们穿的是老百姓大裤腰的裤子，有的人衣服口都没有布兜，还有个别穿着土布花衣服，龚绍华一想：他们的装备怎能是这样呢？便有疑惑地问：“同志！你是什么时候当兵的?”

有一个当班长的回答：“我是抗日战争时期当兵的！我们连长还是‘三八式’呢（即1938年当兵），我们营长还是老红军呢!”

龚绍华一想：这个部队政治素质很高，打起仗来一定能舍己为人，他又产生了敬佩的心理，他无法用感激的语言来表达，便恳切地对那位同志说：“同志！你们老同志功劳大，打的仗比我听到的都多，应当让我们这些新兵伢子多打些，难打的仗让我们多担些。”

“那不行啊!”那人回答：“我们邓政委说啦，‘为了全局的胜利，我们准备倾家荡产，破釜沉舟’呢?”

两个野战军的战友走在一起，都感到十分亲热，讲得也非常直率，过了一段路，都各自执行自己的任务，但龚绍华对刘邓大军为何这样艰苦，心里还是个谜。

夜深了，指战员们还是以最快的速度向前追赶，已经是一天没有吃饭，战士们到河边捧点凉水，吃点干粮，一路上，除了战友和马匹外，群星在做自己的伙伴，田野在做自己的伴侣，战士们身上背的，肩上扛的，每人都负担30斤以上，特别是到拂晓前，一股困劲都在缠绕着每个战士的肌体，就是有一分钟时间休息一下解解乏，也觉得是最高的享受，可是追赶敌人要紧，能多争取一分钟时间，就能多消灭几个敌人。

“开火了！”在前面几公里处听到有猛烈的枪声，人民解放军追击部队和国民党李延年兵团接触，双方的步机枪都在猛烈射击。

“追上去！”

哪里有枪声，哪里就是命令，一支炮兵部队向开火的地方追击。

“准备射击!”在距离敌人不到1000米的地方，龚绍华命令全连架起大炮，对准敌人阵地，一时间，炮声隆隆，步兵和炮兵用火力压制敌人，使国民党部队乱成一团，并准备后撤。

“跟我来！”一部分步兵部队向敌人背后穿插，有一小股部队被包围，这时间，有的缴械投降，顽固者被打死，消灭了这小股敌人。

在这期间，人民解放军在这一作战地区的主要任务是：一方面阻击他们，另一方面找机会把它歼灭，可是那狡猾的敌人哪敢前进一步，赶快躲到蚌埠一带。为了集中力量，人民解放军把重点放在歼灭黄维兵团和徐州南逃的3个兵团，但是眼里还在盯着他们，只要他们敢出动，就将吃掉这块“大饼”。

三个兵团结一团，
妄想逃跑长江南，
有一个老二叫李弥，
老大就叫邱清泉，
孙元良啊是老三，
他们慌慌张张把路赶，
哎唷，哎唷，他们慌慌张张把路赶。
小兵伢子打头阵，
大官小官随后跟，
汽车坦克吉普卡，
挤挤碰碰乱得很，
官太太呀一大堆，
他们争相去逃命，
哎唷，哎唷，
他们争相去逃命。

这是流行在淮海战场上的又一首歌曲，战斗中龚绍祥组织几个人用这首歌做了点形象表演，描绘国民党军队狼狈景象，逗得大家捧腹大笑。蒋军必被歼灭的信念，牢牢地扎根在战士的心灵中。

1948 年 12 月 1 日，天空阴云密布，大地寒冷而沉寂，徐州国民党军队 27 万余人，在国民党徐州“剿总”副司令杜聿明指挥下，向西南方向逃跑，党中央和淮海前线总指挥命令，一定把这股敌人截住，进行包围并把他们“吃”掉，就像盆中的一块大饼，正在被人民解放军的一双筷子夹住，一支野战军部队要夜行 160 里，赶到结集地点，围歼这股敌人，一场艰苦的行军又将开始。

在行军的路上，宣传股长林杰深入连队，和大家一起同甘共苦，并协助部队做些思想政治工作，他回到自己老连队，就像回老家似的，战士们看到老指导员的到来，都感到特别亲切，情绪特别高涨，都想从他那里获得丰富的精神食粮。

林杰一面向指战员们打招呼，又急急忙忙地赶到龚绍祥、龚绍华一旁，来检查他们的工作，两人看到老指导员、老领导的到来，都有说不出的高兴，他们一面把部队思想情况向林股长作了汇报，又谈了看到刘邓大军的感受，希望能从林股长那里得到启示。

“林股长，请你把刘邓大军的光荣传统讲一讲吧！”龚绍祥出于政治工作责任感，他首先提出这一要求。

龚绍华一笑：“对了，老指导员送‘货’上门来了，有什么‘干货’快卖给我们吧！”

林杰同样一笑，“我就是有点‘货’！也是刚从上级那里‘批’来的呀。”

龚绍祥接着说：“我们现在最需要的是精神食粮，同志们的精神饱满了，就能消灭更多的敌人，这才叫攒大钱呢！”

龚绍华抢着说：“那就先讲一讲刘邓大军的优良传统吧！”

“那好吧！”林杰满口答应，他们在行军途中一面走，一面谈着：

1947 年 6 月 30 日，奉党中央的命令，由刘伯承、邓小平率领的晋冀鲁豫野战军横渡黄河，进军大别山，打到敌人的后方去，那真是浩浩荡荡，势不可当，就像一支天兵天将，一下子就插到敌人的心脏，打得国民党军手忙脚乱，到处调兵遣将，他们曾叫嚣要把黄河以南的共产党部队消灭掉，可是这个牛皮他们吹破了，蒋介石不得不由战略重点进攻转为战略防御，而人民解放军则由战略防御转入大反攻，全国的形势发生了转折性的变化。

可是这话说起来很容易，做起来就不那么容易啊！他们在进军大别山，开展中原地区的斗争是克服多少困难，要付出多大代价呀!

10 万大军渡黄河，看起来这个数字倒也不小，可是国民党 30 万军队前面堵、后面追，就想把这支军队吃掉。而这支部队素质好，有红军的光荣传统，有些人经过了二万五千里长征，抗日战争中立下不少功劳，官兵们发扬了不怕流血牺牲，不怕艰苦疲劳的精神，敢打硬拼，一个人顶他们好几个，结果这支部队不但没有被拖垮，而且越打越强。

刘邓大军原来的装备也还算可以的，在抗日战争和解放战争初期缴获了敌人不少好武器，可是进军大别山的情况就不同了，为了和敌人周旋，一些重装备就不便携带，所以就把一些重装备毁掉，在毁掉一些大炮时，有些同志是多么心疼啊，但为了全局，他们不惜这点损失，这才没有被重装备拖住部队行动。

在作战指挥中，国民党担任指挥的是一名老奸巨滑的反共头目之一的白崇禧，人称小诸葛，外国人评论中国有两个半军事家，他就占了一个，这个家伙非常善于保存实力，对共产党作战他总结了很多经验，第一，他不打疲劳战，因为他知道：拖不过共产党，越拖越垮；第二，轻易不打夜战，因为解放军最善于打夜战，所以他总是寻找机会，把我们拖到他的圈套里，将我们吃掉，可是他这两下子哪能赶得上我们刘司令和邓政委，我们一会儿集中，一会儿分散，打得敌人晕头转向，我们这支部队就是叫他怎么打就怎么打、叫怎么走就怎么走，为了争取胜利，他们付出了多么大的艰苦和牺牲啊！

进军大别山，挺进中原，我们是在敌占区作战，这里的群众基础差，很多群众不了解我们政策，甚至把他们当旧军队看待。刘邓首长就把一些主力地方化，分散打击敌人，建立人民政权，在政权还没有完全建立时，我们有时就吃不上、穿不上，靠缴获敌人的一些物资来供应自己。有一位有战功的连长违反了群众纪律，刘邓首长就下命令把他撤职了，军队只能是缴到什么就用什么，有的人不可避免地要穿点粗布花衣服，人民群众看到解放军的行动，这才真正认识到他们是人民的军队。

刘邓大军最能照顾全局，他们把几十万国民党军拖住了，他们宁可自己困难些，好让其他战场轻松些，拿我们华东来说，国民党重点进攻山东，叫嚣要把黄河以南的解放军消灭掉，把解放军一些主力部队挤到海边一带，刘邓大军渡黄河，敌人的牛皮吹破了，我们就腾出手来打了很多漂亮仗，就这样，他们支援了我们，我们也支援了他们。

林杰讲的这些，虽不能代表刘邓大军所有的好作风，但都是按照他们的需要讲的，并不是说书人讲的“三侠五义”“绿林好汉”，而是历史上的光辉一页，龚绍华一伸舌头，“我的妈呀，刘邓大军的功劳真大呀，刘邓大军伟名扬，那真是名不虚传啊！”

龚绍祥、龚绍华及前后几个人越听越有滋味，本来是疲劳的身体而现在越走越有劲，他们还是不满足，又想听一些刘邓大军更多的故事，龚绍华又提出要求：“林股长，再给我们讲一个吧，我们还没有听够呢！”

“那好吧！”林杰又满口答应，他笑着说：“我可是竹筒里倒豆子，我所知道的全给你们说了！现在我就给你们讲一个‘西瓜兄弟’的故事。”

刘邓大军进军大别山，那正是炎热天气，天上太阳晒，地下热气蒸，真想吃点瓜果来解饥解渴。因为国民党军队的烧、杀、抢，群众对解放军不了解，听说军队要来，老百姓都吓跑了。有一个村庄，兄弟俩在村两头各种了些西瓜，那西瓜在地里长得绿油油的，长熟了的西瓜又香又甜，就等到卖个好价钱。人民解放军向大别山一带进攻，国民党军队败退，两个军队分别从村两头经过。刘邓大军走的那个村头，地里的西瓜一个也没有动，国民党军队走的那个村头，别说是熟西瓜被吃光，连生西瓜瓤子也没有剩，军队都过去了，兄弟俩到地里一看，完全不一样，两个军队一对比，完全两样。从此，刘邓大军在群众中树立了崇高威望，老百姓把这个故事叫做“西瓜兄弟”。

他们边说边走，前面有一条大河，河上只有一座仅供单人独马通过的小木桥，几万人的军队要从这里同时通过非常困难，一时间，部队十分拥挤，行军速度减慢，影响了部队前进速度，龚绍华跑步到前面一看，是两个野战军部队为过桥一事互相推让。

“同志，你们先走。”中原野战军的同志拉着华东野战军的同志从桥上通过。

“不行，应当你们从桥上先走。”华东野战军的同志推让。

“你们任务紧急，你们要追赶国民党逃跑部队呢!”

“你们任务更紧急，黄维这小子是国民党王牌军，还等着你们去消灭呢！”

哪能叫推让耽误时间呢？华东野战军的同志争先跳到河里，从水里通过，哪能有桥不走？中原野战军的同志以极端感激的心情从桥上通过。

步兵的轻装备可以涉水过河，给炮兵又带来困难，要把重装备带着过河谈何容易，但在这种情况下只允许前进、不允许后退，哪能在这短短时间去考虑那么多利害关系。龚绍华一声令下“炮分解”！在陆地可以人抬马拉小车推，现在这些方法都不好使，只能把大炮分解开，一件一件地运到河对岸去。

11月的天气，正是寒风刺骨，战士们跳入水中，全身衣服都被湿透，冰凉的水就像针刺一般浸透了皮肤和骨肉，可没有一个人叫唤冷寒的。大炮抬到河心，河水漫过人头，龚绍华在幼年学游泳时学过扎猛子，也和会游泳的几个同志一起，憋着一口气，把大炮的部件抬过河去，他还组织会游泳的帮不会游泳的，在十多分钟的时间，全连的全部武装顺利通过。他们就以“孔融让梨”的风格，让老大哥部队从桥上通过，而自己则穿着湿透了的棉衣奔向那需要战斗的地方。

人不解甲，马不停蹄，日夜兼程，追歼逃敌。一支炮兵部队跟随步兵从下午4点到第二天早晨8点赶到了集结地点，南逃的国民党杜聿明部队被华东野战军包围在徐州西南，永城西北地区，好像一块“大饼”正夹在人民解放军的一双筷子上，27万人的一块“大饼”，可见人民解放军的胃口是多大，龚绍华伸着舌头：“我的妈呀，我们都长大了，现在胃口也能吃啊！”

第五节　筑起突不破的钢铁长城

“三十六计，走为上。”失败了的国民党军队不得不仓皇逃跑。辽沈战役的胜利，使人民解放军不但在质量上早就超过敌人，而且在数量上也超过了敌人，一时叫嚣要消灭共产党的蒋介石集团，被人民解放军打得头破血流，现在又要使出逃跑的伎俩。在歼灭黄伯韬兵团之后，徐州的守敌正向江南逃跑，而人民解放军则把他们围困在永城西南陈官庄一带，他们使尽了吃奶的力气，企图突破解放军的重围，一来想解被围的黄维兵团之围，二来想逃走保命。哪有他们那么好打的如意算盘，即便有再大的本领，也难逃脱解放军的一双“筷子”。

根据党中央和毛主席关于“坚决把蒋主力消灭在长江以北”的批示，人民解放军华东野战军担负着围歼杜聿明二十余万人马的任务，几十万大军已经成了一个突不破的钢铁长城，敌人想逃亡，已不是那么容易，他们即便把“三十六计”都用上，也挽救不了蒋家王朝的灭亡。

炮 痕

PAOHEN

在包围敌人的阵地上，步兵和炮兵构筑工事十分繁忙，因没有钢筋水泥铸成的碉堡和围墙，也没有可直接利用的山丘河流，只能利用当地的物资和地形，在平原土壤上构成各种不同的防御体系，有的在地上铺满了地瓜藤，当敌人坦克从这里通过时，地瓜藤可以缠住坦克履带，使坦克行动困难；有的挖了陷阱，有的筑起了土碉堡，既能防空，又能抗炮击，一道道战壕，一个个防空洞，运动着的部队可以四通八达，既能攻，也能守，形成了里三层、外三层，即便是突破了一道防线，还有第二道第三道防线，有的地方还留个“口子”，好让他们进“口袋”，被围的二十余万国民党军队就像关在门里的狗，被人民解放军的铁钳死死夹住。

炮兵二连进入阵地后，龚绍华命令部队迅速构筑炮掩体，平原的土壤松软，砸开表面的冻层，铁锹能挖下8寸，一会儿工夫，一个能防御敌人步兵和坦克进攻的阵地已基本完成，但在上面没能覆盖，禁不起从空中来的袭击。龚绍华和龚绍祥都为此发愁，他们便在老乡家的房子里议论着，龚绍华说：“如果能拆开一间房子，用木头做梁，把阵地覆盖上，那就不怕敌人的空中袭击了。”这话被在一旁的老乡听见了。

“同志！你们把我家的房子拆了吧！”一个有四十多岁的老乡，在土改中分得了两间住房，他对解放军不怕牺牲的精神有些于心不忍，他向炮连同志请求，拆他家的两间房子做构筑工事用。

“老乡！”龚绍祥出于政治干部的责任感，正在考虑是否违反群众纪律，所以没有马上表态。

“嗨！”那老乡有点着急：“你们还等什么呀！能保住解放军的生命要紧，你们还要继续打国民党呢！”

“拆你家的房子你不心疼吗？”龚绍祥问。

“啊呀！”那老乡上了一头的火，“你这个同志怎么这样说话呢？国民党来了我们还有房子住吗？”

龚绍祥被感动得流泪：“老乡，你真是我们的亲人啦！”

那老乡一看有门，他把手一挥，“拆！”好像给部队下了一道命令。

在这种情况下，一切都要服从于战争，龚绍华点了点头，命令部队拆房，战士们上房，推开了屋顶，拆掉了一部分墙，把屋梁和支柱取出来，架在阵地上面，加土覆盖，就这样，筑起了既能攻、又能守，既能防枪弹、又能防空袭的半永久性的工事。

在炮兵构筑工事时，有一支步兵部队从这里经过，他们对炮兵的艰苦作业精神非常钦佩，突然间，有一个很熟悉的声音在和山炮二连同志打招呼："炮兵老大哥，你们辛苦啦！"

正在构筑工事的龚绍华回头一看，原来是在李堡战斗中吵过架的马得标同志，那真是"不打不成交"，经过相互交换意见，各自做自我批评之后，两人成了亲密战友。

"嗬！"龚绍华伸手打了一拳，以表示战友间的亲热，"老冤家，我们怎么又在这里会面了！"

"不死战场见，死了阎王见！"

龚绍华一看，马得标还穿的一身单衣，这个天气，穿棉衣都不挡风，穿单衣他到还很精神。他十分关切地问道："老马啊，你怎么现在还穿单衣呢？是不是当了干部，把衣服给别人穿。"

"嗨！"马得标一声叹气："别提了，今天我遇到一件倒霉的事。"

"什么事？"龚绍华问。

马得标以控诉的口吻："国民党军那帮畜牲，他们不是人造的，他们把从徐州、郑州骗出来的女学生，强迫她们脱光衣服，把他们的衣服拿走，拿这些妇女开心。"

马得标又叙述了一下经过：

打退一部敌人后我们从一个房边经过，听到有一群妇女在屋里啼哭，我们有一位同志进去一看，全被脱光了衣服抱在一起，为了执行解放军的《三大纪律，八项注意》，我们谁也没有敢进去，就在外面对他们喊话，"我们是人民解放军，是不调戏妇女的，请你们不要害怕。"有一位妇女知道解放军政策，她诉说了被害的情况：

解放军先生们啦，你们救救我们吧！我们都是在徐州念书的学生，国民党撤退时，他们一些当官的对我们说：共产党进城要杀人，抓到妇女要强奸，你们这些念书的都是有钱人家的少爷小姐，一个也不能放过，只有跟他们走才有出路，我们有的人就信了，不愿跟他们走的也要强迫走，就这样，我们被带出了徐州，他们兽性发作，把我们男女生都分开，强迫我们女生把全身衣服脱光，要给他们慰劳慰劳，我们姐妹们不肯，他们就用刺刀捅我们，听说你们要来，他们就溜走了，我们的衣服也都给他们拿去。我们只能躲在这个房子里，不能见人。

我们听到这些情况后，对国民党都十分愤恨，指导员给我们下了一道命令：凡是有多余衣服的都扔进屋里，我就把我的一套外衣脱下闭着眼睛扔进去，好给她们遮羞。

说到这里，龚绍华脸都气红了，因为他把受害的妇女都当成自己的亲姐妹一样看待，他咬着牙骂道：“这帮狗杂种，我们一定要筑好长城把他们包围起来，好好地惩罚他们。”说完后，打开自己的背包，拿出两件衣服送给马得标。

在黄维兵团被围时，杜聿明集团企图突围，以解黄维之围，这时，人民解放军的火力装备已超过了敌人，他们用抓来的学生做人质，强迫为他们打头阵。

“老乡们，你们是求上进的学生，你们不能给国民党卖命啊！”马得标根据指导员的指示，向学生们喊话。

“同学们，你们是被骗来的呀，你们不能给国民党当炮灰呀，赶快散开，不要被他们利用！”一位步兵指导员在给学生喊话，这时，学生中叽叽喳喳。

“请你们让开，我们对国民党军队要开枪了！”一位步兵连长在喊话。有的学生想逃跑，当时就有两名学生被国民党刺刀捅死。

“他妈的，给我冲，共产党是不敢打老百姓的，你们不冲，就全部枪毙！”有几个国民党官兵拿着枪往学生身上捅。

学生靠近炮兵阵地只有百米远，清清楚楚地看到学生向炮兵阵地接近，后面还跟着国民党部队，步兵还在不断地对学生喊话。龚绍华看在眼里，他咬着牙，恨不得要对那豺狼般的国民党官兵千刀万剐。忽然，一名战士建议说：“排长，我们开炮吧！”

龚绍华看了看那战士，脸上的青筋都冒出好高，表示要命令部队对冲上的人进行炮击。

“不行！”龚绍祥坚定地回答。并接着说：“我们还是和步兵协同，尽量保护那些无辜的学生。”

“叭！叭！叭！”步兵对空鸣枪，以示警告，并继续喊话：“同学们，你们快散开，不然，就可能有误伤了！”

“好小子，你们口口声声说要爱护老百姓，现在你们敢对学生开枪了！”一个国民党军官趾高气扬，满以为用学生打头阵这一招不错，接着又用蛊惑的语言喊道：“学生们，共产党不杀老百姓是假的，不如和他们拼了，你们给我冲啊！”

“连长！我们就打吧！”一名步兵战士提议。

“对!”那步兵连长表示同意，他对那战士下了一道命令：“我命令你，只准打那个军官，不准你误伤一个学生，要是误伤了，我就处分你。”

那战士压上子弹，“叭!”的一声，正好打在那军官的脑壳上，那军官立即倒下，学生见此，立即疏散，那些士兵见军官被打死了，谁也不敢再押着学生冲，国民党军利用学生组织突围没有成功。

一次突围没有成功，又组织武装突围，他们把战壕挖到解放军阵地附近，采取近迫作业，然后在10架飞机、6辆坦克的掩护下对解放军阵地进行攻击，一时间，国民党集中炮火对突破口进行猛烈轰击，飞机轮番轰炸和扫射，而解放军守在阵地上寸步不让，一番炮击和轰炸后，一批国民党士兵在坦克掩护下对解放军阵地发起攻击，第一辆坦克被解放军阵地前的鹿寨缠住，坦克只是在那里打转转，第二辆坦克又冲上来，龚绍华指挥炮兵击中一辆，那辆坦克冒起浓烟，一动也不劝，后面的坦克的履带又被炸断。在战斗中，不少名战士在和敌人坦克搏斗中牺牲，步兵和炮兵都有不少伤亡，一个“小鬼班”在和敌人坦克搏斗中全部壮烈牺牲，解放军的阵地一个也没有丢失，这座钢铁城墙依然耸立。

在围歼黄维兵团的战场上，打得更加激烈，人民解放军以刘伯承、陈毅的名义给黄维送去一封信：“……你身为兵团司令，应当爱惜部属的生命，立即放下武器，不再让你的官兵做无谓的牺牲。”这封信被黄维揉成一团。人民解放军本着“对顽固者必须予以歼灭”的原则，于12月中旬发动了总攻，炮火覆盖着黄维兵团的阵地，一度被称为国民党王牌军被全军覆没，淮海战役第二阶段宣告胜利结束。这一支十多万人的国民党军队被人民解放军吃掉，这一消息传到围歼杜聿明集团的阵地上，战士们欣喜若狂，有的编快板，有的说唱，战士们竖起大拇指说：“我的乖乖，我们真能吃啊，又吃了他十多万。”

在围歼杜聿明的阵地上，解放军已把国民党20万军队团团包围，阵地上的交通壕，防御工事像一座城市的街道和马路，并把阵地和战壕命名。有的叫南京路，有的叫河南路，有的叫江苏街，全国各省和大城市的名字都在这些战壕上命名，龚绍华把几个炮阵地也做了命名，一炮叫解放阁，二炮叫倒蒋楼，三炮叫胜利塔，四炮叫威武堂，伙房叫国际饭店，把革命的现实主义和浪漫主义都结合起来。

“喂！龚绍华同志。”一个比较熟悉的女同志的声音吹进龚绍华耳边，他回头一看，惊讶地答道：“哎！李健同志，你怎么到这里来了？”

“怎么？你不欢迎我们了！我们是来体验体验生活的，好编个剧本，来歌颂淮海战役这一伟大场面啊！”

龚绍华感到自己才是个排级干部，到团级干部才够结婚条件，对这位文工团的大演员，根本没有考虑和她的关系，所以还是以上级机关来人对待，“李健同志，我们的工作做得很不好，还想请你指示呢！”

李健抿嘴一笑、“你还很客套的呀，小小的文工团员，哪敢指示呀，是来请教请教你们的呀！”

“不！不！”龚绍华摇摇手，“你们名义是来体验生活，但也是带着纵队首长意图来的，您现在当然的是我们的上级！”

他们在战壕里肩并肩地走着，在相互说了点客套话之后，李健接着说：“龚绍华同志，我听说你在淮海战役中表现不错嘛！”她一五一十地讲在淮海战役中的表现，“你机智勇敢，在运河桥边用榴霰弹打击敌人；你带头吃苦耐劳，把大炮抬过山去，阻击了敌人的增援；你发扬了和兄弟部队友爱协作精神，在冷天扛着大炮过河……”李健不知从哪里了解这么多情况，把这些都说得一清二楚。

这一来，弄得龚绍华手脚很不自如，他害羞地说：“哪能呢？李健同志，我们做点事和文工团的同志差远了，你们演的《白毛女》，提高了部队战斗力，这个威力才大呢！”他偷偷地看了看李健，“你看！我的思想也才从那时开始有大转变的！”

李健又抿嘴一笑：“你真好！”说完后撇头就跑，龚绍华一时没有领会是什么意思，但引起他后来的深思。

两支野战军部队把杜聿明集团紧紧围住，在东西20华里、南北10华里的包围圈里，国民党已处于困境中，一些重装备已成了废铁，没有吃的，杀了战马当食品，为一块马皮常常是你争我夺，地里的麦芽也被他们挖来当食品，棺材也被他们挖出来当柴烧，用飞机运一点空投食品，他们也相互争夺，只要指挥部发出总攻命令，这一部分敌人马上就被歼灭。

为了配合全国战场，上级根据党中央关于“在两个星期之内不做最后攻击之部署”，指示围困杜聿明集团的部队可以搞一点战场训练，对新解放战士开展诉苦教育，部队比较轻松。

各地支援前线的物资已陆续运往淮海前线，龚绍华抽了个闲暇时间从阵地上走了下来，想呼吸一下后方的空气，他走到离阵地才5里路的地方，看到了一行行送粮小推车，一队队担架民工、一辆辆支前马拉大车从四面八方赶来，听口音，有山东的，有江苏的，有河南的，有安徽的，还有河北的，尤其是到了晚间，国民党飞机也不敢在解放军一侧乱飞，又一个更为壮观的场景，一个长长的马拉大车队伍，像一条长龙行走在支援前线的道路上，明亮的马灯挂在大车的一侧，马脖子上的铃铛叮叮当当地响着，马鼻子吐出了长长的哈气，好像舞台上表演的动人的舞蹈，铃声好像是在演奏胜利的交响乐。龚绍华感叹地自言自语："啊！这是多么伟大的场景啊！军民团结一条心，我们这支队伍对任何敌人都是可以打败的。"

1949年元旦，杜聿明兵团残部被人民解放军团团围困。解放军指战员们以极其高昂的热忱来迎接新的一年，在祝贺新年的日子里，党中央和毛主席向全军和全国人民发出号召："军队向前进，生产长一寸"，"将革命进行到底"，而自称强大的中国头等战犯蒋介石发出了"求和"声明。一个是蒸蒸日上，一个是日暮途穷，已成了鲜明的对比，就在新年头一天，人民解放军的阵地上播颂着欢乐的《新歌》：

新鲜新鲜真新鲜，
地堡堑壕过新年。
扭秧歌，说快板，
咱向同志拜个年。
新年雪花满天飞，
战壕里面把兵练。
去年到处传捷报，
今年更要打得好。
野战健儿逞英雄，
淮海战役传捷报。
当面敌人不投降，
坚决把它消灭掉。

在炮兵阵地上，虽不能有大舞台那样布景，但也组织了小型的庆祝活动，一般都以班排为单位，有说唱的，有跳舞的，还有表演滑稽戏的，虽没有喧天的锣鼓，也没有高档的音乐器具，但用炮弹壳，碗盆组成的“乐队”听起来到也有板有眼有节奏，特别是用红纸写的对联或对句成为争取胜利的座右铭。

在连部指挥所贴着：

迎新年，庆胜利，将革命进行到底，

辞旧岁，歼顽敌，为人民作出贡献。

一排炮阵地写着：

军队向前进，生产长一寸，

加强纪律性，革命无不胜。

这是在传达党中央、毛主席的声音。

二排炮阵地写着：

步炮协同打蒋匪，

军民合作求解放。

这显示了我们的力量。

三炮阵地写着：

动作迅速，行动敏捷。

表明了对战术思想的要求。

四炮阵地写着：

提高斗志，增强信心，

争取更大的胜利。

这是在鼓励部队继续前进。

这些活动都是由副指导员龚绍祥亲自组织的，并发挥了各类人才的作用，他也像老指导员一样，政治工作组织能力和领导能力逐步提高，这些语句虽不完全符合中国传统的对联模式，但结合了形势、结合了中心、结合了当前任务。

新年的到来，也是各地人民支援前线物资最丰富的时节：安徽的大米，河南的白面，山东的大饼，江苏的猪肉，应有尽有。有喜欢吃饺子的，有喜欢吃米饭的，有喜欢吃辣的，有喜欢吃甜的，可以根据各人的口味调剂，吃上这些，都忘不了人民的支援。

爱美之心，人皆有之。大家还把身上打扮了一番，虽然还是土布军装，但总把最新最好的衣服穿在外面，立功人员还戴上大红花。

在元旦前后，炮兵连还派了一个宣传小组到步兵第一线对国民党官兵喊话。经过政治工作磨炼的龚绍祥把瓦解敌军作为政治工作重要原则之一，他拿着用铁皮做话筒对国民党官兵高喊：

蒋军弟兄们，你们黄维兵团被歼灭了，你们的李延年、刘世明兵团逃跑了，你们死守和逃跑都是死路一条，投降才是出路。

蒋军弟兄们，现在天寒地冷，你们缺吃少穿，过来吧，解放军优待你们。

你们肚子饿了吧，人身都是肉长的，过来吃点饭，好暖和暖和。

在一夜之间，通过喊话就过来 5 名士兵。

"老弟！你们为什么要给国民党卖命呢？"龚绍祥想从中了解点情况，找点活教材好教育部队，所以和过来的一名士兵闲谈起来。

"啥子？"一个四川口音的士兵说，"这些都是当官的那帮龟儿子逼着我们干的。"

他们谈了在国民党包围圈的很多情况，龚绍祥都记录下来，用以教育部队。

一个像铁桶一样的包围圈把国民党军队围困得水泄不通，只要党中央和前线指挥部一声命令，顽固的国民党军队将被全部被消灭。

第六节 我们的未来是天堂

龚绍华在阵地上正在考虑着未来的社会到底是个什么样子，在一个小小的阵地上，布置得像住家人一样，毛主席像悬挂在阵地的正中央，洁白的毛巾整整齐齐地挂在阵地的一侧，水壶有序地排放在一旁，每人一床 4 斤重的棉被，打成整整齐齐的背包，既是行李，又是开会上课用的凳子，官兵们同吃一锅饭、同住在一起，用供给制的方式来保证战时最低生活品的需要，这乃是带有原始性的军事共产主义生活方式。我们的未来需要向高级发展，将要废除任何剥削制度，将要创造一个比任何制度都美好，并具有高度物质文明和高度精神文明的社会制度。

在革命的洪流中，龚绍华也见了不少世面，在偏僻的农村里，小农经济的生产方式，也只能看到几亩地那么大的天地，锄头镰刀耕牛犁耙就是最好生产工具，而现在能看到汽车在大地奔驰、坦克在地上开动、飞机在空中飞翔，虽然大部分还在别人的手中，但他深信，在未来，凡是别人有的我们也有，我们有的也许别人还没有，别人能做出的业绩我们也能做出，我们还能比别人做得更好。他似乎在太空中遨游、在海洋中漂流、在大地自由行走，这一切，使他构成了对人类社会应当坚定什么样的科学信念。

正当他在思考这些问题时，林杰同志深入连队从二连炮兵阵地经过，并在和战士们谈话。

“林股长！你进来坐呀！”龚绍华发现立即打招呼，他像要从林杰那里得到什么，他抢着把老指导员请到自己身边来。

“好哇！”林杰高兴地回答，“我还正想到你这里来呢！”林杰一看，真像居家过日子一样，阵地上搞得整齐清洁，他又高兴又称赞，“你们真把中华民族的优良传统继承下来了。”

“是啊！”龚绍华眯着眼睛笑，“等到革命胜利了，我们还要盖高楼大厦呢！到时候，请你到我们家来住。”

“啊！”林杰一笑：“你还真有个雄心壮志呢！”

林杰坐在用背包垫的土墩子上，虽比不上办公室的大木椅，但坐在上面到也舒适。

龚绍华首先提问：“林股长，我向你汇报一个思想问题。”

出于职业习惯，林杰对龚绍华的提问很感兴趣，他高兴地答道：“什么思想问题，我们可以研究研究嘛！”

“有人说，打完蒋介石，革命就算成功了，这种思想对吗？”

“打完蒋介石，共产党夺取了政权，中国革命才算走完了第一步，走完这一步，以后再不走了，这种思想你说对不对呢？”

“可是有人在说，共产党领导我们大翻身，家里土地也分到了，可以放下枪杆子回家抱老婆去。”

林杰一听，觉得这是小农经济思想的反映，具有广泛的代表性，应当加强这方面的教育，他接着说：“龚绍华同志，这说明我们还要加强革命理想教育，在夺取政权之后，我们要建设社会主义呢！将来还要建设共产主义！”

社会主义这个名词对龚绍华来说并不生疏，他总希望在一个早晨就能实现，也焦急地问道：“社会主义到底是个什么样子，什么时候能够实现呢？”

这一提问可把林杰难住了，因为他不知道以后会发生什么变化，在革命的道路上还会遇到什么曲折，他也不能像算命先生那样，向人摆弄玄虚，他一声叹气：“啊呀！你提的这个问题也太广了！我也不是个人们传说中的神仙，怎么走还有待今后摸索，我也不能把几十年几百年后的事说得一清二楚啊！”

但是林杰同志对未来社会的基本原则还是清楚的，他耐心地解释道；“我们未来的社会就是要消灭阶级压迫、阶级剥削，创立一个具有高度物质文明、高度精神文明的社会，最后实行共产主义，以达到人类的彻底解放，这就是人们所传说的，我们未来是‘天堂’。”

“天堂！”龚绍华怀着对未来十分美好的激情重复了一句，接着又问道：“什么时候能够实现呢？”

林杰的手往膝盖上一拍，念了《国际歌》上的一段歌词：“‘英特那雄纳尔，一定要实现。’这是我们每个共产党员的最高理想，我们必须要有这样的坚强信念。”

龚绍华的心豁亮了起来，在他脑海里又更加深刻地铭记着这一信念。

就在这天的晚上，龚绍华美美地睡了个好觉，他躺在一个草铺上，就觉得身下面特别柔软，他不知道睡沙发是个什么滋味，但好像睡在白云般的被窝里，一盏马灯放在他的床头，灯光映着他的脸，红润润的肤色，还带着一点微微的笑容，嘴唇还在上下动着，似乎在和什么人说话，有时手脚还动两下，给别人一看，他到底在睡觉，还是在想什么，谁也不能猜透。

龚绍华想发明用大炮发射的炮弹将人发射到太空中去，他设想在炮弹中装了一部机器，并在炮弹舵前装了一个汽车模样的方向盘，只要炮弹一发射，就可以按照自己的意愿在太空中自由翱翔。

这一天，他又坐在炮弹里到月球上去搞和平开发，大炮轰隆一声，炮弹急速地飞向天空，他不怕神、不怕鬼、不怕天、不怕魔，勇敢地往前飞奔。他没有看得天上有传说中的神仙和上帝，看到的是各种星星在繁忙地走动，仔细一看，宇宙间还有各种各样的动物，有的像大龙，有的像狮子，有的像猎犬，也有类似地球上的人，它们都在和平相处，互相关照地进行着有序的活动，这一切都使他看得眼花缭乱，他不知道开向哪个方向好，一瞬间，开发月球的意念在他心灵中出现，立即扭动方向盘，好像开汽车一样，向月球飞去，月色映入他的眼帘，他看到月亮的表面洁白如玉，光亮如镜，是多么好的宝地呀，使他赞叹不已。一时间，炮弹缓缓地落在月球上，他看到到处是布满着地球上没有的稀有金属，地球上没有的尘埃，还有太空中飞向月球的陨星残骸，是多么好的材料啊，如果带到地球，并加工成产品，将会给人类带来多大的幸福啊！

他又是赞叹不已。他高兴地猛然一跳，月球的吸引力才是地球的六分之一，一下子就跳了几十米高，他缓缓地落下，就像跌在棉花堆上，强烈的责任感，促使他想在这里做出人类从没有做过的事情。

龚绍华回头一看，地球就在他的背面，地球上的海洋、陆地和高山，使他一目了然，特别使他感兴趣的是在地球的东方有一道红光，在红光的照射下，看到东方人在崛起，东方人在愤怒，东方人在觉醒，东方有一盏明亮的指路明灯，这一切，都如同舞台上的大型歌舞，显示出了人类的伟大壮举。他看啊，看啊！他觉得自己活动得太累了，就选择了一个比较舒适的地方在月球上睡了一觉。

他睡了一会儿，似乎蒙眬地醒了过来，也不知道睡了多长时间，他根据日月运行的数据做了一个推算，已经睡过去了三百多年。

“啊呀！”龚绍华特别吃惊，“我怎么睡这么长时间呢？”他十分悔恨自己，“这不是误了大事了吗？”

他赶快整理炮弹内的机器，准备马上回地球执行自己的任务，正当准备登炮弹时，一只花蝴蝶突然从他身边飞过。

“绍——华——呀！”一个温柔而又有情爱的女人的呼声。

龚绍华一看，是那只花蝴蝶在讲话，他心中猜疑，莫非是祝英台又飞到太空来了，是不是来找他的梁兄。他害羞地对那蝴蝶说：“小姐，你认错人了，我是在这里睡觉已经睡过站了，你怎么不早来告诉我呢？”

蝴蝶闪过，忽然一朵彩云向他飞来，从彩云中走出来一位美丽的姑娘，她身穿蝴蝶式的衣服，头扎一个美丽的蝴蝶结，脚如蜻蜓踩水，面如仲秋明月，仔细一看，他惊叫一声：“啊呀！你不是文工团的李健同志吗？”他伸手就要去拥抱，但一想：人家虽然有三百多岁了，也许还是个黄花姑娘，哪能一见面就对人家无礼呢？所以总是保持3尺远的距离。但他又想：难道过去的神话故事也许是真的，他又惊奇地问道：“李健同志，莫非你就是月亮上的嫦娥，三百年前你是仙女下凡？”

“不！”李健那红润润的嘴唇像能拨动山河，“我是历史的见证人，证明人类是怎样按照社会发展规律创造最美好世界的。”

“最美好的世界？”龚绍华重复了一句。但又问道：“最美好的世界是什么样子啊？”

“你还在睡大觉呢！”李健那嫩白明亮的手往下面一指：“地球上已经实行共产主义了。”

“什么？”龚绍华惊诧：“蒋介石还没有被打倒呢，我还要回去参加淮海战役。”

李健一笑：“你到地球上看看吧，地球上大变样了，战争早就被消灭了！”

龚绍华巴不得马上就回地球，他满意地回答道：“那好，就坐我的炮弹到地球上去吧！”

李健看了看炮弹蔑视地说：“这好像是历史博物馆的一种展品，这个玩意儿早就落后了，还是坐我的火箭下去吧，我这个火箭可以飞到太阳系以外的星球上去。”

两人轻轻一跳，就跳到了火箭舱，李健按动电钮，火箭发动，开始觉得有点颤动，在火箭飞行平稳之后，又觉得舒服自如，火箭的速度快如电，火箭的准确性不差分毫，比起炮弹来，不知要先进多少万倍，龚绍华对李健赞叹不已，但又觉得和李健的差距越来越大，感到很不自如，始终没有紧靠入座，而是一前一后。

李健主动插言：“龚绍华同志，我非常想你。”语言亲切柔和。

“不！不！这是不可能的，已经三百多年了，你该早就成家了！”其实龚绍华对李健早有所爱，但因为一度思想上的差距，认为再向他求爱是不可能的，所以这份心早就死了。

“绍华呀！我已经等你三百多年了，不少人向我求爱我都没有答应，这次我是专程来接你的呀！”语言十分恳切。

龚绍华对这一诚心有点感动，但还是很不放心，“李健同志，我的思想总是跟不上你，你不感到不配吗？”

“你的思想不是转变了吗？我就爱你这个转变。”感受到坦率自如。

“我还不够条件呢！”龚绍华感到很为难。

李健一笑：“傻瓜，革命还能没有爱情、还能打光棍、还能当和尚尼姑吗？”

“那——我还要和妈妈商量商量。”母爱的心情还铭刻在龚绍华的心中。

“绍——华——呀！”李健的身躯扑在龚绍华身上，使龚绍华感到全身麻酥。

火箭接近地球，就落在苏北这块大地上，思绪也落在家乡人物景观上，李健的幻影也不见了，而看到的是家乡一栋栋高楼大厦、一个个工厂厂房、一处处游玩场所，人们都在忙碌不停，好像没有一个吃闲饭的，使龚绍华看得眼花缭乱。

在地上首先迎接他的是自己的亲密战友顾民富，300年不见感到特别热情。

“民富啊！你负伤的腿好了吗？”龚绍华亲切地询问。

“好了！”顾民富指着负伤的腿，“我现在天天坚持锻炼身体，用传统的治疗方法和现代科学技术结合，我的身体锻炼得棒棒的。”

不知不觉，又走到顾民富家里，他住的是一处花园式的公寓，龚绍华一看，“民富啊！你不成了剥削阶级了吗？大地主、大资本家也没有你这样的房子啊！”

顾民富不以为然地说：“这些都是我们共同劳动的成果，我这处房子还不算好的呢！”他按了一下电钮，一个金属制造的人把茶送到龚绍华身边，还发出声音，“请喝茶。”

这种魔术般的情景，龚绍华惊呼地说：“你家怎么有这个宝贝呀？”

“嘿！”顾民富说；“这不是科学技术发展了吗！”

正说间，龚绍祥从门外走来，他穿着一身非常漂亮的西装革履，龚绍华一看，特别反感，他生气地说：“绍祥哥，你怎么变了，你不艰苦奋斗搞革命，怎么当起阔少爷来了！你能对得起你死去的爸爸吗？”

龚绍祥用手指着龚绍华的鼻子：“你这个死脑袋瓜，都共产主义了，还不能穿件好衣服吗？还能像你还穿着土布衣服吗？”

龚绍华又问：“你现在干什么工作呢？”

“我在人民委员会工作。”

龚绍华关切地嘱咐：“绍祥哥！你可要小心啊！社会非常复杂，可能什么人都有，你可不要上阶级敌人的当啊！”

龚绍祥也是一笑：“你还是个老思想，经过三百多年思想改造，人们的思想都改变了，现在人人都讲平等、人人都讲奉献，哪还有什么阶级敌人呢？我们现在的任务，不是搞阶级斗争，而是要向更高级发展，人类将要向宇宙开战。”

说笑之间，龚绍华的父母、徐老师、村长等都进来了，屋里热热闹闹。忽然，一发炮弹的爆炸声在阵地旁震动，龚绍华被震醒了，这一切，原来是个梦，他揉揉眼睛，美美地一笑：“这是人类向往的社会呀！”随即在自己的日记本上记下了这个梦，并在日记的醒目标题上写着：“我们的未来是天堂”。

第七节 敌人输定了，一场思想仗打赢了

顾民富在医院特别烦恼，他的腿骨受损，伤口还有点化浓感染，一时不能站立，高明的医生没有锯断他的腿，用接骨的方法，铺上石膏，伤情正处于治疗恢复中，民间有这样常用语："断筋伤骨100天"，而他的腿骨是粉碎性损伤，当然需要更长时间，可是才住了二十多天他就要求出院，一天，顾民富走到医生面前，他故作姿态，表现出自己是一个很健康的人，他对医生做了立正姿势，因为用力过猛，险些跌倒，他不得不回到自己的病床认输。

两天、三天。他好像度日如年，吃饭也不香，睡觉也不甜，他用拳头捶着自己的脑袋，"顾民富，顾民富，你是个什么东西，人家在前线流血牺牲，你到在这里贪生怕死，你能对得起党、对得起人民、对得起自己的阶级兄弟吗？"他正在想办法使自己重返前线。

有一位步兵伤友看到顾民富心中难受，就找个适当的方法给他解闷。

"顾连长！我们打扑克吧！"

顾民富手一摆："算了，算了，我的心烦死了。"

"啊！"那伤友故意逗笑，"你还玩官架子呢？看不起我们小兵伢子了！"

顾民富很不好意思，他勉强一笑："我也不会玩那一套啊！"

"我们就打'杜勒克'吧！"他把一副旧牌往前面一摔，"你会打吗？"

这种打法顾民富也看到别人打过，多少也能会一点，扑克在中国没有流行，"杜勒克"是个外国名词，主要打法是以大压小，最后以身边得牌多少论输赢。

打了几把，顾民富的牌总是压不过人家，他气得把牌一甩："不打了。"

"不不不！怎么不打了呢？"那伤员赖啦吧唧地拉住他："顾连长！我向你作坦白交待，我在牌里捣鬼了，大小王叫我藏起来了，你干部大，肚量也大，请您不要生气。"

因为这是一种娱乐，顾民富哪能为对方耍一点鬼就生气呢？故意在脸上显出点微笑，可是因为他老是想到前线，出牌收牌总是心不在焉。手里的牌老是出错，因为拿不准手上的牌，手上有什么牌都被对方看见，

顾民富也无意去察觉。

为了使顾民富愉快，那伤友改变了打法，他故意出小牌让顾民富压，打了5把，顾民富全赢了，他脸上露出点微笑。

龚绍华在阵地上经常思念自己的老同学、老战友顾民富，多少年结下的感情，总觉得难舍难离，他心里在想：如果他能在这里的话，自己的担子就轻多了，他已经认识到：做一个好的领导干部要多担多少风险、多付多少心血、多吃多少苦头、多动多少脑子，他非常佩服顾民富的思想品德比他好、工作能力比他强、作风比他扎实，让这样的同志担任比自己高的职务，享受相应的政治和物质待遇这也是理所当然的。

一闪念，他的名利思想又有点冒头，他心里想：如果顾民富不回来的话，倒是自己当连长的好机会，对老战友的思念又不是那样迫切。这一来，思想上的“淮海战役”又在激烈战斗，他在诉苦教育中已经取得重大“胜利”，而在淮海战役中的考验，又成了他思想上的大决战。

“报告连长，今天的战场训练应当是什么课目？”副排长刘智高认为龚绍华当连长已肯定无疑，所以提前给了他这个职称。

龚绍华根本没有理会，因为他对这种称呼还不习惯，当连长的概念还没有在思想上扎根。

“报告——连长！”刘智高拉长声高声呼叫。

龚绍华抬头一看，是自己的副排长，他感到亲切，没有责备，但感到害羞，“你胡说什么呀，什么时候任命我当连长的呀？”

“嗨！”刘智高脑袋一缩，“我看十有八九是你当连长。”

龚绍华请刘智高坐下，把他看成是自己的贴心群众，并用温和语言吩咐道：“刘智高，你可别给我瞎吵吵啊，要是有人顶了我，我也当不上连长，我这个脸往哪里放啊！”

“你别害怕了，除了顾副连长，谁还顶上你呀，按照他腿上的伤情，也许会转业呢！”刘智高的手往龚绍华的手背上一拍，“你当连长，我当排长，我保证服从你的领导。”

“去你的，”龚绍华给刘智高亲热一拳，并扑哧一笑，“我看你的思想也有点问题，是不是当个副排长官儿太小了啊！”龚绍华的脸又沉下来，“不过……你不要动摇军心啊！要是把我的思想搞乱了，你可要负责任啊！”

说话之间，他们又把话转到正题上，龚绍华用命令的口吻：“今天的训练科目是以敌人阵地鲁楼方向为目标，进行模拟射击。”

龚绍华看了看刘智高离去的身影，他在自问：看来还有人拥护我当连长，所以，又开始摆起了连长的架势来。

“报告连长！”三排副刘阿敏前来报告。

“什么事？”龚绍华头也不抬，毫不在意地问。

“我们七班长病了，正在发烧。”

“你找副指导员去看一下。”

战士有病治疗，这和行政管理有密切关系，怎么今天拿起架子来了，刘阿敏心里感到很不舒服，他无精打采地表示服从：“是！”走到门口，嘴里嘀咕着：“官当大了，又摆起架子来了。”

龚绍华觉得自己的语言不对，对刚产生的地位观念有所警觉，立即叫住了刘阿敏：“你回来，你回来！”

刘阿敏转过头来问：“什么事？”

“你刚才说什么？”

“我说七班长病了，如果不能参加战斗，这不就是战斗减员吗？”

“不！你刚才叫我什么？”

“我叫你连长啊！”

“你胡说八道。”龚绍华显得痛恨的样子，狠狠地骂了一下。

“你骂我干什么，二排副能这么叫，就不兴我这么叫吗？”

龚绍华指着刘阿敏，“我告诉你刘阿敏，要是给我造成不良影响，我找你算账！”接着拉上刘阿敏，“走！去看看七班长。”

“这还差不多，提你当连长，我投你一票。”

在战争年代，都是生死相关，一致对敌，同志间养成了坦诚、直率、有啥就说啥，不计较任何方式，刘阿敏被骂感到更加亲热，他们两人一起看七班长。

“头疼发烧，阿斯匹林一包”，这是战争年代唯一治感冒的良药，但在卫生员那里这种药已经用完了，龚绍华亲自到伙房要了点生姜，烧点开水给七班长发汗治病。

龚绍华回到连指挥所，准备把军政协调部队减员一事和副指导员龚绍祥商谈，一进坑道门，看到龚绍祥在看文件。

“喂！你看什么呢？”龚绍华问。

“噢！快来快来，我们未来的连长同志。”

龚绍华好像心中有底，对龚绍祥的说法没有抵制，便顺口问道：“什么文件，和我有什么关系。”

龚绍祥递过文件：“你看，上级表扬你呢!”

“什么!”龚绍华惊喜，他接过一看，是团司令部、政治处联合发文，在表扬了炮一连之后表扬了二连，突出地表扬了龚绍华。

……在几次战斗和执行任务中，炮二连表现尤为突出，在暂时代理连长工作的二排排长龚绍华同志带领下，运河桥边用榴霰弹打击了敌人，在徐东阻击战中带头把大炮抬过重重山岭，在追击敌人中抬着大炮过冰水河，让兄弟部队从桥上通过……

龚绍华看过后特别高兴，他捧着文件贴在自己的胸口上，在脑中默念着：“龚绍华呀龚绍华，你总算是有希望了!”乐得心中美滋滋的，他认为：提升他当连长是肯定无疑的，他的内心在向自己表白，我完全有当连长的资格。

“绍华呀，就好好地干吧！今后我一定和你配合好，只要我们齐心，我们这个连一定是能搞好的。”龚绍祥哪知上级有什么意图，按现状推测，认为龚绍华一定会有良好机遇。

龚绍华也感到有十足的把握，就是等待任职命令，只要命令一到，就立即宣誓就职。

正当龚绍华满脑子都装着当连长想法时，顾民富从后方医院回来了，仍任副连长职务，很自然，龚绍华的安排不可能比顾民富高，龚绍华的情绪有些低落。

顾民富回到连队，全连干部战士都很欢迎，他那勇敢顽强的战斗作风，扎扎实实的工作作风、吃苦耐劳的艰苦奋斗作风、平易近人而又严格要求的领导作风，都使人非常敬佩，做一件好事并不难，难的是做一辈子好事，而顾民富长年累月都保持这些良好作风不变，在他回到连队之后，大家都对他问长问短，争着向他汇报工作，这一来，自然也就冷落了龚绍华。而龚绍华也只能勉强做点姿态，心中倒有点说不出的难过。龚绍华跟本没想到顾民富的身体会恢复这样快，哪知道他是带着伤未痊愈、坚决要求回前线参加淮海战役第三阶段的。

顾民富回连队后，立即就抓工作，他首先找龚绍华谈话，要求给予协助。

“二排长，在我住院期间，你的工作搞得非常出色，我还要向你学习呢！”

龚绍华一愣，怎么叫我二排长呢，退一步我也能当个连副啊！他无精打采地说：“我还能比得上你吗？你现在才是团首长的红人呢！”

顾民富一听，语气不对，他还是强打精神协商：“我回来时团首长有交代，要你再协助我几天。”

龚绍华冷言冷语：“要我协助干什么？我也没有什么能力，你一个人干就行了。”

看来“敌人”要突围了，这个“敌人”倒不是凶恶的蒋介石集团，而是残留在我们头脑中的个人主义名利思想。

就在这时，团报《炮声》登了一篇文章，《鹬蚌相争，渔翁得利》，这是从解释蚌埠这个地名引起的，比喻不甚准确，但这是中国传统童话故事，对搞好内部团结是有教育意义的。

说是一个大蚌在河边张开嘴在吸收营养，贪心的鹬飞来认为有利可图，伸着长嘴来吃蚌的肉，蚌觉得全身疼痛，用它的硬壳夹住鹬的嘴不放，两者互不相让，一个狠心的渔翁走来，抓住了鹬和蚌不放，成了这渔翁的美餐。

龚绍华看到这篇文章，就觉得针对自己的，俗话说：“做贼的心虚，放屁的脸红。”他内心感到内疚，他想起了顾民富对他的帮助：在思想苦恼时帮他解除思想包袱，在艰苦时团结互助，在作战时为他掩护，在工作上对他帮助，在出现问题时又为他承担责任，他把自己比成是鹬，用牺牲别人来满足自己，他立即感到对顾民富这些话伤了感情，感到有点后悔。

顾民富听到龚绍华的冷言冷语有点伤心，他猜透了龚绍华的心，对他说：“老战友、老同学啊！我把我这个副连长职务让给你还不行吗？”突然间，伤口疼痛，他捂着受伤的部位吃力地站了起来：“那好吧！我一个人干就我一人干。”说着，就要去观察地形、检查炮位、清点弹药和装备。

龚绍华立即扶起顾民富，泪如涌泉哭诉地说：“民富啊！民富啊！我的好同学、好同志啊，你别这样说、别这样做啊，你比打我骂我还难受啊，我真该死啊，你就打我吧，我以后再也不闹个人名利思想，今后你叫我干什么我就干什么，始终和你一心一意闹革命那还不行吗？”

龚绍华的痛哭也使顾民富很受感动，他抱着龚绍华号啕大哭：“我的老同学啊！我知道你的心是不会变的呀，我们今后永远是战友、永远是阶级兄弟，我们可要在一个道上走啊！”

龚绍华也哭诉着：“我的好兄弟呀，今后我们人不散、思想也不散；人散了，在党指引的道路上思想也不散。”

他们正哭时，龚绍祥走了进来，3个战友关系更加密切，随后由龚绍祥主持，召开了支部委员会，各自做了自我批评，这一来，可算没有使思想上的敌人跑掉，这场围歼战胜利了。

过了两天，团部分配了一名从华东野军第九纵队调来的连长，对炮兵，他有丰富的经验，龚绍华二话没有说，坚决服从新调来连长的领导，他把工作向正副连长做了交代，仍回到二排做排长工作，表现了干部服从组织分配的良好作风。

我们在思想战线上终于又打了个大胜仗，广大指战员都在淮海战场上得到了考验，我们的敌人输了，我们的思想仗也打赢了。

第八节　为老大哥开道

新调来的连长包铁成从事炮兵工作已有5年，在抗日战争中他曾任炮兵班长兼瞄准手，曾以百发百中与步兵配合收复了不少城镇，国民党重点进攻山东，他任排长，他曾用一门大炮压制了敌人一个连的火力，淮海战役第一阶段，他指挥一个炮连以每分钟数十发炮弹的密度覆盖了敌一个顽固阵地，使步兵很容易地歼灭了这个阵地的顽敌。

抗日战争中他曾是一名步兵战士，一次战斗中，敌人用炮火对他守卫的阵地猛烈轰击，他隐蔽在战壕中纹丝不动，在敌人冲上来时，他端起机枪对敌人猛烈射击，打垮了敌人的冲锋，但是守卫中部队也付出了一定的代价，他很希望自己也有一支强大的炮兵，为减少自己的伤亡，加速战斗的胜利创造良好条件。

抗日战争后期，他被调到炮兵工作，使他喜出望外，他刻苦学习，练出了一身好本领，抗日大反动中，他指挥的火炮经常是百发百中，被记二等功。

包铁成被调到新的连队之后，他首先抓调查研究，他发现这个连队有很多优点，能吃苦，打得稳，有好的思想政治工作基础，但在新条件下需要打得狠，在紧要情况下要不惜炮弹的数量，摧毁对方，压制住敌人，所以他特别注重抓部队的装填训练，要求在一分钟内装填15发炮弹，在每分钟内消耗这么多炮弹，不能不使一些人吃惊。

“连长！在一分钟内打出这么多炮弹那不是浪费吗？”龚绍华恭恭敬敬地向新调来的这位连长请教。

“是啊！”包连长耐心地回答，“要是让敌人跑掉，以后再打，那不是更浪费吗？”

“过去打仗，打几发炮弹，都要上级批准的呀！”龚绍华出于某种责任感，想向新来连长提醒一下。

“过去我们在山东作战时，一度炮弹紧张，打几发炮弹团长都没有权批，至少也要纵队首长批，现在情况不同了，蒋介石给我们送来那么多炮弹，放着不用也对不起他呀，按现有条件，我们多打一发炮弹就可能多保护一名士兵，这个账不就是我们合算吗？”

包连长接着说：“在第二次世界大战中，苏联红军有一种新式武器叫‘喀秋莎’。在消灭德国法西斯的战斗中可立了大功。每当步兵要冲锋或阻击德国鬼子时，一台‘喀秋莎’每分钟就几十发火箭射向敌人阵地，几台‘喀秋莎’齐发，就能打得敌阵地上一片爆炸的火焰，造成爆炸区内空气缺氧，使德国鬼子呼吸困难，打得敌人阵地上一片废墟，当步兵冲上去时，敌人还没醒过来呢，所以德国鬼子都十分害怕，都把这种武器叫做‘魔鬼’。”

包连长又说：“当然喽，战争的决定因素主要是人，而不是一两件先进武器，但是先进武器由人来掌握的，有了先进武器不充分运用，这就叫大傻瓜。”

龚绍华对这位工农大老粗讲话很受感动，他深深感到，工农大老粗只要能认真学习、刻苦锻炼，也可以成为“大老细”。同时也深感自己的不足，他立即表示：“包连长，我回到排里一定要好好工作，过去我总认为自己是一贯正确的，现在我感到我的思想和形势的发展差得太远了，今后还请你多帮助帮助呢！”

“互相学习嘛，你们有文化的人比我接受问题更快，我还要向你们学习呢！”

两人谈得非常和谐。

顾民富对新调来连长十分尊重，他瞒着自己的伤情，决心要当好连长的助手，按通常分工，连长主要抓作战指挥，副连长着重抓行政管理，根据上级通报，敌人可能使用化学毒气，顾民富首先抓部队的防毒措施。

毒气弹是国际公约禁止使用的非人道主义的化学武器，惨无人道的敌人总想用这种武器来维持和挽救他们的生命，通常使用的有催泪弹、窒息弹和糜烂性的毒气，按要求，在敌人施放毒气时必须戴上防毒面具，但这种装备我们暂不能生产，又没有从敌人手中缴获到，这就使顾民富有点为难，听说步兵有一套防毒措施，他拖着带伤的腿，到步兵一线学习。

“顾连长！你怎么这么早就出院了？”那位在一起住院的伤友感到出奇。

“没有事！我不是好了吗？”顾民富故作姿态。

“我向你们上级报告去，你是欺骗组织了。”那位伤员最了解他的伤情，认为他是从医院逃出来的。

“你别说，”顾民富恳求道，“我就这一次，打完仗再回医院。”

“你好危险啊，你走的这条路是敌人的火力点啊！”

“这不是近路吗？因为我有急事啊！”

“什么事？”那位伤友问。

“敌人不是要放毒气吗？我是来向你们学习防毒经验的。”

那位伤员也顾不得在前线问长问短，立即把顾民富带到阵地上，参观了步兵的各种防毒措施。

顾民富回到自己的阵地，立即命令部队挖防毒堑壕，即挖一个坑道，留一个小口，在敌人放毒时，人员到坑道中，并用被子蒙上道口，使毒气进不去，他又命令部队，每人准备一条湿毛巾，打上肥皂，在敌人施放毒气时，用毛巾蒙住面部，可以消除部分毒气感染，他还找了一些玻璃瓶，打碎后，把小块玻璃当眼镜，固定在湿毛巾一侧，可以观察敌情，就这样，一套防毒措施在山炮二连基本落实。

顾民富在阵地上忙个不停，他到各炮位仔细检查各种装备是否符合战斗要求，对伙食他也不放松，力求使大家吃饱吃好，同时尽量在部队面前不暴露他的伤情，他想参加一个完整的淮海战役第三阶段，他走到二排阵地前，实在支持不住，忽然跌倒，立即被龚绍华发现。

龚绍华哪知顾民富瞒着伤情，误认为是他们两人思想碰撞造成苦恼而跌倒的，他立即扶起顾民富，满是道歉：“民富啊，我的好兄弟，我实在对不起你呀，我不该伤你的心啊！”边说边流下眼泪。

“你说这些干什么？”顾民富手一推，“说过的话就算过去了，在相互关系上，哪还能没有一点碰碰打打的！”

龚绍华随便从头到脚摸了一下，正好摸到伤口处，使顾民富有一点疼痛的表露，他惊奇地问道：“你伤没有好就到前线来，你不要命了？”

“没有事！”顾民富忍耐着表示，“什么死啊活的，不是前线多一个人就可以多办一点事吗？”他握着拳，“我宁可死在前线，也不能在后方憋死。”

“我的好同学啊，你这个脾气怎么老是改不了呢？”

新连长调来之后，副指导员龚绍祥和他紧密配合，作为两个军政领导干部，在战时搞好协作尤为重要，在总攻前，他积极开展宣传鼓动活动，他既没有召开全体人员动员大会，也没有进行宣讲演说，他首先召开了党员骨干会议，发动群众，大家来做思想政治工作，他还亲自深入阵地，一个阵地一个阵地进行动员，一个阵地一个阵地进行鼓动。

“同志们，淮海战役最后一仗，考验我们的时刻就要到来了。”

口号，把党的声音传达给指战员，把指战员的心都凝结到党的号召上来，个个都在摩拳擦掌，迎接总攻的到来。

敌人要准备突围，蒋介石已从武汉、浙江等地调来一百多架飞机，一方面对解放军阵地进行轰击，另外又向被围的杜聿明集团空投物资。在这期间，解放军尚没有足够的对空武器，但发明了用迫击炮打飞机的战法，就是在迫击炮弹上装有定时爆炸的引信，根据敌机飞行高度和速度，定出炮弹在空中爆炸时间，这种打法，虽不能直接命中敌机，但总是在敌机前后爆炸，给敌机造成很大威胁，使敌人不敢低飞扫射，由于投放不准，投放的物资很多都飘到解放军阵地上来。龚绍祥抓住这一时机，号召部队向迫击炮兵部队学习。

为了防止敌人突围，山炮连的炮兵阵地又在进一步加固，为了阻挡敌人坦克通过，需要挖深坑，筑高墙，可是，一层冻土给施工带来了困难，龚绍华提出了一条积极建议。

“连长，我们把冻土层敲开，切成一块块冻土块，把它当砖用，这样的防坦克墙不是更坚固吗？”

包连长特别欣赏，“二排长，你怎么想出这个好办法来的呢？”

“嘿！”龚绍华微笑地说：“我过去看小说，古代人打仗就是有这个打法。”

包连长一想：打仗也需要有广博的知识。“二排长，打完仗，你教我多学点文化吧！”

“行！”龚绍华满口答应，“以后我们互相学习。”

人民解放军淮海战役前线指挥部决定：在国民党突围之前发动总攻，1949年1月6日下午3时，围攻的部队万炮齐发，一时间，国民党阵地上烟雾弥漫，尘土飞扬，爆炸声的震撼如同地动山摇，从未尝到这种威力的国民党部队被打得魂飞丧胆，而人民解放军的炮兵部队感到扬眉吐气。

在经过战场训练的某部山炮连改变了过去的射击模式，在过去，每打一发炮弹要喊一次口令，而现在只要把瞄准点选好，喊一声“打”，一会儿，几十发炮弹就被打了出去，炮管打红了，炮弹出口声震得大家耳鸣，只要不下停止射击命令，就一直对目标点射击，以求保持一个覆盖面，在最激烈时，龚绍华亲自担任装填手，不知在这时怎么会来这么一股劲，装填的速度比平时更快，为了给步兵老大哥开道，炮兵战士正在不惜一切，全力支援。

“注意！敌人放毒气弹了！”

一发催泪瓦斯炮弹在山炮连阵地附近爆炸，暴露在外面的几名战士被熏得眼泪鼻涕直往外淌，一时呼吸困难。顾民富命令部队立即戴上防毒毛巾，由于事先做了准备，大部分同志没有受毒气熏染。

“冲啊！”

经过将近一个小时的炮击，步兵发起冲锋，部队像潮水般地向敌人阵地涌去，他们首先切断敌人相互间的联系，采取一个连、一个营的歼灭，但有些敌人还在顽抗，给步兵的前进又造成一些困难。

“打！”

在炮火占有绝对优势的情况下，步兵也无需冒着生命去送炸药包，又是一群大炮的轰击，给顽抗的敌人又一次严重打击。

1月9日，敌人全线动摇，经过炮击之后，步兵又发起冲锋，只见被炮弹炸的死尸遍地，从尸体堆里抓到了被震昏了的敌人。

战场继续向纵深发展，炮兵也随步兵前进，这时，炮兵只能在无掩体工事的情况下对敌射击，顾民富带领一门山炮向顽抗的国民党第五军阵地进行射击，大炮准确地打在敌人用坦克和战车筑成的防御工事，使一部分国民党士兵缴械投降，一个对共产党极端仇恨的国民党军官还在对解放军射击，突然间，一发子弹打在顾民富的胸部，他又一次负了重伤。

“背下去！”副营长命令二连把顾民富背下去，有些战士便去背他。

“不要管我，我这是轻伤，轻伤不下火线，你们还不知道吗？”顾民富伤口的鲜血在往外直流，他还要把残流的血作出最后贡献。

“民富啊！你别太要强了，你这个伤可不轻啊！”龚绍华得知后前来劝解。

顽固的敌人在继续对我冲锋的部队进行射击，前面是一个小开阔地，步兵前进又遇到困难，龚绍华无法照顾自己的战友，把包扎伤口的任务交给卫生员，自己又前去指挥。

“负5度！”龚绍华指挥火炮往前面平地打，几发炮弹，把前面打了几个坑，步兵借助炮弹坑为掩护，跳跃式的往前冲，固守的敌人终于被歼灭。

龚绍华回头一看，顾民富爬在部队冲锋的道路上，在使劲地进行挣扎，因为流血过多，不能支撑他已消耗的体力，龚绍华疾步走去，抱着顾民富大哭：“民富，民富啊，你不能死，一定要活啊！”

顾民富醒来，他那苍白的脸对龚绍华说：“绍华呀！你对我父亲说，我没有辜负他老人家对我的期望。”他拿出父亲给他买的一支钢笔，嘴唇蠕动着，“……我……”他和战友们做了最后一次告别。

1月10日，国民党杜聿明集团被全部歼灭，战场上到处是横七竖八的国民党官兵尸体和堆积如山的国民党各种装备，俘虏被一群群地押下，人民解放军在唱着胜利的歌曲：

打得好来打得妙，
四面八方传捷报，
到处都在打胜仗，
捷报如同雪花飘。
捷报如同雪花飘，
解放大军立功劳，
千军万马声势猛，
蒋军兵败如山倒。
蒋军兵败如山倒，
师长军长逃不了，
丢盔弃甲人马翻，
人人高喊打得好。

炮 痕

PAOHEN

打得好来打得妙，
打得妙来打得好，
再来几个漂亮仗，
再来几个打得好。

人民永远不会忘记，
在淮海战役中牺牲的烈士永垂不朽！

第七章

胜利后亲人团聚

第一节　借东风

钟山风雨起苍黄，百万雄师过大江。
虎踞龙盘今胜昔，天翻地覆慨而慷。
宜将剩勇追穷寇，不可沽名学霸王。
天若有情天亦老，人间正道是沧桑。

伟人以莫大胸怀，构诗成章，简短数言，气势磅礴，只待弹指一挥，将以排山倒海之势，书写历史的光辉篇章。

在淮海战役之后，人民解放军先后开往长江一线，这支军队，已不是往年的单一兵种作战，而是有步兵、炮兵、骑兵、工兵和一些摩托化部队的协同作战，在过去，多数是夜间行动，而现在多数在白天行军，浩浩荡荡，英姿飒爽，沿途人民无不感到大饱眼福，都竖起大拇指，以诗一般的语言称赞不绝：

解放军，真威风，部队个个是英雄；
解放军，真神气，缴来很多新武器；
解放军，顶呱呱，胜利消息传天下；
解放军，有本领，打过长江准能行。

在国民党被打得走投无路，而人民解放军威武雄壮时，国民党又唱起“和平”高调，派出代表团与共产党谈判，他们企图以长江划线，形成南北分治，把一个统一的中国造成分裂状态，使骨肉同胞南北分离。反动的国民党政府已不能代表人民，他们不过是想争取时间，休养生息，再复内战，以便卷土重来。统一全中国，建设强大的新中国，必将落在中国共产党肩上，按共产党提出的和平谈判《八项条件》，这才是唯一的出路。

解放军能不能打过长江去，已成为很多人关心的大事。一条茫茫的大江，南北相隔十多里，江水滚滚，江水咆哮，历史上曹操率 80 万人马下江南，除计谋失策外，都因为江险而告失败，国民党部队败退江南，就想以长江这个天然防线来阻止解放军的进攻，在江上，只要他们能控制的地区，都把打渔船、运输船和各种江上可以运载的工具全部封锁，往日繁华的江面，现在显得死气沉沉，就是一根木棍从江上漂过，也能过目看清，时而一艘国民党巡逻艇从江面驶过，就像为主子哭丧似的，拼命地嚎叫。在长江南岸，国民党还筑起了无数个碉堡和战壕，配置了交叉火力，千百门大小口径的火炮可以直接射向江面各类目标，还有空军和海军配合，像这样的设防，要想打过长江去，一般人都认为是难以想象的。

近来，解放军的渡江作战训练忙得热火朝天，在炮兵部队不断扩建中，龚绍华被任命担任炮兵连长工作，他将随同兄弟部队，在上级领导下，指挥全连的渡江作战。

在炮兵摇篮中成长起来的龚绍华，痛恨过去曾为个人利益打小算盘，现在一心要为党和人民利益打大算盘，甚至在危急时准备献出自己的生命。渡江训练中，他考虑最多的就是如何保持武器装备的良好状态，在船只损坏的情况下，把大炮运送到南岸，使部队迅速投入战斗。他考虑到：步兵的船只被打坏后，可以背着轻武器泅渡作战，但炮兵的船只被打坏后，怎能背着千斤重的大炮过江呢？虽然在童年时就学会游泳，但背着大炮泅渡，就是连古代神话小说也没敢这样夸张描写过，大军南下长江一线，龚绍华的炮兵部队离自己家只有几十里，只要迅速行走几小时，就可以到达自己的家门。他多么想看看自己的父母啊！他希望能亲眼看到父亲的眼睛被留下那仇恨的伤痕，他希望能看到勤劳而又慈祥的母亲，可是，搞好部队的训练，哪怕是多争取一分钟，也可能争取多一次胜利。他极力地自己控制着闪念，以此，来把自己的全部精力投入到训练中去。

把大炮的各部件绑在竹筏子上，会不会沉入江底呢？随着这一灵感的出现，龚绍华把大炮各部件的重量和需要多少竹子做筏子，做了精确的计算，终于找到使大炮和弹药不会沉底的数据，这一来，可以利用沿江毛竹资源比较丰富的有利条件，如果渡船被打坏，就可以乘竹筏子过江。

有限的船只，既要装大炮弹药，还要装那么多竹筏子，这要给行动带来很不方便，龚绍华组织部队把竹子和装备锯成相适应的长短，放在水里拖着，经过实际训练，认为这个方法也行，大多数人认为：冒着敌人的火力网把大炮运到南岸，已不成问题。

“架炮！”

龚绍华一声令下，要求连队把大炮从竹筏子上解下来，使大炮进入战斗状态。战士们立即解绳扣，可是，有些绳子打成死结，有的还用铁丝绑上，已经过了半小时，大炮还没有进入战斗状态，这才使大家感到：训练还要下大功夫，所以训练的第一课目，改为如何打活结。

竹筏子只能在不得已情况下才能使用，大炮和弹药是要装船过江的，可是，过江的船只哪能开到小河里训练呢？龚绍华带着一门山炮，从各炮选出几名能手，到江边实地训练，一夜之间，需要步行数十里，而且要从家门穿插而过。夜深深，云集在沿江的部队还在组织训练，给龚绍华有很大启发，他已走到自家的山墙边，这时多么想回家看一眼啊！可是，只要和家人一见面，哪能三言两语就说完，多少年的牵挂，哪能几分钟就结束和亲人间的骨肉离合，他在自己家山房头迟疑了一下，叫爸爸妈妈的声已经到了嘴边，他还是忍住了自己，忍痛离开想要走进的自己的家门。

龚绍华率领一部分战士和干部来到江边，已是拂晓，东方露出了鲜红的霞光，一夜未眠的睡意已被抛到九霄云外，他目视着那滔滔的江水，江水在日夜地奔流，江水在不断为人类造福，他是多么希望使自己造就成像江水那样的性格，他顾不上休息，又组织部队实施装卸船的训练，他把大炮和弹药应放的位置，守在舱面的，进入舱内的，站在船首的，守在船尾的，协助船老大撑舵的，学习摇橹的，参加撑帆的，以及撑篙的、撇缆的都做了一一安排，并将这些安排做出方案，作为部队训练的教材教范，力求以最快的速度，最标准的动作，使武器装备和人员迅速登船，应付各种情况，并随同步兵迅速投入战斗。

龚绍华在江边组织一部分人训练，龚绍祥就给留下的人员做思想政治工作，讲形势，讲任务，讲纪律，讲思想道德，群众性的思想政治工作也普遍开展，决心打过长江去。推翻蒋介石反动政府的情绪日益高涨。

正在欢乐练兵之中，有一位老者从炮兵营地走过，虽在老解放区已有不少人穿上中山服，但那位老者还是穿着已经旧了的长袍大褂，戴着金丝边的老花镜，观察周围的光景，他越看越感到这些战士可敬可佩，他十分关心人民解放军渡江作战的事，他想来想去，就弄不明白解放军怎么才能打过长江去，他熟读《三国演义》数遍，总被诸葛亮借东风这一章节所纠缠，他不敢与众人谈论这一章节，怕别人说他是动摇军心，如果有机会能向自己的学生请教请教，也好解脱自己身上的一块心病，茫茫的解放军营地，哪能打听到自己的学生在什么地方呢？那真是无巧不成书，正好走到了山炮连的营地。

"我的小同志啊！"老者带着老年人嘶哑的声音，叫了一位解放军战士。

那战士一听，就觉得是一位老学究，立即微笑地说："老先生，你有什么事吗？"

"我打听一个人，"老者咽了一口唾沫，"就是有一位叫龚绍华的你知道吗？"

"啊呀！"那战士拍手一跳，把那位老者吓了一下，"那不是我们连长吗？"

那老者一听是个连长，他觉得当个连长也不算小官，比班长要大多了，他连声哀叹："羞愧！羞愧！我没有把他培养成人，是共产党把他培养出来的呀！"

"老先生，你是他的什么人呀？"那战士出奇地问道。

"我乃他的私塾启蒙老师，名叫朱家儒，老朽乃朽木也，真是天有缘分，既有此机，我想向他跪拜，请你赶快向他禀报，说我来也。"

那战士也没有完全听懂他的文言，但猜到其中大意，便立即说："我们连长不在，"又想了想："不过，我们指导员还在，听说他是我们连长的堂兄，名字叫龚绍祥。"

"啊呀！"朱家儒一惊"那不是龚得会的养子吗？"他手一举，"见一见，见一见。"

龚绍祥和朱家儒一见面，那股热情劲是可以想象的，俗话说得好，“老乡见老乡，两眼泪汪汪”，而他们之间又何止是老乡关系呢？龚绍祥把龚绍华的进步讲了一番，把顾民富的牺牲做了哭诉，把找到自己的生父和父亲牺牲一事挥泪叙述，一时间，两人挥泪不止大约半小时，才慢慢平静下来。

两人的话又转到政治内容上来。

“绍祥！听说你们要打过长江去。”朱家儒关切地问。

“是啊！”龚绍祥肯定地回答，“如果蒋介石集团不答应我们的《八项条件》，我们就一定要打过长江去！”

“什么八项条件啊？”由于农村的报刊发行不健全，消息传播不畅，朱家儒十分渴求了解这方面的内容。

龚绍祥把《八项条件》一一做了解释，朱家儒条条称赞，他忽然想起一件事。

“绍祥啊！最近我听到一个消息，说是你生母还在，在江南苏州的一家财主家当佣人。”

龚绍祥是多么怀念他的亲妈呀！听到这句话，他脑子里像“嗡”了一下，但半信半疑，紧接着又问道：“朱先生，这是真的吗？”

“是有人看到的呀，她还打听过你的下落呢！”

“我的妈呀，你在哪里呀？我真想您呀！”说着放声痛哭起来。

龚绍祥的生母在江南不断思念自己的儿子，长江以北的广大地区被解放她感到欣慰，她听说儿子还没有死，她是多么盼望母子相会，过一个团团圆圆的日子啊！一条长江隔离了母子间的骨肉联系，就是有千言万语也不能和儿子当面叙说，她经常在夜深人静时望着空中半月，流着泪念着思念的曲词：

月儿弯弯照乾坤，半月暗来半月明。
我儿日月光明照，娘受苦难日月阴。
只望十五和十六，日月普照天下明。
儿啊儿啊娘想你，炎黄子孙不能分。

当她看到初八的半月时，月儿在开始复圆，给她也带来希望，而看到廿四的月亮时，月儿在渐渐缺圆，又使她带来悲伤，虽然也能看月圆，但心中的月亮仍然是半明半暗。

龚绍祥听到朱家儒的介绍，总是痛哭不止，朱家儒见此情景立即劝阻。

“孩子啊，你忍住点吧！”朱家儒以长者的身份像在劝说一个尚未成熟的孩子。

“你还是不懂事。”朱家儒严肃而又关切，“你哭还能把你母亲救出来，看你还像个解放军的样子吗？”

龚绍祥稍稍镇静了一下，他擦了擦眼泪，望着朱家儒的面色，似乎在明了怎样以成熟老练的风度来处理自己最挠头的事，因为周围还有几名战士看到指导员在哭，怕对部队造成不好影响，他不得不收住痛哭的面容，而故作姿态转为笑容，如果有人问及为何痛哭时，就谎说想到父亲在淮海战役牺牲的情景而痛哭的。

正准备继续往下谈时，龚绍华从江边的训练场回来了。他满载着训练成果从长江边训练场地回到驻地向连部走去，忽然看到一位老者在和指导员谈话，他以为是群众到部队来反映意见的，仔细一看，他惊叫起来“朱老先生，朱老先生，你怎么有空儿到这里来了！”

朱家儒回头一看，“啊呀！我们怎么这么巧呢！刚念叨你，你马上就到了，那真是说曹操曹操就到啊！”

“叟！不远千里而来，亦将有以利我连乎？”这是四书古文《孟子》中的一段话，把其中的一个“国”字改成连队的“连”字，是宣传孟子做人的一个道理，也是为了适应这位私塾老师的口味。接着又改为白话：“虽然距离这里只有几十里路，也是够你老人家走的呀，听说你很关心国家大事呢？”

朱家儒笑了笑，对这种语言并不欣赏，“现在都用白话文了，你怎么还文绉绉的呢？”他拉着龚绍华的手，“今天我碰巧走到你们这里，我还有些事向你请教请教呢！”

龚绍华用双手做了作揖姿势：“岂敢，岂敢！老先生有什么事直接问学生就是了。”

他们又摆了一套客套话，朱家儒检讨了过去封建式教育方式的错误，接着直接问道：“老朽有一事不明，当年曹操80万人马下江南，诸葛亮借东风，使曹操的兵马毁于一旦，你们这次要打过长江去，能有把握吗？”

龚绍华挥手一笑："请原谅学生无礼，既然诸葛亮能借东风，难道曹操就不能借东风吗？"

"你说得不对，"朱家儒摇手否定："曹操是个奸臣，共产党怎么能和曹操相比呢？"他坚持旧的历史观，凡是书上写的，都只能是一字不变。

"统一全国，曹操的观点和我们是一致的，有何不可借古说今呢？"

朱家儒无话可说，只顾再做提问："那你们的东风在哪里呢？"

龚绍华立即插话："我们有毛主席、党中央的正确领导，渡江战斗，一定能取得胜利。"

朱家儒点点头，但还有点不服。

龚绍华接着说了胜利的根源："朱老先生，这些都是毛泽东军事思想指导的呀！"

朱家儒还感到空洞，他坚持小说中的描写："那……诸葛亮掐指一算，就能用兵如神。"

龚绍华反驳："毛主席能正确分析形势，什么情况打什么仗，他心中有数，几个指头就能用兵如神，这是小说的夸张，而共产党最讲究的是实事求是。"

朱家儒还是不理解，"在水上打仗可不比在陆地上打，人家天上有飞机、水上有兵舰，几条木船就和人家碰硬，那不是很危险吗？"

"朱老先生！"龚绍华又耐心地说，"这也不过是纸老虎，过去红军长征，毛主席领导四渡赤水，把国民党几十万军队甩得远远的，强渡金沙江，国民党前面阻、后面追，兵力超过我们好几倍，毛主席亲自指挥，利用敌人的弱点，我们就胜利渡过了金沙江。再说在 1947 年，刘邓大军渡黄河，不也有水上作战吗，我们也胜利地打过去，进军大别山。"

朱家儒对毛主席、党中央的正确领导已不感到是空洞名词了，而是频频点头。

龚绍华趁热打铁，他接着说："朱老先生，现在毛主席的军事思想已深入人心，毛主席的英明指挥已经用实践做了证明，这不就是一股强劲的东风吗？这股东风，就是毛主席军事思想的东风。"

朱家儒又是频频点头："佩服，佩服，老朽已跟不上形势了，现在我不是你们的老师，你们才是我真正的老师。"

近来，部队思想有点波动，尚未经过诉苦教育的解放战士和新参军的战士对形势有点认识不清，对能否打过长江去有点怀疑，龚绍祥正在对部队思想进行调查。

三四月已进入春天时节，一股暖风正在催着禾苗拔节成长，一片青枝绿叶，随着吹来的春风，使人感到有扑鼻的清香，但有时也吹来一点寒风袭扰一下，经不起寒风袭扰的禾苗有点萎缩枯黄。气节是不会任人逆转的，春风又压住了寒流，有几片黄叶的禾苗又从芯上发出嫩芽并将茁壮成长。就像春天一样，党的温暖也在孕育着战士们健康成长，战士们的政治情绪也在蒸蒸日上，又不知从哪里吹来一股“寒风”，使部分战士有点“受凉”，感冒虽不是大病，但流行起来，也会给心脏造成创伤。

在连长率部分干部到江边实地训练时，山炮连来了一名“家属”。他看到一名同乡战士，硬说这就是她的“丈夫”。那个战士死活也不承认，那位妇女说得有鼻子有眼的。说是在童年时，父母已经给他们订了婚，因为家里穷，没有钱给他们买彩礼，就把婚姻耽误了，土地改革翻了身，为了报答共产党的恩情，你就报名参加解放军，参军前都办理了结婚手续，因为部队任务紧急，报名参军的要马上集中，还没有拜天地你就离开了家，离家后，家里活没有人做，我就过门孝敬二位老人，扎了个纸人，代表你在场，就这样拜了天地。那妇女对那战士的出身家庭地址向一个老战士作过调查，说得一点不差。

那战士被说得糊里糊涂，便怀疑地问道：“我怎么从来没有看见过你呢？”

那妇女的嫩手往腿上一拍，那种迷人的表情使那战士有点动心，并巧言巧语地说：“嗨！你不知道农村还有点封建吗？儿女婚事，父母作主，在结婚前，双方是不能见面的呀！”

那战士被说得有点相信，便向指导员汇报，这真的就是他的老婆。

龚绍祥一听，虽然有点怀疑，但在紧张的训练和战斗中，哪有工夫去核实呢？再说，一个良家妇女，哪能随便以自己的婚姻和别人开玩笑呢？所以就热情地为他们祝贺，晚上给他们增加了两个菜，把一个班的房子腾出来让他们同居，就这样，一男一女，度过了一个甜蜜的夜晚。

第二天，天气晴朗，可那位战士的心里闷沉沉的，经过思想斗争，他去向指导员汇报。

“指导员，昨天晚上我腐化了。”一面说，一面流着忏悔的眼泪。

龚绍祥哈哈大笑：“傻瓜！夫妻俩在一起睡觉就叫腐化，那天下的人不都腐化了吗？”

“不是！”那战士着急了。

“不是什么？当解放军就不能有老婆，为革命利益，我们的营以下干部和战士都不准谈恋爱，等到革命胜利了，我们男同志人人都有老婆。”

那战士唯恐别人说他对组织不忠诚，像跪求的样子，向指导员说：“指导员，她不是我的老婆呀！”

“什么？”龚绍祥怀疑那女人是不是混进来的坏东西，“她不是你老婆，他来找你干什么？”

“她是向我要个孩子的呀！”

“什么？”

“你听我解释呀！”

龚绍祥很不耐烦，刚刚做好思想工作，又出了这样的事。

“她是要从肚子里带个孩子回去呀！”那战士又连忙解释。

“什么？”龚绍祥似乎有点醒悟，又感到自己的工作太粗，他把手往桌子上一拍，又把手收回来捏着拳头往自己脑袋上打，“我真混啦！我真混啦，我怎么能干出这样的蠢事来呢？”

第二天，那妇女有点恶心，她感到心中有数，就到连部向指导员告别。

“指导员，我回家了！”

“你别走，我有事要问你。”

“什么事呀？”那妇女羞羞答答，扭过头，像不敢见人。

“我问你，你和我们那个战士是什么关系？”

“是夫妻关系呗。”两眼偷偷地斜眼看着指导员的脸色。

“不是！”龚绍华肯定地说，“我们那个战士根本就没承认。”

“不是就不是呗。”那妇女已顾不上自己害羞，“反正我的目的已达到了，”又用双手捂着脸：“指导员，这事可不能怪他呀！”

龚绍祥觉得不能和人家闹僵了，否则，也不好做思想政治工作，便缓和地对那妇女说：“大妹子，你坐下，你是不是有什么难处，能不能和我们讲一讲，免得大家都知道，叫人家胡编乱说，对你也不好啊！”

就这样，那妇女坐了下来，谈了她为什么要这样做的原因。

就在大军调动南下，大家都在议论大军过江的事，老百姓都高兴得不得了，人人都说，这下可好了，蒋介石快完蛋了，我们的好日子可以保住了，但也有人担心能不能打过长江去，一些干部在为支援前线做准备，有的干部带担架上了前线，地方上像缺了脊梁骨似的，很少有人给我们讲大军渡江的事，忽然来了两个说书的，专讲曹操80万人马下江南，孔明借东风，火烧战船，把曹操的部队打得个落花流水，死的人不计其数，曹操的大兵在江里被喂了王八。我的老公公听到这里，就觉得当兵的儿子没有希望了，就赶快叫我到部队找丈夫，能给带一个孙子回来，不要叫家里断根。开始我有点不肯，老公公就逼着我，如果不给他带个孙子回来，就别进这个家门，他白天讲，晚上说，弄得我心魂不定，我一想，我父亲被日本鬼子抓去，是他救出来的，我死活也应当是他家的人，所以我就答应了。

我到哪里去找呢？听说在华野九十四团，可是那个团的番号也变了，好容易才打听到是二五六团，我找了3天3夜，终于找到丈夫的所在部队，那部队热情接待了我，第二天，才告诉我，说在淮海战役中负重伤，抢救无效牺牲了，我又哭了3天3夜，经过部队首长劝说才使我平静下来，给了我路费，叫我回家好好孝敬老人。

我怎么就这样回去呢？如果把丈夫牺牲的事告诉父母，那不叫他们哭得晕过去，我想暂时隐瞒他们，又想给我老公公家留个后代，所以我就在这里干了这个事情。

讲到这里那妇女又说："指导员，我对不起你们啊！我给你们添了麻烦，要说错，全是我的错，你可不要难为那位同志啊！我看他这人挺好的，等打倒蒋介石，我还想请他给我老公公当儿子呢！"

龚绍祥听到这里，非常同情，但又感到左右为难，但到底是个错误还是个好事，他也辨别不清，已经比过去老练了的龚绍祥，他暂时不去评论这事的是与非，而是把这事作为一个教材，在适当的时候和确定的内容来教育部队，他十分感慨地对那位妇女说："大妹子啊，你老公公被邪风吹着了。"

那妇女也不知道邪风是什么意思，"现在的风可好呢，正是种庄稼好时候。"

"不！"龚绍祥摇摇头，"那股风是社会上散布的谣言，现在农村的地主阶级虽然被打倒了，但他们还企图复辟，动武的他们是不行了，就想用谣言来欺骗群众，企图要大家听他的鬼话，把我们再拉到封建社会去，使我们上当受骗。"龚绍祥又郑重地说，"大妹子，请你回去告诉大家，解放军打过长江去是绝对有把握的，因为我们有毛泽东思想东风，我们一定能争取用小的代价来换取大的胜利！"接着，指导员又用大量事实讲了解放军渡江的有利条件，使那妇女频频点头。

这股风也吹到了部队，诸葛亮借东风，火烧战船一事有的战士听了也很害怕。

“同志们！我向你们吹吹风好不好啊？”龚绍祥参加一个班的座谈会。

“指导员，你吹的是什么风啊？”一个战士好奇地问。

“我今天讲的是借东风。”

“你也不是诸葛亮，怎么能借到东风呢？”一个战士怀疑地提问。

“不！”龚绍祥手一摇，“现在诸葛亮借东风有新说。”

大家一听，感到很奇怪，诸葛亮死了上千年，难道现在还活着。

龚绍祥搬来一张上桌子，坐在一个小板登上，手拿一块木板，往桌子上一拍。

话说蒋介石做了一个梦，他表面上把权力交给了代总统李宗仁，但还是抓住权不放，他回到老家浙江省奉化市溪口镇坐立不安，总是在想法阻止解放军过江。在一个晚上，他做了一个梦，他梦见了解放军刀光剑影、兵强马壮，眼看就要过江，一时吓得他满身大汗，他不知怎么办才好，忽然一想，当年诸葛亮借东风，打败了曹操80万大军，我何不请他来帮助打败共产党不让他们过江呢？他立即坐上美龄号专用飞机，飞到隆中卧龙岗门前，书童一见，把他吓了一跳，那人穿的是特级上将军服，脸上贴上一张膏药，脖子上挂了一条绷带，吊着一只胳膊，看来是被打伤的，那书童壮着胆子前去问道：“先生何许人也。”蒋介石立正答道：“我乃中华民国大总统也，请你快快禀报诸葛先生，我有要事与他商量。”边说边把一些零钱塞给书童，那书童一见大喜，飞跑禀报。诸葛亮也是见过大世面的人物，大人物也见过不少，还想拿点架子，便对书童说：“来人请在草堂等候，我正在作画，待我作画完毕，再见不迟。”蒋介石哪能久等，他习惯于偷人东西，就在门缝里偷看，只见诸葛亮正在画一幅花开花落的水墨画，一边是青枝绿叶，百花开放，一派兴旺景象；一边是枯枝黄叶，花瓣纷纷脱落，一片凄凉情景，蒋介石把后一幅画和自己好有一比，不禁流下热泪，但又产生了抢好画的念头，以挽救败局。

诸葛亮心血来潮，掐指一算，猜到有妖魔作怪，便走了出来，“是何人邪念作怪，乱我作画？”

蒋介石立即跪拜，“先生息怒，先生息怒，我乃有事相求，故惊动先生也。”

诸葛亮一看，“啊！你原来不就是上海流氓头子黄金荣的徒弟吗？来此何事？”

蒋介石避开先不谈借东风一事，而是请他到总统府做客，以大鱼大肉相待。

诸葛看到门口有一个什么怪物，便奇怪地问道：“此乃何物？”

蒋介石赔笑着说：“此乃飞机也，如今想去何方，不需腾云驾雾，此物可飞遍天下。”

诸葛亮一听，倒也出奇，何不坐此物享乐享乐，一瞬间，得意洋洋，舒舒服服飞到了总统府。

蒋介石令随从大摆宴席，并点了自己最得意的名菜食谱。

第一道菜是：红焖出口中华民族大公鸡。

第二道菜是：油炸贫农大排骨。

第三道菜是：家族风味四拼盘。

第四道菜是：进口花旗大杂烩。

最后是：人参骨髓汤。

诸葛亮一看，都是血淋淋的食品，立即感到恶心，并很生气，心里还想：我诸葛向来就是清正廉洁，我怎么可以随便吃人家东西呢，说着，马上就要走。

蒋介石马上拦住，并好话相劝，又令人用糖衣把食品裹上，闻起来香，吃起来甜，请诸葛尝一尝，诸葛亮尝了一口，倒也好吃，所以就模仿着蒋介石的吃法吃了起来。

俗话说：“吃人家嘴短，拿人家手软。”蒋介石把话转到正题上来。

“诸葛先生，我有一事相求。”

“何事！”诸葛亮用人骨签剔着牙。

“如今共产党非常强大，并即将渡江，要推翻我多年经营的江山，先生昔日借东风，打败曹操，今日要向你借用此术，阻止共产党渡江南下，事成之后，我将封你为丞相也。”

诸葛亮已被人身泡血酒喝得弥天大醉，就剩下了半个舌头，吞吞吐吐地说：“好说，好说，只要你给我搭个七星台，我就可以在此用术。”

塔台在江边搭起来了，里面有沙发地毯，梳妆橱柜，老板大桌，土耳其浴池，还有电灯电话，其豪华之度，使诸葛亮夺目。

说来也快，蒋介石真的梦到了解放军渡长江，一股红光把江南照得光明透亮，一队船只像箭一样向江南驶来，船首有步枪机枪，船桅有大炮火箭，船尾有弹药粮草，蒋介石十分害怕，但又看到这些船横成线、竖成行，排列整整齐齐，这正是火烧战船的好机会，他站在一个坟墓尖上大唤大叫："诸葛先生，诸葛先生，请你快用法火烧战船啊！"

只见诸葛亮穿上了太极阴阳道袍，手拿八卦罗盘，走上七星台开始用法。道家都是把万物比作阴阳二气，阳为清，阴为浊，可是今日不知怎么法术不灵，往日打败曹操时是阳气上升，而今日是阴气满台，他使了很多法术，也没有发出一点灵气，突然间，一道红光，把七星台烧得火红，把诸葛亮烧得无处藏身，忽然，又是一道青气上升，使诸葛亮的灵魂腾空而起，要飞回自己老家，在飞回前对蒋介石说："蒋先生，蒋先生，我已经上了你的当了，现在我已觉悟，腐败者没有好下场，不过我还要告诫你一句衷言，'顺时代者则兴，逆时代者则亡'，现在历史的潮流已掌握在毛泽东手上了，我现在要飞回隆中，修身养性，做一个廉洁奉公的人，今后再不犯错误。"

不知哪里扑通一声，把蒋介石惊醒了，原来这是个梦。

龚绍祥又把木板往桌子上一拍，"要知下回如何，详情待全国解放后再分解。"

说到这里，大家都听得目瞪口呆，一位战士感慨地说："指导员，你说的这段书太有现实意义了！"

讲到这里，连长龚绍华从一旁走来。龚绍祥一看，正好又来了活教材，他顺水推舟，高兴地唤道："连长，你快来吧！你把到江边的情况讲一讲，他们不知从哪里听到一个谣言，说是我们渡江就要掉到江里喂王八呢！"

连长嘿嘿一笑，"什么喂王八，我们现在要抓王八呢！"

大家哈哈一笑："抓王八，那我们就要吃王八肉了。"

"渡江你们还害怕吗？"连长亲切地问。

"连长！"一个战士插言，"本来我们都是好好的，就是给冷风吹了一下，得了点'感冒'，指导员给我们'治'了一下，现在也好得差不多了，就是对坐船的事有点不托底。"

"马上我们就要按实际情况训练，在训练中就慢慢明白了，"停一会儿又说："我可以把江边的一些情况介绍一点。"

我们一到江边，被动员的船只我还数不清，上级分给我一条船做训练，刚登船，那位船老大就对我们说："你们打过长江去，解放全中国，我们渔民可有了出路了！"

我们也不理解船老大说的是什么，便随便地说：“那为什么没有出路呢？打鱼吃饭，谁还能管得着吗？”

“嘿！”那船老大急得直跺脚，“你们可不知道啊！那日本鬼子和国民党在这里时，天天都来敲诈，光捐税就有十多种，我们打一点鱼都不够我们吃饭的呀！”

“你们不好找点其他行业干一干吗？”

那船老大大叹一口气：“那个年景哪有说理的地方啊！‘天下乌鸦一般黑’，穷人能到哪里吃个太平饭啊！”接着，又哭诉地说：“这十多年来，我家搭上了两条人命，一次是日本人封江，我的船走得远，在江面还没有回来，一个日本小炮艇向我们开来，一上船，就抢收了我家的鱼，把我的大儿子也抓了，说他有反对皇军的嫌疑，被打得死去活来，眼看就不行了，就拉出去喂了狼狗。日本人被打败了，我们想中央军来可好了，可是，盼中央，想中央，中央来了遭了殃，他们照样是敲诈抢劫，因为我家交不起苛捐杂税，就把我二儿子抓去了，要他代替一家财主的儿子当兵，一去就是饭也吃不饱，夏天蚊子咬，那年得了瘟，我二儿子也死了。”那船老大一边讲一边哭不成声，我们也流下了热泪。

我们十分同情那位船老大，并担心他的安全问题，便用亲切的口吻问道：“船老板，这次你送我们过江，你就不怕危险吗？”

“同志啊！”那船老大责备我们说：“你们不知道我的心啊，我家两条人命都被害死了，你们来不就是为我们大家服务的吗？只要我能把你们送到江南去，搭上我这条老命也值得，就算我在人世上没有白活。”

我们和船老大越谈越近乎，就像一家人坐在一起谈心一样，不分彼此，几乎都把自己的心都掏了出来。

我们心里也有点不托底，就想问点乘船的知识：“船老板，这么大的江，才这么点小船，要是不顺风顺浪，那怎么才能开过去呀！”

那船老大似乎很有把握地说：“那你们可放心，我已在江上打鱼30年，什么样的风，怎么开，我心中有数。‘帆船能走八面浪’，开顶风就是慢一点，我调几次风帆那也就过去了，要是开顺风，就能开得快些，可回来就慢，最好是旁风，来回都很方便，我们江上渔民，看看天上云彩，就知道明天是什么天气，共产党是最能听群众意见的，怎么开法，共产党还不听我们的？”

说到这里，大家都哈哈大笑起来，我们对渡江的信心更足了。

第二节　状元郎

百万大军渡江忙，站在路旁望儿郎。
儿去当兵如赶考，愿儿中个状元郎，
含在嘴里保不住，还是要经大风浪，
儿啊儿啊娘想你，愿看儿的一身装。

龚绍华的母亲日夜想念着儿子，过去总想教儿发家致富、孝敬父母，而现在望儿多为老百姓做点好事，人民解放军渡长江，这一带是必经之地，所以总是站在路边一个个打听，她望穿了眼睛，小脚站在地上直晃荡，她打听得口干舌燥，累得腰酸腿疼，也没有看到儿的身影，莫非是光荣牺牲，莫非是远程出征，莫非是工作繁忙，莫非是纪律严明，她打听的年轻人个个都像自己的儿子，但哪有亲生儿子知母情，夜幕降临，她只好回到自己的家里，流着望儿的泪水。

丈夫总是劝妻子放宽心，共产党不会做亏心人，在身边没有把儿子培养成人，共产党的教导能使他焕然一新，我两眼虽然失明，但一颗热心比过去更明亮。

春光明媚，百花开放。经过丈夫劝说，思儿心切开始淡薄，她拐着小脚，去为大军做饭洗衣裳，好让大军多学点渡江本领，这也是为渡江做贡献的好事一桩，军民同欢，军民同乐，使龚绍华母亲心花怒放。

一件件军衣洗得干干净净，一碗碗茶水端到战士身旁，大米饭加点嫩竹叶子煮，吃起来有粽子清香，烙油饼，又薄又脆，放在嘴里越嚼越香，儿童团跳秧歌，她也参加其中跳舞欢唱。正在忙忙碌碌，欢呼歌唱时，忽然有一名妇女前来报喜。

“大妈，你儿子回来了！”

“啊——”一个喜讯从天而降。龚绍华母亲立即感到头昏目眩，怎么我想见见不到，不想便来到，是哪个菩萨保我们母子相会！一个冲动的感情，使她一时没有站起来。莫非我在做梦，莫非有人在说谎。她带着似信非信的心情向周围人看望，“我的儿子是真的回来了吗？”她伸开双手，期待着喜从天降。

“真的呀！”那妇女肯定地说：“你赶快回去做点好吃的吧，你儿子已经到了村头了！”

炮　痕
PAOHEN

龚绍华一到村头，就被很多人围了起来。他们大部分是过去的儿童团员，现在有的当民兵，有的当教员，有的是地方干部，有的做工务农，他们前呼后拥，像欢迎回家的状元郎，虽没有鸣锣开道，也没有八抬大轿，既没有骑着大马，更没有彩旗招展，而是身穿一身戎装，右挎文件皮包，左挎一支短枪，一根皮带腰中扎，走起路来雄赳赳、气昂昂，说话如高山流水，行动如铁打金刚，一见面，个个都争着去握手拥抱，和往年一度相比，简直变了两样，村里人无不羡慕，无不夸奖。

“妈！”龚绍华已经好多年没有见过亲妈，还没有进家门，亲切而又洪亮的声音就传了进去，他恨不得要把多年来的积蓄在这一声中都发泄出来。

“哎！”一听到儿子的叫声，就像在心里煮了一锅人参燕窝莲子粥，立即沸腾起来，两只小脚直扒拉往门外直奔，一股高兴的热泪往两腮直淌，“我的乖骨肉啊，你真回来了呀！”

母子一见面，龚绍华马上扑到娘的怀中，都在抚摩着各自的脊梁和身躯，娘儿俩呼叫不止，已经是成年人了，而且又是一名军人，哪能显得像幼年那样娇气，所以又本能地松开，很快进门拜见父亲。

“爸呀！”

“哎……”龚得福迅速起来，奔向那叫声的地方，一手抓住儿子的手，从头摸到身，又随着那高高的身躯再摸到脚上，好像儿子身上到处都是热腾腾的，失明的双眼，好像看到儿子身上的光芒，一股热泪不断地从两腮淌下，龚绍华站在那里既不动也不让，就想让父亲摸个够，那温暖而又善良的手，又好像在暖着儿子的心肠。

过一会儿，龚得福“扑哧”一笑：“嗨，我怎么把儿子当作三岁小孩一样看待呢？人家已经是大兵中的长官了，叫人家看到，还不笑掉两颗大牙。”他立即收回双手，坐下来和儿子一起谈心。

龚绍华被劝说坐下，一家人在一起叙谈家常，母亲总是对儿的全身上下详细打量，“中国人民解放军”的胸章胸前挂，就像在发出降魔的光芒，“八一”红星头上戴，金光闪闪要把大地照亮，板板正正的一身戎装，好像裁缝店里做的新衣裳，一双蓝帮布底鞋，像要跑遍祖国四面八方，在家时好饭好菜都留给儿子吃，但还是面黄肌瘦，好像三天没有吃饭一样，当兵这几年，面红目炯骨头壮，她禁不住从内心感到舒畅。

话长话短，一家人在一起有说不完的话，有诉不完的骨肉情，为避啰唆没完，归纳起来，可编成诗篇。

母亲问，
绍华呀！
你衣服脏了何人洗，衣服破了谁补上。
床上被子谁人叠，早上几点才起床。
龚绍华一笑，
妈呀！
我衣服脏了自己洗，板板正正来叠上，
衣服破了自己补，一针一线来缝上。
背包打得四方正，又当凳子又当床，
自己的事自己办，依靠别人算哪桩，
打仗行军没有准，抽点空儿歇短长。
母亲咯咯一笑：
只怪做娘心肠软，爱儿不是好地方，
生活琐事娘全包，就怕我儿筋骨伤，
太阳出来三丈高，不叫不催不起床，
不是党的好教导，养成懒汉或流氓。
父亲插话：
我问我儿事一桩，你在部队吃啥样，
鱼肉是否经常吃，是否还做鸡蛋汤，
家里吃好都想你，想留不知留多长，
你的身体壮又壮，饭菜必定有营养。
儿子一笑：
爸爸妈妈听我讲，革命不把福先享，
饭菜有啥就吃啥，饿了肚子啥都香，
玉米高粱大麦面，盐水煮的白菜汤，
大煎饼，包大葱，就是一顿好食粮，
人做好事心宽畅，哪能身体不健康。
父母都笑了起来，都称赞儿子有出息。
父亲又把往事做了回忆：
不是爹妈揭短长，过去你可不这样，
正当饭菜你不吃，零嘴一样又一样，
不合口味不动筷，合口饭菜撑肚肠，

皮包骨头瘦如柴，不知为啥这个样。

母亲急了，指责丈夫：

儿子从小没养好，你不向儿做检讨，
见面就把缺点讲，你说烦躁不烦躁。

丈夫不服，进行反斥：

我怪你妈对你太娇养，
她把责任全部推我身上，
说是儿是她的心上肉，
不花大钱哪能养个好儿郎，
吃好穿好算个啥，
缺子绝孙多悲伤，
如今共产党来教导，
风风雨雨是课堂。
你看如今怎么样？
赛过当年状元郎。

说到这里，大家又笑了起来，妈妈又问儿的一桩事：

妈有一事挂心上，你有没有搞对象，
如今世道讲时髦，父母包办都不让，
如果娶个好媳妇，爹妈了事又一桩。
千万不要当“和尚”，妈想要个孙子郎。

儿子红脸，羞羞答答地说：

妈妈爸爸别操心，我的条件还不行，
为了打仗和行军，团级以上才结婚，
等到全国解放后，人人都能成婚姻，
将来找个称心人，一定向娘报喜讯。
为了将来搞建设，条件低了还不行，
至少找个中学生，相亲相爱度终身。

妈妈抿嘴一笑：“我们家妇女还从来没有一个念过书的呢！”

正在说话期间，门外有人招唤：“绍华，绍华！”

仔细一听，是自己的叔叔、龚绍祥的养父龚得会，龚绍华从屋内走出去，见叔父张开双臂往自己身子扑来，两人抱在一起，龚得会号啕大哭，“绍华呀，我已经接到民政部门的通知，得知绍祥的生父光荣牺牲了！”他边诉边哭。

龚绍华首先松了松手，拉着叔父到屋里坐，在擦眼泪间，龚绍华劝说道："叔叔，你老不要难过，许叔在黑窝里过了十多年，最后总算是见到光明，这也是他老人家的一点福分啊，要是为国民党卖命而死，那是多冤啊！"

龚得会感到欣慰："绍华，我听了你这一句话，就觉得你长了不少见识，有一个书呆子给我讲了半天，什么'仁'呀、'德'呀、'和'呀，也没有给我讲通，你这一句话，就把我讲明白了。"

龚得会上下打量，觉得龚绍华真的很有出息，接着又说："绍华，你小时可调皮呢，我还打了你一次，你不会记我的仇吧！"

龚绍华咯咯一笑："叔叔，你还把这事记在心上，我早就忘光了，我还记不得呢！"

"那是你祖父去逝后的几天，"龚得会作了回忆，"我和你父亲为你祖父治丧，为了招待前来吊丧的亲朋好友，办了几桌酒席，正当我和你父亲向亲友们拜谢时，就看你在桌上和亲友一起吃饭，就觉得这是丢了我们的面子，我马上从桌上把你拉了下来，用孝竹棒在你屁股上狠狠打了几下，屁股上都被打出青印来，你哭着去告诉你妈妈，把你妈心疼得哭了两天，从那以后，我后悔不该打你。"

龚绍华母亲在一旁一听笑了起来："他叔叔啊，你在说我啦，现在想起来，那时你打得还轻了呢！"

龚绍华父亲又对儿子说："你叔叔的心真好啊，一个流浪儿，他就收养起来，把他当亲儿子看待，还送他到学堂念书，在那时的天下，像这样的好人也不多啊！"

"大哥！"龚得会欣慰地对哥哥说，"政府把这个烈属待遇还暂时叫我享受呢，等到绍祥的生母找到后，我把这个待遇还给她。"他又叹了一口长气，"哎——我总想等许大哥回来，把这个宝贝儿子还给他，可是——他没有享到儿子的福，这个福叫我享了。"又是一哭声，"我想做点好事，也没有想到什么报应，结果，天不做主，绍祥的生父就离开了人间。"

"他叔叔啊！绍祥不就等于是你亲生儿子吗？"龚绍华母亲安慰地说。

"啊呀！"龚得会警觉起来，"这次绍祥怎么没有回来呢？"立即又产生了疑心，"终究不是自己亲生儿子，感情总是不一样啊！"

"叔叔！"龚绍华立即解释，"你可不能这样说呀！他一直把您当亲生父亲看呢，甚至比亲生父亲还要亲，因为我们两人都是一个连的连级干部，都离开了连队没有人管，所以我先回来，以后，他还要专门回来看你老人家呢！”

“连级干部？”龚得会惊讶地问：“他现在干什么？”

“现在是我们连的指导员，我当连长，我们两人配合可好呢，我们共同带一百多人，还有4门大炮呢！”

“是吗？”龚得会更感惊讶，“这个畜牲，我从来没有想到他有这样大的出息呢！”

“现在出息可大呢，全连的工作，要是没有他，我一个人就玩不转，他现在是我们连队思想政治工作掌舵人和先锋战士呢！”

龚得会怀疑，“当指导员的嘴可是要很灵巧的呀，像他那笨嘴笨舌的还会说话吗？三句话不到，就把人得罪了。”

“这哪里话呀！”龚绍华一摇手，“他成天跟我们老指导员学，老指导员又是手把手地教他，他怎么也能学个差不多呀！不然的话，上级还能把一百多号人和武器马匹都交给他？”

“绍华呀，”龚得会有点信，但又再三嘱咐，“从小我就知道你的脑子比他灵，你可要经常帮助他一点呢！”

“我还要他帮助呢！”龚绍华瘪着嘴，“有一段时间，我脑子就没有用在正当地方，总是考虑个人的事，结果，我的思想就没有他进步。”

正说话期间，龚绍华想起了自己最亲密战友和同窗好友顾民富，他越想越感到难过，觉得很多事对不起他，就是这样一位好同志，在淮海战场上就分手了，他把生命的全部献给了劳苦大众，他把幸福留给了后人，虽然已离开数月，但他那善良的灵魂总是在自己的心灵中游荡，只要想起了他，就有自己羞愧于人间的感想。他马上要去看望他的父亲顾望泉村长，以感激他的培养和慰问他的安康。

顾望泉听说龚绍华回来探亲，很想去迎接那胜利归来的英俊青年，可是他正在开会，正在组织和安排民工和担架队，并准备亲自带领担架队随大军一起渡江，所以，一时半晌抽不出时间来，他正在争取把会议开得短一些，去见见革命大学校培养出的“状元郎”龚绍华。

“爸，妈，叔，我要亲自看望顾大叔。”话刚落音，就呜呜地哭了起来。

这一哭，也连累了全家人都在伤心流泪，龚绍华母亲哭得更伤心，一边哭一边诉说："民富啊，我的好侄子，你怎么就离开我们了呢？我的天啦！怎么不叫我们这些没有用的人替他一命呢？你可是我们的好宝贝呀！"他边哭边拿着用金银箔叠的元宝在门口祭烧。边烧边说："孩子啊！你拿去吧，这是你婶婶的一份心意。"

龚绍华意识到这种场面不好，他压抑了自己，停止了痛哭，立即劝说家人，"爸！妈，叔，你们不要太难过了，要是我带着个哭丧的脸到那里去，我怎么见顾大叔啊！"

经过劝说，大家才慢慢地稳定下来，父亲把到顾大叔家应当注意的事做了一一交代，龚绍华戎装整齐，向顾望泉家走去。

龚绍华走进顾望泉家门，看到他家还是那个茅草房，因为社会秩序稳定，出门时总不锁门，门口挂着"光荣烈属"的小匾牌金光闪闪，推开大门往里一看，还是一张使用很久的竹筏子床，贫农分得地主的一些浮产他一个也没有要，床上只有供一人盖的旧被褥，枕头也短了，回头一看，是一张照片挂在床边，他对着照片痛哭："民富啊，民富啊，我回来了，你怎么不和我说话呀，我回来了，我回来了。"他又把照片捂在自己胸口，"民富啊，民富啊！你时时刻刻都在我的心上。"

一会儿，听到外面有叫声，猛一听就知道是顾大叔的声音，立即从屋内走了出来，一见顾望泉，禁不住一股热泪往外直淌，赶快走上前去，像小孩一样，扑在顾望泉身上："大叔啊，大叔啊！我对不起民富啊！"

"孩子啊！你别哭了，干革命哪能还没有牺牲的呀！"顾望泉抚摸着龚绍华的军衣，禁不住也流下几滴眼泪。

两人慢慢地沉静下来，各自松开自己手，擦了擦自己的眼泪，各自观察了对方的面色和表情，顾望泉还是那样老练沉着，尤其是那副慈祥的脸，使龚绍华感到欣慰和敬佩，像从他身上得到许多健康的力量，从龚绍华的脸色看，好像呈现一种成熟。

片刻间，龚绍华无法理解一位受人尊敬的长者的内心，便向顾望泉提出询问："大叔，民富牺牲了，你就不难过吗？"

"你孩子说的，儿子死了，当爸爸的还能不难过啊？何况还是我的独子呢？"话音稍停了一下，摇了摇头，"可是……我又想，我天天在家难过就能把蒋介石打倒吗？如果真的是这样，我就天天在门口大哭，一直哭到国民党反动派全部完蛋。"

"大叔，"龚绍华用十分钦佩的语言说道，"我是知道你的脾气的，就是一座大山压在你头上，你也能顶住。"龚绍华又想了想，"你能不能把知道民富牺牲后的心情和表现给我们讲一讲呢?”

顾望泉坐在一张长条板凳上，稳了稳神，就讲了这段前后的情况:

就在大年初一那天，我到一家烈属尊称叫“九三爷爷”的那家拜年，站在门口一看，屋里屋外打扫得干干净净，桌子上还有一碗红烧肉，一盘红烧大鲤鱼，我看了非常高兴。

“九三爷爷，我向你拜年了!”

九三爷爷从屋里走了出来:“村长，大年初一的，你不在家过年，你到我这里来干什么?”

“哎!我们不是一家人吗?到你家不也等于在我家吗?”

“村长啊!”他一五一十地向我摆了许多政府优待烈属的事，他又说“政府对烈属对我太关心了，我家油瓶倒了都不用我扶，妇女会、儿童团经常到我家来干活，连我的衣服被子都洗得干干净净，送来的饭菜都吃不完。”他又难过地对我说，“其实我儿子也没有给老百姓干多少事，共产党的恩情真比海还要深，你们对我这样照顾我也过意不去呀!”

就在这时，乡里民政助理员来了，正好找到我所在的那个地方。

“村长!”

我回头一看:“啊呀!这不是张助理吗?怎么今天也来拜年了!”

张助理似笑非笑不吱声。

我看他的脸色有点不对劲，往日见面都是又说又笑，今日怎么就带来个哭丧脸呢?

“你怎么了!”我就问他。

他站在那里还是不说话，像个呆子似的，可是我又想:张助理是个怕老婆的，经常为培养孩子问题吵架，一吵起来，老婆总占上风，我便问道:“是不是大妹子欺负你了，没有关系，我去给你说一说，叫她好好地对待你。”

张助理在那里站也不是，坐也不是，手里拿着文件袋颠来颠去。

张助理看了周围，好像很不方便，“村长，到你家里去坐坐吧!”

“那好!”我高兴地回答，“这是你张助理看得起我!今天我们哥儿俩好好地喝两盅。”

我把张助理带了我家里，谈了支援前线的事，他一点不感兴趣，只是把一个文件缓缓地递给了我，“村长你看看里面吧!”刚一松手，就哭了起来。

这时，我已猜到了八分:一定是民富出事了，我哆哆嗦嗦地从文件袋里抽出了一封信和一张烈属证明书，我打开一看，信上是这样写的：

顾望泉家长：

您的儿子顾民富同志于1949年1月8日在淮海战役战场上牺牲。他是我党我军的一位好同志，我们深感悲痛，我部全体战士，将继承他的革命光荣传统，奋勇前进，为彻底推翻蒋家王朝而奋斗，为你的儿子报仇，随寄烈属证一张，望你保重。

××炮兵团政治处

×月×日

我也没有看完，只是糊里糊涂地知道那里是怎么回事，顿时，我觉得头昏目眩，两只眼睛直瞪瞪地往外看，我也不知道这是在什么地方，我就想和儿子见上一面，我就想看看儿子埋在什么地方，我要想在儿子坟上埋一把土，好像魂不附体和儿子在空中游荡，我的儿啊，我的儿啊，你已经到你妈那里去了啊！我的身子坐在凳子上已支持不住了，“扑通”一声，我摔倒在地上，这一下，我的身子摔得也有点疼，好像有一点清醒，我就坐在地上拍地大哭，“我的儿啊！我的儿啊！你在哪里呀，你在哪里呀，你回来呀，你怎么不回来呀，爸爸要见你呀，你回来呀，你怎么不回来呀!”我又反复地念你哥哥的名字：“民富呀，民富呀，你怎么就离开我了。”

张助理看到我这样，他也哭了，哭了一会儿，他再三对我劝说，把我扶到床上，盖上被子，我又蒙上被在床上哭了一场，张助理到外面找人帮助劝说。

消息传出来了，你父亲母亲都来了，你母亲用热水巾帮我擦泪擦鼻，还帮我洗了来不及洗的衣服，又帮我把屋子打扫得干干净净。你父亲是一双看不见的眼睛，他就在我身上摸啊摸啊，一面摸，两行眼泪也在不断地往下淌，他把我的心摸得热乎乎的。但我又一想，人家也有人在外面当兵，我这样做，不是叫人家难堪吗？大过年的，人家不在家过年，还到这里来照顾我，我能对得起人家吗？我慢慢地止住了哭声，再三劝他们回去，你父亲还是在我的床头，陪了我一夜，就怕我出事。

顾望泉和龚绍华坐在一张对面桌子上，顾望泉一面说一面哭，龚绍华的泪水也像流水一样往下直淌，谈了一会儿，两人都感到：光哭也不是个事，又都慢慢地沉静下来，顾望泉对龚绍华说：“孩子啊！你好好干吧！民富没有做完的事，你就好好接下来吧!”

龚绍华十分感激地说：“大叔，你就把我当亲生儿子吧，将来您老了，我孝敬您。”

“你这孩子就会说傻话，我的儿子还多着呢！将来我老了，政府还不照顾我?”

两人由悲痛又转为精神振奋。

龚绍华的探亲假只有两天，村里人都想挽留多住几天，有的是同窗好友，有的是过去的儿童团员，更舍不得的是自己的生身父母和亲友，可是军令如山，谁也不敢违反军队中的铁的纪律，谁劝也劝不住，妈妈只好为儿子做点好的饭菜，让儿子吃得饱饱的，也好赶路归队。这些饭菜是：

红烧公鸡胸脯肉
　　公鸡报晓天将明；
油炸排骨猪里脊，
　　万事如意都吉利。
清蒸长江大鲤鱼，
　　打过长江没问题；
红烧猪肉一大碗，
　　红旗插遍祖国各地。

吃完饭，父母为儿子送了一程，开始儿子扶着父亲走了一程，过了一程，儿子就催着父母不要远送，平常外出办事，一般是妻子送郎，儿子送爹娘，而今父母送儿子上战场，千言万语，送儿的言语可以写成一个像戏剧般的语言诗的篇章。

父母送儿上战场，时刻把儿挂心上；
不盼发财和发福，只盼推倒死老蒋。

儿行千里母担忧，不见儿子心内愁；
儿穿戎装到眼前，喜得老娘笑白头。

养儿育女图防老，望子成龙祖荣耀，
娇子浪子未必孝，还是共创世道好。

比着比着有个头，马列主义胜父母；
专为个人也是祸，儿为天下路对头。

一见儿子探爹娘，千言万语难端详；
儿啊儿啊有出息，如今老子比不上。

送儿送到村头上，嘱咐儿子紧跟党，
儿啊儿啊你放心，老子不当老混账。

龚绍华恋别父母，也在不断地劝说父母，千言万语，也可以概括着一首《劝说词》。

劝父母，别伤心，儿走天涯为革命，
劝父母，别难过，儿走道路没有错，
劝父母，别发愁，儿子走路党领头，
劝父母，别挂念，儿的同志万万千，
劝父母，要保重，活着首先为民众，
劝父母，好思想，一心跟着共产党。

暂不说人民解放军是怎样打过长江去的，先说龚绍祥的母子相会。

望儿郎，望儿郎，虎丘山下把儿望，
江北有我亲骨肉，隔江如隔太平洋，
伯虎虎丘等秋香，娘在山下等儿郎，
法海劈开白许配，蒋家折我父母郎，
骨肉分离千百万，远离东西南北方，
打过长江母子会，统一全国民所望。

在人民解放军打过长江，解放无锡、苏州和上海之后，一支部队回到苏州休息准备南下，其中有一寻找亲人的情节：

虎丘山下一支兵，有个儿郎寻亲人，
借问酒家何处有，天长日久难知情。

龚绍祥一到苏州，就寻找自己的生母，他打听了几家当铺洋行，还打听了几家商店工厂，都没有打听到这样的人影，相隔15载，生母的姓名、面貌、形状和特征都说不清楚，连一点线索都没有找到，加之部队纪律严明，又正处在作战状态，哪能有时间认真寻找，在过去，他一直把生父当着坏人、把生母当着好人，他多么想把生父的灾难告诉母亲，以取得生母的谅解，加深对旧社会罪恶的仇恨，还想告诉妈妈，生父是怎样为国捐躯的，他有说不尽的养父之恩，有讲不完的党对自己的培养，他有多少话要说，有多少话要讲，费了九牛二虎之力，也没有打听到一点音信，他觉得已经绝望了，所以就死了这个念头。

部队将要执行新的任务，徐老师第二次来到龚绍华和龚绍祥身边，还跟随着一名妇女，龚绍华一看，那位妇女面色饥黄，但举止朴素、大方，与徐老师的年龄相比，似乎不相上下，龚绍华直率地问道："徐老师，这位是您的夫人吧!"

徐老师"扑哧"一笑，责怪地说："你别胡说八道，我还叫她杨姐呢!"

这一来，弄得龚绍华很不好意思，龚绍祥也责怪龚绍华说话很不注意。

"大妈！你老贵庚啊?"龚绍祥认为既是徐老师姐姐，一定很有文化，所以把寻问人家的年龄说得文绉绉的。

那妇女也不知道"贵庚"是什么意思，糊里糊涂点了点头，对龚绍祥笑了笑，粗略一看，这小伙子长得非常英俊，说起话来和和气气，待人很有礼貌。

徐老师向那妇女介绍说："这二位原来都是我的学生，现在都当干部了，他是连长（指龚绍华），这位是指导员（指龚绍祥）。"

那妇女跪下："连长，指导员，你们解放军打过长江，救了我们老百姓，我向你们叩头了。"

出于政治工作者的本能习惯，龚绍祥连忙前走，拉起了这位妇女："大妈！不能这样，不能这样，为了解放全国人民，这都是我们应该做的。"

那妇女站了起来，仔细一看，长得和15年前的丈夫一模一样，忽然在脑子里产了幻觉，马上以仇恨的眼光注视着龚绍祥，并指着他的鼻子，满口谩骂："你这个混蛋，你这个臭不要脸的，你……你……你现在还活着，枪子怎么就没有把你打死。"

龚绍祥被骂得莫名其妙，但还是笑着说："大妈，我有什么事惹你老人家生气啦?"

“你还有脸问我，你干的什么事你还不知道吗？”

“大妈！我也没有做对不起你的事啊！你老人家怎么跟我生气呢？”龚绍祥连忙解释。

那妇女咬着牙，把头往龚绍祥身上撞，“你这个狗养的，今天我要和你拼了。”

在场的看了也弄不清是怎么回事，将要发生打架的场面被龚绍华拉开了。

徐老师一见，觉得有门，便前去劝阻：“杨大姐，你怎么能打骂解放军呢？”

“他白披了一张人皮。”

“杨姐，你把情况弄错了，你详细问清楚再说嘛！”

那妇女扑通一下坐在地上：“我的儿啊！我的儿啊！你要为娘报仇啊！”

龚绍祥瘪着嘴：“我还有仇没有报呢！我妈被人卖了，到现在还没有找到呢！”

那妇女恍然清醒了一点，猛一想，我丈夫的年龄也不能有这样年轻啊，她认真地看了看龚绍祥，莫非他就是我的儿子?但又不敢相信儿子会有这样的出息，天下人一模一样多得很，认错了人会叫人家责怪的，便抱歉地说：“同志啊！我糊涂了，对不起你们啊，你就处罚我吧！”说着马上跪下叩头。

那位妇女哭着说：“大军同志啊！这位徐老师带我来是帮我找儿子的，因为我说的名字，住址和徐老师知道的不一样，找了好几个地方都没有找到，看来是没有希望了。”

“你儿子叫什么名字啊！”龚绍祥有点猜疑：“莫非我就是她的儿子?”

那妇女说：“因为那时很小，穷人念不起书，我一直没有给他起个大名，只为我只有一个儿子，就想把儿子养成像自己的看家狗，所以小名叫苟儿，结果还没有留住，终于还是分散了。”

“苟儿！”龚绍祥十分惊讶，接着问道：“你儿子是几岁离开你的呀？”

“那时还不到5岁。”那妇女有气无力地回答。

“他身上有什么记号呢？”龚绍祥又向前迈了一步，双眼盯着那妇女。

“他屁股上有个疤，是和一家财主孩子打架，用剪子刺伤的。”

龚绍祥扑上前去，抱住那妇女的脖子：“妈呀，妈呀，我就是你要找的儿子，你说的和我知道的全对，我终于找到您了。”

“不！不！”那妇女极力推开他，“大军同志，你别弄错了，我儿子还能当这样大的官吗？”

“妈呀！你别糊涂啦，当干部也不能在脑门儿上贴上帖，共产党的干部是为人民服务，只要思想好、有能力，谁都可以当干部。”

那妇女越看越像，但又疑惑地问道：“孩子，你真的是我儿子吗？”

“怎么不是呢？人家告诉我，我老家是许家堡人。”

“是吗？”那妇女呆呆地看着。

“不就是我爸受地痞流氓的骗，赌钱输了，把你当抵押卖给别人的吗？”

“啊呀！”一提旧事，眼泪往下直淌，两腿发软，扑通地坐在地上，“我的命苦啊！我怎么和这样的狼心狗肺的东西配在一起呢？”又是坐在地下扑地大哭。

龚绍祥见此情景，耐不住也放声大哭，“妈呀，妈呀，从那以后我再也没有看到您呀，我真想你呀，我的亲妈呀！”

大量事实说得一清二楚，丝毫不差，那妇女恍惚清醒了一点，面对着儿子：“儿啊，儿啊，妈想你呀，妈对不起你呀，是哪一位神仙帮我们母子相会呀！”

龚绍祥扶起妈妈，边扶边说：“妈呀！是共产党帮我们骨肉团聚的呀！今天我们娘儿俩就在一起好好谈谈共产党对我们的恩情吧！”

母亲对儿子仔细端看，身穿一身戎装，满面红光，英姿飒爽，行动敏捷，说话流畅，一个文件皮包，一支短枪，如同身带的文武二将，不觉从内心发出无限的喜悦，是哪一位神仙把我儿培养成这样的英俊、坚强，那真是胜过了当年的状元郎。

这时龚绍华、徐老师都在为他们高兴，安排了他们团聚和说话的地方，龚绍祥对母亲滔滔不绝地讲了共产党对他的培养，叙述养父养母对他的恩爱和培养，介绍了生父的坎坷一生和他的淮海战役中牺牲的情况，取得了生母对生父的谅解，母子俩整整谈了一个通宵。

诗曰：

母子喜讯从天降，天破长江隔离浪，
昨天月亮半明暗，今日月亮圆又亮。

第三节　拉郎配

不是不把情人找，而是时机没有到；
不在职位低和高，知情不需人介绍；
革命是我终身业，情投意合基础牢，
拉个情郎度终身，互帮互学乐逍遥。

1948 年 11 月，人民解放军对国民党的战略决战取得决定性的胜利。李健已经是 20 多岁的人了，不能不考虑自己的前途和终身。

抗日战争胜利，面对国民党战争叫嚣，李健报名参军当一名女演员，年刚 17 岁，当时曾以组织的名义给她介绍过对象，对方是一位比她大 20 岁的姜副团长，这位姜副团长任副团职已经 8 年，土地革命时他出生入死，几乎是从死人堆里爬出来的。

年少的李健从小就想从老革命那里学点东西，姜副团长的功劳他耳有所闻，在偶然中，她被人带着和姜副团长见面，一个尚未完全发育成熟的女青年哪有谈恋爱的迫切要求，认为见一见可能是工作关系。

无心想把情郎找，有情情郎年倍高，
资格功劳唯可贵，哪能献身来成交。

一条长条饭桌，姜副团长坐在桌子的正中央，他习惯于当年斗地主当审判官的姿势，并以此来表现出他那种英雄形象，他又在盘算自己如何和情人谈话，又想使自己的身份表现出文雅、端庄，还没有考虑成熟，一个女人走到他的面前。

"报告!"李健恭恭敬敬地向首长敬礼。

"进来吧!"姜副团长一看，是个女娃子，便问道："你叫什么名字啊?"

"我叫李健。"

"我听说过，"又问道："你老家在什么地方啊?"

"我老家在湖南，是跟父亲逃出来的，父亲参加革命牺牲了，我参了军。"李健一看，对方满脸皱纹。

"我在湖南打过游击、打过土豪，"说着便站了起来，手往桌子上一拍，"他娘的，这帮地主豪绅太可恨了，专门欺压老百姓，我杀了他几个。"马上用英雄的气势看了看李健。

“首长，我哪能和你的功劳相比呢？我还要向你学习呢！”边说边向后退了几步。

姜副团长坐下来，微笑地看了看李健，似乎对这位聪敏伶俐的妇女很羡慕，他想不出用什么词来说话，便直截了当地说：“我和你谈恋爱好吗？”

“不！首长，不！”李健又向后退了几步走了。

好学上进的李健三年不谈恋爱，她一心一意把精力放在事业上，女同志的婚姻是不受级职限制的，不少人向她求爱都被她拒绝了，她不求高官厚禄，也最讨厌那种自私自利的个人主义者，3年后，她开始选择，想找一位情投意合的人做她的终身伴侣。

多数男把女人追，今有女人拉郎配。

各有各的处境地，难免当中有误会。

在几次下部队演出中，李健对龚绍华的艺术灵感比较欣赏，起初接触只是工作关系，发现他的小资产阶级思想意识特别浓厚，后来龚绍华在诉苦中的表现和在淮海战役中的动人事迹她耳有所闻、报有所见，她觉得应和他结为互相帮助、互相学习的侣友，逐步产生了对他的爱慕之心。近来下部队，龚绍华对她特别冷淡，见面不主动打招呼，有时还有意躲开，是因为过去对他刺激太大？是因为怕人说三道四？是因为他另有对象？她现在决定“主动出击”，以取得相互间的了解，虽然现在还不够条件，当红旗插遍全国时，也许能得到如愿。

龚绍华回部队的路上，渐渐进入深思，他想到现在，又想到将来，既想到全国解放，也在想个人的生活细节，在夺取全国胜利之后，他想有一个温暖的家，更希望有一个志同道合的伴侣。

天上彩云相映，丛中彩蝶飞行，

仙女选中情中郎，彩蝶爱演梁祝情。

“龚绍华同志！”一个女人的叫声似乎从天而降。

龚绍华四面张望，不见人影，他弄不清这到底是神还是人。

“龚绍华同志！”

龚绍华一听，是从一个树林里传来的声音，他怀疑，这里面是不是有不正经的人，他害怕“沾包”，所以又加快速度往前走。

“龚绍华同志！”

龚绍华觉得后面有人追来，他回头一看，“啊呀！这不是李健同志吗？”

“你的架子可不小啊！叫你三声你都不答应。”李健娇言责怪龚绍华。

“这哪里话呀，”龚绍华连忙道歉，并风趣地说：“你是上级机关的人，我是基层的人，我怎么能看不起你呢？”

“我看你这个人没有感情。”李健微笑责怪。

龚绍华诧异：“谁说我没有感情啊？我觉得现在的感情比过去深多了！”

“那是什么感情？”李健期待能得到称心的回答。

“是无产阶级感情啊！”

李健十分晦气，手里拿着两朵鲜花捻着，企图把这两朵花的茎捻在一起，一时没有话说，突然，看到树上有一对喜鹊在啼叫，她触景生情，指着那颗树，“喂！那两个喜鹊有没有感情？”

“嗨！”龚绍华费解：“人怎么能和喜鹊比呢，它又不能跟我们一起干革命。”

李健觉得今天好像是碰到一个木头人，但还是耐着性子和他走了几步，走到一个河边，指着河水中的一对鸭子：“喂！龚绍华，我把河水中的一对鸭子比成一对鸳鸯，你说它们有没有感情。”

龚绍华也是看过爱情小说的，他立即理解这里话中有话，他不想使自己成为古书中的书呆子，但满脑子装着和敌人生死决战的念头，对李健一段话不太理解，他立即解释道：“李健同志，你这就说得不对了，现在战火纷飞，我们哪有精力谈情说爱呀！再说，像我们这一级的干部，双双对对还能带领部队打仗吗，那到什么时候才能把蒋介石打倒、解放全中国。”

李健急了，但又不好发火，她从另一个侧面探讨：“我不跟你说这些了，我要和你谈点正事。”

“我要找你采访，你要把你的思想转变和淮海战役中的事迹说一说。”李健摆出似乎很严肃认真的样子。

“嗨！”龚绍华摇摇手，“我有什么好采访的呀，淮海战役的事迹都是大家做的，我有点思想转变也是党培养的，就这么一点小事，还值得放在你们心上。”

“对了，我们连里好人好事可多呢！你可以把我们连光荣牺牲的副连长顾民富同志的事迹写成一个剧本，他的光荣事迹很有教育意义呢！”

“不！”李健摇摇头，“我要古戏新编，而且要你我一起演，根据你的文艺才能，你也一定能演好。”

“那……我就猜不透你要排什么戏了。”

李健微微一笑，“我想演新编现代歌舞剧《梁山伯与祝英台》。”

龚绍华的脸色变了，“那……那可不行，人家在前线上浴血拼杀，我们在演谈情说爱，那不是动摇军心、搞色情活动吗？”

李健的语言紧追不息，“那我和你假戏真演呢？”李健用舞台表演的姿势唱了一段《梁山伯与祝英台》的曲词，还伸出对龚绍华爱慕的手。

“不行，不行！”龚绍华的双手直摆，“你可不能这样说呀，如果让部队知道，这个影响可不好。”

“怕什么？”李健毫不在乎地说，“男女之间恋爱，也不是什么新鲜事，谁也不能干涉。”说着去搂龚绍华的胳膊。

龚绍华极力脱开：“不！我们还是距离远一点，男女授受不亲，叫人家看了，是多么不好啊。会说我们有腐化思想。”

“呵！”李健哈哈一笑，“你受孔夫子的教育太深了吧！男女之间拉个手，就说是腐化思想，那就把男人和女人都分开，成立一个男人国、一个女人国，你说，人类就是为建立这样的世界吗？”

龚绍华连声解释：“李健同志，你别误会，现在是战争状态，而不是和平时期，我们基层同志都没有直接接触妇女的习惯，所以，男女间的接触都特别小心。”

“党中央早就讲了”，李健直言说：“从根本上打倒国民党政府只有一年左右时间，打过长江去，推翻蒋介石政府，我们就将要进入和平建国时期，难道胜利后，我们都当和尚、尼姑不成!”

龚绍华无法辩论，而是用埋怨口吻说：“李健同志，过去你不是说过，部队结婚条件是28岁以上、5年以上党龄、团以上干部吗？我现在才22岁、连级干部，离结婚条件还差得远呢!”

“呵！”李健一笑，指着龚绍华的鼻子，“你还记着我过去那句话呀，你真是傻瓜，那不是在困难条件下吗，在全国解放后，条件是会放宽的，那时候，我们的年龄又增加几岁！”

龚绍华又以似信非信的口吻：“像你这样的条件，师、团干部还要排队呢！你能找我这个小连长吗？”

李健很是生气，“你把我看成是什么样的人了，难道找大官、图享受，这就是我的革命需要吗？”她撕了手拿的两片枯花叶，往地下一摔，

“可耻，可耻！你是把人看扁了，怪不得你还有小资产阶级思想残余呢！”

“对不起！”这一下又捅了他的心病，连忙道歉：“我的毛病太多了，就是你过去批评过我的，小资产阶级个人主义思想太浓厚，还希望你指正呢！”

“因为我了解你，我才和你谈，如果不了解你有很大转变，我才不和你谈呢！”

“那……我有时还有点暴露呢！”

“可以考验考验嘛！如果你那浓厚小资产阶级思想不克服，那我们就吹。”

龚绍华笑了，点头表示同意。

从此，龚绍华和李健建立了恋爱关系，他们互相帮助、互相学习、互相促进，都愿在革命征途中相互竞争。

拉郎配，郎拉配，说点爱情小误会。
劝君莫做粗心事，一对姻缘差点吹。

3年过去了，部队结婚条件已经放宽，龚绍华和李健的恋爱关系已经成熟，并决定近期举行结婚典礼。

由三张方桌拼起来的一个长条桌面，用文工团的红色幕布铺在上面，好像是一场好戏马上就要开幕了。毛主席像挂在正中央，形似要在毛主席面前宣誓各自的革命意志。一条香烟，一包糖果，半斤茶叶，花了才不到20元钱，既没有花轿接送，也没有鞭炮齐鸣，各自把自己的亲朋好友请来，开一个联欢晚会。

龚绍祥用大红纸写了一副对联：

斗私心，炮火中龙潭虎穴巧结缘。
铸魂灵，舞台上桃李天下偶成姻。
横联是：革命伴侣

对联将思想改造、对方职业，各自业绩都寓意在里面，观看者无不叫好，这不但对新婚夫妇有教育和纪念意义，对参加婚礼者也有一定的教育作用。

参加婚礼的有单位首长、来宾及一些要好的同志，姜副团长夫妇被李健请坐在荣誉席位，使他们都感到欣慰，表明了幸福者不能忘记老一辈创下的业绩。会议室只能容纳30余人，在向毛主席、向首长、向同志们敬礼和互相敬礼之后，进行了一段娱乐活动，婚礼会上又说又笑、又唱又跳。

在3个月以前，李健收到一封来信，从信的笔迹看，便认出了是自己的男友龚绍华寄来的，她把信捂在自己的胸口，低下头，害羞地一笑，心窝里像放进去了一个热火炉，全身都感到是热乎乎的，她心里想，距离结婚日期已经不远了，这封信的语言一定会甜甜蜜蜜，她轻轻地打开了信封，不顾看头看尾，也不顾辨认字里行间的笔迹，而是直接看信中的内容，信中写的是：

今日来信无别事，谈谈我们的关系，因为我已另外选择了对象，他的条件比你好多了，我们的恋爱婚姻关系就从此结束吧！婚姻大事，父母作主，我父亲说，和一个臭当兵的有什么好谈的，手上没有钱，享不了福，从今以后，我们之间的关系就吹了吧！

李健没有看完，就急得火冒三丈，她顾不得任何思索，一下就把信撕得粉碎，一面撕一面骂道："这个没良心的东西，原来我认为他的小资产阶级思想得到彻底改造，可是他是个'狗改不了吃屎'，本性改不了。"她越想越窝火，越想越伤心。为了追求对他的爱，她把不少中高级干部的要求都拒绝了，如今正当年龄增长已超过当时平均年龄时，他竟能做出这样伤心损德的事来，实在难以容忍，她回到自己的床上，捂着一条棉被大哭了一场，责骂自己"瞎了眼"，没有把人看透，并认为所有男人没有一个好东西，下定决心，从今后，不和任何人谈恋爱，愿当一辈子独身，但为了自己的事业，她还是在极力克制自己，积极地参加文工团的排练和演出。

龚绍华已经一个多月没有收到李健的来信了，他满以为寄去的信一定能富有深厚的感情，但连寄5封，也没有收到一丝回音，弄得他这些日子吃饭也不香，睡觉也不甜，走路也不顺，学也学不进，但还想找个机会和李健谈一谈。有一天，文工团到部队巡回演出，他堵在后台，准备亲自见一见李健，并说明近来的一些情况。

“李健!”龚绍华兴高采烈地呼叫。

李健听到是龚绍华的呼叫，但就像遇到仇人一样，头也不回，就到后台化妆。

演出是件大事，龚绍华也不好在众人面前拉拉扯扯，他戏也不看，就在后台的外面等候，等卸装之后，找李健好好谈谈。

一位工作人员看到有一个人在后台外面蹲着，便厉声问道：“喂!你是干什么的?”

“我是找李健同志的。”龚绍华以恳求的目光望着那位后台工作人员。

那人一看，原来是和李健吹了的恋爱对象，李健和龚绍华断绝关系一事在文工团工作人员中已有所闻，那人也最恨没有良心的人，便严厉地对龚绍华说：“你不是和她已经吹了吗?我看你这个人就是没有良心，既然已和她断了，现在还有脸见她?”那人手一摆：“回去吧，就死了这颗心，这么好的条件你不要，癞蛤蟆想吃天鹅肉，真可耻。”

龚绍华的脑子“嗡”了一下，弄得他“丈二和尚，摸不到头脑”，他心里想，我从来也没有提出和她断绝关系呀，他那惊慌的神色和发颤的手，不知说什么是好，但还是向那工作人员求饶，“请你让我见一见她吧，我求求你，这里面可能有误会。”

那工作人员火了，“你这个人怎么啦，我说不能见就不能见。”

“那我就在这里等她。”

那人指着龚绍华，“你这个人到底有没有纪律性，敢到后台胡闹，我要报告你们首长，好好地教训教训你。”

龚绍华无可奈何，他像撒了气的皮球，回到自己的营地，他一夜未眠，总考虑在什么地方得罪了李健。

第二天一清早，战士于得海到连部向连长报喜，看到连长一个人坐在床上不知在考虑什么。一进连部门，也不顾军人礼节，便高高兴兴地对连长说：“连长！对象成了。”

“去！去!”龚绍华十分烦恼，他以为战士们已知道他和李健谈恋爱的事，连声说，“已经吹啦!”

“真的成了。”于得海一边讲一边向龚绍华靠近：“我要谢谢你呢!”

“滚蛋！滚蛋!”龚绍华一摆手：“你懂什么呀，赶快给我靠边站。”

于得海对连长的这种态度并不介意，他还以感激的心情赖在连部不走，嘴里还嘟囔着：“要不是你帮我写的那封信，我的对象早就吹了。”

“信!”龚绍华警觉起来什么信?

“怎么啦！”于得海很不理解，“不是你说服我对象的那封信吗？这个信写得可好呢！我对象都看迷了，不过……你把我对象的名字写错了，一开头就写了‘健’字，后面也没有写我的名字，就写了一句‘您的男友’。”

还没有等于得海说完，龚绍华立即站起来：“糟了！”他一拍膝盖，马上就往文工团驻地走。

“连长，你别走啊！”于得海拿着从家乡带来的花生，也没有把连长叫回来。

近来，龚绍华的工作特别烦忙，他不但要做好军事行政工作，还要帮指导员做些部队思想政治工作，他运用自己的特长，编写个小节目，准备在连里试演，有的还准备送文工团投稿。正在忙得火热时，碰见于得海拿着一封家信往连部走，他带着哭丧的脸把信交给了连长，龚绍华热情地接待了他，并教育他如何正确对待婚姻恋爱问题，龚绍华看了信的内容非常生气，立即表示帮他写一封信说服教育那位妇女。这是在一个晚上，灯光不明，龚绍华将于得海的家信装在寄给李健的信封中，并将给李健的情书当于得海的家信，结果造成了这样大的误会。

龚绍华以飞快的速度赶到文工团的驻地，文工团的同志正在收拾道具准备到另一个地方演出，李健正在打背包，似乎有点无精打采。

“李——健！”龚绍华一见李健就大声呼唤。

李健听出是龚绍华的声音，她头也不抬，还继续在打自己的背包。

龚绍华赶紧跑到李健身边，他气喘喘地说：“李健！你收到我的信没有。”

一提起信，李健火冒三丈，气得她那伤心的眼泪往下直流，“你还有脸提那封信，怪我看错了人，原来，你还是一个死不改悔、损人利己的个人主义者。”

龚绍华一跺脚，责备自己：“我错了！”

“现在才知道错，晚了！”李健把头一撇，和龚绍华背对背站着。

“我以后又连接写了几封信，你收到没有？”龚绍华问。

“我全烧了！既然如此，我还有什么看信的必要呢？”说着，拿着背包就走。

“你别走啊！我有话要对你说呢！”龚绍华恳求地。

“死不改悔的老毛病，还有什么话好说的。”李健拐个弯，力求躲过他。

“我求求你，你听我说一句话好不好。”龚绍华又走到李健前面，力求堵住。

“你还有脸来追我？”

龚绍华急了，但又不敢发火，他还用恳求的语言说：“你别走啊，我给我跪下好不好。”说着，便立即跪在李健面前。

“唷！这么大的个子，怎么今天变矮了呢？”李健用讽刺的语言激他走开。

龚绍华苦苦哀求道：“我把信装错了！”

李健冷笑：“你还想赖账，信封的笔迹完全是你写的。”

“那封信的内容不是我写的呀！”

“啊！我的信你自己不写，还叫别人帮你写，你真丢人。”

“那是一个战士的家信我装到你那个信封里了。”

李健愣了一下，回想起当时看信的情景，猛一醒，责怪自己太粗心，她的心又软了下来，由恨变成了爱，抿嘴对他一笑，但又不好立即当面认错，而以婉转的话说：“起来吧！起来吧！过几天再和你算账。”

第四节 借炮打匪

过去骂我是共匪，而今称你是蒋匪；
并非胜王败者寇，倒是人心向和背；
怪你办事太缺德，逆着潮流往后退；
今要打过长江去，彻底把你王朝推。

“军队向前进，生产长一寸，加强纪律性，革命无不胜。”中国共产党七届二中全会向全党全军全民发出号召：“将革命进行到底。”人民解放军正在做充分准备，只要是国民党集团拒绝中共提出的《八项条件》，我们就要打过长江去，解放全中国。

顽固的国民党匪帮，还在梦想保住半壁江山，以便卷土重来，他们企图以长江这个天然防线来阻止人民解放军过长江，他们从湖北的湖口，安徽的安庆，江苏的南京，直到上海及浙赣以北地区布防24个军、72个师的兵力，他们自吹，长江防线，固若金汤，共产党军队必死于长江之中。

人民解放军有一支野战部队将要从国民党守卫的江苏省江阴一带登

陆作战，直接担任从南京到江阴段防务的国民党部队有6个军、20个师的兵力，并有一个“江阴要塞”。

江阴要塞历来是军家必争之地，1863年，太平天国广王李恺顺在江阴坚守阵地，和清军进行了英勇作战。

国民党在江阴要塞部署有一个炮台（相当于一个炮兵团）配备有美国、德国造的重炮40多门，小口径直射炮18门，一个守备队（相当于一个加强步兵团），一个工兵营，他们担负着由黄港——黄山——长山——张家港计25公里的正面防守任务。

担任要塞司令的是国民党少壮派少将戴戎光，他和国民党参谋总长顾祝同的关系比较密切，上任时，蒋介石亲自接见了他，国民党战区司令长官两次亲自到这里“视察”，美国顾问也亲自到这里“视察指导”，从表面实力看，解放军从这里渡江确实有很多困难，一般军事指挥员都认为，从这里渡江是根本不可能的。

近来，龚绍华继续在做渡江的准备工作，他已做好随时付出自己生命的准备，他看到首长和机关工作人员在研究渡江登陆作战的许多战术和技术问题，其中包括：对敌江防概况的研究，对长江潮流、江风、江雾、浪高、流速等都做了一一分析，在战术上包括：侦察、训练、通信、船只、给养、弹药、器材诸方面都做了一一安排。在作战指挥上：对火力组织、江上编队、护航、通信联络信号，可能遇到想不到的情况如何处理等都做了几套方案，以及在登岸后怎样巩固突破口，防敌人反扑和如何向纵深发展等问题都做了精心筹划，还确定了各部队指挥员的第一代理人和第二代理人……所有这一切，都使龚绍华看得眼花缭乱、听得惊心入神，也使他增长了不少军事知识，他决定回去后，对部队的训练再做认真安排。

龚绍华在回去的道路上，又到步兵连队向他们学习渡江作战的准备工作，连里正在开展军事民主会，要大家一起动脑筋想办法，共同解决一道道难题，例如木船遇到敌兵舰时，应当不顾一切，从四面八方靠上去，使敌人无法从四面发扬火力；在接近敌舰时，猛向敌舰投手榴弹，以压倒敌人的火力或争取俘获敌舰；当我们船只被敌大口径炮击坏时，就要不离开船体，带着救身器，随波逐流，等待其他船只来营救，还讨论了诸如堵漏器材等问题。龚绍华把这些都记在脑子里，思考回去后，如何结合本单位的情况进行运用。

陆地山炮不同于舰艇火炮，在小木船上是无法架起山炮对敌人射击的，而只能在步兵的掩护下登岸协同作战，龚绍华没有照搬步兵在船上发扬火力那一套，而是想如何提高部队登船、下船和登岸的速度，训练部队如何在滩头迅速投入战斗，如何随步兵向纵深发展，在没有骡马和其他运输工作的情况下如何带走火炮弹药及各种装备，并通过军事民主，制订了各种措施。

龚绍华不放弃把火炮绑在竹筏子上的做法，他意识到：敌人的火炮不可能专打步兵而不打炮兵，在炮兵的船只被敌人大口径炮击沉后，这就是唯一的渡江工具，他把竹筏子又重新加固，誓死一定渡过长江，他满以为，这可能还是他的一个“发明创造”。

开春以来，在长江一线都以南风居多，而且越刮越猛，逆风逆水行舟，将给渡江带来多大的困难啊！如果采取强渡，将要付出多大的代价！

“万事俱备，只欠东风。”可是自然间的东风在哪里呢？1949 年 4 月 21 日，以周恩来为首的中共代表团和国民党代表团谈判破裂，就在这一天，南风停止，突然刮起了强劲的东北风。夜间，云彩覆盖着星星和月亮，给江船的隐蔽形成天然屏障，解放军总部决定，就在这天渡江，一支强大的船队，将要向长江以南进发。

人民解放军借东风来了！

指战员们在为此热烈欢呼！

在出发前，团副参谋长袁培新带领参谋人员检查落实渡江准备工作，走到炮兵二连，看到船上装了很多竹筏子，他一看生气了。

“二连连长，你给我下来！”

龚绍华立即从船上下来，跑步走到副参谋长身边，“报告参谋长，二连连长龚绍华前来报到。”

“这个竹筏子是你叫装的？”

“是！”龚绍华笑了笑，想争得参谋长的赞扬，“这不过是我的一点小创造，如果我们的船被敌人打沉了，就可以利用这些打不沉的竹筏子渡过长江。”

“瞎胡闹！”参谋长严厉地批评又命令道：“你赶快给我卸下来！”

“参谋长！”龚绍华猜不透上级意图而辩解，“那可不行，这些火炮是步兵老大哥用血汗换来的，火炮沉入江底，我拿什么去打呀？”

“就是你明白，好像上级都没有你明白。”又命令道：“你赶快给我撤了，你不撤了竹筏子我就撤了你，”接着说：“我现在需要你多装点炮弹，对那顽固不投降的敌人，就要用这些炮弹教训他们。”

不得已，龚绍华只好执行命令，但在内心里纳闷。

晚间，渡江船只从港汊和河汊驶向江边，江上一片平静，灯火和噪音都受到严密管制，只闻江水滔滔，东风呼啸，好像一切安然无恙和毫无战火硝烟的景象。但是，战士们的心如同江水在咆哮、战鼓在雷鸣，上级命令一下，各船立即撑帆，船队排成一字形向江南驶去。

船队离开了北岸，东北风在强劲地吹着，江浪在拍打着船体，船只随着风浪在江上有规律地颠簸运行，这是多么有诗意的夜景啊！可是战士们哪有精力去欣赏观光，而是全力思考：船被打沉了怎么办，遇到人员伤亡怎么办，遇到敌人军舰怎么办，怎样才能迅速登陆作战。一切都要按训练计划所规定内容进行有序安排，只要能渡过长江，生死问题都置于度外。

解放军的渡江船只出发了，驻扎在长江北岸的国民党军一四五师还在那里“坚守”，他们的主要任务是：以江北这个阵地为桥头堡，阻止解放军过江，又显示他们势力“强大”，为他们“反攻”的主要阵地。由于渡江部队采取了许多隐蔽措施，解放军的渡江行迹，最初都没有被他们发现，留下他们做幻想，他们的灭亡，将要用他们自己的炮火来打他们自己。

渡江船只驶到江心，隐隐听到西部炮声隆隆，这是另一支野战军部队在炮兵掩护下渡江作战，战士们高兴了，步兵同志都在想：如果在我们的前沿有一支强大炮兵摧毁敌人的阵地那是多好啊！

我们的渡江企图被敌人发现了，国民党一四五师将要在江上拦截解放军渡江部队，要求国民党要塞部队火力支援，也不知怎么搞的，国民党要塞则把国民党阵地误认为是解放军的渡江部队，猛烈的炮火进行射击，结果打死打伤了他们不少自己人。战士们笑了，“这一帮蠢蛋，他们就会自己人打自己人。”

注意！国民党江阴要塞的火炮要向我们开火了，敌人的炮声从炮口发出，可是炮弹全落在船只的周围，所有船只都安然无恙，战士们都笑了：“国民党这些老爷兵，打他们很准，打我们就打不中。”

“扑通”一声，一发炮弹正好落在船舷上，但没有爆炸，好险啊：如果这发大口径炮弹爆炸了，这只船不就打沉了吗？

三发红色信号弹在国民党要塞阵地下腾空而起，人民解放军一支步兵部队在国民党要塞阵地下登陆，又一会儿，国民党要塞部队又在对国民党逃跑部队猛烈射击。

真纳闷，我们的渡江怎么就这么顺利呢？龚绍华弄不清这是什么原因，他顾不上考虑那么多的疑难问题，而是迅速登岸，协同步兵老大哥作战。

人民解放军东线部队顺利地渡过了长江，
　好像是一步跨过，
　　好像是国民党大炮吃了"醋"，
　　　好像毫无阻挡，
　　　　好像是哪位神仙帮了忙。
国民党的大炮好像欢迎解放军的礼炮，
　好像在欢送蒋家王朝的灭亡。

"龚——绍——华！"

部队登陆后，有一个国民党军官在呼唤。龚绍华一看，他既不像俘虏也不像投降，还和一名解放军的干部又说又笑，龚绍华手持短枪，对准了那军官。"不许动，你被俘虏了。"

那"军官"一笑："怎么啦？你不认识我啦？"

龚绍华一想，我的亲朋好友也没有人当国民党兵啊，又仔细一看，十分惊讶："啊呀，你不是徐老师吗？"一股热情和徐老师拥抱，可又一想：徐老师怎当国民党兵了，也许是他叛变，他马上变了脸色，"徐先生，我和你走的不是一条路，虽然过去是老师，今天我要和你划清界限。"说着往后退了两步。

徐老师哈哈大笑："你呀你呀，你的警惕性也太高了，我不是国民党，是党组织派我到江阴要塞来搞策反工作的。"

"宜将剩勇追穷寇。"

龚绍华随大部队一起，解放了无锡、苏州、上海等重要城市，然后又回到苏州休息，准备向东南沿海广大地区进发。徐老师又专程来到苏州，和自己的学生叙谈往事，话长话短，和龚绍华、龚绍祥谈了一个通宵，他把江阴要塞策反一事作了详细介绍。

策反工作首先在利用人选问题上做文章。

抗日战争胜利之后，江阴要塞司令由中将孔庆桂担任。但已年老体弱，需要换一名少壮派当司令来接孔庆桂的班。地下党员唐秉琳、唐秉煜考虑：如果换一个不相识的人当司令对我们不利，利用唐秉琳和国民党少将戴戎光是同乡关系和又能说上话的有利条件，决定为他争夺要塞司令的官职，经过多方活动，被蒋介石看中，便当上了要塞司令。

戴戎光这个人思想比较反动，弟弟是共产党员，几次派人争取，都被他拒绝，但这个人官迷心窍、财迷心窍，在他当上司令后，对我们积极为他活动的人都非常有好感。

利用戴戎光对我们的好感，我们安插了吴广文、王德荣等到要塞工作，他们都是倾向共产党的人，分别是国民党中央军官学校和国民党陆军大学毕业生，根据他们的表现，都先后加入了中国共产党，经过我们的推荐，争得戴戎光的信任，吴广文任守备队队长，王德荣任游动炮团团长，就这样，三支主要部队——炮兵总台、守备总队、游动炮团都在我们地下党组织直接控制下，架空了要塞司令戴戎光的指挥权。

在要塞部队中，有些人思想比较反动，受奴化教育较深，还有不少是地痞流氓，他们对共产党有刻骨仇恨。但他们内部矛盾较多，我们对他们进行分化瓦解，他们有一个军官总队，是负责收容编余军官的，被收容的人失去了权力，等于失业，不少人对他们的上级不满，我们有计划地从中要了一些人，并推荐他们担任重要职务，例如炮兵总台大台台长孟怀高，游动炮团第一营长杨光明。还争取了几个台长、连长、副营长和工兵副营长等，这些都是我们有意安排的。

戴戎光想招兵买马，扩大他的实力，我们又帮他建立了工兵营，营长由唐秉煜同志亲自担任。

为了增加戴戎光对我们的信任，我们在某些方面满足他的私欲，他想捞钱，我们就让他毫无顾忌地吃空额；挪用公款，做生意。人民解放军逼进长江，国民党长期封江，不让船只来往，我们地下党为他出主意，放一次船就可以拿很多金条，这样，既让戴戎光捞到不少钱，苏北解放区又可以得到从江南运来的短缺物资，当部下产生不满情绪时，我们背后揭露他们的贪污行为，又当面为他说情，做到两面都不伤害感情。

经过一系列工作，戴戎光对我们还是信任的。反过来对我们起到了保护作用，有一个逃亡地主向江苏省保安司令告密说："要塞有一个姓唐的团长，哥哥是共产党，靠不住。"在一次会议上，伪江苏省省长丁治磐提醒戴戎光要注意，戴连忙解释说："这种情况都是猜测，各为其主嘛，我也有一个弟弟是共产党，难道我也是共产党?"一句话，使丁冶磐哑口无言。

说到这里，龚绍华、龚绍祥都听得目瞪口呆，连忙称赞说："地下工作同志真了不起呀，原来我们还以为干革命主要是靠我们这些当兵的，地下工作者的功劳也不小啊!"

"嗨!"徐老师说，"你们在前方流血牺牲，地下工作者在冒着自己的生命在为党工作呢!"接着又往下说：

海淮战役之后，地下党组织分析了解放军一定要过长江，为了和解放军密切配合，决定派吴铭和唐秉煜同志过江到苏北汇报工作，国民党已全局封锁江面，违者格杀勿论，隐蔽在国民党国防部作战厅的唐秉煜同志获得国民党国防部的作战计划后，决定冒着封江的危险到江北汇报，为防国民党怀疑，以探亲名义请了一个月的病假，在大年初二黄昏，赶到张家港江面，利用戴光戎亲信夜间放船的机会，装着商人的模样，随其中一条船过江。

登船后首先遇到的是层层敲诈，开始和船老大谈判，又和守备中队长谈判，钱给少了还不干，先后磨蹭了4个小时，在谈判中，发现那个守备中队长曾经相识，唐秉煜又用语言巧妙地躲过了他，这才通过放船过一关。

唐秉煜到了江北，对比一下，江南江北犹如两重天，他向华中工委汇报工作又办了两件事：第一件事，建议对驻扎在江北八圩港的国民党部队停止攻击，取得了指挥部的同意。第二件事，根据华中工委的要求，把敌人江防布置用十万分之一的地图标出，由于要求较高较严，先后用了近两个月的时间，超过了向国民党当局请假一个月的时间。

汇报和请示工作完成之后，党组织安排唐秉煜乘去上海的装猪船回江阴传达华工委的指示，因为历年来上海的吃猪肉主要是靠苏北，在封江期间，能运去一船猪，就能卖成好价钱，不少商人都冒着最大风险，只要能走一趟，就能挣不少钱，唐秉煜就是在这种风险下乘船返回江南的。船刚走完一半路，一艘国民党巡逻艇靠上来，大叫大吼要扣船，那船老板不慌不忙，掏出一包"大炮台"香烟，把船上的三口白肥猪抬到巡逻艇上，那巡逻艇上的官兵一笑，马达一响，巡逻艇开走了。

在唐秉煜到苏北汇报工作期间，要塞地下党组织的策反工作仍在继续进行，又争取了要塞的重要人物参谋处长李云癸，他表示，愿意弃暗投明，站到人民方面来，此外，对一些中下层人物进行了分化瓦解。

为了加强策反工作，解放军第十兵团派来了先锋团团长李干、教导员徐以逊、指导员陆德荣，编造了很多借口，暗地培养他们怎么做地下工作，对他们做掩护的职务都做了安排，因为工作基础好，工作巧妙，始终没有被敌人发现。

唐秉煜两个月没有回来了，要塞地下党组织非常着急，因为这关系到整个策反工作能否成功。在这紧要关头，伪国防部三厅先后打电话来追问他的下落，说是要他马上回南京搞一份撤退计划，伪国防部一名科长先后问唐秉琳，唐秉琳随意说：在苏州被车撞了，正在住院，那科长又问在哪个医院住院，唐秉琳又随意说了个医院的名字，那科长追住不放，立即去苏州那个医院调查，医院说没有此人，这个引起了伪国防部的怀疑，马上又打电话直接问要塞司令戴戎光，并责问“不在苏州，不在南京，这个人跑到哪里去了？”戴戎光急了，就立即查问唐秉琳，唐秉琳急中生智，便说：“我和那位科长说错了一个字，他在‘博爱医院’。”说完后，立即派人到苏州博爱医院开了住院证明，又续了半个月的假，这才应付了伪国防部。

讲到这里，龚绍华、龚绍祥对地下工作者的英勇机智和敢于献身的精神都更加钦佩，并赞不绝口地说：“在过去，我们只知道公开场合下的硝烟，哪知道地下战线的艰难，如果没有他们，我们该要多付出多大的代价呀，也许我们还真会掉到江里呢！”

“我现在再讲大军渡江中要塞党组织策动要塞支援解放军渡江的情况。”徐老师继续往下讲。

中国人民解放军第十兵团担任东线渡江作战任务，是由叶飞将军率领和指挥的，同时也直接指挥江阴要塞地下党组织的策反活动，4 月 19 日，兵团对地下党组织下达命令：第一，渡江日期定为 4 月 21 日；第二，发起渡江前 4 小时在长江对岸燃起 3 堆火作为渡江开始信号。第三，联络记号，在左臂上缠一条白布条。第四，当日口令：“上海部队。”

要塞党组织接到命令后，立即召开紧急会议，对每个党员应执行的任务进行了具体分工，向十兵团报告了国民党在 20 日兵力重新调整的情况，部署对国民党二十一军的监视，对戴戎光及其亲信的控制，派人把转移到无锡的吴广文同志接回来，就像天罗地网似的把要塞完全控制在我们手中。

4 月 21 日，人民解放军万船齐发，驻守在江北八圩港的国民党一四五师也遭到我军的袭击，师长用报话机要求要塞火力支援他们向江南撤退，这就要求要塞党组织解决这个难题。

担任总台台长的唐秉琳同志则将计就计，假意推托“夜间射击不准，最好现在不打”。

那师长急了：“你们有支援我们的任务，现在不打不行。”

唐秉琳应付他说：“那好，我们支援你们，但指示的目标要准确点。”

就这样，我们就在“指示目标”上做文章，把距离减一点，把目标对准了国民党撤退阵地，每炮相继发射 12 发炮弹，一阵火力，都打在国民党桥头堡前沿阵地内，打得他们鬼哭狼嚎，师长要求不要打了。

炮火停止了，那师长质问唐秉琳为什么自己人打自己人，唐秉琳理直气壮地说：“你们指示的目标不准确，夜间射击有误。”把责任全部推在那个师长身上，使他“哑巴吃黄连，有苦说不出”。

炮声响了，戴戎光出来了，命令继续支援江北的国民党部队撤退，唐秉琳气呼呼地从报话机室走了出来，见到戴戎光就发牢骚：“岂有此理，他们把目标指示错了，落了几颗炮弹在他们阵地上，还骂我们，以后又不要我们打了。”

戴怕唐秉琳闹情绪，便安慰地说：“散布几颗炮弹是常有的事，他们步兵不懂。”

已经是下半夜 3 点钟了，江面一层白白的雾气，解放军的船只已经驶过长江中心，并向岸边靠近，戴戎光走出钢骨水泥指挥所，站在一座露天炮台上瞭望，接着就歇斯底里地狂叫起来：“船！船！船！共军过江了！开炮，开炮，怎么不开炮呢？唐秉琳哪里去了，再不开炮我就要杀他的头。”站在一旁的唐秉煜说：“现在还远呢，等靠近了再打！”戴气呼呼地说：“不行！不行！找唐秉琳来。”唐秉煜说：“他正在指挥所指挥部队，不能离开。”戴立即回指挥所打电话，可是电话被我们切断了。又直接找到了唐秉琳，唐秉琳不慌不忙地说，“现在情况不明，如果打了我们撤退部队怎么办？”但又考虑到当时还在迷惑敌人，所以又找了几发保险不卸的炮弹向江面射击，只听到出口声，听不到炮弹爆炸声，戴戎光叹息地说：“这哪是炮弹啊！这不是欢迎共军的礼炮吗？”

该是时机成熟了，应当立即逮捕要塞司令戴戎光，宣布要塞起义，戴戎光有一个警卫班跟随在他身边，随时可能对起义者进行反抗，唐秉煜同志带领了经过自己精选的警卫班布置在指挥所的周围，两挺机枪对着戴戎光的指挥所，4个提着冲锋枪的战士控制了掩蔽部的通道，和吴广文迅速地走到戴戎光的面前，带着顶膛火的加拿大手枪，枪口对着戴戎光，吴广文同志带着爽快有力的声音庄严宣布："我是共产党的代表，江阴要塞全体官兵宣布起义了，现在你要投降。"戴忙问："这是怎么回事。"唐秉琳说："就是这么回事，缴械投降，才是你的唯一出路。"戴无可奈何，颤抖地说："既然如此，我就缴械投降吧！"戴戎光被我地下工作者的警卫人员押了下去，并公开向全体官兵宣布：要塞部队站在人民的立场，谁要反抗，将受到惩治和镇压。在强大威力下，没有一个敢反抗的。

天已拂晓，人民解放军先头部队已经登岸，红旗已插在江阴城上，忽然间，一架国民党飞机前来"视察"，观察这个阵地是否被解放军占领，要塞同志打开白布作为联络信号，表示还在和共军"抗争""固守"，那飞机便摇摇摆摆地走了，去向他的上级汇报"战绩"。可是，要塞的火炮已转向国民党逃跑部队，对他们进行猛烈射击。

江阴要塞的地下工作者完成了党给予的光荣使命，他们不愧为我党地下战线的英雄，他们的业绩，不能不给人们留下这样的诗篇：

当年诸葛草船借箭相传千年，
而今地下策反夺炮胜过当年，
有志不在地位名利财产金钱，
赤胆忠心舍身救民勇往直前。

第五节　弹指一挥四十年

弹指一挥四十年，叱咤风云又春天。
法制已把乾坤定，稳定发展走在先。
莫把光荣传统丢，基本原则不能变。
放开喉舌唱国歌，国歌精神永继承。

转眼间40多年过去了。改革开放的春风吹遍神州大地，江水依旧由西向东奔流，春风依然那样温暖。

应当如何把革命进行到底，以实现最高理想——共产主义。谁也没有这个经历，龚绍华、李健曾一度把平均主义视为“共产主义”，把差别视为“资本主义”。口袋里穷得叮当响，还要为“主义”叫好，脑子里浑浆浆的，总想使自己理想一步就能跨到，有时也觉得不对，但找不到正确理论作指导。春天来了，又把神州大地吹醒，枯枝黄叶的禾苗又得到新生，40年过去了，都已过了花甲年龄，虽已退出现职岗位，但还要参加编织新的摇篮。

龚绍华、李健生有一男一女，儿子叫解放，女儿叫跃进，这些名字都是时代背景下产生的，有时总想按自己的模式来教育子女，但遭到反对，社会上有各种意识形态都在向他们脑海中灌输，所以，关心下一代，已成为老年人的一项重要任务。

有一天，龚绍华家吵了一架，原因是：龚绍华批评龚跃进有严重的小资产阶级思想，并说这种思想是非常危险的，被女儿顶了回去，父女俩争论不休，使家人卷入了这场争论。

龚跃进原来在商业部门就职，公司效益不好，便把她“优化”下去，吃“大锅饭”的工作也没有了，老两口都在为她的前途发愁，觉得女儿的前途算完了。他们兄妹二人相比，老大勤，老二懒。女儿有时上班迟到，有时从班上就不告而别，总认为：有了工作就是“铁饭碗”，靠父母也能活上几年，被辞退下来了，她才感到苦恼和震惊，她不得不向工商部门注册，做点小买卖。

父母亲支援她一点钱，她到南方走了走，在北方跑一跑，去寻找商品信息，她旅店不住住澡堂，一块大饼饱肚肠，一个多月时间，她身子瘦掉了一圈，经过多方观察调查，她发现南方的夹克服比北方的要美观精致，但贴身太紧，北方的毛衣很兴时，但容易透灰不耐脏，经过她的设计，把夹克服做得肥一点，把毛衣镶在夹克服里面，再加一层衬里，这种服装在社会上很受欢迎，做成之后，每件只需20元成本，而卖价可达到40元，她承担了风险投资一把，不到一个月时间，上万套产品则销售一空，这一来，她成了全家第一富翁。

“爸！我给您买了一套港式服装，你穿穿，好看不好看？”女儿带着对父亲的孝心把一件港式服装递给父亲。

龚绍华听了这话非常高兴，觉得女儿比过去出息多了，他拿过衣服，打开一看，就像曾看到过的“洋鬼子”穿的衣服，脸色马上变了，严厉地问道：“这衣服是从哪里来的？”

“是我做生意挣钱买的呗。”女儿高高兴兴回答。

“这衣服有点不干净。”父亲把衣服往旁边一放，不予理睬。

“这衣服是新的呀，怎么不干净呢？”女儿迟疑不解。

“这里面有点小资产阶级味道，我不穿。”

女儿出奇地问：“你不是学习了党的方针政策了吗？‘文化大革命’已经过去了，你怎么还搞阶级斗争为纲呢？”

父亲责怪女儿：“你懂什么呀，爸爸的小资产阶级思想挨批了几十年，将来要是一变，我还要跟着你倒霉呢！”

女儿已尝到了政策的甜头，但对过去的革命经历没有体会，新的道理也讲不出多少，所以又用另一个极端语言刺激父亲：“你们过去的那一套没有用了，出生入死算是白干。”

这句话气坏了龚绍华，他的手哆哆嗦嗦地指着女儿：“你这个畜牲，挣了几个钱，就把过去都忘了，你给我滚，你不像是我的女儿。”

李健从屋里走了出来：“你们爷儿俩在吵吵什么呀？”

“妈！”女儿找妈评理，“我好心好意，为了孝敬他老人家，给他买了一套时髦的新衣服，爸爸还给我扣上小资产阶级帽子，我和爸成了阶级矛盾了！”

“什么小资产阶级啊？”李健没有想到丈夫还心有余悸，只能用自己学到的道理正面解答：“现在阶级斗争已不是主要矛盾，过了点好日子就是小资产阶级，那全国达到小康水平，那不都成了小资产阶级了吗？”

龚绍华一听，好像有点偏向女儿，他不服气地说：“好啊！李健，在过去，因为我有点小资产阶级思想，我们的恋爱关系差点吹了，现在你也和女儿一起唱起小资产阶级情歌来了！”

“你吵什么呀！”李健对丈夫从来就是直言快语：“你学过法律没有，只要在法律允许范围内，是允许一部分人富起来的呀，我女儿不也是为活跃社会主义市场服务吗？”

龚绍华无言可答，他对妻子在政治上比他进步比较钦佩，但在面子有点说不过去，抓住女儿过激语言，“那……她还说我们过去干革命白干了呢！”

近来，李健和龚绍华特别爱唱《中华人民共和国国歌》，她经常用钢琴弹奏着，她越弹越感到心潮澎湃，龚绍华也随着琴声放声歌唱，他越唱越感到精神振奋，他们是多么关心下一代的成长啊！他们担心《国歌》的精神失传。

弹唱的时间长了，子女们有点厌烦，总觉得每天都是这个老调，很难调节他们的身心，他们哪知道歌声中的深远意义，哪知道她是用千万人的鲜血凝成，父母都理解他们的心情，有一次，就《国歌》一事召开了一次家庭座谈会。

“爸呀！我们解放已经几十年了，怎么还唱‘奴隶’二字呢，这不说明我们还是奴隶吗，我们也没有看到奴隶在哪里呀！”龚解放首先发言。

龚绍华沉思了一下，他站了起来，回到自己的房间，取出了一个用黑布包的什么东西，打开一看，是一个粗陶制作破碗，指着这个破碗问道：“这是什么？”

龚跃进捂着鼻子：“爸呀！你保存这个玩意儿干什么，看了都怪恶心人的。”

龚解放指着那碗说：“这倒像我在博物馆里看到的，是原始社会的陶盆。”

“不！”龚绍华的手往桌上一指，“这是要饭碗。”说着，眼圈有点红，“这是在诉苦中我向一个战士要来的，他家祖宗三辈都给地主当长工，日本人来了，给鬼子当劳工，他哥哥被国民党抓壮丁，因劳累过度而死，他的年纪小，只能和妈妈到处要饭，母亲死了，留下的这个破碗就是他的全部家产，他上无片瓦、下无立锥之地，这是不是就是奴隶呢？”

龚跃进捂着脸：“我的妈呀！这个日子怎么过呀！”

龚解放这才明白，他忏悔地说：“爸爸，你过去一讲旧社会我就认为是老一套，您这一讲，我还感到很新鲜呢！”

龚绍华又从理论上来阐明：“在旧社会，中国人民深受‘三座大山’的压迫和剥削，劳动人民只有做牛马的权利，连一点基本生存权都被剥夺，我们能让这种社会生存下去吗？”接又唱一句《国歌》的曲词：“起来，不愿做奴隶的人们!”

不等爸爸唱完，龚跃进提出质疑：“爸爸，全国都解放了，反动派已被打倒了，人民开始当家做主人，我们怎么还是奴隶呢？”

李健从屋里拿出了一件旧衣服，并指着衣服说：“你们还穿这种衣服吗？”

龚跃进一笑：“都该做抹布了。”

母亲把国情告诉子女："虽然我们已经站起来了，但还没有富起来，我们国家底子薄，人口多，人均资源也不太丰富，和发达国家相比，还有很大差距，历史的事实证明，贫穷就要落后，落后就要挨打，让帝国主义和各种剥削阶级来统治我们，劳动人民不还是会当奴隶吗？中国人民只有团结起来，奋发图强，把我国建成一个强大的社会主义国家，这才使我真正从奴隶中解放出来。"随后又把那件破衣服放在桌子上，"这是我下乡演出从一个贫困地区拿来的，说明少数地区的贫困状态还没有解决！我们不能光顾自己富起来，还要使全国人民都富起来。"

龚跃进感到有点累，觉得挣点钱也不容易，又不想再做吃苦的打算，她心里想：我只顾自己，还能顾得了那么多吗？就凭自己现有的钱，坐吃几年也够用了，他哪能听得进那么多的道理，又提出了一个质疑："爸！妈！过去你们闹革命需要'冒着敌人的炮火前进'，现在还有那个必要吗？"说着，打开新买来的电视机，正准备欣赏摇摆舞的场面，她边看边说："还是进口的好，你看，人家电视画面多清晰啊，还是外国的比中国的好。"

老两口看到这种情景有点想发火，但这是个谈心会，只能说服，不能压服。

"跃进，你给我把电视关上。"妈妈有点耐不住性子，她用命令的语气，"我们在说话，你看电视，我们这个会还开不开？"

龚跃进自感不对，但又不服："关上就关上，还要这个态度干什么？"随着喀嚓一下把电视关了。

爸爸搬来一部汉字电脑，"跃进，你看这是什么呀？"

"啊！"龚跃进十分惊讶，"这是电脑，这是从哪个国家进口的呀？"

"我是托人买的新产品，可以进行汉字电脑打字，如果不是中国人创造的，外国人还能普及汉文电脑打字吗？"

座谈会开了一个多小时，全家人都精神振奋，又在一起唱《中华人民共和国国歌》，虽然只是理解了点片断，但又加深了印象。

祖国的歌，祖国的魂，
歌声铭记国人心，
沿着歌声往前进，
社会主义定建成。

第七章　胜利后亲人团聚

DIQIZHANG

弹指一挥四十年，千万别把国旗染，
中华民族大团结，国旗下面发誓言。

在50年代初，经生母介绍，龚绍祥和一名女护士结为夫妻，名叫白云，如同在阳光下，一朵白云像马莲花一样盛开，但女方不育，二人比较苦恼，但龚绍祥一想：我是被别人抚养长大的，为何我不可抚养一个孤儿呢？

有一天，天下大雪，夫妇二人准备上班，推开大门一看，有一个用被子裹起来的什么东西，并有小孩的哭声，打开一看，是一个刚出生的女婴，在女儿的身旁夹着一张纸条，上面写着：

大哥、大嫂：因为我受坏人的欺骗，干了一件见不得人的事，请你们把这孩子收养下来，从今后，这就是你们亲生的女儿。我现在就要到另一个世界了。

这张纸条还有多处黄色斑点，完全是滴在纸条上的泪斑。

婴儿的生母在哪里呢？龚绍祥夫妇到处寻找，过了几天，有人告诉了婴儿生母的情况。

新中国成立不久，朝鲜战争便爆发，战火已烧到中国大门，大批飞机对我国安东（即丹东）进行狂轰滥炸，在国内有一些敌对分子认为时机已到，打着“反攻大陆”的旗号，要和台湾蒋介石集团配合，重新反攻大陆。

有一位不愿吃苦的姑娘，就想找一个享乐的地方，一些坏人知道她的心情，便对她说：“天下又要大变啦！美国人已经打来了。老蒋又要回来了，跟我们走，不需要吃苦，将来一定有好日子过。”当时就给了她一些钱，又给了她一面国民党的“国旗”，又和他们一起鬼混，因而造成这个结局。反革命被镇压了，她感到没有脸见人，便决定把孩子送人，他自己在一个枯树下上吊自杀。

“这是一个与反革命分子有血缘关系的婴儿啊！”龚绍祥的脑子“咯噔”了一下，是不是会给自己的未来背上政治包袱，会不会加上“阶级界限不清”的帽子，已经具有分析能力的革命战士，他觉得婴儿是无罪的，他应当有自己的生存权利，又不是婴儿在娘胎里就贴上阶级标签。经过思想斗争，决定还是收养下来，起名雪英，即雪地婴儿的谐音。她生长在红旗下，养父母当着亲生的女儿，对她进行精心养育和培养，都希望她在红旗下健康成长。

婴儿被收养后，父母亲总喜欢用红布包裹，在多种颜色中，红色对她最敏感，在她长成幼儿时，总是喜欢在红旗下唱她最喜爱的歌，她那聪敏活泼的性格特别喜爱，五星红旗给她留下了深刻印象。

“文化大革命”，雪英已步入中学大门，一小撮别有用心的人打着红旗反红旗，在“红海洋”的风浪中，她辨别不了真假，也扛着“造反”大旗，一心要和“走资派”斗争到底，十年动乱，使她的学业荒废，应当学到的知识没有学到，而得到的是到农村滚了一身泥巴。

改革开放，五星红旗发出了更加光辉灿烂的光芒，受到挫折的龚雪英对政治不感兴趣。

龚绍祥、白云退休了，党组织分配给他们一套新房，全家都深感这是党和国家对老干部的关怀，雪英也回来了，帮助父母整理家具和衣物，突然从箱底翻出一面五星红旗，她拿着红旗一角便问道：“爸呀，你保存这个玩意儿干什么？”说着，把红旗扔在一旁。

“什么？”龚绍祥火了，“你敢说这是个玩意儿，”他拿着五星红旗捂在胸口，“这是中华人民共和国成立那一年，是我亲手缝制起来的呀！”

女儿对父亲总还是心疼的，她哪敢顶撞，便用安慰的口吻说：“爸呀，你生什么气呀，就这么点小事，还值得您发火吗？我把它收起来就行了呗。”

“你还说这是小事。”龚绍祥不但没有得到安慰，反而更火了，他指着女儿，“你……你……”急得一时说不出话来，随即用手打自己脑袋，“都怪我呀，都怪我呀，都怪我过去没有对她进行这方面的教育。”

女儿都不明白这到底发生了什么事情，她稀里糊涂地问道：“爸呀！你这是怎么啦？”

龚绍祥痛心地批评道：“你生在红旗下，就是不知道红旗的分量啊！”

雪英不服，认为这种批评有点过火，便反驳道：“我看这是搞形式主义，什么大事小事的，现在手上有钱就是大爷。”

妈妈从屋里走了出来，外面争吵的事她都听得一清二楚，一见面，首先就责问女儿：“雪英，你怎么说这是搞形式主义呢？你知道，哪个国家的公民不爱自己的国旗？”她把过去经历的事向女儿诉说了一遍。

我在幼年时，你外公在上海做点小买卖，上街一走，很多地方都插着外国国旗，他们的旗插到什么地方，那里就是他们的地盘，他们还在门口粘上一个牌子，上面写着："狗可进，中国人不能进！"不少人闯进去被他们打得半死半活，他们的人犯了法，中国人不能管；中国人的事，他们还要管，到处都受洋人欺负，从外国的洋货进来后，他们可以不缴税或少缴税，而对中国的买卖就是税上加税，把中国人的买卖都挤了，你外公是做绸布生意的，一度把洋布顶了一下，结果外国人火了，把他们的国旗往我们的柜台上一插，说是这是他们的，中国政府对他们也没有办法，在那时，你外公是多么想有一面自己能说了算的国旗呀！

妈妈又痛心地继续往下说。

日本人打进上海，他那个膏药旗插到哪里哪里就要遭殃，千万个中国人都死在他们的刀枪下，那时我已经开始上学，学校里也要挂上他们的国旗，学生们每经过那里，都要向日本旗敬礼，谁不敬礼，谁就是对大日本帝国的不尊重，有一名同学心里就纳闷，为什么中国人就一定要向日本旗敬礼呢！他就没有理睬，结果被一个汉奸发现，报告了日本人，立即对他拳打脚踢，被打得半死半活，学籍也被开除了。

讲到这里，雪英到也有点感动，但还是没有深刻领会其中的深刻意义，而是避重就轻地说："妈呀！现在还说这些干什么，这都是过去的事了，提他还有什么用?"

父母恨铁不成钢，他含着泪，痛心地向女儿诉说了一件往事："雪英啊！有件事我们一直瞒着你，今天就和你直说了吧！"

雪英看到爸爸妈妈都认真起来了，她耐下性子，想听听到底是什么新鲜内容。

爸爸沉痛地说："雪英呀！爸爸不是你的亲生爸爸、妈妈也不是你的亲生妈妈，你是一个从国民党的破旗中捡来的弃婴。"

雪英一听笑起来了："爸爸，你在给我唱《红灯记》啦！"说着，便表演出一个《红灯记》铁梅演唱的动作。

龚绍祥一看火了，"你笑什么，给我严肃点，你生在红旗下，不懂得怎样爱护自己的旗，你还好意思笑呢?"

这个场面又表现得非常沉静，妈妈把从雪英生母身上搜出来的已经被搓烂的中华民国"国旗"放在桌面，把雪英生母的死因一一告诉了雪英，这才引起了雪英的痛心，她立即扑在妈妈的怀里，一手拉着爸爸的手，她痛哭流涕地说："妈呀，爸呀，我错了!"

在一个国庆节的夜晚，全家人在一起座谈《中华人民共和国国旗》

的意义，女婿、外孙也回来一块团聚，因为是血泪和《国旗》紧密联在一起，龚雪英也不觉得是“形式主义”了。

在座谈会上，五星红旗挂在正中央，由龚绍祥带领，全家人向《国旗》恭恭敬敬地礼，刚刚坐下，才4周岁的外孙子开始“捣蛋”。

“外公，外公，我要听你讲故事。”——

雪英急了，立即训斥孩子：“别胡闹，外公领我们开会，小孩子别捣乱！不听话，妈妈打你。”

“不嘛，不嘛，”外孙子觉得有外公做保护，敢于和妈妈对抗。

当外公的也有点急，可是老年人最疼爱隔代人，他耐着性子问道：“你想听什么故事啊？”

“我想听好人打坏人的故事！”

外公一听，觉得要求也不高，灵感一动，编了一个和主题相联系的故事，他坐在一张椅子上，带着讲童话故事的表情，便有板有眼地说了起来：

从前有一些坏蛋，他们手上拿着杀人的屠刀，扛着用活人骨髓做的白旗，他恶狠狠地对好人说：天下都是我们的，你们都要给我好好地干活，你要是不听我的话，我就要杀你们的头，叫你们坐牢。好人就觉得纳闷，为什么自己就不能享受自己的劳动成果，连自己的生死都要听他们的呢？所以一些好人就起来反抗，可是，那时天上就好像没有太阳，夜间好像没有星星和月亮，摸着黑和那些坏蛋斗，斗一次失败一次，再和他们斗，又失败了，死了不少人，流了不少血，还是他们说了算。忽然间，天上一声雷响，把乌云打散了，天上出了金光闪闪的太阳，太阳把好人的心都照亮了，好人就像亿万颗星，围着太阳转，经过流血牺牲，消灭了一批大坏蛋，从此，好人才开始说话算数，有了自己的权利，就像在一个鲜红的大地上，众多的小星星团结在大星星周围，它走到哪里，哪里就发出光辉，它将指导我们永远前进。

说到这里，聪敏的外孙子跳了起来：“外公，外公，我知道了，你说的是我们《中华人民共和国国旗》。”

“对呀！”外公兴奋起来，“所以我们要知道五星红旗来之不易，我们爱护它，就是像爱护自己生命一样。”

一个童话故事，活跃了全场的情绪，女婿是连队政治指导员，他十分欣赏岳父的思想政治工作才能，他称赞地说：“爸呀，你真会做思想政治工作，现在你把工作政治用到小孩身上来了。”

女婿又赞扬说："爸呀！像你这样的政治工作者，什么事都能讲通。"

"那也不是，"龚绍祥不以为然，"政治思想工作也只有共产党才占有这个优势，而共产党也只有真正代表人民利益才能讲通。'文化大革命'，我们做了许多不符合中国国情的事，讲了许多空话套话，越讲越偏离方向，结果，我们的经济国防都搞糟了。"

外孙子又发言了，"外公，你以后一定要带我到北京去，看看天安门广场上的升旗，我一定要好好向国旗敬礼。"

会上热热闹闹，在女婿倡议下，共同编了一首《爱旗歌》。

夺旗时洒满血迹，爱国旗光辉万里，
践踏它罪恶累累，高举她前程万里。
把心血凝结在五星红旗上，
永远跟着红旗走，
建设强大的社会主义。

龚绍华和李健回老家探亲，一方面表示对已过世的长辈们的怀念，再就是应平辈和晚辈们的邀请回老家团聚，这里虽不是李健的故土，但按老习惯，她已是龚家的人，他们带上女儿龚跃进一同前去。回到家乡后，看到的是一片兴旺景象，人人都在夸改革开放后的丰硕成果，迎接他们的人非常热情，人来人往，每天都接待不暇，为答谢大家，龚绍华领着全家去东家、串西家，他们有说不完的心里话，谈不完的心中情，对比过去，展望未来，无不喜乐开怀。

尾声

改革开放的春风吹满人间大地，又过了10年，活下来的炮连老同志都已年过古稀，国家形势发生了重大变化，龚绍华张罗组织了一次原山炮连老同志聚会。战友们的会面如同家里人团聚一般，百感交集，谈笑风生，热闹非凡。

原“江海公学”分配到山炮连当兵的王家龙抱着龚绍华泪流满面地说：“老排长，是你救了我一命啊！”

回想那次撤退阻击战，部队已经撤退在一个雾茫茫的黑夜里，王家龙推的那辆炮车的车轴断了，他以为距离敌人还远，慢腾腾地停在半路修理。部队大约走出一华里的时候，龚绍华发现推后炮架的小车不见了，便一路小跑往回找，渐渐听到一阵冲杀声传来，继而发现敌人追上来了，而王家龙还在那里全神灌注地修理炮车，全然不觉。紧接着，敌人的机枪哒哒地朝王家龙这边扫射过来。说时迟，那时快，龚绍华一个箭步冲到王家龙面前，大喊一声快撤，随声向敌人甩出两颗手榴弹，趁硝烟未尽，王家龙在前，龚绍华在后，迅速摆脱了敌人的追击。

两个人回忆述这段险历，无限感慨。龚绍华接着王家龙的话茬说：“我俩可谓生死之交，这种感情就是给一座金山银山也不换来，不然，你还能当上空军飞行师参谋长吗？”。接着又对大家说：“我们区有一位从“江海公学”分配到炮兵连当兵的丁土发同志，上世纪50年代被分配到第二炮兵部队工作，他从基层干起，直到当基地司令员，被授予少将军衔，他现在正在住院，今天没来，让我代问大家好呢！”

虽然大家都离休了，但都很关心国家大事，尽可能使自己的思想跟上时代发展。连队的老同志都十分钦佩林杰的水平，龚绍华请教道：“老首长，你当过军事院校政研室主任，你先从历史上做点分析吧。”林杰用通俗易懂的群众语言简短地说了几句：

中华民族在历史上曾有过几个享誉世界的兴盛时期，比如盛唐时期，再比如康熙盛世，中华文化传遍世界，不少国家都到中国来取经。可是到了晚清便走向衰退，我们躺在祖宗的功劳簿上趑趄不前时，西方人开始用机器进行生产了，而腐败的晚清政府，只顾享乐，不图改革，还吹牛说，大清国地大人多，那些弹丸小国有何可惧。结果人家用洋枪洋炮打了进来，我们虽有城堡，人家用大炮就把咱轰了，他们打到哪里就占到哪里，可以肆意杀人放火，而我们却束手无策，赔银两又折兵，中国人就越来越苦，过着饥寒交迫的生活，变成了半封建半殖民地社会。

从那时起，中国人口开始有个梦想，我们什么时候能强大起来呢？因为没有先进思想，一个接着一个梦做下来都先后破灭了，自从中国共产党成立，这个梦就开始有了希望，成功，失败，失败又成功，奋斗28年实现了第一个梦想，中华人民共和国成立了，中国人民站起来了。

说到这里，袁培新到了，大家非常高兴，请老首长做指示。袁培新当过中国驻外使馆武官，了解世界情况，“文革”时他因为求真务实的秉性差点被打成右倾。他接着林杰的话说：“新中国虽然成立了，我们接受的是个破烂摊子，建设强大的新中国成了我们的梦想，开始我们还算干得稳当，后来就想一口吃个胖子，有人说要3年建成共产主义，中国人为此付出了沉重的代价，却不知道这个病怎么治。邓小平理论出来，就把这个病给治了。这10年来，我们的国民经济年均增长9%，这个速度比哪个国家都快，我的外国朋友都对我说，中国人说话比过去硬气多了。”

说到这里，龚绍华兴奋地站起来道：“我们现在真的强大了！”

袁培新马上反驳道：话不能这样说，按人均收入我们和发达国家还差得远呢。外国不少国家军事力量还很强，有些不怀好心的人还想吃中国这块“唐僧肉”，如果我们不防备，他们再打进来，兴许还要搞抗战，兵国必须强军，我们的军事力量必须加强。

正说着，门外进来一个穿西装革履的人，仔细一看，是原来炮连瞄准手刘阿敏，一进门就向首长和同志们问好，龚绍华很惊奇地问道：“你怎么当起资本家来了啊”刘阿敏眉飞色舞地讲述了自己的一段经历。

上世纪50年代，部队实行义务兵役制，部队大精减，他因此复员回家了，找了个工作，一月还不到20元钱，就想做点买卖，可那被说成是搞资本主义，无法行通。改革开放开始了，“让一部分人先富起来”话让他怦然心动，听说北方妇女缺少头发卡子，他觉得这是个好商机，就从南方买了几十斤重的头发卡子。在南方他是论斤买，到北方论个儿卖，不到 10 天，就被抢购一空，就倒腾这一次，他就发了一笔不小的财。再后来，北方的小商品经济发展起来了，他这个买卖狠赚了一笔。刘阿敏用这笔钱和人家合伙开了一个房地产开发公司，发了大财。

听刘阿敏如此讲述，龚绍华既惊奇又羡慕地说道："刘阿敏，你是不是搞投机倒把啦"。刘阿敏答道："那才不会呢，咱这是正儿八经做买卖，遵章守法搞经营，不像有此黑心商人偷工减料，以次充好，坑害了百姓。咱是共产党员，决不干坑害百姓的损事，还要带动大家一起致富呢，现在正准备捐献一所希望小学。凭我们老战友感情，今天聚会费用我包了。"此言一出，众人哈哈大笑。

说话间，刘志高进来了。他负过伤，落下残疾后复转回乡，现在仍是农民打扮，一进门便向首长和同志们问好。坐定后在同志们的问询下便滔滔不绝地讲述自己的经历。

说他复转回家被安排当乡长，可是他死说活说就是不同意，坚持回到村里种田。村民一致推举他当支部书记，他欣然同意了。起初干得还不错，他所在的村成了全乡的模范村。大跃进来了，他积极响应号召，用当炮兵时的抬炮精神抓工作，并取得了成绩，被上级看中，要培养他为全县典型。他把上级看成是党，认为听上级的话就是听党的话。那时候田地亩产 500 斤就算高产，可上级非要他按亩产 1000 斤上报，结果虚报了数目却如实上交了公粮，村民的口粮大量减少，积极性下去了，第二年粮田亩产降至 300 斤。"文化大革命"中又不许搞副业，穷得连买裤子的钱都没有。改革开放实行了土地承包，市场自由开放，实现科学种田，有效地调动了村民的积极性，老百姓的钱袋鼓起来了。有的人家买了拖拉机，既可以用于农田耕作，又可拉货挣钱，家家户户都盖起了新房。

龚绍华问："刘智高，你怎么还这身打扮呢？"

刘志高说："老领导，我不能只顾个人发财，等乡亲们都富裕了再研究我个人的致富问题。"边说边掏出大饼子咬了一口。你们看，这个玩意儿吃起来还是满香的，当年炮连艰苦奋斗的作风在我身上还是有所体现的。

大家你一言我一语，谈得很投机，谈个人经历、社会发展也七长八舌地唠家长里短。有的说自己儿女大学毕业，有的说儿子当了军官，有的说女儿当了医生，有的说孙子辈的到国外进修，也有的当了农民。其中有一位姓牛的老同志闷闷不乐，因为他作战勇敢，解放后当过营长、副团长，离休时享受副师级待遇，加上老伴的退休金，每月收入一万多元，但仍觉手头紧。

原来他有两个姑娘一个儿子。他把儿子视为传宗接代的宝贝，从小娇生惯养，重活累活都不让他干，知识青年上山下的时代，老牛千方百计把儿子留下来了，并把他送到大西北的部队当炮兵，儿子怕苦怕累怕训练，开了小差当了逃兵，老牛再一次宽容了他。想让他自学深造吧，担心儿子费脑费心，想安排他干点啥吧，儿子大事干不了，小事不愿干，后来帮儿子娶了个媳妇，媳妇压根儿就不爱他儿子，并鼓动儿子管老子要钱，孙子的抚养、读书等一切费用都要老牛负担。老牛一提反对意见，儿子和媳妇都怨老牛死脑筋，没有能耐，不能给儿女找到好工作；更可气的是竟然怨老子没有好基因，没给他传下个好脑袋瓜。

听老牛如此讲述，众人哄堂大笑。龚绍祥说："老牛啊，这就怪你了，你这是没有带好下一代呀，你必须让他自力更生，不然，一旦你去见马克思了，他还能靠谁？天上掉馅饼的事哪有那么多呀！"

谈到腐败问题，大家都感到不理解，便请教老领导林杰。林杰说："腐败问题关系我们党的生死存亡，但我们应该相信毛主席等老一辈无产阶级革命家给我们党留下的光荣传统一直占主导地位，一代代新的中央领导集体一直重视并狠抓这个问题，现在正在老虎苍蝇一起打，我们要相信党，不要听信那些小道消息，和党中央保持一致，带好下一代。只有全党团结起来，实现中华民族伟大复兴的中国梦就一定能实现。"

林杰又接着说："我们都这把年纪了，没有党的关怀哪来的今天的幸福生活？我们的主要任务就是要保养好自己的身体，延年益寿，争取能亲眼看到中国梦的实现。大家相互祝贺后你一言我一语，构成梦想的篇章：

想当年共同冲杀在炮兵战场，
解放后奋斗在社会主义各条战线上。
老骥如今已鬓染如霜，
共产党员的理想永远不能退场。
将精神留下让后代做参考代代不忘，
红色江山千万年久久长长！